Gina M. Swan

Nah wie fern

Tödliche Wahrheit

Band 1

D1619275

Über die Autorin

Gina M. Swan ist eine deutsche Autorin, die seit der dritten Klasse ihr Herz ans Schreiben verloren hat. Mit ihrem Debüt »Nah wie fern – Tödliche Wahrheit« erfüllt sie sich einen großen Traum. Momentan arbeitet sie fleißig an der Fortsetzung des 1. Bandes von »Nah wie fern« und ihrem regionalen Thriller »Himmelwald«. Wenn sie nicht schreibt, ist sie mit ihrem Studium oder der Fotografie beschäftigt.

Folgen Sie der Autorin gerne bei Instagram: @gina.m.swan

Gina M. Swan

Nah wie fern

Tödliche Wahrheit

Roman

Für Nini!

Mache dein Ding und lasse dich von keinem anderen vom Weg abbringen!

Gina

Bibliografische Information der Deutschen Nationalbibliothek: Die Deutsche Nationalbibliothek verzeichnet diese Publikation in der Deutschen Nationalbibliografie; detaillierte bibliografische Daten sind im Internet über dnb.dnb.de abrufbar.

Herstellung und Verlag: BoD – Books on Demand, Norderstedt
2. Auflage 2020
Copyright © 2020 by Gina M. Swan
Kontakt: gms.autorin@web.de
Covergestaltung: GMS Fotografie & Design
Covermotiv: Adobe Stock: ©konradbak, ©Thaut Images, ©frenta

ISBN: 9783750400412

An mein früheres Ich:

Du musst nicht nach jeder Pfeife tanzen, die etwas von dir verlangt. Tu das, mit dem du dich wohlfühlst, und sei vor allem du selbst. Gegen den Strom zu schwimmen ist keine Schande.

Prolog

Innerhalb weniger Sekunden hatte sich sein ganzes Leben verändert. In diesem Augenblick sollte er seiner Frau und dem gemeinsamen Sohn in die Arme fallen und sie nie wieder loslassen. Er hatte ihnen ein Versprechen gegeben und war gewiss kein Mensch, der ein solches brach. Jedoch stand in den Sternen, ob er jemals wieder den wichtigsten Personen in seinem Leben begegnen könnte. Begraben unter einem Wrackteil, umringt von Schreien, Feuer und dem penetranten Geruch Kerosins, kämpfte er ums Überleben. Oder hatte er den Kampf gar verloren?

Vor wenigen Minuten saß er in dem sichersten Verkehrsmittel der Welt und kreiste wegen Problemen am Zielflughafen über den Alpen. Das Risiko eines Absturzes strebte mit lediglich 1,75 Unfällen pro einer Million Starts gegen null … und doch passierte es manchmal und forderte einige hundert Opfer.

»Schatz, ich habe so ein flaues Gefühl im Magen. Du weißt, dass ich diesen Blechbüchsen nicht traue. Musst du wirklich noch mal los? Kann das nicht jemand anderes machen?«, bettelte seine Frau vor der Abreise.

Womöglich würde er sich nichts sehnlicher wünschen, als die Zeit zurückzudrehen und ihrer Bitte nachzukommen. Die Familie stand für ihn an oberster Stelle, dennoch musste er als Alleinverdiener dafür sorgen, dass sie sich ihr Leben leisten konnten. Sie schlug ihm seit Langem vor, die Arbeit zu delegieren. Es gab genug kompetente Mitarbeiter, die die Auslandstermine für ihn wahrnehmen konnten. Doch es brauchte erst ein Ultimatum seiner Frau, bis er erkannte, seinen Fokus zu sehr in die Arbeit gesteckt zu haben.

Zuhause lief es nicht immer rund. Je erfolgreicher er mit seiner Firma wurde, desto unglücklicher wurde seine Frau. Sie träumte von einer großen Karriere als Ärztin. Aber die ungeplante Schwangerschaft mit ihrem Sohn legte ihre Pläne bis heute auf

Eis. Seine Frau war unzufrieden, aber doch am meisten sauer auf sich selbst. Sie hätte ihn bitten können, kürzerzutreten, um ihr Studium zu beenden. Stattdessen häuften sich die Streitereien über banale Sachen. Jede Dienstreise machte den Streithähnen allerdings deutlich, dass sie ohneeinander nicht konnten. Vor und während dieser letzten Reise hatten sie sich ausgesprochen, anerkannt, dass sie etwas ändern mussten, und ihr neues Leben miteinander geplant.

Er beschäftigte sich in den Staaten damit, sein Unternehmen auszudehnen und neue Partnerfirmen zu erschließen. Sie schaute sich nach einem schönen Haus mit Garten um und konnte ihr Geheimnis kaum noch für sich behalten. Sie kicherte viel, wenn sie um die feste Uhrzeit am Abend miteinander telefonierten. Er wurde neugierig, aber sie blieb eisern und behielt es für sich. Schließlich hatte sie sich mit ihrem Sohn etwas Süßes überlegt. Die Freude ihres Mannes auf die Überraschung und die Sehnsucht nach ihnen wurde täglich größer, weshalb er den Auftrag schleifen lassen und den nächsten Flieger nach Hause besteigen wollte. Sie hielt ihn davon ab. Ein Fehler?

Gemeinsam zählten sie die Tage, Stunden, Minuten und Sekunden bis zum Tag X, der ihr Leben für immer neu schreiben sollte. Für die beiden in einer anderen Bedeutung, als sich das Leben dachte. Denn das schlug härter und eiskalter zu, als sie jemals erwartet hätten. Es drohte, all ihre Träume zu zerstören. Würden sie mit 90 im Schaukelstuhl sitzen und den Enkelkindern mit Freude von ihrem Leben erzählen?

Doch es gab eine weitere Person, die den Tag X mit sehnsüchtigen Augen erwartete. Vor einigen Jahren schwor sich dieser Mensch, ihn für alles büßen zu lassen, was er ihm genommen und angetan hatte. Sein perfektes Leben würde so, wie er es kannte, nie wieder existieren.

»Der Neid ist die aufrichtigste Form der Anerkennung.« – Wilhelm Busch

Kapitel 1

Warme Sonnenstrahlen bohrten sich am Morgen des zehnten Septembers durch die Jalousien der großen Fensterfront im Schlafzimmer, was Saskia von Ehr zum Erwachen brachte. Normalerweise war sie ein Morgenmuffel. Man bekam sie nur schwer mit einem Lächeln aus dem Bett, doch am heutigen Morgen war ihr die Fröhlichkeit ins Gesicht geschrieben.

Ihr Ehemann Leonardo, der aber nur Leo genannt wurde, würde heute endlich von seiner Dienstreise aus den Vereinigten Staaten Amerikas zurückkehren. In den letzten drei Monaten hatte ihr der geliebte Partner mit seinen dunkelbraunen Haaren und den verführerisch türkisblauen Augen gefehlt. Es war nicht dasselbe Leben ohne ihn. Sein Humor, sein Charme, sein mitreißendes Lächeln … In jeder Sekunde fehlte seine Anwesenheit. Leo stand im Mittelpunkt ihres Lebens. Daher zählte sie Stunden und Minuten herab und konnte es kaum erwarten, ihren geliebten Mann wieder in ihrer Nähe zu spüren.

Ein Blick auf die Uhr verriet ihr, dass sie noch einige Stunden Zeit hatte, bis sich der ersehnte Moment realisieren würde. Langsam schob sie die Decke zur Seite und räkelte sich. Ihr goldbraunes Haar band sie in einem Pferdeschwanz zusammen. Sie streckte sich, gähnte und schlich darauf leise aus dem Schlafzimmer. Durch die offene Tür des Kinderzimmers erkannte sie, dass ihr dreijähriger Sohn Niklas noch seelenruhig schlief. Die junge Mutter schlüpfte leise in ihre Schuhe, zog sich einen Mantel über und huschte aus der Wohnung.

Der Bäcker ist bloß um die Ecke, da kann ich Niki kurz alleine lassen, dachte sie und besorgte warme Brötchen, Croissants und einen Kuchen für den Nachmittag.

Als sie zehn Minuten später zurück in die Wohnung kehrte,

schlief ihr Sohn weiterhin. »Mein kleiner Langschläfer«, kicherte sie, zog die Tür bei und bereitete ein üppiges Frühstück vor. Wer weiß, wie lange sie heute am Flughafen warten müssten, weil es zu Verspätungen kam oder ihr Mann erst im anschließenden Flieger saß. Da sie vor dem Abflug nicht mehr miteinander telefoniert hatten, wusste sie nicht, ob er es dieses Mal rechtzeitig in den Flieger schaffte. Der Mann trödelte zu gerne!

Sie bereitete eine Schüssel mit Obstsalat und nebenbei Rührei zu. Im Anschluss kochte sie für den Sprössling Kakao und für sich einen koffeinfreien Latte macchiato. Zufrieden schaltete sie leise Musik an und schaute aus dem Fenster.

Morgen können wir wandern oder bloß die Seele am Tegernsee baumeln lassen. Wir können zusammen am See picknicken, Niklas darf im Wasser planschen oder mit seinem Vater kicken. Wobei ein gemütlicher Kuschel- und Spielemittag genauso verlockend klingt … Egal, was wir am Ende unternehmen werden. Die Hauptsache ist, dass mein Schatz wieder zu Hause ist!

Allzu sehr hatte die junge Mutter diese idyllischen Familienmomente in den letzten drei Monaten vermisst! Dabei hatte sie sich zutiefst auf den Sommer gefreut. In die Schweiz wollten sie zum Wandern, danach planten sie eine Woche zu Hause zu verbringen und im Anschluss in die Karibik zu fliegen. Letztlich realisierte sich nichts davon, traurigerweise wurden sie gezwungen alle Pläne wegen des Auftrags zu canceln.

Na ja, nächsten Sommer haben wir genug Zeit, weitere Ziele unserer Wunschliste abzuarbeiten, dachte sie und lächelte wieder.

Während sie auf ihren Sohn wartete, schaltete sie ihr Handy ein und sah, dass sie einen Videoanruf von Leo verpasst hatte.

Gestern haben wir stundenlang auf deinen Anruf gewartet, mein Freundchen! Wir hatten immer die feste Zeit, aber nein, der Herr trödelte wieder einmal bei einem Meeting oder hatte verschlafen. Na ja, war jetzt auch egal. In drei Stunden bist du bei uns und gehst so schnell nicht mehr!

Auf der Mailbox hatte er ihr offenbar etwas hinterlassen, weshalb sie diese anrief. »Hey mein Engel, wir wollten eigentlich telefonieren, bevor ich nach Hause fliege, aber jetzt seid ihr wohl doch eingeschlafen! Tut mir wirklich sehr leid, dass ich die verabredete Zeit verpasst habe! Ich wollte euch nur sagen, wie sehr ich euch liebe und wie froh ich bin, euch wieder zu sehen und daheim zu sein! Bis dann!«

Saskia legte das Handy beiseite. Kichernd erinnerte sie sich an sein Versprechen zurück: »Ich versichere dir, das wird die letzte Dienstreise sein! Danach gibt's nur noch Niklas, dich und mich! Und vielleicht ein paar kleine Saskias und Leos dazu!«

Dann würde es endlich aufhören! Das ständige Abschiednehmen, weil mal wieder ein Auftrag am anderen Ende der Welt wartete. *Mag ja sein, dass seine Ideen bahnbrechend und innovativ sind, aber unser Familienleben leidet ungemein darunter.*

Wenn er nicht in den Staaten war, saß er im Büro und tüftelte an Verbesserungen oder am Ausbau seines Angebots. Nicht, dass Saskia ihren Mann nicht unterstützen würde, aber irgendwann gedachte sie, ihr Medizinstudium zu beenden und eigenständig Geld zu verdienen.

So bezaubernd die Zeit mit dem Kleinen zu Hause war, es war anstrengend. Die ständige Angst, dass er sich am Kamin im Wohnzimmer verbrannte, wenn sie nicht schnell genug war. Sie durfte ihn keine Sekunde aus den Augen lassen. Die Angst war stets ihr ständiger Begleiter: Er könnte etwas verschlucken, die Treppe herunterpurzeln … Gefahrenpunkte gab es einige in der Wohnung. Wenn sie duschen ging, blieb ihr nichts anderes übrig, als ihn mitzunehmen, da Leo gewöhnlich nicht da war. Sie hatte wenig Zeit für sich, seit Leos Unternehmen quasi von einer auf die andere Sekunde so erfolgreich wurde. Sie freute sich für ihn, aber sehnte sich gleichzeitig nach einer Auszeit.

Wenn Niki mal schläft, fallen mir kurz darauf die Augen zu. Klar könnte man sagen, dass ich ihn in die Kita setzen könnte, aber so eine bin ich nicht. Meine Mutter …

Für einen Moment blickte sie in die Ferne und dachte darüber nach, wie sich das Verhältnis zu ihrer Mutter so schlagartig gewandelt hatte. *Sie war immer so herzensgut zu mir … Hat mir so viel Liebe und Zuneigung geschenkt. Sie hat mich erst mit drei Jahren in den Kindergarten geschickt, was ich genossen habe. Ich musste nie länger als nötig bleiben.*

Genau das wünschte sich Saskia für ihre Kinder. Sie sollten nicht das Gefühl bekommen, dass Mamas Arbeit wichtiger war. Womöglich sah sie sich zu spät nach einem Kindergartenplatz um, weshalb Niklas erst vor drei Wochen einen bekam. Ausgerechnet hasste ihr Sohn es, dort ohne seine Eltern hinzugehen. Aber er würde sich schon daran gewöhnen … Wenn Leo jetzt zurück wäre, könnte sie ihr letztes Semester, die zweite Hälfte des praktischen Jahres, beenden. Es war nicht mehr viel, was ihr zur Approbation fehlte. Aber wer weiß, ob ihr Mann sein Versprechen einlösen würde.

Wir haben nie gestritten, bis diese Dienstreisen kamen. Mir würde es nichts ausmachen, wenn es jeweils eine Woche gewesen wäre, aber gleich zwölf sind mir elf zu viel! Was musste man da so lange besprechen?

Da ihr Magen laut grummelte, griff sie zögerlich zum Obstsalat und bestrich ihr Brötchen mit Marmelade. Als sie in ihr Semmelbrötchen biss, hörte sie das Knarzen der Kinderzimmertür und Niklas´ leise Schrittchen. Sie drehte sich um und konnte beim Anblick ihres Sohnes nicht anders, als zu lächeln. Der kleine Mann tapste mit verwuscheltem Lockenkopf und seinem Lieblingskuscheltier fest unterm Arm gepackt auf sie zu. »Guten Morgen, mein kleiner Bär! Gut geschlafen?«

Niklas rieb sich durch die türkisblauen Augen und nickte. Er gab seiner Mutter einen Kuss und kletterte auf den Hochstuhl.

Er ist so ein zuckersüßes Wesen!

Sie kicherte und beobachtete ihren Sohn eine Weile, dessen dunkelbraune Locken in alle Richtungen abstanden.

»Papa kommt heute heim!«, posaunte er glücklich.

Saskia schmunzelte zufrieden und füllte den Teller ihres Kindes, das begeistert von allen Wünschen erzählte, was es mit Papa heute vorhatte: Fußball, Kino, Schwimmbad, See, Pizza und

Eis essen, …

»Aber erst müssen wir dem Papa doch die eine Sache erzählen!«, zwinkerte ihm seine Mutter zu.

»Ja!«

Eine Stunde später duschte die junge Mutter und machte sich zurecht. Leo liebte es zwar, wenn sie natürlich aussah und keine Schminke im Gesicht trug, aber es war ein besonderer Anlass. Immerhin hatten sie sich zwölf lange Wochen nicht gesehen! Sie stylte ihr goldbraunes, welliges Haar und kümmerte sich danach um ihre – wie Leo es kichernd bezeichnen würde – verführerisch dunklen Rehaugen. Mit Wimperntusche fuhr sie ihre wohlgeschwungenen, langen Wimpern nach und zog mit einem rosafarbenen Lippenstift ihre Lippen nach.

»Du siehst bezaubernd aus – mit und ohne Make-up! Ich kann dir das nicht oft genug sagen, weil du so sehr an dir zweifelst, aber das brauchst du nicht! Du bist die schönste Frau der ganzen Welt! Vergiss das nie!«, hallte Leos Stimme in ihrem Kopf.

Er hat ja recht, ich bin zu selbstkritisch. Aber ich mag es, wenn er es mir immer wieder sagt! Nicht, dass ich nach Bestätigung suche, aber es ist wohltuend, wenn er es ausspricht. So fühle ich mich besonders und einzigartig.

Aus dem Schrank griff sie ihr rotes Sommerkleid, das man aufgrund der warmen Temperaturen in München zurzeit noch anziehen konnte, wobei sie sich wegen ihres Geheimnisses etwas hineinzwängen musste, dass es überhaupt noch passte.

Während sie mit Niklas wenig später auf dem Fußboden mit einigen Bauklötzen spielte, wurde das Wohnzimmer immer dunkler. Eben durchfluteten die warmen Sonnenstrahlen den Wohn- und Essbereich, wohingegen jetzt alles stockfinster und kalt wurde. Deutlich kündigte sich ein Unwetter an. Sie liebte es morgens am Tisch zu sitzen, zu frühstücken und den Sonnenaufgang über den Alpen zu betrachten. Doch jetzt, keine halbe Stunde später, war Saskia genötigt das Licht anzuknipsen. Von ihrer Kleiderwahl wich sie dennoch nicht ab. Leo liebte es, sie in diesem

Kleid zu sehen. Sie näherte sich dem Fenster und sah, wie der Regen gegen die Fensterscheiben prasselte. Vor zwanzig Minuten fiel es nicht schwer, jede einzelne Bergspitze zu erkennen. Doch jetzt nahm man nicht mal mehr den Garten der Nachbarn wahr.

Trotz des stürmischen Wetters entfachte in ihr die Lust, wieder zu wandern. Vielleicht könnten sie am nächsten Wochenende auf einen Berg steigen. Es war ein besonderes Gefühl, mit seinem Partner solche Touren zu erleben. Sie sicherten sich gegenseitig beim Klettern. Das Leben des einen lag in den Händen des anderen. *Wir mussten uns blind vertrauen, was unsere Bindung immer stärker werden ließ.*

Nur zusammen war es möglich am Berg zu überleben. Als Team. Nicht als Einzelkämpfer … Obwohl sie glückliche Eltern eines tollen Jungen waren, schätzten sie die Zeit, in der es nur sie beide gab. Wenn man ein Kind hatte, musste man aufpassen, dass man seine Liebe zueinander nicht irgendwann verlor, weil sich alles nur um den Nachwuchs drehte. *Doch wir schafften es, immer wieder zueinanderzufinden … sogar wenn es mal schwierig wurde,* dachte sie und lugte noch einmal nach draußen. Es wurde ungemütlich. Bis sie vom Parkplatz am Eingang ankämen, wären sie klatschnass. Sollte sie doch ein anderes Outfit wählen?

Nein! Ich bleibe dabei! Er liebt das Kleid so sehr und wenn er mich sieht, muss ich das Geheimnis nicht mehr aussprechen!

Kapitel 2

»So mein Kleiner, wir machen uns fertig! Wir wollen doch Papa am Flughafen überraschen!«, kündigte sie ihrem Jungen an und zog sich ihren Mantel über.

Niklas griff nach seinem Lieblingskuscheltier, einem Elefanten, und schlüpfte in seine Schuhe und eine Regenjacke. Zu diesem Zeitpunkt ahnten sie nicht, dass sich ihr Leben von jetzt auf gleich drastisch verändern würde.

Durch den Regen konnte Saskia nicht allzu schnell fahren und war froh, irgendwann am Flughafen anzukommen. Sie parkte im großen Parkhaus, was zwar teurer als der Besucherparkplatz war, aber wenigstens kamen sie trocken im Gebäude an. Mit ihrem Sohn an der Hand wanderte sie zur Ankunftshalle.

»Papa, Papa, Papa!«, rief der Kleine mit klatschenden Händen und lächelte. Sie setzen sich auf eine der Wartebänke und beobachteten die ankommenden und abfliegenden Flugzeuge.

»Fliegen wir auch bald?«, fragte ihr Sohn, der ungeduldig zur Scheibe wanderte. »Ist das Papas Flieger?«, hakte er bei jedem landenden Flugzeug nach.

»Nein, Baby. Das dauert noch ein bisschen«, vertröstete ihn Saskia und beobachtete den kleinen Mann weiter. Er erklärte seinem Elefanten, dass sein Vater gleich aus irgendeinem dieser Flugzeuge steigen und sie hoffentlich nicht mehr verlassen würde.

Sie stand auf und schaute auf die Informationstafel.

Scheduled/planmäßig: 12:10, estimated/erwartet: 12:25.

»Mal wieder Verspätung«, murmelte sie und setzte sich. *Habe ich etwas anderes überhaupt für möglich gehalten?*

Die schwangere Frau gegenüber belächelte Niklas an der Scheibe, der wieder eine neue Maschine ins Auge gefasst hatte. »Mama, die ist groß! Ist da Papa drin?«

Saskia schüttelte wieder lächelnd den Kopf. »Nein, Papas Flug kommt fünfzehn Minuten später an. Das dauert noch eine halbe Stunde. Wir müssen uns noch kurz gedulden!«

»Unfassbar tolles Kind haben Sie da!«, gab die Schwangere Saskia ein Kompliment.

»Dankeschön!«, schmunzelte Niklas´ Mutter und sah hinter dem Kopf der Schwangeren zwei altbekannte Gesichter. Es waren ihre Schwiegereltern. *Die sind nie da gewesen, wenn Leo von seinen unzähligen Reisen nach Hause kam*, dachte sie überrascht und nahm Niklas zu sich, da es voller wurde.

»Hallo Liebes! Das ist ja ein Zufall!«, sagte Gundula und umarmte sie, so fest sie konnte.

Ja, was ein Zufall, dass ich hier sitze, um meinen Mann vom Flughafen abzuholen!

»Mit euch habe ich jetzt gar nicht gerechnet, aber setzt euch doch zu uns!«, bot Saskia höflich an.

»Wir hatten gestern Abend noch telefoniert und dann meinte er, wir könnten heute gemeinsam den Tag verbringen!«, erklärte Gundula.

Ach, mit seinen Eltern konnte er gestern Abend telefonieren, aber mit uns nicht?

Wegen stürmischer Böen und starker Regenfällen wurden zahlreiche Flüge abgesagt, eine Durchsage folgte der nächsten. Saskia hörte irgendwann nicht mehr hin, bei all den Sprachen vergaß sie ohnehin, was überhaupt gewesen ist. Niklas erzählte derweil den Großeltern, was er heute alles mit seinem Vater vorhatte.

Plötzlich lief es Saskia eiskalt den Rücken herunter. Dann spürte sie ein Ziehen im Unterleib und merkte, wie sich das Frühstück auf den Weg nach oben begab. In Windeseile erhitzte sich ihr Körper. Sie starrte um sich herum und versuchte durch mehrfaches Schlucken, das Übergeben zu unterbinden, doch der nächste Mülleimer musste herhalten.

»Hast du dir etwas eingefangen?«, hakte ihre Schwiegermutter Gundula besorgt nach, während Saskia über dem Mülleimer hing.

Wie schrecklich unangenehm es ihr war, sich vor den ganzen Menschen zu übergeben. Sie entschuldigte sich für einen Moment und wusch sich in den Waschräumen den Mund ab. Das Letzte, was Leo bei ihrem ersten Kuss nach drei Monaten schmecken sollte, war ihre Magensäure.

Als sie zurückkam, fiel ihr etwas Komisches an der Tafel auf. Der Flug aus New York hatte keine Ankunftszeiten mehr. *Ist es schon gelandet?*, fragte sie sich und zog sich schnell den Lippenstift nach. *Aber würde dann nicht ganz rechts arrived stehen?*

Sie setzte sich zurück zu den Schwiegereltern, die sie seltsam begutachteten. Gundula zog den Mantel ein wenig zur Seite und fand das Indiz, das sie gesucht hatte. »Da wird er sich aber freuen«, schmunzelte sie und drückte ihre Schwiegertochter.

»Ich hoffe«, murmelte Saskia und drehte sich wieder zur Tafel um. Sie hatte schon immer mit Flugangst zu kämpfen. Sie hasste diese Teile, wobei sie doch recht praktisch waren. Aber auf irgendeine Weise wurde sie nicht warm mit ihnen. Man gab die Verantwortung ab, hatte keine Kontrolle …

Nein, hör auf, an das zu denken. Da ist nichts! Das ist nur ein technischer Fehler!

Ungeduldig checkte sie immer wieder die Uhr am Handgelenk und wurde mit jedem Atemzug besorgter. »Was könnte es bedeuten, wenn da nicht mehr steht, wann der Flieger ankommt?«

Gundula drehte sich um, schob sich ihre Brille näher zu den Augen und sah selbst, dass die Ankunftszeiten fehlten. Sie waren nicht die Einzigen, denen diese Situation langsam aber sicher ungewöhnlich, fast angsteinflößend vorkam.

»Es. Es ist noch in der Luft, Gundula. Oder?«, stammelte Saskia. Sie stand auf und schüttelte den Kopf. »Da ist nichts passiert. Ich, wir haben unser ganzes Leben noch vor uns! Niklas braucht seinen Vater. Das Baby braucht seinen Vater!«

Eine Durchsage brachte den ganzen Raum zum Schweigen: »Liebe Frauen, liebe Männer, liebe Angehörige des Fluges 1637 von New York nach München mit der erwarteten Ankunftszeit 12:25. Der Kontakt zu der Maschine wurde um 11:50 verloren. Bitte bewahren Sie Ruhe. Wir geben Ihnen sofort Bescheid, wenn wir mehr wissen! Wir kümmern uns um Sie!«

Saskias Rehaugen rissen weit auf, sie zitterte überall und warf ihren Schwiegereltern einen verzweifelten Blick zu. »Die lügen oder? Sagt mir, dass sie lügen!«, keuchte sie. Gundula sah aus der Glasfront und war sprachlos. Niklas zog ungeduldig am roten Sommerkleid seiner Mutter. »Wann kommt Papa denn endlich?«

Ich habe keine Antwort. Was ist, wenn er nie mehr kommen würde?

Ein Flugzeug galt doch als sicherstes Verkehrsmittel. Der Kontakt war abgerissen … Wie wahrscheinlich war es, dass es sich noch in der Luft befand und nicht in tausenden Einzelteilen auf dem Boden Deutschlands lag? Sie zählte die Tage, die Stunden, die Minuten, bis er endlich wieder bei ihnen war …

Oder zählte sie stattdessen die Zeit zu seinem Tod?

Kapitel 3

Saskia lief panisch auf und ab. Sie wusste nicht, wie ihr geschah. Durfte sie überhaupt hoffen? Der Kontakt war mittlerweile seit fast einer Stunde weg …

»O Gott!«, schrie die Schwangere laut auf und ließ ihr Handy geschockt fallen.

»Was?!«, fragte Saskia hysterisch, doch bekam keine Antwort. Verängstigt sammelte sie das Handy vom Boden auf und las die Schlagzeile.

Absturz eines Passagierflugzeugs aus den USA über den deutschen Alpen. Absturzstelle offenbar durch ein anderes Flugzeug gesichtet.

Alles was sich in den nächsten Minuten ereignete, zog an Saskia vorbei. Sie wurden von Mitarbeitern des Flughafens in einen abgesonderten Bereich gebracht, Psychologen standen bereit … Listen, die über die Opfer Angaben machten. Doch sie war nicht fähig, irgendetwas zu tun. Sie saß eine halbe Stunde nur da und schaute in die Ferne. Ihr ganzes Leben mit Leo zog an ihr vorbei. Sie hatte ihn seit Weihnachten wie ein Stück Dreck behandelt … Dabei war sie doch am meisten sauer auf sich selbst. Es gab keinen besseren Ehemann. Diese ganzen Streitereien durften nicht das Letzte sein, woran er sich erinnern sollte.

Unser Leben sollte nach dieser Reise neu anfangen … Wusste er überhaupt noch, wie sehr ich ihn liebe?

Gundula stieß ihre Schwiegertochter an, sagte etwas zu ihr und stand dann gemeinsam mit ihrem Mann auf. Aber Saskia war nicht in der Lage zuzuhören. Sie sah zwar, wie sich die Lippen ihrer Schwiegermutter bewegten, aber die Worte kamen nicht bei ihr an. Sie konnte sich nur auf das konzentrieren, was sie ihm alles an den Kopf geworfen hatte. Sie zerbrach bei dem Gedanken, wie schrecklich sie ihn behandelt hatte und wie sehr sie das bereute. Zwar war alles gut, als er aufbrach, sie hatten sich versöhnt, aber mit all ihren schrecklichen Worten hatte sie ihn verletzt.

Ich hatte seinen Anruf verpasst … Ich hatte dieses flaue Gefühl im Magen, als er abreiste. Ich wollte, dass er bleibt … Aber er ist gegangen … Für immer. Das ganze Leben, das wir uns ausmalten, wurde geradewegs zerstört.

Das Quengeln ihres Sohnes brachte sie ins Hier und Jetzt zurück. »Alles wird gut, mein Kleiner!«, flüsterte sie benommen und nahm ihn mit seinem Plüschtier auf den Arm.

Sie rappelte sich auf und visierte als Erstes die Passagierliste an. Vielleicht war er ja gar nicht an Bord. Er trödelte immer. Warum nicht am heutigen Tag? Heute, wo sie sich wünschen würde, dass er verschlafen hatte … oder bloß eine Minute zu spät am Gate erschienen war, was ihm aber letztlich das Leben gerettet hätte.

Hektisch ging sie die Namen durch. Es gab keinen einzigen Nachnamen, der mit »von« begann. Das war ein positives Zeichen. Oder? Sie atmete für einen Moment auf. Da war kein Leonardo von Ehr!

Er sitzt im späteren Flieger. Wenigstens ein einziges Mal ist seine Trödelei für etwas hilfreich!

Sie lächelte zu ihrem Jungen und wollte den Raum sofort verlassen. *Deswegen haben uns Gundula und Hans zurückgelassen. Ich hätte direkt zuhören sollen! Es ist gar nichts passiert,* dachte sie fröhlich.

Beim Verlassen der Menschenmenge, die auf positive Nachrichten hoffte, wurde sie von einer Frau angerempelt. Tränenüberströmt hielt sie mit zittrigen Fingern eine Liste in der Hand. Saskia schielte auf den Titel.

Passagierliste - Seite zwei.

Sie schluckte. Am liebsten hätte sie die Halle direkt verlassen, sie war hoffnungsvoll und dachte, er würde sich gleich melden und entschuldigen. Aber was, wenn sein Name doch auf dieser zweiten Liste stand?

Verdammt, dachte sie. *Ich muss nachsehen!*

Sie drehte sich um, schlurfte zur Pinnwand zurück und durchforstete die Namen erneut. Saskia schluckte, als sie den dritten Passagier von oben las.

Von Ehr, Leonardo.

Niklas legte seine kleinen Hände an ihre Wange und verzog seine Miene. »Mama, was hast du?«

Ihre Lippen zitterten, das Wasser schoss in ihre Augen.

»Mami, wieso weinst du?« Mit seinen kleinen Fingerchen fing er die Tränen auf und schmollte.

Tief atmete Saskia ein und gab ihm einen Kuss. »Tu ich gar nicht«, log sie und ließ sich auf einen der Stühle nieder.

»Doch.«

Die junge Mutter wich dem ängstlichen Blick ihres Sohnes aus, drückte ihn fest an sich und setzte sich mit dem Gedanken auseinander, mit ihm alleine zurückzubleiben. Ihm erklären zu müssen, dass sein geliebter Papa tot sei … und vor allem sich selbst zu vermitteln, dass das Leben, das sie einst mit ihrem Traummann führte und anstrebte, nie wieder existieren würde.

Saskia verlor ihr Zeitgefühl. Sie wusste nicht mehr, wie lange sie schon auf diesem Stuhl inmitten trauernder Angehörigen saß. Sie wiegte ihren Sohn wie einen Säugling auf ihrem Arm, dessen Augen immer schwerer wurden, und schluchzte. Traurig schloss sie ihre Augen und träumte davon, wie der Tag heute eigentlich hätte ausgehen sollen.

***

Mit ihrem Sohn auf dem Arm stand sie in der Ankunftshalle und scannte die Massen nach ihrem Leo ab. Es dauerte immer eine Weile, bis er nach der Ankunft den Weg zu ihnen fand, weil er auf sein Gepäck wartete.

»Papa!«, rief Niklas und zeigte in die Masse.

Saskia folgte seinem Finger und entdeckte ihren Mann, der ihnen lächelnd zuwinkte. Leo kämpfte sich durch die Menge, um die beiden wichtigsten Menschen in seinem Leben endlich wieder in die Arme zu schließen.

»Sie haben ein Taxi bestellt, Herr von Ehr?«, scherzte sie mit breitem Lächeln und wurde beherzt von ihm in die Arme geschlossen.

»Mit der schönsten Fahrerin dieser Welt.«

Sie küssten sich, danach packte er Niklas auf seine Arme und kitzelte den kleinen Mann durch.

»Endlich zu Hause«, säuselte er und blickte in das wunderschöne Gesicht seiner Frau. »Ich bin übrigens verdammt gespannt auf deine Überraschung. Verrätst du sie mir jetzt endlich?«

Verlegen strich sie sich eine Strähne hinter ihr Ohr. »Ich weiß nicht, ob du die schon verdienst«, gluckste sie und pikte ihm in die Seite.

»Bitte? Ich habe so etwas ja wohl auf jeden Fall verdient, oder Niki?«

»Ja!«, kicherte der Kleine und drückte sich fest an seinen Vater.

»Hmmm«, ließ ihn Saskia weiterzappeln.

»Fräulein von Ehr? Ihr geschätzter Ehemann wird langsam ungeduldig.«

Sie streckte ihm frech die Zunge heraus, drehte sich um und lief aus der Halle. Leo folgte ihr mit Niklas auf dem Arm und seinem Gepäck. »Spatz, hat Mama dir die Überraschung verraten?«

»Ja«, gluckste er.

»Du hast den Papa ja so gerne, rückst du mit der Sprache raus?«

Kichernd schüttelte er den Kopf.

»Ihr seid echt gemein!«

Saskia wartete am Auto auf ihre beiden Männer.

»Ich kitzele das gleich aus dir raus, Niki wird dann auch immer schwach!«, drohte er lächelnd und lud den Koffer und seinen Rucksack in den Kombi. »Also Taxifahrer helfen ihren Kunden ja eigentlich beim Einladen«, zwinkerte er.

»Tja, wenn man einen starken Mann befördert, kann er das ja auch selbst machen.«

Leo ließ Niklas auf den Boden. »Hast du es etwa in deiner großen Tasche versteckt?« Er näherte sich ihr an und warf einen Blick in Saskias große Handtasche, die sie schützend vor ihren Bauch hielt. »Eine Frauenhandtasche bis oben hin vollbepackt. Interessant«, analysierte er schmunzelnd.

Saskia grinste breit, stellte die Handtasche auf die Ladefläche im Kofferraum und starrte ihrem Mann in die türkisblauen Augen.

»Du bist wunderschön, Engel«, flüsterte er und führte ihren Kopf sanft zu seinem. »Ich werde mein Versprechen einhalten. Wenn ich noch mal in die Staaten muss, nehme ich euch mit. Ohne euch halte ich es keinen weiteren Monat aus. Ihr seid mein Leben … Ich liebe dich«, hauchte er und küsste sie zärtlich.

»Ich liebe dich. Es tut mir so leid, was ich dir alles an den Kopf geworfen habe …«, säuselte sie und löste sich aus seinen Armen. Sie streckte ihre Arme lächelnd aus. »Was sagst du zu meinem Kleid?«

Nur schwerfällig ließ er den Blick von ihrem Gesicht ab. Langsam wanderten seine Augen zu ihrem Bauch, dann schnellten sie sofort wieder in ihr Gesicht.

»Du bist? Also wir …?«

Saskia lächelte breit und wurde danach sofort in Leos Arme gepackt. Er küsste sie und beugte sich hinab zu dem kleinen Wesen. »Hallo du. Hier ist dein Papa, der sich ganz doll auf dich freut. Warst du in den letzten Monaten auch schön brav zu der Mami?«

Sie kicherte, da sich das kleine Wesen in ihr bewegte. »Ich

glaube, sie freut sich auch, dich kennenzulernen.«

»Das muss gefeiert werden!« Leo nahm seinen Sohn zurück auf die Arme. »Und du wirst großer Bruder, mein Schatz!«

**

Schluchzend öffnete sie ihre Augen und fuhr ihrem Sohn durch die süßen Löckchen. Wieso passierte es immer wieder und riss hunderte Menschen in den Tod? Wenn diese Blechbüchsen vom Himmel fielen, überlebte es kaum einer ...

»Die Helfer sind am Unglücksort! Sie haben Überlebende gefunden! Dort oben ist es aufgeklart, der Helikopter kann starten! Meine Damen und Herren! Vielleicht gibt es Hoffnung!«, ließ eine Durchsage verlauten.

Auf den Videoleinwänden erstrahlte ein Livestream eines Helfers. Überall lagen Trümmerteile, Kleidungsstücke ... Saskia entdeckte zwei Arme. Sie versuchte einen Körper zu finden, aber sie waren abgetrennt.

War es nicht unpassend, den Menschen diese Bilder zu liefern? Saskia riss ihre Augen weit auf und versuchte, Leo irgendwo zu finden. Doch sie sah nur Wrackteile, unmöglich von hieraus zu erkennen, ob darunter Überlebende lagen. Ihr Frühstück meldete sich zu Wort, als sie einen abgetrennten Fuß entdeckte. Sie schluckte es mehrmals herunter.

Habe ich tatsächlich Hoffnung? Bei all dem, was der Livestream zeigt?

Abgetrennte Körperteile, zerrissene Kleidung, Trümmerteile des Flugzeugrumpfes, zerfetzte Sitze, viele Kleinteile ... Leo würde da oben zerstückelt in irgendeinem Baum hängen.

17:10.

Saskia drückte Niklas fest an sich. »Alles wird gut«, murmelte sie seit mehr als zehn Minuten vor sich hin.

Es heißt doch, wenn man lächelt, ist man glücklicher. Das muss doch auch funktionieren, wenn ich mir einrede, dass alles gut wird, oder? Leo hatte mir angeboten, mit in die USA zu reisen. Wieso hatte ich das nicht getan? Dann hätten wir zusammen gelitten. Er hatte so oft gesagt, wie traurig es doch wäre, dass wahre Liebe kein Happy End findet. Das Leben sei nicht unendlich, sondern würde irgendwann beendet werden. Bei manchen früher, bei anderen später.

Selbstverständlich war mir das bewusst. Aber niemals hätte ich gedacht, dass uns das Schicksal so früh in die Karten spielt. Sie büffelten für das Abitur und steckten all ihre Energie in ihre Studiengänge. Leo opferte all seine Zeit für die Arbeit, damit sie ein Jahr lang nur reisen konnten, um die ganze Welt zu sehen. Ein Roadtrip durch Amerika war nur ein Beispiel von den vielen Dingen, die sie vorhatten. So viel harte Arbeit für nichts?

Wieso ist das Leben so verdammt unfair? Wie kann mir Gott meinen Mann und den Vater meines Kindes so früh nehmen? Wie um alles in der Welt soll das funktionieren? Ich, alleine, ohne das Zentrum meines Lebens.

»Frau von Ehr?«

Saskia sprang auf. »Ja?!« Sie wusste nicht wohin, einzig und alleine eine Stimme riss sie aus ihren Träumen.

Zwei Polizeibeamte begleiteten sie wortlos aus dem Gebäude.

»Frau von Ehr, steigen Sie ein. Ihr Mann wurde gefunden und befindet sich auf dem Weg ins Krankenhaus. Alles Gute!«

Saskia atmete auf. Ihr konnte es fast nicht schnell genug gehen. Er war lebend vom Berg gekommen, doch wer weiß, wie schwerwiegend seine Verletzungen waren?

Darf ich mich freuen? Oder soll ich besser beten, dass er alles, was ihm jetzt bevorsteht, überhaupt überleben würde?

Bei den Trümmerteilen war es unbegreiflich, dass es ein Mensch im Besitz all seiner Körperteile überlebt hatte.

»Papa geht's gut, Baby!«, sagte sie zu ihrem Sohn und drückte ihn fest an sich. Er war zwar noch zu klein, um alles verstehen zu können, aber er musste die frohe Botschaft unbedingt hören. Erst jetzt fiel ihr in der Hektik ein, dass sie Gundula und Hans

Bescheid geben musste.

18:25. Krankenhaus.

Saskia wurde in die Schockbox drei der Notaufnahme geführt. »Er ist sehr schwer verletzt, sagen Sie ihm etwas Aufheiterndes. Alles was jetzt kommen wird, ist eine Kür. Er hat unter unglaublichen Schmerzen da oben gelitten. Das soll sich doch nun auszahlen, oder?«

Aufgewühlt nickte sie und erschrak, als sie seinen Körper erblickte. Zwar lag eine Decke über den Beinen, aber es war deutlich zu erkennen, dass sein rechter Unterschenkel fehlte. Auf dem Oberkörper waren neben den vielen Elektroden und einem Schlauch einige tiefe Fleischwunden zu sehen. Die Wunde an seinem rechten Arm war so groß, dass Saskia glaubte, Elle und Speiche mit bloßem Auge zu erkennen. Seine Halsstrukturen wurden durch eine Cervicalstütze entlastet. Ein Verband wurde großflächig um den Kopf gewickelt, vermutlich hatte er eine blutende Kopfverletzung. Durch einen Luftröhrenschnitt wurde er beatmet. Das Gesicht war stark angeschwollen und der Kiefer schien gebrochen zu sein.

Sie konnte ihm kaum in die Augen schauen. Er musste unter enormen Schmerzen und Höllenqualen leiden. Mal abgesehen von dem Gefühl, in einem Flugzeug zu sitzen, das abstürzt. Machtlos in dieser Situation gefesselt zu sein. Kein Entkommen. Keine Garantie, wie es ausgeht. Darin zu sitzen und dem Tod praktisch in die Augen zu schauen.

Ist es überhaupt gut, dass er es überlebt hat?

»Schatz, halte durch. Es wird alles gut. Du musst kämpfen. Für Niki und mich! Wir schaffen das gemeinsam! Ich liebe dich.«

Mehr Zeit konnten die Ärzte nicht opfern, sofort wurde er in den OP gebracht.

Zehn Minuten später trafen Hans und Gundula ein. »Wo ist er? Können wir zu ihm?«

»Leider nicht, er ist schon im OP. Er sieht übel zugerichtet aus. Aber Leo ist ein Kämpfer. Der packt das jetzt auch noch!«, gab sich Saskia optimistisch. Sie konnte sich nicht mal an seine Augen erinnern, die als einzige Stelle seines Körpers weitestgehend unversehrt blieben.

Wenn die Polizisten mich nicht hergebracht hätten, hätte ich ihn niemals erkannt…

Gundula nahm ihre Schwiegertochter in den Arm. »Hans fährt mit Niklas nach Hause, wir warten gemeinsam, okay?«

Leise stimmte Saskia zu und betete für ihren Mann.

00:43. Wartebereich.

»Frau von Ehr?«, versuchte eine Schwester Saskia vorsichtig zu wecken.

Sie schlug ihre Augen auf und war sofort hellwach. »Wie geht es ihm?«

»Er liegt jetzt auf der Intensivstation. Er ist sehr schwach, aber Sie können zu ihm! Erschrecken Sie sich nicht, wie er aussieht. Das ist ganz normal. In drei, vier Wochen wird das wieder ganz anders sein. Das Gesicht ist sehr schwer verletzt, wenn es ihm besser geht, müssen wir den plastischen Chirurgen konsultieren«, erklärte sie. »Hier in der Tüte sind die Sachen, die er mit sich trug. Vielleicht bringen Sie ihm morgen etwas von Zuhause mit. Alles, was zur Heilung förderlich sein könnte.«

Saskia rieb sich durch ihr Gesicht und folgte der Schwester. Konnte sie ihn so überhaupt sehen? So stark verwundet, schwach und zerbrechlich?

»Er liegt vorerst im künstlichen Koma, sonst könnte er die Schmerzen nicht ertragen«, erwähnte die Schwester und ließ Saskia alleine im Zimmer zurück. Sie stand dicht an der Wand und war eingeschüchtert von dem, was sich vor ihren Augen befand.

Nach einer Weile traute sie sich, ein Stück näher zum Bett zu schlurfen. Ihr Mann sah so anders aus, alles war so geschwollen und mit Blut verschmiert. So viele Wunden, die mithilfe von Verbänden abgedeckt wurden. Die Wangenknochen waren violettblau, vermutlich zertrümmert durch die schweren Trümmer, die auf ihm lagen. Sie nahm seine Hand und hielt sie einfach nur fest. »Ich bin jetzt da«, flüsterte sie.

Saskia erkannte ihren Mann überhaupt nicht wieder, aber die Schwester sagte, es sei normal oder? Einzig die Handgröße erinnerte sie leicht an Leo.

Als Gundula das Zimmer betrat und sich ihrem schwer verletzten Sohn näherte, brach sie um ein Haar zusammen. »Mein Baby. O Gott. Ich …«, wimmerte sie und fuhr sich an ihr Herz. »O Gott. Mein armer Schatz« Wie im Alkoholrausch taumelte sie vom Bett zurück.

»Gundula? Was hast du?«

»Ich. Ich muss mich sammeln. Mein armes Baby … Ich … O Gott«, murmelte sie geschockt und torkelte aus dem Zimmer.

Nächster Morgen, 06:50.

Saskia wachte an seinem Bett auf. Womöglich war es, weil er vollkommen anders aussah durch die Verletzungen, aber auf irgendeine Weise fühlte es sich nicht an wie ihr Mann. Natürlich sahen Patienten nach so einer Katastrophe ziemlich entstellt aus, aber derart, dass sie nicht einmal mehr fühlte, dass es Leo war?

»Schatz, kannst du mir irgendwie zeigen, dass du es bist? Ich … ich weiß nicht«, murmelte Saskia unsicher.

Ein Arzt betrat kurz darauf das Zimmer. »Frau von Ehr, gehen Sie doch nach Hause, ruhen Sie sich aus. Momentan können Sie nichts für ihn tun.«

»Warum sind Sie sich so sicher, dass das mein Mann ist?«

Der Arzt schmunzelte und griff in die Tüte mit den persönlichen Sachen des Patienten. »Diesen Pass hatte er in seiner

Jackentasche. Und hier ist ein Foto von Ihnen und Ihrem Sohn.«

Reichte ihr das, um zu glauben, es sei Leo?

Der Arzt sah sie nachdenklich an. »Haben Sie Bedenken?«

Sie schüttelte den Kopf. »Ich weiß nicht. Ich habe ihn seit drei Monaten nicht mehr gesehen und jetzt ist er derart entstellt.«

Er schmunzelte. »Wenn alles abgeschwollen ist, der plastische Chirurg die Verletzungen in der Gesichtspartie behandelt hat, werden Sie Ihren Mann wiedererkennen!« Daraufhin kontrollierte er die Werte und strich Saskia über den Rücken. »Frau von Ehr, dass Ihr Mann überhaupt lebend vom Berg gekommen ist, ist ein Wunder. Machen Sie sich keine Sorgen. Mit diesem Kampfwillen wird er das schon schaffen!«

Sie sah aus dem Fenster und erinnerte sich an ihren letzten großen Streit.

***

Leo kam wie jeden Tag gegen siebzehn Uhr von der Arbeit nach Hause. Saskia und Niklas kuschelten miteinander auf der Couch und planten ihren Urlaub, den er zerstören musste. Sie begrüßten sich wie immer mit einem Kuss.

»Niki und ich haben uns den ganzen Tag Gedanken gemacht, was wir im Urlaub alles sehen wollen.«

Er verzog seine Miene. »Engel … Ich muss noch mal in die Staaten.«

Saskia zog ihre Augenbrauen zusammen. »Ach, toll. Schon wieder?«, meinte sie gereizt. Ihre gute Laune verschwand innerhalb einer Sekunde. Nachdem Niklas seinen Vater begrüßt hatte, schickte ihn Saskia in sein Zimmer.

»Ich muss das tun. Es ist meine Arbeit. Ich wünschte, ich könnte es verschieben, damit wir in Urlaub fahren können. Aber das sind unglaublich bekannte Firmen in den Staaten. Das ist der große Durchbruch. Dann haben wir ausgesorgt.«

»Und ich bin deine Frau. Niklas ist dein Sohn. Du könntest mit dem Arsch auch mal zu Hause bleiben.«

»Engel?«

»Ist doch so. Das ist das dritte Mal für dieses Jahr. Rechne mal aus, wie oft du überhaupt zu Hause warst. Mach weiter so. Du bist echt kein Stück besser als dein Vater.«

»Wie bist du denn heute drauf?«

Sie verschränkte genervt ihre Arme. »Wie ich drauf bin?«, plärrte sie, riss den Kalender von der Wand und schmiss ihn vor seine Füße. »Wie oft bist du daheim gewesen? Wie lang dieses Mal?«

»Können wir darüber bitte in Ruhe reden?«

»Wie heißt sie?«

Er fuhr sich durch sein dunkelbraunes Haar und schüttelte den Kopf. »Kannst du mir mal bitte verraten, was mit dir los ist? Du gehst seit Wochen sofort an die Decke.«

»Ich habe dich etwas gefragt! Wie heißt sie?«

Er schenkte ihr keine Antwort und zog sich eine kurze Hose und ein Sportshirt an.

»Kommt da noch was? Wer ist sie?«, hakte sie nach.

»Was?«

»Das Flittchen, mit dem du mich betrügst.«

Leo zeigte unschuldig und leicht entsetzt auf sich. »Wie bitte?«

»Tu doch nicht so. Du könntest jede rumkriegen.«

»Was wird das hier, wenn ich fragen darf?«

Sie zuckte mit den Achseln. »Wie wäre es mal mit der Wahrheit?«

»Ich mache meine Arbeit in den Staaten. Nichts anderes. Aber danke für dein Vertrauen.«

»Ja ja … Wie lange?«

»Was ist los mit dir? Warum bist du so?«

»Was mit mir ist?«

Leo nickte. »Ich habe das Gefühl, dich gar nicht mehr zu kennen.«

»Ach, du hast das Gefühl, mich nicht mehr zu kennen? Wer

reist denn mindestens fünfmal im Jahr nach Amerika und lässt Frau und Kind alleine zurück. Wer wollte denn immer für uns da sein, sich um uns kümmern und besser sein als sein eigener Vater? Ich glaube, das warst du. Oder irre ich mich? Wer hat sich von uns beiden verändert, hm?«

»Hör auf, mich mit meinem Vater zu vergleichen. Ich bin nicht wie er. Ich tue es, weil es meine Arbeit ist.«

»Ja, und wir sind deine Familie!«

»Denkst du, das weiß ich nicht?«

Sie zuckte mit den Achseln.

»Es ist das letzte Mal. Versprochen. Aber diese Firmen sind echt wichtig. Das kann ich keinen der anderen machen lassen. Ich muss das selbst tun.«

»Wie lange?«

»Drei Monate … Wir haben einige Anfragen und versuchen, alle in einem Besuch abzuhandeln.«

»Drei Monate? Du willst mich doch verarschen!«, wiederholte sie laut.

»Es tut mir leid. Aber danach kann es wirklich jemand anderes übernehmen. Das sind wirklich die wichtigsten Firmen.«

»Und wir sind dir nicht *wichtig* genug oder was?«

»Drehe mir die Worte nicht im Mund um. Du weißt, wieso ich das mache.«

»Ach, stimmt … weil ich arbeitslos bin und du als Alleinverdiener die Kohle ins Haus bringen musst.« Genervt schüttelte sie den Kopf und sammelte die Spielsachen von Niklas auf dem Boden ein.

»Engel, ich tue es, weil wir uns unser Leben hier in München leisten wollen und ich dir endlich deinen Traum von einer Weltreise erfüllen möchte.«

»Also bin ich eigentlich schuld, dass du uns immer wieder im Stich lässt. Vielen Dank, Herr von Ehr.«

»Bist du überfällig?«

»Wieso?«

»Lass mich kurz überlegen … Ich bin seit sechs Wochen dein wandelnder Fußabtreter.«

»Wenn ich es wäre, würde ich es lieber abtreiben, als noch einem Kind dich als Vater zu geben. Steig in dieses gottverdammte Flugzeug, flieg in deine heiligen Staaten und stürze meinetwegen ab. Ist mir scheißegal«, plärrte sie und warf ihm die Spielsachen von Niklas über. Erst als die Worte ausgesprochen waren und sie in Leos entsetztes Gesicht blickte, wusste sie, was sie da gerade gesagt hatte. Erschrocken fuhr sie sich über die Lippen und wollte jedes ihrer Worte sofort zurücknehmen. »Leo, ich. Ich habe das so nicht gemeint …«

»Wie denn sonst?« Er musste sich eine Träne von der Wange wischen und zeigte nach draußen. »Ich gehe mit Niklas eine Runde Rad fahren, das habe ich ihm gestern schon versprochen.«

»Schatz, ich. O Gott.«

»Vielleicht müssen wir anerkennen, dass wir gescheitert sind und unsere Ehe keinen Sinn mehr hat.«

»Leo, bitte. Ich habe das so nicht gemeint. Du bist der beste Vater, den sich ein Kind wünschen kann. Ich will dich niemals verlieren! Ich weiß doch auch nicht, was mit mir los ist.«

Er nickte bloß und ließ Saskia mit ihren harten Worten in der Wohnung zurück.

***

Ich hatte es ihm in meiner Wut gewünscht, in diesem verdammten Flugzeug abzustürzen …

Langsam drehte sie sich um und setzte sich an das Krankenbett. »Ich wollte das nie aussprechen. Bitte glaube mir. Und du hattest verdammt noch mal recht. Ich war überfällig. Aber das entschuldigt nicht, wie ich dich behandelt habe. Du musst kämpfen. Du hast es immer nur für uns getan … Du liebst uns. Ich war schrecklich zu dir und habe dich überhaupt nicht verdient«, flüsterte sie und fuhr ihm über die zarte Wange, die von keinem

Stoppel erobert war. Ihr Mann trug immer einen Dreitagebart. Hatten die Schwestern ihn entfernt?

Wahrscheinlich oder? Wieso erkenne ich ihn einfach nicht? Wenn ich seine Augenlider öffnen würde und mich seine türkisblauen Augen anstrahlen, könnte ich mir sicher sein, dass er es ist.

Sie stand auf und wollte diesen Schritt wagen, als Ärzte ins Zimmer kamen und ihn für Untersuchungen wegschoben. Alleine blieb sie zurück und beschloss, nach Hause zu fahren. Sie würde dem Rat der Schwestern und Ärzte folgen und einige Dinge mitbringen, die seiner Genesung helfen würden.

Mit schweren Schritten verließ sie gegen halb acht das Krankenhaus durch die Notaufnahme. Sie hatten sich versöhnt, es war alles gut zwischen ihnen, als er losflog. Aber an alles, was sie denken konnte, waren ihre Worte, die sie ihm einige Tage zuvor an den Kopf warf. Sie wiederholten sich immer lauter.

»Steig in dieses gottverdammte Flugzeug, flieg in deine heiligen Staaten und stürze meinetwegen ab. Ist mir scheißegal.« *Wie konnte ich so etwas jemals zu ihm sagen? Zu dem Mann meiner Träume?*

Als sie die Empfangstür aufdrückte, sprinteten Sanitäter samt einem Verletzten durch. »Wir haben noch einen gefunden!«, schrien sie laut und beorderten Hilfe.

Saskias Blick wanderte zu dem Opfer, das ebenfalls schwer verwundet war. *Haben sie diesen Mann erst achtzehn Stunden später gefunden? Wie schrecklich!* Er musste die Nacht dort oben verbracht haben … einsam unter starken Schmerzen. Da hatte es Leo doch besser getroffen, dass er sofort gefunden wurde.

Als der Kopf zur Seite fiel, starrten sie blutunterlaufene, blaue Augen an. Ein Stich traf sie tief im Herzen.

»Herzalarm!«, schrie einer der Sanitäter und begann den Patienten zu reanimieren.

Saskia wurde von Ärzten aus dem Weg geschoben. Sie hörte ein Klirren, als ob eine Münze auf den Boden gepurzelt ist. Sie schaute sich um, ob sie etwas verloren hatte, aber entdeckte nichts. Langsam setzte sie ihre Füße voreinander und bemerkte

nicht, dass sie auf einen silberfarbenen, mit Strasssteinchen ver-
zierten Ehering trat.

Kapitel 4

Zwei Tage seit dem Unglück

Am Morgen brachte Saskia ihren Sohn in die Kita. Es zerbrach ihr das Herz, ihn in einem solchen Moment einfach abzugeben, aber sie konnte ihm den Anblick Leos nicht zumuten. Sie setzte sich in den Wagen und schaute ihrem Jungen kurz dabei zu, wie er weinend gegen die Fensterscheibe klopfte.

»Ich hasse es, ihn hierzulassen«, fluchte sie, wischte sich eine Träne von der Wange und rangierte den weißen Kombi ihres Mannes aus der engen Parklücke. Im morgendlichen Verkehr steuerte sie das Auto zum Krankenhaus und wandelte mit mühsamen Schritten zur Intensivstation. Gundula fiel es schwer, ihren Sohn so zerbrechlich zu sehen.

Und ich? Ich bin mir nicht einmal sicher, ob er es tatsächlich ist. Achtet man so sehr auf das Aussehen? Bin ich wirklich so ein oberflächlicher Mensch?

»Oh! Da haben Sie aber viel dabei! Das wird ihm sicher helfen!«, sagte eine Krankenschwester und wollte Saskia die Last auf ihren Schultern abnehmen.

»Passt schon«, meinte sie bloß und lehnte das Angebot ab.

»Soll ich Ihnen einen Tee machen? Sie sehen ziemlich fertig aus, hm?«, hakte sie fürsorglich nach. Saskia bejahte und wartete kurz im Gang, bis sie sich an Leos Bett setzen würde. Dabei belauschte sie zwei junge Ärzte, die sich über einen Patienten austauschten.

»Man hat wirklich gar nichts bei ihm gefunden?«, hakte der große Blonde von ihnen nach.

»Nein. Nichts. Weißt du, da hat er ein solches Unglück überlebt und niemand weiß, wer er ist. Aber wir können auch nicht alle Opfer anrufen und fragen, wie ihr Mann, Vater, Verlobter, Freund oder was weiß ich ausgesehen hat. Identifizieren könnten sie den momentan eh nicht, so wie der zugerichtet war.«

»Was ist mit dem Mädchen, das bei ihm gefunden wurde? Vielleicht die Tochter?«

»Nein, so alt ist er auch noch nicht. Ich schätze ihn auf fünfundzwanzig. Das Mädchen ist vierzehn.«

»Vielleicht sollten wir mal mit der reden?«

Der Kleinere zuckte mit den Achseln. »Sie kann sich an nichts erinnern. Ich habe es schon versucht … Er ist mein allererster Patient. Verdammt, ihm geht es so schlecht. Ich will nicht, dass es zu spät ist, wenn wir die Familie gefunden haben. Ich frage mich sowieso, wie er noch leben kann. Achtzehn Stunden unter diesem Wrack. Das ist ein Wunder!«

Er spricht von dem zweiten Opfer.

»Ihr Tee, Frau von Ehr!«, kam die Krankenschwester auf sie zu und begleitete sie in das Krankenzimmer.

»Hallo, mein Schatz«, begrüßte Saskia ihren Mann und legte die Tasche mit Dingen von Zuhause ab.

Nachdem die Schwester das Zimmer verlassen hatte, quatschte sie darauf los. Man wusste nie, ob Komapatienten einen hörten, aber sie hatte sich in den Kopf gesetzt, nichts unversucht zu lassen. Sie redete jede Menge, hing nebenbei gemalte Bilder von Niklas auf und ließ mithilfe ihres Handys seine niedliche Kinderstimme abspielen. Als sie zufrieden mit der Dekoration des Raumes war, näherte sie sich ihrem Mann an. »Wie geht's dir heute, mein Schatz? Eigentlich muss ich dir etwas Wichtiges sagen … Nun gut, eigentlich wollte ich es dir zeigen. Ich hatte mich extra in Schale geworfen und mein rotes Kleid angezogen. Du weißt schon welches.« Vorsichtig führte sie seine linke Hand zu ihrem Bauch und stoppte für einen Moment, als sie am Ringfinger keinen Ring erblickte.

War es genau das Zeichen, auf das sie gewartet hatte? Das belegte, dass er eben nicht ihr Mann, sondern bloß ein Opfer der Katastrophe war? Welche andere Möglichkeit gab es dafür, dass er den Ring nicht trug? Na ja, er wurde operiert … Schmuckgegenstände nahm man den Patienten vorher ab.

Sie ließ seine Hand los und durchforstete die Tüte mit persönlichen Gegenständen nach ihrem silberfarbenen Ehering. Doch sie fand ihn nicht. Sie schüttelte ihren Kopf. Er hatte ihn sicher nur verloren, was nicht verwunderlich wäre, wenn sie an die Bilder vom Unglück dachte.

Saskia setzte sich wieder auf das Bett, griff nach seiner Hand und führte sie zu ihrem Bauch. »Darin ist Papas kleine Prinzessin. Hörst du? Du musst kämpfen, sie will dich unbedingt kennenlernen! Du hast dir doch immer eine Tochter gewünscht ...«

Fällt mir echt nichts Besseres ein? Ich bin doch sonst ein Meister der großen Worte? Das klang eher nach einer Drohung ... Wehe du hörst auf zu kämpfen oder so etwas in der Art ... Aber ich bin überfordert mit der Situation ... Zumal ich immer noch bezweifele, dass er es ist.

Sie starrte zum Fenster. Heute war ein freundlicher Tag. Draußen waren es schon am Morgen sommerliche achtundzwanzig Grad. Was hätten sie heute bloß zusammen anstellen können? Sie schwelgte in Erinnerung an den letzten Sommertag im Grünen und bemerkte nicht, dass er die Augen öffnete.

Hör auf. Du musst jetzt stark für ihn sein und ihm zeigen, dass er nicht alleine ist!

Sie wendete ihren Blick vom Fenster ab und wanderte mit den Augen zu ihm. »Du bist ja wach!«, bemerkte sie lächelnd und strich ihm sanft über die Wange.

Das Überraschungsmoment wurde schnell überschattet, als sie ihm in die Augen sah, die nicht dem Wasser der Karibik, sondern einer Kastanie glichen.

»Entschuldige mich kurz!«, stotterte sie, nahm den Elefanten von Niklas vom Bett und rannte aus dem Zimmer heraus. Sie musste sich übergeben.

»Frau von Ehr? Geht es Ihnen nicht gut?«

Sie schluckte mehrmals, wusch sich den Mund ab und brauchte einen Moment, bis sie fähig war, dem Arzt ins Gesicht zu schauen. »Wer auch immer das in diesem Zimmer ist, das ist *nicht* mein Ehemann! Leo hat die schönsten *blauen* Augen, die ich jemals in meinem Leben gesehen habe und diese sind braun! Braun! Verstehen sie?! Braun! Nicht blau! Die sind nicht einem Ozean gleich! Die sind braun! Ich hatte das Gefühl, dass das nicht mein Mann ist. Ich hatte recht! Mein Gefühl trügt mich nämlich nie! Er ist es nicht! Ich habe hier am Bett eines Mannes gesessen, der nicht meiner ist!«

Wie konnte ich ihm bloß diesen schrecklichen Satz an den Kopf werfen? Es ist, als ob ich sein Leben mit diesem Satz beendet hätte. Ich alleine bin daran schuld, dass er sterben musste.

Kapitel 5

Neun Tage seit dem Unglück

Nachdem Saskia ihren Sohn im Kindergarten abgeliefert hatte, setzte sie sich zurück an den Esstisch und starrte das Telefon an. Irgendwann würde sich doch jemand melden oder? Sie schaute zum Kalender. An jedem neuen Tag, an dem keiner anrief, malte sie ein Kreuzchen. Mittlerweile hatte sie schon acht gesetzt. Das für den heutigen Tag würde sie erst setzen, wenn sich bis Mitternacht wieder keiner meldete.

Darf ich noch hoffen? Oder ist es Zeit, der Realität ins Auge zu blicken? Ich könnte noch mal bei der Polizei anrufen ... oder in den Krankenhäusern?

Vom Sideboard im Wohnzimmer nahm sie sich den Notizzettel mit allen Nummern, die sie jeden Tag mehrfach anrief. Je öfter sie sich dort meldete, desto pampiger wurden die Abnehmer. Ihr letzter Versuch galt heute dem Klinikum rechts der Isar. Aufgeregt wartete sie, bis jemand abhob.

»Klinikum rechts der Isar, Sie sprechen mit Frau Holz!«

»Hallo, Frau von Ehr hier. Ich würde gerne wissen, ob mein Mann Leonardo von Ehr bei Ihnen eingeliefert wurde?«

»Vermissen Sie ihn?«

»Ja, er saß in dem Flugzeug, was vor neun Tagen abstürzte!«

»Wir haben nur zwei Patienten hier. Sagen Sie mal, mit Ihnen habe ich doch gestern schon gesprochen!«

»Ja. Ist einer davon Leo? Türkisblaue Augen, prachtvolles dunkles Haar, Dreitagebart, sportliche Figur, ungefähr 1, 80 Meter groß?«

»Also den einen hatten Sie schon gesehen, das war er ja nicht. Der andere hat zumindest blaue Augen. Aber mehr kann ich nicht sagen.«

In ihrem Schlabberlook fuhr sie zum Krankenhaus und hechtete zur Intensivstation. Schnell wurde sie ausgebremst. Sie durfte die Station ausschließlich betreten, wenn sie eine Angehörige war. Da sie das nicht beweisen konnte, wurde ihr von der Schwester die Tür vor der Nase zugezogen.

Traurig sah sie zu Boden. *Was, wenn es tatsächlich Leo ist? Ich muss da rein, aber wie?*

Sie schaute sich um und entdeckte einen Wäschewagen mit frischer Dienstkleidung. Heimlich zog sie sich einen Arztkittel heraus und warf sich diesen im Putzraum über. Sie machte sich einen strengen Dutt, zog ihre Hornbrille auf und öffnete selbstsicher die Tür. Sie schaute durch die kleinen Fenster und rätselte, wer das zweite Opfer des Absturzes sein könnte. Bei Zimmer elf stoppte sie. »John Doe«, las sie leise vor und nickte.

So nennt man Patienten, deren Identität unklar ist. Das muss er sein!

Ihr Herz klopfte schneller. Vorsichtig drückte sie die Klinke nach unten und betrat das Zimmer. Mit langsamen Schritten ging sie näher. Sie warf einen Blick auf die Werte, die alles andere als ausgezeichnet waren. Langsam tastete sie sich an ihn heran. Er trug einen Gips am linken Bein und am rechten Unterarm. Sein Kopf war fast komplett bandagiert. Einzig der Bereich um den Mund wurde ausgelassen, sodass er beatmet werden konnte. Unmöglich zu erkennen, wer das war. Nicht einmal die Augen hätte sie öffnen können, denn diese waren unter den Bandagen verborgen.

»Leo?«, fragte sie vorsichtig.

Nein. Ich würde spüren, wenn er es wäre, oder? Genauso wie ich bei dem anderen merkte, dass es nicht Leo gewesen ist ...

Sanft legte sie dennoch die Hand auf dessen Brust. »Ich wünsche Ihnen viel Kraft! Sie schaffen das schon!«

In diesem Moment öffnete sich die Zimmertür. Ein junger Arzt trat herein und sah Saskia verdutzt an. »Ähm? Wir kennen uns aber noch nicht, oder?«, fragte dieser lächelnd und kam näher.

»Nein!«, antwortete Saskia knapp und wollte das Zimmer

schnell verlassen, um nicht aufzufliegen.

»Damian Hartmann. Der neue Assistenzarzt. Sind Sie die Neurochirurgin, der ich heute zugeteilt bin?«

Saskia rieb sich überfordert die Schläfen. »Nein, aber freut mich Sie kennenzulernen.«

»Und wer sind Sie sonst?«

»Doktor Lindberg!«, stellte sie sich mit ihrem Mädchennamen vor und zeigte auf die Tür. »Ich werde dann mal wieder gehen!«

Gerade als sie ihrem Vorhaben nachkommen wollte, zuckte der Patient mit sämtlichen Gliedern. Er schien einen epileptischen Anfall zu erleiden. Der Assistenzarzt hielt den Mann sofort fest und warf Saskia einen auffordernden Blick zu. »Tun Sie etwa nichts?!«, hakte er skeptisch nach.

»Doch klar …«, meinte sie und schaute sich suchend um.

»Rollwagen, zweite Schublade. Da finden Sie das Lorazepam!«, rief Doktor Hartmann.

Mit zittrigen Fingern zog Saskia eine Dosis auf und spritzte es ihm. Es wirkte relativ schnell, was Saskias Herz wieder langsamer schlagen ließ.

»Er ist mein erster Patient. Ich fühle mich so machtlos. Ich wünschte, wir hätten seine Familie schon gefunden. Ich will nicht, dass es in ein, zwei Tagen zu spät sein wird.«

»Geht es ihm so schlecht?«

»Als er eingeliefert wurde, war er noch bei Bewusstsein. Das müssen Sie sich einmal vorstellen: Er lag achtzehn Stunden unter einem Wrackteil und kämpfte um sein Leben. Aber das änderte sich schlagartig. Er war ewig im OP, hat seine Milz verloren, tiefe Schnittverletzungen, Quetschungen, ein Schädel-Hirn-Trauma und eine Hirnblutung, die wahrscheinlich für diese Anfälle verantwortlich ist.«

»Hat er etwas gesagt?«

»Wieso?«

»Hat er?«

»Ja, er hat etwas gefaselt, aber ich konnte es nicht richtig verstehen. Irgendetwas mit seiner Tochter.«

Leo hatte keine Tochter, zumindest jetzt noch nicht. Er war es nicht … *Vielleicht sollte ich den Gedanken zulassen, dass er es nicht geschafft hat?*

Wortlos ließ Saskia den angehenden Arzt stehen und trottete zu ihrem Wagen. Die anderen Krankenhäuser behandelten nur Frauen und Kinder. Dieser Mann war ihre letzte Hoffnung zu glauben, dass er noch lebte.

Sie sah zum strahlend blauen Himmel und küsste ihren silberfarbenen Ehering. *Hast du mich wirklich verlassen? Wir wollten immer gemeinsam sterben, wenn wir neunzig sind und zufrieden auf alles zurückschauten, was wir in unserem Leben erreicht hatten … Niemand durfte unseren Vertrag vorher brechen. Das war deine Bedingung.*

Eine Träne kullerte über ihre Wange. Laut seufzte sie auf und schaffte sich mühsam zu ihrem Wagen.

Vor zwei Wochen hatte sie ein herrliches Einfamilienhaus mit großem Garten in ruhiger Lage in einem Münchner Stadtteil gefunden. Das wäre perfekt für sie und die Kinder gewesen. Ihre Wohnung war ausreichend mit einem Kind, aber mit gleich zweien würde es eng werden. Übermorgen stand der Besichtigungstermin an … Den konnte sie jetzt absagen. Sie brauchte kein größeres Haus, wenn der wichtigste Mensch in ihrem Leben fortgegangen war.

Als sie zwei Straßen vom Kindergarten entfernt war, grübelte sie, was sie ohne ihren Sohn in der leeren Wohnung anstellen sollte. Traurig würde sie in einer Ecke sitzen und das Telefon anstarren. Sie würde darauf warten, dass ein Wunder eintrat. Also konnte sie ihren Jungen auch früher abholen und die letzten Sonnenstunden gemeinsam mit ihm genießen. Saskia parkte ihren Wagen und schaute sich im Garten der Kita nach ihrem Sohn um, doch entdeckte ihn nirgends. Bei solch einem Wetter konnte man ihn nur draußen finden, ansonsten müsste er angeschlagen sein. Dennoch schaute sie sich drinnen um, als ihr die Erzieherin begegnete. »Du hier?«

Verdutzt nickte Saskia.

»Niklas ist nicht mehr hier. Er wurde abgeholt. Mir wurde gesagt, dass es abgesprochen wäre. Ich habe mich zwar auch gewundert, aber er hat mir einen Zettel vorgelegt und da war deutlich deine Unterschrift drauf!«

Saskia runzelte die Stirn. »Ähm. Wie sah der aus?«

»Dunkles Haar, blaue Augen. Sportliche Figur. Sehr attraktiv. Um die dreißig?«

»Was? Wirklich? O mein Gott!«, stieß Saskia glücklich aus und dachte bei dieser Beschreibung nur an einen. Euphorisch steuerte sie den Wagen zu sich nach Hause und hörte beim Aussteigen Niklas´ niedliche Kinderlache. Ihr konnte es nicht schnell genug gehen, weshalb sie die Tür des Wagens aufließ und in den Garten sprintete.

Niklas befand sich in den Armen eines großen Mannes mit dunkelbraunen Haaren und einer unverkennbaren Stimme. *Er hat es unversehrt überlebt. O mein Gott! Und dieser Schlingel meldete sich nicht! Ich könnte ihn umbringen!*

Mit breitem Grinsen näherte sie sich den beiden an. »Du bist mir einer!«, rief sie lächelnd.

Der Mann drehte sich um und schaute Saskia unschuldig an. »Sorry, ich wollte nur etwas mit meinem Patenkind machen. Er sieht meinem Bruder einfach so ähnlich!«

Erschrocken wich Saskia einen Schritt zurück. Ihre glückliche Miene fiel schlagartig in eine traurige. Erst als sie in das Gesicht von Leos älterem Bruder Elias schaute, das dem ihres Mannes zum Verwechseln ähnlich sah, erinnerte sie sich daran, bei Niklas´ Anmeldung in der Kita Personen angegeben zu haben, die ihn abholen dürfen … Elias, Leo und seine Großeltern Gundula und Hans.

»O nein, du dachtest, ich sei Leo … O Gott. Saskia, das tut mir unglaublich leid!«, entschuldigte sich Elias und nahm seine Schwägerin in den Arm, welche traurig in die Ferne schaute.

»Es ist aussichtslos, oder?«

Elias strich ihr sanft über den Rücken und kickte den Fußball weiter weg, sodass sie kurz ungestört reden konnten, während Niklas dem Ball nachlief. »Solange nicht eines der sterblichen Überreste meinem Bruder zugewiesen und er offiziell für tot erklärt wurde, glaube ich, dass er überlebt hat. Er ist ein Kämpfer. Das weißt du. Er würde euch nie alleine zurücklassen.«

»Aber … Es ist neun Tage her?«

Elias nickte. »Vielleicht ist er nicht nach München geflogen worden. Oder war nicht zu schwer verletzt und kam in ein näher gelegenes Krankenhaus. Wir geben die Hoffnung nicht auf, okay?! Mama hat angeboten, Niklas zu nehmen, wenn wir den Unglücksort selbst sehen wollen.«

»Mama, schau mal!«, rief Niklas stolz und schob sich den Ball locker durch die Beine, drehte sich um und schoss mit der Hacke ein Tor. Den Trick hatte er lange mit seinem Vater vor dessen Abreise geübt.

Elias und Saskia jubelten. Vielleicht war es das Letzte, was Leo ihm jemals beigebracht hatte. Sein Onkel ging zu ihm, nahm ihm den Ball ab und veräppelte ihn ein wenig. Er kicherte beglückt und hatte Spaß. Doch genau den sollte er jetzt mit seinem Vater haben.

Ich würde Mittagessen machen und die beiden beim Spielen beobachten. Mein ganzes Herz würde aufgehen, wenn ich meinen Männern zuschauen würde. Stattdessen sitze ich hier und bete darum, dass es diese Vatermomente wieder gibt.

Es war nicht auszudenken, was geschehen würde, wenn Niklas erfuhr, dass sein Vater gestorben ist …

»Mama, mitspielen!«, forderte der Kleine und zog an den Händen seiner Mutter.

»Wann anders, mein Schatz. Du hast doch sicher Hunger!«

»Mama!«, entgegnete er, verschränkte seine Arme und zog eine Schnute. »Du hast gesagt, wenn Papa länger in Alerika bleibt, spielst du mit mir!«

»Amerika, mein Schatz«, verbesserte sie ihn und löste ihr Versprechen doch ein.

»Wann sagen wir Papa das mit meiner Schwester?«

Elias nahm den Kleinen auf den Arm und kitzelte ihn. »Stell du mal nicht so viele Fragen, sonst kommen wir gar nicht mehr zum Spielen!«, lenkte er gekonnt vom Thema ab.

Nachdem sie lange Zeit draußen gespielt hatten, kochten sie am Nachmittag gemeinsam und ließen den Abend im Schwimmkurs ausklingen. Als Niklas später im Bett lag, schlüpfte Saskia in einen Hoodie von Leo und legte sich mit dem Hochzeitsalbum und dem dazugehörigen Film auf die Couch. Zuerst betrachtete sie das Album.

Als Kind träumte ich immer von einer großen Hochzeit in einem Märchenschloss mit meinem Traumprinzen. Leo hatte mir gut zugehört.

Denn sie feierten ihre Traumhochzeit am Starnberger See mit perfektem Bergpanorama. Der große Raum in der Villa war wunderschön geschmückt. Die Atmosphäre erinnerte an die eines Märchenschlosses. Saskia musste schmunzeln und drehte ihren Ring am Finger. Er sah so unbeschreiblich gut aus in seinem dunkelblauen Smoking mit gleichfarbiger Fliege und einem weißen Hemd. Mit ihrem Finger strich sie sanft über ein Foto Leos, das auf einem Steg am Starnberger See aufgenommen wurde. Lässig steckte er beide Hände in seine Hosentaschen und lächelte zufrieden in die Kamera.

Er kann nicht einfach weg sein …

Saskia blätterte zur nächsten Seite. Sie schluckte und musste die Tränen unterdrücken, als sie diese bezaubernden, innigen Fotos von ihnen betrachtete.

Auf der linken Seite hatte Leo eine kleine Nachricht an seine Liebste geschrieben, die sie beim Durchschauen immer wieder in ihren Gedanken verankern sollte:

Ich lache, ich lächele und ich träume mehr als je zuvor, seitdem ich dich kennengelernt habe. Dank dir glaube ich an Wunder, denn du bist meines. Du bist und du wirst für immer die Liebe meines Lebens, meine Seelenverwandte und meine Person sein. Mit diesem Ring gebe ich dir mein Herz. Von diesem Tag an wirst du nie wieder alleine sein. Meine Arme werden immer dein Zuhause sein, meine Gedanken immer um dich kreisen und mein Herz immer für dich schlagen. Ich liebe dich, mein Engel.

Saskia strich die Tränen von ihren Wangen. *Aber nun bin ich alleine … Ich fühle mich so leer …* Ihr Blick wanderte zu dem dazugehörigen Foto, auf welchem Leo und Saskia auf einem Steg standen und ihre Köpfe dicht aneinanderschoben. Beide hatten ihre Augen geschlossen und ein breites Lächeln im Gesicht geschrieben. Saskias linker Arm umschlang Leos rechte Schulter. Seine rechte Hand lag an ihrer Hüfte auf, die linke griff sanft ihren Unterarm. Leo strahlte vor Glück. Sein Lächeln war bezaubernd.

Er musste mich nur durch seine türkisblauen Augen ansehen und ein Lächeln aufsetzen und jeder noch so kleine Streit war vergessen. Ich schaute ihn an und meine schlechte Laune war weggeblasen …

Behutsam zog sie die Umrisse seines Gesichtes nach. Er hatte immens lange Wimpern – von solchen träumte jede Frau. Dazu seine Augen, die dem Wasser in der Karibik glichen … *Es durfte nicht wahr sein, dass ich das nie wiedersehen würde! Dass ich ihn nie wieder spüren könnte und er mich nie wieder durch seinen Charme und seinen Humor zum Lächeln bringen würde.*

Nach längerem Betrachten dieses wunderschönen Fotos beschloss sie, sich das Hochzeitsvideo anzusehen. Schon damals bekam sie immer Tränen in die Augen. Diese waren vor Rührung und Glücklichkeit. Wenn jetzt Tränen ihre Augen verließen, waren es Tränen der Trauer, Tränen des Schmerzes. Sie hatte den wichtigsten Menschen in ihrem Leben verloren…

Sie drückte auf die Playtaste und wurde zum womöglich schönsten Tag ihres Lebens zurückgebracht.

Kapitel 6

»Guten Morgen, schöne Frau!«, wurde Saskia sanft geweckt. Leo hatte ihr ein üppiges Frühstück ans Bett gebracht mit Latte macchiato, Orangensaft, Erdbeeren im Quark, Rührei mit Speck und einem Sandwich mit Salami, Käse, Gurken, Tomaten und Salatblättern. Saskias Kinnlade fiel nach unten. Sie fragte ihn perplex, wie sie ihn überhaupt verdient hätte. Er schenkte ihr sein schönstes Lächeln und meinte, er könne die Frage nur zurückgeben. Saskia stellte das Frühstückstablett zur Seite und zog ihren Partner zurück ins Bett. Er stützte sich auf der Matratze ab und schmiegte sich an seine Saskia. »Ich liebe dich!«, hauchte er und küsste ihren Hals.

Saskia lächelte und strich mit ihren Fingern durch die dunkle Haarpracht ihres Gegenübers. Sie könne es kaum erwarten, ehe sie sich ab heute Mittag Saskia von Ehr nennen dürfe, antwortete sie und küsste ihn. Leo strahlte und zeigte dann auf die Uhr. »Wir sehen uns in drei Stunden in der Kapelle!«

Sie sah ihn perplex an und warf einen Blick auf die Uhr. Ihr blieb das Herz fast stehen. Sie musste unbedingt duschen gehen, da ihre Freundin in wenigen Minuten kommen würde, um ihre Frisur zu machen. Außerdem musste sie sich schminken und die Nägel lackieren. Sie spürte, dass alles knapp werden könnte, aber das würde sie meistern! Schnell hüpfte sie aus dem Bett. Schließlich wollte sie nicht zu spät zur eigenen Hochzeit erscheinen!

Gegen eins war sie fertig. Sie verließ das Schlafzimmer und betrachtete sich nochmals im großen Spiegel neben der Eingangstür. Sie staunte. Das bezaubernde Kleid in A-Linie stand ihr exzellent. Die Perlen im Bereich der Büste hoben diese insbesondere hervor. Durch die Hochsteckfrisur wirkte sie im Gesamten größer und unglaublich erwachsen. Das Make-up war perfekt abgestimmt. Sie kam aus dem Staunen nicht mehr heraus.

Saskia war nicht der Typ Frau, der ständig in den Spiegel schaute und prüfte, ob die Frisur weiterhin sitzt oder ob sie gut aussieht. Sie war vielmehr der Mensch, der im Schlabberlook und ungeschminkt das Haus verließ, ohne sich hässlich zu fühlen. Dennoch fand sie sich heute bezaubernd. Sie war schon auf das Gesicht Leos gespannt! Würde er staunen?

Als sie sich umdrehte und ihrer besten Freundin zulächelte, schoss diese ein Polaroid sowie weitere Fotos mit der Spiegelreflexkamera. Lara betonte, wie umwerfend sie aussehen würde, bevor sich die beiden auf den Weg zur Kapelle begaben.

Dort stieg Saskia aus dem Wagen und wartete auf ihren Vater Gerd, der sie zum Altar führte. Die Sonnenstrahlen wärmten ihre Haut, das glitzernde Puder brachte sie mehr zum Strahlen, als sie es ohnehin schon tat. Markus, den sie extra zum Filmen beauftragt hatten, richtete die Kamera auf sie. »Und da haben wir die wunderschöne Braut, bist du aufgeregt?«, scherzte er.

»Ja, sehr!«, stotterte sie lächelnd.

Inzwischen kam ihre Mutter mit Niki. Der Kleine sah so schick aus! Er trug ebenfalls einen dunkelblauen Smoking wie sein Vater.

Als das Anfangslied ertönte, war es Zeit für sie mit ihrem Vater die Kapelle zu betreten. Er öffnete die Tür und Saskia sah, wie Leos Blick auf sie gerichtet wurde. Über beide Wangen grinste er und vergoss einige Tränchen.

Hätte sie damals in der Schule je geglaubt, diesen Schönling irgendwann zu heiraten? Die Antwort lautete eindeutig nein! Aber nun stand sie da, in der zauberhaften Kapelle, die sie einst mit Leo bei einer Wanderung gefunden hatte. Seine Träume sollte man versuchen zu verwirklichen, einen davon erfüllte sie sich in jenem Moment. Immer wenn sie in Leos Augen schaute, spürte sie oder besser gesagt, wusste sie, diesen Mann würde sie irgendwann heiraten, mit ihm Kinder bekommen und wenn sie 90 sind im Schaukelstuhl gemeinsam sterben.

Derweil war die Zeit gekommen, sich dem anderen zuzuwenden und ihm das Versprechen der Ehe zu geben. Leo lächelte seine bezaubernde Saskia an und sprach: »Vor Gottes Angesicht nehme ich dich an als meine Frau. Ich verspreche dir die Treue in guten und bösen Tagen, in Gesundheit und Krankheit, bis der Tod uns scheidet. Ich will dich lieben, achten und ehren alle Tage meines Lebens.« Seine zittrigen Finger nahmen den Ring und steckten ihn Saskia an. Sie musste sich eine Träne wegwischen. Niemals hätte sie vor ihrem Kennenlernen geglaubt, diesen bezaubernden Menschen eines Tages als ihren Ehemann zu nehmen.

»Trage diesen Ring als Zeichen unserer Liebe und Treue: Im Namen des Vaters und des Sohnes und des Heiligen Geistes.«

Der Blick des Pastors wanderte zu Saskia. Sie war an der Reihe ihr Versprechen aufzusagen und ihrem Leo den Ring an den Finger zu stecken. Sie sprach die gleichen Worte zu ihm und war nicht mehr in der Lage, die letzten ohne ein Zittern in der Stimme und Freudentränen aufzusagen.

»Dann erkläre ich Sie hiermit im Namen Gottes zu Mann und Frau. Sie dürfen die Braut nun küssen.«

Leo küsste sie und verließ mit ihr an seiner Seite und dem größten Strahlen die Kapelle. An der Tür nahm er sie auf die Arme und trug sie über die Schwelle.

***

Saskias Blick verfinsterte sich, traurig sah sie aus dem Fenster und griff zur nächsten Süßigkeit. Am liebsten wollte sie sich betrinken, um ihrem Leben für eine Weile zu entfliehen. Im Rausch würde sie vergessen, was war. Nur für einen Moment würde sie dem vermeintlichen Verlust ihres Ehepartners keinerlei Beachtung schenken. Zwei kurze Jahre sollte ihre Ehe bloß halten.

Weder der Segen Gottes noch ich habe es geschafft, unsere Liebe zu schützen, festzuhalten und nie wieder loszulassen, dachte sie niedergeschlagen und schnäuzte ihre Nase. Langsam erhob sie sich vom Sofa und tapste in die Küche. Sie hatte keine Lust, schon wieder eine Tafel Haselnussschokolade zu essen. Sie öffnete die Kühlschranktür und entdeckte eine angebrochene Flasche Sekt.

Ein Glas wird dem Baby schon nicht schaden. Bei meinem Glück verliere ich es ohnehin.

Statt einer anderen Schokoladensorte nahm sie die Sektflasche hervor. In ein normales Glas schenkte sie sich die sprudelnde Flüssigkeit ein und nippte daran.

»Engel, was tust du denn da?«, hörte sie plötzlich seine Stimme.

Ertappt drehte sie sich um, doch entdeckte niemanden. Sie zitterte am ganzen Körper. Sofort stellte sie das Glas ab und schlich durch die Wohnung. Das Klingeln der Haustür ließ sie zusammenfahren. Angstbesetzt schaute sie zuerst durch den Spion. Es waren ihre Schwiegereltern.

Was wollen die denn jetzt von mir? Es ist schon halb neun! Höflich wie sie war, öffnete sie dennoch die Haustür.

»Hallo Liebes!«, begrüßte sie Gundula und drückte sie fest an sich.

Je öfter ich von ihr »Liebes« genannt werde, desto schrecklicher empfinde ich es.

»Hey«, entgegnete sie leise und ließ die beiden herein.

»Schläft der Kleine schon?«

Saskia nickte bloß und bot ihnen das Sofa an. Gundula schüttelte den Kopf und drückte ihre Schwiegertochter. »Ach Saskia. Es tut mir alles so leid, wie es gekommen ist. Aber das macht unsere Beziehung jetzt sicher stärker, hm? Wir werden dich unterstützen mit Niklas. Du kannst uns jederzeit anrufen. Wir haben die Wohnung in unserem großen Haus fertiggemacht, kommt doch mit nach Hause!«

Saskia zog eine Augenbraue nach oben.

Dafür, dass diese kalten Menschen wollten, dass ich das Kind abtreibe, bieten sie jetzt an, sich zu kümmern? Nein, danke!

Statt eine Antwort zu geben, bohrte sie nach, wieso sie hier erschienen waren.

»Wir wollten dir ein familiäres Angebot machen. Es ist doch für uns alle sehr schwer! Wir haben unseren Sohn verloren, Niklas seinen Vater und du deinen Ehemann!«

»Ja, zwei dieser Dinge würden ja nach eurem Ermessen gar nicht existieren!«, zischte sie und wandte sich genervt ab.

»Saskia, wir geben ja zu, dass wir Fehler gemacht haben. Aber gerade jetzt müssen wir doch versuchen, unsere Beziehung zueinander zu verbessern!«

»Ah. Das ist ja toll. Da muss Leo erst sterben, dass ihr mich akzeptiert?«

»So war das doch nicht gemeint, Liebes. Wir haben lange mit unserem Sohn vor seinem Abflug telefoniert. Unser Verhältnis war auch nicht mehr so wie früher. Er hat sich auf deine Seite gestellt und sich gegen uns entschieden. Das hat uns sehr verletzt, also wollten wir das unbedingt klären. Deswegen waren wir auch am Flughafen. Wir sollten uns endlich alle miteinander vertragen. Das lag ihm sehr am Herzen. Du weißt doch, dass er ein Familienmensch war.«

»Ist. Okay? Er *ist* ein Familienmensch.«

»Saskia, hör auf, dir einzureden, dass er es überlebt hat. Er ist gestorben. Das müssen wir irgendwann akzeptieren. So schwer es uns auch fällt.«

»Deinen lieben Rat brauche ich nicht. Ich komme mit Niklas sehr gut alleine klar. Ohne eure Hilfe!«, spottete sie und zeigte zur Tür.

Gundula stand kopfschüttelnd vom Sofa auf und höhnte: »Fürs Protokoll, an mir lag es nicht!«

Saskia verschränkte die Arme. »Ja, ist klar. Du hast mir befohlen, ich solle Niklas abtreiben. Wieso also solltest ausgerechnet *du* mit meinem Sohn Zeit verbringen dürfen, hm?!«

Leos Mutter spitzte ihre Lippen und entdeckte im Hintergrund die offene Sektflasche. »Trinkst du?!«

»Nein, wieso?«, log Saskia und bemerkte, dass ihre Wangen erröteten. Sie war eine miese Lügnerin.

Gundula marschierte an ihr vorbei, schnüffelte am Glas und hielt es Saskia vor die Nase. »Und das soll Sprudel sein?«

Saskia zuckte mit den Schultern. »Wüsste nicht, was es dich angeht!«

»Du trägst das Kind *meines* Sohnes in dir. *Mein* Enkelkind! Es geht mich wohl etwas an! Hast du die halbe Flasche getrunken?!«

Entsetzt schüttelte ihre Schwiegertochter den Kopf. »Nein, was denkst du denn von mir?«

»Gut hast du wohl nicht bei deinem Studium der Medizin aufgepasst!«, entgegnete sie kopfschüttelnd.

»Als ob du in deinem Leben immer alles richtig gemacht hättest!«

»Es ist besser, wenn wir gehen. Ich denke nur an das arme Baby, das sich darin nicht wehren konnte! *Sie* muss *deinen* Fehler irgendwann ausbaden. Nicht du!« Kopfschüttelnd verließen sie die Wohnung.

Ich habe bloß einen Schluck genommen. Das würde dem Baby schon nicht schaden! Aber diese Frau bringt mich immer wieder zur Weißglut. Stets weiß sie alles besser. Was glaubt sie eigentlich, wer sie ist? Niklas zuerst nicht wollen, aber jetzt schon? Das kann sie sich abschminken!

Die Tage verstrichen, doch es änderte sich nichts. Die Hoffnung, dass Leo gefunden werden würde, sank an jedem weiteren vergangenen Tag. Saskia musste anfangen, die Tatsache zu begreifen. Doch sie wollte und konnte sich mit dem Gedanken nicht anfreunden, dass Leo nicht mehr wiederkommen würde. Dass ihr Mann sie verlassen hatte. Zu früh fortgegangen war.

»Mama? Wann kommt Papa?«, fragte Niklas zum achtundzwanzigsten Mal für diese Woche.

»Bald«, vertröstete Saskia ihn und schob sich ein Stück Schokolade in den Mund.

Er setzte sich nieder und spielte mit seinen Bauklötzchen.

Saskia versuchte zwar, für ihren Sohn stark zu sein, aber je mehr Zeit verging, desto fürchterlicher wurde es. Jeder weitere Tag, an dem sie nicht die Nachricht bekam, dass sie ihn lebend gefunden hatten, schmälerte die Hoffnung, dass dies passieren würde. Sie schaltete traurig und kraftlos den Fernseher ein, um sich abzulenken, und kuschelte sich in die Decke. Doch das funktionierte nicht, da das laufende Programm über den Absturz berichtete.

»Traurige Erkenntnis. Auch 26 Tage nach dem verheerenden Unglück haben die Helfer die zwölf vermissten Personen nicht gefunden. Die Opferzahl stieg heute Morgen auf 170 an. Immer noch bergen die Sanitäter Leichen oder sterbliche Überreste. Die Ursache für das Abstürzen der Maschine ist bisher ungeklärt, die Blackbox wurde noch nicht gefunden.«

Saskia knallte die Fernbedienung auf den Tisch, erschrak dabei ihren Sohn, der zusammenfuhr, und torkelte in die Küche, um Abendbrot zu machen. Kein Wunder, dass sie bei Partys damals immer schnell betrunken war, wenn sie bei einem Glas Sekt schon ins Wanken kam.

Das war eben wirklich das letzte Mal, dachte sie sich und warf die neugekaufte Sektflasche in den Mülleimer. In einen Rausch konnte sie sich nicht trinken. Auch wenn sie es nicht zugeben wollte, hatte Gundula einmal recht behalten. Sie musste an das Baby denken, sich mit ihren beiden Kindern ablenken, um den Verlust verkraften zu können, und ihnen Halt geben. Denn auch sie hatten ihn verloren. Ihre kleine Tochter würde ihren Vater womöglich nie kennenlernen…

Kapitel 7

Oktober 2010

An Morgen des 15. Oktobers hatte Saskia ein komisches Gefühl im Magen. Gewohnt setzte sie Niklas in der Kita ab und kehrte zu ihrem Platz am Esstisch zurück. Das Telefon stand aufgeladen neben ihr, der PC aufgeklappt. Auch heute las sie sich Berichte über Überlebende, Vermisste und Flugzeugkatastrophen durch. Sie würde nicht aufgeben, bis sie die Gewissheit hatte, dass der Tod ihres Mannes bewiesen war. Im nebenliegenden Notizblock schrieb sie sich einige Schlagworte auf:

- Suche nach Antworten
- Unglücksursache
- Flugroute
- Wieso Alpen???
- Schlechtes Wetter
- Überlebenschance
- Schwierige Identifizierung
- WIESO?

Sie seufzte und schaute aus dem großen Fenster. Heute war genauso ein Tag wie vor fünf Wochen. Der Regen prasselte gegen die Scheibe, es war dunkel und ungemütlich. Manchmal wünschte sie sich, aus einem finsteren Traum aufzuwachen, doch so oft sie sich ohrfeigte, sie wachte nicht auf. Ihr Albtraum wurde Realität.

Aber wie kam es dazu? Wie? Es ist weiterhin unklar, was überhaupt passiert ist. Man wundert sich derzeit, wieso die Maschine über den Alpen kreiste. Die Landebahnen waren frei ... Eigentlich wären sie über Baden-Württemberg Richtung München geflogen. Aber das Flugzeug schien eine Extrarunde gedreht zu haben. Wieso? Was veranlasste den Piloten dazu? Mussten sie unnötigen Treibstoff ablassen? Das alles wäre nicht passiert, hätte er die Route eingehalten ...

Das Klingeln der Tür ließ sie aus den Gedanken erwachen. Sie streifte sich das T-Shirt weiter über den Bauch und trottete zur Tür. Für einen Moment dachte sie, ihr sehnlichster Wunsch der vergangenen Wochen würde sich realisieren. In diesen Träumen mühte sie sich unglücklich zur Tür, öffnete sie im Schlabberlook mit mehreren Flecken auf der Kleidung und zerzausten Haaren und schaute denjenigen an, der die Klingel betätigt hatte. Es raubte ihr den Atem, was sie vor ihr erblickte.

Es war ihr Mann mit einem großen Strauß roter Rosen und einer ausgekugelten Schulter. Er entschuldigte sich dafür, so lange fortgeblieben zu sein, und trat herein. Im Anschluss würde er ihr erklären, dass er den Absturz leicht verletzt überlebt hatte und in einem Krankenhaus nahe dem Unglücksort behandelt worden war. Es war ihm nicht möglich gewesen, seine Familie zu erreichen. Aber jetzt hatte er sie endlich wiedergefunden.

Statt der Erfüllung des Traumes mochte wohl ihr schlimmster Albtraum ganzheitlich wahrwerden. Durch den Spion sah sie zwei Polizisten in Uniform und eine dritte Person. Langsam öffnete sie die Tür einen Spalt.

»Frau von Ehr?«

»Ja?«

»Polizeihauptkommissar Grün und mein Kollege Seeler. Dürften wir hereinkommen?«

Saskia nickte und ließ die drei Männer herein. *Wer ist der dritte im Bunde? Den hat er nicht vorgestellt.*

»Frau von Ehr, würden Sie sich bitte setzen?«, bat Kommissar Grün, während Seeler den Laptop und Saskias Stichpunkte begutachtete.

»Was wollen Sie von mir?«

»Setzen Sie sich bitte.«

Zögerlich folgte Saskia der Anweisung.

»Frau von Ehr. Ich glaube, Sie wissen, wieso wir hier sind.«

Saskia schluckte und schüttelte energisch den Kopf. »Nein, nein«, murmelte sie vor sich hin und merkte, wie das Wasser in ihre Augen schoss. Das Einzige, was sich in ihrem Kopf wiederholte, waren die Worte, die sie Leo an den Kopf warf: *»Setze dich in dieses gottverdammte Flugzeug, flieg in deine heiligen Staaten und stürz meinetwegen ab. Ist mir scheißegal.«*

»Ich kann Ihnen nicht sagen, wie leid es uns tut. Aber wir haben die Suche nach den Vermissten gestern erfolglos eingestellt. Wir haben sie offiziell für tot erklärt. Die Fluggesellschaft geht derzeit davon aus, dass sie mit den Crewmitgliedern im vorderen Teil verbrannten. Drei der vermissten Personen saßen in der Businessclass. Die verbrannten Körper, die wir dort ausfindig machen konnten, waren bis zur Unkenntlichkeit verwüstet. Unmöglich kann die Identität bestimmt werden.«

»Businessclass? Leo flog immer in der Economy. Wieso erzählen Sie mir dann so etwas? Suchen Sie weiter!«

»Weil ihr Mann auf den Platz 7A gebucht war …«

Überfordert schüttelte sie den Kopf. »Nein, das kann nicht sein! Er sagte, diese teuren Plätze hätte er nicht nötig!«

Der Polizist nahm eine Mappe heraus, auf deren rechter Seite ein großes Bild von Leo klebte. »Leonardo von Ehr, Staatsangehörigkeit: Deutsch, Geburtstag am fünfzehnten Dezember 1983, wohnhaft in München, Sitzplatz sieben a«, las dieser vor und zeigte es Saskia schwarz auf weiß.

»Das. Das kann nicht sein!«

»Frau von Ehr, wir haben es von der Fluggesellschaft bestätigt bekommen. Meine aufrichtige Anteilnahme!«

»Nein, er ist nicht tot! Sie müssen weitersuchen!«, forderte sie besessen von der Idee, dass ihr Mann am Leben war.

»Frau von Ehr, das ganze Gebiet wurde mehrfach täglich abgesucht. Wir werden dort keine Überlebenden mehr finden. Es tut mir sehr leid, dass wir die Identität derer, die verbrannten, nicht mehr bestimmen können. Aber laut der Buchung muss ihr Mann unter den Opfern sein.«

»Nein, er ist vermisst und nicht verbrannt!«, beharrte Saskia auf ihre eigene Meinung. »Sie wissen doch überhaupt nicht, ob er zu dem Zeitpunkt auf seinem Platz saß. Er könnte genauso gut im Flur gestanden haben oder in den Waschräumen gewesen sein!«

In dieser Sekunde kam der dritte Mann auf sie zu und redete auf sie ein. Er war Psychologe und versuchte, sie bei dem Umgang mit der Nachricht zu unterstützen. Doch Saskia wurde alles zu viel. Sie brach zusammen.

Nachdem sie wieder zu sich gekommen war, agierte sie für einige Stunden wie ein Roboter. Sie versicherte den Beamten und dem Psychologen, dass es ihr gut ginge, und fuhr zur Kita. Für eine halbe Stunde stand sie unbemerkt an der Türzarge und beobachtete ihren kleinen Jungen beim Spielen. Mit Linus, Finn und Max hatte er einigen Spaß in der Kuschelecke. Sie kitzelten sich, beschäftigten sich nebenbei mit den Dinosauriern und kicherten.

»Alles okay? Wieso holst du ihn heute schon so früh ab? Er bleibt doch sonst immer zum Mittagessen«, fragte die Erzieherin Ute eine Weile später.

»Alles prima. Ich wollte ihn einfach nur beobachten!«

»Ähm, okay. Wenn du meinst, dass alles gut ist, glaube ich dir!«

Saskia nickte mit künstlichem Lachen und rief ihren Sohn doch zu sich.

»Mama?«, wunderte er sich, dass sie schon so früh hier war, und schaute zurück in die Spielecke. Er hatte sich schneller eingewöhnt als erwartet.

»Ich dachte, wir machen uns heute einen schönen Tag!« Sie zog ihren Sohn an der Hand nach draußen, half ihm die Schuhe anzuziehen und trug ihn zum Wagen.

Sie schnallte Niklas an. »Wir fahren ins Spaßbad! Und danach gehen wir Pizza und Eis essen!«

Niklas hielt den Kopf schief. »Aber … Papa und ich?«

»Ich weiß, dass ihr zwei das machen wolltet, aber darf Mama das nicht auch, wenn sie will?«

Er kicherte. »Doch!«

Gemeinsam mit Elias waren sie nach dem Schwimmbadbesuch in einem italienischen Lokal verabredet, in welchem Niklas zweiter Wunsch von den Augen abgelesen wurde. Als der Kleine kurzerhand den Kellner in die Küche begleitete und sich dort alles ansah, verfinsterte sich Elias´ Gesicht. »Saskia, was tust du hier? Wir haben heute beide dieselbe Nachricht erhalten. Bei deinem Lächeln bekommt man irgendwann Angst.«

»Was meinst du?«

Elias riss seine Augen weit auf. »Muss ich dich daran erinnern, dass mein Bruder offiziell tot ist?«

Saskia wich seinem Blick aus und schaute in die Karte. »Ich glaube, ich nehme die Pizza Hawaii!«

Elias drückte die Karte vor ihrem Gesicht herunter und zog ungläubig seine Augenbraue nach oben. »Saskia? Hast du getrunken? Hast du Drogen genommen?«, flüsterte er. »Du bist anders als die letzten Wochen!«

Sie zuckte mit den Achseln. »Ich weiß nicht, was du meinst.«

Elias lehnte sich zurück und wusste nicht, was er glauben sollte. Hatte sie die Polizisten überhaupt verstanden? Sie war glücklich. Eher krampfhaft, aber ganz anders als erwartet. Er dachte bei ihrem Anruf, dass sie auf einer Brücke stehen und sich in den Tod stürzen würde.

Niklas tapste begeistert zum Tisch zurück. »Das war toll! Können wir heute mit Papa reden?«

»Klar, mein Schatz.«

Bei Saskias Antwort fiel Elias das Besteck aus den Händen. »Ähm?«

»Wann kommt Papa endlich heim?«

»Ganz bald, mein Schatz. Er meinte in zwei, drei Wochen!«

»Ganz bald?«, wiederholte Elias fassungslos.

Saskia nickte und strich ihrem Sohn durch sein lockiges Haar. Als der Kellner später die Pizzen brachte, zog Elias seine Schwägerin vor die Tür. Er musste sie zur Rede stellen, was das sollte.

»Wie kannst du Niklas sagen, dass sein Vater bald käme?«

»Ich wüsste nicht, was es dich angeht!«, tönte sie und wollte hereingehen, als Elias sie fest am Arm packte.

»Leo ist tot. Tot. T-o-t. Verstehst du, was das bedeutet?«

»Solange ich seine Leiche nicht sehe, ist er für mich irgendwo da draußen. Und jetzt hau ab. Wir können dich mit deiner negativen Stimmung nicht gebrauchen!«, nörgelte sie und stieß Elias von sich weg.

»Saskia, du wirst paranoid, wenn du so weitermachst! Leo ist verbrannt. Er saß vorne in der Businessclass. Die Leichen sind nicht mehr zu identifizieren … Aber er saß da. Hast du gehört? Es ist belegt!«

Sie lächelte breit. »Ich glaube an Wunder. Leo glaubte an Wunder. Also werde ich bis zum letzten Funken Hoffnung auf dieses Wunder warten! Leo war keiner, der es nötig hatte, in der Businessclass zu fliegen!«

Elias rieb sich die Schläfen und staunte. »Saskia, das tut dir nicht gut, wenn du dir so etwas einredest. Leo saß immer in der Businessclass! Oder bist du schon einmal zehn Stunden in der Economy geflogen? Das kannst du dir und deinen Beinen irgendwann nicht mehr zumuten!«

»Leo würde mich nie anlügen! Er buchte immer einen Sitzplatz am Ende der Flugzeuge. Dort ist die Chance am höchsten, bei einem Absturz zu überleben! Genau dort saßen die Kinder, die überlebten!«

Elias schluckte. »Er hat dich angelogen, weil das genau das ist, was du hören wolltest. Du konntest ruhiger schlafen, wenn du wusstest, dass er an einem sichereren Platz saß. Wenn du abstürzt, ist die Wahrscheinlichkeit aber auf allen Plätzen gleich hoch, wenn das Flugzeug in Flammen aufgeht!«

Saskia rollte wenig begeistert mit den Augen.

»Tut mir leid, wenn er dich angelogen hat, aber die letzten Male ist nie etwas passiert …«

Sie riss die Arme nach oben und wurde wütend. »Aber dieses

verdammte Mal!«, brüllte sie.

»Du musst Niklas endlich die Wahrheit sagen!«

»Welche Wahrheit? Dass dein Bruder vielleicht tot ist? Kannst du das mit einhundertprozentiger Sicherheit beweisen? Hm?«

Elias lachte. »Du kannst oder willst es einfach nicht verstehen oder? Es wird nie bewiesen werden, weil ein Haufen Asche von ihm übrig blieb. Nicht mal Flugzeugteile des Vorderteils sind mehr vorhanden. Das stand lichterloh in Flammen! Hör auf, dir alles schön zu reden! Je eher du die Realität begreifst, desto leichter wird es.«

»Leichter? Was soll leichter werden?«

»Seinen Tod zu akzeptieren!«

»Es gibt nichts zu akzeptieren! Weil da nichts ist! Okay? Also hör auf mir einzureden, dass mein Mann tot ist.« Arrogant musterte sie ihr Gegenüber. »Leo ist echt der einzig Normale aus eurer verkorksten Familie!«, zischte sie gehässig und lief zurück zu ihrem Sohn.

Am Abend brachte sie ihren Jungen ins Bett. Aber nicht in sein Hochbett mit Sternenhimmel, sondern in das Ehebett von Leo und ihr. Er kuschelte sich mit Elefant Emil auf die Seite seines Vaters. »Ich vermisse Papi … «, jammerte der Kleine.

Saskia ließ den Satz so stehen und las ihm eine Geschichte vor. »Es war einmal ein kleiner Junge, der erlebte so viele schöne Sachen mit seinem Papa, dass er sich ein Leben ohne ihn nicht mehr vorstellen konnte. Sie spielten gerne Fußball, aßen Eis und Pizza und veräppelten oft Mama. Doch irgendwann war sein Papa weg. Keiner wusste wohin. Man munkelte, dass er vom bösen Drachen der Oberwelt geschnappt wurde und nun jeden Tag auf seinen Sohn aufpasst.« Saskia stoppte. Dieses Märchen kannte sie nicht. Überrascht drehte die den Zettel um und entdeckte eine Nachricht.

Vielleicht hilft das Märchen, damit Niklas versteht, dass sein Papa trotzdem immer bei ihm sein wird. Rufe mich an, wenn du etwas brauchst. Gundula.

Kopfschüttelnd riss sie das Blatt aus dem Schnellhefter ihrer Märchensammlung und schmiss es in den Papierkorb.

Wie konnte es sich diese Frau nie nehmen lassen, einmal ihre Finger fernzuhalten! Leo konnte unmöglich ihr Kind sein!

»Mama? Wieso hast du aufgehört?«

»Diese Geschichte wollte ich dir gar nicht vorlesen! Schauen wir mal weiter«, erklärte sie sich und blätterte durch den Schnellhefter, bis sie ein anderes Märchen fand, das nicht von ihrer Schwiegermutter beigefügt worden war. Als ihr Junge eingeschlafen war, verließ sie leise das Schlafzimmer und setzte sich vor den Fernseher. Schlafen konnte sie noch nicht, aber was sollte sie sonst tun? Normalerweise war jetzt die Zeit, in der sie mit Leo telefonierte. Kurzerhand nahm sie ihr Handy aus der Jackentasche und wählte seine Nummer.

»Hallo, hier ist Leo. Leider habe ich momentan keine Zeit für dich, probiere es doch später wieder!«, gab die Mailbox wieder. Sie seufzte und rief erneut an. Seine warme Stimme hatte sie seit fünf Wochen nicht mehr gehört. Ein zweites Mal reichte ihr nicht, weshalb sie ein drittes, viertes, fünftes, … Mal anrief, bis der Akku leer wurde. Sauer feuerte sie ihr Handy in die Ecke und schaute aus der Fensterscheibe. Eine sternenklare Nacht offenbarte sich vor ihren Augen. Sie öffnete eines der großen Fenster und lehnte sich an die Brüstung.

In ihrer alten Wohnung lagen die beiden oft in der Nacht auf dem Balkon, kuschelten sich in warme Decken ein und betrachteten die Sterne. Rundherum brannten Kerzen und romantische Lieder liefen leise im Hintergrund. Sie kosteten jeden Moment ihrer Zweisamkeit aus. Ihren Blick ließ sie an den einzelnen Sternen vorbeigleiten. Einer blinkte hell auf.

Man wusste nicht, was nach dem Tod ist. Gab es ein anderes Leben, wurde man neugeboren? Es gab vielschichtige Theorien, jedoch konnte man keine einzige beweisen. Doch für einen Moment klammerte sie sich an die Hoffnung, dass dieser Stern, der am hellsten leuchtete, ihr Mann war. So viel hatte sie in den letzten Wochen über Abstürze und Opfer gelesen, dass sie – wenn auch nur kurz – mit dem Gedanken spielte, dass es für ihn besser war, wenn er gestorben ist. Keiner konnte sich vorstellen, wie es ist, abzustürzen.

Ich weiß nicht, ob er verbrannt ist oder in mehrere Stücke gerissen wurde.

Das würde womöglich für immer ein Rätsel für sie bleiben. Aber sie erinnerte sich an die zwei Überlebenden und dachte an die Schmerzen, die die beiden ertragen mussten. Was würde es für ein Leben sein, wenn Körperteile fehlen? Wenn man von einer auf die andere Sekunde zu einem Pflegefall und einem die Selbstständigkeit weggenommen wurde?

Es wäre kein Leben, was sie sich für Leo wünschen würde. Er war zwar ein Familienmensch und beteuerte immer, für sie zu kämpfen, wenn etwas Schlimmes passieren würde. Aber er war ein Sportler aus Leidenschaft, joggte jeden Morgen im Englischen Garten, bevor er zur Arbeit fuhr, ging zweimal in der Woche schwimmen und spielte mit seinen Freunden in einem kleinen Verein Fußball. Wenn er alles einbüßen müsste, wäre ein Teil von ihm bei dem Unglück gestorben. Unter Umständen würde er dennoch mit ihr glücklich sein, aber etwas würde fehlen und irgendwann würde es ihn belasten. War es nicht besser für ihn, zu sterben als aufzuwachen und festzustellen, dass sich sein ganzes Leben geändert hatte?

»Mama?«, rief Niklas und riss seine Mutter aus ihren Gedanken.

»Ja, mein Schatz?«

»Kann nicht schlafen!«

Saskia schmunzelte, schloss das Fenster und nahm ihren Sohn auf den Arm. »Dann müssen wir wohl gemeinsam zu Bett gehen!«, flüsterte sie, knipste das Licht aus und legte sich mit ihrem Jungen hin. Sie umschlang ihren Sohn mit ihrem rechten

Arm und drückte ihn sanft an sich. Leise summte sie die Melodie des Schlafliedes, welche ihn als Baby immer zum Einschlafen brachte.

Ich werde nicht aufhören, daran zu glauben, dass ich ihn eines Tages wiedersehe. Er ist vermisst. Sein Tod ist nicht bewiesen ... Und so lange das nicht passiert, werde ich daran glauben, dass er lebt.

Sie schaute zur großen Fotowand im Schlafzimmer. Man sah viele Fotos von Leo, bei denen er sich sportlich betätigte: Er fuhr Rad, joggte, wanderte, spielte Fußball, surfte oder saß in einem Kajak.

Aber wenn es für ihn besser war zu sterben, anstatt ein qualvolles Leben gefesselt in einem Bett oder Rollstuhl zu führen, könnte ich irgendwann etwas Positives in seinem Tod sehen ...

Kapitel 8

Der nächste Tag machte ihr mehr zu schaffen. Niklas schien nachtsüber mehrfach schlecht geträumt zu haben und schrie oft nach seinem Vater. Wie lange konnte sie es vor ihrem Sohn geheim halten? Er musste die Wahrheit erfahren, aber nicht das Wann, sondern das Wie war ihr großes Problem. Während des Frühstücks grübelte sie, wie sie ihm die Nachricht schonend beibringen könnte. Doch auch einige Zeit danach kam weder die entscheidende Idee noch ein Ansatz.

Statt wie gewöhnlich räumte sie das Geschirr nicht in die Spülmaschine, sondern spülte alles von Hand. Das nahm mehr Zeit von der Uhr und brachte ihr Ablenkung. Als das wenige Geschirr auf dem Abtropfgestell stand, schaute sie sich in der Wohnung um. Sie musste hier raus. Alles erdrückte sie mit Erinnerungen an Leo, die vermutlich nie wiederkehrten.

»Spatz? Sollen wir zum Spielplatz gehen?«

Der Kleine schüttelte den Kopf und zeigte auf sein Bild. »Ich will malen!«

Saskia verzog die Miene und schaute sich sein Gemälde an. »Aber das schöne Wetter müssen wir nutzen! Die Sonne scheint!«

»Ich will aber für Papa das Bild fertig malen!«, antwortete er zornig.

»Papa kommt aber nicht wieder!«, rutschte es ihr genervt heraus.

Der Stift fiel aus Niklas´ Hand, sein Blick verfinsterte sich. »Was?«

»Na komm, wir gehen raus!«, versuchte sie ihn von ihrem Satz abzulenken, und zog ihren Jungen an der Hand vom Stuhl.

Dieser schüttelte sich los und verschränkte die Arme. »Wieso kommt Papa nicht?!«

»Ich wollte sagen, dass Papa heute doch nicht kommt. Also kannst du das Bild auch später fertig malen!«

Entschlossen trottete Niklas zu seinem Platz zurück und malte weiter.

»Gut, dann gehe ich eben alleine an die frische Luft!«, meinte Saskia zickig.

Ich habe ihm das Leben geschenkt, ihn unter Qualen aus mir herausgepresst, aber immer ist sein Vater die Nummer eins. Ich kann machen, was ich will ... Papa hier, Papa da.

Doch es kümmerte ihren Sohn nicht, dass sie den Parka anzog und die Wohnung verlassen wollte. Er war beschäftigt. Sie beschloss wenigstens kurz vors Haus zu schreiten und die Sonnenstrahlen zu genießen. Sie setzte sich auf die Bank im Vorgarten und schloss ihre Augen.

»Ach Saskia!«, rief Frau Mertens, die die untere Etage des Hauses bewohnte. Die alte Dame trat aus der Haustür und torkelte zu ihr.

»Guten Morgen!«, sagte Saskia höflich und rückte auf der Bank zur Seite.

»Gibt's schon etwas Neues? Die Polizei war doch gestern hier.«

Saskia schniefte. »Sie haben die Suche nach den Vermissten eingestellt. Er wurde nun offiziell für tot erklärt ...«

Frau Mertens legte den Arm um Saskia und seufzte: »Ach Kindchen, das tut mir alles so unglaublich leid. Kann ich euch beiden irgendwie helfen?«

»Man kann uns nicht helfen. Uns wurde das Wichtigste im Leben genommen.«

»Saskia. Ich weiß, wie schwer das jetzt für dich ist. Ich habe meinen Mann und mein einziges Kind bei einem Autounfall verloren. Der Schmerz wird nie vorübergehen, aber ich wäre froh gewesen, wenn damals jemand für mich da gewesen wäre.«

Saskia zog eine Augenbraue nach oben. »Gundula hat auch mit dir geredet?!«, stellte sie entsetzt fest.

»Natürlich hat sie. Sie ruft mich jeden Tag an und fragt, wie es euch geht. Sie macht sich Sorgen, sie kümmert sich. Lass es zu,

Saskia. Die Vergangenheit kann keiner ändern. Sie ist passiert, aber du kannst die Zukunft verändern. Du hättest auch Zeit für dich, wenn Niklas bei seiner Oma wäre. Die andere Oma sieht er ja auch nie.«

»Weil es in beiden Fällen *berechtigte* Gründe gibt!«, rechtfertigte sich Saskia und schaute in die Straße. Die Nachbarn kamen mit ihren zwei Kindern vom Spielplatz zurück. Sie kicherten miteinander. Die Kleinste saß auf den Schultern ihres Vaters, die Größte fuhr mit einem Fahrrad mit Stützrädern vor.

Ich werde nie wieder glücklich sein, stellte sie mit Entsetzen fest.

»Ich habe eine große Portion Kaiserschmarrn gekocht. Wollt ihr heute Mittag mitessen?«

Saskia lehnte ab und stand auf. »Ich muss schauen, was der Kleine oben anstellt. Er will lieber ein Bild malen anstatt draußen zu kicken und zu spielen. Dabei muss man ihn bei so einem Wetter eigentlich bremsen, nicht den ganzen Tag draußen zu sein.«

»Saskia, das ist seine Art mit der Trauer umzugehen. Du musst ihm Freiraum lassen!«

»Er weiß es nicht.«

Frau Mertens runzelte ihre Stirn. »Sag mir nicht, Niklas sitzt drinnen und wartet darauf, dass sein Papa endlich nach Hause kommt?!«

Saskia knallte die Tür zu. Auf eine weitere Belehrung konnte sie gewiss verzichten.

Es ist mein Leben. Mein Kind. Meine Entscheidung!

Sie ging in das Kinderzimmer und sah den kleinen Mann auf dem Boden sitzen. Er malte dort sein Bild weiter. Wieder einmal bemerkte sie, wie begabt ihr Sohn doch war. Er war erst dreieinhalb Jahre alt und zeichnete wie ein kleiner Profi. Saskia hakte nach, was er Schönes für Papa malte. Er grinste, wie er es immer tat, wenn er stolz von etwas im nächsten Schritt erzählte. Er erklärte, dass er Mama, Papa und ihn im Schwimmbad malen würde. So wie es Mama versprochen hatte, wenn Papa wieder da wäre.

Er ist so glücklich, ich kann ihm unmöglich das Lächeln rauben.

Er liebte seinen Vater so sehr. Natürlich liebte er auch seine Mutter, aber Niklas war ein typisches Vaterkind: Als er ein Baby war, war Leo derjenige, der ihn beruhigte. Es war Leo, der ihn zum Einschlafen und wieder zum Lächeln brachte. Er fiel hin, schürfte sich das Knie auf und weinte. Sein Vater musste ihn nur anlächeln und auf den Arm nehmen, da war die Verletzung nur noch halb so schlimm.

Wenn ich ihm jetzt das Lächeln nehme, indem ich meinem Sohn sage, dass sein geliebter Vater nie mehr für ihn da sein wird ... Würde er das verkraften? Würde ich es schaffen, ihm das Lächeln zurück zu zaubern?

Saskia nahm ihren Sohn auf den Arm und zeigte nach draußen. »Magst du jetzt ein wenig toben?«

Vergnügt lächelte er. »Ja!«

Während er sich seine Schuhe anzog, hing Saskia das Bild am Kühlschrank auf. Danach packte sie einen Rucksack mit Verpflegung und zog mit ihrem Sohn los. Sie spazierten zum Kinderspielplatz im Englischen Garten. Schnell hatte er Spielkameraden gefunden und tollte herum. Saskia setzte sich auf die nahe gelegene Bank am Klettergerüst und nahm einen Apfel aus ihrem Proviant.

Beim Beobachten ihres Sohnes machte sie sich klar, dass das Wohl ihres Kindes im Vordergrund stand. Er würde es sicher begrüßen, Dinge mit seinen Großeltern zu unternehmen. Für sie wäre es eine Entlastung aus dem Vollzeitjob einer Mutter. Es musste ihm gut gehen. Er sollte sich nicht benachteiligt fühlen, weil er nur noch einen Elternteil hatte. Er würde immer der verbindende Faktor zwischen Leo und ihr sein. In ihm waren die Gene der beiden vereint, Niklas ist ein Teil von Leo. Daran musste sie sich klammern. Sie war schließlich nicht alleine. Leo hinterließ sie mit zwei Kindern ... Diese waren ihr Anker ... Daran musste sie sich klammern, stark sein und weitermachen, so schwer es auch war.

»Wenn mir irgendwann etwas passieren sollte, will ich nicht, dass du alleine weiterleben musst! Ich will, dass du weitermachen kannst. Also müssen wir unbedingt Kinder haben!«, hallte seine Stimme in ihrem Kopf.

Er hatte vorgesorgt, es war ihm wichtig, dass Saskia in solch einer dramatischen Situation einen Grund – einen Anker – zum Festhalten und Weitermachen hatte. Das bescherte er ihr mit Niklas und seiner kleinen Tochter. Sie durfte sich nicht hängen lassen, zur Flasche greifen oder Sonstiges in der Art tun. Sie musste weitermachen wie zuvor, sich um ihren Sohn kümmern und alles Mögliche dafür tun, dass das kleine Wesen in ihr gesund und putzmunter zur Welt kam.

Ironie des Schicksals? Ich könnte nicht darum wetten, dass ich mich nicht komplett abgeschossen hätte – gäbe es nicht unser kleines Mädchen darin. Es ist ein Geschenk Leos. Er schenkte mir den Anker. Genau der, der mich vor üblen Fehlentscheidungen abhalten soll.

Während sich die Schwiegereltern in der nächsten Woche um ein Begräbnis kümmerten, bemerkte Saskia, dass der Tod ihres Mannes immer realistischer wurde. Natürlich hatten sie nichts zu beerdigen, es gab bisher keine sterblichen Überreste oder seinen Leichnam. Wenn die Beamten recht hatten, würde es die ohnehin niemals geben. Aber dennoch wurde sein Tod durch die Vorbereitungen der Beerdigung realistischer.

Saskia stürzte zum ersten Mal von ihrer breiten Hoffnungswolke auf den Boden der Tatsachen. Aufgelöst brach sie im ersten Gespräch mit dem Bestatter zusammen und wollte so schnell nichts mehr damit zu tun haben. Gundula und Hans kümmerten sich weitestgehend um die Beerdigung. Wohingegen Saskia versuchte, für ihren Jungen stark zu sein. Sich nichts anmerken zu lassen, ihm ein glückliches und sorgenfreies Leben zu geben. Dennoch traf sie bei jedem Anblick eines Fotos, auf dem ihr Mann war, ein kalter Stich ins Herz.

Als sie mit Niklas auf dem Boden saß und mit ihm einen

hohen Turm baute, stand sie auf und drehte die Bilder mit Leo um, die auf dem Sideboard ihren Platz hatten. Es erdrückte sie, dass er sie die ganze Zeit anstarrte.

»Was machst du, Mama?«

»Die Sonne blendet mich durch die Glasscheiben vor den Bildern«, versuchte es Saskia durch einen halbwegs plausiblen Grund zu erklären.

Niklas spitzte die Lippen und schaute zu dem großen Bild an der Wand rücklings von seiner Mutter. »Wann kommt Papa endlich aus Alerika?«

»Spatz, darüber haben wir doch schon geredet, hm? Und es heißt Amerika.« Er hatte es nicht verstanden, dass Papa nicht mehr nach Hause kommen würde.

Aber ich weiß nicht, wie ich es ihm besser beibringen könnte. Vielleicht liegt es daran, dass ich den Begriff Tod oder tot sein schlicht nicht verwendete, aber ich versuchte es ihm mithilfe einer Geschichte deutlich zu machen. Um ehrlich zu sein, war es sogar Gundulas … Jetzt schaut er mich mit seinen zuckersüßen Glupschaugen an und wartet auf eine Antwort …

»Ja, aber wann?«

»Spatz, was hat Mama dir gesagt?«

»Dass Papa nicht kommt. Aber wieso?«

Saskia zog ihren Jungen zu sich, legte ihre Arme um ihn und setzte ihren Kopf leicht auf seiner kleinen Schulter ab. »Der Papa wollte wieder nach Hause kommen, aber das sollte irgendwie nicht sein.«

Niklas zog seine Augenbrauen zusammen. »Wieso?«

Ich kann ihn unmöglich mit einer derartigen Katastrophe belasten. Der Junge wäre bis an sein Lebensende traumatisiert …

»Schau mal. Manchmal passieren Dinge, die man gar nicht vorhersagen kann. In einem Moment war alles in Ordnung und im nächsten hat sich dein ganzes Leben verändert. Papa kann nicht nach Hause kommen, weil er sein Leben in Amerika verloren hat.«

Niklas schaute auf den Boden. »Nein … !«

Saskia nahm ihren Sohn auf den Arm und tappte mit ihm zum Kühlschrank. »Ausnahmsweise Süßigkeiten?«

»Papa kommt *nie* wieder?«

Saskia seufzte: »Papa ist verschwunden. Niemand weiß, ob er lebt. Daher ist er nach einer langen Suchaktion für tot erklärt worden. Aber ich kann dir nicht versichern, dass Papa nie wiederkommen wird. Ich weiß es nicht.«

»Kommt Papa *vielleicht*?«, sah er sie hoffnungsvoll mit seinen großen, türkisblauen Augen an. Niklas´ Blick glich dem eines Hundes, wenn er nach Essen bettelte. Saskia konnte nicht anders, als zu bejahen. Der Kleine lächelte wieder und zeigte auf die Süßigkeiten. Während er über die Schüssel mit Gummibärchen, Schokoriegeln und Gummischlangen herfiel, grübelte Saskia.

Ist es falsch meinen Sohn im Glauben zu lassen, dass sein Vater eines Tages wieder vor dieser Tür stehen würde? Ich weiß es doch selbst am wenigsten. Ich würde an ein Wunder glauben, ist es nicht eher falsch, ihm die Hoffnung zu nehmen, dass er seinen Vater je wiedersehen würde?

Sie drehte die Fotos wieder um. *Er ist vermisst, sein Tod nicht bewiesen. Wieso sollte ich dann überhaupt glauben, dass er tot ist? Ich werde so lange nach ihm suchen, bis ich jeden Stein fünfmal umgedreht habe!*

Entschlossen nahm sie den Laptop aus dem Schrank, stellte ihn auf den Esstisch und forschte weiter. Sie las sich mehrere Vermisstenaufrufe durch, rief Polizeiinspektionen an und würde so schnell nicht aufgeben. Sie konnte und wollte den Worten der Polizisten keinen Glauben schenken, obwohl sie ihr den Tod ihres Mannes quasi bewiesen hatten. Es wäre logisch, auf sie zu vertrauen. Aber sie wollte nicht mehr bloß auf ihren Kopf hören, das tat sie, als sie ihn losschickte. Es war zwar die vernünftigere Entscheidung, aber wenn sie auf ihr Herz gehört hätte, würde er heute noch leben …

Kapitel 9

Einige Tage später weigerte sich Niklas, am Morgen in den Kindergarten zu gehen. Er protestierte und wollte lieber zu Hause bleiben. Saskia, die, seitdem sie Niklas die schreckliche Nachricht überbracht hatte, jeden Wunsch von seinen Augen ablas, erfüllte auch dieses Mal seine Bitte. Zuerst malten sie gemeinsam Bildchen aus und entschieden sich dann Muffins zu backen. Fröhlich schleckte ihr Sohn die Teigreste aus der Schüssel, während sie das Blech in den Ofen schob. Leos Tod war – zumindest für sie – immer noch nicht bestätigt.

Vielleicht würde er heute schon vor meiner Tür stehen und sich für sein langes Fortbleiben entschuldigen. Oder morgen, übermorgen, nächste Woche, redete sie sich ein. Sie strich mit dem Finger über das Familienfoto am Kühlschrank und lächelte.

Ich spüre nicht, dass du tot bist. Es fühlt sich so an, als ob du hier bist. Solange ich das Gefühl habe, werde ich nicht aufgeben. Du lebst. Das weiß ich. Du würdest uns nie im Stich lassen.

In diesem Moment klingelte jemand Sturm. *Ist er das bereits? Wie ich schon vor sechs Wochen dachte, dass er mit Rosen vor der Tür steht und sich für sein Verspäten entschuldigt.*

Fern von der Realität lief Saskia mit einem breiten Grinsen zur Haustür. Doch als die Tür sperrangelweit offen war, erblickte sie nur den Schwiegerdrachen. Die Mutter ihres Mannes, die ihr vorgestern eröffnete, Niklas zu sich zu nehmen, wenn sie sich nicht endlich zusammenreißen würde.

»Saskia? Herr Gott noch mal, wo bleibst du denn? Die Beerdigung?!«

»Was denn beerdigen? Luft?«

Das entsetzte Gesicht Gundulas gab Saskia den Rest. Sie brach in schallendem Gelächter aus, ehe ihr Gundula eine Ohrfeige gab, um sie auf den Boden der Tatsachen zurückzuholen.

Während sie sich und Niklas etwas Schwarzes anzog, kümmerte sich ihrer Schwiegermutter um die Muffins im Backofen. Zehn Minuten später setzte sie Niklas in den Wagen und wurde von Gundula zurückgehalten. Mit ernster Miene starrte sie diese an. »Das geht so nicht mehr weiter. Du vergisst die Beerdigung? Die Beerdigung *deines* Mannes? Niklas erscheint fast nie pünktlich oder geschweige denn *überhaupt* im Kindergarten. Bekommst du *dein* Leben noch unter Kontrolle? Der *arme* Junge!«, höhnte sie und ließ Saskias Arm los. Ohne ein weiteres Wort zu wechseln, stiegen beide Frauen ein und schwiegen.

Was erlaubt sie sich eigentlich über mein Leben und meine Entscheidungen zu urteilen? Ich weiß am besten, was gut für meinen Jungen ist. Ich schätze die Zeit mit ihm im Gegensatz zu anderen Müttern, die ihre Kinder den ganzen Tag in irgendwelchen Betreuungen parken!

Genervt sah sie hinüber zu Niklas. Er lächelte nicht mehr, Angst war in seinem Blick zu erkennen.

»Niklas, weißt du denn, was mit deinem Papa ist?«, hakte Gundula prüfend nach.

»Papa ist weg … Aber vielleicht kommt er wieder«, antwortete er mit zitternder Unterlippe.

»Aha«, kommentierte Gundula und warf Saskia einen abgeklärten Blick zu. »Mamas erzählen nicht immer die Wahrheit«, fügte sie hinzu und schaute aus dem Fenster.

»Hörst du bitte auf?!«, entgegnete Saskia gereizt.

Was geht bloß in seinem Kopf vor? Dass Mama Lügen erzählt? Was, wenn er von sich aus lieber bei seiner Oma wohnen würde, weil diese angeblich die Wahrheit sagt? Das würde ich nicht verkraften. Ich kann meinen Jungen nicht auch noch verlieren!

»Also ich finde, dass es an der Zeit ist, dem Jungen die Wahrheit zu sagen!«, spottete sie und drehte sich um.

»Halt den Mund!«

Gundula zog eine Augenbraue nach oben und drehte sich kopfschüttelnd um. »Dass mein Sohn sich jemals auf dich eingelassen hat, erscheint mir bis heute als ein Wunder. Da draußen gibt es so tolle Frauen, aber *ausgerechnet* du wurdest es!«

Saskia ließ diese Worte unkommentiert und schaute aus dem Fenster. Den traurigen, verunsicherten Blick ihres Kindes konnte sie genauso wenig ertragen wie Gundulas Worte. Der Tag war zu schön, um jemanden zu beerdigen. Die Sonne schien, weshalb die Blätter an den Bäumen in goldenem Schimmer glänzten. Alles wirkte fröhlich. Wenn es grau wäre, in Strömen regnen und kalt sein würde, würde das schon eher zu einer Beerdigung passen.

An der Kirche stiegen sie aus. Einige Menschen standen draußen, unter ihnen waren auch Saskias Freundinnen, mit denen sie nicht gerechnet hätte. Der Kontakt war seit Monaten auf das Nötigste beschränkt, vom Absturz hatte sie ihnen überhaupt nichts erzählt. Mit Niklas auf dem Arm trottete sie in deren Richtung.

»Mein herzliches Beileid, Süße!«, machte Marie den Anfang. Das konnte sie sich sonst wo hinstecken. Egal ob an Geburtstagsfeiern oder normalen Treffen, sie machte sich immer an Leo ran. Damals in der Schule war sie es, die ihr sagte, sie hätte keine Chance bei dem schönsten Jungen der Schule. Da hatte sie sich geirrt!

»Mein Beileid! Wenn wir dir irgendwie helfen können, sag Bescheid, ja?«, fuhr Sarah fort.

Saskia nickte.

Nachdem sie von allen Bekannten ihr Beileid ausgesprochen bekam, betrat sie die Kirche.

»Mama, was machen wir hier?«, fragte Niklas stutzig.

Wie erklärte sie das jetzt ihrem Sohn, nachdem sie ihm erst vor wenigen Tagen Hoffnung gegeben hatte. »Gleich mein Spatz«, vertröstete sie ihn und versuchte, die passenden, kindlichen Worte zu finden. Die, die sie bisher verwendet hatte, hatten es nicht verständlich erklärt. Zumindest nicht deutlich genug für Gundula. Er sah sie nur mit seinen großen blauen Augen an und verstand nichts.

Bevor Saskia auch nur ansatzweise einen Satz formuliert hatte, den sie zu ihrem Sohn sagen konnte, eröffnete der Pastor den

Trauergottesdienst.

»Meine Damen und Herren, Sie, ja wir alle haben uns heute, an diesem Mittag versammelt, um von Leonardo von Ehr endgültig Abschied zu nehmen. Er ist vor sechs Wochen bei dem tragischen Flugzeugabsturz in unseren Alpen im Alter von 26 Jahren verstorben. In diesem Moment möchte ich auch allen anderen Opfern eine Gedenkminute einräumen.«

Saskia konnte die Tränen nicht mehr zurückhalten, so sehr sie auch versuchte, sich zu bemühen. Sie drückte Niklas fest an sich, welcher ihre Tränen mit den kleinen Fingerspitzen abfing und seine Mutter nachdenklich ansah.

»Es ist nun an der Zeit, ihn zu verabschieden. Tun Sie das bitte so, dass Sie ihm jetzt in aller Traurigkeit gerecht werden. Sehr verehrte Familie von Ehr, liebe Trauergemeinde! Das Unfassbare – auch wenn es sich so unübersehbar ankündigte – erfassen zu wollen, das Unbegreifliche jetzt begreifen zu müssen, verlangt, den Tod dieses Menschen anzusagen. Leonardo von Ehr hat unsere Welt verlassen. Leonardo hat sich auf den Weg zu unseren Schwestern und Brüdern im Himmel gemacht. Leonardo von Ehr ist tot. Er lebt nicht mehr.«

Niklas zog am Arm seiner Mutter. »Mama, Papa ist vermisst. Nicht tot! Was erzählt der Mann?«

Gundula beugte sich vor. »Der Mann lügt im Gegensatz zu deiner Mutter nicht!«

Saskia warf ihrer Schwiegermutter einen giftigen Blick zu und entgegnete die folgenden Worte mutmaßlich zu laut: »Hör auf dich in mein Leben einzumischen! Denkst du, Leo hat das gefallen, wie sehr du ihn immer noch bemuttert hast? Denkst du echt, er hat sich nur von euch abgewandt, weil ihr mich wie das schwarze Schaf der Familie behandelt habt? Deine ständigen Ratschläge, immer weißt du alles besser. Zu allem hast du immer einen blöden, besserwisserischen Kommentar auf Lager. Ja, guck nicht so. Das alles hat dein Sohn an dir gehasst. Du hast ihn dazu gebracht, dich ein Stück weit zu *hassen*. Herzlichen Glückwunsch dafür. Du hast hier *kein* Recht der Welt, mit meinem Sohn über das zu reden, was Leo widerfahren ist. Er ist vermisst. Okay? Das heißt, es besteht die Hoffnung, dass er noch am Leben ist. Vielleicht liegt er irgendwo komplett entstellt und keiner weiß, wer er ist. Vielleicht hat er eine Amnesie. Genau deswegen werde ich weiter nach ihm suchen und um ihn *kämpfen*. Genau so lange wird mein Kind nicht denken, dass sein Vater tot ist. Also halte dich gefälligst da raus. Das ist *mein* Kind, *nicht* deins!«

Der Pastor unterbrach derweil seine Rede und warf den beiden Streithähnen einen mahnenden Blick zu.

»Wer gibt dir das Recht, so mit mir zu reden? Ich glaube, bei dir sind einige Schrauben locker! Du redest schon wie eine Psychopatin. Leo ist tot! Er ist im vorderen Teil bis zur Unkenntlichkeit verbrannt! Verstehe das doch endlich!«

»Meine Damen, ich bitte Sie!«, mahnte der Pastor.

Mit reuevollem Blick schauten sie wieder nach vorne und versuchten, bis zum Ende zu schweigen. Dieser bedankte sich für deren Aufmerksamkeit und fuhr mit der Rede fort: »Seine Frau und sein Sohn erwarteten ihn an jenem Freitagmittag euphorisch. Er kündigte an, seine letzte Reise bestritten zu haben. Umso erschütternder kam die Nachricht des Absturzes eines Passagierflugzeuges aus den Vereinigten Staaten über den Alpen. Das Ableben Leos war nicht absehbar. Es war plötzlich und unerwartet. Es kommt viel darauf an, dass Sie seinen Tod realisieren: Diesen Tod nicht nur hinzunehmen, sondern auch schließlich anzunehmen. Ihn zu akzeptieren, zu ihm ja zu sagen. Dazu bedarf es Zeit. Das wird dauern. Sie müssen sich diese Zeit nehmen, um begreifen zu können, dass der von vielen geliebte Mensch Leonardo von Ehr von uns gegangen ist. Das Ja sagen zu seinem Leben, schließt nun einmal auch das Ja zu seinem Sterben, zu seinem Tod, ein. Der Tod, den ich Ihnen ansage, an diesem Ort und zu dieser Stunde, erscheint Ihnen am Ende doch erträglicher, sinnvoller und versöhnlicher als die Ausweglosigkeit seines Leidens hoch oben in den Bergen. Wir können uns nicht vorstellen, was er für Höllenqualen ertragen musste. Wie schmerzhaft und belastend für die Psyche ein solcher Absturz gewesen sein muss. Am Ende wurde er von den Schmerzen durch die Allmächtigkeit unseres Vaters erlöst.«

Saskia rieb sich die Nase und musste grinsen. Seinen Tod anzunehmen? Zu begreifen? Wieso? *Es ist nichts besiegelt. Nichts bewiesen ... Wieso sitze ich hier?*

Gundula stieß sie mit bösem Blick an und flüsterte: »Hör auf, so dämlich zu grinsen! Trauerst du so um meinen Sohn, der dich über alles liebte?!«

Saskia rollte bloß genervt mit ihren Augen und widmete sich wieder den Worten des Pastors.

»Nun wollen wir auf sein Leben zurückschauen, auf den, dessen Gestalt und Stimme Ihnen allen noch so gegenwärtig ist. Dieses Leben erinnern, sich dieses Mannes zu erinnern, ist ein schmerzhafter Prozess. Die Traurigkeit, die über Sie kommt, die Trauer, die Sie lähmt, das revoltierende Nein zu diesem Lebensausgang werden laut. Die Erinnerungen, die aufsteigen, die Gefühle und Empfindungen, die Sie gefangen nehmen, sind stark. Sie dürfen sich dennoch nicht verschließen, Sie müssen sich diesem Prozess öffnen.«

»Hörst du, du sollst dich öffnen!«, kommentierte Gundula.

Gemeinsam mit Niklas rutschte Saskia ein wenig weiter weg von ihren Schwiegereltern. *Das muss ich mir wirklich nicht geben! Es ist ohnehin ja alles falsch, was ich mache!*

»Erinnern dieses gelebten und gelittenen Lebens, bedeutet: Wiederholen, heraufholen. Wir sind mit ihm nicht fertig. Er war noch lange nicht fertig mit seinem Leben. Aber die Chance, das umzusetzen, was er vorhatte, bleibt ihm nun für immer verwehrt. Sein Leben ist zu Ende, doch noch nicht fertig geworden, dass wir sagen könnten und dürften: so oder so sei er gewesen. Das Leben Ihres Mannes, liebe Frau von Ehr, das sich Ihnen in den nahezu zwei Jahren Ihrer Ehe füreinander und miteinander erschloss, dem Sie in den eigenen und gemeinsamen Interessen

Gestalt gegeben haben, ist von jener Hoffnung getragen gewesen, die durch ihre Zukunftsplanung immer präsent gewesen ist. Sie mochten weitere Kinder haben, ein eigenes Haus bauen … Sie dachten nie an die Sterblichkeit eines jeden Menschen, sondern waren immer hoffnungsvoll gespannt auf die Zukunft, die noch kommen wird. Sie kannten sich seit gut zwölf Jahren. In der Schule fing alles an, mit dem Bund der Ehe und ihrem gemeinsamen Sohn Niklas war nach zehn Jahren das Fundament ihrer Zukunft gelegt.«

Sie warf einen Blick zu Niklas, der zusammengekauert auf der Bank saß und vermutlich nicht mehr wusste, wie ihm geschah. Sie nahm ihn auf den Schoß und drückte ihn fest an sich.

»Kommt Papa noch mal heim?«

Saskia seufzte: »Ich weiß es nicht, mein Schatz. Wir können hoffen.«

»Aber Oma sagt was anderes.«

Sie strich ihrem Jungen durch die Löckchen und beobachtete ihre Schwiegermutter. *Wieso hat Gundula keine Hoffnung? Er ist ihr Kind … Ich würde für Niklas genauso handeln … Ich würde um jeden Beweis kämpfen. Oder spürt sie, dass Leo nicht mehr lebt? Was ist, wenn sie doch recht hat?*

Durch die Schwangerschaftshormone erlebte Saskia ein Gefühlsbad vom Feinsten und wusste nicht mehr, wem sie glauben konnte: ihrer Vernunft oder der scheinbaren Realität?

»Wer und wie Leo in Ihrer gegenwärtigen Erinnerung gewesen ist und sein wird in Ihrem zukünftigen Gedächtnis, ist Ihnen überlassen. Es mag uns als ein unabgeschlossenes Leben, ein Lebensfragment, erscheinen, das unser Gedenken beansprucht.«

Leugne ich seinen Tod und klammere mich daran, dass er vermisst ist, weil ich es nicht akzeptiere? Oder gar aussprechen will? Lasse ich den Gedanken nicht zu, weil ich daran zerbrechen würde? Weil ich es war, die ihm genau so etwas gewünscht hatte – in all meinem Hass auf mich und die Welt?

Sein Bruder Elias schlurfte nach vorne. Er atmete tief ein und warf einen Blick zu dem großen Bild Leos, das neben einer Urne stand. »Mein Bruder Leo, mein kleiner Bruder, war ein Sonnenschein. Für alle, die hier sitzen und für alle, die ihn noch kennengelernt hätten. Es war schwierig in seinem Schatten zu leben, obwohl ich der Ältere war. Aber als dieser Mann am 15. Dezember 1983 geboren wurde, merkte ich, wie schwer es nun um mich stand. Egal, ob ich nun die tausend Frauen, die auf meinen Bruder total abfuhren, oder meine Schwägerin zitiere, ich spreche für die Allgemeinheit, wenn ich sage, dass er wohl die mit Abstand schönsten blauen Augen der Welt hatte. Sein prachtvolles Haar, was mir meine Mutter zu wenig verliehen hat, sein Körperbau, sein Charakter, sein Charme. All das machte Leo zu einem Menschen, den man nur mögen konnte. Er hatte nie Probleme mit seinem Umfeld, er war perfekt. Dabei sagt man immer, dass kein Mensch perfekt sei. Aber meines Erachtens war das mein kleiner Bruder. Ich kenne keinen einzigen Macken. Außerdem genoss ich es, dass mein kleiner Bruder mein Chef war. Denn er hatte weitaus mehr auf dem Kasten als ich«, erzählte Elias und pausierte. Seine Lippen sowie seine Stimme zitterten. »Ich fühle mich so schuldig, Saskia. Es war meine Dienstreise. Ich habe den Auftrag mit der Firma abgeschlossen. Es war mein Job, dahin zu fliegen. Zumal ihr euch in letzter Zeit so oft wegen der Reisen gestritten habt. Ich müsste zerstückelt in irgendwelchen Schluchten liegen. Nicht mein kleiner Bruder, der ein so toller und guter Mensch gewesen ist. Der es verdient hätte, alt zu werden. Die Welt mit seinen Ideen zu verändern. Sein Vaterglück zu genießen, seine kleine Tochter kennenzulernen.«

Gundula stand auf und nahm ihren älteren Sohn zu sich, der bitterlich weinte.

Was genau gibt mir Hoffnung? Dass er mit elf weiteren Personen vermisst ist? Ich habe in allen möglichen Krankenhäusern angerufen. Dort liegen keine männlichen Opfer des Absturzes, nur in der Klinik rechts der Isar. Mag sein, dass ich ihn spüre. Aber was heißt »spüren«, Saskia? Nur, weil es sich genauso anfühlt wie zu den Dienstreisen, heißt das noch lange nicht, dass er lebt. Ich spüre seine Nähe nicht. Kann ich wirklich sagen, dass ich ihn spüre? Nur, weil sich nichts anders anfühlt als in den drei Monaten seiner Abwesenheit? Reicht dir das, Saskia?

Der Abschlussrede des Pastors hörte sie nicht mehr zu, sie ging mit sich und ihrer Entscheidung, an Leos Leben zu glauben, hart ins Gericht. Sie versuchte, nach einem weiteren Grund zu suchen, dass es realistisch war, weiterhin Hoffnung zu haben.

Elias griff nach ihrer Hand. »Es tut mir so unendlich leid. Ihr müsstet gemeinsam auf meiner Beerdigung sitzen!«

Sie drückte seine Hand und schüttelte den Kopf. »Du weißt doch, wie er war. Natürlich wäre er geflogen.« *Außer ich hätte statt auf den Kopf auf mein Herz gehört …*

Als sie später am Grab stand, konnte sie sich zum ersten Mal nicht von den Worten der Polizisten ablenken. Es muss grausam gewesen sein. Nicht, dass es angenehme Arten zum Sterben gab, aber verbrennen gehörte zu einer der grausamsten Möglichkeiten zu verenden.

Aber wäre dann nicht wenigstens etwas gefunden worden? Vielleicht ist er ebenso entstellt wie der Mann, von dem ich dachte, dass es Leo gewesen ist. Denkbar wäre es, dass er in einem der Krankenhäuser liegt und um sein Leben kämpft, während ihn hier jeder für tot erklärt. Nein, Saskia … Hör auf. Er ist mit den zehn anderen Vermissten vorne verbrannt … Das haben die Polizisten plausibel erklärt. Er hatte mich angelogen, flog immer in der Businessclass … auf Platz 7A. Ausgerechnet im vorderen Teil, wo die Sterblichkeitsrate im Falle eines Absturzes am höchsten war … Hör auf, dir einzureden, dass er noch leben würde. Gundula hatte recht. Ich werde zum Psychopaten oder bin es schon längst … Die Rettungskräfte umkreisen das Gebiet fünf lange Wochen … ohne Erfolg. Von den 192 Insassen sind 170 gestorben, zwölf vermisst und zehn haben überlebt oder kämpfen um ihr Leben. Wobei diese zwölf jetzt für tot erklärt wurden. Die Behörden würden das nicht tun, wenn es Grund zur Hoffnung gäbe. Ist nicht die Zeit gekommen, meinen geliebten Leo loszulassen? Dass auch er in Frieden sein könnte … Die Behörden wussten doch, wie er aussah, es hätte auffallen müssen, wenn er unter den Überlebenden gewesen wäre …

»Mama? Was ist jetzt?«, hakte Niklas quengelnd nach, als beide vor dem Begräbnis standen.

Saskia kniete sich zu ihrem Sohn herab. »Spatz, weißt du noch, als wir Papa freitags vom Flughafen abholen wollten?«

Er nickte.

»Da haben wir doch in der Ankunftshalle gewartet und das Wetter war grässlich. Die Leute wurden panisch und wir wurden in einen anderen Raum gebracht.«

»Und Papa kam nicht heim.«

»Genau. Weißt du, Papa kam doch mit dem Flugzeug … Aber das Flugzeug ist nie gelandet … Es ist abgestürzt, mein Spatz.«

Niklas schaute sie nachdenklich an.

»Papa hat das nicht überlebt … Papa kommt nicht wieder nach Hause …«

Niklas schüttelte den Kopf und weinte bitterlich. »Nein! Ich will zu Papa!«

Saskia versuchte, ihn zu trösten, nahm ihn auf den Arm und entfernte sich von der Trauergemeinde. Er jammerte nach seinem Vater, drückte sich von seiner Mutter weg und wollte zurück an das Grab. Sie war überfordert mit der Situation und konnte die Tränen nicht mehr unterdrücken. Sie musste alleine damit fertig werden. Sie hatte praktisch ihr ganzes Leben mit ihrer Jugendliebe verbracht. Nun war sie auf sich alleine gestellt.

Wer weiß, ob sie sich überhaupt irgendwann von diesem schockierenden Einschnitt in ihrem Leben erholen könnte …

Sie wusste nicht, wie man alleine lebt. Zwar war sie es für einige Wochen im Jahr mittlerweile gewöhnt, zu Hause alleine zu sein, aber dennoch telefonierten sie jeden Tag um die gleiche Uhrzeit per Videochat. Die beiden konnten und wollten nicht ohneeinander. Sie waren füreinander bestimmt.

Umso trauriger ist es, dass das Schicksal sie so hart auseinandergerissen hat. Dem Jungen und dem ungeborenen Mädchen den Vater zu früh genommen.

Kapitel 10

Die Wochen verstrichen, doch realistischer wurde ihre anfängliche Hoffnung, dass Leo den Absturz überlebt hatte, nicht. Bis zum heutigen Tag, dem 15. Dezember, nahm ihr Glauben daran stetig ab, sodass sie drei Monate nach der verheerenden Katastrophe den Gedanken zuließ, dass ihr Mann sie verlassen hatte. Er würde nicht wiederkommen, so sehr sie sich das an jedem neuen Morgen wünschte. Sie mied es größtenteils das Haus zu verlassen. Draußen entdeckte sie an jeder Ecke glückliche Paare oder Eltern mit ihren Kindern. Niklas wanderte ins Zentrum ihres Lebens. Gundula kam zweimal wöchentlich unangekündigt vorbei und prüfte, ob Saskia den Alltag mit ihrem Sohn schaffte. Den ein oder anderen bösartigen Kommentar konnte sie nie gänzlich lassen. Aber würde man etwas anderes von ihr erwarten?

Doch an diesem Morgen wollte Saskia nicht aus dem Bett aufstehen. Sie wusste nicht, ob sie heute überhaupt dieses Zimmer verlassen würde. Eingekuschelt in Leos Decke, in einem seiner Kapuzenpullover und dem großen Teddybären, den er ihr damals zu ihrem zwanzigsten Geburtstag schenkte, starrte sie das große Bild ihrer kleinen Familie an. Leo hielt den fünf Monate jungen Niklas auf dem Arm und strahlte. Saskia stand daneben, legte ihre Hand auf Leos Schulter und sah mit lieblichem Blick ihre beiden Männer an. Jeden Abend, wenn sie sich kuschelnd in ihrem Bett über den Tag unterhielten, schauten sie an die Wand und wünschten sich eine neue Sache für ihre Zukunft. Diese Zukunftswünsche hingen sie auf kleinen Klebezetteln in einen Bilderrahmen, der an der Tür befestigt war.

- Noch ein Baby bekommen
- Nach Paris fahren
- Die größten Städte der Welt besichtigen

- Wellnessurlaub
- Die Polarlichter sehen
- Urlaub in der Karibik
- Zusammen alt werden
- Glücklich sein

Viele weitere Wünsche waren für die Zukunft auf den Klebezetteln niedergeschrieben. Die Zukunft, die ohne Leo stattfinden würde.

Es klingelte.

Wer will um acht Uhr morgens schon etwas von mir?!

Nichts und niemand würde sie aus diesem Bett jagen. Es war ihr gutes Recht, am heutigen Tag liegen zu bleiben. Heute vor siebenundzwanzig Jahren war ihr Mann ein Teil dieser Welt geworden und hatte sie ein Stück besser gemacht. Mit seiner außerordentlich charmanten Art, um die Saskia zu beneiden galt. Er war nicht der Typ Mann, der 50 Frösche küssen würde, bis er seine Prinzessin gefunden hätte. Er war der Typ Mann, der nur nach der einen suchte. Nach der einzig Wahren. Angebote bekam er in der Schule genug und egal, wie attraktiv die Mädchen gewesen waren, er lehnte ab. Bis Saskia sich in die Reihe stellte und ihr Glück probierte. Sie wurde nicht abgelehnt, denn sie war die eine, auf die er sein ganzes Leben gewartet hätte.

Egal wie oft die beiden durch die Straßen Münchens schlenderten, einige Frauen schauten sich immer wieder nach dem mittelgroßen, blauäugigen Mann mit den dunkelbraunen Haaren und dem Dreitagebart um. Doch Leo beachtete diese nicht ein einziges Mal, denn er hatte seine Frau fürs Leben gefunden.

Saskia hielt einen kurzen Moment inne und stellte sich vor, dass er neben ihr liegen würde. Seine türkisblauen Augen strahlten stets wie sein Lächeln. Wie die Sonne erwärmten sie täglich ihr Herz. In seinen Blicken, die er ihr so oft zuwarf, lag eine Lebensfreude und Gutmütigkeit. Wie gerne würde sie jetzt in diese Augen schauen, um ihr Leben leichter zu sehen und das

Gefühl zu spüren, geliebt zu werden.

Es klingelte mittlerweile Sturm.

Saskia stöhnte und stieg doch aus dem Bett. Sie wollte heute ungestört sein. Aber mal wieder hatte das Schicksal einen anderen Plan für sie gemacht. Als sie die Tür öffnete, standen zwei Pakete auf der Fußmatte. Von dem aufdringlichen Postboten keine Spur. Sie schob sie mit den Füßen in die Wohnung und staunte. Eines war an sie adressiert, das andere an Leo. Sie hob das an sie beschriftete hoch und stellte es auf die Kücheninsel. Mithilfe eines Messers öffnete sie das Paketband und klappte die Pappe auf. Darin befanden sich Gegenstände in Tüten eingehüllt. Saskia schluckte. Wie erstarrt stellte sie fest, dass es die Überbleibsel Leos waren, die die Zuständigen nach langem Bergen der Trümmerteile ihm zuordnen konnten. Für einen Moment stand sie da und versuchte, das Atmen nicht zu vergessen.

Sie schaffte es nicht, einen tieferen Blick in das Paket zu werfen, und setzte sich auf die Couch. Die Augen konnte sie trotzdem nicht von den Sachen lassen und so beschloss sie eine Weile später, doch danach zu sehen. Sie griff in das Päckchen und breitete alle Tüten samt Inhalt auf dem großen Esstisch aus. Eine zerstückelte Krankenkassenkarte, eine Cap, eine Sonnenbrille, 50 Dollar, sein Geldbeutel, ein Kuscheltier und zuletzt das Flugticket. *Wieso hatten es diese Sachen heil überstanden? Wieso lagen ganze Koffer am Unglücksort verteilt, aber so wenig heile Menschen, denen nichts fehlte?!*

Saskia schüttelte den Kopf, packte die Sachen zurück in das Paket und schob es in Leos Kleiderschrankhälfte. Sie schloss die Tür und schlurfte zurück zum Esstisch. Sie hatte einen Brief übersehen, den sie langsam auffaltete.

Wenn Sie den nachfolgenden Link in Ihren Browser eingeben, landen Sie auf einer Seite, die sich mit den restlichen Fundstücken beschäftigt. Wenn Sie Dinge entdecken, die Ihren Liebsten gehörten, können Sie es anklicken und zu sich nach Hause befördern. Wir wünschen Ihnen viel Kraft und besinnliche Festtage!

Saskia verdrehte die Augen und suchte nach einem besinnlichen Grund, um sich auf die Festtage zu freuen. Sie beschloss, am Abend nach den Dingen zu schauen und sich dem zweiten Paket zu widmen. Auch wenn sie keinen Kopf dafür hatte, neugierig war sie schon, was Leo erhielt.

Erwartungsvoll nahm sie es in die Hand und stellte es auf den Esstisch. Zugegeben fand sie es schon merkwürdig, dass ihr Mann, der seit drei Monaten tot war, weiterhin Post bekam.

Vorsichtig schlitzte Saskia die Klebestreifen mit einem Messer auf und klappte den Karton auseinander. Es waren mehrere kleine Geschenkboxen darin, doch nicht diese stachen ihr blitzschnell ins Auge. Vielmehr war es ein dicker, roter Umschlag auf der größten Geschenkbox, der sich an sie richtete: *für meine allerliebste Saskia.*

Ihre Finger zitterten und für einen Moment stand er gegenüber von ihr und lächelte ihr zu. »Na mach schon auf!«, forderte er und schickte ihr einen Luftkuss.

Saskia schaute verlegen zu dem Umschlag und wieder zu dem Stuhl, an dem ihr Mann lehnte. »Ich vermisse dich!«, flüsterte sie, zog eine Schnute und blinzelte mehrfach mit ihren Rehaugen. »Du weißt, dass ich das nie ernst gemeint habe, was ich dir an den Kopf geknallt habe. Es gibt keinen besseren Vater und Ehemann.«

»Das weiß ich doch. Du warst unzufrieden und ich habe dir schon wieder angekündigt, dich für ein paar Monate zu verlassen.« Er fuhr sich durch sein dunkles Haar. »Ich liebe dich, mein Engel! Vergiss das nie!«, wisperte er und verschwand.

Saskias Knie wurden weich. Besuche und Post aus dem Jenseits? Ehe sie sich mit dem mysteriösen Paket beschäftigen konnte, tapste Niklas mit Elefant Emil zur Couch und legte sich auf die Lieblingsstelle seines Papas.

»Guten Morgen. Hast du Hunger?«

Niklas schüttelte deprimiert den Kopf und vergrub sich in Papas Kuscheldecke.

Ich habe ihm das Lächeln genommen, dachte sie. Seit der Beerdigung hatte ihr kleiner Prinz nicht mehr gelacht und zu oft geweint. Würde er wieder ein glückliches Kind werden, wenn Saskia Glück und Freude versprühen würde? Nicht, dass sie sich besser fühlte, aber für ihren Sohn musste sie stark sein. Daher setzte sie ein Lächeln auf, stellte das Paket zur Seite und versuchte, ihrem Jungen durch Kitzeln ein Lachen abzulocken.

»Hör auf!«, befahl er mürrisch und schob seine Mutter weg.

Saskia trat traurig zurück und seufzte: »Mein kleiner Schatz, wir müssen irgendwie versuchen, weiterzumachen. Papa würde das nicht gefallen, wenn du nur noch traurig bist! Er mochte doch am liebsten dein Lachen. Er ist sicher traurig, es nicht mehr zu hören.«

Niklas zuckte mit den Achseln und entgegnete seiner Mutter: »Papa ist nicht hier … Wie soll er mich dann hören?«

Guter Einwand, dachte sie und hielt einen Moment inne. Da ihr Magen grummelte, schlich sie zurück zur Küche und bereitete Niklas Pancakes und Rühreier zu, was er gerne mochte. Doch auch das zog den Kleinen nicht zu Tisch.

»Hey Baby, du musst etwas essen! Du willst doch groß und stark werden«, versuchte sie, ihn zu ermuntern.

»Nein, ich will nur zu Papa!«

Saskia packte die Speisen auf das große, blaue Frühstückstablett und setzte sich neben ihren Sohn. »Fernsehen und frühstücken?«, schlug sie ihm vor.

Er willigte kurz darauf ein. Niklas war fast vier Jahre alt, aber der Kleine beschäftigte sich so ausgiebig mit dem Tod seines Vaters wie ein Achtjähriger.

Irgendwas muss ich finden, um ihn aufheitern zu können, dachte sie. Er sollte in seinem Alter voller Lebensfreude sprühen, mit den Kindern draußen im Dreck spielen und Dummheiten anstellen. Stattdessen lag er zusammengekauert in der Ecke, kuschelte sich in

Papas Decke und weinte. Saskia war nun gleichzeitig Mama und Papa. *Aber selbst dann werde ich ihm nicht gerecht …*

Die Beziehung zwischen Leo und Niklas war ungemein innig, auf deren Tiefgründigkeit war sie immer neidisch gewesen. Manchmal wünschte sie sich so sehr, dass Niklas auch seiner Mutter so viel Zuneigung und Vertrauen schenkte. Sie verstanden sich bestens, aber die Verbindung zu seinem Vater war schon immer intensiver.

Habe ich als Mutter versagt?

Es war ihre Aufgabe, ihr Kind glücklich zu machen und ihm eine bezaubernde Kindheit zu bieten. Aber an alles, was er sich in einigen Jahren zurückerinnern wird, wird die Tatsache sein, dass sein Vater ihn verlassen hat. Ein solch harter Einschnitt konnte Kinder prägen, sie negativ verändern. Das hatte sie einst in der Psychologievorlesung gelernt. Vorsichtig streifte sie ihrem Sohn über den Rücken.

»Papa!«, schluchzte er und verkroch sich unter die Decke.

Saskia stand auf und brachte die Reste des Frühstücks in die Küche. Sie machte den Abwasch, um sich abzulenken. Bei dem Anblick ihres Sohnes fiel es ihr schwer, nicht zu zerbrechen.

Als sie den Kühlschrank öffnete, um das Ahornsirup zurückzustellen, lachte sie für einen Moment die Tequila Flasche an. Sie hatte die große Begierde all ihre Sorgen in einem Alkoholrausch für einen Tag zu vergessen, doch das kleine Wesen in ihr, das sie seit sechs Monaten mit sich herumtrug, würde ihr das verübeln.

Daher verstaute sie alle alkoholischen Getränke in einer Kiste und überlegte, wie sie ihrem Sohn die Freude zurückbringen konnte. Er wusste, dass er großer Bruder werden würde. Vielleicht würde es ihn freuen, Babymöbel und Kleider kaufen zu gehen?

Nicht unbedingt freuen, aber es wäre abwechslungsreicher als in einer Ecke zu liegen und nur an seinen Vater zu denken, räumte sie ein. Sie könnten davor oder danach ein Eis essen oder ins Spaßbad fahren. Wobei sie dort in letzter Zeit zu oft gewesen sind, stellte

Saskia fest und überlegte weiter.

Gegen halb zehn gesellte sie sich ins Zimmer ihres Sohnes, der ein Bild für seinen Vater zu dessen Geburtstag malte. Saskia erzählte ihm von ihren Plänen für den heutigen Tag, doch sie fanden nur wenig Resonanz.

Still war er geworden. Normalerweise brabbelte er den ganzen Tag vor sich hin, doch seit der Beerdigung schwieg er. Niklas antwortete nur, wenn seine Mutter auf eine Antwort beharrte. Ansonsten lebte er in seiner eigenen Welt und war abwesend. Trotz der Mühe, die sich Saskia gab, konnte sie nichts daran ändern, so sehr sie es versuchte und sich wünschte. Möglicherweise hatten ihre Schwiegereltern recht und der Besuch beim Kinderpsychologen war unabdingbar.

Nachdem Niklas sein Bild fertig gemalt und seine Mutter es laminiert hatte, zogen sie sich warm an und spazierten zum Friedhof. Sie war nicht oft da, obwohl sie sich vornahm, ihn jeden Tag an der Grabstätte zu besuchen. Grundsätzlich gingen Menschen zu diesem ruhigen Ort, um ihren Verstorbenen nahe zu sein. Doch wie sollte sie sich ihrem Mann nahe fühlen, wenn Luft beerdigt worden war? In der Erde lag nicht Leos lebloser, zerstückelter Körper, sondern nichts. Wenn sie sich ihm nahe fühlen wollte, müsste sie schon zu dem Berg fahren, auf dem seine letzte Stunde geschlagen hatten. Doch dafür war sie nicht bereit. Eventuell in einigen Monaten, aber nicht heute. Im Anschluss wollte Saskia die Sammelgedenkstätte besuchen. Dort wurden alle sterblichen Überreste beerdigt, die man zu keinen Personen mehr hatte zuordnen können.

Am Grab zündete Saskia mehrere Kerzen an und betete.

»Mama, was steht da?«, fragte Niklas und zeigte auf die Grabaufschrift.

»Du hast die Welt zu früh verlassen, doch nie wirst du vergessen sein. In unseren Herzen lebst du ewig. Leonardo von Ehr. Fünfzehnter Dezember 1983 bis zehnter September 2010«, las Saskia ihrem Jungen vor.

Er schluchzte und legte das Bild nieder, das er gemalt hatte. Weinerlich erzählte er, wie sehr er seinen Papa vermissen würde. Er sehnte sich nach den lustigen Sachen, die die beiden unternahmen, wenn Mama nicht mit einem akribischen Blick zuschaute. Er sehnte sich nach den Fußballspielen und den Radtouren durch den Englischen Garten, den lustigen Geschichten, wenn er abends von Papa ins Bett gebracht wurde, den Kitzelaktionen und dem Kuscheln mit Papi.

Saskia nahm ihren Sohn auf den Arm und drückte ihn fest an sich. »Du musst mir sagen, was dir fehlt, Baby. Ich bin da. Mama ist jetzt Papa und Mama zusammen, okay? Rede bitte mit mir!«, sagte sie mit zitternder Stimme.

Der Kleine verschränkte die Arme und zeigte auf den Grabstein. »Ich will Papa zurück. Tausche mit ihm!«, forderte er störrisch und unüberlegt.

Der Satz überrollte Saskia. Damit hatte sie nicht gerechnet, weshalb sie keine Antwort über die Lippen bekam. Sie nahm die Handtasche und verließ den Friedhof. Nach mehrmaligem Treten von Niklas ließ sie ihn zurück auf den Boden und nahm ihn an die Hand. Er wünschte sich seinen Papa … um jeden Preis. Doch sie konnte ihm nicht gerecht werden.

Mir ist klar, dass Niklas immer ein Vaterkind gewesen ist, aber hasst er mich so sehr? Er ist doch mein Kind. Mein Sohn! Er wuchs neun Monate in meinem Bauch. Ich schenkte ihm sein Leben. War das nichts wert? Ich versuche doch alles, dass es ihm gut geht!

Saskia befand sich in einem Tunnel. Sie lief, ohne auf ihre Umwelt zu achten. Tränen flossen aus ihren Augen. In ihren Ohren wiederholten sich Niklas´ Worte immer wieder und verletzten sie bei jedem Mal heftiger.

»Weißt du, mir wäre es auch lieber, wenn Papa hier wäre. Aber ich dachte, du liebst mich auch. Du bist doch mein kleines Baby. Mein Niklas. Du wirst großer Bruder! Gib uns eine Chance!«

Ihr Sohn setzte sich auf den Boden und weinte. Er entschuldigte sich für seine Worte. »Mama, ich habe dich lieb … Aber ich vermisse Papa so sehr. Du hast gesagt, niemand kann Papa ersetzen. Also probiere nicht Mama *und* Papa zu sein. Sei nur Mama, so wie vorher auch.«

Saskia wollte auf ihn zugehen, als sie quietschende Reifen hörte, sich umdrehte und ein Auto auf sie zu rasen sah. Sie war wie gelähmt. Ohnehin wäre es zu spät, um auszuweichen.

Kapitel 11

Als sie die Augen öffnete, sah sie den blauen Himmel. Ihr war kalt und sie spürte keine Schmerzen. Das war das Adrenalin. Sie konnte das Ausmaß der Verletzungen nicht einschätzen. Kam sie früher zu ihrem Mann, als sie dachte?

»Mama!«, rief Niklas ängstlich und bückte sich, um sie unter dem Wrack sehen zu können.

Nein, dachte sich Saskia kämpferisch. Sie wusste nicht, wie schwer sie verletzt wurde, aber sie musste das überstehen. Für ihre Kinder! Sie versuchte, ihren weinenden Sohn zu beruhigen. »Mein kleiner Prinz. Alles wird gut!«

Ich hätte zuerst die Boxen auspacken sollen. Dann wären wir erst später zum Friedhof gegangen und ich würde jetzt nicht mit halbem Körper unter einem Autowrack liegen, warf sie sich vor und versuchte, ihre Verletzungen einzuschätzen. »Starke Quetschungen, eventuelle Rückenmarksfraktur, flache Atmung«, murmelte sie und versuchte, sich zu befreien.

Vielleicht durchlebte Leo das auch vor drei Monaten: Eingeklemmt unter einem Wrack zu liegen, grübelte sie. Nur, dass Hilfe für ihn nicht schnell genug kam. Wie kam sie jetzt auf diese absurde Idee? Eine Kopfverletzung hatte sie nicht, sie war bei klarem Verstand. Daher musste sie sich selbst eingestehen, dass ihre Idee lausig war. Wenn er eingeklemmt unter einem Wrackteil gelegen hätte, wäre seine Leiche entdeckt worden. Doch dieser Fall war nicht eingetreten. Man hatte ihn nicht gefunden … *Und würde ihn nie finden, weil er verbrannt ist.*

Saskia schaute zu ihrem Sohn, der mittlerweile zu ihr unter das Wrack gekrochen ist, um ihre Hand zu halten. Er starrte sie verängstigt an, weil er womöglich glaubte, nach seinem Vater auch die Mutter zu verlieren.

»Baby, mach dir keine Sorgen. Mama hat nur ein paar Kratzer!« Sie blickte wieder auf das Wrack, aus dem am hinteren Ende

Flüssigkeit auszulaufen schien.

Moment! Wieso hatte man sein Portemonnaie samt Inhalt gefunden, wenn er verbrannt war? Er trug es immer in seiner Hosentasche. Das macht keinen Sinn! Er konnte sich nicht im vorderen Teil aufgehalten haben, sonst wäre der Geldbeutel auch verbrannt!

»Mama, Tatütata kommt. Hörst du?«, murmelte Niklas ängstlich.

»Dann kriech unter dem Auto raus, damit sie mich auch finden!«

»Ich will aber deine Hand nicht loslassen«, entgegnete Niklas und drückte diese fester.

Saskia lächelte und bemerkte, wie Blut in ihren Rachenraum aufstieg.

Leos Personalausweis war bei dem Mann im Krankenhaus ... Der Geldbeutel flog vielleicht durch die Wucht aus seiner Tasche. Wenn er überlebt hat, kennt niemand seine Identität! Ich suche nicht mehr nach ihm. Vielleicht lebt er doch ... Ich muss noch mal alle Krankenhäuser abfahren!

»So, wir sind da! Machen Sie sich keine Sorgen!«, versuchte ein Sanitäter, Saskia zu beruhigen, die Blut spuckte.

»Mama!«, rief Niklas ängstlich und kroch näher zu ihr.

»Starke Quetschungen, freie Flüssigkeit im Bauch, eventuelle Rückenmarksverletzung, flache Atmung!«, gab sie eine persönliche Einschätzung ab.

»Kleiner, kommst du da unten bitte raus? Die Feuerwehr muss den Wagen gleich aufbocken!«

Bevor sich Niklas entschied, zog ihn einer der Sanitäter nach draußen, während sich der andere um Saskia kümmerte.

»Sagst du mir den Namen von deinem Papa? Dann rufe ich ihn schnell an, dass er sich um dich kümmern kann!«

»Leo von Ehr«, murmelte Niklas und zeigte auf den Friedhof. »Da ist Papa.«

Der Sanitäter nickte und lächelte. »Deiner Mama geht es bald wieder gut, hm? Und der Papa kommt bestimmt gleich. Wir können hier gerne warten, wenn wir ihn nicht erreichen.«

»Mein Gott, er ist tot, Sie Vollpfosten! Wieso zeigt mein Sohn wohl sonst auf den Friedhof«, zürnte Saskia und rollte mit den Augen. *Wenn die mich lebend ins Krankenhaus bringen, bekommen sie einen Orden von mir …*

Mit aller Mühe und Kraft versuchte sie, wach zu bleiben. Sie spürte, dass das Adrenalin langsam nachließ und Schmerzen ihren Körper eroberten.

»Mama!«, schrie Niklas weinend und versuchte alles, um wieder zu ihr zu kriechen. Doch der Polizist hatte ihn fest im Arm.

»Alles gut, mein Spatz«, log sie und spuckte erneut Blut, was wirklich kein erfreuliches Zeichen war. Ihr fiel es immer schwerer, zu blinzeln. Sie wurde unglaublich müde.

»Engel … Komm zu mir …«, säuselte Leo mit sanfter Stimme und stand plötzlich mit ausgestrecktem Arm lächelnd vor ihr.

»Schatz …«, flüsterte sie und streckte ihm die Hand entgegen.

»Frau von Ehr, bleiben Sie bei uns. Die Feuerwehr ist gleich da. Dann holen wir Sie da raus! Denken Sie an Ihren Jungen! Egal, wer Ihnen die Hand aus dem Jenseits entgegenstreckt, lehnen Sie bitte ab. Wenn Sie das helle Licht sehen, gehen Sie nicht rein, okay?«, sagte eine bisher unbekannte Stimme. »Ich bin Doktor Hartmann, der Notarzt. Glauben Sie mir, Sie können das schaffen!«

»Ich bin so unglaublich müde«, antwortete sie erschöpft und versuchte mit ihrem Blick, der Gestalt Leos auszuweichen.

»Ich weiß. Aber wir schaffen das gemeinsam, okay?«

Saskia nickte und biss ihre Zähne zusammen.

»Mama, ich habe das nicht so gemeint!«, rief der Kleine aufgewühlt. Es war ihm außerordentlich wichtig, dass sie das verstanden hatte.

So wie es mir wichtig war, dass sich Leo meine Worte nicht zu sehr zu Herzen nahm. Sie wandte sich von dem Notarzt ab und starrte in Leos türkisblauen Augen, die sie an den Tag zurückbrachten, an dem sie sich wünschte, ihre Klappe gehalten zu haben.

***

Ihr Mann kümmerte sich rührend um seinen Sohn, kochte mit ihm ein feines Gericht zu Abend und brachte ihn wie gewöhnlich zwischen sieben und halb acht ins Bett. Er packte eine lustige Seemannsgeschichte aus, imitierte einen alten Kapitän und kitzelte seinen Sohn, bis er um Gnade flehte. Er hielt ihn so lange fest, bis der Kleine eingeschlafen war. Dann kletterte er leise aus dem Bett und zog die Zimmertür bei.

»Schatz, können wir bitte reden?«, flehte Saskia mit verweinten Augen.

»Ich glaube, das, was du gesagt hast, kannst du nicht einfach mit anderen Worten zurücknehmen«, murmelte er, nahm sein Kissen und seine Bettdecke aus dem Schlafzimmer und platzierte sie auf der Couch.

»Leo, bitte. Ich habe das nicht so gemeint … Gib mir eine Chance, mich zu erklären.«

»Na auf die Erklärung bin ich aber gespannt«, zürnte er, zog die Couch aus und schaltete den Fernseher ein.

»Ich habe dich verletzt. Das weiß ich, aber das war nie meine Absicht.«

»Aha.«

Saskia verschränkte leicht gereizt ihre Arme vor der Brust. »Gibst du mir wenigstens mal eine faire Chance?!«, motzte sie.

Leo verdrehte die Augen und erhöhte die Lautstärke des laufenden Fernsehprogramms.

»Jetzt hör mich an, verdammt!«

»Ich würde mal gerne wissen, was mit dir los wäre, hätte ich so etwas zu dir gesagt.« Er klappte seinen Laptop auf.

Saskia setzte sich neben ihn und seufzte: »Ich wollte mit dir eigentlich darüber reden, dass ich auch wieder arbeiten möchte. Ich habe Bewerbungen an die Krankenhäuser in München fertiggestellt und wollte das heute Abend mit dir absprechen. Ich will endlich mein Studium beenden und Ärztin sein.«

»Und das soll es jetzt entschuldigen, dass du wegen mir ein

unschuldiges Kind töten willst und mir wünschst, dass mein Flugzeug abstürzt?«

Sie griff nach seiner Hand, die er sofort wegzog. »Hast du noch nie etwas gesagt, was du im Moment des Aussprechens bereits bereut hast? Ich würde das nie tun oder dir so etwas wünschen!«

»Aber du hast es.«

»Was sagst du zu meinem Plan?«

Leo zog entsetzt seine Augenbrauen hoch. »Ist das dein Ernst? Ist das jetzt für dich geklärt?«

»Nein, aber du ...«

Er drehte seinen Laptop zu ihr um und zeigte ihr Bilder eines Flugzeugabsturzes. »Sowas hast du mir vor drei Stunden gewünscht. Ich liebe dich auch.«

»Nein! Das war nur aus meinem Zorn heraus, weil du wieder in die Staaten gehst! Bitte, ich will niemals, dass dir so etwas passiert! Das wünsche ich nicht mal meinem schlimmsten Erzfeind.«

Er klappte den Laptop zusammen. »Ich fahr morgen mit Niki für ein paar Tage zu meinen Eltern.«

»Was?«

»Ich muss raus hier und Niki würde gerne wieder zu Oma und Opa.«

»Und was ist mit mir?«

»Dir ist es doch auch scheißegal, wenn ich abstürzen sollte. Kannst du auch mal ein paar Tage alleine zu Hause bleiben. Du wolltest doch Zeit für dich, nicht wahr?«

»Du führst dich auf wie eine Zicke! Gib doch zu, dass du froh bist, wenn du von mir weg bist.«

»Wenn du dich so aufführst wie heute, bin ich das.«

Die Streithähne wurden von Niklas unterbrochen, der mit traurigem Blick vor seinen Eltern stand. »Hört auf zu streiten, ich mag das nicht ...«, flehte er und brach weinend zusammen.

***

»Frau von Ehr, bleiben Sie bei mir!«

Ihr liefen Tränen über die Wangen. »Ich wollte das nie, Leo. Bitte glaub mir das. Als du aus Rosenheim zurückkamst, haben wir darüber nie mehr gesprochen. Hast du mir verziehen? Bitte, ich habe das so niemals gemeint!«, keuchte sie und sah ihm tief in die Augen.

Ihr Herz schlug schneller als vor wenigen Minuten. Sie hatte das Gefühl, es würde aus ihrer Brust platzen. »Leo, sag doch was. Bitte.«

Der Notarzt kroch aus dem Wrack und trommelte die ganze Truppe zusammen. »Bei drei hebt ihr den Wagen an, ich versuche, sie herauszuziehen, okay?«

»Okay!«

»Eins … Zwei … Drei!«

Saskia spürte, wie die Last auf ihr weniger und sie an ihren Schultern aus dem Wrack gezogen wurde. Sie lächelte glücklich.

»Mama!«, kreischte Niklas und trat mit aller Gewalt gegen den, der ihn daran hinderte zu seiner Mutter zu kommen.

Der Notarzt drückte mit der Jacke die blutende Wunde am Oberkörper ab und warf dem Polizisten einen bösen Blick zu. »Setzen Sie den Jungen endlich in den Dienstwagen. Oder wollen Sie, dass er sieht, wie seine Mutter vor seinen Augen stirbt!«, brüllte er gereizt.

»Entschuldigen Sie …«, meinte dieser und lief mit Niklas zum Wagen.

»Ich darf nicht sterben! Er hat nur noch mich!«

»Ich werde alles für Sie tun, was in meiner Macht steht!«, versprach ihr der Arzt, setzte ihr eine Sauerstoffmaske auf und transportierte sie mithilfe seiner Kollegen auf die Trage. Im Krankenwagen wurde sie sofort erstversorgt. Doch die innere Blutung konnte nicht im Rettungswagen gestillt werden, weshalb sie so schnell wie möglich ins Krankenhaus musste.

»Wie alt ist denn ihr Junge?«, versuchte der Notarzt Hartmann, sie wachzuhalten.

»In einem Monat wird er vier.«

»Schön! Spielt er Fußball?«

»Ja, sehr gerne sogar!«

»Und sein Vater wollte nichts von ihm wissen?«

»Er saß in dem Flugzeug, das …«

»Verdammt. Das tut mir wirklich leid!« Er legte seine Hand auf Saskias Oberkörper ab und lächelte. »Wir bekommen Sie schon wieder hin, Saskia!«

»Vielleicht hat er ja überlebt … Sein Personalausweis wurde woanders gefunden.« Sie wich mit den Augen vom Notarzt ab und sah wieder zu Leo, der noch immer dicht an ihrer Seite stand. Er hatte seine Hand auf ihrem Herzen abgelegt und starrte sie hoffnungsvoll an.

»Denk an Niki. Du musst deine Zähne zusammenbeißen«, flüsterte er, schickte ihr einen Luftkuss und verschwand so schnell, wie er gekommen war.

»Leo«, keuchte sie und verlor kraftlos ihr Bewusstsein.

Am Unfallort befasste sich hingegen keiner mit der genauen Ursache, wie es zu diesem Vorfall kam. Es wurde aufgrund der Straßenglätte und den Schneefällen als Unfall abgestempelt. Von einer Absicht ging keiner aus. Die Polizei, die zwar ermittelte, dass der Fahrer frühzeitig aus dem Wagen floh und diesen gestohlen hatte, folgerte letztendlich, dass der Wagen sie aufgrund der Straßenglätte gerammt hatte. Möglicherweise wollte keiner tiefer in diesen Vorfall in der Vorweihnachtszeit eintauchen, aber hätte man alle Spuren ausgewertet, wäre man zu einem anderen Ergebnis gekommen. Oder wollten die Polizisten nicht zu diesem kommen? Wenn man es genau nahm, hatten die Beamten im Dienst ihr Protokoll bei einer Unfallaufnahme nicht genau befolgt oder wollten sie es nicht, um etwas zu vertuschen? Denn eigentlich sollte man stutzig werden, wenn ein Auto gestohlen ist und der Fahrer sich vom Geschehen entfernte … oder?

Insbesondere Saskia würde nie erfahren, dass der Wagen absichtlich auf sie zusteuerte. An einen versuchten Mordanschlag dachte keiner, was ein Fehler war. Zu diesem Zeitpunkt konnte allerdings keiner ahnen, welches Ausmaß diese Fehlentscheidung in Saskias künftigem Leben nehmen würde. Wäre es durch aufmerksames Handeln möglich gewesen, alles zu verhindern?

Kapitel 12

Saskia öffnete die Augen. Schmerzen eroberten ihren Körper. Sie erkannte nur helle Lichtstrahlen und musste mehrfach blinzeln, um überhaupt etwas zu erkennen.

Was ist passiert? Wo bin ich?

Der Schrei ihres Sohnes führte sie vollkommen ins Hier und Jetzt zurück. Niklas war auf dem Arm seiner Großmutter und strampelte, als ob er um sein Überleben kämpfte. Hans unterschrieb ein Formular.

Was ist um alles in der Welt los hier?

Saskia versuchte, sich bemerkbar zu machen, aber sie konnte sich nicht zu Wort melden durch den Schlauch in ihrem Hals. Ohne ihre Schwiegertochter eines Blickes zu würdigen, verließen sie das Zimmer.

Was ist in diesem Moment passiert? Wieso liege ich überhaupt hier?

Panisch sah sie sich um. Ein Mann, eventuell eine Frau, lag neben ihr. Der Kopf war verbunden, der Patient wurde beatmet, überall waren Schläuche und Infusionen. Der Mann oder die Frau sah übel zugerichtet aus. Ihr hingegen ging es verhältnismäßig gut. Sie hatte Glück gehabt, wenn sie sich ihren Zimmergenossen betrachtete. Saskia wendete ihren Blick zurück auf sich. Zwischenzeitlich hatte sie vergessen, schwanger zu sein. Hektisch versuchte sie, ihren Blick nach unten zu bewegen, aber durch die Cervicalstütze und ihre fast flache Lage erkannte sie nichts. Ihre Arme waren fixiert.

Bin ich ruhiggestellt? Ich bin doch nicht in der Psychiatrie gelandet?!

Saskia wurde panisch, versuchte gegen die Luft, die durch den Tubus in ihre Lunge wanderte, zu atmen, und zog durch die alarmierenden Geräusche des Monitors die Ärzte ins Zimmer. Das Team befreite sie umgehend von dem Schlauch und brachte sie auf den neuesten Stand. »Frau von Ehr, Sie hatten einen schweren Unfall vor zwei Tagen. Ein Auto überschlug sich und

Sie wurden darunter eingeklemmt. Wir haben eine Verletzung des Rückenmarks festgestellt. Sie sind fixiert und dürfen sich wirklich nicht bewegen, bis die Verletzung verheilt ist. Ihrem Baby geht es gut, obwohl das nach den Quetschungen an ein Wunder grenzt! Wir sehen Sie später wieder! Falls etwas ist, einfach klingeln!«

Scherzkeks, dachte Saskia. *Ich bin fixiert und sollte im Notfall klingeln. Bei manchen Ärzten frage ich mich immer wieder, wie sie durch das harte Studium gekommen sind.*

Saskia sah hinüber zu dem Patienten. Nicht mal mit jemandem reden konnte sie. Wie lange sollte sie jetzt in diesem Bett verharren? Auch wenn ihr Zimmernachbar neben ihr sediert oder im Koma lag, redete Saskia los. Sie hatte quasi die letzten drei Monate nur mit ihrem Sohn und den Angestellten in Supermärkten an den Kassen geredet. Kaum möglich dies überhaupt als Gespräch zu bezeichnen.

Sie erzählte dem Patienten einiges aus ihrem Leben und war froh, als gegen halb sechs eine Schwester das Zimmer betrat und nach dem Rechten schaute.

»Wer ist das neben mir?«, fragte Saskia.

»Er hatte einen ziemlich schweren Unfall und seine Identität verloren. Mittlerweile liegt er seit fast drei Monaten im Koma. Wir können keine Angehörigen finden. Die Ärzte wollen ihm noch ein wenig Zeit geben, das, was er überlebt hat, war schon heftig«, erklärte sie. »Aber ich habe Ihnen jetzt eigentlich schon zu viel verraten. Wie geht es Ihnen?«

Drei Monate??? Das könnte theoretischerweise jemand aus dem Flugzeug sein! In welchem Krankenhaus bin ich eigentlich? Rechts der Isar? Dann könnte er das zweite Opfer sein, dessen Gesicht ich damals nicht sehen konnte!

»Hat er einen Flugzeugabsturz überlebt?«, hakte Saskia prompt nach.

»Frau von Ehr, ich durfte Ihnen das alles gar nicht sagen, also hören Sie auf, herumzuschnüffeln. Also noch mal. Wie geht es Ihnen?«

Saskia verdrehte die Augen. »Na gut. Also ich weiß nicht, wie lange hält der Zustand denn an? Wo ist mein Sohn?«

Die Schwester schaute auf den Boden. »Die Schwiegereltern übernehmen bis auf unbestimmte Zeit das Sorgerecht für Ihren Sohn. Tut mir leid. Und in ein, zwei Wochen müsste es weitestgehend verheilt sein. Ich denke, dass Sie in einer Woche das Krankenhaus verlassen dürfen, sofern Sie sich zu Hause schonen!«

Saskia schüttelte den Kopf und wütete: »Die zwei sind unberechenbar. Sie haben nur auf so etwas gewartet!«

»Man munkelt, Sie seien freiwillig vor das Auto gelaufen. Unter diesen Umständen ist das Jugendamt hellhörig geworden«, flüsterte die Schwester.

»Schön. Super. Vielen Dank. Haben die selbst die Gerüchte in die Welt gesetzt?! Darf ich mich nicht einmal rechtfertigen?!«

Wortlos verließ die Schwester das Zimmer und steckte Saskia in die Schublade der psychischen Wracks.

Wer würde mir glauben, dass es nicht so war? Ich hätte Leos Hand entgegennehmen sollen ...

Erst hatte man ihr den Mann genommen und jetzt den Sohn. Vor vier Monaten war ihr Leben perfekt, aber jetzt?

»Ihnen würde es bestimmt besser gehen, wenn Ihre Familie da wäre, oder?«, schluchzte Saskia in Richtung des schwer verletzten Mannes.

Wenn Leo jetzt hier wäre ... Er müsste mich nur anschauen und ich würde mich um einiges besser fühlen. Niklas würde hier sein ... So etwas würde er mir nie zutrauen.

Saskia wandte den Blick zu dem Stuhl an ihrem Bett und stellte sich vor, ihr Mann würde darauf sitzen. Vermutlich würde er einen marineblauen oder bordeauxroten Kapuzenpullover und eine Jeans tragen. Seine rechte Hand würde ihre halten, während die linke auf dem Bauch läge, um sein Mädchen zu beruhigen. Seine türkisblauen Augen würden in keiner Sekunde von ihr abweichen. Sicher würde er sie anlächeln und ihr sagen, wie wunderschön sie aussähe. »Engelchen«, würde er mehrfach flüstern und sie küssen.

Eine Träne lief ihr über die Wange. »Mir würde es auch besser gehen, wenn mein Mann hier wäre. Ich wünsche mir für Sie, dass es bei Ihnen wenigstens Hoffnung gibt, dass sie gefunden werden!«, schluchzte sie und versuchte, ihre Tränen zu unterdrücken. Sie musste lernen, stark zu sein. Für ihre Kinder …

Wenn Gundula mir das Mädchen nicht nach der Geburt auch noch abholen würde. Ging das überhaupt mit rechten Dingen zu? Konnten sie einfach so das Sorgerecht für Niklas übernehmen? Diesen Triumph würde ich ihnen nicht lassen. Mein Sohn gehört zu mir und nicht zu seinen Großeltern, die mir befahlen, ihn abzutreiben!

Der Patient, der die ganze Zeit passiv zugehört hatte, öffnete die Augen und bemühte sich, ihr eine Antwort zu geben. Doch er war verhindert. Der Monitor piepte schneller, weshalb Saskia den Blick vom leeren Stuhl zu dem Mann richtete. Er hatte Kammerflimmern und keiner der Ärzte war in diesem Moment in dem Beobachtungsraum, um ihn zu retten.

Ich muss ihm helfen!

Im schlimmsten Fall könnten die OP-Narben reißen. Gott musste Verständnis für sie haben. Schließlich entschied sie sich nach ihrem Abitur 2001 für das Medizinstudium. Sie konnte dem Mann nicht beim Sterben zu sehen. Sie zog ihre dünnen Ärmchen aus den Schlingen und kletterte vorsichtig aus dem Bett. Ihr Blick wanderte im Zimmer umher, sie war auf der Suche nach einem Rollwagen, auf dem ein Defibrillator stand.

Da!

Hektisch schob sie ihn ans Bett, lud den Defibrillator auf und platzierte die Elektroden auf seinem Oberkörper.

»Lassen Sie mich jetzt nicht im Stich! Ich weiß zwar nicht, wer Sie sind, aber ich wollte immer Menschenleben retten! Und Ihres gehört dazu!«

Nach fünfmaligen Schockversuchen riss der Mann für kurze Zeit die Augen auf und sah Saskia ins Gesicht. Das traf sie derartig, dass sie die Elektroden aus der Hand gleiten ließ und im nächsten Moment ohnmächtig zu Boden fiel. Sie schlug mit dem Kopf an der Bettkante auf und wurde bewusstlos.

Die Ärzte brachten Saskia sicherheitshalber in das CT, um Hirnblutungen und eine weitere Verletzung am Rückenmark auszuschließen. Ihr Gedächtnis der letzten Stunden wurde durch eine Gehirnerschütterung ausgelöscht, wovon sie eine retrograde Amnesie trug. Schwer abzuschätzen, ob sie sich irgendwann an den Moment erinnern würde, in dem sie den Patienten schockte und in seine Augen schaute.

Wobei die Frage bleibt, ob sie sich nicht eher gewünscht hätte, eine Hirnblutung zu haben und nie wieder aufzuwachen. Die Schwiegereltern hatten ihr das Kind genommen. Konnte sie diesen zweiten Rückschlag innerhalb kürzester Zeit verkraften?

Kapitel 13

Saskia saß auf einer Wiese mit Niklas und einem kleinen Mädchen. Ihr Sohn stand mit einem Ball neben ihr und sah wartend aus. Ungläubig drehte sich Saskia um, sie hatte keinen blassen Schimmer, wo sie war. Hinter ihr war ein großes schönes Haus zu sehen. Aus einer der Terrassentüren trat ein Mann. Es war nicht bloß ein Mann. Es war ihr Mann, der mit einer Kamera und Obstschalen nach draußen kam. Er stellte sie neben Saskia ab, gab ihr einen Kuss und spielte mit seinem Sohn Fußball. Es war so wohltuend, mit anzusehen, wie harmonisch die Beziehung der beiden war. Niklas lächelte und Saskia schien ebenfalls glücklich. Wenig später kam Leo zu ihr auf die Decke und nahm das Baby. Er wiegte sie zuckersüß im Arm und warf dann seiner Frau einer seiner bezaubernden Blicke zu. Als diese türkisblauen Augen sie anstrahlten, musste Saskia über beide Ohren grinsen und hauchte sanft, wie sehr sie ihn liebte. Leo rutschte näher zu ihr und legte seine freie Hand an Saskias Hals. Seine Finger kraulten ihren Nacken und führten mit leichtem Druck die beiden Köpfe näher zusammen. Ihre Lippen berührten sich.

***

»Frau von Ehr?!«

Saskia erschrak sich fast zu Tode und riss ihre Augen weit auf. In ihren Träumen küsste sie vor wenigen Sekunden ihren Ehemann. *Wieso muss die unbedingt jetzt etwas von mir wollen?!*

»Ich soll Ihnen ein Dankeschön von dem Mann ausrichten, den sie eben wiederbelebt haben!«

Wen hatte ich wiederbelebt?

Vermutlich die erste Phase der Trauerbekämpfung ... Sie wollte, dass Leo jetzt an ihrem Bett saß, ihre Hand hielt und etwas erzählte. Er konnte nicht einfach gegangen sein. Genauso wenig besaßen die Schwiegereltern das Recht, Niklas zu sich zu nehmen. Wehleidig versank Saskia in Tränen und zog sich die Bettdecke über den Kopf.

Einige Stunden später hatte sie sich etwas beruhigt und war stolz auf sich, ihren Bettnachbarn gerettet zu haben. Trotz ihrer Rückenmarksverletzung verließ sie das Bett und leistete dem Patienten aus Zimmer elf erste Hilfe. Sie hatte ihr Medizinstudium nicht abgeschlossen, ihren hippokratischen Eid nicht abgelegt und dennoch stellte sie sich an zweite Stelle und tat alles, um das Leben eines fremden Menschen zu retten.

Eine Woche später

Saskia durfte wieder nach Hause. Aber konnte man eine Wohnung ohne ihren Mann und ohne ihren Sohn noch ein Zuhause nennen? Sie seufzte, als sie das Taxi verließ und die Treppen heraufstieg. Sie drehte den Schlüssel im Schloss um und betrat die Wohnung. Wie gerne würde sie sich jetzt in die Arme ihres Mannes stürzen und ihn nie wieder loslassen.

Das hätte ich besser am Tag der Abreise in die USA machen sollen, dachte sie.

Sie stellte die Tasche ab und hing ihren Mantel auf. Weihnachten fiel dieses Jahr ins Wasser. Das Fest der Liebe. Weder ihre Schwiegereltern konnte sie erreichen, noch ihren Mann. Letzteres war allerdings nicht verwunderlich, da er tot war. Sanft streifte sie sich über den Babybauch und schmunzelte. Es war ein Wunder, dass die kleine Maus das überlebt hatte. Nicht ausgeschlossen, dass Leo ihnen in Form eines Engels zur Seite stand.

»Immerhin haben wir uns beide«, flüsterte sie und setzte sich. Das Paket stand noch immer auf dem Esstisch. Sie schob es näher zu sich und beschloss, zuerst den Umschlag, der an sie adressiert war, zu öffnen. Ein verfasster Brief von Leo. Ihre Hände zitterten, sie bekam weiche Knie.

Mein liebster Schatz,

ich weiß, wie gerne du mich hast, wie sehr du mich liebst und dass du dir ein Leben ohne mich niemals vorstellen könntest. Dieses Paket habe ich lange vor unserer Hochzeit vorbereitet. Nicht, weil ich dachte, früh sterben zu müssen, sondern weil ich mich in der Pflicht sah, wenn dies irgendwann in unserem lang geplanten Leben vorkommen sollte, dich in dieser Zeit unterstützen zu müssen. Du hattest nie echte Freunde, hast dich mit deinen Eltern zerstritten und vermutlich sitzt du in diesem Moment einsam am Esstisch und liest dir meinen Brief durch. Aber ich möchte nicht, dass du jetzt alleine bist! Ich liebe dich bis in die Unendlichkeit und zurück.

Wenn du an dem Punkt bist, weiterzumachen, dich auf jemand Neuen einlassen willst, ist das okay, mein Schatz. Die Liebe, die zwischen uns herrscht, kann uns keiner nehmen. Ich würde es dir niemals übel nehmen, ich möchte dich nur glücklich sehen. Und das bist du ganz sicher zurzeit nicht. Ich weiß zwar nicht, wie es auf der anderen Seite ist, aber ich verspreche dir, dass ich dich immer beschützen werde. Ich bin jetzt dein persönlicher Schutzengel.

Falls wir unsere Wünsche nicht alle erreicht haben, fang damit an! Du musst das Leben genießen, für uns beide. Ziehe morgen los, fahre nach Paris, mache den Städtetrip oder suche dir etwas anderes von unseren Klebezetteln aus. Aber lege los! Lebe, als wäre jeder Tag dein Letzter. Denn dann wirst du es nie bereuen.

Jedes Mal, wenn ich zu unserer Partnerfirma oder neuen Aufträgen aufbreche, habe ich ein mulmiges Gefühl. Aber das gehört dazu. Ich hatte Angst zu sterben, weil ich etwas zu verlieren habe ... hatte. Und zwar dich und unsere Kinder/ und Niklas (falls wir nur ein Kind haben, wobei wir uns immer mehrere gewünscht haben!). Und ich verspreche dir, dass ich an meine Grenzen gehen werde und so lange kämpfen werde, bis es nicht mehr reicht zu kämpfen. Ich bin nicht leichtfertig gestorben. Denn mit meinem Leben bin ich lange nicht fertig gewesen.

Ich wollte gemeinsam mit dir mit neunzig Jahren im Schaukelstuhl sterben, wenn wir beide an dem Punkt waren und sagten, wir haben alles erreicht und erlebt, was wir wollten! Es tut mir leid, mein kleiner Engel! Ich weiß, wie gerne du in meine Augen geschaut hast und es dir besser ging. Schatz, es geht dir auch so gut in deinem Leben! Du machst jetzt einiges durch, was ich mit dir zusammen durchgestanden hätte. Aber für mich war ein anderer Plan vorgesehen.

Engel, lebe als wäre jeder Tag dein letzter auf Erden! Verschwende keine Tränen mehr, ich mochte es nie, wenn diese kleinen Wassertröpfchen deine Augen verließen. Setze dir dein Lächeln auf und lebe! Ich liebe dich! Vergiss das bitte nie!

Dein Leo.

P.S. Du siehst nicht furchtbar aus, wenn du jetzt geweint hast. Und du siehst nicht dick aus, wenn du ein paar Kilo mehr drauf hast. Du siehst nicht schlecht aus, wenn du die ganze Nacht wegen des Babys wach warst. Du siehst in jedem Augenblick deines Lebens bezaubernd aus. Du denkst dir jetzt vermutlich, ich lege doch gar keinen großen Wert auf mein Äußeres. Aber Engelchen, wie hast du dich immer so hübsch gemacht, wenn ich aus den USA zurückkam? Dir liegt viel daran, auch wenn du das nicht offen zugibst!

Ich liebe dich, mein Herzblatt. Für immer und ewig, nicht bis das der Tod uns scheidet. Nein. Dieses Versprechen gilt ewig!

Saskia versuchte, ruhig zu atmen. Wieso nur hatte Gott ihn so früh zu sich genommen? Er war ein herzensguter Mensch und musste die Welt so früh verlassen? Er war kein Mensch, der die Welt schlechter machte. Er war ein Mensch, der sich um seine Mitmenschen bemühte, der immer im Sinne aller und nicht eines Einzelnen handelte. Nicht zuletzt gründete er deshalb eine Firma, in der er sich um die menschliche Gesundheit in Verbindung mit Sport Gedanken machte. Er wollte das Essverhalten der Menschen verbessern. Es war falsch zu denken, man könne Sport treiben und sei gesund. Denn dafür musste man eine gesunde Ernährung an den Tag legen. Insbesondere in den USA, wo viele Menschen an Adipositas leiden, kam seine Idee exzellent an. Er kümmerte sich um andere, wollte die Welt immer ein Stück besser machen.

Das ist nicht fair, es ist verdammt ungerecht!

Mit diesen Gedanken endete sie wieder beim Theodizee-Problem. Saskia war ein gläubiger Mensch, wurde regelrecht in ihrer Kindheit dazu erzogen. Es gab keinen Sonntag, an dem man sie früher nicht in der Kirche antraf. Aber irgendwann begann sie Fragen zu stellen. Fragen über all die Ungerechtigkeiten, die sich tagtäglich auf der Welt ereignen.

Wieso ließ der allmächtige Vater so viel Leid zu?

Wieso gab es so viele unheilbare Krankheiten?

Wieso ließ Gott Unwetter und Unglücke zu?

Ja, wieso ließ Gott es zu, dass ein Flugzeug mit fast 200 unschuldigen Passagieren gegen einen massiven Berg prallte? Bis heute war unklar, ob es ein terroristischer Akt, ein Fehler des Piloten oder ein mechanisches Problem des Flugzeugs gewesen war. Es dauerte ewig, bis sie die Blackbox gefunden hatten. Derzeit wurde sie ausgewertet, Berechnungen erstellt, etc.

Wieso ließ Gott zu, dass die Titanic 1912 mit 2200 Passagieren an Bord im Ozean sank und davon 1512 starben?

Wieso bekam Nele, ihre beste Freundin, in der achten Klasse, einen Hirntumor, an dem sie wenige Monate nach der Diagnose verendete? Sie war der bravste, liebevollste und schönste Mensch, den sie gekannt hatte. Sie hatte keiner Fliege etwas zuleide getan.

Wieso das alles? Wieso plante man eine Zukunft, lebte bedacht, ernährte sich gesund, tat seinen Mitmenschen nichts Böses und hielt die zehn Gebote ein, wenn Gott am Ende das Leid eher denen antat, die es nicht verdienten? Ein Mörder hätte es verdient, an Krebs zu erkranken. Aber nicht ein vierzehnjähriges Mädchen, das sein ganzes Leben vor sich hatte … und erst recht hatte es ihr Mann nicht verdient, so früh zu sterben.

Sie musste sich einen Moment sammeln, bis sie sich der Geschenkbox Leos widmen konnte. Sie spürte so viel Hass in sich aufkommen. Hass, der Gott und allen Ungerechtigkeiten dieser Welt entgegengebracht wurde.

Wieso verdammt ließ er das zu? Der allmächtige Vater …

Sie schenkte sich ein Glas Wasser aus und verdrängte ihren Hass. Zu interessiert war sie doch gewesen, was sich in den einzelnen Päckchen befand. Ihr Blick wanderte zuerst durch die Wohnung. Jedes Foto hatte seine Geschichte zu erzählen. Sie konnte sich genau daran erinnern, wie jedes Einzelne von ihnen entstanden ist.

Dabei bemerkte Saskia, dass sie sich innerlich gegen die Vorstellung sträubte, dass Leo sie verlassen hatte. Irgendwie klammerte sie sich an die Worte der Polizisten, die ihr eine logische Erklärung dafür gaben, dass seine Leiche nie gefunden werden würde, aber andererseits war da der Geldbeutel, der unversehrt geblieben war. Den er immer, ohne jegliche Ausnahmen, in seiner Hosentasche der Jogginghose oder Jeans trug. Wieso sollte dieser nicht verbrannt sein, wenn er es doch war? Er hätte gekämpft bis zum Umfallen für seine kleine Familie.

Bin ich mir überhaupt sicher, dass er die Reisen wirklich aufgegeben hätte? Oder war das bloß eine Floskel, damit ich nicht hysterisch werde ... Jedes weitere Mal hätte er sagen können, dass es das letzte Mal sein wird. Ich hätte es geglaubt. Er hatte es nicht mal für nötig gesehen, zu unserer verabredeten Zeit anzurufen. Er wusste doch, wann ich mit dem Kleinen immer ins Bett ging. Als er anrief, musste er vorher schon gewusst haben, dass ich schlafe. Er wollte gar nicht mit mir sprechen!

Saskia spürte zum ersten Mal Hass auf ihren Mann, dass er so früh gegangen war, sie angelogen und er sie nicht zur verabredeten Zeit angerufen hatte. Mit den Händen stieß sie sauer die Kiste von der Tischkante, schnappte sich ihre Jacke und lief nach draußen. Sie brauchte frische Luft und am wenigsten diese blöde Kiste.

Draußen traf sie bloß auf glückliche Menschen in besinnlicher Weihnachtsstimmung. Sie sah viele freudige Familien auf dem Marienplatz schlendern, junge Eltern in der U-Bahn mit ihren kleinen Kindern. Bloß in ein Café wollte sie sich setzen, doch verließ es schneller als gedacht. Sie konnte das Glücklichsein der anderen nicht ertragen. Sie hielt es nicht aus, wie das junge Paar neben ihr heftig miteinander turtelte und sie ihm plötzlich eröffnete, schwanger zu sein.

Ihr ganzes Leben suchte sie heim und ließ sie beinahe zusammenbrechen. All das wollte sie doch haben. Eine tolle Familie. Einen tollen Mann. Ein besinnliches Weihnachtsfest ...

Zuhause wusste sie noch weniger mit sich anzufangen. Niklas tollte nicht durchs Haus und musste von seiner Mutter beschäftigt werden. Sie musste ihm nicht hinterherlaufen aus Angst, dass er sich verletzen könnte. Es war nicht laut, es war still.

Totenstill.

Mit langsamen Schritten trottete sie unglücklich in das Kinderzimmer. Es war alles so, wie sie es am Geburtstag ihres Mannes verlassen hatten. Die Stifte lagen auf dem großen Spielteppich, die Schwimmtasche stand am langen Fenster und das Bett war nicht gemacht. Sie seufzte und ließ sich auf den Sitzsack fallen.

Seine Großeltern hatten ihn gepackt wie ein Vieh, das zum Schlachter gebracht wurde. Alle Kleider waren noch hier, sein Spielzeug ... Saskia watschelte ins Schlafzimmer und sah sein Lieblingskuscheltier auf Leos Seite sitzen. Nicht einmal Emil durfte er mitnehmen. Wie konnte er nachts bloß schlafen? Saskia griff nach dem Elefanten und drückte ihn fest an ihre Brust.

Ich wollte für Niklas stark sein ... Ich habe mein Bestmögliches gegeben und ihn dennoch verloren ...

Kapitel 14

Am Nachmittag brachte sie es dann doch übers Herz, die Päckchen zu öffnen: Im ersten lag eine Herzkette, in deren Innenleben ein Bild von Leo und Saskia von der Hochzeit war. Auch wenn sie sauer auf ihn war, legte sie sich die wunderschöne Kette um den Hals. Das zweite Päckchen war etwas größer. Darin waren mehrere Karten von Paris, London, der Karibik ... Im Großen und Ganzen von allen Reisezielen, die die beiden gehabt hatten. In einer kleinen Schatzkiste am linken Rand der Box waren einige Geldscheine und eine Kreditkarte. Auf der Innenseite des Deckels stand: Lebe Engel! Fang an zu reisen. Sie legte die Kiste bei Seite ins Regal. Sie hatte keine Lust, ohne ihn die Dinge zu machen, die sie zusammen als Team hätten erleben wollen.

Im dritten Päckchen lag eine Polaroidkamera mit einer kleinen Message: Mache dich und deine Erlebnisse durch zahlreiche Bilder unsterblich!

Ein kleines Lächeln verzeichnete sich auf Saskias Lippen. Eine Polaroidkamera hatte sie sich schon immer gewünscht. Im Paket waren zwei Filme enthalten, sie konnte sofort loslegen! Und das tat sie. Sie legte den Film ein, stellte sich vor den Spiegel und drückte den Auslöser. Mit einem schwarzen Filzstift schrieb sie auf das Polaroidfoto: im 7. Monat mit meinem kleinen Mädchen.

Eigentlich könnte sie den Namen dazuschreiben: Emilia. Auf den hatten sich Leo und Saskia geeinigt, falls ihr erstes Kind ein Mädchen geworden wäre. Bei ihrer ersten Schwangerschaft wollten sie sich unbedingt vom Geschlecht überraschen lassen.

Im vierten Päckchen befand sich ein Pulli von Leo und sein legendäres Parfüm: wenn du Sehnsucht nach mir hast.

Saskia sah daraufhin aus dem Fenster. Weiße Flöckchen rieselten vom Himmel und sie wusste, was das für Leo und sie immer bedeutet hatte. Angesichts dessen verfinsterte sich ihre

Miene und sie merkte, wie zornig sie wurde. Geladen vor Wut schaute sie sich um und suchte nach etwas Zerbrechlichem. Etwas, das genau so fragil war wie sie.

In der Küche entdeckte sie im Abtropfgestell eine Tasse und zwei Müslischalen. Nicht lange musste sie überlegen. Getrieben von dem Hass auf Gundula, auf Gott, auf die Ungerechtigkeiten und ihren Mann schleuderte sie die Keramikschalen auf den Boden. Sie schrie sich den Ärger aus der Seele und war keinesfalls von ihrem Trip abzubringen.

Weiter durchforstete sie die Wohnung und zerstörte Vasen, gemeinsame Bilder und zuletzt die Verpackungen der Geschenke. Sie zerriss diese in mehrere Einzelteile und warf sie wutentbrannt durch die Wohnung. Eine Scherbe leitete einen Sonnenstrahl weiter und stieß Saskia sofort ins Auge. Sie kniete sich auf den Boden und nahm sie zwischen die Finger.

Was soll ich noch hier? Niklas weg, mein Mann weg …

In den Wahnsinn getrieben hielt sie die Scherbe ans Handgelenk und stand kurz davor, sich die Pulsadern aufzuschlitzen.

»In deiner verdammten Firma gab es sechs andere, die diese Dienstreisen hätten tun können! Aber nein, *du* musstest sie immer machen! Immer nur du! Du hast mich immer wieder im Stich gelassen, Leonardo von Ehr! Schau, was du mir damit angetan hast! Du mieses Arschloch!«, schrie sie mit zusammengekniffenen Augen. »Als Niklas so klein war, hast du uns auch alleine gelassen! Du konntest dem Alltag immer wieder entfliehen, aber mich hast du darin eingekesselt … wie eine Gefangene!« Sie setzte die Scherbe auf die Haut und wollte Druck ausüben, als sie das Klopfen und Hämmern an der Tür bemerkte.

»Saskia, mach auf! Hey! Ich trete gleich die Tür ein!«, rief ihre Nachbarin Frau Mertens. »Saskia! Kindchen! Ich schaffe das mit meinen 75 Jahren noch!«

Die verzweifelte Witwe sah von der Scherbe auf und wanderte mit ihren Augen zu dem großen Hochzeitsfoto im Flur

»Tu das nicht, mein Engel! Das willst du gar nicht! Du bist

unzufrieden und sauer. Das kann ich verstehen, ich würde genauso reagieren, wenn du mich angelogen hättest. Aber du musst dich um die Kinder kümmern. Sie haben jetzt nur noch dich! Du wirst Niklas wieder zurückbekommen! Jetzt steh auf und mache unserer lieben Nachbarin die Tür auf, bevor sie sich noch sämtliche Knochen bricht!«, hallte seine Stimme in ihren Ohren.

Saskia schluckte, ließ die Scherbe fallen und schlich zur Tür.

Frau Mertens sah sich das Chaos an. »Kindchen! Was tust du denn? Hast du dich verletzt? Oder wolltest du dir etwas antun? Ich habe mir solche Sorgen gemacht!«

Saskia antwortete ihr nicht, sondern genoss den Moment, in dem sie Zuneigung bekam. Frau Mertens hatte sie fest in ihre Arme geschlossen und strich ihr über den Rücken. Danach lehnte sie sich etwas zurück und fuhr Saskia sanft über die Wange.

»Es ist schwer, ich weiß. Aber irgendwann wirst du wieder glücklich sein. Glaube mir das. Du kannst und willst den Gedanken nicht zulassen, aber du wirst es wieder sein. Vielleicht wird dich auch irgendwann ein anderer Mann wieder glücklich machen. Kindchen, hör auf, ihm und dir ungerecht zu sein.« Sie blickte sich um und hob das zerstörte Bild der beiden auf einem Gipfel auf. »Du liebst ihn doch so sehr, du kannst ihn nicht hassen. Du spinnst dir Sachen zusammen, die er nie getan hätte. Saskia, dein Mann war ein herzensguter Mensch. So wird er dir immer in Erinnerung bleiben. Er kann nichts dafür, dass er so früh gegangen ist. Es war ein Unglück. Es hat fast niemand überlebt.«

»Aber er hätte nicht in diesem Flugzeug sitzen müssen!«, betonte sie.

»Saskia, du kannst die Zeit nicht zurückdrehen … Du musst versuchen, das Beste daraus zu machen. Das Leben verläuft nie so, wie man es zuvor geplant hat. Sonst wärst du doch jetzt Ärztin und hättest ganz sicher noch kein Kind.«

Enttäuscht rieb sich Saskia die Nase. Der Hass auf ihre

Schwiegermutter wurde wieder groß. »Gundula hat mir Niklas weggenommen …«

»Dann fährst du jetzt zu ihr und klärst es. Du bist doch nicht vor den Wagen gerannt, oder?«

»Nein, ganz sicher nicht! Wir sind einfach nur auf dem Bürgersteig gelaufen!«

Frau Mertens nickte und half Saskia, die Scherben wegzukehren. Danach schickte sie die junge Mutter los zu den Schwiegereltern nach Rosenheim.

Ich muss um ihn kämpfen und Gundula bewusst machen, dass sie mir unrecht tat! Das Auto raste auf mich zu, nicht ich auf das Auto.

Eine Stunde später war sie am Haus der Schwiegereltern angekommen, doch es schien niemand zu Hause zu sein. *Vielleicht sind sie am Heiligen Abend in der Kirche,* dachte sie sich und wartete im Wagen. Aufgrund des stürmischen Schneefalls und der eisigen Kälte draußen fröstelte sie bereits nach einer Weile. Sie zog sich Mütze, Schal und Handschuhe an und vertrat sich ein wenig die Beine, um wieder warm zu bekommen.

»Saskia, bist du's?«, rief eine bekannte Stimme.

Sie drehte sich um und entdeckte ihre alte Grundschulfreundin. Die beiden liefen aufeinander zu und umarmten sich innig.

»Wie lange habe ich dich schon nicht mehr gesehen! Wow, du siehst gut aus!«

Ich sehe gut aus? Ist das eine Lüge? Vor gut zwei Stunden war ich in meiner Höchstform und zerstörte in der Wohnung alles, was ich in die Finger bekam!

»Danke, du auch! Hast du zufällig die beiden von Ehrs gesehen?«

Linda nickte. »Ja, und o mein Gott! Leo, unser Schwarm von damals, hat so ein unfassbar goldiges Kind. Dunkelbraune Löckchen und diese türkisblauen Augen. Ich sage dir, wenn du ein Mädchen da drin hast, setze die auf den Kleinen an!« Sie pausierte kurz und ging näher auf Leo und seinen Sohn ein. »Also ich

113

meine, du kannst dich sicher noch dran erinnern, wie toll er damals schon aussah. Aber Saskia, sein Sohn ist noch schöner. Und das geht praktisch nicht! Leo hatte früher doch eher glatte Haare, aber diese Löckchen machen den Kleinen noch niedlicher!«

Saskia sah nach oben und versuchte, ihre Tränen in den Augen zu behalten. »Ich weiß, wie süß das Kind ist.«

Linda stieß Saskia an. »Du hast ihn schon gesehen? Lass mich raten, du träumst schon davon, wie sich deine Maus und Leos Sohn ineinander verlieben! Ach, lass mich unbedingt Tante von deiner Süßen werden! Aber ich frage mich, wo Leo steckt. Ich habe den Jungen jetzt fast die ganze Woche nur bei den Großeltern gesehen … Glücklich sieht auch anders aus! Vielleicht sieht sein Vater nur gut aus und ist in echt ein richtiger Macho.«

Saskia legte ihrer Freundin den Zeigefinger auf die Lippen und wies ihr ein Bild aus dem Geldbeutel, auf dem Saskia, Niklas und Leo glücklich abgelichtet wurden.

»Du und LEO VON EHR?«, schrie sie und schlug die Hände über dem Kopf zusammen. Weit riss sie ihre grünen Augen auf und gestikulierte wild. »Warte mal Fräulein Lindberg, du und er? Was habe ich denn alles verpasst?! Wieso weiß ich davon nichts?!« Sie nahm ihre Freundin am Arm und zog sie in ihr Elternhaus.

Bei einer Tasse Tee erzählte Saskia Linda alles, welche mit großen Augen den Erzählungen folgte. Bevor sie zum traurigen Teil der Geschichte kommen konnte, betrat Lindas Partner den Raum und küsste seine Frau. Saskia seufzte und fiel in einen Kampf gegen sich selbst. Stärke wollte sie zeigen und war bei dem Anblick eines Kusses emotionaler denn je. Sie wollte Leo wieder küssen … wie in ihrem Traum.

»Pete, hör mal. Saskia und Leo. Die beiden sind verheiratet und bekommen bald ihr zweites Kind! Hammer, oder?!«, warf Linda in den Raum. Beide waren damals schon in der Grundschule in den Schönling verliebt gewesen … Mag sein, dass Linda ihre Gefühle nie ganz loswerden konnte.

»Leo? Der von Ehr?«

Linda nickte.

»Ich habe heute Morgen beim Bäcker gehört, der solle bei dem Absturz im September gestorben sein. Deswegen haben es seine Eltern hier nicht mehr ausgehalten und sind irgendwo ins Ausland«, antwortete dieser trocken und verließ das Wohnzimmer.

Linda verstand nicht und sah Saskia mit entsetzter Miene an, die nicht glauben konnte, dass ihre Schwiegereltern sich mit ihrem Sohn ins Ausland abgesetzt haben.

»Zum traurigen Teil der Geschichte bin ich noch nicht gekommen …«, antwortete Saskia mit zitternder Stimme und schniefte.

»Das tut mir so leid für euch!«, murmelte Linda und nahm ihre Freundin in den Arm. »Du musst mir nichts darüber erzählen, kann ich irgendetwas für euch tun? Ach man, Süße!«

Sie kramte aus einem hohen Schrank eine Tafel Vollmilchschokolade und streckte sie Saskia entgegen. »Die mochtest du früher immer schon so gerne. Ich weiß, das macht den herben Verlust nicht besser, aber.«

»Ist schon okay, ich wüsste auch nicht, wie ich mit dir umgehen sollte, wenn du mir so etwas erzählen würdest.«

Überfordert rieb sich Linda die Schläfen und versuchte, vom Thema abzulenken. »Und du bist Ärztin geworden?«

»Niklas kam dazwischen, ich konnte mein Studium nicht mehr beenden. Aber vielleicht werde ich das eines Tages noch können. Und du bist leidenschaftliche Fotografin?«

Linda kicherte. »Nein, etwas ganz anderes! Ich bin … Stewardess.«

»O Gott!«, stieß Saskia aus.

»Ich kannte die Crew … echt eine tolle Truppe gewesen.«

»Denkst du, der Pilot hat etwas verbockt?«

»Stefan? Nein, um Gottes willen nicht Stefan! Er war ein begnadeter Pilot! Außerdem hatte er eine wunderbare Familie.

Drei Wochen vor dem Absturz ist er Vater geworden. Diesmal wollte er mehr von seinem Kind sehen und hatte sich Vaterschaftsurlaub genommen. Das wäre sein letzter Flug für einige Monate geworden.«

»Du kanntest ihn gut oder«?

»Es war vorher meine Crew, ja. Aber dann habe ich mich in ihn verliebt und habe das Team gewechselt. Es stand einfach zu viel auf dem Spiel! Aber Süße, glaube mir. Er hat nichts falsch gemacht. Das Wetter war schrecklich und …«

»Was und? Weißt du, wieso sie ausgerechnet über den Alpen kreisten?«

Linda seufzte: »Sie konnten nicht planmäßig landen, weil es Probleme am Tower gab. Jemand hatte sich scheinbar ins System gehackt und alles musste manuell geschehen. Bei dem Sturm und den schlechten Sichtverhältnissen so viele Flüge landen zu lassen, ging nicht. Deswegen wurden sie gebeten eine Extrarunde zu drehen, bis sich die Lage beruhigte.«

»Davon hört man gar nichts«, merkte Saskia an.

»Ich sage dir jetzt etwas, aber das musst du für dich behalten. Versprich es mir!«

Saskia versicherte es ihr.

»Die Blackbox wurde ausgewertet, Stefan und sein Co-Pilot bekamen die Anweisung, sich zurück zum Flughafen zu bewegen. Es würde aufklaren und die Sichtverhältnisse seien am Boden besser. Sie sollten sich melden, wenn sie an einem bestimmten Punkt waren. Doch jemand muss sich scheinbar auch in das System des Flugzeugs gehackt haben und hat den Piloten den Signalpunkt viel zu früh angezeigt. Diese nahmen Kontakt mit dem Tower auf, der ihnen die Freigabe für den Sinkflug erteilte. Als der Pilot diesen einleiten wollte, bemerkte er, dass sie beträchtlich nahe über den Alpen waren. Es kam ihm seltsam vor, weshalb er die Maschine wieder hochzog. Danach hörte man nur ein Klagen, dass der Autopilot den Sinkflug eingestellt hätte und sie nichts mehr dagegen tun konnten. Sie waren der Situation maßgeblich ausgeliefert, denn der, der sich ins System des Towers einhackte, konnte auch jeden einzelnen Schritt des Flugzeuges steuern. Das Flugzeug war in den Händen eines Irren … Die Ermittlungen laufen, aber sehr wahrscheinlich ist er unter den Opfern des Absturzes. Er saß getarnt als Passagier im Flugzeug.«

Für einen Moment ließ Saskia die Worte sacken. »Also ist das Flugzeug absichtlich abgestürzt. Es wurde gezielt in die Alpen gebracht und ist dort geplant am Berg zerschellt?«

Linda nickte und strich ihr über den Rücken. »Es tut mir wirklich so unfassbar leid, aber weder Stefan noch Mark konnten etwas dagegen tun.«

»Wieso passiert so etwas immer wieder?! Ein Flugzeug ist doch angeblich das sicherste Verkehrsmittel der Welt!«

Linda zeigte auf das Foto von Niklas und versuchte, vom Thema abzulenken. »Und das ist dein Sohn? Wie alt ist er denn?«

»Drei, in knapp zwei Wochen wird er vier.«

»Wieso hast du eben seine Großeltern gesucht?«

»Ich hatte an Leos Geburtstag einen Unfall. Ein Auto raste ungebremst auf mich zu und verbarg mich darunter. Ich konnte mich nicht gegen Gundulas absurde Bemerkungen wehren. Sie erzählte dem Jugendamt, dass ein Zeuge angeblich gesehen hätte, wie ich absichtlich in das Auto lief, um mich umzubringen. Da also das Wohl des Kindes bei einer suizidgefährdeten Mutter nicht im Vordergrund steht, haben sie das Sorgerecht übernehmen können. Ein Fakt, auf den Gundula seit Leos Absturz bloß gewartet hatte.«

»Verdammt! Ich dachte eigentlich immer, das wäre eine herzensgute Frau!«

»Weißt du, wo sie sind?«

»Sie haben vor zwei Tagen das Haus verkauft und sind aus Rosenheim weggezogen. Ich weiß nur das, was Pete eben gesagt hat.«

»Sie sind vor mir geflohen«, stellte Saskia verhasst fest und bemerkte, dass dieses Weihnachten wohl das schrecklichste ihres

Lebens werden würde. Nicht einmal das von 1988, als sie mit einer fiesen Blinddarmentzündung mehrere Stunden in der Notaufnahme auf eine Behandlung wartete, toppte das Weihnachten zweiundzwanzig Jahre später. Sie würde alleine in der Wohnung sitzen und in die Vergangenheit blicken, in der sie gemeinsam mit beiden Männern feierte.

Kapitel 15

Nachdem die Feiertage vorbei gewesen sind, beschloss Saskia, sich auf den Weg zu Leos Firma zu begeben. Denn weder ihre Schwiegereltern noch Elias erreichte sie. Also musste sie persönlich vorbeikommen. Sie fuhr mit der U-Bahn vier Stationen, ging zwei Straßen entlang und stand vor einem großen Neubauhaus. Die Tür öffnete sich automatisch, sie ging zum Fahrstuhl und fuhr zur dritten Etage hoch. Freundlich wurde ihr die Tür geöffnet und nach ihrem Anliegen gefragt. Diese Dame kannte sie noch nicht.

»Ich würde gerne zu Elias von Ehr!«

»Haben Sie einen Termin?«

Saskia rollte mit den Augen. »Nein. Ich muss ihn aber trotzdem sprechen.«

»Nun gut, seit dem Verlust unseres Chefs führt Herr von Ehr kaum noch Gespräche. Ich könnte Sie an Herrn Müller weiterleiten.«

»Saskia von Ehr. Ich würde gerne mit dem Bruder meines Mannes reden. Brauche ich dafür auch einen Termin?«, nörgelte sie pampig und zog eine Augenbraue hoch.

»O Gott! Mein aufrichtiges Beileid, ich bringe Sie sofort zu ihm!«, entschuldigte sich die kleine Blondhaarige und führte Saskia zu Elias´ Büro. Sie schaute sich im Flur um. So viele Bilder und Erfolge der drei Gründer hingen dort. Felix, Leo und Max. Für einen Moment blieb sie stehen. Ebenfalls an Felix´ Bilder waren schwarze Streifen in der oberen linken Ecke. *Was war ihm denn zugestoßen?*

»Sind Sie hier, um Leos Sachen mit nach Hause zu holen?«

»Ähm nein. Sagen Sie mal, ist Felix auch gestorben?«

Die Dame sah Saskia verdutzt an. »Ähm, Felix und Leo flogen

gemeinsam zum Auftrag. Wussten Sie das nicht?«

Was hatte er mir verdammt noch mal denn noch verschwiegen?! Bevor Saskia sich weiter hineinsteigern konnte, stand sie im Büro von Elias.

»Guten Morgen. Was machst du denn hier?«

»Wo ist mein Kind?!«, fragte sie ohne jeglichen Gruß.

Elias zog die Augenbrauen zusammen. »Ähm, wieso fragst du mich das? Es ist, wie du sagst, dein Kind und nicht meins.«

Saskia hielt den Kopf schief und kniff die Augen zusammen. »Du musst mir nichts vorspielen, du weißt genau, was deine Mutter getan hat!«

»Was soll Mama denn getan haben?«, runzelte er die Stirn.

»Sie hat mir mein Kind weggenommen!«

»Du nimmst mich jetzt aber auf den Arm, oder?«

»Nein! Ich hätte angeblich versucht, mich umzubringen, und deswegen war das Wohl des Kindes in Gefahr. Natürlich rieb sie ihnen dann noch die Sache mit den Schlaftabletten und der Sektflasche unter die Nase …«

»Hilf mir bitte auf die Sprünge. Sektflasche und Schlaftabletten?«

Saskia musste sich setzen. »Eure Beziehung ist nicht so gut, wie ich dachte, oder?«

Elias grinste. »Für meine Mutter gab es nur ein Kind. Und das war Leo. Er war das Vorzeigekind. Nicht das, was mal eben auf die schiefe Bahn geriet, aber durch die Hilfe seines Bruders wieder da rauskam. Würde mich nicht wundern, wenn sie noch andere Kinder hätte, die sie abgegeben hat, weil sie nicht gut genug waren.« Er schüttelte den Kopf. »Also nein, tut mir leid, aber ich wusste nichts davon. Kann ich dir helfen?«

Saskia zog eine Schnute. »Ich will mein Kind zurück. Aber man muss auch sagen, dass sie es echt gut gemacht hat. Sie hat mich mit einer Sektflasche erwischt. Was ich allerdings damals in meiner Wut nicht merkte, war die Tatsache, dass sie davon Fotos schoss. Natürlich sieht man die schöne schwangere Kugel und das Sektglas vor mir. Das andere war wirklich dumm von mir. Ich hatte Schlaftabletten genommen und davon wohl reichlich zu viele. Niklas hatte Gundula angerufen, die mich aus der Lage rausholte. Ohne, dass das Jugendamt hellhörig wurde. Seltsam erscheint es mir bis heute, dass die Ärzte sie nicht informierten. Aber bei der dritten Nummer war es ihr dann genug. Wobei ich dafür wirklich nichts konnte. Ich wollte mich nicht umbringen. Der Mann ist einfach in mich reingerast!«

Elias rieb sich die Schläfen. »Das konnte Mama schon immer gut. Die Fürsorgliche spielen, aber eigentlich einen fiesen Plan dahinter verstecken. Ich kann versuchen, sie anzurufen. Ich frage nicht nach Niklas, nur, wo sie ist. Ich erwähne noch etwas Negatives über dich.«

Saskia nickte überzeugt. Er wählte die Nummer seiner Mutter und stellte das Gespräch auf den Lautsprecher, sodass sie mithören konnte.

»Was gibt's denn mein Kind, ist gerade ungünstig!«, hob sie ab.

»Du Mama, ich bin gerade bei euch vor dem Haus und dort steht, dass es zum Verkauf angeboten wird. Was ist los bei euch?«

»Ach, das ist eine lange Geschichte! Die muss ich dir mal in Ruhe erklären.«

»Wo seid ihr denn?«

»Das kann ich dir nicht sagen, das wäre zu gefährlich!«

»Mama? Was redest du da?«

»Saskia hat versucht, sich und das Kind zu töten. Das ist los!«

»Wie bitte?!«

»Ja, du hörst recht. Als die Sanitäter eintrafen, lagen beide eingequetscht unter dem Wagen. Niklas hat nicht viel abbekommen. Aber da musste ich ihn einfach zu uns nehmen! Die dreht durch!«

Niklas ist nichts passiert! Sie verdreht eiskalt die Tatsachen!

»Ich wollte es gar nicht glauben, aber dann könnte doch etwas dran sein!«

»An was, Schatz? Erzähl!«

»Ich dachte, es sei gerade ungünstig?«

121

»Ach, das Minütchen habe ich noch!«

»Okay, und zwar hat mich Frau Mertens eben angerufen, ob ich nicht mal nach Saskia sehen könnte. Sie hätte die ganze Nacht geschrien. Es hätte gepoltert und bisher hätte sie nichts mehr von ihr gehört oder gesehen.«

»Wenn du dorthin kommst, findest du sie bestimmt in einer Blutlache!«

»O je …«

»Wie o je? Denk dran, dass sie versucht hat, auch Niklas umzubringen!«

»Aber Mama, wenn du ihr Niklas genommen hast, hat sie jetzt doch gar keinen Lebensmut mehr!«

»Geht mich doch nichts an.«

»Mama!«

»Was denn?«

Im Hintergrund hörte man jetzt eine Frau, die versuchte, Gundula in Englisch etwas mitzuteilen.

»Mama, bist du in England?«

»Ich muss aufhören, ich muss zu Niklas! Er hat sich vor zwei Stunden den Kopf aufgeschlagen!«

»Geht's ihm gut? Hast du nicht recht aufgepasst, Mum?«

»Komm du mal mit siebzig noch so einem quirligen Jungen hinterher!«

»Mama, das kann doch nicht sein! Du überarbeitest dich mit der Aufgabe total! Sag mir, wo ihr seid, und ich komme zu euch! Ich helfe!«

»Ich konnte mich doch noch nie auf dich verlassen! Sitzt Saskia neben dir? Hm?!« Abrupt hatte Gundula das Gespräch beendet.

Ich könnte Widerspruch einlegen … Wobei die Beweise gegen mich doch erstklassig sind. Verdammt, was kann ich nur tun? Niklas ist zu quirlig! Sie kann gar nicht so gut auf ihn aufpassen wie ich! Aber bekanntlich weiß Gundula ohnehin alles besser.

Niedergeschlagen fuhr Saskia nach Hause. Gundula musste ihr

Handy ausgeschaltet haben. Im Hintergrund sprachen sie englisch, aber das könnte überall auf der Welt sein. Immerhin war es die Weltsprache.

Zwei Tage später bekam Saskia seit langer Zeit wieder Post. Am Frühstückstisch packte sie den Briefumschlag mit dem Brieföffner auf und sah eine süße Karte. Sie hoffte, dass es ein Lebenszeichen ihres Sohnes war. Aber würde Gundula so etwas tatsächlich tun? Nein...

Danke, dass Sie mich nicht aufgegeben haben und Ihre Gesundheit an den zweiten Rang stellten! Das würde nicht jeder tun. Liebe Grüße von Ihrem unbekannten, nicht gesprächigen Nachbarn aus ITS Zimmer elf.

Süß, dachte sie, auch wenn sie sich nicht an den Moment erinnern konnte. Sie hatte ein Leben gerettet! Diese Tatsache brachte Saskia auf eine Idee: Sie könnte sich mit ihren alten Studienbüchern auseinandersetzen. Eigentlich fehlte ihr doch nur ein Semester bis zur finalen Prüfung! Die zweite Hälfte des praktischen Jahres. Die erste musste sie aufgrund ihrer Schwangerschaft beenden. Es war immer ihr Traum gewesen, Ärztin zu sein und Menschenleben zu retten. Wäre Leo nicht so beschäftigt mit seinem Beruf gewesen, hätte sie trotz Niklas ihr Studium beenden und mittlerweile eigenständig Geld verdienen können. Außerdem hätte sie Abwechslung, müsste sich nicht die ganze Zeit mit Gedanken um ihren toten Mann und Niklas wälzen, weil sie in ihrer Bude fast verendete.

Nach dem Frühstück setzte Saskia ihren Plan sofort um und kramte aus dem Keller die Medizinbücher und ihre Studienunterlagen. Das war die beste Möglichkeit, sich von der Tatsache abzulenken, ohne Mann und Kind dazustehen. Sie hatte einiges vor sich, um zurück in den medizinischen Alltag zu finden.

Am Mittag hatte sie einen Arzttermin im Krankenhaus, bei dem die Wirbelsäule nach dem Unfall begutachtet wurde. Bei der Gelegenheit könnte sie bei dem freundlichen Nachbarn aus Zimmer elf vorbeischauen.

Da sie ein wenig zu früh da war, beschloss sie, zuerst dort nachzuschauen. Sie betrat Zimmer elf und erblickte den Menschen, der sie zu ihrem Traum, eine Ärztin zu sein, zurückgeführt hatte.

»Entschuldigung? Was machen Sie hier?«, hakte eine Schwester unhöflich nach.

»Er hat mir eine Karte geschickt, ich wollte noch einmal vorbeischauen.«

»Wir haben seine Familie endlich gefunden, beeilen Sie sich. Sonst kommt das komisch rüber!«

Saskia nickte und lehnte sich an das Bett. »Hallo!«, sagte sie und lächelte. »Die haben Ihre Familie gefunden. Bald wird es Ihnen bestimmt besser gehen! Die Rettungsaktion hat mir eine neue Hoffnung im Leben gegeben. Ich werde mein Medizinstudium zum Wintersemester wahrscheinlich wieder aufnehmen. Danke! Ich hoffe, Ihnen geht es bald besser!«

Wie konnte er mir eine Karte schreiben, wenn er noch immer im Koma liegt?

Saskia beschloss, einen Schritt näher zu gehen, und sah sich die Gesichtskonturen des Mannes genauer an. Die Augenpartie glich sehr der Leos.

Ach Mensch, Saskia. Nicht schon wieder! Hör auf mit dem Blödsinn! Ich gehe mir mittlerweile echt schon selbst auf die Nerven ... Hey, das sieht Leo ähnlich und das auch ... und hey, das aber auch.

Genervt verdrehte sie die Augen und wich wieder einen Schritt zurück. »Nun gut, ich will auch gar nicht länger stören. Ich musste wirklich schmunzeln, als ich die Karte heute Morgen gelesen habe! Ich hoffe, dass Sie wieder ganz der Alte werden bei all Ihren schlimmen Verletzungen!«

Saskia nahm ihre Handtasche von dem Bettende und wollte

vom Bett wegtreten, da öffnete er seine Augen und drehte seinen Kopf in ihre Richtung.

»Sie sind ja doch wach!«, stellte sie lächelnd fest und wanderte mit ihrem Blick zu dessen Gesicht, besser gesagt sprang ihr Blick sofort zu den Augen, die türkisblau waren. So türkisblau wie das Wasser in der Karibik. So türkisblau wie die ihres Mannes.

Saskia schluckte, es verschlug ihr die Sprache, weshalb sie vor Schockstarre die Handtasche aus den Händen fallen ließ. Die Augen des Mannes wanderten hinab zu ihrem schwangeren Bauch. Er zuckte leicht und schaute zur Decke. Saskias Gesicht versteinerte.

Wieso bin ich paranoid zu glauben, dass es mein Mann ist? Gibt es sonst einen Grund, wieso er zuckte, als er den Bauch sah? Den Bauch, in dessen Inneren seine kleine Tochter heranwächst…

Sie schaute hinab zu ihrem silberfarbenen Ehering mit Strasssteinchen. Nervös spielte sie damit und richtete ihren Fokus wieder auf den Mann im Krankenbett.

Aber möglicherweise denkt er nur, wie bedauerlich es ist, dass das Ungeborene ohne Vater aufwachsen würde? Oder ist meine erste Hypothese die bessere, die wahrheitsgemäße?

»Sie haben schöne Augen!«, flüsterte sie und ergänzte nach einer kurzen Pause: »So schön türkisblaue wie die meines *toten* Mannes …« Saskia bekam Gänsehaut, als die Finger des Mannes ihren Arm berührten.

Bist du es? Leo?

Sorgsam versuchte sie, sich an jedes noch so kleine Detail seines Gesichts zu erinnern.

»Ihre Frau verspätet sich, das sollte ich Ihnen ausrichten! Sie wird bald da sein!«, rief eine Stimme kurz ins Zimmer und verschwand wieder.

Was tue ich hier nur? Hat Gundula recht und ich soll mich tatsächlich in die Psychiatrie einweisen lassen? Sie hatten seine Familie gefunden. Sicher würden sie keinen zu ihm schicken, der sich am Ende als falsch erweisen würde.

Er räusperte sich und versuchte, einen Ton von sich zu geben. Doch das war schwer aufgrund des Schlauches im Hals. Saskia wandte den Blick zu ihm. »Ich verstehe schon, ich will den Moment mit Ihrer Frau nicht zerstören!«

Der Mann schüttelte den Kopf und hielt Saskia am Finger fest.

»Okay, ich bleibe. Ich habe aber sowieso gleich einen Termin.« Mit der rechten Hand fuhr sie sich durch ihr langes Haar und lächelte. »Geht es Ihnen gut? Freuen Sie sich, dass ihre Frau gleich da ist?«

Er schluckte. Weder nickte er noch schüttelte er den Kopf. Eine eindeutige Antwort war das jetzt nicht.

Versteht er mich überhaupt?

»Ich würde mich freuen, wenn Leo plötzlich auftauchen würde. Obwohl ich ihn vor Kurzem dafür hasste, uns so früh verlassen zu haben. Ich habe die halbe Wohnung auseinandergenommen. Ich weiß nicht, was passiert wäre, wenn unsere Nachbarin nicht gedroht hätte, die Tür einzutreten, als ich eine Scherbe direkt an meine Pulsadern angesetzt hatte.« Saskia dachte kurz an diesen Moment zurück. *Hätte ich es getan? Mir die Pulsadern aufgeritzt?*

Ihre Hand wanderte zu seiner Brust. Sanft legte sie sie dort ab und schmunzelte. »Sie haben Unglaubliches überlebt. Ich denke, ich spreche für meinen Mann, wenn ich Ihnen jetzt rate, all das zu tun, was Sie sich jemals wünschen würde. Wenn Sie hier raus sind, schnappen Sie sich Ihre Frau und Ihr Kind und ziehen gemeinsam um die Welt. Reisen Sie so viel Sie wollen. Erleben Sie all das, was auf Ihrer Wunschliste steht. Leben Sie! Sie haben ein Geschenk bekommen. Nutzen Sie es!«

Tief schaute sie ihm daraufhin in die Augen. Ohne es bewusst zu wollen, kicherte sie. Ihre Probleme fühlten sich für einen Moment ganz klein an. Ihr Herz pochte schneller, das ihres Gegenübers ebenso, was sie an den rascher werdenden Pieptönen hörte.

Leo? Leo!, waren die einzigen Gedanken, die in diesem Moment in ihrem Kopf irrten. Seufzend lehnte sie sich wieder zurück. *Was tue ich nur? Er kann sich nicht einmal selbst an seine Identität erinnern. Wieso verwirre ich ihn nur so? Seine Frau sitzt hoffend und bangend im Wagen und ich poltere hierein und mache ihre Liebe kaputt? Ich sollte gehen!*

»Ich muss dann auch, mein Termin!«, log sie und wollte von ihm weichen. In diesem Moment glitt sein Zeigefinger über Saskias Ringfinger, an dem er eine Weile spielte.

Tut er das einfach nur so? Oder soll das etwas bedeuten? Kann ich ihn das so direkt fragen? Sie schluckte und stotterte: »Wissen Sie, wer Sie sind?«

Ohne sich von Saskias Frage irritieren zu lassen, blickte er immer wieder zwischen ihrem Gesicht und ihrem Bauch hin und her und drehte weiterhin an dem Ring.

Ist das ein Test? Will er sehen, ob ich ihn erkenne? Muss ich ihn erkennen? Nach allem, was vorgefallen ist? Nach all dem, was die Polizisten mir sagten?

In Windeseile stieg das Frühstück ihren Rachen hinauf. Sie löste die Hand und lief aus dem Zimmer zur nächsten Toilette. Nachdem sie sich übergeben hatte, schaute sie sich im Spiegel an.

Bin ich nicht die, die ihn im Stich lässt, wenn er das ist? Zimmer elf. Das ist jenes Zimmer, in das ich mich in einem Arztkittel als Doktor Lindberg schlich. Wenn das immer noch derselbe Patient ist, muss er in diesem verdammten Flugzeug gesessen haben … Und das wiederum würde bedeuten.

Das Essen stieg erneut auf und suchte sich seinen Weg nach draußen. Zu schnell für Saskia, ohne sich zu versauen. Bevor sie sich ihren Gedanken wieder widmen konnte, schrubbte sie an ihrem Oberteil, auf dem Reste von Erbrochenem hingen.

Welche Haarfarbe hatte er? Der Kopf war rasiert aufgrund vieler Operationen am Kopf, die letzte musste wegen des Verbandes nicht lange her sein. Ob sie wohl einen Blick in die Akte werfen durfte? Sie war neugierig, wollte testen, wie viel Wissen sie noch parat hatte.

Ja, ja. Wissen testen. So könnte man es auch nennen, Saskia!

Es ging ihr eigentlich nur um das Einlieferungsdatum. Entschlossen wusch sie sich mit kaltem Wasser das Gesicht, trocknete es ab und griff sich einen Arztkittel, der im Waschraum hing. Es war ihr peinlich, mit versautem Oberteil zu ihm zurückzukehren. Der Kittel deckte es hingegen prima ab.

Als sie um die Ecke ging, rauschte ein junger blondhaariger Mann mit Krücken an ihr vorbei. »Wieso bist du nicht einfach verreckt«, fluchte dieser und rempelte Saskia so stark an, dass sie das Gleichgewicht verlor und auf den Boden donnerte.

»Pass doch auf, du Idiot! Ich bin schwanger, verdammt!«, brüllte sie wütend und stand sich mühsam wieder auf. Sie tastete sich langsam ins Krankenzimmer vor und sah ausschließlich den Patienten im Bett liegen. Seine Familie war noch nicht da, sie konnte weiter nachbohren. Sie schlich leise zur Bettkante und wollte die Akte herausfischen, als er sie mit seinen Blicken erwischte.

»Bin wieder zurück!«, schmunzelte sie und ließ ihre Finger in den Taschen des Kittels versinken. »Es gibt schon verdammt unfreundliche Menschen da draußen. Ich wurde gerade von einem mit Krücken umgerannt. Eine Entschuldigung war schon zu viel verlangt, obwohl er sah, dass ich schwanger bin.«

Er wich ihrem Blick aus und schaute aus dem Fenster. Eben verhielt er sich anders. Saskia watschelte näher zum Bett und versuchte, unter dem Verband ein kleines, identifizierendes Haar zu entdecken.

Nichts. Verdammt!

»Wissen Sie, was mit Ihnen passiert ist?«

Er reagierte nicht.

»Habe ich etwas Falsches gesagt? Oder geht es Ihnen nicht gut?«

In diesem Moment bewegte sich die kleine Prinzessin in Saskias Bauch und trat ein wenig gegen die Bauchwand. Sie musste sich auf die Bettkante setzen und verzog das Gesicht. »Autsch, die Kleine ist heute sehr aktiv. Wollen Sie mal fühlen?«

Sein Blick schweifte hinab zum Bauch. Bevor er eine Entscheidung fällen konnte, griff Saskia nach seiner Hand und legte sie zu dem Punkt, gegen den Emilia trat. Als das Baby ihn spürte, strampelte es wild. Saskia musste schlucken. *Das machte Niklas immer, wenn Leo seine Hand auflegte. Bedeutet das, dass auch Emilia spürt, dass ihr Papa ihr ganz nahe ist?*

Sie sah den Mann wieder an und bemerkte, dass eine Träne aus seinen türkisblauen Augen floss. *Wieso tut er das in diesem Moment? Gibt es dafür irgendeine andere Erklärung als die, die in meinen Gedanken schweift?!*

Saskia stellte sich vor ihrem inneren Auge ihren Mann vor und begann die Gesichtszüge abzugleichen. Sie wollte sich sicher sein, bevor sie ihn damit konfrontieren würde. Es sollte nicht so enden wie bei dem Mann, der für ihren gehalten worden war. Keine Frage, die Augen glichen seinen. Mit Nasen tat sie sich generell schwer. Zwar gab es verschiedene Formen, aber für sie sahen sie irgendwie alle gleich aus. Durch die Halterung um den Mund, die den Tubus fixierte, erkannte man die Mundpartie nicht. Leo trug nie eine Glatze, er hatte so langes Haar, dass Saskia drin herumwuscheln konnte. Durch den Verband konnte sie die Stirnhöhe nur schätzen. Außerdem hatte Leo grundsätzlich einen Dreitagebart.

Zögerlich versuchte sie, sich ihren Mann mit Glatze, ohne Dreitagebart und mit möglichen Verletzungen der Wangenpartie vorzustellen. Er könnte es schon sein, aber war sie sich sicher genug? Statistisch gesehen gab es sieben Menschen auf der Erde, die so aussahen wie er. War das der Grund, wieso er an ihrem Ring drehte? Aufgekratzt legte sie seine Hand wieder neben den Körper.

Aber ich würde ihn doch hundertprozentig erkennen, wenn er es wäre. Er ist mein Mann. Wir sind seit so vielen Jahren ein Paar... Ich würde mir sicher sein, wenn er es wäre. Aber das bin ich nicht, das muss ich anerkennen, bevor ich mich in etwas verirre. Oder? Er ist gegangen. Sich an den Tritten der kleinen Emilia wieder in etwas zu verrennen, macht keinen Sinn. Es würde mich nur herunterziehen, wenn ich mich irre. Seine Frau ist unter-

wegs, ich sollte endlich verschwinden und das Glück von ihnen nicht verwehren.

Laut seufzte sie und nahm ihre Handtasche vom Bettende entgegen.

»So John! Gleich erfahren wir endlich Ihren richtigen Namen! Ihre Frau ist unten am Empfang!«, rief eine Männerstimme, die Saskia schon einmal gehört hatte.

Als sie ihn erblickte, wusste sie wieder, wo sie ihn einordnen konnte. Es war der junge Assistenzarzt Damian Hartmann.

»Ah, Frau Doktor Lindberg! Was machen Sie denn hier? Ich habe Sie schon lange nicht mehr gesehen!«

Die Augen des Patienten zuckten, als der Assistenzarzt ihren Namen sagte.

»Ich wollte einfach mal kurz vorbeischauen, Doktor Hartmann!« *Hieß nicht mein Notarzt so? Der mir versprach, alles für mich zu tun? Aber das würde wohl kaum ein Assistenzarzt alleine tun dürfen – erst recht nicht im ersten Jahr!*

»Ich würde übrigens immer noch gerne einen Tag unter Ihnen arbeiten! Was man hier alles über sie hört!«

Saskia staunte. Welcher Arzt hatte denn ihren Mädchennamen und war voller Hochachtung?

»Haben Sie Tests gemacht wegen der Anfälle?«

Saskia drehte an einer Strähne. »Wegen welcher Anfälle?«

»Den Grandmal-Anfällen.«

Es muss der Patient aus dem Flugzeug sein!

»Könnte ich Sie kurz unter vier Augen sprechen?«, fragte Saskia und zeigte zur Tür.

Damian lächelte und begleitete sie. »Was gibt's denn?«

»Ist John Doe der Patient aus dem Flugzeug, der achtzehn Stunden unter einem Wrackteil lag?«

»Was meinen Sie denn, wer er ist?«, scherzte er und öffnete die Akte des Patienten. »Wir haben versucht, sein altes Gesicht zu rekonstruieren. Daraufhin hat sich tatsächlich eine Familie gemeldet. Ich bin so froh für ihn!«

Saskia drückte mit dem Zeigefinger das Bild etwas herunter. Der Haarschnitt passte nicht, aber ansonsten sah das Bild ihrem Mann unfassbar ähnlich. Wieso war ihr das entgangen?

»Frau von Ehr?!«, rief ein Arzt und zeigte auf Saskia.

»Von Ehr?«, wiederholte der Assistenzarzt und schloss prompt die Akte.

»Wir warten seit fünfzehn Minuten auf Sie! Wo treiben Sie sich denn herum?!«

Saskia schlich ihrem behandelnden Arzt brav hinterher und löste das Missverständnis vorerst nicht mehr auf. Erst nach der Kontrolluntersuchung hatte sie Zeit dafür, doch das Securityteam hielt sie davon ab, sich Zimmer elf anzunähern.

»Damian!«, rief sie zu dem Assistenzarzt, der sich vermutlich mit der gefundenen Familie unterhielt.

Dieser entschuldigte sich kurz bei ihnen und spazierte auf Saskia zu. »Frau von Ehr, Sie haben hier nichts verloren! Hier dürfen ausschließlich Angehörige hin!«

Sie nickte entschlossen und wollte das Handy aus ihrer Jackentasche nehmen. Doch die Securitymänner packten sie fest am Arm und zerrten sie von dem Geschehen weg.

»Fragen Sie ihn, ob er Leonardo von Ehr heißt!«, brüllte sie, während sie von den beiden Männern vor die Tür gesetzt wurde. Max hieß er, laut den Angehörigen. Aber mehr wusste sie nicht.

Nachdem sie von den Männern losgelassen wurde, ging sie zu den Notausgängen. Während sie aus der Intensivstation brachten, fiel ihr direkt das große grün-weiße Schild neben der Zimmertür auf. Sie musste bloß in den achten Stock laufen, dann wäre sie wieder nahe am Geschehen dran. Prompt setzte sie ihr Vorhaben um und lehnte sich an die Tür des oberen Notausgangs. So konnte sie die Leute belauschen.

»Ihr Mann war sehr schwer verletzt, als er hier eingeliefert wurde. Die erste OP dauerte zwölf Stunden, um nur alle Blutungen zu stoppen, die durch die Quetschungen entstanden sind. Zudem schlug er mit dem Kopf auf einem Stein auf, vorerst sah alles gut aus, aber in der Nacht bekam er mehrere Krampfanfälle und schließlich eine Hirnblutung. Zu guter Letzt darf man die Arbeit unseres plastischen Chirurgen nicht vergessen! Er hat einiges geleistet. Die Wangenknochen waren komplett zersplittert, die Nase mehrfach gebrochen. Er hat seine Milz leider verloren und momentan arbeitet eine Niere mehr als die andere, aber Frau Leitner, es ging ihm schon viel schlechter. Er muss sich da jetzt durchbeißen.«

»Sie sind sich ganz sicher, dass das Max ist? Die Augen passen, aber der Rest … Wieso wird er immer noch beatmet?«

Der Arzt rieb sich an der Nase. »Frau Leitner, während die Sanitäter Ihren Mann aus dem Wrack retteten, blieb sein Herz stehen. Sein Gehirn war kurze Zeit ohne Sauerstoff. Ich denke, Sie müssen sich an den Gedanken gewöhnen.«

Die Frau sah ihn entsetzt an. »Also ist er jetzt ein Vollpflegefall oder was? Das möchten Sie mir doch sagen, oder?«

Saskia kam aus ihrem Versteck, aber Damian entdeckte sie sofort. »Sagen Sie mal, sind Sie krank oder was?!«

Sie nahm das Handy aus der Tasche und zeigte ihm ein Bild ihres Mannes. »Ich bin vielleicht krank, aber sieht das dem Bild, was Sie mir eben zeigten, nicht verdammt ähnlich?!«

Damian schluckte und zog Saskia in die Ärztelounge. Er öffnete die Akte und kniff seine Augen zusammen.

»Was ist?«

»Hä?!« Damian blätterte wild in der Akte umher und schien etwas nicht zu verstehen. Er stand auf und sah sich im gesamten Zimmer um. Der Assistenzarzt schaute unter der Schlafcouch, im Kühlschrank und in allen Schränken der Kommode. »Das sind komplett andere Befunde! Eine komplett andere Krankengeschichte. Ein komplett anderes Bild. Ich. Sie haben das Bild auch eben gesehen oder? Drehe ich gerade durch?« Er öffnete die Akte und zeigte Saskia das rekonstruierte Bild. »Das sieht Ihrem Mann ganz und gar nicht ähnlich. Aber das andere Bild von eben schon! Hier steht, er hatte einen Autounfall. Das. Nein. Das kann gar nicht sein! Er war mein Patient. Er war aus diesem verdammten Flugzeug!«

Während Damian im Computer nur genau dieselben Befunde fand, verstand Saskia gar nichts mehr.

»Das muss jemand manipuliert haben!«

Saskia zog eine Augenbraue nach oben. »Wieso denn?«

»Ich weiß doch, welche Patienten ich behandele!«, antwortete Damian mit Schweißperlen auf der Stirn.

Die Schwangere stand auf und versuchte, den Assistenzarzt durch eine Umarmung zu beruhigen. Als sie ihn nach einer Weile wieder losließ, griff er ihren Ringfinger. »Ist das Ihr Ehering?«

Saskia nickte.

»Das kann alles kein Zufall mehr sein! Frau von Ehr, ohne Ihnen jetzt falsche Hoffnungen machen zu wollen, aber genau diesen Ring hatte ich vor einigen Monaten in der Notaufnahme gefunden. Kommen Sie mit!«

Er packte Saskia am Arm und lief mit ihr ins Archiv. In einem abgesonderten Teil standen Kisten mit Dingen, die Angehörige vergessen hatten. Er nahm die des Septembers 2010 herunter und öffnete sie. Er wühlte sich eine Weile durch, bis er in einer Tüte den Ring fand. »Das ist er oder?«

Er öffnete die Tüte und nahm ihn heraus, als er selbst feststellte, dass er Roségold war und abweichend anders aussah.

Saskia wich von dem Arzt zurück. »Haben Sie getrunken? Das soll wirklich keine Beleidigung sein, aber.«

Damian schlug die Hände über dem Kopf zusammen und sank an den Regalwänden langsam zu Boden. »Frau von Ehr, ich spinne mir doch nicht irgendetwas zusammen. Der Ring sah haargenau so aus wie ihrer! John Doe ist der Patient vom Absturz!«

Langsam kniete sie sich zu ihm auf den Boden. »Wie sicher sind Sie?«

»Einhundertzwanzig Prozent!«, antwortete er. »Wissen Sie, der Mann ist mir unheimlich ans Herz gewachsen, weil ich ihn bewundert habe. Jeden Tag nach Dienstschluss habe ich mich an sein Bett gesetzt und ihm Gesellschaft geleistet. Das ist er!«

»Die Polizisten sagten mir, dass mein Mann im vorderen Teil verbrannt ist. Deswegen kann man keine Leiche mehr finden«, murmelte sie nachdenklich.

Damian kniff die Augen zusammen. »Im vorderen Teil?«

Saskia nickte.

»Die Einzigen, die überlebt haben, saßen in den letzten drei Reihen.«

Behutsam half er Saskia nach oben, die es im achten Monat kaum selbst hochgeschafft hätte. »Wir gehen jetzt zu ihm. Ich habe einen guten Draht zu ihm.«

Damian wollte die Intensivstation betreten, als er vom Chefarzt zurückgehalten wurde. »Hartmann, wir müssen reden!«

»Später, ich muss etwas Wichtiges klären!«, sagte er besessen davon, dem Patienten endlich seine Familie zu geben.

»Hartmann, das war keine Bitte. Sofort!«

Saskia wich zurück und lehnte sich an die Tür des Stationszimmers. Sie schweifte mit dem Blick ab und entdeckte schon wieder den unfreundlichen Typen von eben. Er humpelte mühselig mit seinen Krücken davon. Er hatte eben geflucht, dass jemand besser gestorben wäre. Auf wen war das bezogen? Sie wurde neugierig und wollte ihm folgen, doch Damian hielt sie zurück.

»Das ist Frau von Ehr. Sie vermisst Ihren Mann, der unserem Patienten zum Verwechseln ähnlich ist. Wollen Sie ihm wirklich die falsche Familie geben? So wie direkt nach dem Unglück, als sie zu voreilig waren?«

»Sie halten jetzt besser den Mund. Ich bin Ihr Vorgesetzter und Frau Leitner hat Ihren Mann eindeutig identifiziert. Wenn ich mich recht erinnere, war Frau von Ehr vor Kurzem bei uns, weil sie sich das Leben nehmen wollte. Der Frau vertrauen sie? Na, herzlichen Glückwunsch. Sie sind bis auf Weiteres beurlaubt. Ich muss mir überlegen, wie es mit Ihnen weitergehen wird!«

Kapitel 16

Saskia gab die Hoffnung nicht auf. Sie glaubte, ihrem geliebten Mann näher zu sein als erwartet. Daher lauerte sie immer wieder den Ärzten im Krankenhaus auf und setzte Polizisten darauf an, einen DNA Vergleich von Herrn Leitner und ihrem Mann zu machen. Doch je öfter sie die Leute belästigte, desto abweisender wurden sie. Zwischen Tür und Angel hatte sie mitbekommen, dass Herr Leitner in eine Rehaklinik verlegt wurde. Dort sollte es ihm aber nicht besser ergehen. In den letzten Tagen fuhr sie daher schon elf ab, heute, am 28. des Monats, standen zwei weitere auf dem Programm. Sie musste ihn sehen und dem Mann ein Bild von Leo zeigen. Vielleicht würde er sich selbst erkennen. Wobei es für Saskia keine Zweifel mehr gab. Es musste Leo sein!

Doch bevor sie loslegte, widmete sie sich wieder dem Kinderzimmer. Es waren nur noch zwei Wochen bis zum errechneten Geburtstermin. Die Kliniktasche stand gepackt neben der Haustür, jedoch war Saskia unzufrieden mit der Innenausstattung des Zimmers. Leos Büro hatte sie zu einem Kinderzimmer in Rosa verändert. Ein Bett, eine Wickelkommode, ein Schrank und ein Schaukelstuhl standen darin. Aber es wirkte ihr alles zu kühl.

Im nahe liegenden Eineuroshop besorgte sie daher zwei Lichterketten und einen niedlichen Elch. Damit verzierte sie das Kinderzimmer und ließ sich einigermaßen zufrieden in den Schaukelstuhl fallen. Bevor sie allerdings loszog, musste sie probieren, Elias zu erreichen. Saskia konnte sich in ihrem Zustand nicht mehr in ein Flugzeug setzen und alle Länder der Welt abklappern, um Niklas zu finden. Leos älterer Bruder versuchte, seine Schuldgefühle durch die Suchaktion für Niklas zu verdrängen. Doch er hob zum wiederholten Mal nicht ab. Saskia schickte ihm eine Nachricht mit der Hoffnung, dass er sich bald melden würde.

Hey Elias, hast du schon etwas herausgefunden? Meld dich doch bitte bei mir. Hab seit zwei Tagen nichts mehr von dir gehört! Bist du noch in Australien oder schon woanders? Wenn du ihn findest, rufe mich bitte sofort an. Egal, wie viel Uhr es ist! LG Saskia.

Nachdem sie sich ein Brot geschmiert hatte, setzte sie sich ins Auto und fuhr los. Zwar könnte sie es lassen, diesem Mann nachzujagen, aber das könnte sie sich nie verzeihen, wenn es doch Leo wäre. Sie hatte zwar direkt nach der Katastrophe am Bett eines fremden Mannes gesessen, aber solange es Hoffnung gab, würde sie nicht aufgeben, nach ihm zu suchen.

Sie parkte den Wagen und betrat bestens vorbereitet die Rehaklinik. Sie trug einen Arztkittel, hatte die Haare streng zu einem Dutt zusammengebunden und trug eine Hornbrille. Sie marschierte mit einer Patientenakte im Foyer vorbei und begegnete einem kleinen Mädchen mit blonden Haaren und blauen Augen. Das war das Kind, das bei Frau Leitner dabei gewesen ist. Sie atmete auf, denn das bedeutete, dass sie endlich die richtige Klinik gefunden hatte. Aufgeregt betrat sie das Ärztezimmer und wurde sofort von einem Arzt abgefangen. »Sie müssen die Spezialistin für Herrn Leitner sein, stimmt's?«

Ihr ausgetüftelter Plan schien aufzugehen. »Ja, guten Morgen! Bringen Sie mich zu ihm?«

Der Arzt nickte und erklärte ihr auf dem Weg, dass sich der Patient seelisch und motorisch in einem miserablen Zustand befinden würde.

»Verstehe«, brummte sie und musste das Wichtigste vorab klären: »Ich würde Sie bitten, dass in dieser Zeit keiner stört, ist das möglich?«

Der Arzt war einverstanden und ließ sie alleine das Zimmer betreten. Ihr Patient lag mit Blick zum Fenster. Mittlerweile wuchs ihm dunkelbraunes Haar nach, der Schlauch, der ihm zum Atmen verhalf, wurde tracheal gelegt. Seine gesamten Gesichtszüge waren sichtbar. Saskia zitterte ein wenig und wusste nicht, wie sie reagieren würde, wenn sie Leo eindeutig erkennen würde. Oder wenn er es eben nicht wäre… Es war der letzte Hoffnungsschimmer, den sie jagte.

»Guten Morgen, Herr Leitner!«, begrüßte sie ihn und stellte sich in seine Blickrichtung. »Wie geht es Ihnen?«

Saskia traute sich von dem T-Shirt des Mannes zum Gesicht zu blicken, dabei schlug ihr Herz schneller. Sie war so aufgeregt und kniff ihre Augen im letzten Moment wieder zusammen. Sie wandte sich ab und überlegte, was er draußen wohl betrachtete.

»Es schneit. Mögen Sie Schnee?«, versuchte sie, eine Gesprächsbasis zu schaffen.

Er schwieg.

»Mein Sohn liebt Schnee. Er könnte den ganzen Tag draußen sein, wenn diese kleinen, weißen Flöckchen vom Himmel rieseln.«

Saskia schluckte die Wut und Trauer herunter und versuchte, nicht in Tränen auszubrechen. Sie zog an ihren Fingerkuppen und spürte, wie sich der Verlustschmerz einen Weg nach draußen suchte.

Elias kümmert sich um Niki … Meine Aufgabe ist es jetzt, meinen Mann zu finden …

Sie klammerte sich an ihre überzeugende Gedankenstimme, wischte sich die Tränen weg und drehte ihren Kopf leicht zur Seite. »Wobei mir Sommer auch sehr gut gefällt. Was mögen Sie lieber?«, fragte sie mit zittriger Stimme.

Wieder nichts.

Saskia stellte sich seitlich in seine Blickrichtung und spielte an der Herzkette, die in Leos Geschenkpäckchen lag. Doch er ließ sich davon nicht beeindrucken. Er starrte weiterhin nur die Schneeflocken an.

Das kann nicht Leo sein … Er hätte mich schon längst in seine Arme geschlossen. Oder?

Saskia drückte ihre Lider über die Augen und drehte sich um. Sie griff mit ihren Händen an die Bettkante, um sich im Notfall - je nachdem, was sich vor ihren Augen abspielte - festzuhalten. Langsam wanderten ihre Lider nach oben und das Gesicht des Mannes wurde ihr offenbar. Ein Stich traf sie tief im Herzen.

Leo!

Mit kleinen Schrittchen bewegte sich Saskia zum Bett und setzte sich auf die Kante. Ihre Hand wanderte zu der rechten Wange. Sanft strich sie bis hinunter zum Kinn, das mit leichten Bartstoppeln bestückt war. Er formte seinen Mund, als ob er etwas sagen wollte, aber es kamen nur komische Töne heraus. Man sah, dass er sich anstrengte, dass er versuchte, etwas zu sagen. Sein Puls raste, weil er sich nicht verständigen konnte und man stattdessen nur die Pumpe der Beatmungsmaschine hörte.

»Wir bekommen das schon hin!«, baute Saskia auf und nahm dessen Hand.

Seine türkisblauen Augen verloren Tränen, seine Lippen zitterten. Saskia legte ihre Hände an seine Schultern und zog ihn ein Stück nach vorne. Sie umschloss mit ihren Armen seinen Oberkörper und schenkte ihm Zuneigung. Ein Lächeln wanderte in ihr Gesicht.

Nach einer Weile ließ sie ihn wieder los und legte ihn behutsam zurück. »Weißt du, wer ich bin?«, fragte sie nervös.

Mit den Händen zählte er etwas auf. Elf. Er zeigte auf sich, dann auf Saskia und lächelte.

Erkennt er mich nicht? Oder wieso zeigt er mir eine Elf. Die Elf steht wohl für das Zimmer, in dem wir uns zum ersten Mal wiedergesehen haben.

»Du meinst das Zimmer elf im Krankenhaus?«

Er nickte.

Saskia schaute auf den Boden. »Da haben wir uns zum ersten Mal gesehen?«

Wieder nickte er.

Das stimmt nicht, Leo! Wir kennen uns!

Er zeigte auf den Ring an seinem Finger und verdrehte die Augen.

»Was ist damit?«, hakte Saskia nach.

Er bewegte seinen Daumen nach unten, zeigte dann auf Saskia und wies den Daumen nach oben.

»Ich bin netter als deine Frau?«

Er musste lächeln.

Ich bin aber deine Frau, verdammt!

Saskia atmete tief ein und griff in ihre Tasche am Arztkittel. Sie nahm das Foto hervor und zeigte es ihm. »Das ist Leo«, erklärte sie ihm. »Als ich deine Augen das erste Mal gesehen habe, habe ich mir eingebildet, du seist Leo. Aber deine Frau hat dich erkannt und ich drehe mich bei jedem Menschen, der türkisblaue Augen hat, dreimal um. Es ist so selten und du siehst ihm so verdammt ähnlich!« Erst jetzt fiel ihr ein, dass Leo neben seinen türkisblauen Augen noch etwas Ungewöhnliches hatte: ein Muttermal in Herzform.

Der Mann wich Saskias hilfsbedürftigem Blick aus, die sich jedes Detail seines Gesichts genau anschaute und ihre Gedanken nicht mehr länger für sich behalten konnte. Ihr Blick streifte zu dem Nachttisch, auf dem ein Bild von Frau Leitner und ihrer Tochter stand.

Das ist alles so falsch!

»Schau mich an und sage mir, ob das wirklich deine Familie ist!« Voller Emotionen warf Saskia den Bilderrahmen auf seine Beine. »Ist das deine Familie? Sag schon!«, fragte sie mit hochrotem Kopf. Sie griff in die linke Tasche des Arztkittels und feuerte einen Berg von Fotos auf ihn. Sie zeigte ihm Bilder von Leo. Dann leitete sie zu Niklas über und letztlich zu Paar- und Familienfotos. »Oder ist das *deine* Familie?!«

Er schluckte, sah Saskia tief in die Augen und zeigte auf das Foto von Frau Leitner und dem Mädchen.

»Nein, das ist falsch! Das ist ganz falsch!«, wollte sie am liebsten laut aus sich herausschreien.

Behutsam legte er die Fotos zusammen und steckte sie zurück in ihre Tasche. Er zog sie näher zu sich und umarmte sie. Sanft strich er ihr über den Rücken und gab ihr einen Kuss auf die Stirn.

»Kannst du nicht mehr sprechen?«

Er schüttelte den Kopf.

Enttäuscht fuhr sich Saskia durch ihr Haar und schmollte: »Ich hätte direkt auf den Teufel hören sollen, der mir sagte, du bist es nicht. Nicht auf den Engel, der mich immer weiter zu dir getrieben hat.«

Ihr Gegenüber zeigte auf den freien Platz neben sich. Sie schmiegte sich an ihn und weinte bitterlich. Der letzte Hoffnungsschimmer, den sie jagte, verpuffte. Gundula würde Niklas nie hergeben. »Ich habe alles verloren. Ich bin einsam und alleine.«

Er zog seine Augenbrauen zusammen und fischte ein Bild von Niklas aus ihrer Tasche. Er zeigte auf sie, dann auf ihren Sohn und den Babybauch. Das ergaben für ihn drei Personen. Sie war für ihn nicht alleine.

»Niklas ist nicht mehr bei mir ...« Sie schaute zu ihm herüber. »Jetzt habe ich nur noch mein kleines Mädchen, das ohne seinen Vater aufwachsen wird ...«

Er zog die Augenbrauen zusammen, zeigte noch mal auf Niklas und malte ein Fragezeichen in die Luft.

Saskia schaute an ihm vorbei und seufzte: »Meine Schwiegermutter drohte, ihn zu sich zu holen, wenn ich mich nicht im Griff habe.«

Er ließ seinen Kopf ins Kissen fallen und starrte die Decke an.

»Ich dachte, sie meinte es gut und wir würden uns vielleicht doch verstehen ... Dabei sammelte sie bloß Beweise, um mir Niki wegzunehmen.« Saskia richtete sich wieder auf. »Tut mir leid. Ich sollte besser gehen.«

Als sie niedergeschlagen aufstand, lief ihr Fruchtwasser am Bein hinab.

Verdammt! Es sind doch noch zwei Wochen!

»Mein Baby kommt!«, stieß sie aus und stand unbeholfen da. »Das Geschenk von ihm. Ich. Ich muss los. Tschüss!«

Im Flur begegnete sie dem Arzt, der sie eben in Empfang genommen hatte. »Frau Doktor, wie war´s?«

»Mein Baby kommt, muss ich Ihnen das nächste Mal berichten!«

»Ähm. Das müssen sie wohl hier bekommen. Die Straßen sind spiegelglatt. Da draußen ist das reinste Verkehrschaos.«

Saskia fiel die Kinnlade herunter. *Hier soll ich mein Baby bekommen?! Hier gibt es nicht mal einen OP, wenn etwas schieflaufen sollte!* Sie schüttelte abwegig den Kopf und rief die Rettungsleitstelle an. Diese vertrösteten sie, dass es noch eine Weile dauern könnte, bis der Rettungswagen eintreffen würde. Aber er sei unterwegs. Saskia schlurfte fluchend zurück in das Zimmer von Max Leitner, der sie verwundert ansah.

»Draußen ist das größte Schneechaos ausgebrochen. Mein Baby wird sterben!« Saskia wurde hysterisch.

Der Mann krächzte – mehr konnte er nicht – und zog sie mit dem Arm zu sich. Er rückte zur Seite, sodass sich Saskia hinlegen konnte. Er schnappte nach ihrer Hand und lächelte. Bevor sie einen Vergleich zu Leos Lächeln ziehen konnte, setzten ihre Wehen ein. Heftiger als bei ihrem Sohn. Sie schrie, jammerte und weinte. Bei Niklas ging damals alles so schnell. Die Fruchtblase platzte und in weniger als einer halben Stunde war er bei ihnen.

»Ich kann das Baby nicht verlieren! Es ist mein letzter Anker!«, schrie sie und drückte seine Hand fest zu. Sie dachte, sie würde in zwei Teile gerissen werden, so schmerzte es. Mit Mühe streifte sich Saskia die Hose von den Beinen und wollte pressen, damit sie das schnell hinter sich hatte.

Der Arzt brachte Tücher, eine Schere und Handschuhe mit. »So, dann bringen wir das Baby auf die Welt!«, meinte er optimistisch.

Erst nach diesem Satz sah er, dass sein Patient mittlerweile hinter Saskia saß und sie dessen Hände so fest drücken durfte, wie sie wollte. »Herr Leitner, ich bin überrascht, dass sie Ihre neue Ärztin so nah an sich heranlassen, wenn Sie das sogar Ihrer Frau und Ihrer Tochter nicht erlauben! Guter Fortschritt!«

Was? Habe ich das gerade richtig verstanden? Er meidet den Körperkontakt mit ihnen? Aaaaah. Wieso bekommen noch mal Frauen die Kinder?!?!

»Haben Sie schon mal ein Kind auf die Welt gebracht?«, fragte sie panisch.

»In meiner Assistenzarztzeit war ich mal dabei.«

»Also noch nie?«, kreischte Saskia und krallte sich fester an Max.

Der Arzt setzte sich ans Ende des Bettes, montierte das Fußteil ab und sah sich den Muttermund an. Er fühlte und sah Saskia mit einem unsicheren Blick an. »Das Baby ist in Steißlage.« Mit einem portablen Ultraschallgerät entdeckte er etwas Schlimmeres. »Wenn ich es richtig gesehen habe, hat sich die Nabelschnur um ihren Kopf gewickelt. Wir dürfen keine Zeit verlieren!«

Saskia schluckte. Ein Kaiserschnitt war die einzige Rettung für sie und das Baby. Der Arzt verließ das Zimmer. Panisch sah sie um sich. In einer Rehaklinik gab es sicher nichts, womit sie sie hätten betäuben können. Sie stellte sich auf die schlimmsten Schmerzen ihres jungen Lebens ein …

Max strich ihr sanft über das verschwitzte Haar und gab ihr einen Kuss auf die Stirn. Saskia drehte ihren Kopf leicht zur Seite und sah ihn fragend an. *Wieso tut er sowas, wenn er eine Familie hat und mich nicht wirklich kennt?*

Die Tür öffnete sich und der Arzt kam mit einem Skalpell und einer weiteren Ärztin ins Zimmer. »Wir haben keine Betäubungs- oder Narkosemittel hier. Sie müssen da jetzt durch. So leid es mir tut.«

Saskia nickte und wurde flach auf das Bett gelegt. Die Ärztin steckte ihr eine Mullbinde zwischen den Ober- und Unterkiefer. Max wurde in einen Rollstuhl neben ihr gesetzt und hielt weiterhin fest ihre Hand. Er zeigte auf seine Augen und dann auf ihre.

Er wusste, dass ich mich besser fühlte, wenn ich in Leos bezaubernde Augen schaute. Das hatte ich ihm im Krankenhaus erzählt. Oder macht er das, weil er es doch ist?

Als das Skalpell in ihre Haut schnitt, halfen die Augen auch nicht. Sie schrie sich die Seele aus dem Leib. Die Mullbinde hatte nichts genutzt. Wie sollte sie vor Schmerz darauf beißen, wenn sie eher schreien musste?! Sie hatte das Gefühl zu sterben ...

Langsam und qualvoll.

Dann wurde ihr schwarz vor Augen.

Kapitel 17

Saskia und das Neugeborene hatten die qualvolle Geburt einigermaßen gut überstanden. Wobei sie keinem raten würde, in dieser Klinik zu entbinden. Ihr behandelnder Arzt im Krankenhaus hatte ihr gesagt, dass sie großes Glück hatte. Der Orthopäde aus der Rehaklinik hatte ihre Baucharterie erwischt, weshalb sie Unmengen von Blut verlor und achtundvierzig Stunden nach der Geburt erst wieder zu sich kam. Als sie ihr Mädchen das erste Mal in die Arme nehmen durfte, wurde ihr klar, dass sie nicht Emilia, sondern Leonie heißen sollte. In Gedenken an ihren Vater, der sich immer eine Tochter wünschte und alles für seine Prinzessin getan hätte.

Am 14. März wurden die beiden endlich aus dem Krankenhaus entlassen. Ihre Wunde verheilte nicht so wie geplant, weshalb sich ihr Aufenthalt verlängerte. Die Freude war allerdings groß, wieder nach Hause zu dürfen. Saskia sperrte die Tür von ihrem Zuhause auf und trug die kleine Maus herein. »Dein Papa hat sich immer eine kleine Prinzessin gewünscht. Er wäre so stolz auf dich!«, flüsterte sie. Sie zog sich den Mantel aus und stellte warmes Wasser für einen Tee auf. Sie beschloss, heute etwas Tolles zu kochen! Durch den Krankenhausfraß hatte sie mehrere Kilo abgenommen. Das war in Anbetracht der Tatsache, dass sie durch die Schwangerschaft 19 Kilo zugenommen hatte, nicht unbedingt dramatisch, aber das Essen dort war eine Katastrophe!

Während das Wasser kochte, öffnete sie die Post. Bloß Rechnungen und Werbung. Der letzte Umschlag war ohne Absender versehen. Voller Neugier öffnete sie ihn. Sie faltete das weiße Papier auf und brauchte einen Moment, bis sie verstand, dass es sich wohl nicht um einen blöden Scherz handelte. Es war ein Zettel mit aufgeklebten Buchstaben, die aus Zeitschriften oder Zeitungen ausgeschnitten worden waren.

Wie fühlt es sich an, wenn das Leben aus den Fugen gerät? Nichts so läuft, wie es vorher geplant war? Scheiße, oder? Liebe Saskia, eine Fehlentscheidung wird langsam aber sicher dein ganzes Leben zerstören!

Saskia erstarrte für einen Moment, bis ihr der Drohbrief aus den Fingern glitt. Angstbesetzt schaute sie um sich, schnappte ihre Winterjacke und die Babyschale und lief aus dem Haus.

Wieso bekam ich einen Drohbrief? Ich habe doch keinem Menschen etwas angetan?! Ich habe früher nie Mitschüler gemobbt, ich habe nie jemanden beleidigt. Bloß zu meiner Schwiegermutter bin ich unerzogen. Aber so etwas würde sie nie tun oder? Sie hat Niklas. Das ist alles, was sie wollte.

Den Brief hatte sie in der Jackentasche stecken. Sie eilte sofort zur Polizei. Doch sie fühlte sich nicht mehr sicher. Sie drehte sich mehrfach um und ihr Herz schlug ihr bis zum Hals. Sie musste fünf Stationen fahren, bis sie sofort an dem Polizeipräsidium wäre. Schneller als mit dem Auto. An der fünften Station stieg sie aus, fuhr mit der Rolltreppe nach oben und betrat hastig das Polizeipräsidium. Es dauerte eine Weile, bis sie an die Reihe kam, aber danach ging es relativ zügig. Der Brief wurde sofort auf Fingerabdrücke untersucht und sie wurde nach möglichen Feinden oder Motiven befragt. Weder hatte Saskia eine Vermutung noch fanden sich später verwertbare Spuren auf dem Brief.

Das war ein Profi! Bin ich in Gefahr?

Der Beamte beruhigte sie zwar, aber sie fühlte sich alleine gelassen. Sie unternahmen nichts und ließen sie einfach so nach Hause fahren.

In den meisten Fällen muss erst etwas passieren, damit sie dich ernst nehmen ... Wie konnten sie eine junge, schlanke Frau mit ihrem Säugling einfach so alleine zurück in die Wohnung schicken?

Saskia sah auf die Uhr. Mit ihren Freundinnen hatte sie den Kontakt abgebrochen, ihre Mutter hatte ihr ins Gesicht gesagt, sie wäre froh, wenn sie damals mit fünf gestorben wäre, als ihr Blinddarm platzte, und ihr Bruder war für ein Jahr im Ausland. Sie hatte ihm nicht mal das mit Leo erzählt. Sie spielte ihm vor, dass es ihr gut ging. Ab und zu schickte sie alte Selfies von Leo und ihr herum, dazu kam meist ein Foto von Niklas beim Spielen und ihr Bruder kaufte ihr ab, dass alles in Ordnung war. Der Einzige, mit dem sie jetzt reden könnte, wäre Max Leitner. Aber sie wollte nicht schon wieder auf ihn treffen und sich komplett verlieren. Er ähnelte Leo so sehr …

Sie seufzte. *Was wäre, wenn ich jetzt die Reisen umsetzen würde? Vielleicht wäre ich dann sicher.*

Als sie vor ihrem Haus stand, konnte sie nicht eintreten. Der Brief kam zwar nur per Post, dennoch ließ sie das Gefühl nicht los, dass der Irre jetzt in diesem Moment in ihrer Wohnung auf sie lauern würde. Max Leitner klang definitiv nach der besseren Alternative, als im Haus überfallen zu werden.

Mühsam stellte sie den Maxi-Cosi ins Auto und musste den Ärzten recht geben, dass sie eigentlich Hilfe benötigte. Ihre Wunde spannte sehr und heben sollte sie so wenig wie möglich.

An der Klinik angekommen hegte sie auf einmal Zweifel. Wie würde sie es empfinden, wenn sie Leo besuchen und ständig eine andere Frau herumgeistern würde? Sie überlegte kurz, ob sie doch wieder nach Hause fahren sollte.

»Hey!«, rief eine Mädchenstimme.

Saskia drehte sich um. Max war mit seiner Tochter draußen, sie schob ihn ein wenig im Park herum. Sie winkte Leonie und ihr zu, da konnte sie nicht mehr nach Hause fahren. Das wäre unfreundlich gewesen! Nachdem sie die Babyschale aus dem Auto genommen hatte, spazierte sie zu den beiden.

»Schön, dass es dir gut geht!«, sagte das Mädchen. »Du hast Papa total verändert. Wir dürfen ihn umarmen und er kann schon ein bisschen was sagen. Danke!«

Saskia wurde von dem Mädchen mit den türkisblauen Augen und den blonden Zöpfen innig umarmt. Die frischgebackene Mutter lächelte und streifte Max zur Begrüßung über den Rücken.

»Hallo Saskia!«, sagte er. Zwar mit angestrengter Miene, aber er hatte es geschafft, einen Ton rauszubekommen.

Sie lächelte. »Hi Max!«

Er zeigte auf die Babyschale und wollte die kleine Maus sofort sehen. Er war schließlich live bei der Geburt dabei. Saskia erklärte, dass es ihr draußen zu kalt sei und vertröstete ihn, sie drinnen begutachten zu dürfen. Mia, so hieß das Mädchen, entschuldigte sich kurz, da sie auf die Toilette musste. Saskia und Max waren für kurze Zeit alleine. Er nahm sein Handy heraus und tippte eine Nachricht für seine Besucherin ein.

Das war furchtbar! Gott sei Dank geht es euch gut!

»Wenn ich immer Angst vor einer Geburt hatte, war es genau wegen so einer. Nicht, dass ich ohne Leo weitere Kinder haben will, aber nach dem hier, nein. Meine zwei Kleinen reichen mir voll und ganz.«

Max griff nach ihrer Hand und streichelte sie sanft.

Saskia schaute ernster und meinte: »Mir wurde gedroht.« Sie packte den Brief aus und gab ihn Max in die Hände, der ihn sofort las. Suchend drehte er sich um. Er gab Saskia den Brief zurück in die Hand und seufzte.

Pass gut auf dich auf! Hast du die Polizei benachrichtigt?

Saskia nickte und fröstelte leicht, weshalb sie ihn hereinschob. In seinem Zimmer durfte er nun die kleine Leonie begutachten. Max öffnete die Schnallen der Babyschale und nahm die süße Maus heraus. Er legte sie auf den Arm und wiegte sie ein wenig. Saskia dachte eigentlich, er würde sie nur sehen wollen und nicht im Arm halten.

»Ich wollte sie eigentlich Emilia nennen, aber sie sieht Leo so ähnlich, also habe ich mich für Leonie entschieden. In Gedenken an ihren Papa!«, erklärte sie lächelnd und beobachtete die beiden.

Saskia packte die Polaroidkamera aus und fragte Max, ob sie ein Foto von den beiden schießen dürfte. Er sei ein wichtiger Faktor am Beginn ihres Lebens gewesen. Max legte sich das Spucktuch über die Kanüle in seinem Hals und lächelte das Baby auf dem Foto an. Sie packte die Kamera weg und wollte Max das Baby abnehmen, als sie Tränen auf seinen Wangen sah.

Einen Moment musste sie innehalten. *Was hat das zu bedeuten? Wieso weint er?* »Hey, was hast du?«, fragte sie zögerlich, legte ihr Mädchen zurück in die Babyschale und nahm ihm das Spucktuch vom Hals. »Ist es deswegen?«, hakte Saskia nach und zeigte auf den Schlauch.

Er sah an ihr vorbei.

»Schau mal. Das kommt alles wieder. Du hattest eine massive Hirnblutung und diese vielen Krampfanfälle. Da wurde vielleicht viel beschädigt. Aber du kannst das alles wieder erlernen. Schau mal, du hast eben ›Hallo Saskia‹ gesagt. Vor zwei Wochen konntest du noch gar nichts sagen! Du wirst bestimmt bald wieder gehen und atmen können! Kämpfe weiter! Du musst doch irgendwann deine kleine Mia vor ihrem ersten Freund beschützen und sie an den Altar führen!«

Leonie wird nie von ihrem Vater an den Altar geführt werden.

Weitere Tränen verließen seine Augen.

An ihrer Motivationsansprache musste sie wohl üben! Sie umarmte ihn fest und blieb mit ihrer Herzkette an seinem T-Shirt hängen. Es riss ein wenig ein.

»Sorry«, entschuldigte sie sich und zog ihre Kette aus den Stofffasern. Dadurch konnte sie seinen nackten Oberkörper unter dem Shirt erkennen. Ein Muttermal in Herzform auf der rechten Brust war es, was ihr sofort ins Gesicht sprang.

»Leo hatte auch so eins an dieser Stelle gehabt«, murmelte sie und ging einen Schritt zurück.

Weint er, weil er seine Tochter zum ersten Mal auf dem Arm hält? Weint er, weil er uns beide fast sterben sah?

»Wieso weinst du tatsächlich? Weil du Leo bist und mir nicht die Wahrheit sagen kannst?! Deine Augen, deine Haare, dein Lächeln. Okay. Es gibt statistisch gesehen auf der Welt mindestens sieben Leute, die so aussehen wie er. Aber bestimmt nicht sieben Menschen, die auch dieses seltene Herzmuttermal haben!«, wurde sie hysterisch und weckte damit ihr Baby auf.

Max warf zuerst einen Blick zu Saskia, dann zu der kleinen quengelnden Leonie.

»Du weißt es und sagst es mir nicht? Du hörst dir an, wie sehr ich dich vermisse und wie sehr ich daran kaputt gehe, und lässt mich einfach weiter jammern?! Aber wenn du dein Kind siehst, wirst du schwach?!«, stellte sie sauer fest, nahm ihre Tasche und die Babyschale.

Als sie das Zimmer verlassen wollte, wurde sie an der Hand festgehalten. Er tippte wieder eine Nachricht für sie ein.

Ich weine, weil du deinen Mann so sehr vermisst und ich mit meiner Familie überhaupt nicht warm werde. Mia ist süß. Ja, aber ich spüre nicht, dass es mein Kind ist. Meine Frau ist nett, aber nicht mehr. Dein Leo hätte es viel mehr verdient, hier zu liegen und zu kämpfen. Ich bin für meine Frau eine Last. Das hat sie mir genauso gesagt. Sie hat gesagt, sie wäre froh, ich wäre gestorben. Also habe ich das Recht zu weinen, wenn du mir erzählst, wie toll dein Mann war, wie sehr er sich über eine Tochter gefreut hätte und wie gern du ihn bei dir hättest. Wenn ihr meine Familie wärt, würde ich alles dafür tun, um wieder vollständig gesund zu werden. Aber bei den beiden ist es besser, wenn ich den Stecker selbst ziehe. Ich bin eine Last. Und wenn du nicht wärst, hätte ich das schon lange getan.

Es klang so plausibel, dass sie sich mehr als schäbig fühlte, ihm so etwas zu unterstellen. Saskia umarmte Max fest und gab ihm ihre Handynummer. »Ich muss jetzt leider gehen, bevor deine Frau wieder auftaucht. Schreib mir, okay? Und ziehe bloß nicht den Stecker. Wir können Freunde sein und du willst mir doch nicht auch noch das Herz brechen, indem du dein Leben beendest oder?«

Max beugte sich mit seinem Mund zu ihrem Ohr und hauchte: »Am…«

Doch er war noch nicht fertig, mit dem, was er ihr sagen wollte.

Saskia beugte sich zurück und kicherte: »Am was? Am Montag, am Dienstag? Wir bekommen das noch mal hin mit dem Reden!«

Max schaute auf die Herzkette und lächelte.

»Hast du etwas genommen?«, wollte sich Saskia vergewissern. »Mein Hals ist nicht so spannend, dass man ihn anlächeln muss!«

Angesichts des guten Verhältnisses der beiden und den Umständen rund um Leonies Geburt, fand Saskia eine tolle Idee, die Max eventuell auch etwas aufheitern würde. Sie kicherte: »Du Max? Könntest du dir vorstellen, Patenonkel von Leonie zu werden?«

Max freute sich sehr und nahm das Angebot an.

Als sie zu Hause war, schaute sie sich zuerst in der gesamten Wohnung um, um sicher zu sein, dass sich keiner Eintritt verschafft hatte. Danach fuhr sie die Rollläden herunter und sperrte die Tür zweimal ab. »Es war keiner hier. Alles ist gut«, versuchte sie, sich selbst zu beruhigen, und stellte Wasser für Nudeln auf. Sie freute sich auf Pasta mit Feta und Tomaten. Sie war müde und hatte einen Bärenhunger, weshalb es schnell gehen musste. Während sie das Gemüse klein schnippelte, dachte sie an den mysteriösen heutigen Tag zurück.

Er schaute sich so komisch um, als er den Drohbrief in der Hand hatte. Macht er sich Sorgen um mich oder weiß er mehr? Er hätte mich besorgt anschauen können, aber das auffällige Umdrehen und Umblicken war schon seltsam! Gibt es wirklich keinen in meinem Umfeld, der mich bedrohen könnte? Oder der Leo bedrohen könnte, sodass er abtauchen musste?

Sie grübelte, doch auch nachdem sie sich ihre Portion auf den

Teller geschaufelt und am Tisch gesessen hatte, ließen sie die Gedanken nicht los. War Max Leo? Das Aussehen, die Nachfrage nach Niklas und das besorgte Umblicken waren schon drei Dinge, die ihn als Leo entlarven könnten.

Außerdem war ihr das Herzmuttermal auf der rechten Brust ein Zufall zu viel. Seine Erklärung war zwar plausibel, aber seine Augen, sein Lächeln und seine Haare.

Saskia ging zu ihrer Tasche und nahm das Foto von Max und Leonie heraus. Wie er sie anstrahlte auf dem Bild, so schön und echt konnte kein gestelltes Lächeln aussehen. Während ihr kleines Mädchen brav schlief, kramte sie aus der Fotokiste das erste Bild von Leo und Niklas heraus.

Gleiche Haltung, gleiches Lächeln.

So viele *Zufälle* konnte es nicht geben, oder?

Kapitel 18

September 2011

Das Leben mit einem Säugling zu bewältigen fiel Saskia alleine viel schwerer als gemeinsam mit Leo. Leonie war ein unglaublich anhängliches Baby. Saskia musste sie fast den ganzen Tag in der Babytragetasche vor dem Bauch mit sich tragen. Sie schlief kaum, was auch auf Saskias Energiehaushalt zurückfiel. Sie war so müde und hatte keine Zeit mehr, sich mit Hoffnungsschimmern an Leos Leben zu beschäftigen. Leonie raubte ihr beinahe die Luft zum Atmen. Aber sie war zu stolz, um sich Hilfe zu holen. Sei es bloß eine Putzhilfe oder ihre Mutter. Sie redete sich ein, alles unter einen Hut zu bekommen, und merkte nicht, wie hart sie mittlerweile an ihre Grenzen ging. An diesem Morgen schien Leonie etwas länger zu schlafen, was wirklich selten vorkam. Saskia zog die Schlafzimmertür bei und blieb an Niklas geöffneter Zimmertür stehen. Elias hatte jedes verdammte Land auf dieser Erde abgeklappert, aber keine Spur von ihnen gefunden. Gundula war nicht mehr erreichbar. Als Saskia öffentlich mit Elias nach ihm suchen wollte, wurde sie lediglich verwarnt. Sie hätte kein Recht, von ihrem Kind zu erfahren, wenn sie es mit in den Tod reißen wollte. Stattdessen müsste sie sogar mit einer Strafe rechnen. Keiner glaubte ihr oder gab ihr wenigstens die Chance, ihre Geschichte zu erzählen. Das war neben der Tatsache, dass Niklas seit Dezember bei seinen Großeltern lebte, das Schlimmste.

Saskia bereitete sich Obstsalat zu und sah zu der Fotowand. Jeden Tag aufs Neue raubte sie ihr den Atem. Sie war eine begnadete Fotografin, weshalb auf der Wand eigentlich nur Porträts von ihrem Mann und dem gemeinsamen Kind zu sehen waren. Es zeigte ihr jeden Tag, was sie verloren hatte. Das Vibrieren in der Tasche ihres Morgenmantels riss sie aus ihre Starre. Paul hatte ihr eine Nachricht geschrieben.

Hey Schwesterlein. Bin in zwei Wochen endlich wieder daheim. Freue mich schon so drauf, meinen kleinen Racker wieder zu sehen. Er ist doch großer Fußballfan oder? Ich hätte nämlich Karten für das nächste Heimspiel der Bayern. Meinst du, er ist noch zu klein? Oder würde er sich freuen?

Saskia schluckte und sperrte das Handy wieder. Sie konnte es ihm unmöglich über das Telefon erzählen, was in den letzten zwölf Monaten alles passiert ist.

Ist jetzt auch keine Kinderkarte oder so. Meinen lieben Schwager nehme ich natürlich auch gerne mit. Fußball ist ja nicht so deins. Holst du mich vom Flughafen ab?

Sie kratzte sich am Kopf. Was sollte sie ihm jetzt antworten? Anstatt die Wahrheit zu sagen, hob sie sich den Moment für später auf.

Ja, das freut ihn sicher. Aber an dem Wochenende ist er mit dem Kindergarten schon auf dem Bauernhof und Leo mit seinem Bruder unterwegs. Nimm doch einen deiner Kumpels mit. Komm bloß sicher heim!

Sie legte das Handy wieder zur Seite und wollte den Obstsalat essen. Aber ihr verging der Appetit. Jemand rief in diesem Moment auf dem Telefon an, das auf dem Anrufbeantworter Niklas´ Stimme abspielte. »Die von Ehrs sind gerade nicht daheim, aber quatsch uns doch was drauf«, brabbelte er mit seiner niedlichen Kinderstimme.

Mit tränenden Augen stellte Saskia die Schüssel auf der Kücheninsel ab und schlurfte in Niklas´ Zimmer. »Es tut mir alles so leid, Baby«, seufzte sie und kuschelte sich mit Emil in sein Bettchen.

Eine Stunde später hatte sich Saskia von Niklas´ Bett losreißen können und trottete vor die Tür, um den Müll herauszubringen. Sie musste die Zeit nutzen, in der Leonie schlief. Beim Rausgehen hatte sie am Kalender das Datum des heutigen Tages gesehen. Sie bemerkte gar nicht, wie die Zeit rannte, und konnte kaum glauben, dass heute der zehnte September 2011 war.

Heute vor einem Jahr hatte sich ihr ganzes Leben aufgelöst ... Vor einem Jahr saß sie mit Niklas im Wohnzimmer und baute mit ihm einen Turm. Beide waren euphorisch, den Mann und Vater endlich wieder für sich zu haben. Nach langen drei Monaten der Abwesenheit ... Stattdessen kam alles anders.

»Scheiße!«, fluchte Saskia und warf den Müllbeutel am Ende ihrer Kräfte auf den Boden anstatt in die Tonne. Sie trat mit den Füßen wild dagegen. Diese Wutaktion raubte ihr ihre letzten Kräfte.

Erschöpft brach sie auf die Knie und flehte Gott und die Welt an, sie aus diesem Tief herauszuholen. Sie wollte ihr altes Leben zurück.

Wenige Sekunden reichten, dass die Geschichte deines Lebens plötzlich eine andere war. Wenige Sekunden, in denen sich das Blatt so schnell gewandelt hatte. Von einer glücklichen Ehefrau und Mutter zu einer Witwe, die das Sorgerecht für ihren Sohn verloren hat.

Sie rief Hans und Gundula so oft an, aber sie wurde sofort weggedrückt. Es hat sie nicht ein einziges Mal interessiert, wie ihre Geschichte lautete ... So ignorant und unverschämt hatte sie ihre Schwiegereltern nie eingeschätzt. Sie meinten, dass Leo ein Familienmensch gewesen ist und sie diesen Zustand anstrebten. Davon war überhaupt nichts zu sehen!

Aus ihr spross die Wut heraus, weshalb sie sich erhob und noch einmal wild gegen die Mülltonne trat. Sie brüllte ihren Hass und Ärger auf die Welt heraus.

Wenn das so weitergeht, werden mich meine Nachbarn heute in die Psychiatrie einweisen. Und vielleicht hatte Gundula nicht unrecht, dass ich da tat-

sächlich hingehört hätte, reflektierte sie, wenn sie an den Alkohol in der Schwangerschaft und die Glasscherbe an ihren Pulsadern dachte.

Arme umschlossen sie plötzlich von hinten. Ein bordeauxroter Pulli. Leos Parfüm. »Pssst. Alles wird gut, Saskia«, flüsterte eine Männerstimme.

Verdutzt drehte sie sich um und erstarrte vor Schreck. Ihr Gegenüber hatte die Kapuze eines bordeauxroten Hoodies tief ins Gesicht gezogen. Dennoch schaffte sich das wuschelige, dunkle Haar Platz und schaute aus der Kapuze heraus. Der Blick, den er Saskia durch seine außergewöhnlich türkisblauen Augen zuwarf, löste in ihr Kribbeln und Gänsehaut aus. Er räusperte sich und rieb sich durch den Dreitagebart.

Kapitel 19

Saskia wusste nicht mehr, wie ihr geschah. Reichte bloß eine Sekunde, dass ihr Leben plötzlich wieder Sinn ergab? Vorsichtig fasste sie ihr Gegenüber an. Die Tatsache, dass er echt und nicht eine Geistererscheinung war, zog Saskia der Boden unter den Füßen weg. Sie brach zusammen. Nicht zuletzt der Tatsache geschuldet, dass sie seit achtzehn Stunden keine Nahrung mehr zu sich genommen hatte.

Einige Zeit später kam sie wieder zu sich. Sie rieb sich erschöpft über die Augen, lag eingekuschelt in einer Decke auf ihrer großen Couch und roch den süßen Duft von Waffeln und heißen Kirschen. Langsam räkelte sie sich und sah den 1,80 m großen dunkelhaarigen Wuschelkopf in ihrer Küche kochen.

»Ich bringe dir etwas zu essen. Du fällst mir sonst ja noch vom Fleisch«, schmunzelte er und brachte sie behutsam zurück zur Couch.

»Okay«, kicherte Saskia und wurde wieder von ihm in die Kuscheldecke eingehüllt.

»Du musst mir versprechen, besser auf dich aufzupassen!« Er schlich zurück in die Küche, dekorierte die Waffeln auf dem Teller mit heißen Kirschen und Vanilleeis und brachte ihn zu Saskia auf die Couch.

»Danke«, gluckste sie und verlor ihre gute Miene, als sie Leonies Babygeschrei hörte.

»Ich mach das schon«, versicherte er ihr, stand von der Couch auf und folgte dem Babygeschrei. An Niklas' offener Zimmertür hielt er kurz an und schaute sich um.

»Eins weiter!«, rief Saskia.

Gefühlvoll wiegte er sie in seinen Armen und hatte sie in wenigen Sekunden ruhiggestellt. Zu neugierig war sie gewesen, auf wessen Armen sie sich befand. Mit ihren kleinen Fingerchen berührte sie die Barthaare und kicherte drauflos.

»Wie hast du das denn gemacht?«, fragte Saskia ungläubig, konnte sich aber ihre Antwort denken. Mit Niklas war es nicht anders.

Er setzte sich zu ihr auf die Couch und begutachtete das kleine Wesen auf seinen Armen.

»Wo bist du denn die ganze Zeit gewesen?«, brachte Saskia nur mit zittriger Stimme über die Lippen.

»Das weißt du doch.«

Saskia verstand nicht und kniff die Augen zusammen. »Wieso hast du dich nicht bei uns gemeldet?«

Er rückte ein Stück zur Seite.

»Leo«, murmelte sie und fuhr sanft seine Gesichtskonturen nach. »Glaube mir bitte, dass ich das nie wollte. Ich habe es gesagt, aber niemals so gemeint. Du bist der beste Vater für ein Kind und das mit dem Flugzeug … Ich möchte nie wieder mit dir streiten.«

»Saskia, nein, tu das nicht. Ich bin's. Max«, holte sie dieser auf den Boden der Tatsachen zurück.

Ungläubig schüttelte Saskia den Kopf und zeigte auf das große Hochzeitsfoto im Flur. »Was redest du denn für einen Unsinn?«, flüsterte sie.

Die Gesichtsform, die Augen, die Haare, das Lächeln, der Bart. Lediglich die Wangenpartie war leicht verändert, was kein Wunder war, wenn diese zersplittert und operativ rekonstruiert worden war. Es war ein großer Lichtblick, der vor Saskias Auge saß. Eben jener, den sie vor der Tür gefordert hatte.

»Es tut mir echt leid, dass ich deinem Mann so ähnlich sehe. Aber ich bin es nicht!«, säuselte er.

Saskia verschränkte skeptisch die Arme vor der Brust und schaute zwischen dem Foto Leos und dem Gesicht Max Leitners hin und her. »Vor einigen Monaten konntest du fast nichts sagen und nicht einmal laufen. Das geht so schnell gar nicht! Du bist völlig genesen, du kannst nicht Max aus dem Krankenhaus sein.«

»So schnell? Es ist ein halbes Jahr vergangen. Sechs Monate.

182 Tage. An deinem Baby müsstest du doch sehen, wie die Zeit rennt«, erklärte er.

»Ich hatte Max´Akte gelesen, die Rede war von Hirnschäden. Die sehe ich bei dir nicht«, blieb sie misstrauisch.

Max verdrehte die Augen. »Du hast gesagt, dass ich kämpfen soll. Nichts anderes habe ich gemacht. Du hast mir den Optimismus zurückgeben. Ohne dich wäre ich nicht mehr hier. Meine Frau war mir keine große Hilfe. Sie war ja nie da und hat mich gehasst dafür, dass ihr kleines Mädchen gestorben ist.«

Enttäuscht sah Saskia auf den Boden und versuchte, die Realität anzuerkennen. Ihr Hoffnungsschimmer platzte. Wie so oft.

»Sagst du mir jetzt, was mit dir los ist? Du hast mir unglaublich geholfen, ich will jetzt für dich da sein.«

»Du kannst wirklich wieder sprechen und laufen! Wow, was ein toller Schritt«, lenkte sie vom eigentlichen Thema ab.

»Ja. Ich drehe jeden Morgen meine Tour im Englischen Garten und es wird immer besser. Du sollst aber nicht ablenken! Was ist los mit dir?«

Saskia begutachtete die Narbe des Tracheostomas und lächelte. »Und atmen kannst du auch wieder selbstständig.«

»Hör auf, abzulenken. Ich will dir helfen. Ich mag es nicht, dich so traurig und am Ende deiner Kräfte zu sehen.«

Hat er mich je anders gesehen?

Er entschuldigte sich kurz und ging ins Bad. Ohne zu wissen, wo es war, fand er es auf Anhieb.

Sie beschloss weiterhin, skeptisch zu bleiben. Ihr Mann war eitel, möglicherweise war es Leo unangenehm, in so einem Zustand zu sein. Aber das wäre nichts, wofür er sich schämen müsste. Er war die Liebe ihres Lebens. Selbst wenn er seit fünf Jahren im Wachkoma liegen würde, würde sie ihn täglich pflegen und ihm zur Seite stehen.

Soll ich das metaphorisch erklären? Aber Deutsch war nie so seine Stärke, dachte sie und suchte nach einer anderen Lösung. Sie hatte Max zuletzt vor sechs Monaten gesehen und da war sein Gesicht geschwollen, sein Kopf fast kahl und er trug keinen Bart. Er sah anders aus, wobei sie am Geburtstag Leonies das Gefühl verspürte, Leo vor sich zu haben und ihn zu erkennen.

Bei der Nachsorge besuchte ich ihn auf der Intensivstation … Er zuckte, zusammen, als er den Babybauch sah … Er drehte an meinem Ring … Er verhielt sich so, als ob es Leo gewesen wäre, bis ich mich übergeben musste … Als ich zurückkam, verhielt er sich komplett anders. Wesensveränderung innerhalb kürzester Zeit. Aber wieso? Ich dachte, ich käme zurück und Leo würde mich erkennen. Hatte der Typ, der mich umrannte, etwas damit zu tun? Kam der nicht aus seinem Zimmer gelaufen? Sie schüttelte den Kopf. *Wenn das mein Mann wäre … Nein. Es gäbe keinen erdenklichen Grund, wieso Leo mir in die Augen schauen und mich für dumm verkaufen würde. Er würde mich nicht leiden sehen wollen. Nichts als das tue ich seit einem Jahr.*

Als sich die Tür öffnete, traf Max auf eine grübelnde Saskia. »Weißt du, was heute vor einem Jahr war?«, versuchte sie, ihm ein Gefühl zu entlocken, das ihn entlarven würde.

Er sah nachdenklich zum Kalender und entgegnete amüsiert: »Ich müsste zuerst einmal wissen, welcher Tag genau heute ist!«

Der Blick, der sie in diesem Moment traf, ließ ihr Herz erwärmen.

Er schaut wie Leo. Er riecht wie Leo. Er lächelt wie Leo. Er … Er ist Leo, oder? Es gibt keine andere Erklärung! Vielleicht gibt es einen Grund, auf den ich nicht komme, wieso er mich anlügen müsste. Verdammt noch mal, dachte sie. Sie hatte vor einigen Monaten in den sozialen Netzwerken gesucht. Es existierte kein Max Leitner, der Leo so ähnlichsah.

»Am zehnten September 2010. Puh. Keine Ahnung. Ich passe. Erzähle mir jetzt lieber, wieso du vor der Tür einen Nervenzusammenbruch hattest.«

Saskia grübelte, ob sie weiterforschen oder ihn mit harten Fakten konfrontieren sollte. Als sie erblickte, dass er ein Foto von Niklas und Leo anlächelte, platzte es aus ihr heraus: »Du hast in einem Flugzeug gesessen, das aus New York kam. Das es aber nicht bis hierhergeschafft hat, sondern in den Alpen abgestürzt ist. Ich habe hier all die Monate gebetet, dass du noch lebst. Dass du irgendwann aus dem Nichts auftauchst und jetzt stehst du hier und hast nicht genug Mumm, es mir zusagen? Du marschierst hierein, ohne zu wissen, welche Haustür die richtige ist. Gehst ins Bad, als ob du hier schon oft genug gewesen wärst. Hör verdammt noch mal auf, mich anzulügen!«

Max nahm ihre Hände. »Saskia. So sehr du dir wünschst, dass ich Leo bin. Ich kann dir da nicht gerecht werden. Ich hatte am zehnten Oktober einen Autounfall. Prüfe es bitte nach, dass du mir endlich glaubst! Ich habe mich mehrfach überschlagen. Elisa, Mias Zwillingsschwester, war im Auto. Deswegen kann ich weder meiner Frau noch Mia ins Gesicht schauen, weil ich es überlebt habe, aber sie nicht. Heute wäre die Einschulung von beiden gewesen. Ich habe es eben nicht mehr ausgehalten und bin abgehauen. Meine Frau hasst mich dafür und Mia irgendwie auch. Also glaub mir, wenn ich Leo wäre, würde ich es dir sagen und mir nicht eine andere Identität aussuchen. Ich wünschte, ich könnte es, weil ich zu Hause an diesen Blicken und der Schuld zugrunde gehe. Es tut mir leid, ich bin es nicht! Glaube mir doch endlich! Es waren drei plastische Chirurgen am Werk. Ja, vielleicht sehe ich jetzt so aus wie dein Mann, aber Saskia. Ich würde dich nicht anlügen. Ich sehe doch, wie schlecht es dir geht. Es waren bloß zwei Zufälle, dass ich die richtige Haustür und das Bad auf Anhieb gefunden habe.«

Saskia sah auf den Boden und weinte. Sorgsam nahm Max sie in den Arm und ging mit ihr zum Sofa. Er legte sich auf Leos Stammplatz, zog sie auf sich und hielt sie einfach nur fest. »Ich bin für fünf Minuten dein Mann. Lass raus, was du ihm gerne sagen würdest oder musst.«

Saskia hob ihren Kopf an und gab ihm eine Ohrfeige.

»Okay. Gut. Wir haben es mit einer aggressiven Saskia zu tun!«, scherzte er und traf Leo recht gut mit seinem Verhalten.

Saskia sah ihn mit ernster Miene an. »Ich will eine Chance

haben, Niklas wieder zu mir zu holen. Aber keiner glaubt mir. Niemand will meine Geschichte hören. Ich vermisse meinen Kleinen so. Es war nicht einfach, als Leo gestorben ist. Er wollte nur seinen Vater wiederhaben. Aber wir lieben uns doch trotzdem. Er ist doch mein Kleiner … Niki gehört nach Hause. Nicht zu seinen Großeltern.«

»Sollen wir ihn gemeinsam suchen? Die müssen dir doch die Chance geben, dich zu erklären.«

Saskia riss ihre Augen weit auf. »Du. Du musst sie anrufen. Am besten per Videochat. Die denken, dass du Leo bist. Direkt bringen sie Niklas heim! Bitte! Das musst du für mich tun!«

Er kratzte sich am Kopf. »Du magst Lügen genauso wenig wie ich.«

»Aber es ist für einen guten Zweck«, versuchte Saskia, ihn zu überzeugen.

Max brummte. »Was sagen wir ihnen, wenn sie hier sind? Ups, sorry, mein Fehler?«

»Bitte! Ich will doch nur meinen Jungen wieder haben. Wenn sie dich sieht, bleibt vielleicht ihr Herz stehen oder so. Dann hat sich das Problem sowieso von selbst erledigt.«

»Saskia!«

»Was denn? Hast du etwa Mitleid mit der Frau, die mir eine sorgende Oma vorgespielt hat, aber stattdessen alles gegen mich verwendet hat, was es gab?«

Er seufzte. »Hast du Leos altes Handy? Dass sie sofort sieht, wer anruft?«

Sie schüttelte den Kopf, aber zeigte ihm die Nummer der Schwiegereltern auf ihrem Handy. »Du musst von deinem Handy anrufen. Mich haben sie blockiert.«

Max wählte die Nummer und wollte auf das Videochat Symbol gehen, doch zögerte.

»Wir lügen nicht nur deine Schwiegereltern an, sondern auch Niklas. Ist dir das bewusst? Er wird hier ankommen mit dem Gedanken, seinen Vater wieder zu haben. Stattdessen stehe ich da.«

»Und wenn du es uns allen vorspielst?«

Er zog die Augenbrauen zusammen. »Saskia, ich habe mittlerweile verstanden, wie abhängig du von ihm bist. Aber das kann und will ich nicht verantworten. Findest du das deinem toten Mann gegenüber fair?«

Sie räumte ein, vorschnell gehandelt zu haben. »Und wenn wir einfach so von deiner Nummer aus anrufen?«

»Sie hat doch immer aufgelegt, wenn sie deine Stimme gehört hat, oder?«

Saskia schmollte. »Würdest du nicht wissen wollen, wie es Mia geht? Ich habe seit Monaten kein Lebenszeichen mehr von ihm bekommen. Ich weiß nicht mal, ob es ihm gut geht oder er noch lebt. Bitte Max.«

»Na gut. Wir machen es.«

Sie lächelte und hielt euphorisch das Handy in den Händen. Es dauerte eine Weile, aber dann schien jemand abzuheben.

»Hallo?«, hörte sie die Stimme eines kleinen Wesens.

»Niki? O Gott, bist du es?«

»Mami?«

Saskia blickte mit großen Augen Max an und musste die Freudenтränen unterdrücken. »Mein Schatz, schau mal. Das ist ein Videoanruf. Ich sehe nur dein Ohr«, schmunzelte sie.

Es dauerte einen kurzen Moment, bis Niklas das Handy auf sich gerichtet hatte. »Mami!«

»Baby, gehts dir gut? Mami vermisst dich ganz doll. Du bist so groß und hübsch geworden!«

Niklas drehte sich ängstlich um. »Oma kommt vom Einkaufen heim. Wenn sie das mitkriegt … Ich habe dich lieb, Mama.«

»Großer, warte! Wo seid ihr denn? Ich komme dich holen!«

»Besser nicht, Mama.«

»Doch. Du musst wieder nach Hause kommen. Du glaubst doch etwa nicht, was Oma und Opa sagen?«

Niklas schaute traurig in die Kamera und legte auf.

Aufgewühlt sah sie in Max Augen. »Haben die das echt erreicht? Dass mir sogar mein eigenes Kind nicht mehr glaubt?« Sie konnte nicht mehr still sitzen. Sie lief in der Wohnung auf und ab und zertrümmerte einen Tonwalfisch auf dem Sideboard.

»Saskia, hey. Beruhig dich bitte. Dieses Mal ist Niklas rangegangen, aber das nächste Mal vielleicht Gundula oder Hans. Ihr seid doch erwachsen. Ihr müsst das vernünftig klären können.«

Ihre Lippen zitterten und Tränen kullerten über ihre Wangen. »Sie haben Niklas so stark beeinflusst, dass er gar nicht mehr nach Hause kommen will. Verstehst du? Er will nicht mehr nach Hause!«

Sie sank an der Kücheninsel nieder und weinte. Max legte Leonie in den Stubenwagen und kniete sich vor Saskia. Er schob sanft ihr Kinn nach oben, sodass sie ihm ins Gesicht sah. »Wir werden uns gemeinsam etwas überlegen, okay? Ich verspreche dir, dass Niklas bald wieder bei dir ist. Du kennst ihn doch. Mama und Papa waren seine Welt. Alles, was andere auf ihn eingeredet haben, war ihm doch egal. Daran hat sich sicher nichts geändert. Du hast erzählt, dass Niklas den Unfall gesehen hat. Wieso sollte er plötzlich den Großeltern glauben, hm?«

Saskia nickte. »Wir waren seine Welt. Er war nie gerne bei Oma.«

»Genau. Das ist er sicher jetzt auch nicht. Er versucht, seine Oma nicht zu verärgern, so würde ich es auch tun. Vielleicht versteckt er das Handy und versucht, dich noch einmal anzurufen … Wenn sie schlafen. Er ist zwar klein, aber ein verdammt pfiffiges Kerlchen.«

Sie wurde von ihm in die Arme geschlossen.

»Lass dich nicht so hängen. Wir bekommen das alles wieder hin, mein E.« Er räusperte sich. »Saskia.«

Sie lehnte sich aus der Umarmung. »E? ›Mein E‹ wie Engel?«

Max schluckte und sah zu Boden. »Hat er das immer zu dir gesagt?«

»Ja! Wieso wolltest du so etwas gerade sagen?!«

Er kratzte sich am Kopf. »Auch wenn es nicht so scheint, meine Frau und ich haben uns ebenso geliebt. So einen Moment hatten wir lange nicht mehr.«

Unentschlossen löste sie sich aus seinen Armen und beobachtete ihn grimmig. Er verhielt sich wie Leo und im letzten Moment bekam er mit einer Erklärung noch mal die Kurve.

»Ich wollte dich nicht verunsichern. Es tut mir leid.«

Saskia nahm sich aus dem Kühlschrank eine Tequila Flasche und nippte daran.

Max räusperte sich. »Saskia. Lass die Flasche stehen. Bitte! Das hilft keinem!«

»Was weißt du denn schon? Ich glaube, dein Leben ist nicht mal ansatzweise so verkorkst wie meins!« Sie schüttete den Alkohol in hohen Maßen in sich. Das vertrug sie nie gut, weshalb sie innerhalb weniger Sekunden ihre Fassung verlor.

»Saskia, du trinkst doch keinen Alkohol. Was tust du denn da?«

»Ich wiederhole mich gerne: Woher willst du das denn wissen?«

»Alkohol ist Gift, besonders wenn du den Tequila so ungebremst in dich rein schüttest. Ich sehe keine Fläschen, das ist nicht gut, wenn du Leonie stillst.«

Sie knallte die Flasche gereizt auf die Kochnische und brüllte: »Was hast du mir schon zu sagen? Mein Leben ist vorbei, weil ihr Vater zu strack gewesen ist, einfach mal daheim zu bleiben, wenn man es gefordert hatte. Ich hätte ihn gebraucht, aber immer wieder waren diese Reisen wichtiger als wir. Ja, für die Kasse. Dass ich hier leben kann. Und hat es sich gelohnt? Niklas hat sein Erbe bekommen und wo ist Niklas? Nicht bei mir! Ich kann mir dieses Haus nicht mehr leisten! Ich kann mir gar nichts mehr leisten! Leonie ist so anhänglich. Ich habe keinen, der auf sie aufpasst. Wann soll ich da arbeiten gehen? Also mein Gott, lass mich an diesem Tequila nippen. Dann bin ich im Rausch wenigstens seit einem Jahr wieder glücklich!«

Max rieb sich an der Stirn, sah sich um und nahm Saskia die Flasche ab. »Leo hatte bestimmt einen guten Grund«, nahm er für ihn Partei an.

»Ja, wahrscheinlich eine hübsche Blondine mit Körbchengröße Doppel D«, meinte sie und riss die Flasche aus Max' Armen.

»Wieso sollte er dich betrügen?!«, meckerte Max gereizt.

»*Weil!* Machen doch irgendwann sowieso alle! Vielleicht war er nie so toll, wie alle dachten.«

Max verdrehte die Augen. »Denkst du das wirklich? So wie du immer von ihm gesprochen hast, dachte ich, er wäre ein Heiliger.«

»Ein heiliges *Arschloch*, das seine Frau und sein Kind immer wieder alleine gelassen und uns vor einem Jahr ganz verlassen hat!«, antwortete sie zickig.

»Saskia. Bitte!«

»Seine Leiche wurde nie gefunden, vielleicht sitzt er irgendwo in Venice Beach mit seiner neuen Familie und genießt dort sein Leben, während ich hier an seinem angeblichen Tod zugrunde gehe.«

»Saskia!«, wiederholte Max mehrfach und rieb sich durch sein Gesicht. Seine Gedanken machten ihm schwer zu schaffen. Er konnte es nicht mehr lange kontrollieren, sie für sich zu behalten. Nicht zuletzt eine Folge seiner Hirnschäden, durch die er eine mangelnde Impulskontrolle besaß.

»Du kennst ihn nicht, also brauchst du ihn nicht zu verteidigen. In den drei Monaten hatte ich ihn einmal angerufen und eine Frau hob ab. Vielleicht ist das die Neue an seiner Seite. Vielleicht war ich nicht mehr gut genug und er hat uns so verlassen, weil alles andere zu seiner Persönlichkeit und unserer märchenhaften Liebesgeschichte nicht gepasst hätte.«

»Saskia! Er würde dich sicher nie betrügen, dazu hätte er wirklich keinen Grund gehabt! Er kann sich nicht mehr verteidigen, also tu ihm kein Unrecht!«

Saskia verdrehte bloß die Augen und nippte erneut am Tequila.

»Mir hat es immer gegraut vor diesen Reisen. Ich habe ihn mit Niklas angefleht, sie nicht zu tun. Es gab doch andere in seinem

Unternehmen. Denkst du, es war erfreulich für mich, immer wieder alleine zu Hause zu sitzen, seitdem seine Firma so erfolgreich war? Eine Fernbeziehung war es doch fast nur noch. Wenn ich ihn vor die Wahl gestellt hätte, ob er sich für die Firma oder für mich entschieden hätte, hätte er sicher die Firma genommen … Nach alldem, was 2010 passiert ist.«

Bei diesem Satz schwoll Max´ Zornesader immens an. »Hast du noch alle Tassen im Schrank? Denkst du, ich wäre derart gefühlskalt und würde mich lieber für den Beruf als für dich entscheiden?!«

Kapitel 20

Erschrocken fuhr sich Max über die Lippen und schluckte. Diese Gedanken hatte er für sich behalten und keinesfalls laut aussprechen wollen.

Ungläubig schaute Saskia ihr Gegenüber an und schüttelte den Kopf: »Was hast du da gerade gesagt? Habe ich das richtig verstanden? *Du* würdest *dich* für mich entscheiden?!«

Bevor er Saskia eine Antwort liefern konnte, trat er gegen die Kücheninsel und fluchte vor sich hin.

Mit weitaufgerissenen Augen verschränkte Saskia perplex die Arme. »Dürfte ich dich fragen, was das soll? Du hast eben gesagt, du spielst für fünf Minuten Leo. Sind wir noch in den fünf Minuten oder was hat das zu bedeuten?!«

Innerlich explodierte Max fast vor Wut, doch wenn er ihr eine ehrliche Antwort geben würde, wäre alles anders. Er würde alles aufs Spiel setzen … Aber er konnte es nicht mehr für sich behalten. Er musste raus mit der Sprache.

Langsamen Schrittes näherte er sich dem großen Hochzeitsfoto an und stellte sich neben Leo. Für einen Moment schloss er die Augen und war sich sicher. *Ich würde das schon alles hinbekommen,* dachte er und murmelte: »Saskia, ich bin.«

Doch bei seinem Erklärungsversuch wurde er unterbrochen, weil das Telefon klingelte. Da Saskia aus Versehen den grünen Hörer zweimal drückte, konnte Max durch die Lautsprecherfunktion mithören. »Ha-ha-ha-ha. Piep. Piep. Piep. Pieeeeeeeeeeeep. Wenn du so weiter machst, wird dein Baby bald nicht mehr bei dir sein. Willst du neben Niklas auch noch Leonie verlieren? Du hast die Wahl. Es bleibt deine Entscheidung, was du hier gerade riskierst!«, drohte eine verzerrte Stimme und lachte zum Abschluss gehässig.

Saskia stellte mit zittrigen Händen das Telefon zurück auf die Station und torkelte zur Kücheninsel. Ein weiterer Schluck

Tequila wanderte in ihren Körper. Sie hatte keinem Menschen etwas getan. Wieso wurde ihr schon wieder gedroht?

Ihr Blick schweifte zu Max, der sich kritisch umschaute. Er riss Saskia den Tequila aus den Händen und schüttete den Rest in sich. Dann stellte er die leere Flasche ab und legte seine Hand an Saskias sanfte Wangen. »Saskia, das Leben hat manchmal ganz böse Überraschungen für dich parat. Du kannst etwas Grauenvolles überleben, von dem du im Moment des Passierens glaubtest, zu sterben. Du denkst an deine Familie und willst nur zu ihr. Das Leben ist ein Berg, auf den du steigen musst, aber auch fallen kannst. Die Höhen und Tiefen musst du meistern, denn irgendwann. Verstehst du, *irgendwann* gibt es ein Happy End. Und wenn du das noch nicht erreicht hast, dann ist es auch noch nicht das Ende.«

»Wusste gar nicht, dass du poetisch unterwegs bist«, lallte sie.

Max sah auf den Boden und bemerkte, dass Saskia den Kern seines Satzes nicht verstanden hatte. »Hey, schau mich an.«

Sie lächelte, sah ihm direkt in die türkisblauen Augen und gluckste.

»Du musst seit zwölf Monaten unheimlich viel durchmachen. Aber *irgendwann* wird sich das auszahlen. Okay? Du musst jeden Tag aufs Neue kämpfen. Du musst stark bleiben. Irgendwann kommt der Tag, an dem es sich lohnen wird, stark gewesen zu sein.« Er schaute auf den Boden, griff Saskias Hand und drehte an ihrem Ehering. »Es werden absurde Forderungen von dir gestellt, aber du tust es für die Menschen, die du liebst. Weil sie dir alles bedeuten und du jederzeit dein Leben für sie opfern würdest ...«

Saskia bewegte ihren Kopf näher zu seinem, um ihn zu küssen. Er ließ ihre Hand los und trat einen Schritt zurück. »Saskia, nicht«, merkte er an und hielt sie davon ab, ihn zu küssen. Unsicher sah sie ihn mit ihren großen Rehaugen an und hatte seine Worte vermutlich nicht begriffen.

Kapitel 21

Saskia hatte Max von ihrem Wunsch, ihr Studium zu beenden, erzählt. Er wollte ihr unbedingt helfen, daher war es ihr möglich, zum Wintersemester 2011/2012 ihr letztes Semester der Medizin zu absolvieren. Max sicherte ihr seine Unterstützung zu: Während Saskia morgens die zweite Hälfte ihres praktischen Jahres im Klinikum rechts der Isar bewältigte, kümmerte er sich um Leonie. Wenn sie am Mittag oder zu den Abendstunden nach Hause zurückkehrte, gingen die beiden mit Leonie spazieren. Danach fuhr Max gewöhnlich nach Hause und Saskia ließ den Tag mit ihrer kleinen Prinzessin ausklingen. Zwar war es anstrengend zu arbeiten, zu lernen und ihre kleine Maus großzuziehen, aber sie hatte ein neues Ziel in ihrem Leben entdeckt und konnte die Trauergedanken dadurch endlich größtenteils beiseitelegen. Außerdem tüftelten sie nebenbei an einem Plan, die Großeltern gemeinsam mit Niklas zurück nach München zu locken.

Zudem mochte ihre Tochter den Patenonkel Max sehr, weshalb es nicht allzu bedauerlich gewesen ist, dass sie ihn öfter unter der Woche sah als ihre Mutter. Freitags fragte Max Saskia über die gesamten Themen der Woche ab, sodass sie effektiv vor- und nachbereitet war. Auch wenn sie Max im Glauben ließ, seine Identität endlich zu akzeptieren, hatte sie sich im Internet einen Vaterschaftstest bestellt. Der Lichtblick, der sich aus dem positiven Befund ergeben sollte, fand inzwischen eine neue Definition :Max unterstützte sie mit allen Mitteln, die er hatte.

Zum ersten Mal – seit sie Leo kannte – dachte sie, dass sie auch ohne ihn glücklich werden könnte. Sie träumte sich ihre Zukunft aus: Morgens würde sie die Kinder in die Schule fahren, dann arbeiten und den ganzen Nachmittag für Niklas und Leonie freischaufeln. Ob es jemals einen neuen Mann geben würde, war kein Gedanke, den sie momentan verschwendete. Ihre Vorstellungen widmeten sich ausschließlich der Medizin und einem daraus resultierenden schönen Leben für ihre Kinder.

Max gab ihr den Lebensmut zurück und unterstütze sie so, wie es Leo getan hätte. Es brauchte manchmal viel Überredungskunst, sie von einer neuen Gelegenheit zu überzeugen, aber es funktionierte immer wieder. Sie kam unter Leute durch ihre zahlreichen Spaziergänge im Englischen Garten, durch Kinobesuche oder Ähnliches. In der Zeitung erfuhr Max zufällig am Morgen des zehnten Dezembers von einem Ärzteball am Klinikum rechts der Isar, der am Abend stattfinden würde, und schlug Saskia vor, dorthin zu gehen.

»Und was genau soll ich da?«, war die klassische Frage, wenn er ihr etwas nahelegte, was nicht in ihren eigenen vier Wänden stattfand.

»Dich amüsieren, Spaß haben, das Leben genießen?«

»Keine Lust, ich muss lernen.«

Max verdrehte die Augen. »Willst du mir ernsthaft weiß machen, dass du heute um 22 Uhr noch lernst?«

»Ja, okay. Hast ja recht. Ich will da aber nicht hin.«

»Das wird bestimmt lustig. Außerdem könntest du neue Leute kennenlernen!«

Sie zuckte wenig begeistert mit den Achseln.

»Träumt nicht jedes Mädchen von einem Ball? Es ist nur ein märchenhafter Abend.«

Saskia kniff ihre Augen zusammen. Sie hatte sich früher immer geärgert, dass es keinen Ball an ihrer Schule gegeben hatte. Unter normalen Umständen wäre sie natürlich zu diesem Ball gegangen, aber das kam ihr alles zu früh. Das letzte märchenhafte Erlebnis, an das sie sich erinnerte, war ihre eigene Hochzeit gewesen.

Max zog sie ins Schlafzimmer, öffnete ihren Kleiderschrank, nahm zwei schicke Abendkleider heraus und streckte sie ihr entgegen. »Anziehen, anschauen, nachdenken, ausflippen, hingehen, Spaß haben!«

»Ich mache das nicht.«

Er raunte. »Wovor hast du Angst?«

»Ich habe keine Angst!«

Max legte die Kleider auf das Bett und seufzte: »So widerwillig warst du auch, als ich dich zum ersten Mal in den Englischen Garten, ins Kino oder einfach nur zum Bummeln in die Stadt mitgenommen habe. War das so schlimm gewesen?«

»Nein, aber …«

»Da ist kein Aber, Saskia. Ich fahr dich hin und komme dich wieder abholen. Wenn es scheiße ist, ruf mich an und ich bin in zwei Minuten da. Aber du hast nichts zu verlieren, wenn du da hingehst.«

Sie kaute auf ihrer Lippe herum und war nach wie vor davon überzeugt, dass es falsch war, dort aufzukreuzen. »Aber ich kenne ja keinen.«

»Natürlich kennst du welche. Was ist mit diesem Daniel? Der ist doch ganz nett.«

»Meinst du Damian?«

»Oder so. Der freut sich bestimmt, wenn er dich dort sieht. Außerdem ist der nur ein Jahr über dir, oder? Der kann dich seinem ganzen Freundeskreis vorstellen.«

»Ich weiß nicht …«

»Komm schon. Willst du ewig hier zu Hause rumsitzen und dein Leben bemitleiden?«

»Du hast leicht reden.«

Er verdrehte seine Augen. »Komm mir nicht so! Soll ich dir noch mal erklären, wie unwahrscheinlich es ist, dass ich heute hier stehe?«

»Okay, ist ja gut.«

»Das heißt, du gehst?«

»Vielleicht …« Sie schlurfte zum Bett und sah sich die Kleider nachdenklich an. »Leo hat immer gesagt, dass ich in dem wie eine Prinzessin aussehe«, murmelte sie.

»Dann zieh es an und ich sage dir, ob er recht hatte.«

Nach langer Überredungskunst hatte es Max tatsächlich geschafft, dass Saskia auf den Ball ging. Sie rief ihn nicht sofort an, aber ihr fiel es verdammt schwer, sich irgendwie zu amüsieren. Alle tanzten, lachten und hatten Spaß. Sie stand eine Weile nur da und beobachtete alle.

Damian entdeckte sie irgendwann und zog sie mit auf die Tanzfläche. Komischerweise liefen später Schlager, wobei er sich massig ins Zeug legte, ihr ein Lächeln ins Gesicht zu zaubern. Ihm war nicht entgangen, dass sie etwas bedrückte. Also erklärte er es zu seiner Hauptmission des Abends, ihr ein Lächeln abzulocken. Nach dem hundertsten Versuch konnte sich nicht mehr zurückhalten und prustete laut los, was ihm sehr gefiel. Denn so hatte er sie noch nie gesehen.

Im weiteren Verlauf des Abends unterhielten sie sich ausgiebiger und tranken einen Shot nach dem nächsten.

»Leo! Bleib hier, das wollte ich nicht! Ich weiß nicht, wie das gerade passieren konnte. Der hat mich geknutscht, ich konnte nichts dafür!«, brüllte eine hysterische Frau über die gesamte Tanzfläche.

Leo.

Da war es wieder. Das Thema, das für einen kurzen Moment aus ihrem Kopf verschwunden war.

Als Damian neue Drinks besorgte, ergriff Saskia stürmisch die Flucht. Sie fühlte sich schlecht. Es fühlte sich verdammt falsch an, nach einem Jahr wieder Spaß zu haben. Ihr Mann hatte einen qualvollen Tod erlebt und sie ging einfach dem Alltagsleben nach?

Sie nahm sich zwei Sektflaschen mit und schüttete die sprudelnde Flüssigkeit ungeachtet in sich. Sie war zu betrunken, um sich im Gebäude noch orientieren zu können, und irrte umher. Damian hatte sich inzwischen auf die Suche nach ihr gemacht und rief immer wieder ihren Namen. Er machte sich Sorgen.

Erschrocken sah sie ihn auf sich zukommen, blickte zur Aufzugstür, die sich in jenem Moment geöffnet hatte, und hastete hinein. Sie drückte wahllos sämtliche Knöpfe und hoffte, dass sich die Tür noch rechtzeitig schloss.

Wie sie am nächsten Tag zu Hause in ihrem Bett aufwachen konnte, war ihr ein großes Rätsel. Denn sie war definitiv nicht mehr in der Lage gewesen, Max anzurufen. Total verkatert zog sie sich wieder die Decke über den Kopf und hasste sich dafür, gegen ihren Willen gestern Abend dorthin gegangen zu sein.

Am Morgen des 15. Dezembers 2011, am Geburtstag Leos, beschloss Saskia, nicht ins Klinikum zu gehen. Nicht, dass sie die letzten Monate nicht mehr an Leo gedacht hätte – zuletzt hatte sie der Ärzteball schmerzlich daran erinnert, wen sie verloren hatte –, aber dieser Tag setzte ihr noch mehr zu. Es war der zweite Geburtstag ihres Mannes, den er nicht mehr miterlebte. Mittlerweile wäre er achtundzwanzig geworden. Am vorherigen Tag sagte sie Max Bescheid, dass er nicht babysitten müsse, da sie sich an jenem Tag freigenommen hatte. Als wäre der Tag nicht schlimm genug, war es ausgerechnet auch jener Tag, an dem der Unfall passiert war, für den sie sich bis heute nicht rechtfertigen konnte.

Sie blieb nach dem Aufstehen im Schlabberlook, kuschelte sich mit ihrer kleinen Tochter auf die Couch und schaute einen Liebesfilm. Ein Blick auf ihr Handy verriet ihr, dass Paul am Nachmittag vorbeikommen wollte, um seinem Schwager zu gratulieren. Es wurde Zeit, ihm die Wahrheit zu sagen. Aber das konnte sie noch nicht, also suchte sie nach einer neuen Lüge, um ihren Bruder abzuwimmeln.

Leo und ich sind heute gar nicht zu Hause. Vielleicht die Tage mal! :)

Sie suchte in der Galerie ein passendes Bild aus einem Wellnesshotel und sendete es ihm als Anhang.

Wollte meinen Schatz verwöhnen.

Paul öffnete die Nachrichten sofort.

Sasi? Alles okay? Wir wollen uns seit Oktober treffen. Du hast mich zwar vom Flughafen abgeholt, aber seitdem haben wir uns nicht mehr gesehen. Niki und Leo habe ich seit über einem Jahr nicht gesehen. Was ist los? Wir haben uns früher fast jedes Wochenende getroffen.

Saskia schluckte und starrte die Nachricht an. Dann leuchtete das Display mit Pauls Bild auf. Er rief an.

Scheiße …

Im selben Moment klingelte es an der Haustür.

Ist er das etwa?

Saskia stand auf, ging mit Leonie auf dem Arm zur Tür und schaute durch den Spion.

Max – ein Glück!

Sie öffnete die Haustür.

»Guten Morgen«, sagte er mit einer freundlichen Stimme und lächelte.

»Morgen! Ich hatte doch gesagt, du brauchst nicht zu kommen!«, entgegnete Saskia, aber bat ihn dennoch herein.

»Kannst du einfach kurz etwas am Telefon sagen?«

Er kniff die Augen zusammen. »Ähm, wieso?«

»Mein Bruder ist im Ausland. Er studiert Jura und ich habe ihm das mit Leo nicht erzählt. Er würde heute achtundzwanzig werden. Ich will es ihm erst sagen, wenn er zu Hause ist.«

»Ja, okay«, willigte Max ein.

Saskia nahm das Gespräch an und stellte auf Lautsprecher. »Hey Pauli.«

»Wenn ich schon nicht vorbeikommen darf, möchte ich ihm gern persönlich gratulieren. Würdest du ihn mir geben?«

»Klar«, antwortete sie und sah Max erwartungsvoll an.

»Servus«, grüßte Max.

»Mensch, dich gibt´s ja doch noch! Alles Gute zum Geburtstag, mein lieber Schwager!«

»Ja, klar. Danke dir!«

»Hättest du Lust, wieder unsere übliche Joggingrunde am Morgen im Englischen zu drehen? Habe mir in Neuseeland ein paar Kilo drauf gegessen.«

Max wanderte mit seinem Blick fragend zu Saskia, die ihn offensichtlich angelogen hat.

»Eigentlich gerne, aber hat Saskia dir nicht erzählt, dass ich mir … das Kreuzband gerissen habe?«

»Schwager, was hast du denn angestellt?«

»Na ja, zu viel mit Niki gekickt. Kennst ja den Kleinen, nicht zu bändigen.«

»Du Paul, unsere Masseurin kommt. Wir müssen Schluss machen! Tschau!«, mischte sich Saskia wieder ein und beendete das Gespräch.

Max verschränkte skeptisch seine Arme. »Fräulein von Ehr, ich dachte, Sie stehen nicht auf Lügen?«

Saskia pikte ihm in die Seite. »Na ja, hast meinen Mann exzellent getroffen. Vor allem mit deinem Fräulein gerade«, kicherte sie und dachte wieder an den Vaterschaftstest. Sie musste ihn heute oder morgen unbedingt zur Post bringen! »Was beschert uns denn dein Besuch?«

»Ich habe jetzt einmal für dich gelogen, aber das klärst du auf. Verstanden?« Er fuhr sich durch sein dunkles Haar und lenkte auf sein eigentliches Vorhaben: »Habt ihr zwei heute schon etwas vor?«

Saskia schüttelte lächelnd den Kopf.

»Okay. Dann gibt's eine kleine Überraschung für die Damen.«

Auf der Fahrt liefen klassische Weihnachtslieder, die die beiden lautstark mitsangen. Sie warfen sich immer wieder ein breites Grinsen zu. Saskia spürte zum ersten Mal seit Langem das Gefühl, wunschlos glücklich zu sein. Im letzten Semester kam sie trotz längerer Abstinenz gut mit, Leonic war gesund und putzmunter und die Zeit mit Max fühlte sich wundervoll an. Sie lächelte viel, obwohl sie am zehnten September letzten Jahres dachte, ihr Lächeln für immer verloren zu haben.

Als sie am Tegernsee nach einer Stunde angekommen waren, zog sich Saskia die niedliche Wollmütze mit Puschel auf, ihre Handschuhe an und wartete kichernd auf Max, der Leonie in den Schlitten setzte.

»Mama, ziehst du uns?«, scherzte er und zwinkerte Saskia zu.

Diese zeigte ihm die Zunge und schoss ein Foto zur Erinnerung. Nachdem Max das Auto verriegelt hatte, gingen die drei los. Leonie quietschte vor Glück und griff nach den Schneeflocken, die langsam vom Himmel rieselten. Saskias Miene trübte sich, als sie wieder an das Datum des heutigen Tages dachte. »Mein Mann wäre heute achtundzwanzig geworden.«

Max seufzte und nahm sie in den Arm. Ihr Lächeln verschwand und ihre Lippen zitterten. Durch das Studium konnte sie Gedanken an ihn weitestgehend verdrängen, aber an diesem Tag quollen alle vulkanartig nach oben. In ihre Augen schossen Tränen. Das versuchte Max schleunigst zu verhindern, indem er sie kitzelte. Saskia fiel in den Schnee am Wegrand und schwor ihm, sich dafür zu rächen. Max schnappte sich die Schnur des Schlittens und lief los.

Glücklich riss Leonie die Arme nach oben, jubelte und strahlte fröhlich vor sich hin, während Saskia Schneebälle formte und an ihrem Racheakt plante. Nach einer Kurve wurden die Passanten weniger, weshalb Saskia ihre Schneebälle auf Max werfen konnte. Er drehte sich lächelnd um. »Na warte, meine liebe Saskia!«, kündigte er an, stellte Leonie samt dem Schlitten auf die Seite und versprach ihr, gleich wieder da zu sein. Er lief auf Saskia zu, packte sie an der Hüfte, stemmte sie nach oben und ließ sie erst herunter, als er am Schlitten neben Leonie stand.

»Ach, wie gnädig von dir!«, scherzte sie und zog einen imaginären Hut.

Max zwinkerte Leonie zu, sah dann zu ihrer Mutter und

schubste sie in den Schnee. Die beiden rollten sich umher und lachten glücklich, als dieser eine besondere Moment entstand. Saskia lag auf Max und schaute in seine türkisblauen Augen.

Das Leuchten seiner Augen erwärmte ihr Herz, so wie es Leo mit jedem einzelnen seiner Blicke schaffte, den er seiner Frau zuwarf. Sie lächelte und beugte sich ein Stück weiter nach vorne. In Max´ Gesicht verzeichnete sich ebenso ein Ausdruck der Freude. Er legte seine Hand an Saskias Hinterkopf und führte diesen näher zu seinem. Sie spitzten ihre Lippen und küssten sich kurz. Unsicher wich Saskia zurück, aber konnte nicht nachlassen, lächelte und küsste ihn erneut.

Inniger, länger als zuvor.

Für einen Moment blieb ihre Welt stehen. Es war das gleiche Gefühl, das sie verspürte, wenn sie ihren Mann küsste. Tausende Schmetterlinge wirbelten in ihrem Bauch umher. Glückshormone wurden ausgeschüttet. Wärme durchflutete ihren Körper. Die türkisblauen Augen, in die sie blickte, verführten sie und ließen ihr Herz hüpfen. Saskia fühlte sich stärker zu ihm hingezogen als zuvor.

Nachdem sich die beiden eine Weile angestarrt hatten, standen sie auf und befreiten ihre Kleidung von Schneeresten. Sie lächelten sich weiter an. War es um Saskia geschehen? Hatte sie sich verliebt? Sie bemerkte nicht, dass Max Spaziergänger fragte, ob diese Fotos der drei schießen könnten. Sie stand plötzlich vor dem Tegernsee in Max´ Armen, der Leonie auf dem Arm hielt, und lächelte mit dem breitesten und natürlichsten Grinsen, das sie von sich selbst kannte, in die Kamera.

Max bedankte sich für die freundliche Tat der Spaziergänger und schaute sich die Exemplare an, während Saskia dastand und Max mit anderen Augen ansah.

Was wäre, wenn der Vaterschaftstest negativ wäre? Dann hätte ich ein großes Problem. Der Mann zieht mich so stark in seinen Bann. Aber würde ich Leo dann irgendwann vergessen? Ihn loslassen? Würde die Erinnerung an unsere gemeinsame Zeit schwinden?

»Sehr süße Familie übrigens!«, rief die Frau ihnen nach und marschierte weiter.

Diese Worte nagten an Saskia.

Familie? Sie sind keine Familie, Max ist bloß Leonies Patenonkel. Ich hatte die Liebe meines Lebens gefunden, ich suche nach keiner weiteren.

Unsicher nahm sie ihr Kind aus den Armen ihres Begleiters und drückte sie fest an sich. »Papa hat heute Geburtstag!«, flüsterte sie.

Leonie grinste und zeigte auf Max. »Dada.«

Ihre Mutter seufzte und sah zu ihm, der der kleinen Maus ein breites Grinsen schenkte. *Das ist nicht ihr Vater. Sie würde nie wissen, wer ihr Vater gewesen ist. Sie würde seine herzliche, bezaubernde Art nie kennenlernen.*

»Das ist nicht Papa, Süße!«, maulte sie und legte ein schnelleres Tempo fest.

Schweigsam bestritten sie einen langen Teil des Weges. Das Gefühlskarussell entbrannte in Saskias Körper, sie spürte, dass bei dem Kuss etwas in ihr passiert war, was sie nicht wollte. Sie wollte sich nicht neu verlieben, Leo war die Liebe ihres Lebens. Man konnte ihn nicht ersetzen und gewiss wollte sie es nicht. Außerdem sollte das nicht ausgerechnet an seinem Geburtstag geschehen … Generell sollte es für ihren Geschmack gar nicht mehr passieren.

Max griff Saskias Hand und entschuldigte sich für den Kuss. Sie schüttelte nur den Kopf. »Ich *wollte* es. Ich habe es mehr oder weniger erzwungen. Mein Fehler, nicht deiner!«

»Das ist nie passiert, okay?«

Saskia nickte. Ihr Gegenüber nahm den Rucksack nach vorne und öffnete ihn. Er hakte nach, ob sie eine kleine Pause machen und sich das Winterwunderland vor ihren Augen anschauen wolle. Nachdenklich willigte sie ein.

Er stellte den Schlitten hin, setzte sich und packte Spekulatius und Glühwein sowie eine Kuscheldecke aus. Saskia lehnte ihren Kopf an Max´ Schulter und genoss für einige Minuten den Ausblick.

Wie oft wanderten ihr Ehemann und sie auf die höchsten Gipfel in der Umgebung, saßen beglückt hoch oben auf der Spitze und schwiegen eine Weile.

Ihr fehlte das.

Nicht das Schweigen, sondern das Erzählen, das Herumalbern. Ihre Seele war nicht mehr komplett. Sie redeten viel miteinander, aber die Bergtouren blieben immer etwas Besonderes. Sie sicherten sich gegenseitig, vertrauten sich und schworen sich nach jeder Tour, für immer füreinander da zu sein. Wenn sie in den Armen Leos lag und sich so geborgen fühlte, wusste sie, dass sie zufrieden und sicher war und dass sie geliebt wurde. Sie brauchte nicht viel mehr in ihrem Leben außer ihn. Aber ihr Seelenverwandter war nicht mehr da.

Traurig wanderte ihr Blick zu Max. »Seit ich dich kenne, geht's mir besser. Ich kann besser mit der Tragödie umgehen ... Danke, dass du für mich da bist.«

Max seufzte, legte seinen Arm um sie und küsste sie behutsam auf die Stirn. »Saskia?«, flüsterte er.

Sie schaute zu ihm auf, ihr Herz schlug in diesem Moment schneller.

Er atmete tief durch. »Ich. Ich will dir schon seit Monaten etwas sagen, aber ich weiß nicht, wie und was es für Auswirkungen haben würde. Aber ich *will* und *kann* dich nicht mehr länger anlügen.«

Saskia lehnte sich zurück und sah ihn ernst an. »Ich hasse Lügen.«

»Ich weiß, Am...« Max unterbrach, da er einen Anruf bekam. Er nahm das Gespräch an. In Sekundenschnelle verfinsterte sich sein Gesicht und er schaute sich ruckartig um. So wie damals in der Klinik, als Saskia ihm den Drohbrief zeigte. Ohne etwas geantwortet zu haben, legte er auf und sah sie anders an. »Lass uns aufbrechen. Ein Sturm ist angekündigt.«

Saskia sah ihn misstrauisch an. Er log sie an, das stand nun fest.

Aber als er ehrlich sein wollte, bekam *er* einen Anruf. Als er in der Wohnung vor ein paar Wochen auf Leo zeigte und »Ich bin« sagte, bekam *sie* einen Anruf. Misstrauisch packte sie ihn am Arm. »Was wolltest du mir sagen? Und wer war das?«

»Das war meine Frau, die hat mir von dem Sturm erzählt«, antwortete er knapp, zog den Rucksack wieder auf und war bereit, um weiterzugehen.

Er wich ihrer Frage schon wieder aus. Saskia beschloss, unbedingt den Vaterschaftstest abzuschicken. Ihr Gefühl sagte ihr, dass auch Max bedroht wurde, jedes Mal, wenn er etwas aus seinem tiefsten Inneren erzählen wollte. Was, wenn er Leo wäre, aber es nicht sagen dürfte?

Sie gab sich – naiv wie sie war – geschlagen und ließ Max in Ruhe. Wenn er es nicht erzählen konnte, wollte sie nicht nachbohren. Sie hatte ihn so oft hinterfragt, vielleicht hatte seine Frau wirklich angerufen.

Am Himmel zog sich derweil tatsächlich ein Unwetter zusammen, was seine Aussage bestätigte. Die drei liefen zum nächstgelegenen Hotel und stellten sich im Vorbau unter. Saskia zitterte, da es luftig und kalt wurde. Max umschloss Leonie und Saskia mit seinen Armen und legte die Kuscheldecke über sie.

»Ich könnte zurücklaufen und den Wagen holen«, bot er an.

Saskia schüttelte den Kopf. »Auf keinen Fall. Wenn du von einem herumfliegenden Ast erschlagen wirst oder dich ein Blitz trifft! Nein, bleib bei uns!« Sie machte sich Sorgen um ihn.

»Du hast aber auch direkt ein paar Horrorszenarien auf Lager!«, scherzte er.

Saskia zuckte mit den Schultern. »Ich dachte auch nie, dass mein Mann bei einem Flugzeugabsturz sterben würde. Wobei Flugzeuge doch als sicherstes Verkehrsmittel gelten. Dennoch ist es passiert.«

Er nickte verständnisvoll und gab nach. Ein Blick zum Hotel brachte ihn auf eine Idee: Sie könnten die Nacht dort verbringen und am nächsten Morgen zurück nach München fahren. Saskia willigte ein und so saßen sie wenige Minuten später in einem warmen Doppelzimmer mit Ausblick auf den zugeschneiten und vereisten See.

Saskia und Max wollten direkt duschen gehen, um wieder warm zu bekommen. Zuerst kümmerte sich Saskia um Leonie, setzte sie in die Badewanne und wusch sie ein wenig. Nach einer kurzen Weile stieg sie dazu und genoss es. Den einzigen Gedanken, den sie in diesem Moment fassen konnte, war Max, der draußen saß und fröstelte. Sie beschloss, ihn zu sich zu rufen. Er konnte in die Dusche während Leonie und sie in der Wanne saßen. Das Angebot schlug er nicht ab und duschte sich.

Nachdem Saskia ihr Bad in vollen Zügen genossen hatte, schlüpfte sie in den bereitgestellten Bademantel, trocknete ihre kleine Tochter ab und zog ihr einen neuen Body an, den sie in der Wickeltasche immer mehrfach für den Notfall dabeihatte. Sie legte die Kleine in die Mitte des Doppelbettes und sah zu, wie die türkisblauen Augen ihres Mädchens zufielen.

Saskia betrat das Badezimmer, da sie vergessen hatte, ihre Unterwäsche mitzunehmen. Im Gegensatz zu ihrer Tochter trug sie für sich keine Wechselkleidung mit. Doch der Anblick Max´ fesselte sie, als dieser sich seine Haare und den restlichen Körper einschäumte. Sie biss sich auf ihre Lippe und ließ ihren Bademantel fallen. Innerhalb weniger Sekunden öffnete sie die Duschtür, platzierte ihre Hände an seinem Oberkörper und streifte mit ihren Fingern zur erogenen Zone.

Max lächelte und öffnete die Augen. Seine Hände wanderten langsam von ihrem oberen Rücken zur Hüftgegend. Saskia biss sich erneut auf die Lippe und legte ihre Hände um den Nacken ihres Gegenübers. Bevor er nachhaken konnte, ob sie das wirklich wollte, küsste Saskia ihn entschlossen und sprang ihm an den Leib. Seine Hände fassten ihren Po und er drückte sie gegen die Wand.

Für einen Moment verwarf sie all ihre Vorsätze, keinen anderen Mann mehr zu lieben als Leo. Oder doch für eine ganze Nacht?

Während das Wasser auf Saskias Kopfhaut prasselte und sie sich mit den Händen an Max´ Rücken festkrallte, konnte sie sich für die nächsten Stunden nichts anderes mehr vorstellen. Für lange Zeit waren ihre Gelüste in der untersten Schublade versteckt, aber dieser Mann schaffte es, sie herausprießen zu lassen. So sehr, dass Saskia ihn dazu brachte, im Bett bei Kerzenschein und leise rieselnden Schneeflocken weiterzumachen.

Kapitel 22

Als Saskia am nächsten Morgen aufwachte, bemerkte sie, dass sie splitternackt neben Max lag. Erschrocken hielt sie ihre Hand vor den Mund und war im ersten Moment wie versteinert. Sie konnte das, was passiert war, nicht begreifen. Enttäuscht von sich selbst verließ sie das Hotelzimmer, nachdem sie ihre Kleidung zusammengesucht hatte. Sie hatte ihren Mann betrogen. Sie fühlte sich schuldig und schlecht.

Benommen torkelte sie aus dem Zimmer und vergaß in ihrem Schockzustand ihre Tochter, die neben Max im Bett lag. In der Lobby bestellte sie sich ein Taxi, das sie nach Hause chauffieren sollte. Sie konnte nicht begreifen, was sie am gestrigen Tag getan hatte. Sie hatte Max zuerst geküsst, dann war sie zu ihm in die Dusche gestiegen und hatte sich den Sex mit ihm selbst erzwungen. Ihrem Gegenüber hatte sie kaum eine Chance gelassen, dies zu unterlassen. Sie schluckte und wischte sich eine Träne weg. Als Leo offiziell für tot erklärt wurde, schwor sie sich, nie wieder mit einem Mann zu schlafen oder sich gar zu verlieben. Diese Vorhaben hatte sie ausgerechnet an seinem Geburtstag verworfen?!

Mit zittrigen Fingern schloss sie die Wohnungstür, stellte die Tasche ab und wollte sofort duschen. Doch auf dem Weg zum Badezimmer wurde sie plötzlich von hinten gepackt. Ein kräftiger Oberarm lag um ihren Hals und drückte ihr die Luft ab. Saskia ruderte wild mit den Armen und versuchte, mit ihren Beinen den Mann zu treten und zu überwältigen, aber sie war wie gelähmt. Sie war der Gefahr ausgesetzt und konnte sich nicht wehren.

Als ihr ein Tuch vor die Nase gehalten wurde, fiel sie für eine Weile in Ohnmacht. Sie bemerkte nichts von alldem, was ein Fremder ihr antat.

Saskia schreckte plötzlich auf. Sie lag auf dem Küchentisch. Splitternackt. Sie schluckte und räkelte sich auf. Langsam watschelte

183

sie zum Spiegel und erschrak. Ihre Lippe war aufgeschnitten, die Partie rund um ihr linkes Auge war mit Kratzspuren versehen. Äußerlich sah man ihr eine Misshandlung an, ganz zu schweigen von den Schmerzen, die sie im Schambereich verspürte. Das Klingeln und Klopfen an der Haustür versetzten sie in eine Schockstarre. Ihre Hände zitterten.

»Saskia! Bitte mach die Tür auf! Ich mache mir wirklich Sorgen!!!«, rief die aufgebrachte Stimme Max´. Sie griff sich einen Bademantel und zog dessen Kapuze weit ins Gesicht, bevor sie die Tür öffnete.

»*Endlich!*« Max betrat die Wohnung und stellte Leonie in der Babyschale ab. »Was ist mit dir um Gottes willen geschehen?«, fragte er erschrocken.

Saskia drehte sich weg und wollte sich im Bad einschließen. Doch Max griff sie am Arm, was in ihr Reflexe auslöste, die sie eben gebraucht hätte. Sie schlug ruckartig seinen Arm weg.

»Saskia, lass mich dir helfen.«

Sie drehte sich um und schaute ihm zum ersten Mal in die Augen. Er schlug die Hände über dem Kopf zusammen und sah sie traurig und zugleich wütend an. »Wer war das? Ich bringe den um!«, schrie er aufgebracht, wobei er sich die Frage sparen konnte. Es gab nur einen, dem er das zu einhundert Prozent zutrauen würde.

Saskia zuckte mit den Schultern. Während sie sichtlich geschockt an der Wand niedersank, suchte Max nach verwertbaren Spuren, die den Täter entlarven könnten.

Ohne Beweis bräuchte ich den Namen nicht zu sagen. Das würde alles nur schlimmer machen, dachte er und grübelte weiter. Max entdeckte Blut auf dem Esstisch. »Hat er dich ... also. Hat er dich vergewaltigt?«

Saskia nickte und war nicht mehr in der Lage, den Tränenfluss zurückzuhalten.

»Dieses Schwein!« Er wollte Saskia mit einer Umarmung beruhigen. Sie verkroch sich aufs Sofa und umklammerte zitternd die Decke.

»Es tut mir so leid«, seufzte Max und wusste, dass er damit aufhören musste, was er tat. Langsam näherte er sich Saskia an. Das Vibrieren seines Handys lenkte ihn davon ab, zu ihr zu gehen. Er öffnete die Nachricht und wurde fuchsteufelswild. Er würde so gerne etwas an dieser miserablen Situation ändern, aber er konnte es nicht … Sonst würde Grauenhaftes passieren. Das, was schon geschehen war, war schlimm genug.

Reicht dir das noch nicht? Denk an das, was ich dir gesagt habe! Fernhalten oder Saskia und die Kinder …

Wutentbrannt schlug Max gegen die Wand und versuchte, einen kühlen Kopf zu bewahren. Seine Zornesader auf der Stirn schwoll dick an. Nervös lief er auf und ab. Es raubte ihm den Atem zu sehen, wie Saskia zitternd auf dem Sofa lag und weinte.

»Lass mich dir helfen«, bat er sie vorsichtig und setzte sich mit Abstand zu ihr auf die Couch.

Saskia rückte ein Stück weiter nach hinten zur Lehne und zitterte fürchterlich.

»Ich bin's, Max. Ich mache dir nichts. Hörst du? Ich will dir doch nur helfen«, säuselte er und rückte näher zu ihr.

Sie hob den Kopf und sah ihm tief in die blauen Augen. »Leo«, schluchzte sie und vergrub sich komplett in die Decke.

Max schlich zu ihr, zog ihr das kuschelige Fell vom Kopf, dass sie Luft bekam, und nahm sie behutsam in den Arm. »Scht. Alles ist gut, Saskia.« Er drückte ihr einen Kuss auf die Stirn und flüsterte: »Ich werde dich immer beschützen.«

Sie blickte vorsichtig zu ihm auf.

»Aber wir müssen zur Polizei. Der Täter muss gefasst werden, bevor er anderen so etwas antut. Okay? Lass uns hinfahren.«

Abwegig schüttelte sie den Kopf. Ihr war es unangenehm. Sie wollte nicht ein zweites Mal angefasst werden, dass die Polizisten Abstriche machten und ihre Verletzungen dokumentierten.

»Hey, du willst doch, dass das Schwein seine gerechte Strafe bekommt. Oder?«

Aufgewühlt blickte sie an ihm vorbei und schüttelte den Kopf. »Ich will das vergessen. Ich will nicht, dass mich jemand von den Polizisten anfasst. Niemand.«

Sollte Max ihr das zumuten? Wenn er schon den Verdacht hatte, dass der Übeltäter sicher keine Spuren hinterlassen hatte …

Er hielt Saskia für eine Weile einfach nur fest und gab ihr Sicherheit und Nähe. Er wollte sie zu nichts zwingen, wofür sie nicht bereit war und überließ ihr die Entscheidung, ob sie die Vergewaltigung zur Anzeige brachte oder nicht.

Saskia konnte sich zwar nicht recht von Max berühren lassen, aber sie stimmte unter Tränen seinem späteren Vorschlag zu, dass er diese Nacht bei ihr bleiben würde. Sie verspürte große Angst, alleine in der Wohnung zu sein, in die sich vor einigen Stunden jemand unbefugt Eintritt verschafft hatte.

Am Abend brachte er Saskia und Leonie ins Bett und beschloss, länger wach zu bleiben. Er wandelte in der Wohnung umher und schaute sich mit einem weinenden und lächelnden Auge die zahlreichen Fotos an.

»Was mache ich bloß hier«, seufzte er und suchte nach Papier und Stift, um sich zu verabschieden. Deutsch gehörte in der Schulzeit nicht zu seinen Stärken, aber seine Gefühle konnte er wie kein zweiter ausdrücken. Vor dem Unfall. Vor den Hirnschäden. Gequält rieb er sich den Kopf und warf seine Versuche, Saskia die Wahrheit zu sagen, in den Papierkorb.

»Verdammt, meine Tabletten«, fluchte er. Die lagen im Auto, das sicherheitsbedingt einige Straßen entfernt parkte. Leise nahm er seinen Schlüsselbund vom Tisch und sprintete zu dem Wagen und wieder zurück, sodass Saskia bloß nicht merkte, dass er weg gewesen war. Er drückte aus den Blistern die zahlreichen Pillen und schluckte sie auf einmal herunter. Mit einem Glas Wasser spülte er nach und wollte sich zurück an den Tisch setzen, um seine Worte niederzuschreiben. Doch ihm fielen zwei durchsichtige Tütchen auf dem weißen Sideboard im Flur auf. Neugierig schlurfte er dorthin und faltete den nebenliegenden Zettel auf. Er ahnte, was es zu bedeuten hatte, wenn zwei Tütchen mit ziemlich dunklen Haaren herumlagen.

Vaterschaftstest zwischen Leonie von Ehr und Max Leitner.

»Nicht, Saskia«, murmelte er und grübelte, wie er das verhindern konnte. Sein Blick wanderte etwas nach oben. Er schaute auf dem ihm gegenüberhängenden Hochzeitsbild Leo direkt in die Augen. »Grinse nicht so blöd«, nörgelte er und starrte das Päckchen mit seiner Probe an.

»Leo! Hilfe, Leo!«, schrie Saskia laut auf.

Erschrocken ließ er das Tütchen aus den Händen fallen und lief bewaffnet mit dem Wischmopp, der am Sideboard lehnte, ins Schlafzimmer. Er knipste das Licht an, Saskia saß verängstigt in der Ecke am großen Fenster und zitterte überall. Max sah sich um, entdeckte aber niemanden. Er stellte seine »Waffe« am großen Schiebetürenschrank ab und kniete sich zu Saskia auf den Boden. »Hier ist niemand. Alles ist okay, ich bin hier. Du musst keine Angst haben.«

Unsicher nickte sie und streckte ihm die Hände entgegen, dass er ihr aufhalf. »Ich hatte etwas gehört. Aber das warst wohl du«, sagte sie beruhigt und klammerte sich fest an ihn.

»Kannst du dich zu uns legen?«, fragte sie schüchtern mit Blick zu ihrem Baby, das Arme und Beine von sich gestreckt hatte, und seelenruhig schlief.

»Wenn du das möchtest«, flüsterte er und knipste im offenen Wohnraum die Lichter aus.

Sie zeigte auf die rechte Schrankhälfte. »Du kannst dir einen von Leos Pyjama nehmen«, bot sie an, auch wenn sie der Gedanke fertigmachte.

»Ist schon okay so«, gab sich Max mit seiner Jeans und dem Kapuzenpullover zufrieden.

Saskia zog eine Augenbraue nach oben. »Echt jetzt? Nimm dir wirklich einen! Es ist okay, ich würde nicht gerne in einer Jeans schlafen wollen!«

Max gab nach und nahm sich aus dem Schrank eine karierte Pyjamahose und ein graues V-Ausschnitt Shirt. Als er sich aus dem Hoodie kämpfte, sprang Saskia sofort das Herzmuttermal auf der rechten Brust ins Auge. Die winzigen Härchen auf ihrer Haut stellten sich auf, dicht gefolgt von einer Gänsehaut.

»Leo«, murmelte sie leise und starrte ihn wie einen Außerirdischen an.

»Ich weiß, ich sehe aus wie Frankenstein«, meinte Max mit Blick auf seinen vernarbten Oberkörper. Dann zog er sich das graue Shirt über und kletterte ins Bett. Beim Anblick ihres blauen, verkratzten Auges wurde ihm klar, dass er aufhören musste, ständig für sie da zu sein. Aus bloßen Drohungen wurde eine Vergewaltigung. Es würde besser für beide sein, wenn er verschwinden würde.

Doch konnte er das zu diesem Zeitpunkt noch? Saskia betonte in den letzten Wochen oft, dass sie wieder einen Sinn in ihrem Leben sehen würde, dass sie sich, seit sie ihn kennenlernte, wieder aufraffte und lächelte. Und die letzte Nacht sprach alles andere als dagegen, die beiden zurückzulassen.

Nachdenklich stützte Max seinen Kopf auf der Hand ab und beobachtete die schlafende Saskia, die schlecht träumte. Er seufzte, nahm sie fest in den Arm und kraulte ihren Rücken. Sanft strich er ihr durch die Haare und summte leise eines ihrer Lieblingslieder: *All of me* von John Legend. Sie legte ihre Hand an seine Brust und ihr Bein über seine. Er lächelte und flüsterte ihr etwas ins Ohr.

Kapitel 23

Saskia nahm am Morgen des Heiligen Abends die Kisten mit ihrer Weihnachtsdeko aus dem Keller. Zwar hatte sie die Vergewaltigung vor einer Woche nicht verarbeitet, aber für Leonie versuchte sie, sich ein wenig auf Weihnachten einzustimmen. Mit der kleinen Prinzessin auf dem Arm hing sie die Fensterbeleuchtung auf und schaltete diese ein. Etwas, das sie sonst immer mit ihrem Sohn tat.

Geht es ihm gut? Glaubt er wirklich seinen Großeltern, obwohl er bei dem Unfall dabei war?

Leonie zog Saskias Mundwinkel wieder nach oben und sah sie mit einem großen Grinsen an. Die Kleine konnte es absolut nicht leiden, wenn ihre Mutter schmollte.

Gedankenversunken zündete sie die Kerzen des Adventskranzes an, den Max ihr besorgt hatte. Es war mit Abstand ihre liebste Saison im ganzen Jahr. Es hatte jedes Jahr aufs Neue etwas Magisches durch die Straßen zu laufen und den Glanz einiger Lichterketten zu sehen. Über die Stereoanlage lief *Driving home for Christmas* von Chris Rea. Wie sehr wünschte sie sich ein Weihnachtswunder: Ihr Sohn sollte endlich nach Hause kommen.

Die kleine Leonie setzte sie auf dem Boden ab und stellte dann Wasser für einen feinen Bratapfeltee auf. Währenddessen zog sich ihre Tochter an einem der Stühle hoch und versuchte langsam auf den Füßen zu ihrer Mutter zu tapsen. Saskia zückte ihr Handy und filmte den Moment. Die Kleine quietschte und wurde danach von ihrer Mama gleich wieder losgeschickt. Mutter und Tochter genossen einen Moment für sich voller Freude und Heiterkeit, bis es an der Tür klingelte.

Sie hatte niemanden erwartet, dementsprechend schaute sie zuerst durch den Spion. Es war Max, weshalb sie lächelte und direkt öffnete. Er hatte eine große Tanne in der Hand. Außerdem stand eine dunkelblaue Tasche neben ihm. »Weihnachtsbaumservice Leitner. Bitte um Einlass, liebe Frau von Ehr!«, scherzte er und kam herein.

Saskia war überwältigt und sah zu, wie Max den Baum an den denkbar schönsten Platz für so eine beeindruckende Tanne stellte. »Wie? Ähm. Wieso bist du hier und bescherst uns mit einer Tanne?«, hakte sie ungläubig nach und versuchte, einen Blick in die große Tasche neben ihm zu werfen.

»Du bist alleine an Weihnachten und ich auch, also verbringen wir die Zeit doch einfach zusammen!«

Saskia lächelte, auch wenn sie nicht verstand, wieso Max Weihnachten alleine verbringen sollte: Er hatte Frau und Kind zu Hause sitzen. Oder?

»Hier sind noch Überraschungen für später drin, die bringe ich am besten ins Schlafzimmer, oder?«

Sie nickte und fühlte sich lausig. Max schien geplant zu haben, Weihnachten mit ihr zu verbringen. Sie hatte nicht mal etwas im Kühlschrank, was sie Ausgefallenes kochen könnten, geschweige denn einem Geschenk für Max.

Er kramte nach Saskias Anweisung die Boxen mit der Lichterkette und dem Christbaumschmuck aus dem Keller. Mit einer Nikolausmütze auf dem Kopf tanzte er in die Wohnung und dekorierte gemeinsam mit Leonie den Baum.

Als der Weihnachtsbaum fertig geschmückt war, beschloss Saskia, Plätzchen zu backen, bevor sie die Christmette besuchen würden. Max kümmerte sich um den Teig, während Saskia die ganzen Schränke und Schubladen nach den Ausstechförmchen absuchte. Sie hatte schon ewig keine mehr selbst gebacken, zuletzt hatten Leo und Niklas sie mit Plätzchen am Heiligen Abend 2009 überrascht.

»Das gibt's doch nicht!«, fluchte sie und durchforstete die Schränke erneut.

Max schob sie zur Seite und nahm die Förmchen aus der Schublade unter dem Backofen heraus. »Die Einzige, die du übersehen hast«, meinte er und schüttete Mehl in die klebrige Masse.

190

Ungläubig beobachtete Saskia ihren Partner des heutigen Tages. Ihre Gefühle, dass Leo neben ihr stand, wurden nicht weniger. Mit jedem weiteren Tag, den sie zusammen verbrachten, schrie ihr Inneres immer lauter.

»Hast du was?«, fragte er mit besorgter Stimme, weil sie seit wenigen Minuten regungslos neben ihm stand und keinen Ton herausbekam.

»Ich. Ach. Nichts«, stotterte sie und zeigte auf Leonie. »Wir gehen uns schon mal für die Messe fertigmachen.«

Mit einer frischen Windel und einem roten Weihnachtskleidchen kam Leonie laufend zu Max zurück. Zwar an der Hand ihrer Mama, aber sie lief und strahlte über beide Wangen. Max war in Gedanken vertieft und schob das letzte Blech mit Plätzchen in den Ofen. Er säuberte seine mehlverschmierten Hände an der Kochschürze und starrte die Fotowand direkt vor seiner Nase an.

Da Leonie die Aufmerksamkeit, die sie von ihm erwartete, nicht bekam, quietschte sie laut, um ihr Ziel zu erreichen. Er drehte seinen Kopf in ihre Richtung und Leonie ließ Mamas Hände los.

»Dada!«, rief die Kleine und watschelte zu ihm.

›Dada‹ hallte in Saskias Kopf. Leonie kannte ihren Vater nicht, sie konnte es ihrer kleinen Maus nicht verübeln. Aber Max widersprach nicht. Stattdessen kniete er mit ausgestreckten Armen auf dem Boden und wartete darauf, die kleine Leonie in die Arme zu schließen. Der kleine Sonnenschein setzte die Füße hastig voreinander und rief: »Dada!«

Er ist ihr Patenonkel, nicht »Dada«! Wieso zur Hölle widerspricht er nicht?

Dann hob er sie hoch und warf sie einmal in die Luft. Er lobte sie und gab ihr einen Kuss auf die Stirn. Saskia fuhr sich an die Herzkette aus Leos Paket und verschwand im Bad.

Ihr wurde übel.

Sie sah sich im Spiegel an. Vor einer Woche hatte sie mit einem anderen Mann geschlafen, heute war sie kurz davor Max schon wieder zu küssen. Wenn sie ehrlich war, ging ihr nichts anderes durch den Kopf, als ihn zu küssen und mit ihm erneut im Bett zu landen.

»Bleib von Max fern!«, ermahnte sie sich selbst und wusch ihr Gesicht mit kaltem Wasser. Während sie es mit einem frischen Handtuch abtupfte, klopfte es an der Tür.

»Saskia, hier ist jemand am Telefon für dich!«

Sie schloss das Bad auf und nahm im Flur den Hörer entgegen. »Ja?«

»Mama?«

Saskias Herz rutschte fast in die Hose. »Niki? Mein Schatz, bist du es?«

»Mami! Ja!«

»Ach, ist das schön, deine Stimme zu hören!« Mit einem weinenden und lächelnden Auge lehnte sie sich an die Badewanne.

»Mama, ich vermisse dich!«

»Ich dich auch! Mein Schatz, deine Schwester würde dich auch so gerne kennenlernen! Wo seid ihr denn? Kommt ihr bald wieder nach Hause?«

»Mama, ich glaube Oma nicht.«

»Du hast selbst gesehen, dass es keine Absicht von mir war.«

»Ja.«

»Verrätst du mir, wo du bist? Ich will, dass du wieder nach Hause zu uns kommst.«

»Ich kann nicht … Ich muss auflegen. Ich liebe dich, Mami!«

»Ich liebe dich auch, mein Großer! Sag mir doch bloß, wo du bist. Ich komme zu dir, mein Schatz!«, flehte sie, doch die Verbindung war schon abgebrochen.

Verweint trat sie eine Weile später aus dem Bad und stellte das Mobilteil auf die Station. Er nahm sie tröstend in den Arm und gab ihr einen Kuss auf die Stirn. »Hey, du weißt immerhin, dass es ihm gut geht! Wenn er seinen Großeltern glauben würde, hätte er dich nicht noch einmal angerufen, hm?«

Saskia nickte und löste sich aus der Umarmung. Viel mehr

Nähe konnte sie nicht unbedingt zu lassen. Immer wieder blitzten ihre Gedanken an dem Moment auf, in dem sie von hinten gepackt wurde und dann das Bewusstsein verlor. Max zog eine Schnute. Er merkte, wie schlecht es ihr ging. Das war der einzige Grund, wieso er nicht schon längst seine Zelte abgebrochen hatte. Er ließ sie an der geöffneten Badezimmertür stehen und schaute nach den Plätzchen im Ofen.

Sie hatte sich gegen Max´ Willen nicht an die Polizei gewandt und glaubte, es wäre ein Versehen gewesen. Besser gesagt, redete sie sich das ein. Sie erkannte die Gefahr nicht. Für Max war es Zeit zu gehen, bevor etwas Schlimmeres passieren würde. Aber in diesem Zustand konnte er Leonie und Saskia unmöglich im Stich lassen. Er konnte Saskias Befinden nicht recht einschätzen und hatte Angst, dass sie sich vollkommen verlieren könnte. Sie würde sich selbst und auch Leonie in Gefahr bringen.

Nachdem Max die fertigen Plätzchen aus dem Ofen geholt hatte, widmete er sich Saskia, die zu Boden gesunken war und in der Embryonalstellung auf dem nussbraunen Parkettboden zusammengekauert lag. Er seufzte: »Saskia, steh bitte vom Boden auf.«

Sie schüttelte den Kopf und weinte bitterlich. Eigentlich war sie eine starke Frau, was man an ihrem Auftreten stets bemerken konnte. Es verletzte sie, dass ihre Schwiegereltern immer gegen sie waren, aber sie wusste perfekt damit umzugehen. Sie offenbarte ihre Schwäche äußerlich nur selten. Aber eine Sekunde reichte aus, damit sich ihr Leben schlagartig änderte und sie ihre Persönlichkeit und den Lebensmut verlor.

Max zog sie vom Boden hoch und konnte ihr kaum in die Augen sehen. Er ertrug es nicht, sie derart leiden zu sehen. »Du musst dich zusammenreißen. Du hast eine bezaubernde Tochter. Wirf dein Leben nicht weg! Niklas wird bald wieder bei dir sein. Bitte gib die Hoffnung nie auf!«, säuselte er, wobei ihm Tränen über die Wangen liefen.

»Du hast leicht reden«, murmelte sie und wollte sich aus seinem

Arm lösen.

»Saskia. Du bist nicht der einzige Mensch auf dieser Welt, der leiden muss! Du hast deinen Mann verloren. Das ist schlimm. Aber du lebst und er würde es nicht wollen, dich so zu sehen. Er würde sich wünschen, dass du Spaß hast. Er würde wollen, dass es dir gut geht, dass es den Kindern gut geht. Bitte, Saskia. Lass dich verdammt noch mal nicht so hängen.« Er zog seinen Pullover aus und zeigte auf all die Narben. »Ich habe nicht aufgegeben zu kämpfen. Ich hatte höllische Schmerzen und habe es überstanden. Hör endlich auf, dich zu bemitleiden. Das steht dir nicht. Geh da raus und sei Saskia von Ehr. Eine junge Mutter mit zwei wunderbaren Kindern, die bald Ärztin ist und viele Menschenleben retten wird.« Er pausierte kurz, um sich zu sammeln. »Erinnerst du dich an den Tag, als du mir Leonie vorgestellt hast? Ich war ein anderer Mensch zu dem Zeitpunkt. Ich hätte mich weiter bemitleiden können, weil ich im Rollstuhl saß, nicht reden konnte und beatmet werden musste. Aber ich habe mich da raus gekämpft, weil ich diese grauen Gedanken endlich losgelassen habe. Das musst du auch tun, sonst drehst du dich nur im Kreis.«

Wortlos nahm Saskia seine Predigt zur Kenntnis und schloss sich im Bad ein. Er hatte recht und das wusste sie ganz genau. »Ich bin Saskia von Ehr, eine junge Mutter und bald Ärztin«, wiederholte sie mehrfach. Danach öffnete sie ihren Schminkschrank und putzte sich heraus: Seit langer Zeit benutzte sie wieder Wimperntusche, Eyeliner und Concealer. Zum Abschluss zog sie ihre Lippen mit einem roten Lippenstift nach und strahlte.

Als sie in ihrem bordeauxroten Abendkleid das Badezimmer verließ, fiel Max die Kinnlade herunter. »Wow! Du siehst bezaubernd aus!«

Saskia lächelte verlegen und gab Max das Handy in die Hand. Es war seine Aufgabe von Mutter und Tochter ein Foto zu schießen. Danach entschuldigte sich Max für einen kurzen Moment im Schlafzimmer und kam wenig später in einem Smoking heraus. »Kleine Überraschung. Ich habe uns drei einen Tisch in einem wunderschönen Lokal reserviert!«

Saskia schmunzelte: »Du siehst aber auch echt gut aus.«

Zuerst schlenderten sie in die Christmette. An Weihnachten war es eine langjährige Tradition ihrer Familie vor dem Abendmahl und der Bescherung die Kirche aufzusuchen. Dieser folgte sie noch immer, auch wenn sie von ihrer Familie verstoßen worden war. Zwar hatte sie mit Paul Kontakt, aber das war eine Tatsache, die ihre Eltern nicht erfahren durften. Die drei lauschten den Reden des Pfarrers, schauten sich das Krippenspiel an und bekamen den Leib Christi.

Als die Mette zu Ende war, fuhren sie mit dem Taxi zu dem Lokal, das Max für sie ausgesucht hatte. Bevor sie das Restaurant betraten, baten sie den Türsteher, ein Foto zur Erinnerung zu schießen. Danach wurden sie zu ihrem Tisch geführt, der an einem der großen Fenster stand. Draußen rieselten die Schneeflocken vom Himmel.

Saskia kannte das Restaurant bestens: Leo und sie waren hier oft zu Gast nach seinen langen Dienstreisen. Es war nobler, aber er verdiente genügend Geld, sodass sie sich alle drei Monate den Luxus leisten konnten. Ein Kellner kam zu Tisch. »Frau und Herr von Ehr! Wie schön, Sie wieder hier begrüßen zu dürfen! Frau von Ehr, ein Aperitif wie immer und Herr von Ehr, für Sie einen Rotwein?«

Bevor Saskia den Kellner unterrichten konnte, stimmte Max zu und zeigte auf ein Gericht in der Karte, das er für beide bestellen wollte. Nachdem der Kellner die Wünsche aufgenommen und für Leonie eine kleine Überraschung versprochen hatte, sah Saskia Max mit schiefem Kopf an.

Kapitel 24

»Herr *von Ehr*?«, hakte sie mit fragendem Blick nach.

Er schaute sie ernst an und fragte rhetorisch: »Willst du dem Kellner die ganze Geschichte erzählen, was ihn von seiner Arbeit abhalten wird und dich wieder unglücklich macht?«

Sie schüttelte den Kopf. Es klang doch wieder plausibel, wieso er sich für heute in diesem Lokal »von Ehr« nennen ließ. So unterhielten sich die beiden über Saskias Studium und Max´ Überlegungen, zurück in seinen Job einzusteigen. Sie lächelten viel miteinander.

Doch als ein junger Mann rief: »Das glaube ich ja nicht! Leo? Leo!!!«, drehte sich Max ruckartig um und schmunzelte für einen Moment. Er war Leos Bruder Elias. Er setzte sich kurz an den Tisch und begrüßte Saskia und Leonie. »Man, ich dachte, du bist bei dem Absturz gestorben!« Sein Blick schweifte rüber zu Saskia. »Und wir schreiben mindestens einmal die Woche, wieso hast du es mir nicht gesagt? Mensch, Bruderherz!«

Max´ Gesicht verfinsterte sich. »Bin ich ja auch.«

Elias brach in schallendem Gelächter aus. »Sitzt der da und sagt dann noch, ›bin ich ja auch‹. Das ist mein Bruder! Mensch, melde dich doch, dass du wieder unter den Lebenden bist! Soll ich das riechen?«

»Elias. Ich bin Max und sehe deinem Bruder wohl scheinbar sehr ähnlich«, erklärte sich Max. »Ich bin es nicht. Tut mir leid.« Er wich dem Blick Elias´ aus und lugte aus dem Fenster.

Saskia zog eine Augenbraue nach oben. Erst reagierte er auf *Leo*, dann weiß er, dass der Mann Elias heißt, obwohl er das zuvor nicht erwähnt hatte und nun versuchte er, sich aus der Lage wieder herauszuziehen? Die Sache wurde immer mysteriöser! Hoffentlich würde der Test so schnell wie möglich sein Geheimnis lüften. Aber konnte sie sich vorstellen, dass Leo Zeit an ihrer Seite verbrachte, sie dabei dreist anlog, zusah, wie

196

unglücklich sie war, und dennoch schwieg?

Während sich Elias und Max unterhielten, schwieg Saskia. Sie sah ihr Baby an und dachte an einen einzigen Grund, wieso Max ihr nicht die Wahrheit sagen konnte. Langsam wurde es immer offensichtlicher, dass er doch Leo war.

Als das Essen gebracht wurde und Elias an seinen Tisch zurückkehrte, schwieg Saskia weiter. Max hakte mehrfach nach, ob alles in Ordnung sei.

Doch Saskia ließ die Bombe erst platzen, als sie auf dem Weg zur U-Bahn waren, um nach Hause zu fahren. Leonie schlief im Buggy, den Saskia schob. »Ich weiß echt nicht mehr, was ich noch glauben soll. Sag mir jetzt *endlich*, wer du bist!«

Max blieb stehen und hielt Saskias Arm fest. »Saskia, bitte. Tu das nicht!«

Saskia schüttelte seinen Arm ab und legte ein schnelleres Tempo zu. »Du weißt, dass du immer ehrlich zu mir sein kannst! Aber ich werde das Gefühl nicht los, dass du mich die ganzen Monate anlügst! Du wusstest, welcher Eingang zur Wohnung der richtige ist. Du hast geweint, als du Leonie zum ersten Mal auf dem Arm gehalten hast! Du siehst aus wie Leo. Du verhältst dich wie Leo. Du reagierst auf seinen Namen. Du wusstest den Namen von Leos älterem Bruder, obwohl du ihn als Max gar nicht kennen könntest. Du lässt dich von Leonie Dada nennen und erklärst ihr nicht einmal, dass du nur Onkel Max bist!« Sie schob den Buggy mit den Hinterreifen auf die Rolltreppe und fuhr herunter. »Und weißt du was. Wenn du Leo bist, dann habe ich mich ganz schön in dir getäuscht! Ich dachte nämlich, dass er mich niemals so eiskalt und dreist anlügen würde. Also weißt du was, behalte dein Geheimnis einfach für dich, du Idiot!«, schrie sie und schob den Buggy zu dem richtigen Gleis, um nach Schwabing-Freimann zurückzukommen. Sie wollte bloß nach Hause. Die nächste U-Bahn würde in sieben Minuten kommen.

Max kam ihr hinterher. Saskia drückte die Bremse am Buggy und sicherte Leonie vor einem Wegrollen.

»Was wäre denn, wenn ich Leo wäre, hm?«, fragte er mit provokanter Stimme nach.

Saskia zuckte mit ihren Schultern.

»Wäre dann so viel anders, als es jetzt ist? Deine einzige Angst ist es doch, deinen Mann loszulassen. Du willst, dass ich Leo bin, dass du mit ruhigem Gewissen schlafen kannst. Aber denkst du nicht, Leo würde wollen, dass du wieder glücklich bist?!«

Saskia drehte sich um und stieß Max nach hinten. Tränen flossen über ihre Wangen. »Hör endlich auf, mich anzulügen! Was wolltest du mir sagen, als du auf Leo zeigtest und meintest ›Saskia, ich bin‹ hm? Meine einzige logische Erklärung ist ›Leo‹. Was wolltest du mir am Tegernsee sagen. Hm? Soll ich dir etwas verraten? Ich habe einen Vaterschaftstest abgeschickt. Du kannst mich bald nicht mehr anlügen! Aber weißt du was? Am besten gehst du einfach dorthin, wo du deine ganzen Businessaufträge hattest. Ans andere Ende der Welt! Ich hasse dich!«

»Du hasst mich nicht Saskia. Du hasst Leo, weil er dich im Stich gelassen hat und zu früh gegangen ist!«

Saskia nickte und lächelte ihn dreist an. »Eben. Ich hasse *dich!* Du bist so eine Witzfigur, weißt du das eigentlich? Hast du keinen Mumm, mir die Wahrheit zu sagen? Ganz ehrlich! Dieses Herzmuttermal ist so selten auf der Welt! Steh doch endlich dazu! Denkst du, ich würde dich nicht mehr lieben, weil du Narben hast? Weil du am Hals eine Narbe von der Trachealkanüle hast? Weil du an Beinen, Armen und Abdomen Narben hast, die deinen Überlebenskampf bei dem Absturz zeigen? Denkst du, ich bin so dumm und glaube deine saublöde Geschichte von Max Leitner? Ich habe geforscht und du hast bloß eine einzige Gesichts-OP gehabt und da ging es um deine Wangenknochen!«

Sie öffnete ein Bild von ihrem Handy. »Das ist Max Leitner, der Zwillinge und im Oktober 2010 einen Unfall hatte. Der sieht dir überhaupt nicht ähnlich! Blonde Haare, grüne Augen und eine ovale Gesichtsform. Da gibt's keinen einzigen Anhaltspunkt dafür zu sagen, dass die OP an den Wangenknochen zu einer

Typveränderung führen könnte! Und ich glaube nicht, dass die Ärzte etwas vergessen haben zu dokumentieren!«

Ihr Gegenüber seufzte: »Was willst du jetzt hören? Hey Engel, tut mir leid für all die Lügen. Ich bin's?«

Saskia zuckte mit den Schultern, drehte sich kurz um und sah nach Leonie. Max rieb sich über die Augen, kehrte um und suchte nach etwas, wo er dagegen treten konnte. Er spürte Hass auf die ganze Welt, insbesondere auf eine einzige Person.

In diesem Moment wurde Saskia von hinten geschubst. Sie verlor das Gleichgewicht und fiel auf die Gleise. Auf der Anzeigetafel verschwand die Eins, der Zug musste gleich ankommen. Wie gelähmt lag sie auf dem Schotter des Gleisbettes und schloss die Augen. Sie lag nur da und spürte den Luftzug, mit der sich eine einfahrende U-Bahn ankündigte. Sie war wie gelähmt.

»Scheiße, Saskia«, rief Max panisch, kletterte in allerletzter Sekunde ins Gleisbett und zog mithilfe einer Passantin Saskia schnell nach oben.

Alles, was ihr von diesen aufreibenden Minuten im Gedächtnis blieb, war der Satz, den ihr Max ins Ohr flüsterte: »Wenn du die Wahrheit hören willst, wird so etwas ständig passieren.«

Kapitel 25

Als Saskia aufwachte, war es mitten in der Nacht. Sie trug bis jetzt ihr Abendkleid. Benommen fuhr sie sich an den Kopf und fühlte eine Blutkruste. Langsam setzte sie ihre Füße in Bewegung und wanderte zum Bad, um sich den Pyjama anzuziehen. Bevor sie ins Bett zurückging, wollte sie sich ein Glas Wasser ausschenken. Sie hielt es unter den Hahn und driftete mit dem Blick zum Kühlschrank ab, an dem ein kleiner Notizzettel klebte.

Ich war mit der Passantin bei der Polizei. Wir haben den Täter beschrieben und die Beamten werten die Kameraaufzeichnungen aus. Mach dir keine Sorgen, der wird dir nichts mehr tun!

Saskia rieb sich über die Augen und erinnerte sich erst jetzt an den Vorfall an der U-Bahn-Station. Max flüsterte ihr ins Ohr, wenn sie die Wahrheit hören wolle, würde so etwas ständig passieren.

Ist er nach Hause gefahren? Ich war böse zu ihm. Oder hatte ich schlicht diese Wahrheit aufgedeckt, durch die ich mich in Gefahr befinde?

Saskia stellte das Glas ab und entdeckte einen weiteren Klebezettel unter dem Hochzeitsbild.

Ich bin weg. Suche mich bitte nicht. Du wirst mich nicht finden. Es ist besser so für uns beide. Glaube mir. – Max.

Er kann sich doch nicht einfach so aus dem Schneider machen. Wie soll ich jetzt mein Studium zu Ende bringen? Wo geht er überhaupt hin? Wieso wäre es besser für uns beide?

Die nächsten Stunden bekam Saskia kein Auge mehr zu.

Sie hatte Leo ein zweites Mal verloren. Oder?

Verzweifelt rief sie eine ehemalige Kommilitonin an, die mit ihr studiere und ihr angeboten hatte, den Vaterschaftstest zu machen. Sie fragte nach dem Ergebnis des Tests, doch die junge Ärztin konnte ihr bisher nichts Genaues sagen. Sie lief auf und ab und verglich das Foto von gestern Abend mit dem der Hochzeit.

Der Smoking sah dem sehr ähnlich. Aber nicht nur dieser. Max ähnelt Leo sehr. Aber er verteidigt sich immer wieder. Ja, es mag plausibel klingen, aber dieser Max Leitner von dem Unfall sieht anders aus! Es konnte doch nur Leo sein, oder? Er wurde erpresst oder sonst irgendetwas Schlimmes. Er würde mich doch nie derart hintergehen! Irgendwann gäbe es ein Happy End für mich. So etwas in der Art hatte er mir im September gesagt. Aber was sagte er, als er an meinem Ring drehte? Ich war in seine Augen abgetaucht.

Als es hell wurde, fuhr sie zu der Adresse von den Leitners. Doch sie musste erst gar nicht aussteigen. Außen stand ein Schild mit der Aufschrift: zu Verkaufen. Und das nicht erst seit gestern, es war durch die Witterung gewaltig in Mitleidenschaft gezogen worden. Saskia seufzte. Sie fuhr nach Hause, machte sich einen Tee und sah die Fotos an.

Vielleicht habe ich einfach zu viel Angst davor, meinen Mann loszulassen, und verrenne mich deswegen in die Möglichkeit, dass Max Leo sein könnte. Oder sind die Indizien so eindeutig, dass ein Irrtum ausgeschlossen ist? Der Vaterschaftstest wird mir letztlich Gewissheit schenken, dachte sie und verstaute die gemeinsamen Fotos mit Max in einer Kiste.

Dennoch brauchte sie eine Alternative zu ihm. Sie war zielstrebig und wollte unbedingt das zwölfte Semester mit ihrer letzten Prüfung abschließen. Sie riss sich zusammen, setzte ihre kleine Tochter nach dem Frühstück ins Auto und fuhr nach Rosenheim zu ihrem Elternhaus. Als sie Leonie aus dem Auto nahm und die Treppenstufen zum Eingang hochging, flatterte ihr Herz. Sie war aufgeregt.

Sie hatte ihre Mutter eine halbe Ewigkeit nicht mehr gesehen. Es dauerte einen Moment und fast hätte sie einen Rückzieher gemacht, aber ihre Mutter kam ihr zuvor und öffnete die Tür. Saskia bekam kein Wort heraus, sie sah ihre Mutter Hanna nur mit verängstigtem Blick an.

»Komm doch herein, Saskia!«, sagte diese.

Sie folgte ihr ins Haus, hing ihre Jacke weg und stand im Flur.

Hanna setzte ein Lächeln auf und umarmte ihre Tochter. »Schön, dich wiederzusehen. Und verzeih mir. Ich wollte nie, dass wir uns so zerstritten. Wen haben wir denn hier?«

»Leonie«, antwortete Saskia und übergab sie ihrer Mutter.

»Setz dich doch. Magst du einen Kakao wie früher? Ich habe erst gestern die Waffeln gebacken, die du so gerne hast, und heute Mittag gibt es Kaiserschmarrn!«

Jetzt musste Saskia schmunzeln und nickte.

»Ich habe es die letzten Weihnachten immer vorbereitet, falls ihr vorbeigekommen wärt. Wir haben einiges gut zu machen. Heute lohnt es sich endlich. Ich habe jetzt nur leider ein Geschenk für Niklas unter dem Baum. Für die zuckersüße Maus hier nicht. Kommt Leo mit Niki nach?«

Saskia schwieg und beobachtete die Schneeflocken. Ihre Mutter brachte Waffeln und Kakao und setzte sich gegenüber von ihr. »Wie alt ist die Kleine?«

»Zehn Monate«, antwortete Saskia knapp und nippte an dem Kakao. Es fühlte sich komisch und zugleich schön an, wieder zu Hause zu sein. Es waren keine Kleinigkeiten gewesen, die sie sich an den Kopf geworfen hatten.

Tief in die Augen konnten sie sich nicht schauen und Saskia überlegte, wieder nach Hause zu fahren. Es war falsch, hierher zu kommen.

»Du hast mir eben gar nicht geantwortet. Wo hast du denn Niklas und Leo gelassen?«

Irgendwie dachte Saskia schon, dass ihre Mutter vermutete, dass er sie verlassen und Niklas mitgenommen hatte.

»Lebt ihr nicht mehr zusammen oder wieso weichst du der Frage aus?«, hakte sie akribisch nach.

»Wieso? Ist es das, was du erwartet hast. oder was?«, antwortete Saskia zickig.

»Nein, um Gottes willen! Ich. Es tut mir leid, was ich dir

damals alles an den Kopf geworfen habe. Ich will bloß wissen, wo sie sind. Es geht um meinen Schwiegersohn und meinen Enkel.«

»Ja ja«, nörgelte Saskia.

»Paul wollte auch schon seit seiner Rückkehr etwas mit euch machen, aber ihr hattet ja nie Zeit.«

Saskia zog eine Augenbraue nach oben. »Du weißt, dass Paul und ich in Kontakt sind?«

»Du kennst deinen Bruder schon, oder? Er erzählt alles. Ich bin froh, dass es dir gut geht … Meinst du, wir bekommen das wieder hin?«

Saskia sah zum ersten Mal ihrer Mutter in die Augen. »Kannst du dich an das Unglück im letzten Jahr erinnern?«

Sie dachte kurz nach. »Meinst du den Absturz von dieser großen Maschine aus den Staaten?«

Saskia nickte: »Leo ist tot, Mama. Das ist los.«

Hannas Kinnlade fiel herunter. »Du willst mich jetzt bloß auf den Arm nehmen, oder?«

Saskia schüttelte den Kopf. Ihre Mutter stand sofort auf und drückte sie fest. »Ach Gott! Du hättest dich melden sollen! Mensch! Wir wären doch für euch da gewesen! Sag uns, was wir tun können!«

Saskia seufzte: »Ich habe zur Ablenkung mein Studium wieder aufgenommen und könnte tatsächlich Hilfe gebrauchen. Ich habe im März meine finale Prüfung für die Approbation. Also wenn du dich um Leonie kümmern könntest, während ich im Krankenhaus arbeite, wäre das echt super!«

»Natürlich!«, antwortete Hanna und sicherte ihr die Unterstützung zu.

Saskias Handy vibrierte. Sie nahm es aus der Tasche und las die Nachricht.

Hey Saskia, tut mir echt leid. Der Vaterschaftstest ist negativ ausgefallen. Max Leitner ist **nicht** der Vater von Leonie.

Deprimiert legte sie ihr Handy zur Seite und konnte nicht verstehen, wie sie sich so irren konnte. Sie hatte so hart dafür gekämpft, die wahre Identität Max´ zu beweisen, dass sie ihren Mann bei dem Vorhaben komplett vergessen hat. Der, der am zehnten September sein Leben auf schreckliche Art und Weise verloren hatte und im Bug des Flugzeugs elendig verbrannte.

»Können wir heute noch in die Kirche gehen? Ich muss dringend mit meinem Mann reden.«

Saskia stand auf und lief ins Badezimmer. Sie weinte bitterlich, musste sich übergeben und fühlte sich elend. Max hatte die ganzen Monate über recht behalten, Saskia verrannte sich total.

Sie war eine Witwe.

Jetzt ist es endgültig bewiesen. Leo ist gestorben. Von uns gegangen. Und ich hatte an seinem Geburtstag nichts Besseres zu tun, als mit einem fremden Mann zu schlafen.

Sie tröstete sich mit einem anderen Mann, anstatt nach Hause zu kommen. Zu ihren Eltern, die die letzten drei Jahre scheinbar auf sie gewartet hatten. Sie setzte sich auf die Badewanne und versuchte, ruhig zu atmen.

»Saskia, hey, komm mal bitte raus, hm?«

Sie wischte sich die Tränen weg und schloss auf.

»Na komm, wir gehen eine Runde spazieren und dann in die Kirche für Leo beten.«

Saskia kam dem Angebot ihrer Mutter hinterher und so spazierten sie mit der kleinen Maus eine Runde um den Block und wanderten danach in die Kirche.

Sie zündeten eine Kerze für Leo an und beteten für ihn. Um ehrlich zu sein, nur Saskias Mutter. Ihre Tochter hingegen murmelte drei Reihen vor ihr Worte, die sie Leo unbedingt sagen musste. »Ich liebe dich«, flüsterte sie, »und daran wird sich nie etwas ändern. Glaube mir das bitte. Ich hoffe, dir geht es gut, da, wo du jetzt bist!«

Sie warf ihrer Mutter einen Blick zu, was bedeutete, dass sie fertig war. Daher verließen die beiden die Kirche und schlenderten langsam nach Hause. Paul bespaßte Leonie, während Mutter und Schwester den Kaiserschmarrn zubereiteten. Die beiden entschuldigten sich immer wieder für die Worte, die sie sich vor einigen Jahren an den Kopf geworfen hatten. Aber die Lage blieb dennoch angespannt. Es würde eine Weile dauern, bis das Verhältnis so war wie vor dem großen Streit.

Im neuen Jahr ging es für Saskia normal weiter mit der Arbeit am Klinikum rechts der Isar. Hanna kümmerte sich in Rosenheim um Leonie und brachte sie, je nachdem wie ihre Tochter arbeitete, zurück. Es war alles stressig, weshalb es für Saskia und Leonie besser war, dass die Kleine vorerst primär in Rosenheim wohnte. Saskia musste viel für die finale Prüfung lernen und war um jeden Schlaf froh, den sie bekam.

Auf Rat ihrer Mutter meldete sie sich in einer Selbsthilfegruppe an, in der sie lernen sollte, mit dem Tod ihres Mannes umzugehen. Allerdings fühlte sie sich sowohl bei als auch nach den Treffen nicht unbedingt besser. War es wirklich gut, dorthinzugehen? Ständig darüber zu reden?

Kapitel 26

Januar 2012

»So Saskia, und jetzt bist du an der Reihe! Was ist dir widerfahren?«

Saskia mochte nicht so recht erzählen, aber jeder vor ihr tat es, demzufolge ermutigte sie sich auch dazu. »Ich habe meinen Mann bei einem Flugzeugabsturz vor eineinhalb Jahr verloren und meine Schwiegereltern haben das Sorgerecht für unseren Sohn bekommen. Außerdem habe ich einen Mann kennengelernt, der so aussieht wie mein Mann und habe mich an die Tatsache gekrallt, dass er mein Mann ist. Und ich war schwanger von meinem toten Mann. Leonie heißt die Kleine.«

Die Leiterin der Selbsthilfegruppe seufzte. »Das tut uns sehr leid. Aber es ist schön, dass du uns davon erzählt hast! Kommst du damit klar? Oder brauchst du Hilfe?«

»Ich hatte die Hilfe von dem Mann, aber der hat mich nun auch verlassen. In zwei Monaten mache ich meine dritte ärztliche Prüfung. Mir schwebt auch schon eine Idee für meine Doktorarbeit vor, aber vielleicht löse ich nach meiner bestandenen Prüfung einfach alle Wünsche zwischen meinem Mann und mir ein. All unsere Reisen. Das hätte er sich auch so gewünscht!«

Die Leiterin nickte. »Du bist weiter, als es andere hier sind. Oder ist das nur Fassade? Was macht die Saskia tief in dir?«

Ernst sah sie auf den Boden und atmete tief ein, bevor sie erzählte: »Die innere Saskia? Die wird jede Nacht dreimal wach, weil sie nach ihrem Mann geschrien hat. Diese Saskia ruft dann jedes Mal Leos Nummer an, um sicherzugehen, dass sie nicht nur böse geträumt hat. Und wenn sie dann Gewissheit hat, dass es diese Nummer nicht mehr gibt, legt sie sich zurück und träumt noch einmal von dem Unglück. Diese Saskia stellt sich vor, wie er ums Leben gekommen ist. Sie überlegt, ob er verbrannt ist. Ob er unter einem der Wrackteile eingeklemmt wurde und alles mitbekam. Oder ob es zu einem Druckabfall in der Kabine kam und er von allem nichts merkte und friedlich starb. Doch der einzige Traum, der sich häuft, ist der, bei dem er unter einem Wrackteil eingeklemmt liegt und immer wieder meinen und den Namen seines Sohnes schreit. Blutüberströmt krächzt er mit letzter Kraft ›Saskia! Niklas!‹, kämpft um jeden weiteren Atemzug, bis ihm geholfen werden kann. Aber es war zu spät, als ihn die Rettungskräfte fanden. Aber diese Saskia kann nur nachts existieren, weil sie sonst vor ihrem Kind stark sein muss.«

Die Menschen in der Gruppe sahen sie bemitleidend an. Jeder schwieg für einen Moment. Saskia lehnte sich auf dem Stuhl zurück und hielt inne. Zum Abschluss beteten sie gemeinsam für ihre geliebten Verstorbenen und dann war die Sitzung beendet. Saskia nahm ihre Tasche, zog ihre Jacke an und verließ das Gebäude alleine. Sie musste ausreichend schlafen. Morgen durfte sie bei einer großen OP assistieren. Natürlich durfte sie in ihrem praktischen Jahr nur den Haken halten, aber wer weiß. Der leitende Chirurg hielt große Stücke auf sie, vielleicht traute er ihr mehr zu. Sie wollte sich auf jeden Fall vor dem Dienst erneut alle einzelnen Schritte für die OP durchlesen. Jetzt musste sie nur noch mit der U-Bahn heimfahren und genügend schlafen!

»Hey Saskia, hast du Lust, morgen mit mir einen Kaffee trinken zu gehen?«, fragte plötzlich eine Männerstimme.

Sie drehte sich erschrocken um und versuchte, das Gesicht zuzuordnen. Blonde, mittellange Haare, braune Augen. Nettes Lächeln.

»Ähm? Entschuldigung, aber kennen wir uns?«

Der Mann lachte: »Oh man, ist das peinlich. Wir saßen zwei Stunden im gleichen Seminar. Meine Frau ist vor einem Jahr gestorben und ich dachte, wir könnten einfach mal einen Kaffee trinken gehen.«

»Oh! Das tut mir leid! Ähm, ich weiß nicht, ich bin momentan sehr beschäftigt«, versuchte Saskia, den Mann abzuwimmeln. Er sah zwar sympathisch aus, aber sie wollte nicht schon wieder so etwas wie jüngst mit Max erleben.

Er schüttelte den Kopf. »Schade, ich würde mich wirklich freuen. Ich hatte 2010 einen schlimmen Unfall, bei dem mir Vieles genommen wurde. Unter anderem meine Frau, aber vor allem auch mein Gedächtnis. Es wäre doch nicht lange. Ich habe keinen mehr und du scheinst wirklich sehr sympathisch zu sein. Nur einen Kaffee? Hm?«

Saskia nickte: »Na gut, ich will mal nicht so sein!«

Die beiden verabredeten sich und Saskia huschte in die nächste U-Bahn, die komplett überfüllt war.

Wieso habe ich nachgegeben? Wenn ich dessen Probleme hören würde, würde ich mich damitvermutlich auch noch beschäftigen. Ich könnte einfach nicht hingehen. Die OP hätte länger gedauert oder so. Irgendetwas wird mir schon einfallen, damit ich dort nicht hinmuss. Er scheint zwar nett, aber trotzdem will ich das jetzt nicht.

Sie schaute sich in der U-Bahn um und bemerkte, dass ein Mann sie freundlich anlächelte. Als sie ihn erwischte, schaute er verlegen weg. Sie hatte nie darauf geachtet, ob sich andere Männer nach ihr umdrehten. Sie entdeckte zahlreiche Frauen, die ihren Mann beim Bummeln und Schlendern in der Stadt angafften, aber dass ihr das auch passierte, bemerkte sie nie.

Durch ihre hinterlistigen Freundinnen glaubte sie, Mittelmaß zu sein. Sie wurde mit ihren Pickeln, der Zahnspange und ihren kleinen Brüsten täglich aufgezogen. Aber das nur, weil sie jeder beneidete. Es entging keinem, dass der schönste Junge der Schule auf sie stand. Das nicht ohne Grund: Saskia hatte eine schöne Figur, schlanke Beine und dickes, lockiges, braunes Haar, das in den Sommermonaten durch natürliche, blonde Strähnchen aufgehellt wurde. Zudem ihre verführerisch dunklen Augen, mit denen sie jeden Mann um den Finger wickeln konnte.

Sie blickte weiter durch das Abteil in der U-Bahn. Ein Mann mit leichten Locken und dunkelbraunen Augen beobachtete sie. Sie beugte sich ein wenig nach vorne und entdeckte, dass es der gut aussehende Assistenzarzt aus dem zweiten Jahr war, der am Klinikum rechts der Isar in der Kinderchirurgie arbeitete und Saskia gerne mit in seinen Dienst aufnahm. Auch wenn sie lieber in der Neurochirurgie arbeitete, fühlte sie sich bei ihm wohl. Er behandelte sie nicht bloß wie eine Praktikantin, die Patientenakten sortieren und Kaffee kochen sollte, sondern wie eine Assistenzärztin. Als an der nächsten Station ein Platz neben ihm frei wurde, setzte sie sich prompt dorthin. »Hallo«, begrüßte sie ihn freundlich.

Er lächelte. »Hey, du noch so spät unterwegs?«

»Ja, und was machst du hier?«

»Ich komme gerade von meiner Schicht, war wieder eine Menge los! Schon aufgeregt wegen morgen?«

»Vielleicht ein kleines Bisschen.«

»Eigentlich dürfte ich es dir nicht sagen … Du bist einer der vielversprechendsten Newcomer seit Jahren. Sie wollen dich morgen eine Appendektomie machen lassen.«

Saskia fiel die Kinnlade herunter und sie stotterte: »Aber, aber, das machen doch sonst nur die Assistenzärzte!«

»Eben. Und ich habe bei meiner gründlich versagt. Gut einlesen und vergiss bloß nicht …«

Saskia unterbrach ihn: »Damian, könntest du den Eingriff vielleicht bitte mit mir durchgehen? Ich, ich will sicher keinen enttäuschen!«

Er kicherte: »Na klar. Soll ich mit zu dir oder sollen wir es bei einem netten Abendessen besprechen?«

»Du, ich bin seit fünf auf den Beinen. Couch mit dir klingt einladender!« Innerlich wiederholte sie die Worte, die sie verwendet hatte.

Das hörte sich komisch an! Sehr komisch! Jetzt klinge ich wie eine Notgeile …

»Ähm, also das sollte jetzt nicht anzüglich oder so klingen! Ich wollte nur sagen, dass mir etwas Bequemeres lieber wäre!«, fügte sie bei, wobei sich ihre Wangen erröteten.

Er musste schmunzeln: »Ich hätte es dir besser nicht gesagt oder? Jetzt bist du ziemlich nervös!«

Saskia strich sich eine Strähne hinter ihr Ohr. Direkt am ersten Tag war ihr Damian aufgefallen, seine charmante Art glich der Leos. Sein Lächeln, das Saskia in diesem Moment erhielt, brachte sie zum Erröten. Insgeheim freute sie sich immer, wenn sie sah, dass sie ihm zugeteilt war. Er gab sich viel Mühe alles detailliert zu erklären. Er würde ein exzellenter Kinderchirurg werden!

»Saskia? Hast du mir zugehört?«, hakte er nach.

In diesem Moment sagte die Stimme der U-Bahn die Station Freimann an. Saskia griff Damians Hand, zog ihn vom Platz und huschte mit ihm in der letzten Sekunde aus der Bahn.

Nach fünf Minuten Marschieren kamen sie an Saskias Haus an. »Wow, das ist ja mal schön! Wohnst du alleine?«, staunte Damian.

»Mehr oder weniger.«

Sie schloss die Tür auf. Er schaute sich um und staunte bei dem Familienfoto. »Wow, du hast schon einen Mann und ein Kind? Ich hatte während des harten Studiums nicht mal ansatzweise Zeit mir eine Freundin zu suchen!«, schmunzelte er und grübelte. Irgendwie kam ihm das Gesicht bekannt vor.

»Zwei Kinder!«, verbesserte sie.

»Du, ich will jetzt nichts Verwechseln oder so, aber kann es sein, dass dein Mann in einen Flugzeugabsturz verwickelt war?«

Saskia schluckte. Da war das Thema schon wieder, das sie versuchte, zu verdrängen. »Ja, er ist dabei gestorben.«

»Nein? Was? Aber ihm ging es doch gut!«, bemerkte Damian ungläubig und stellte seine Arbeitstasche ab.

Saskia runzelte die Stirn. »Von was um alles in der Welt redest du da?«

Damian verstand nicht. »Der Absturz im September 2010, da fing gerade meine Assistenzarztausbildung an. Es war meine erste Katastrophe, die ich miterlebt habe. Und ich schwöre bei Gott, dass dieser Mann mein Patient gewesen ist!«

Saskia schüttelte den Kopf: »Das kann nicht sein, ich. Nein. Er wurde nie gefunden. Die sind davon ausgegangen, dass er im vorderen Teil verbrannt ist!«

Sie musste sich setzen. Damian hielt einen Moment inne, aber beharrte auf seine Erinnerung: »Ich weiß das noch ganz genau! Als wäre es gestern gewesen. Das Unglück passierte um die Mittagsstunden. Wir bereiteten die gesamte Notaufnahme vor und bekamen direkt drei Patienten eingeliefert. Die verloren aber kurz darauf ihr Leben. Am Abend brachten sie einen schwerverwundeten Mann, der sein Bein verloren hatte. Wir fanden seinen Personalausweis, aber der war scheinbar falsch, wie sich später herausstellte. Ich arbeitete die ganze Nacht durch und hielt den Mann am Leben. Er war zu dem Zeitpunkt der Einzige, der überlebt hatte. Gegen sieben Uhr am Morgen brach dann die Tür der Notaufnahme nochmals auf, ein Schwerverletzter vom Berg. Ich übernahm direkt. Seine türkisblauen Augen sahen mich voller Hoffnung an. Ich fragte ihn nach seinem Namen, doch das Einzige, was er mit letzter Kraft keuchte, war: ›Sag Saskia und Niki, dass ich sie liebe!‹. Darauf wurde er ohnmächtig, ich intubierte und zusammen mit den Oberärzten kämpften wir fast den ganzen Tag um sein Leben.«

Saskia stand auf. »Doktor Damian Hartmann … Wieso habe ich mich nicht direkt an dich erinnert!«, stellte sie entsetzt fest.

Damian zog eine Augenbraue nach oben.

»Der Patient aus Zimmer elf, das Bild, der Ring, Doktor Lindberg … Weißt du, was ich meine?«

Ihr Kollege schlug die Hände über dem Kopf zusammen. »Was? O Gott, ich hätte dich nicht mehr wiedererkannt! Du bist das also!«

Saskia zog skeptisch eine Augenbraue nach oben. »Wie, nicht wiedererkannt?«

»Du weißt schon, dass man hochschwanger anders aussieht oder?«, zwinkerte er ihr zu.

»Ja, okay, da hatte ich fast zwanzig Kilo mehr auf den Rippen«, schmunzelte Saskia und setzte sich zu ihm. »Er hat das tatsächlich gesagt?«

Damian legte seinen Arm um Saskia und nickte. »Ja. Verdammt, ich dachte damals, Niki wäre weiblich. Deswegen sagte ich zu dir, dass er etwas von seiner Tochter sagte. Das tut mir unendlich leid!«

Saskia schüttelte den Kopf. »Mach dir keinen Kopf. Ich hatte ihn auch so gefunden, aber er war es nicht. Also optisch zu hundert Prozent, aber ich habe zwischen meiner Tochter und ihm einen Vaterschaftstest gemacht und der fiel negativ aus.«

»Echt?!«

Saskia nickte.

»Vielleicht sind Proben vertauscht worden? Bist du dir ganz sicher?«

Sie seufzte: »Habt ihr die richtige Akte eigentlich nochmal gefunden?«

Damian musste grinsen. »Offiziell nicht, aber ich hatte sie mir damals kopiert. Das ist allerdings illegal, also behalte es bitte für dich!«

Er loggte sich in seinem Laptop ein und griff auf den Patienten zu. »Einlieferung elfter September 2010, schwere Schädelverletzung, Milzruptur, Quetschungen der Lunge, Herzstillstand bei Befreiung unter Wrackteil, Verdacht auf Hirnblutung, Schnittverletzungen«, begann er vorzulesen. »Der Verdacht auf die Hirnblutung hat sich bestätigt, die Milz wurde entfernt, er wurde sehr lange operiert und danach auf die ITS gebracht. Nach der OP ist er ins Koma gefallen. Sein Zustand war unverändert«, las er vor.

»O Gott …« Saskia setzte sich. »Kannst du das Foto bitte noch mal öffnen?«

»Ich weiß nicht, ob du das sehen willst.«

Doch sie nickte entschlossen. Damian drehte daraufhin den Bildschirm um.

»O Gott, Leo«, schluchzte Saskia. Tränen verließen ihre Augen, ihr Herz schlug ihr bis zum Hals. Das Gesicht war blutüberströmt, aber es sah haargenau so aus wie das ihres Mannes.

»Das Bild passt zwar, aber ich bin mir sicher, dass er die Blutgruppe A und nicht Nullnegativ hatte«, merkte Damian an.

Saskia seufzte: »Danke für deine Hilfe und Mühe, aber Leo hatte AB negativ.« Sie musste endlich aufhören, sich an etwaige Dinge festzukrallen wie die Behauptungen von Damian oder Max´ Erscheinen. Zusammengekauert rückte sie in Leos Ecke auf dem Sofa und schluchzte.

»Entschuldige, ich dachte wirklich, er war es. Die Ähnlichkeit und eure Namen. Das passte einfach!«, versuchte sich Damian zu entschuldigen.

Saskia schniefte: »Es passt immer alles, aber dann ist er es doch nicht. Lass uns jetzt lieber über die Appendektomie reden! Ich sehe in allen Gesichtern Leo. Mein Gehirn spielt mir verdammt gemeine Streiche …«

Doch so recht konnte sie sich nicht auf Damians Worte konzentrieren.

Was war da passiert? Die Bilder bei der Einlieferung … Das war Leo – oder? Aber wieso hatte er eine andere Blutgruppe? Wenn Max nullnegativ hatte, der offensichtlich nicht Leonies Vater war … Was war dann zwischen der Einlieferung und Zimmer elf passiert? Wieso war es plötzlich nicht mehr Leo? War er es überhaupt?

»Saskia?«, versuchte Damian, Saskia aus ihrer Gedankenwelt zu holen. Durch mehrmaliges Antippen bekam er wieder ihre Aufmerksamkeit zurück. »Wo warst du denn?«

»Egal. Ähm. Erkläre mir bitte noch mal jeden Schritt! Diesmal höre ich wirklich zu!«

Damian erklärte ihr den Ablauf der Appendektomie, die sie am folgenden Morgen mit Bravour löste. In der Krankenhauskirche redete sie für einen Moment mit Leo, ehe sie zu ihrem Kaffeetreffen eilte.

Sie kam zwanzig Minuten später, wobei sie am liebsten gar nicht hin wollte. Jedoch hatte sie es versprochen und solche bricht man gewöhnlich nicht. Saskia redete von Medizinkram, um ihn abzuschrecken und ihn bloß nicht zu Wort kommen zu lassen. Sie sprach von Gedärmen und Tumoren, von Brand-narben, die sie behandelte. Es sollte ihn abschrecken, dass Saskia so begeistert von ihrer Arbeit war. Doch das klappte nicht so, wie sie es sich vorgestellt hatte. Er hörte ihr begeistert zu, schmun-zelte und bestellte sich immer wieder etwas nach. Saskia erfand irgendwann Dinge, doch auch das kaufte er ihr ab. Er machte keine Anstalten, selbst etwas erzählen zu wollen. Er lauschte still und heimlich.

»Mensch Saskia, erzähl nicht bloß von deiner Arbeit«, ermahnte sie sich selbst. »Das tut mir so leid, ich drifte immer so schnell zur Arbeit ab. Erzähl mir etwas von dir«, forderte Saskia.

»Hm … Ich habe bei einem Unfall mein komplettes Gedächt-nis verloren. Die Chance, dass es zurückkommt, ist gering. Ich kann mich an rein gar nichts mehr erinnern. Ich habe eine neue Identität bekommen und versuche, mich zu finden. So habe ich vergessen, dass meine Frau mit im Wagen saß, aber genau diese Erinnerung ist die einzige, die aus meinem alten Leben zurück-geeilt ist.«

Saskia schaute erstaunt und wollte so wenig Anteilnahme zeigen wie möglich, um unsympathisch zu wirken. »Wow. Stell dir mal vor, du hättest vor dem Unfall jemanden ermordet. Und du wirst nicht für bestraft. Krass!« Sie pausierte kurz und fügte dann bei: »Und es ist echt schade, wäre es dir lieber, wenn du es gar nicht wissen würdest?«

Der Mann lächelte: »Nein, so krass war ich nicht! Ich weiß nicht, ich nehme alles so, wie es kommt.«

»Entschuldige, aber wie war dein Name noch mal?«

Er musste schmunzeln. »Tom. Tom Müller! Und deiner?«

Sie lächelte. »Saskia von Ehr, aber das weißt du ja sicher.«

Tom schaute ein wenig überrascht. »Ein Adelstitel?«

»Ach Quatsch. Klang wahrscheinlich einfach besser als nur ›Ehr‹.«

»Stimmt. Vermisst du eigentlich deinen Sohn?«

»Ja … sehr. Aber mehr vermisse ich meinen Mann.«

»Wieso?«, fragte Tom nach.

Was ist das für eine Frage, dachte sie und wünschte, nicht gekommen zu sein. Sie fühlte sich nicht wohl mit ihm. Irgendetwas hatte der Typ an sich, das abstoßend auf sie wirkte.

»Saskia?«

Ungeduldig war er, wenn man nicht sofort antwortete.

»Alles okay bei dir?«

»Ja«, sagte sie kurz angebunden und sah sich im Café um. Teilweise saßen Pärchen dort, andernfalls Freundinnen. Sie hatte beides nicht mehr, wobei sie ohne Freunde besser dran war. Die hatten sie ohnehin immer nur verarscht oder sich an ihren Mann rangemacht.

»Also *wieso* vermisst du deinen Mann mehr als deinen Sohn? Du siehst doch beide nicht mehr«, fragte Tom voller Neugier und ein wenig unhöflich nach.

»Mein Mann ist tot. Mein Sohn nicht. Also ist die Wahrscheinlichkeit größer meinen Sohn wiederzusehen, was sicher bald passieren wird. Gundula und Hans werden das nicht mehr lange durchhalten.« Saskia pausierte kurz. »Okay. Sagen wir, du bist verheiratet und deine Frau liegt mit eurem ungeborenen Baby im Krankenhaus. Die Ärzte können nur einen retten. Für wen entscheidest du dich? Frau oder Kind?«

Tom runzelte die Stirn: »Puh. Ähm. Schwierige Entscheidung. In meinem Kind leben meine Gene und die meiner Frau weiter … also Kind.«

Saskia sah ihn entsetzt an. Leo hätte sich auf jeden Fall für sie entschieden … Innerlich hörte sie seine Stimme, die damals kurz vor der Geburt sagte: »Ich möchte, dass du eins weißt. Wenn ich eine Entscheidung treffen muss, dann werde ich mich für dich und gegen unser Baby entscheiden. Wir können unzählige Kinder bekommen, aber so eine Frau wie dich finde ich nie wieder! Das soll nicht bedeuten, dass ich unser Kind nicht genauso lieben würde wie dich, aber du bist mein Leben. Wenn du nicht mehr da bist, fehlt ein besonders großes Stück, damit es noch lebenswert ist.«

Saskia fuhr sich durch die Haare und nippte an ihrem Kaffee, der mittlerweile kalt war. »Also *Leo* hätte sich immer für mich entschieden.«

»Du redest ja von deinem Mann, als ob er ein Heiliger wäre. Jeder hat eine Leiche im Keller.«

Saskia sah ihr Gegenüber an. »Was soll das jetzt heißen? Kennst du Leo oder was?!«, antwortete sie pampig.

»Nein. Ich meine ja nur«, sagte er und sah auf die Uhr.

Saskia bestellte daraufhin die Rechnung und war froh, endlich von diesem seltsamen Typen weg zu sein. Der war ihr sehr suspekt. Er hatte zwar Schreckliches erlebt – sie vermutete, dass er eine Prothese trug, weil er ein wenig humpelte – aber das rechtfertigte noch lange nicht sein respektloses Verhalten.

Bei der nächsten Therapiesitzung stellte sie fest, dass es ihr seit den Treffen eher schlechter ging. Diese Zeit am Abend konnte sie definitiv besser nutzen: für ihre Prüfung. Seit den Sitzungen sah sie Leos Gesicht bei jedem männlichen Patienten, der eingeliefert wurde. Es verging kein Tag, an dem sich das nicht wiederholte. Das war vor dem Treffen nicht so, und sie hatte Leo einst versprochen, alles zu meiden, was ihr nicht guttat. Das zog sie jetzt durch.

Kapitel 27

Nach der Arbeit begleitete Saskia Damian zu ihm nach Hause. Er hatte ihr Medizinbücher über Neurochirurgie aus dem Keller geholt. Ursprünglich wollte sie diese nur abholen, aber ein feiner Karamellkaffee hielt sie primär davon ab, direkt wieder zu gehen. Sie folgte ihm zur Couch und setzte sich nieder. Er nahm Cookies aus einem Schrank und stellte sie auf den Tisch. »Wenn ich das damals gewusst hätte.«

»Damian … Vielleicht ist die Akte manipuliert worden, aber wenn Leo tatsächlich dieser Max Leitner gewesen sein sollte. Wieso fiel dann der Vaterschaftstest negativ aus? Ich war sicher mit keinem anderen Mann im Bett. Mein Mann war mein Heiligtum. Ich hätte nie etwas gemacht, was unsere Ehe gefährdet hätte.«

»Mhm … Stimmt auch wieder. Aber denk an das rekonstruierte Bild und dieses Herzmuttermal. Seine Augen muss ich nicht erwähnen oder?«

»Schon … aber …«

»Wieso ist er abgehauen?«

»Weil es besser so wäre.«

»Meinst du, er könnte bedroht werden?«

»Leo? Niemals. Dieser Mensch war zu jedem gut! Selbst zu Leuten, die er nicht leiden konnte!«

Im weiteren Verlauf des Nachmittags stürzten sie sich irgendwann doch in medizinischen Kram. Saskia durchforstete Bücher der Neurochirurgie, während sich Damian über einen großen Eingriff informierte. Gespannt rückte sie näher zu ihm und wollte alles erfahren. Es ging um eine Herz-Lungen-Transplantation für einen fünfjährigen Jungen.

»Denkst du, du würdest es schaffen, dass ich einen Haken halten kann?«

»Hm … Muss ich mal überlegen …«, grübelte er.

»Bitte!«, bettelte sie und setzte einen süßen Blick mit klimpernden Wimpern auf.

»Na … hm … Gut, weil du es bist!«

»Was? Wirklich?«

Er lächelte und streifte ihr sanft über den Rücken. »Du bist wunderschön … Weißt du das eigentlich?«, säuselte Damian und schaute ihr tief in die Augen.

Verlegen strich sich Saskia eine Strähne hinter ihr Ohr und biss sich auf die Lippe. Sie bewegte ihren Kopf näher zu seinem und schaltete ihre Gedanken ab. Natürlich hatte sie gemerkt, dass er Interesse an ihr hegte. Er behandelte sie so gut. Es brachte ihr nichts, wenn sie ewig ihrem Mann nachtrauerte. Er würde irgendwann wieder weitermachen, wenn sie gestorben wäre. Wenn sie die Gelegenheit hatte, musste sie diese nutzen. Das schrieb er ihr in seinem Abschiedsbrief. Aber war sie dazu schon bereit?

Als Damian vorsichtig ihren kuscheligen Pullover über ihren Kopf ziehen wollte, schreckte sie zusammen und wich von ihm zurück. »Ich kann das nicht«, murmelte sie überfordert, griff nach ihrer Tasche und verließ hastig die Wohnung. Mit Max war es etwas anderes. Sie dachte, ihren Mann vor sich zu haben. Damian war nicht Leo … Sie könnte weitermachen, aber sie war nicht bereit dazu.

Hastig startete sie den Motor und wollte nur noch weg von hier. Das Leben drehte sich viel zu schnell für sie. Sie spielte Damian etwas vor, bei Max hingegen war es echt, weil sie der festen Überzeugung war, dass er Leo ist. In ihren Gedanken schweifte sie zu der Nacht am Tegernsee und stellte etwas Alarmierendes fest.

»Ach du …!«, fluchte sie und war außer sich. *Ich habe meine Periode diesen Monat nicht bekommen!* Man wurde nicht so schnell schwanger. Das war ein Wunder, wenn ein kleines Wesen in einem heranwuchs. Ich hatte schon zwei solcher Wunder erlebt. Ich wollte kein drittes!

Eine halbe Stunde später hatte sie Rosenheim erreicht, um zum Abendessen mit der gesamten Familie zu erscheinen. In der Apotheke hatte sie kurz angehalten und einen Schwangerschaftstest besorgt. Sie brauchte Gewissheit. Bevor sie sich zu den anderen an den Tisch gesellte, pinkelte sie im Badezimmer auf das Stäbchen. Nervös wusch sie sich die Hände und wartete eine Weile ab.

Bitte nicht. Bitte lass es bloß ein Streifen sein.

Aufgewühlt drehte sie ihren Ring am Finger und bat Leo um Vergebung. Nicht nur wegen der möglichen Empfängnis, sondern wegen ihres gesamten Verhaltens, seit er sie verlassen hatte – eigentlich auch für ihr schreckliches Wesen vor der Reise …

Was würde sie tun, wenn der Test positiv ausfiel? Das Baby konnte von Max oder dem Vergewaltiger sein … Sie schluckte. *Aber ich will nicht schwanger sein! Ich will kein Kind mehr bekommen … Vor allem nicht nach dem Drama bei Leonies Geburt …*

Zwei Streifen.

Na super. Herzlichen Glückwunsch, Saskia.

Enttäuscht warf sie den Test in den Eimer und tappte nach unten. Fälschlicherweise ließ sie in ihren Kreis der Verdächtigen bloß Max und den Vergewaltiger … Dabei gab es einen Dritten im Bunde. Jedoch war sie an einem Abend im Dezember zu betrunken, um sich noch an ein kleines Detail des Ärzteballs erinnern zu können.

Hoffentlich ist es von Max, bangte sie und zog beim Absteigen der Treppen an ihren Fingerkuppen. Ihre Mutter war die Letzte, mit der sie darüber reden wollte. An das Drama um die erste Schwangerschaft mit Niklas wollte sie bloß nicht denken, geschweige denn eine Wiederholung erleben.

Am späten Abend konnte sie nicht den üblichen Weg nach Hause einschlagen … Es beschäftigte sie zu sehr, befruchtet von einem anderen Mann in ihr Liebesnest zurückzukehren, das Leo damals mit Mühe und Not rasch vor Niklas´ Geburt alleine fertiggestellt hatte. In dem Moment der Befruchtung – so glaubte

Saskia – hatte sie ihr ganzes vorheriges Leben, ihren Mann und ihren Sohn verraten. Liebend gerne nahm sie die Einladung ihrer Mutter nach drei Wochen endlich an, wieder Zuhause einzuziehen. Man merkte Hanna an, wie schuldig sie sich fühlte, ihre Tochter in deren schwerster Zeit im Stich gelassen zu haben.

Kapitel 28

Am nächsten Morgen wurde sie von ihrem jüngeren Bruder Paul geweckt, der sie darum bat, ihn mit nach München zur Uni zu holen. Da Saskia ohnehin in die Stadt musste, erfüllte sie ihm den Wunsch. Es war das erste Mal, dass sie seit ihrer Rückkehr nach Hause unter sich waren.

»Schwesterlein. Wieso hast du mir nichts gesagt? Ich wäre doch für dich da gewesen!«

Sie kratzte sich am Kopf und konzentrierte sich auf die Autofahrt.

»Sasi?«

»Man Paul, ich wollte dir dein Auslandsjahr nicht versauen. Wenigstens einem von uns sollte es gut gehen.«

»Tu das bitte nie wieder! Du warst komplett alleine. Wäre ich für dich da gewesen, wäre das mit Niki nie passiert. Ich bin dein Bruder, verdammt!«

»Eben. Du hättest dein Studium vernachlässigt.«

Paul raunte: »Du warst noch nie gut darin, Hilfe anzunehmen oder um sie zu bitten.«

»Na und?« Saskia hielt an der Uni an und wartete darauf, dass ihr Bruder ausstieg.

»Hattest du Angst, dass ich es Mama sage?«

»Vielleicht.«

»Wäre das so schlimm gewesen?«

Sie zuckte mit den Achseln. »Ich wusste, dass mein Leben fortan verkorkst sein wird. Ich wollte deins nicht auch zerstören. Du hast dir einen großen Traum verwirklicht und warst in Neuseeland.«

»Du hättest mir nichts zerstört. Du kannst mich jederzeit anrufen, okay?!«

Saskia zeigte auf die Uhr. »Ich muss zum Dienst. Soll ich dich später wieder mitnehmen?«

Er nickte.

Sie fuhr davon und musste sich etwas beeilen, um pünktlich zu erscheinen. Hektisch zog sie die Dienstkleidung an und hechtete in die Notaufnahme, wohin sie beordert wurde.

»Von Ehr! Wir brauchen Sie! Eine kleine Maschine ist am Tegernsee abgestürzt! Treiben Sie so viele Blutkonserven auf, wie Sie finden können! Die Verletzten treffen in dreißig Minuten ein!«

Saskia warf dem Oberarzt einen lächelnden Blick zu und musste sich im gleichen Moment in den Mülleimer neben ihr übergeben.

»Mein Gott! Wenn Sie schon bei dem Wort Blut brechen müssen, hinterfragen Sie nochmals Ihren Beruf!«, stichelte er.

Saskia ließ den Kommentar so stehen und lief Richtung Blutbank. Sie piepte Damian an, der allerdings nicht reagierte. Sie irrte in den Gängen umher und wusste nicht mehr, wo vorne und hinten war. Alles holte sie ein, was vor über einem Jahr passiert war. Sie hörte die Schreie des Mannes, der erst nach achtzehn Stunden eingeliefert wurde. Dann erinnerte sie sich an den abgetrennten Unterschenkel des Überlebenden, der fälschlicherweise als ihr Mann galt. Sie hörte das Kreischen ihres Sohnes, als er am Grab begriff, dass er seinen Vater für immer verloren hatte.

Mit zittrigen Fingern öffnete sie die breite Brandschutztür des Kellers und hörte die Stimme Damians, der ihr unbedingt helfen musste. Unmöglich könnte sie die Verletzten in der Notaufnahme sehen. Sie tapste zu den beiden Kollegen und klammerte sich an ihn.

»Oh! Äh … Hast du etwas von dem gehört, was wir gerade gesagt haben?«, stotterte Damian perplex und legte seine Arme um sie.

»Ich brauche deine Hilfe. Eine kleine Maschine ist abgestürzt und die Opfer werden gleich eingeliefert, ich. Ich kann das nicht!«

Verständnisvoll nickte er und verschaffte ihr einen Tag im Labor, um von all dem nichts mitzubekommen.

Als Damian sie einige Stunden später aufsuchte, errötete sie sofort. »Hey!«, grüßte er und nahm sich einen Apfel. Er wusste nicht, was er sagen konnte. Hatte sie etwas mitbekommen oder nicht?

Saskia bemerkte, wie ihr Herz flatterte, wenn Damian sie durch seine dunkelbraunen Augen ansah. Aber das Gefühl wollte sie nicht zulassen, weshalb sie aus dem Zimmer flüchtete.

Auf dem Flur machte ihr die Morgenübelkeit wieder schwer zu schaffen, sie musste sich wieder übergeben.

Er hat sich in mich verliebt und weiß, dass es mich nur mit meinen Kindern gibt. Und er ist charmant und gut aussehend …

Natürlich war ihr nicht entgangen, über was sie eben geredet haben. Es ging darum, dass sich Damian total in sie verschossen hatte. Möglicherweise war er sogar der Mann, bei dem sie Leos Rat weiterzumachen annehmen würde. Sie schlurfte nachdenklich über die Krankenhausflure und hatte sich nach dem Gang zur Toilette, um für frischen Atem zu sorgen, verlaufen.

Wo ist das verdammte Labor noch mal?

»Vorsicht!«, schrie Damian, der auf einem Patienten saß und eine starkblutende Wunde zuhielt.

Als er an Saskia vorbeirauschte, konnte sie sich nicht darauf fokussieren, dass er ohne T-Shirt mit seinem durchtrainierten Oberkörper auf dem Patienten saß. Nein, das Einzige, was sie sah, war Leos Gesicht, der mit Mühe und Not ihren und Nikis Namen krächzte. Es wurde ihr alles zu viel, weshalb sie auf dem Krankenhausflur zusammenbrach.

»Saskia? Hey!«

Benommen öffnete sie die Augen und bemerkte, dass Damian ihr mehrfach gegen die Wange klatschte. »Ja?«, hakte sie nach.

»War mein Anblick oberkörperfrei so umhauend?«, scherzte er und half ihr vom Krankenhausboden auf.

»Hast du nicht auf einem Patienten gesessen?«

»Ja, aber ich habe dich auch gesehen, als du umgekippt bist.

Alles gut? Willst du nach Hause?«

»Geht schon.«

»Sicher? Du bist ganz schön blass um die Nase!«, bekundete er fürsorglich.

»Ich habe eigentlich schon seit einer Stunde frei. Ich bringe dich nach Hause, okay? Wartest du hier? Ich bin in zwei Sekunden wieder für dich da!«, schmunzelte er und verdrückte sich in die Ärztelounge.

Sie rieb sich über die Schläfen und trottete langsam zu ihrem Wagen. Sie bat Leo um Vergebung … Aber wie sollte er ihr vergeben, wenn sie sich jetzt von Damian nach Hause fahren ließ und schwach werden würde? Sie setzte sich benommen ans Steuer. Damian war ziemlich offensiv mit seinem Vorhaben, Saskia für sich zu gewinnen. War sie so eine leichte Beute, dass sie sofort darauf einging?

Ihr Kopf schmerzte sehr, der Aufprall auf dem Boden musste härter gewesen sein als gedacht. Dennoch musste sie schnell weg. Damian würde sein Angebot nicht zurücknehmen. Sie steuerte nicht Rosenheim an, sondern Schwabing-Freimann … Leo fehlte ihr so sehr.

Auf der Seite der Flugzeuggesellschaft entdeckte sie damals einen Hoodie von Leo, den sie ihm einst geschenkt hatte. Sie trug ihn fast täglich und hatte ihn nicht einmal gewaschen… Denn sein Geruch war noch daran … und genau diesen Hoodie musste sie jetzt aus der Wohnung holen … und die Fotoalben.

Sie hatte das Gefühl innerlich zu zerbrechen, vor ihrem inneren Auge krächzte er mit letzter Kraft ihren Namen. Wie so oft, wenn die Arbeit sie nicht ablenkte oder sie sich um Leonie kümmerte. Genau in diesen Momenten, wo sie alleine mit sich selbst war, schossen immer wieder diese Bilder in ihren Kopf. Sie schüttelte ihn, aber es wurde nicht besser. Für einen Moment überkam sie zusätzlich die Übelkeit. Sie musste kurz rechts ran fahren und frische Luft schnappen.

Später parkte sie den Wagen auf ihrem Parkplatz und trat in ihr vertrautes Heim ein. Bevor sie die Post auf dem Boden einsammelte, tauschte sie ihren kuscheligen Pulli gegen den Hoodie Leos. »Damian ist toll, ich mag ihn. Aber das fühlt sich alles so falsch an. Du bist es doch, mit dem ich mein Leben verbringen wollte.« Sie nahm ihr Lieblingsfoto von ihnen und drückte es fest an ihr Herz. »Ich vermisse dich so sehr. Kannst du nicht wieder nach Hause kommen?«

Sie vergrub ihre Nase in den Ärmeln des Kapuzenpullovers und schluchzte: »Wie kannst du nur denken, dass ich irgendwann weitermachen könnte …«

Ihre Lippen zitterten, das Wasser schoss in ihre Augen. Sie trottete zur Couch, kuschelte sich in die Decke und hatte das Gefühl, ihm irgendwie nahe zu sein. Es war seine Ecke, seine Kissen, auf denen er jeden Abend einschlief, und sein Pulli.

»Was würde ich dafür geben, dich am Tag der Abreise aufzuhalten … Was würde ich dafür geben, meine schrecklichen Worte zurückzunehmen … Was würde ich dafür geben, um mehr Zeit mit dir zu haben …«

Traurig blickte sie aus dem Fenster, gegen das der Regen heftig prasselte, und erinnerte sich an ihren Abschied für immer zurück.

***

Saskia wollte sich kaum aus seinen Armen lösen. Sanft strich sie über die Konturen seines Sixpacks und starrte sein wunderhübsches Gesicht an. »Musst du wirklich dorthin?«

»Engel, nur noch dieses eine Mal. Versprochen.«

Sie verzog ihre Miene. »Aber wir könnten stattdessen unseren Urlaub machen. Wir haben uns doch alle so sehr darauf gefreut.«

Leo küsste sie zärtlich auf die Stirn, griff nach seiner Unterhose und stand auf.

»Schatz … nicht …«, flüsterte sie traurig und vergrub ihren Kopf unter den Kissen.

»Engel. Das sind die Firmen, bei denen ich von einer Anfrage nur träumte. Ich muss das selbst erledigen.«

Genervt tapste sie aus dem Bett, zog sich ihren Morgenmantel an und raunte: »Es wird sich nichts ändern, oder?«

Leo klappte seinen Koffer zu, hob ihn auf und seufzte: »Du willst schon wieder streiten? Heute?«

»Nein, ich will dich bloß nicht gehen lassen.«

Er zog sie zu sich zurück, strich ihr mit seiner rechten Hand durch ihr voluminöses Haar und lächelte. »Ich habe dir ein Versprechen gegeben. Das werde ich nicht brechen. Nur noch einmal und dann nie wieder, okay? Ich werde mein Wort halten.«

Sie nickte. »Aber es sind drei Monate … Was soll ich denn so lange ohne dich tun?«

»Du hast Niki, der wird dich schon beschäftigen.« Er schweifte mit dem Blick zur Uhr. »Ich muss mich jetzt echt beeilen. Leg dich ruhig wieder hin.«

»Wir bringen dich zum Flughafen«, entschied sie spontan.

»Das ist doch Quatsch. Das brauchst du nicht. Es ist halb drei morgens.«

Energisch schüttelte sie den Kopf, drückte ihn ins Bad und bereitete schnell Sandwiches zu. Sie hatte großen Hunger, ihr Mann brauchte auch eine Stärkung.

Eine halbe Stunde später war Leo bereit, um zum Flughafen zu fahren. »Du musst Niki nicht extra wecken. Bleibt zu Hause. Ich will nicht, dass ihr mitten in der Nacht alleine draußen unterwegs seid.«

Saskia sprang ihm auf die Arme und drückte sich fest an ihn. »Lass uns bitte nie wieder streiten. Ich hätte dir das mit dem Studium viel früher sagen müssen. Ich … Schatz, ich war furchtbar und habe dir nichts gegönnt. Und am wenigsten habe ich die Worte, die ich dir an den Kopf geknallt habe, ernst gemeint. Ich war so wütend auf mich selbst, das habe ich an dir ausgelassen. Das war nicht fair.«

»Mach dir keinen Kopf … Ich weiß, dass du das so nicht gemeint hast«, murmelte er. Seine Miene wurde ernster. Er hatte ihr die Worte nicht verziehen, dafür waren sie zu hart und erst zwei Wochen alt.

»Ich liebe dich. Sehr! Du bist mein Leben«, säuselte sie und klammerte sich fester an ihn. Sie wollte ihn nicht loslassen. Nie mehr … Als ob sie geahnt hätte, dass sie ihn zum letzten Mal sehen würde.

In Windeseile hatte sie sich angezogen, Niki aus seinen Träumen geholt und saß mit ihrem Mann im Auto. Am Flughafen lud er sein Gepäck aus und wollte sich verabschieden, aber Saskia war noch nicht bereit dazu. Sie packte ihren verschlafenen Sohn auf die Arme und begleitete Leo bis zur Sicherheitskontrolle.

»Geh nicht«, bat sie ihn mit zitternder Unterlippe.

»Hey, was hast du denn? Wir standen doch schon so oft hier.«

»Irgendwas ist anders. Ich habe das Gefühl, dich für immer zu verlieren.« *Wegen dem, was ich sagte?*

Besorgt fühlte Leo an ihre Stirn. »Du glühst ja richtig. Hast du dir etwas eingefangen?«

Sie schüttelte aufgebracht den Kopf. »Das ist es nicht. Schatz, ich habe ein flaues Gefühl im Magen. Du weißt, dass ich diesen Blechbüchsen nicht traue. Musst du wirklich noch mal los? Kann das nicht jetzt schon jemand anderes machen?«

Leo strich seinem Sohn durch die Löckchen, küsste seine Frau zärtlich und seufzte: »Engel, mach dir keine Sorgen. In drei Monaten stehe ich wieder hier vor dir.«

Saskia wischte sich einige Tränen weg. »Ich will dich niemals verlieren, Leonardo von Ehr. Hast du das verstanden?«

Er drückte sie fest an sich und gab ihr mehrere Küsse. »Das wirst du nie, versprochen. Denk an unsere Abmachung. Ich werde sie nicht brechen und du auch nicht.« Sein Blick wanderte auf die Uhr. »Ich muss zum Gate, Engel …«

Sie drückte sich fest an ihn und wollte ihn nicht gehen lassen — jetzt, wo sie sich endlich ausgesprochen und versöhnt hatten.

Als der letzte Aufruf zum Boarding kam, zögerte Leo. Er wählte die Nummer seiner Frau und stand vor der geöffneten

Tür des Fliegers. »Ich bleibe, okay? Felix kann das alleine durchziehen. Die Arbeit ist wichtig. Aber ihr seid mir viel wichtiger. Ihr seid mein Leben. Ich brauche diese Reise nicht. Seid ihr noch am Flughafen?«

»Schatz. Ich. Ja, bin ich.«

»Okay, fahrt nicht ohne mich nach Hause. Ich bleibe.«

Saskia blieb still.

»Engel? Bist du noch dran?«

Sie küsste ihren Sohn auf die Stirn und schüttelte entschlossen den Kopf. In diesem Moment hörte sie nicht auf ihr Herz, sondern auf ihren Verstand. Es waren die Firmen, von denen er geträumt hatte, irgendwann entdeckt zu werden. Das bedeutete seinen großen Durchbruch. Sie konnte ihm diesen nicht verwehren, weil sie irgendein Gefühl hatte.

»Nein, steig bitte in den Flieger. Es sind Firmen, mit denen du niemals gerechnet hättest. Du musst dorthin.«

»Ich fliege nur, wenn du das wirklich willst. Die Firma ist ein Traum, aber ihr seid der viel größere, wertvollere für mich.«

Ihr kullerten Tränen über die Wangen. »Steig ein. Wir wissen das. In drei Monaten sehen wir uns wieder, ja? Wir lieben dich.«

»Ich liebe euch auch.«

»Ruf sofort an, wenn du gelandet bist!«

»Mache ich, bis später.«

Kapitel 29

Der Absturz eines Kleinflugzeugs und Damians Verdacht, Leo behandelt zu haben, warfen Saskia um einige Tage, gar Monate zurück. Sie hatte sich mit Damian befasst, mochte ihn immer mehr und schätzte seine Gefühle für sie sehr. Für einen kurzen Augenblick stellte sie sich sogar vor, eine gemeinsame Zukunft mit ihm zu haben.

Aber ihr Mann nagte immer noch an ihr. Um wirklich abzuschließen, hätte sie seine Leiche sehen müssen. Wenn die Polizisten recht hatten, würde das nie geschehen. So lange lebte sie in Unwissenheit. Sie könnte auf ihren Kopf hören und den Tod endlich annehmen, aber ihr Herz wehrte sich lauthals dagegen. Hätte sie im Juni 2010 auf ihr Herz statt des Verstandes gehört, würde ihr Mann noch leben.

Seit des Unglücks vor drei Tagen hatte sie die Klinik nicht mehr betreten. Damian hatte sie mehrfach versucht, zu erreichen, und machte sich große Sorgen, weshalb er nach seinem Bereitschaftsdienst zu Saskias Adresse fuhr und Sturm klingelte.

Mit verzottelten Haaren, dem Hoodie Leos und einer schlabbrigen Jogginghose öffnete sie die Tür.

»Hey, geht`s dir gut?«, fragte Damian erschüttert von ihrem Anblick und trat ein.

»Wie geht`s schon einer Frau, die die zwei wichtigsten Menschen in ihrem Leben verloren hat …«, murmelte sie bemitleidenswert.

Damian schüttelte den Kopf. »Saskia, das geht so nicht mehr weiter. Du musst es endlich akzeptieren und wieder anfangen, dein Leben zu genießen.«

»Was redest du da?«, brüllte sie.

»Saskia, du machst dich selbst kaputt. Dein Mann würde sich im Grab umdrehen, wenn er dich so sehen würde.«

Entsetzt erhob sich Saskia wieder von der Couch und marschierte auf ihn zu. »Wage es bloß nicht noch einmal, über meinen Mann zu reden!«

Er runzelte die Stirn. »Wach auf! Dir ging es in letzter Zeit viel besser. Du musst ihn endlich loslassen … vor allem seinen Krempel.« Er rümpfte seine Nase. »Du riechst, als ob du in Kerosin gebadet hättest.«

»Lass mich!«, kreischte sie, griff nach dem Spielzeug ihrer Tochter, das auf dem gesamten Boden verteilt war, und warf ihren Freund damit ab. »Verschwinde! Sofort!«

Damian seufzte: »Saskia, ich möchte dir doch nicht wehtun. Ich will dich wieder lachen sehen. Du hast es verdient. Bitte lass mich dir helfen.«

Sie verschränkte ihre Arme und wusste nicht, wobei er ihr helfen könnte – außer er würde Mann und Sohn nach Hause bringen.

Er redete lange auf sie ein und schaffte es, sie wenigstens unter die Dusche zu stellen. Währenddessen räumte er die Wohnung auf und warf den Hoodie Leos in die Waschmaschine.

Nachdem Saskia frische Klamotten getragen hatte, nahm er sie mit an die frische Luft. Sie spazierten zum Englischen Garten, doch Damian musste Saskias Ruhe kurz unterbrechen. »Saskia, du kannst seinen Tod vielleicht nicht annehmen oder akzeptieren, aber denk an den Mann, den du liebst. Er hätte sich längst bei dir gemeldet, wenn er es überlebt hätte.«

Damit hatte es Damian auf den Punkt gebracht. Wenn Leo das überlebt hätte, hätte er sich bei ihr und Niki gemeldet – und sie musste ihm recht geben, dass sie sich an der frischen Luft besser fühlte.

Sie verabschiedete sich nach dem Spaziergang von Damian und versicherte ihm, sich nicht so hängen zu lassen. Irgendwo hatte er ja recht. Saskia drehte den Schlüssel im Schloss um und hing ihren Parka auf. Verunsichert schnüffelte sie an ihrer Jacke, aber die war es nicht, die so penetrant nach Leos Parfüm roch.

»Leo?«

Sie legte den Schlüsselbund auf das Sideboard neben der Haustür und lief durch die Wohnung. Jeden Fleck suchte sie ab, aber fand nichts. *Ist er etwa in unserer Wohnung? Wie sollte sonst der Duft seines Parfums im ganzen Raum stehen?*

Bis sie abends im Bett lag, hatte sie sich nicht mehr beruhigen können. Es war ein Hinweis, der erneut ihr Herz als Entscheidungsgewalt anstatt des Verstandes beflügelte. Gab es irgendeinen Grund dafür, wieso er sich nicht bei ihr melden könnte?

Ohne eine Antwort zu finden, ließ sie ihren Kopf ins Kissen fallen. Dabei hörte es sich so an, als ob sie ein Papier zerknittert hätte. Sie knipste das Nachtlicht an und hob ihr Kopfkissen an. Tatsächlich lag darunter ein Umschlag, der an sie adressiert war. Hektisch riss sie ihn auf und faltete den Brief auf.

Liebe Saskia,

es tut mir alles so unendlich leid. Ich wollte nie, dass es so kommt, wie es gekommen ist.

Unser Verhältnis war nie das beste und daran bin ich ganz alleine schuld. Ich hatte mir eine andere Schwiegertochter erwünscht, das weißt du, denn ich habe es mehr als einmal betont.

Verzeih mir bitte!

Ich mische mich immer in alles ein und darauf bin ich nicht stolz. Ich würde so gerne die Zeit zurückdrehen und alles besser machen. Aber so einfach ist das leider nicht.

Du hasst mich ... Und das kann ich verstehen. Aber glaube mir, dass ich mich ändern wollte. Hans und ich hatten ewig mit Leo vor dem Flug telefoniert. Wir hatten ihm versprochen, endlich vernünftig zu sein und uns wie erwachsene Menschen zu verhalten.

Das wollte ich - glaube mir das bitte!

Niemand konnte ahnen, dass diese Maschine vom Himmel fällt. So sehr es uns auch getroffen hat, ich wollte für dich da sein, dich unterstützen. Mein Sohn war das Wichtigste in deinem Leben.

Du konntest seinen Tod nicht akzeptieren, wofür ich kein Verständnis hatte - und das war furchtbar von mir. Doch du musst mir glauben, dass ich dir Niklas niemals weggenommen hätte.

Saskia runzelte die Stirn. Gundula reute ihre Tat? Was war da denn bitte vorgefallen? Hatte sie eingesehen, dass sie zu alt war, um sich um Niki zu kümmern?

Sie drehte das Blatt gespannt um und las weiter.

Weißt du noch, als du diese vielen Schlaftabletten genommen hast? Ich habe das Jugendamt nicht eingeschaltet, genauso wenig hätte ich es an dem Geburtstag meines toten Sohnes getan. Du bist nicht auf das Auto zugelaufen, es raste ungebremst auf dich.

Ich hoffe, dir geht es gut und du hast das Baby dennoch bekommen.

Ich hatte keine Wahl, Liebes. Ich musste es tun. Ich wurde erpresst. Natürlich hatte es mich stutzig gemacht, dass du Hoffnung hattest. Also habe ich Nachforschungen angestellt ... Ab diesem Tag wurde ich zur Gefahr. Eine Frau, die die Wahrheit bald herausfinden würde und alles zerstören könnte.

Hör bitte auf, zu forschen. Wenn du die Wahrheit kennst, musst du sterben. Sei nicht so dumm wie ich. Die Kinder brauchen dich. Nimm seinen Tod an, das ist alles, um was ich dich bitte. Dass du mir verzeihst, kann ich nicht verlangen. Aber es würde mich sehr freuen. Leo hätte keine bessere, bezauberndere Frau als dich finden können. Ich bin froh, dass du ihn glücklich gemacht hast.

Bitte hör auf, an Leos Leben zu glauben. Nur dann hast du eine Chance, Niklas nach Hause zu holen.

Tu es, bitte.

Niklas muss weg von hier. Er muss nach Hause zu seiner liebevollen Mutter.

Lebe wohl, Gundula.

Kapitel 30

Mithilfe ihrer Arbeit und Lernunterlagen vermied Saskia, komplett durchzudrehen. Was war es für eine Wahrheit, für die sie sterben müsste? Durfte sie nicht forschen, weil er überlebt hatte?

All die Wochen und Monate hatte sie ihre Schwiegereltern verflucht, ihnen den Tod gewünscht … Doch es war alles anders, als es schien. Niklas wurde ihr nicht von den Schwiegereltern weggenommen, sondern musste als Druckmittel dienen, damit Gundula und Hans über die Wahrheit schwiegen.

Zum ersten Mal hatte Saskia den absurden Verdacht, dass der Irre, der das Flugzeug abstürzen ließ, es auf ihre Familie abgesehen hatte. Der Kreis würde sich schließen … Es wäre ein plausibler Grund, wieso ihr gedroht wurde.

So brisant sie sich auch für die Wahrheit interessierte, musste sie zum allerersten Mal auf den Rat ihrer Schwiegermutter hören. Sie richtete den Fokus auf die Prüfung und vermied es, öffentlich über ihren Mann zu sprechen.

Vermutlich wurde sie beobachtet. Daher schmiedete sie einen Plan, wie man ihr abkaufen könnte, dass sie den Absturz ruhen ließ und weitermachte …

Zwei Wochen vor der Prüfung hechtete Saskia entschlossen zu Damian in den Aufzug. Lässig lehnte er an der Wand des Fahrstuhls, zog sich die OP-Kappe von dem Kopf und fuhr sich durch sein dunkelbraunes, lockiges Haar. Dann musste er schmunzeln, als sich Saskia ihre kurze, hellblonde Strähne hinter das Ohr strich und lächelte.

Erst am Anfang dieser Woche war sie zum Friseur gegangen und hatte sich zu etwas durchgerungen, was sie bisher nie unternommen hatte. Grundlegend liebte sie ihr langes, hellbraunes, welliges Haar, aber es brauchte eine Veränderung. Denn das Leben der letzten Monate hatte sie verändert. Diese Frisur trug sie schon immer: in der Grundschule, in der weiterführenden Schule und im Studium. Seit fast neunundzwanzig Jahren hatte sie diese Frisur in ihrem Leben begleitet. Möglicherweise brauchte sie genau jenen Schritt, um weiterzumachen. Das lange, hellbraune Haar war quasi die Identifikation des Lebens mit Leo … Sie versuchte, sich anzupassen. Keinesfalls wollte sie ein neuer Mensch werden, aber es war an der Zeit, etwas zu ändern. Sie fühlte sich im Moment wohl mit dem schulterlangen, blondgesträhnten Haar.

»Diese Frisur, Saskia. Die steht dir so verdammt gut!«, bekundete Damian schmunzelnd.

»Danke!«, kicherte sie.

»Wie war dein Tag bisher?«, fragte er vorwitzig.

»Ganz gut! Und deiner?«

»Ja, geht. Wir haben gerade einen verloren …«

»O nein … Das tut mir echt leid!« Sie streifte ihm über den Oberarm.

»Gehört leider dazu … Wie klappt es beim Lernen?«, lenkte er vom Thema ab und nahm ihr die Karten aus der Hand.

»Ich bin bereit!«, posaunte sie glücklich.

Damian zeigte einen Daumen nach oben und nickte zufrieden: »Habe ich dir doch gesagt, du wirst die Leute umhauen bei der Prüfung. Die werden rausgehen und wetten, dass sie in einigen Jahren von deiner ersten Forschung hören!«

»Quatsch … So gut bin ich auch wieder nicht!«, leugnete sie.

Vom Gegenteil überzeugt, zog Damian eine Karte aus dem Lernkartenstapel und präsentierte ihr einen Fall. Ohne, dass er daran gezweifelt hätte, ratterte Saskia jeden der Schritte herunter und gab Ausblicke auf eine Prognose.

»Aber du kannst es nicht«, schmunzelte er und steckte die Karten in die Tasche seines Arztkittels.

»Ohne deine Hilfe hätte ich das *nie* hinbekommen!«, gab sie zu, stellte sich auf ihre Zehenspitzen und berührte mit ihren Lippen die Damians.

Er erwiderte den Kuss, fuhr mit seiner Hand gefühlvoll in ihre kurzen Haare und kicherte: »Erzähle keinen Quatsch, ich habe dich lediglich abgefragt. Du hast das alles alleine in deinen Kopf bekommen.«

Plötzlich hielt der Fahrstuhl ohne Vorankündigung an und ließ Saskias Beine zittern. Sie hasste Aufzüge und nutzte ihn nur, wenn sie Patienten in den OP-Trakt brachte. Ansonsten nahm sie immer die Treppen. Ihr Herz flatterte. Letztens hatte sie erst in einem Dokumentarfilm gesehen, dass ein Aufzug ungebremst zum Boden donnerte. Die Menschen hatten es nicht überlebt.

»Keine Sorge. Das passiert mindestens dreimal in der Woche. Der Aufzug wird zu oft genutzt«, beruhigte Damian sie und betätigte den Notknopf. Daraufhin setzte er sich auf den Boden und atmete tief durch. »Eigentlich werde ich im OP erwartet. Na ja.«

»Ich hasse Aufzüge«, stotterte Saskia und verschränkte die Arme. »Was ist, wenn die Seile reißen?«

Damian griff ihre Hand und zog sie zu sich. »Vor vier Wochen wäre dir das ziemlich egal gewesen oder? Du hast in dem Pulli deines Mannes gesteckt und dich komplett gehen lassen. Heute stehst du hier und fürchtest den Tod. Was hat sich gewandelt?«, hakte er ernst nach.

Saskia schaute nachdenklich auf den Boden. Die Wahrheit, wieso sie sich so anders verhielt, konnte sie ihm nicht sagen.

»Du hast Angst zu sterben, somit hast du etwas zu verlieren. Du bist nicht fertig auf dieser Welt. Das ist gut! Diese Motivation gefällt mir viel besser!«

Saskia brachte ein Lächeln auf ihre Lippen und stieß mit ihrer Schulter gegen Damian. Für einen Moment schauten sie sich tief in die Augen.

»Ich weiß, wie es sich anfühlt einen wichtigen Menschen in seinem Leben zu verlieren.« Damian hielt für einen Moment inne und rieb sich über die Augen. Er seufzte: »Meine kleine Tochter wurde nur drei Monate alt. Plötzlicher Kindstod. Ich wollte immer in die Neurochirurgie gehen, aber seit diesem Tag haben sich meine Präferenzen geändert.«

Sichtlich mitgenommen umarmte Saskia ihr Gegenüber und fuhr ihm durch sein Haar. »Sie hätte sich keinen besseren Vater wünschen können.«

Damian wischte sich Tränen aus dem Gesicht und setzte ein Lächeln auf. »Lilly wäre jetzt zwei Jahre alt … Dein Leben geht weiter, egal wie falsch es sich anfühlt. Du wirst nie darüber hinwegkommen, aber du musst etwas Positives finden. Ich habe mich in die Arbeit gestürzt und für jeden meiner kleinen Patienten einhundertzwanzig Prozent gegeben.«

»Schöner Name!«, murmelte Saskia. »Was ist mit ihrer Mutter?«

Damian lächelte: »One-Night-Stand. Ich habe sie seit der Geburt nicht mehr gesehen. Sie wollte abtreiben, aber ich wollte meiner Tochter ein schönes Leben bieten. Na ja …« Er kratzte sich am Kopf. »Wie sieht es heute bei dir aus? Bist du schon eingeplant oder hast du Lust, später bei einer Nierentransplantation dabei zu sein?«, lenkte er vom Thema ab.

Saskia meldete sich wie beim Militär zum Dienst bereit.

Damian drückte sie an sich und säuselte: »Weißt du eigentlich, wie hübsch du bist?«

Verlegen drehte Saskia eine ihrer kurzen Strähnen um den Finger.

»In deiner Nähe muss man sich echt beherrschen!«, flüsterte er ihr ins Ohr.

»Vielleicht meinte ich mit meinem Satz von eben auch etwas anderes«, hauchte Saskia in sein Ohr und strich ihm sanft über den durchtrainierten Oberkörper. Ihre Finger umschlossen den Kragen seines Arztkittels. Sie zog ihn näher zu sich, sodass sich beide Nasenspitzen berührten. Sie lächelten und bewegten ihre Lippen zueinander. Damians Hände wanderten von ihren Schulterblättern hinab zur Taille. Sie sprang hoch und klammerte sich mit den Beinen an seinem Oberkörper fest. Wild küssten sie sich.

Während Saskia versuchte, Damians OP-Hemd vom Oberkörper zu reißen, bekam sie plötzlich Flashbacks in den Kopf. Sie hatte das Gefühl, das schon einmal durchlebt zu haben ... Nur knöpfte sie damals ein weißes Hemd auf, anstatt ihm die Arbeitskleidung über den Kopf zu ziehen.

Aber wann sollte ich das getan haben?

Als sie ihm das Oberteil fast über den Kopf gezogen hatte, rüttelte der Fahrstuhl. Das leise Summen signalisierte, dass sie sich wieder bewegten.

»Später«, hauchte Damian, zog sich die OP-Kappe auf und huschte nach einem gefühlvollen Kuss beim nächsten Halt aus dem Aufzug zum OP-Trakt.

Die Türen schlossen sich, der Fahrstuhl bewegte sich langsam nach unten. Saskia sah sich im Spiegel an. Nervös zog sie den Herzanhänger von Leos Kette nach links und rechts. Sie hatte das Gefühl, sich übergeben zu müssen. War es wirklich ein Schritt in die richtige Richtung? Denn es fühlte sich verdammt falsch an.

Irgendwann würde sie herausfinden, was diese Wahrheit ist. Aber bis dorthin musste sie die Füße still halten, um ihren Sohn nach Hause zu holen.

Kapitel 31

Schweißgebadet verließ Saskia am 30. März das Besprechungs-zimmer und musste sich im nächsten Moment sofort übergeben. Wie hart hatte sie für diese Abschlussprüfung gelernt. Sie war der festen Überzeugung, sie bestehen zu können. Aber die abschlie-ßende Fragerunde am zweiten Tag hatte sie komplett vergeigt. Sie war ohnehin aufgeregt. Immerhin entschied sich heute, ob sie als Ärztin praktizieren durfte! Aber zusätzlich plagten sie am heuti-gen Tag üble Schwangerschaftssymptome, die ihr die Konzent-ration auf das Fachliche ziemlich vermiesten.

Sie lehnte sich gegen die Wand im Krankenhausflur und ließ die Prüfungstage Revue passieren: Gestern, am ersten Tag des dritten Abschnitts der ärztlichen Prüfung, lief alles glatt. Sie fer-tigte bravouröse Fallberichte ihrer Patienten an und präsentierte sich hervorragend bei der Prüfung zu Anamnese- und Untersu-chungstechniken in den Patientenzimmern. Nach dem gestrigen Tag war sie sich sicher, ihre Approbation zu erhalten. Aber nach den letzten Stunden hatte sie ihre Hoffnung verloren.

In ihrem praktischen Jahr hielt sie sich zu lange in der Chirurgie auf, weshalb das der einzige Bereich der vier Fächer gewesen war, bei dem sie sich sicher war, alles akkurat beantwortet und analy-siert zu haben. Mit der inneren Medizin kam sie nicht mehr ohne Probleme klar, da sie bei einem Fall nicht absolut sicher war.

Die Klopfer waren die Neurologie und die Dermatologie, mit letzterer hatte sie sich gar nicht auseinandergesetzt, weil sie sie nicht interessierte. Bei ihrem heiß geliebten Fach der Neurologie, welches ihr Wahlfach im praktischen Jahr wurde, versagte sie gnadenlos. Bei den einzelnen Fragen musste sie sich mehrfach übergeben und konnte sich wichtige Details nicht merken.

Aufgelöst und enttäuscht begann sie zu weinen, weil sie für dieses Fach brannte und gnadenlos untergegangen war.

Eine Hand legte auf ihrer Schulter auf und drehte sie zur rechten Seite. »Und wie war´s?«, hakte ihr Freund Damian interessiert nach, der vermutlich frisch aus einer OP zu ihr geeilt war. Er trug noch immer seine royalblaue OP-Kappe mit weißen Ankern.

Saskia schüttelte traurig den Kopf und sank an der Wand nieder. Damian beugte sich zu ihr hinunter und gab ihr einen Kuss auf die Stirn. »Hey, es war bestimmt gut! Ich dachte auch, dass ich nicht bestanden habe. Kopf hoch und die Hoffnung nicht verlieren!«, tröstete er sie und setzte sich zu ihr.

»Neurologie lief so scheiße, ich hatte einige körperliche Probleme. Ich … ich …«, stotterte sie.

»Du bist schwanger, das weiß ich Saskia. Aber du hast es Ihnen sicher gesagt und dann sind Sie etwas nachsichtiger.«

Erstaunt sah sie ihn an. *Woher weiß er das?*

»Schau doch nicht so ungläubig. Du bist ungefähr im vierten Monat. Ich bin Arzt, ich sehe das.«

»Und du willst trotzdem mit mir zusammen sein?«

Damian prustete: »Manchmal stellst du wirklich blöde Fragen. Wenn du nicht so süß wärst, würde ich dir jetzt eine Ohrfeige geben.« Stattdessen gab er ihr einen Kuss auf die Wange und fügte hinzu: »Natürlich würde ich trotzdem jeden Tag meines Lebens mit dir gemeinsam verbringen wollen. Selbst wenn du fünf weitere Kinder mit deinem Mann hättest, wäre es mir egal. Ich weiß, dass es dich nur zusammen mit deinen Kindern gibt. Ich liebe sie – auch wenn es nicht meine sind!«

Er schaffte es jedes Mal mit seiner charmanten und liebevollen Art, Saskias Herz zu erwärmen. Spielte sie ihm bloß vor, verliebt zu sein, oder regte sich tatsächlich etwas in ihr?

Sanft strich er ihr die Haare aus dem Gesicht und küsste sie auf die Kopfhaut. »Du bist bezaubernd.«

Wie oft hatte Leo sie als *bezaubernd* bezeichnet? Saskia vergrub ihr Gesicht in den Händen und seufzte laut auf. Vor zwei Jahren wollte sie endlich ihr Studium beenden. Der Preis dafür war zu hoch … Sie wollte ihren Mann, ihr Kind und den Beruf haben. Nicht nur eines davon.

Die Tür des Besprechungszimmers öffnete sich. »Frau von Ehr?«, rief einer der Prüfer.

Damian half seiner Freundin nach oben und schickte sie in das Zimmer herein. Während er draußen mitfiebernd auf und ab lief, konnte Saskia drinnen ihren Augen nicht trauen. Sie erhielt ein Zeugnis zur bestandenen ärztlichen Prüfung. Als sie einen Blick auf die Note warf, fiel ihre Kinnlade herunter.

»Wir gratulieren Ihnen von ganzem Herzen, Frau von Ehr! So eine erstklassige Prüfung haben wir schon lange nicht mehr gesehen! Stehen Sie sich selbst nicht im Weg, wenn Sie denken, Sie wären nicht gut genug. Sie waren *sehr* gut! Herzlichen Glückwunsch!«

Mit dem Zeugnis torkelte sie benommen vor Glück aus dem Zimmer.

»Und?!«

Saskia grinste breit und zeigte stolz auf ihre Gesamtnote. »Eins Komma drei!«, rief sie laut und sprang in die Luft.

Er klatschte und nahm sie danach auf seine Arme. Sie klammerte ihre Beine um seine Taille und küsste ihn. »Danke dafür! Deine Lernkarten und deine Methode. Ohne dich …«

Widerspenstig schüttelte Damian den Kopf und verbesserte sie: »Ohne mich hättest du das auch geschafft. Das ist *dein* Verdienst. Na los, das muss gefeiert werden!«

Nachdem Damian Leonie aus der Krippe geholt hatte, fuhren die drei nach Rosenheim. Saskia wusste nichts von der Party, die ihre Mutter gemeinsam mit Damian organisiert hatte.

»Erzähl endlich, wo es hingeht!«, forderte sie ihn mehrfach auf. Doch er schwieg still und schenkte ihr bloß immer wieder ein freches Grinsen. Erst als sie die Umgebung Rosenheims erkannte, wusste sie, wo sie hinfuhren.

Damian parkte den Wagen in der Einfahrt, nahm Leonie aus dem Kindersitz und führte Saskia zur Haustür. Sie öffnete die Tür des Wohnzimmers und entdeckte ihre ganze Familie. Ein

Banner mit der Aufschrift »Herzlichen Glückwunsch, Frau Doktor« hing über der Couch. Applaudierend und mit Liebkosungen wurde sie von der gesamten Familie begrüßt.

Als sich jeder hinsetzte und Saskia eine Ansprache halten wollte, streifte Damian aus Versehen das Sideboard. Dadurch geriet das Hochzeitsbild von Leo und ihr ins Wanken und fiel auf den Boden. Das Glas des Bilderrahmens klirrte, als es auf den Fliesen aufschlug, und zerbrach. Ein kalter Schauder lief Saskia über den Rücken. Aufgebracht trat sie vom Tisch zurück und huschte aus dem Haus.

Sie versuchte, weiterzuleben, aber es gelang ihr nicht. Es traf sie wie ein Schuss ins Herz, als das Bild vom Sideboard kippte. Alles was hinter ihr lag, fühlte sich wie ein Scherbenhaufen an, den sie zu einem solchen angerichtet hatte. Leo war die Liebe ihres Lebens. Traurig sah sie zum Himmel. Von irgendwo da oben hatte er ihr zum Bestehen der Prüfung verholfen, anders konnte sie es sich nicht erklären.

»Du wirst eine richtig gute Ärztin werden! Steck deinen Kopf nicht direkt in den Sand, wenn ein Semester nicht gut läuft. In zehn Jahren schaust du zurück und hast schon eine Forschung gestartet. Ich kann mir keine bessere und liebevollere Ärztin als dich vorstellen!«, hörte sie seine wispernde Stimme.

Eine Träne kullerte über ihre Wange. »Ich werde dich immer lieben, denn du warst die Liebe meines Lebens!«, sprach sie gen Himmel. »Bitte gib mir ein Zeichen, ob es in Ordnung ist, weiterzumachen. Damian ist toll, aber die Kinder … Ich möchte, dass du ihr Papa bleibst und nicht ein anderer. Ich möchte nicht, dass du denkst, dass wir dich irgendwann vergessen.«

Leise hörte sie Schritte aus der Ferne. »Saskia? Es tut mir so leid. Ich wollte das nicht!«, rief Damian von Weitem und sprintete zu ihr. »Verzeihst du mir?«

Lächelnd nickte Saskia und küsste Damian. »Ich hatte bisher keine Zeit, Leo von dem heutigen Tag und von uns zu erzählen, das musste ich unbedingt nachholen!«, erklärte sie sich und spazierte mit ihm zurück zum Elternhaus.

»Hat er etwas dazu gesagt?«, erkundigte sich Damian interessiert.

Zufrieden flüsterte sie ihm ins Ohr: »Er findet dich auch ganz in Ordnung!«

Damian zog scherzhaft eine Augenbraue nach oben und witzelte: »Wie *nur* ganz in Ordnung? Ich bin der Traum jeder Frau. Prachtvolles Haar, braune Augen, durchtrainierter Körper, charmant, liebevoll …«

Saskias Zeigefinger wanderte auf seine Lippen. »Pscht, wenn er das hört, wird er noch neidisch!«, schmunzelte sie.

Damian drückte ihr einen Kuss auf die Wange und legte seinen Arm um sie. Wenig später gesellten sie sich zurück an den Tisch, an dem die gesamte Familie auf die frischgebackene Ärztin wartete. Sie freute sich und war verdammt stolz, ihren Traum endlich erfüllt zu haben.

Aber Gundulas Worte ließen sie nicht mehr los. Saskia befolgte seit zwei Wochen ihren Rat, Leos Tod zu akzeptieren und keine Nachforschungen anzustellen. Gundula meinte, wenn sie das befolge, wäre die Chance groß, Niklas nach Hause zu holen. In den ersten Tagen fühlte es sich furchtbar an, Damian vorzuspielen, dass sie in einer Beziehung seien. Aber er hatte recht, dass er der Traum jeder Frau sei. Er behandelte Leonie und sie wie Prinzessinnen. Ihr gefiel es sehr und irgendwie genoss sie es, Damian in ihrer Nähe zu spüren.

Aber würde sie dadurch Niklas zurückbekommen?

Kapitel 32

Am nächsten Tag schlenderte Saskia gemeinsam mit ihrem Mädchen und Damian durch das Olympia-Einkaufszentrum, dem größten Shoppingcenter Bayerns. Bepackt mit ihren Tüten und einem Eis in der Hand drehten sie am Ende des Einkaufshauses um und wollten zur nächsten Etage hochfahren.

»Was ihr Frauen immer an shoppen findet«, nörgelte Damian beim Blick auf die Uhr.

»So lange sind wir doch noch gar nicht hier …«

Demonstrativ wies er ihr die Uhrzeit. »Wir sind seit zweieinhalb Stunden hier.«

»Nur noch einmal nach ganz oben, dann sind wir fertig, okay?«

Damian willigte ein, doch Saskia änderte plötzlich ihre Meinung. »Weißt du was, lass uns besser gehen.« Sie drehte sich schnell um und zog Damian mit.

»Alles okay?«

»Siehst du den Typen dahinten? Mit der Cap?«

Er nickte.

»Der hat sich im Trauerbekämpfungsseminar immer an mich rangemacht. Ich kann den gar nicht ab!«

Damian schmunzelte: »Der sieht aus wie ein Pädophiler oder ein Schwerverbrecher. Nichts gegen sein Aussehen, er wirkt freundlich, aber der Blick! Lass uns schnell gehen!«

Sie wechselten ihre Richtung und verdrückten sich in das nächstgelegene Geschäft, das ausgerechnet ein »Build-a-Bear«-Shop war. Immerhin gab es keinen Grund, Tom hier zu begegnen.

»Schau mal, wie süß!«, sagte Damian und zeigte auf einen Plüschelefanten. »Ich mache deiner Tochter eine Freude. Schau mal, wie sie ihn anstarrt!«

Lächelnd stimmte Saskia zu und sah, dass ein Junge beim Rausgehen genau so einen Elefanten verloren hatte. Sie hechtete ihm hinterher. »Hey Kleiner!« Sie bückte sich und hob das Kuscheltier auf, als sich der Junge umdrehte. Es fühlte sich an, als ob sie von einem Auto überfahren wurde.

Dunkelbraune Locken, türkisblaue Augen.

Für einen Moment erstarrte sie. Vor Saskias Auge spielte sich die Szene ab, als sie im Krankenhaus nach dem Unfall im Dezember aufwachte und machtlos dabei zusehen musste, wie Hans und Gundula Niklas packten und ihn mit heftigem Kreischen von ihr wegnahmen.

»Mama!«, rief das Kind laut und sprang ihr um den Hals.

»Niklas«, flüsterte sie erstaunt und wusste nicht, wie ihr geschah. Fest drückte sie ihren Sohn an sich und küsste ihn mehrfach. Freudentränen verließen ihre Augen.

»Bist du groß geworden!«, staunte sie und wollte ihn nicht mehr loslassen.

»Hilf mir, Mami!«, flüsterte der Kleine in ihr Ohr und zeigte auf eine Frau, die wutentbrannt auf Saskia zustürmte.

»Würden Sie bitte auf der Stelle das Kind loslassen!«, befahl diese.

Saskia sah die Hysterische erstaunt an. »Das ist mein Sohn und die Frage ist hier wohl eher, wer Sie sind!«

Die Frau schaute ernst. »Ach, Sie sind das! Carlotta Bungert, ich bin Niklas´ Pflegemutter.«

Saskia zog eine Augenbraue nach oben. »Wie *Pflegemutter*? Was ist mit seinen Großeltern?«

»Die sind verreist und so lange ist er bei mir«, stotterte sie und errötete.

»Mhm.« Das »Lebe wohl« in Gundulas Brief erhielt komplett neue Dimensionen. Musste sie tatsächlich wegen der Wahrheit sterben?

Frau Bungert sah Niklas schief an. »Kommst du zu Mami?«

»Nein! *Das* ist Mami!«

Da Frau Bungert Niklas gewaltsam aus Saskias Armen entreißen wollte, mischte sich Damian ein. »Jetzt ist aber Schluss!

Das Kind hat ein Recht darauf, bei seiner leiblichen Mutter zu sein. Sie sind, wie Sie sagten, *nur* die Pflegemutter. Als solche müssen Sie sich darüber bewusst sein, dass das Kind jederzeit zurückgeführt werden kann! Ich rede mit meinen Kollegen vom Jugendamt und die Pflegschaft ist schon morgen aufgehoben!«

Die Frau dampfte kopfschüttelnd ab und tönte groß, dass dieses respektlose Verhalten ein Nachspiel haben würde. Ungläubig staunte Saskia über Damians wortgewandte Ader. »Wie kamst du denn darauf?«

Er zuckte mit den Achseln und lächelte. »Hat doch gut funktioniert oder? Am besten reden wir morgen direkt mit dem Jugendamt oder Paul macht sich vorher noch einige Stichworte. Solange hat es Niklas gut bei uns!«

Niki tippte Damian an und grinste: »Danke, das war toll von dir! Wer bist du denn?«

Zögerlich sah Damian zu Saskia. Sollte er sich als Kollege dessen Mutter vorstellen oder als Partner?

»Das ist Damian, Mamas Freund«, kam ihm Saskia zuvor.

»Freund?«, fragte Niklas nach.

»Ja, wir haben uns sehr gerne«, versuchte sie, ihm die Sache zu erklären.

Niklas lächelte, bedankte sich bei seinem Helfer und flüsterte: »Machst du Mama noch mal glücklich?«

Damian musste schmunzeln und nickte.

Auf dem Weg zum Parkhaus trafen sie ausgerechnet auf Tom. Saskia machte sich kleiner, doch es funktionierte nicht. Er entdeckte sie sofort. *Auch das noch,* dachte sie sich genervt

»Hey! Sag mal, gehst du mir aus dem Weg?«

Saskia schüttelte den Kopf. »Ach Quatsch, die Feiertage, meine Prüfungen und die Kinder. Wie das eben ist. Ich melde mich schon, wenn ich wieder Zeit habe! Mach dir keinen Kopf!«

»Hm, okay. Auf jeden Fall schade, dass wir uns so lange nicht mehr gesehen haben! Dein Neuer?«

»Ja, auf jeden Fall!«, log sie. *Und was antwortete ich jetzt auf die*

Frage zu Damian? Sie überlegte kurz. »Ja!«

»Hm. Schade. Ich dachte, da wäre eine gewisse *magische* Bindung zwischen uns. Zumal wir das gleiche Schicksal teilen.«

Saskia schätzte ihn doch richtig ein, dass er mehr von ihr wollte als nur Freundschaft. Aber mehr als das konnte sie ihm nicht bieten.

Tom rauschte ab und ließ sie in Ruhe.

»Sehr seltsamer Typ«, wiederholte Damian seine Anfangshypothese und setzte Leonie in den Wagen.

Saskia beobachtete ihr Kind während der Fahrt. Seine türkisblauen Augen strahlten so eindrucksvoll wie die seines Vaters.

Als Damian Niklas´ Mutter über die Beine strich, drückte sie seine Hand sofort weg. Gundula schien recht zu behalten mit ihrem Rat, dennoch fühlte es sich vor Niklas schrecklich an, einen anderen Mann als seinen Vater zu haben.

Zuhause warteten bereits Oma und Opa auf ihn. »Jetzt werden wir das Weihnachtsgeschenk doch noch los«, scherzte Opa Gerd.

Saskia ließ die Tüten im Wagen und sperrte die Tür auf. Nachdem der Kleine von seinen Großeltern gedrückt worden war und sein Geschenk aufgepackt hatte, kam Damian mit Leonie nach und setzte sie auf dem Boden ab.

Ihr Bruder schlich langsam auf sie zu. »Sollen wir etwas spielen?«, fragte er mit einer niedlichen Stimme und setzte sich auf den Boden.

Leonie warf ihrer Mutter einen scheuen Blick zu, aber als Saskia ihr ein Lächeln entgegnete, tapste sie zu ihm und quietschte ihn an. Er nahm seine Schwester auf den Schoß und erzählte ihr von den Bären in Alaska und der großen Stadt New York.

Saskia küsste ihre Herzkette und setzte sich zu ihren zwei Mäusen. »Niklas, du darfst dir etwas wünschen, was wir heute machen. Alles, was du willst.«

Er lächelte und zeigte nach draußen. Es schneite. Also wollte er wohl oder übel raus und mit dem Schlitten fahren, Schneemänner bauen und Schneeengel machen. Vielleicht wäre auch eine

Schneeballschlacht möglich. Leonie blieb bei Damian, der sich gemeinsam mit Paul über Verfahren erkundigte, wie sie Niklas wieder bei sich nehmen konnte. Oma Hanna kam mit nach draußen zu einem der beliebten Hügel zum Schlittenfahren. Sie schoss unvergessliche Fotos als Erinnerung für Saskia. Diese strahlte, so wie sie es schon lange nicht mehr getan hatte. Sie wälzten sich im Schnee, lachten viel miteinander und bewarfen sich mit Schneebällen.

Als es dunkel wurde, gingen sie zurück zum Haus. Während Hanna Tee und Kakao kochte, bauten Saskia und Niklas eine kleine Schneefamilie im Vorgarten.

»Das ist Papa, das ist Mama, das bin ich und das ist Leonie!«, erklärte er seiner Oma, die zum Tee rein rief. Niklas band Schneemann Papa seinen Schal um und erklärte: »Dann hat er auch nicht kalt … Da, wo Papa jetzt ist«, hauchte er.

Saskia bekam Gänsehaut, streifte ihrem Jungen über das wuschelige Haar und nahm ihn in den Arm.

Nach dem Abendbrot brachte sie Niklas ins Bett, knipste nach der Gute-Nacht-Geschichte das Licht aus und wollte das Zimmer verlassen. Niklas drehte sich wieder um und schaute seine Mutter mit traurigem Blick an. »Mama, bleib bitte bei mir. Ich will nicht alleine schlafen.«

Saskia schmiegte sich an ihren Sohn und umarmte ihn. »Ich habe dich so vermisst, mein Kleiner! Egal, was passieren sollte, Mami denkt immer an dich und liebt dich!«

»Ich dich auch, Mami … Und ich habe das an Papas Geburtstag nie so gemeint.«

Sie nickte. »Baby, mach dir da überhaupt keine Gedanken, ja? Manchmal sagen wir aus Zorn Dinge, die wir niemals so meinen. Mama hat das auch schon gemacht. Aber es ist ganz wichtig, dass man sich sofort entschuldigt.« Sanft strich sie ihrem Sohn durch die Locken. »Ich habe zu Papa auch böse Sachen gesagt, kurz bevor er nach Amerika geflogen ist.«

»Was hast du denn gesagt, Mami?«

Sie seufzte: »Etwas ganz Böses und Verletzendes. Ich habe mich sofort entschuldigt, aber ich weiß nicht, ob Papa die Entschuldigung wirklich angenommen hat.«

Niklas drückte seine Mutter fest an sich. »Hat er ganz bestimmt, Mama. Du hast meine doch auch sofort angenommen.«

»Ich hoffe.«

»Das habe ich dann wohl von dir«, gluckste Niklas.

»Na hoffentlich habe ich dir auch noch etwas anderes vererbt«, schmunzelte Saskia und gab ihm einen Kuss. Sie kuschelten sich aneinander und genossen die Zeit zusammen.

Am nächsten Morgen erzählte ihr Damian von seinen Rechercheergebnissen. Wenn er sich nirgendwo verlesen hatte, konnte sie problemlos das Sorgerecht für ihren Sohn zurückbekommen, wenn es dem Wohl des Kindes entsprechen würde. Niklas bat sie um Hilfe, daher war sie voller Hoffnung. Ein anderer Ausgang der Sorgerechtsfrage wäre undenkbar, wenn man sah, wie sehr sie ihr Kind liebte und es ihrer Tochter auch bei ihr gut ging.

Andererseits führt manchmal eine einzige Entscheidung zu einem großen Desaster. Das hatte sie in den letzten Monaten häufig erfahren müssen, weshalb sie vom schlimmsten Fall ausging. Sie nahm sich daher eine Woche frei, um so viel Zeit wie möglich mit ihrem Schatz zu verbringen. Sie hatten sich über ein Jahr nicht mehr gesehen. Da die Verhandlung erst am nächsten Montag stattfinden würde, plante Saskia über die ganze Woche Attraktionen. Wenn Damian von der Arbeit nach Hause kam, wurde er miteingebunden.

An einem Tag fuhren sie ins Spaßbad und am Abend kickte Damian mit ihm im Englischen Garten. Der Schnee machte den beiden nicht viel aus, sie hatten ihren Spaß. Saskia dachte nie, dass Niklas einen anderen Mann an ihrer Seite akzeptieren würde, aber Damian hatte das Herz ihres Sohnes im Sturm erobert.

Genauso wie ihres … Aus ihrem anfänglichen Schauspiel

schien Liebe zu werden.

Am selben Abend wollte er sogar ausschließlich von Damian ins Bett gebracht werden. Diese Tatsache stimmte Saskia glücklich. Es gab endlich Hoffnung, dass ihr Leben trotz eines harten Schicksalsschlages weitergehen würde.

An den anderen Tagen spielten sie Brettspiele, fuhren ins Kino und erfüllten dem Kleinen jeden Wunsch, den er hatte. Freitags fuhren Damian und Niklas gemeinsam in den IKEA, um neue Möbel zu kaufen. Sein Zimmer brauchte eine Umrüstung, schließlich war er bald ein Schulkind.

Am folgenden Tag strichen sie gemeinsam die Wände und bauten einen größeren Schrank und einen Schreibtisch auf. Sie kicherten oft, wovon Saskia einige Bilder aufnahm. Zwar träumte sie immer von solchen Momenten mit ihrem Ehemann, aber Niklas, Leonie und sie waren *endlich* wieder glücklich. Ihren Mann konnte man nicht vergessen, aber Damian machte es einem schon schwer, ihn nicht ansatzweise genauso lieben zu können wie Leo.

Gegen zweiundzwanzig Uhr war das Zimmer fertig. Niklas entschied sich für eine pastellblaue Wand, an der sein weißes Hochbett mit Rutsche stand. An der Fensterwand stand der Schreibtisch, den er zwar momentan noch nicht brauchte, wobei die Einschulung nicht mehr weit entfernt war. An der gegenüberliegenden Wand des Bettes war seine Spielecke. Neben der Tür befand sich der große Kleiderschrank. Glücklich klatschte er mit Damian ab und bedankte sich für dessen Tat. Als er seine Zähne geputzt hatte und Damian indessen neben Saskia auf der Couch saß, tapste er leise zu den beiden. Er gab seiner Mutter einen Gute-Nacht-Kuss und zog Damian in sein Zimmer.

»Kannst du heute bei mir schlafen? Zur Einweihung?«, fragte er mit klimpernden Wimpern und der süßesten Stimme, die Damian jemals gehört haben musste. Wie konnte er da schon nein sagen?

»Hattest du Notdienst?«, hakte Saskia morgens beim Frühstück nach.

Damian schüttelte lächelnd den Kopf. »Dein lieber Sohnemann wollte sein Bett mit mir einweihen. Ich kann es kaum glauben, wie viel er mir in der Nacht anvertraut hat, obwohl wir uns erst seit sieben Tagen kennen. Er ist wirklich ein ganz besonderer Junge. Den habt ihr toll gemacht!«

Ungläubig schaute ihn Saskia an und konnte nicht glauben, was Damian da sagte. *Niklas hat ihn gebeten, bei sich zu schlafen? Er hat ihm Vieles anvertraut? Schien auch er seinen Vater zu vergessen???*

Während Saskia Rührei machte, versuchte sie, aus Damian etwas herauszubohren. Doch er lehnte ab. »Er hat es mir im Vertrauen gesagt. Wenn er so weit ist, um es dir zu erzählen, kommt er. Ich werde unser Versprechen nicht brechen!«

»War es so schlimm?«

Er kraulte seinen Dreitagebart und seufzte: »Er macht sich Sorgen um dich. Er weiß, wie du gelitten hast … Er muss erst sehen, wie es dir geht, wenn er dir das erzählen will …«

»Um Gottes willen! Damian, sprich! Was ist in den Staaten vorgefallen?«

»Saskia … Ich würde es dir gerne erzählen, aber ich baue eine Bindung zu deinem Sohn auf. Ich kann ihn nicht hintergehen.«

Bevor sie ihm darauf etwas antworten konnte, kam Niklas in die Küche getapst und gab seiner Mutter einen Kuss. Dann hüpfte er glücklich zu Damian und schenkte ihm ein gemaltes Bild. »Für dich!«, gluckste er und wartete auf dessen Reaktion.

»Dankeschön! Das sieht ja toll aus!« Damian drückte den Kleinen an sich und lächelte.

»Das bist du, wie du ganz viele Menschenleben rettest. Und das ist Papa, der dir dabei hilft, dass alles gelingt, weil du uns glücklich machst«, erklärte Niklas stolz.

»Du bist so ein Süßer!«, antwortete Damian und bekam Gänsehaut. »Das hänge ich mir direkt in mein Arztzimmer, wenn ich Oberarzt werde. So lange klebe ich es an meinen Spind, einverstanden?«

Niklas war zufrieden und spielte mit seiner krabbelnden Schwester auf dem Boden, bis das Frühstück fertig war.

»Was ist, wenn morgen etwas schiefgehen sollte?«, flüsterte Saskia besorgt, als sie mit Damian gemeinsam den Tisch deckte.

Er schüttelte den Kopf und war sich todsicher, dass nichts schief gehen würde.

Die kleine Familie verbrachte einen entspannten Sonntag in der Kuschelecke. Am Nachmittag zog es sie nach draußen, da die Sonne unter dem Wolkenmeer hervorkam und Frühlingsgefühle aufkommen ließ. Während Saskia den Buggy schob, liefen Damian und Niklas vor und suchten für ein Picknick ein idyllisches Plätzchen an der Isar. Bevor sie ihre Decke ausbreiteten, hielt Damian eine Joggerin auf. Er wollte unbedingt ein Foto mit allen haben. Saskia nahm Leonie auf ihren Arm.

»Jetzt fühle ich mich so klein!«, jammerte Niklas und schaute Damian wartend an, der ihn auf seine Arme beförderte.

Die Joggerin hielt den Familienmoment fest und zeigte Saskia die Exemplare, während ihre Männer sich um den Picknickplatz kümmerten. »Dankeschön, die sind schön geworden!«

»Gerne! Ganz der Papa!«, antwortete die Joggerin bezüglich ihrer Kinder.

Ganz der Papa.

Saskia starrte das Foto an und vergrößerte den Ausschnitt von Damian und Niklas. *Wieso ganz der Papa? Wegen der Löckchen?*

Sie merkte, wie unangenehm ihr der Satz der Joggerin aufstieß. Sie wurde panisch … Selbst Passanten dachten, dass Damian der Vater ihrer beiden Kinder wäre … Wenn Niki und Leni das auch irgendwann denken würden …

»Mama? Kommst du?«, forderte Niklas auf, der Memory auf der Decke ausgebreitet hatte und bloß auf seine Mutter wartete.

»Klar!« Sie steckte ihre Kamera in die Handtasche zurück und setzte sich gemeinsam mit Leonie zu den beiden Männern.

Ohne Gundulas Brief hätte ich mich nie so schnell auf Damian eingelassen. Aber sie scheint recht zu behalten. Innerhalb von zwei Wochen hatte ich mein ganzes Leben umgekrempelt, meine Fragen sein lassen und es passierte das Unmögliche: Niklas kam wieder zu mir.

Kapitel 33

Saskia stand am wichtigen Morgen des neunten Aprils extra früh auf, damit sie bei dem Gespräch auf dem Jugendamt nicht verschlafen aussah. Alles sollte stimmen. Sie zog ihr Kostüm von der finalen mündlichen Prüfung an, doch die beiden letzten Knöpfe wollten nicht recht zusammenhalten. »Verflixt!«, fluchte sie.

Es würde alles schiefgehen. Wo ist Damian eigentlich geblieben?

Sie trat nervös aus dem Badezimmer und entdeckte am Kühlschrank einen Post-it kleben.

Musste zu einem Notfall. Werde aber pünktlich da sein. Wir bekommen Niki wieder zurück. Mach dir keine Sorgen, wird alles klappen! Ich liebe dich! Kuss Damian.

Ihre Mutter passte auf Leonie auf, während sie mit Damian und Niklas auf dem Jugendamt sein würde. Sie war früh genug dran, doch der morgendliche Verkehr in München forderte einige Nerven und kostbare Zeit. Zwei Minuten bevor der Termin losgehen sollte, war sie angekommen. Mit Niklas an der Hand hechtete sie zu dem Sitzungszimmer. Als sie dieses betrat, platzten die beiden Knöpfe, die ihr eben Sorgen bereiteten.

»Auch das noch«, fluchte sie gedanklich.

»Gut, dann fehlt jetzt nur noch Herr Hartmann. Warten wir noch kurz!«

Saskia atmete tief durch, wobei der dritte Knopf des Blazers aufplatzte und auf dem Schreibtisch der Dame landete. »Verzeihen Sie bitte«, entschuldigte sie sich.

Die Dame nickte bloß. Ein Schweigen brach aus, welches Saskia als sehr unangenehm empfand. »Wahrscheinlich steckt er mitten in einer OP, wir könnten sicher schon anfangen!«

»Versuchen Sie, ihn zu erreichen!«

Saskia nickte und wählte seine Nummer. Doch bloß die Mailbox ging heran. *Er würde uns nicht einfach im Stich lassen. Er mag Niklas …*

»Nichts. Ist es wichtig, dass er dabei ist?«

»Wollen Sie das alleinige Sorgerecht oder das gemeinsame?«

»Alleinige«, antwortete Saskia.

»Na dann, legen wir los!« Sie klappte ihre Unterlagen auf, schob ihre Brille von der Nasenspitze zu den Augen und begann: »Frau von Ehr, zuletzt haben Sie ihren Sohn verloren, weil Sie die Aufsichtspflicht verletzt haben und suizidgefährdet waren … Wie sieht Ihr sicheres Umfeld für den Kleinen nun aus? Können Sie ihm Sicherheit bieten? Haben Sie eine Therapie gemacht?«

Saskia wusste genau, was die Dame hören wollte. Paul hatte sie bestens darauf vorbereitet. »Ja, so schwer es auch ist, muss ich nach vorne schauen. Meine Familie und mein Beruf haben mich wiederaufgebaut. Zudem kümmere ich mich um meine einjährige Tochter, der es sehr gut geht. Die Zeit nach dem Tod meines Mannes war sehr schwer, aber das Schlimmste ist vorbei. Zeit heilt alle Wunden und wenn es noch eine Wunde zu schließen gibt, ist es die, dass mein Sohn nach Hause kommt.«

Die Frau nickte. »Das hört sich doch gut an. Und der Ring? Sind Sie verlobt? Ich habe gehört, dass Sie vor wenigen Tagen Ihre Approbation erhalten haben. Wie stellen Sie sich das vor? Sie arbeiten und müssen sich gleichzeitig um zwei Kinder kümmern? Mit einem Partner an Ihrer Seite wäre es perfekt für die Kinder. Sie könnten sich abstimmen.«

»Ich würde auf jeden Fall kürzertreten, meine Kinder sind mir sehr wichtig und Damian …«

»Wir müssten zuerst sehen, ob ihr Zuhause dem Kind wohltun würde. Ich erlaube Ihnen, Ihren Sohn in Obhut zu nehmen. Unser Verfahren wird sich über zwei bis drei Wochen erstrecken. Wir statten Ihnen unangekündigte Besuche ab und werden Sie beobachten. Wenn unsere Mitarbeiter der Meinung sind, dass das

Wohl des Kindes nicht gefährdet ist, stehen Ihre Chancen gut, dass Sie wieder das Sorgerecht für Ihren Sohn erhalten.«

»Okay.«

»Dann sehen wir uns spätestens in drei Wochen! Machen Sie es gut!«

»Auf Wiedersehen!«

Eine halbe Stunde später

Zu Hause versuchte Saskia, Damian zu erreichen. Mittlerweile war es Mittag. Er wurde zu einem Notfall gerufen, aber konnte das so lange dauern?

»Mami? Können wir Fußball spielen?«, bettelte Niklas mit klimpernden Wimpern.

»Gleich, mein Spatz! Zieh dich schon mal um, dann gehen wir raus.« Saskia ging zu ihrer Mutter. »Er ist nicht zu Hause, oder? Hast du etwas von ihm gehört?«

Hanna schüttelte den Kopf. »Du weißt doch, wie es im Krankenhaus manchmal zugeht. Er kommt sicher gleich!«

Aufgekratzt schluckte Saskia. »Mama, was, wenn ihm auch etwas passiert ist? Ich ziehe das Unheil doch förmlich an!«

Ihre Mutter ließ ihre Enkelin auf dem Boden alleine sitzen und wanderte mit ihrer Tochter an die Fensterfront. »Denk nicht sofort an das Schlimmste! Damian geht es gut. Er wird sich sicher gleich melden!«

»Das dachte ich verdammt noch mal bei Leo auch! Ich kann das nicht noch einmal, Mama!«

»Süße, ich weiß. Aber Damian geht es gut. Wenn du dir so viele Sorgen machst, ruf im Krankenhaus an. Die können dir bestimmt sagen, wo er steckt!«

Saskia drehte an ihrer Herzkette von Leo. »Was, wenn es die falsche Entscheidung war? Mama, ich bin noch nicht so weit!«

Hanna legte die Arme um ihre Tochter und streifte ihr sanft über den Rücken. »Du bist so weit. Sonst hättest du deine Zelte längst abgebrochen. Du hast ihn deinen Kindern vorgestellt. Du hast ihn vor allem *Niklas* vorgestellt. Du liebst ihn. Nicht so sehr wie Leo, aber du hast Gefühle für ihn. Ansonsten wäre dir egal, wo er steckt … Lass es zu.«

»Meinst du, Leo würde das wirklich wollen?«

»Natürlich! Er wäre für dich gestorben, wenn es dir nur dann gut gegangen wäre. Damian war dein Glückstreffer. Durch ihn hast du wirklich zum Leben zurückgefunden …«

Saskia wischte sich eine Träne von der Wange und setzte wieder ihr Lächeln auf. Bevor sie noch etwas zu ihrer Mutter sagen konnte, heftete sich Niklas an ihre Beine und schaute mit einem niedlichen Blick nach oben. »Mama. Ich habe dich so vermisst … Ich habe das an Papas Geburtstag nie so gemeint, als das Auto plötzlich auf dir war.«

Sie zog eine Schnute und nahm ihn im Handumdrehen auf ihre Arme. »Das weiß ich doch. War es wenigstens schön mit der Oma? Ihr habt viele Länder gesehen, oder?«

Niklas wich dem Blick sofort aus … Er wollte partout nicht mit seiner Mutter über die Zeit bei den Großeltern sprechen.

»Wir reden darüber, wenn du möchtest, okay?« Saskia sah auf die Uhr. »Magst du draußen Fußball spielen oder zum Spielplatz im Englischen Garten?«

Niklas staunte mit großen Augen. »Spielplatz!«

»Dachte ich mir doch. Wir nehmen den Fußball aber trotzdem mit, okay?«

Er nickte überzeugt und zog sich rasch seine Schuhe an. Hanna zog Leonie um, setzte sie im Erdgeschoss in den Buggy und wartete auf Saskia, die vertieft in ihr Handy starrte.

»Mama, kommst du?«

»Geht schon mal vor, ich komme gleich nach. Ich hole noch etwas zum Trinken und Snacks mit!«

Doch Hanna winkte ab und trottete wieder zurück zu ihrer Tochter. »Wir haben doch schon alles im Buggy.«

»Mama, jetzt komm!«, forderte Niklas.

Saskia schloss ihre Google Suche nach Unfällen in München am heutigen Morgen, steckte das Handy in die Jackentasche und nahm ihren Sohn wieder auf die Arme, als wäre er drei Jahre alt.

»Mama, du musst mich nicht tragen. Ich bin schon groß!«, betonte Niklas, aber genoss es, in ihren Armen zu sein.

»Ich weiß, Großer!«

Niklas drückte seiner Mutter einen Kuss auf die Wange und klammerte sich fester an sie, während sie zum großen Spielplatz im Englischen Garten wanderten. Er vergnügte sich auf der Schaukel und der Kletterburg, wohingegen Leonie im Sandkasten mit ihrer Oma spielte.

»Mama, schau mal!«, rief Niklas von der Spitze der Kletterspinne.

»Super! Aber pass bloß auf da oben!«

»Denkst du, dass Papa mich sieht?«

Saskia nickte lächelnd. »Klar, sieht Papa das! Er ist sicher stolz auf dich!«

Niklas kicherte und kletterte wieder vorsichtig nach unten. Die Gedanken an Damian konnte sie trotzdem nicht abstellen, weshalb sie immer wieder einen kurzen Blick aufs Handy warf …

Wieso meldet er sich nicht?

Sie steckte das Handy wieder in die Tasche. Im selben Moment wurde sie überraschend von hinten umarmt.

»Es tut mir so leid. Ist alles gut gegangen?«, hörte sie Damians warme Stimme. Er kletterte über die Bank und legte seinen Arm um sie.

»Man, ich dachte, du wärst tot!«, meckerte sie und boxte ihm gegen die Brust. »Wieso meldest du dich nicht?«

Damian drückte ihr einen Kuss auf die Stirn. »Ich steckte mitten in einer OP und hatte das Handy im Bad liegen lassen. Tut mir leid.«

»Spielst du mit mir Fußball?«, fragte Niklas und warf ihm den Ball entgegen.

»Na klar!«. Er lächelte. »Die Pflicht ruft!«

Glücklich beobachtete sie die beiden, aber war dabei nicht die Einzige …

»Mama! Komm!«, forderte Niki auf und zog sie mit zur gegenüberliegenden Wiese.

»Was soll ich denn tun?«

»Mitspielen!«, forderte er und versuchte, mit dem ersten Schuss Damian auszutricksen. Dieser ließ sich nicht leicht schlagen und tat alles, damit Niklas seine Schusstechnik verbesserte. Als Saskia Anlauf nahm und schießen wollte, trat sie ungünstig auf den Ball und flog kichernd auf den Boden. Niklas stürzte sich sofort auf sie. »Mama, du musst den Ball schießen, nicht darauf ausrutschen!«, belehrte er sie mit einem niedlichen Kinderlachen und umarmte sie.

Damian half den beiden nach oben und fuhr sich über den Bauch. »Habt ihr auch so Hunger wie ich?«

»Ja!«, rief Niklas.

Die beiden Männer liefen vor und wollten sich um das Mittagessen kümmern, während Saskia ihre Mutter und Tochter einsammelte. Sie zauberten eine gesunde Zucchini Pasta mit Hühnerfleisch und Gemüse.

Spontan nahm sich Damian für den nächsten Tag frei und überraschte seine Familie mit einem Ausflug zu seinen Eltern ins Allgäu, welche von Saskia und ihren Kindern begeistert waren und sich wünschten, die drei öfter zu sehen. Nach einem ausgiebigen Frühstück fuhr Damian zu einem abenteuerlichen Wanderweg entlang eines Flusses. Dort gab es zahlreiche Attraktionen für die Kinder. Sie liefen gemeinsam eine Weile, bis Saskias Handy klingelte.

»Von Ehr?«

»Ah schön! Ich hoffe, ich störe Sie nicht. Doktor Müller hier, der Chefarzt des Klinikums rechts der Isar.«

»Hallo, nein, tun Sie nicht!«

»Sehr gut! Wir haben uns Gedanken über die Besetzung der

neuen Assistenzarztstellen gemacht und … Na ja. Wir wissen, in welchem Zustand Sie sich befinden. Sie dürften weder in den OP noch mit infektiösen Patienten und Gegenständen in Berührung kommen. Also würden Sie der geregelten Arbeit einer Assistenzärztin quasi nicht nachgehen.«

»Ja«, stellte Saskia traurig fest.

»Jedoch schwärmt unser Neurochirurg in den höchsten Tönen von Ihnen … Er würde Ihnen gerne so viel beibringen, wie er nur kann … Dabei würde er komplett darauf verzichten, Sie im OP als helfende Hand zu haben. Sechs Wochen vor Ihrer Geburt werden Sie in den Mutterschutz entlassen. Davon stünden Ihnen acht Wochen zu. Danach dürften Sie ganz normal im Assistenzarztprogramm weitermachen. Ich muss die Stellen in den nächsten Tagen vergeben, aber wir wären sehr froh, Sie mit Ihrem Talent an unserer Klinik begrüßen zu dürfen!«

Saskia staunte und musste nicht lange überlegen. Das war seit ihrer Kindheit ihr großer Traum gewesen. »Ja! Ich würde die Stelle sehr gerne antreten!«

»Sehr schön! Das freut uns wirklich sehr!«

Saskia legte glücklich auf und musste etwas schneller laufen, um zurück zu Damian und den Kindern zu gelangen. »Doktor Müller hat mich angerufen und mir die Stelle der Assistenzärztin angeboten.«

»Nein, wirklich?«

»Ja!«

»Das freut mich sehr für dich!«, meinte er und drückte sie an sich. »An deinem ersten Tag wusste ich schon, dass du allen im Gedächtnis bleiben wirst! Wie läuft das mit der Schwangerschaft? Wissen die es schon?«

»Wir haben alles geklärt … Ich kann das einfach nicht glauben!«

Damian lächelte und rief Niklas zurück, der zu weit vorgelaufen war.

Sie genossen ihren restlichen Tag bei strahlendem Sonnenschein auf einer Picknickdecke umgeben von Bergen und dem

Zwitschern der Vögel.

Als Damian am nächsten Morgen das Haus verließ und in sein Auto stieg, bekam er eine seltsame Nachricht.

Halt dich gefälligst von Saskia fern. Sonst kann dein Leben ganz schnell ein Ende gefunden haben. Deine Entscheidung.

Was soll das denn? Kopfschüttelnd legte er das Handy auf die Mittelkonsole und startete den Motor, als er eine zweite Nachricht erhielt.

Darauf schüttelst du den Kopf? Hast du etwa keine Angst?

Ruckartig drehte er sich um, doch sah in den finsteren Morgenstunden keinen in der Straße.

Was willst du? , antwortete er und wartete auf eine Nachricht, die keine dreißig Sekunden später auf seinem Handy landete.

Verlass Saskia ... Sonst wird das kein schönes Ende für dich finden. Einen angenehmen Arbeitstag im Krankenhaus wünsch ich dir!

Damian manövrierte aus der Einfahrt. *Wieso verbietet mir jemand mit Saskia zusammen zu sein? Wer würde das nicht wollen? Außer ihr Mann ... Der doch lebt, weil ich ihn damals behandelt habe ... Nach all ihren Erzählungen ... Wäre er in der Lage zu so etwas?*

Er schüttelte den Kopf und war sich sicher, keine Angst vor so einer Drohung haben zu müssen. Saskia würde er vorerst nichts davon erzählen. Sie hatte schon genug am Hals, da sie jeden Tag den Besuch des Jugendamts fürchtete und große Angst hatte, zu versagen.

Kapitel 34

Zwei Tage später klingelte es morgens an der Haustür. Kam Damian schon wieder zurück, um ihr zu sagen, wie sehr er sie liebte? *Er ist ein wunderbarer Mensch!* Schmunzelnd schritt sie zur Tür und öffnete diese. Doch dort stand nicht ihr Partner, sondern eine Frau in einem Kostüm mit strengem Blick.

»Guten Morgen, Frau Ehr. Carina Stahl vom Jugendamt. Darf ich kurz reinkommen?«

»*Von* Ehr«, verbesserte Saskia und ließ die Dame in die Wohnung.

Sie schaute sich um. »Wo sind Ihre Kinder?«

»Die schlafen noch. Niklas ist ein Langschläfer. Vor halb zehn steht er meistens nicht auf und Leonie war die ganze Nacht wach.«

»Geht er denn etwa nicht in den Kindergarten?«

»Wenn wir einen Platz bekommen würden, schon. Er hat die ganze Zeit bei seiner Oma in den Staaten gelebt. In München einen Kindergartenplatz zu finden, ist nicht gerade leicht. Im Sommer wird er ohnehin eingeschult. Es wäre nicht schlimm, wenn er keinen Platz mehr bekäme.«

»Okay. Aber wer würde sich um ihn kümmern, wenn Sie ihre Assistenzarztstelle antreten?«

»Meine Mutter hilft uns gerne aus, ansonsten ist Damian auch daheim.«

»Herr Hartmann?«

»Genau.«

»Gut, dann würde ich warten, bis ihr Sohn aufsteht.«

»Okay …«, antwortete Saskia und wusste nicht, was sie jetzt tun sollte. Durfte sie ohne ihre Kinder frühstücken oder würde sich die Dame das sofort negativ vermerken? »Möchten Sie etwas trinken?«

»Ich würde ein Wasser nehmen!«

Saskia lächelte und schenkte der Frau ein Glas Wasser aus. Unsicher schlich sie ins Wohnzimmer, räumte die Kuscheltiere in den Korb und stellte ihn an seinen ursprünglichen Platz zurück.

Die seltsame Situation wurde wenig später dank Niklas' Aufstehen beendet. Glücklich strahlend wandelte er mit Elefant Emil aus seinem Zimmer. »Mami, ich habe die Nacht von Papa geträumt!«, erzählte er, rieb sich über die Augen und nahm erst jetzt die Frau wahr. »Hallo.«

»Hallo Niklas, ich bin Carina vom Jugendamt. Wie geht es dir denn?«

»Gut …«

»Fühlst du dich gut, wieder zuhause bei deiner Mama zu sein?«

»Ja.«

Unbeeindruckt von ihren Fragen stapfte Niklas auf seine Mutter zu und gab ihr einen Kuss. Sie nahm ihn auf ihre Arme und drückte ihn fest an sich. »Magst du Kakao oder Orangensaft?«

»Heute mal O-Saft!«, schmunzelte er und drückte sich fest an sie. »Papa hat gesagt, wie toll er das findet, dass ich wieder bei dir bin … und er hat gemeint, dass er uns vermisst«, flüsterte er ihr ins Ohr.

Saskia ließ ihn an seinem Hochstuhl ab und brachte ihm ein Glas gefüllt mit Orangensaft.

»Ich habe ihm dann auch gesagt, dass wir ihn vermissen.«

»Das stimmt, Baby«, meinte Saskia und streichelte ihm sanft über den Rücken. Dann frühstückten sie. Doch wohl fühlte sie sich nicht. Die Frau notierte sich einiges und starrte sie mit einem komischen Blick an. Das Weinen Leonies erlaubte ihr, sich kurz vom Geschehen zu entfernen, was definitiv eine Wohltat war!

»Ist die Mama immer noch so traurig, weil der Papa tot ist?«, fragte die Dame.

»Nein, Mama hat jetzt Damian.«

»Mhm«, brummte sie und notierte sich auch das.

Als Saskia mit Leonie auf dem Arm zurückkam, stand die

Dame auf und verabschiedete sich. »Wann ist Ihr Partner immer daheim?«

»Diese Woche arbeitet er im Frühdienst, also ist er am Nachmittag wieder zu Hause.«

»Gut, dann bis demnächst, Frau *von* Ehr!«

Saskia brachte sie bis zur Tür und war sich sicher, komplett versagt zu haben. Sie agierte so unbeholfen und unsicher … So viel wie die sich notiert hatte, konnte das nichts Gutes bedeuten …

Nach dem Frühstück fuhr sie mit Niklas und Leonie ins Spieleparadies, wo die beiden sich vergnügen konnten. Da Saskia nie die allergrößte war, warf es für sie kein Problem auf, mit den Kindern auf den Attraktionen herumzulaufen. Sie kletterten durch die Gänge, rutschten die langen Rutschen hinab und hüpften auf der Hüpfburg und den Trampolinen.

Während Saskia mit den Kindern viel Spaß im Spieleparadies hatte, schien Damian die Drohung eindeutig unterschätzt zu haben. Da nach Dienstschluss in der Innenstadt das Verkehrsaufkommen zu hoch war, fuhr er einen Bogen um die Stadt über die A94. Es lief auch alles wie sonst, bis unerwartet mehrere Warnsignale aufleuchteten.

Davon ließ er sich nicht arg beirren und rangierte zu einem Überholvorgang aus. In diesem Moment erhöhte der Wagen drastisch die Geschwindigkeit, obwohl Damian nichts dafür tat. Er drückte auf die Bremse, doch es passierte nichts. In einer Rechtskurve erreichte er auf dem Tacho dann 210. Mit Schweißperlen auf der Stirn versuchte er alles Mögliche, um die Geschwindigkeit zu drosseln, doch es half nichts. Weitere dreißig Sekunden verstrichen, die Damian in Angst und Schrecken versetzten. Erst als er den Nachrichtenton auf seinem Handy hörte, konnte er die Bremse wieder wirksam betätigen und verringerte seine Geschwindigkeit deutlich. Mit einem Auge schielte er auf die Nachricht, die er erhalten hatte.

Weißt du jetzt, wie ernst es mir ist? Verlasse sie heute, sonst bist du morgen ein toter Mann!

Damian schluckte und atmete erst einmal tief durch, nachdem er von der Autobahn abgefahren und in die Zielstraße eingebogen war. Mit zitternden Beinen stieg er aus und wollte zum Haus laufen. Eine Frau hielt ihn davon ab. »Herr Hartmann?«

»Ja?«

»Carina Stahl vom Jugendamt. Hallo.«

»Hallo!«

»Ich war heute Morgen schon einmal hier. Ich wollte Ihnen nur kurz ein paar Fragen stellen, wenn das möglich ist.«

»Kommen Sie doch herein!« Damian öffnete die Haustür und ließ die Frau eintreten.

»Geht es Ihnen nicht gut? Sie sind ganz schön blass um die Nase!«

Er schüttelte den Kopf. »Nur ein bisschen unterzuckert, nicht verwunderlich, wenn man bedenkt, was man als Arzt in einer Klinik immer leisten muss.«

Die Dame nickte und horchte ihn über Saskia und den Umgang mit ihren Kindern aus.

Zehn Minuten später stieß dann der Rest der Familie dazu.

»Wir waren mit Mama im Spieleparadies. Das war so cool und Mama hat auch ihren Spaß gehabt, stimmt's?«, erzählte Niklas begeistert.

Saskia kicherte: »Ja, ihr habt mich ganz schön auf Trab gehalten!«, rief sie aus dem Flur und hing die Jacken auf. »Oh!«, rutschte ihr über die Lippen, als sie die Dame vom Jugendamt erblickte, die sich erneut Notizen machte.

»Gut, wir sehen uns morgen früh auf dem Jugendamt!«, kündigte sie an und verließ das Haus.

Saskia war sich sicher, dass sie Niklas abgenommen bekäme, wahrscheinlich gemeinsam mit Leonie.

»Saskia …«, brummte Damian und zog sie weg von den Kindern.

»Ja? Alles gut? Du bist ganz schön blass um die Nase!«

»Mir wurde …«

Saskia schaute zu ihren Kindern, die auf der Couch miteinander kuschelten. »Ich glaube, die nehmen sie mir ab … Die Frau hat sich von allem heute Morgen Notizen gemacht … Das lief einfach nur den Berg ab … Ich kann sie nicht verlieren! Es sind doch meine Babys!«

Damian legte seine Arme um sie und grübelte: *Soll ich es ihr wirklich sagen? Sie hat doch schon genug Probleme* … »Das werden sie schon nicht. Die hat sich bloß aufgeschrieben, wie toll du mit den Kids umgehst!«, baute er sie auf.

»Ich hoffe …«

Er löste seine Arme und dachte angestrengt nach.

»Was wolltest du mir sagen?«

»Nichts Wichtiges!«, log er und tappte zu den Kindern.

Kapitel 35

Nicht, dass Saskia abergläubig wäre, aber dieser Freitag, der dreizehnte, versetzte sie in Angst und Schrecken. Vor allem als sie aufwachte und schon wieder eine leere Betthälfte neben sich erblickte. In zweieinhalb Stunden würde sie zum Jugendamt fahren und die Entscheidung hören. Dass Damian schon wieder nicht da war, beruhigte sie jetzt nicht wirklich. Sie stand auf, duschte sich und wählte ein größeres Kostüm, dessen Knöpfe nicht aufplatzen würden. So ein Malheur wie am Anfang der Woche sollte ihr nicht zum wiederholten Mal passieren.

Warum geht das eigentlich so schnell? Die sagten, dass es zwei bis drei Wochen dauern könnte. Habe ich es an einem Tag so dermaßen versaut???

Sie bereitete das Frühstück vor, weckte Niklas und kümmerte sich um Leonie, die heute wohl oder übel mit musste. Damian hatte ihr keine Nachricht hinterlassen …

Wo steckt er schon wieder? Seltsam, so unzuverlässig kenne ich ihn gar nicht.

Nachdem Leonie angezogen war, probierte sie, Damian zu erreichen. Doch sie wurde direkt weggedrückt. Danach rief sie ihn sofort wieder an, jetzt ging nur noch die Mailbox dran.

»Wenn du mich jetzt alleine lässt, dann kannst du dich aber warm anziehen, Damian Hartmann!«, fluchte sie in den Hörer und knallte das Handy auf den Tisch.

»Mama, was hast du?«, fragte Niklas verunsichert nach.

»Ich weiß nicht, wo Damian steckt … Wir sind beide vorgeladen!«

Doch viel Zeit für Überlegungen hatte sie nicht. Niklas biss ein letztes Mal in sein Brötchen und dann mussten sie los. In der dritten Parallelstraße des Jugendamts fand sie einen Parkplatz und lief mit ihren Kindern zum Gebäude.

Sie öffnete die Tür des Sitzungszimmers, in welches sie zitiert wurde, und grüßte freundlich.

»Guten Morgen! Setzen Sie sich doch!«

»Danke.« Saskia setzte sich mit Leonie auf dem Schoß auf den rechten Stuhl, Niklas gespannt auf den linken.

»Schon wieder ohne ihren Partner hier?«

Saskia schluckte. »Er lässt sich entschuldigen. Er musste zu einer wichtigen OP …«

»Diese Sache scheint ihm ja nicht all zu wichtig zu sein, oder?«, unterstellte die Dame ihm.

»Doch, sehr sogar. Aber er hat den hippokratischen Eid geleistet.«

»Nun gut … Sie möchten ja ohnehin das alleinige Sorgerecht beantragen, oder?«

Saskia staunte und stotterte: »Ich … Also Niklas darf zu uns zurück?«

»Was dachten Sie denn?«, fragte die Dame mit wenigen Emotionen im Gesicht. Sie schob ihre Brille näher zu den Augen und legte Saskia das Formular für das alleinige Sorgerecht vor. »Füllen Sie das aus und dann hätten wir es auch schon fast.«

Saskia nahm sich den Stift und wollte beginnen, die Felder auszufüllen, als sich die Tür öffnete und jemand hineinplatzte. »Schatz, entschuldige! Die Parkplätze hier sind aber wirklich rar vergeben!« Er küsste Saskia auf die Stirn und stellte sich der Dame vor. »Damian Hartmann, der Verlobte!«

Perplex sah Saskia ihn an und bekam kein einziges Wort über ihre Lippen. Ehe sie reagieren konnte, fuhr die Dame fort. »Schön, Herr Hartmann! Setzen Sie sich doch!«

Er setzte sich, stieß Saskia aber ungünstig an, weshalb sie einen dicken Strich durch das ganze Formular machte. »O nein, nach der OP bin ich einfach dezent unterzuckert. Können Sie uns schnell ein neues ausdrucken?«

»Sicher. Soll ich Ihnen Schokolade holen?«

»Das wäre lieb!«

Sie verließ das Zimmer.

»Was willst *du* hier?«

»*Dir* helfen. Spiel einfach mit!« Er ließ den Ausweis Damians auf den Boden fallen, was Saskia ablenkte. Sie hob ihn auf, während er die Sekunden nutzte, um die Formulare auszutauschen. Er hatte extra den richtigen Moment abgewartet, bis das neue Formular aus dem Drucker kam.

»Wieso hast *du* Damians Ausweis?!«

»Den wollte ich dir noch geben. Habe ich auf der Straße gefunden!«

»Wie auf der Straße?«

»Auf der Straße eben!«, zischte er.

Im nächsten Moment betrat die Dame wieder das Zimmer, hielt ihm die Schokolade entgegen und überreichte Saskia das Formular aus dem Drucker. Saskia wollte die Sache einfach nur noch schnell hinter sich bringen und fokussierte sich ausschließlich auf die Felder zum Ausfüllen. Keine Sekunde wollte sie länger mit diesem Mann im Raum verbringen. Sie unterzeichnete und gab es der Frau entgegen.

»Sehr schön. Wir werden im nächsten halben Jahr unangekündigte Besuche abhalten, aber wenn wir das Kindeswohl nicht gefährdet sehen, müssen Sie sich keine Sorgen mehr machen. Die ersten Wochen sind jetzt auf Probe. Aber ich denke, dass es funktionieren wird. Oder?«

»Sicher!«, versprach Saskia, verabschiedete sich und verließ mit ihren Kindern das Zimmer.

Sie rauschte mit ihnen davon und setzte sie in den Wagen. Natürlich war er ihr gefolgt, sie hatte nichts Anderes erwartet. Lächelnd schloss sie die Autotür und trat einige Meter zurück. »Was hast du da getan? Du bist *Tom* und nicht Damian?!«, brüllte sie wild.

Er lächelte. »Dir ist schon klar, dass du nur wegen mir deinen Sohn zurückhast oder? Ein ›Danke‹ wäre angebrachter!«

»Ich habe das *alleinige* Sorgerecht beantragt, kein gemeinsames. Also was redest du da? Damian wäre überflüssig gewesen!«, zischte sie.

Tom versank in schallendem Gelächter. »Nimm doch mal das raus, was du unterzeichnet hast!«

Saskia verstand nicht. Sie sah ihn skeptisch an und beharrte auf ihr Recht. Es verschlug ihr die Sprache, als sie das Formular aus ihrer Handtasche hinausgezogen hatte und den Titel wahrnahm.

Gemeinsames Sorgerecht für Niklas von Ehr.

Sie schluckte.

»Saskia, verstehe doch! Unsere Begegnung ist *Schicksal*. Du musst es nur zulassen!«

»Du hast das ausgetauscht, als du den Ausweis fallen gelassen hast! Um mich abzulenken«, analysierte sie korrekt.

»Wie naiv von dir, meine Lüge nicht auffliegen zu lassen«, lachte er gehässig und hatte den Charakter Saskias ausgiebig studiert, um zu wissen, dass sie das nicht getan hätte.

»Du mieses *Arschloch*!«, schrie sie und stieß ihn fast vor ein fahrendes Auto.

»Na na na. Versuchter Totschlag … Dafür wandert man drei Jahre in den Knast, willst du das etwa?«

»Du bist krank!« *Wenn ich zurückgehen und es als Missverständnis entlarven würde, würde ich unglaubhaft und sicherlich krank wirken … Ich habe keine Wahl, oder? Und wo verdammt ist Damian?!* »Was hast du davon?«

»Wirst du schon sehen!«, entgegnete er mit frechem Grinsen.

»Was?«

»Dein edler Ritter Nummer zwei ist *leider* verhindert und wird wohl *nie* wieder zu euch zurückkehren. Also muss ich wohl oder übel seine Identität übernehmen. Jetzt, wo Niklas Vater und Mutter braucht!«

Wieso sollte Damian nie wieder zu uns zurückkehren? Woher will ausgerechnet er das wissen?

Kapitel 36

Eineinhalb Stunden später fehlte noch immer jede Spur von Damian! Langsam wurde ihr die Sache unheimlich. *Was hatte Tom angedeutet? Wieso sollte Damian nicht wiederkommen? Ist ihm die Sache mit Niklas und Leonie doch zu viel? Wegen Lilly?* Wenn er sich bis 14 Uhr nicht melden würde, würde sie eigenhändig ins Krankenhaus fahren.

Aber wieso sollte ich so lange warten? Ich muss da jetzt hin!

Sie rief ihre Mutter an, die sofort zu ihr kommen konnte, da sie durch die Stadt bummelte.

Saskia hechtete mit einem mulmigen Gefühl zum Krankenhaus. Irgendetwas gab ihr das Gefühl, dass sie nichts Gutes erwarten sollte. Denn jenes hatte sie schon einmal – am zehnten September 2010.

In der Notaufnahme entdeckte sie das halbe Team ihres Freundes. »Hey, habt ihr Damian irgendwo gesehen? Ich muss ihn dringend sprechen!«

Alle warfen sich einen komischen Blick zu, den sie schon einmal gesehen hatte. Aufgewühlt schüttelte sie den Kopf und öffnete die Tür der Schockbox.

»Achtundzwanzig, neunundzwanzig, dreißig. Beatmen!«

Saskias ließ alles fallen, was sie in den Händen trug.

»Damian?!«, rief sie erschrocken. »Was ist mit ihm?!«

»Sein Wagen hat sich auf der A94 mehrfach überschlagen. Sieht nicht gut aus.«

Sie schlug die Hände über dem Kopf zusammen und glaubte, dass ihr der Boden unter den Füßen weggezogen würde.

»Ich bringe dich nach draußen …«, sagte Damians beste Freundin Lucy.

»Nein, ich will etwas tun!«

»Du kannst ihm jetzt nicht helfen …«

»Wir haben einen Puls! Schwach, aber da«, rief die Oberärztin.

Saskia löste sich aus den Armen Lucys und stürmte zu Damian. Sie legte ihre Hand an seine Wange und sah, wie ihre Tränen auf sein Gesicht fielen. »Bitte. Du musst kämpfen. Versprich mir das! Du kannst mich nicht im Sturm erobern und jetzt so zurücklassen. Bitte! Damian, kämpfe!«

»Von Ehr, wir müssen ihn in den OP bringen!«

»Bitte … nur zwei Minuten!«, flehte sie die Oberärzte an, welche sie für einen Moment in der Schockbox alleine mit ihm ließen.

»Hör mir gut zu … Ich liebe dich. Hast du das gehört? Das habe ich noch nie zu dir gesagt. Du hast es mir in letzter Zeit so oft gesagt, aber ich habe nur geschmunzelt … Aber ich fühle genauso! Ich dachte, dass mich kein Mann außer Leo glücklich machen könnte, aber du hast es geschafft! Bitte! Du musst kämpfen! Ich schaffe das nicht noch einmal!« Sie küsste ihn auf die Stirn und fuhr ihm sanft über die winzigen Löckchen. Unter seinen Lidern fand Bewegung statt. »Damian? Hey!«

Er schaffte es, sie zu öffnen. »Ich liebe dich auch!«

»Hast du es doch gehört …«, kicherte sie und küsste ihn auf die Lippen. »Du kämpfst, okay? Ich warte hier auf dich!«

»Natürlich!«

»Versprich es mir!«

»Ich verspreche es dir!«, hustete er und wurde wieder ohnmächtig.

Die Ärzte schoben ihn in den OP, während Saskia von seinen Assistenzarztkollegen zum Wartebereich begleitet wurde.

»Wenn er das nicht schafft, zerbricht die … zweimal so einen Verlust«, tuschelte Lucy, die sich für diesen Satz von Saskia sofort einen bösen Blick zuzog.

Die zweifache Mutter starrte ins Nichts und drehte an ihrem Ring am Finger … War das die Strafe Gottes? Dass sie sich auf jemand Neuen eingelassen hatte? Die Strafe Leos? Weil sie Damian liebte? Sie schaute sich um und sah immer wieder Leute kommen

und gehen. Sie wusste nicht mehr, wie lange sie schon dort saß …
Es fühlte sich wie ein Jahrzehnt an …

»Von Ehr?«

»Ja?«, sprang Saskia nervös auf und stand ihrem Ausbilder
Doktor Neuner entgegen.

»Hartmann ist sehr eisern. Wir werden ihn beobachten und
weitersehen. Aber ich möchte nicht zu viel versprechen. Er hatte
eine massive Hirnblutung. Wir können nicht sagen, ob er jemals
wieder aufwachen wird. Wir haben ihn an ein EEG angeschlossen … Ich kann für nichts garantieren. In einigen Stunden wissen
wir mehr. Gehen Sie rein und reden Sie mit ihm.«

Saskia trottete zu dem Zimmer auf der Intensivstation und
konnte es kaum ertragen, Damian so schwach zu sehen. »Ich
kann das nicht noch einmal …«

»Was?«, hakte Doktor Neuner nach.

»Mein Mann ist vor eineinhalb Jahren gestorben … Ich habe
keine Nerven aus Drahtseilen … Ich kann nicht mehr!«

»Wir beide kennen Hartmann. Er kämpft sich da schon durch!«

Er ließ Saskia stehen, die einen Moment brauchte, bis sie sich
dem Bett annäherte. »Du hast es mir versprochen«, flüsterte sie
und legte ihre Hand auf seinem Herzen ab.

*So wie Leo mir versprochen hatte, dass es seine letzte Dienstreise gewesen
ist? So, wie er mir versprochen hatte von nun an immer für uns da zu sein?
Wie viel sollte ich auf das Versprechen Damians geben, wenn es Leo auch
nicht geschafft hatte, seins einzuhalten?*

Ihr Blick wanderte zum EEG, das zwar nicht viele, aber immer-
hin Ausschläge zeigte. Er lebte noch … Sein Gehirn war aktiv!
Nachdem sie ihn eine Weile nur angestarrt hatte, nahm sie sein
Handy und schaute, wieso ihre Anrufe direkt weggedrückt
wurden. Doch die Nachrichten auf dem Display raubten ihr den
Atem.

**Ich habe dich doch davor gewarnt. Entweder verlässt du diese süße
Familie oder du musst mit deinem Leben bezahlen … Wieso hast du**

nicht einfach auf mich gehört und warst stattdessen so stur wie der andere?

Das ist versuchter Mord! Jemand wollte Damian töten! Jemand, der es auf Saskia abgesehen hatte ... oder eher auf ihre Partner?
Der andere? War das Leo?
Saskia entsperrte das Handy und öffnete die gelesenen Nachrichten.

Ich sehe dich noch immer mit Saskia und den Kindern. Noch vier Stunden hast du Zeit. Dann musst du sie verlassen haben.

Damian, willst du dein Leben dafür geben, nur weil du zu naiv gewesen bist?

Ich bin eiskalt und töte, wer mir im Weg zu meinem Ziel steht.

Frage doch mal deinen Vorgänger. Ah. Stopp. Der war ja auch zu uneinsichtig ... Willst du sterben???

»Wieso hast du denn nichts gesagt?«, schluchzte sie und gab sich die Schuld dafür, dass er hier lag und um sein Leben kämpfte. Sie setzte sich auf die Bettkante und lauschte den Tönen der Beatmungsmaschine.

Zu naiv gewesen ... so stur wie der andere ... Leo ... Max und Damian. Ich war dafür verantwortlich ... Dass es ihnen schlecht ging ... Sie tot sind ... Wer war in der Lage dazu? Was für ein Ziel? Ich habe doch keinem Menschen etwas getan ...
»Wenn du stirbst, ist es meine Schuld ...«, seufzte sie und erhob sich vom Bett. »Ich habe euch alle hierher gebracht ...« Sie nahm seine Hand und führte sie an ihr schlagendes Herz. »Du hast versprochen, zu kämpfen ... Du wirst das auch tun, ja? Hörst du? Versprechen darf man nicht brechen ...«
Behutsam legte sie seine Hand zurück neben seinen Körper und blickte zu den Vitalfunktionen. »Die kleinen Patienten brau-

chen ihren Doktor Damian!«

Als sie etwas näher zu ihm rutschte, um sich an ihn zu schmiegen, piepte der Monitor schneller. Der weiße Mullverband färbte sich hinter dem Ohr rot.

»Damian!«

Sie sprintete aus dem Zimmer und trommelte die Ärzte zusammen, die sich einen seltsamen Blick zu warfen.

»Haben Sie etwas gemacht?«, hakte Doktor Neuner nach.

Sie schüttelte unschuldig den Kopf. »Nein, bloß geredet«, stotterte sie.

»Okay, das ist sehr ungewöhnlich. Wir müssen ihn noch mal aufmachen. Zwei OPs am Hirn am gleichen Tag. Puh«, seufzte er, löste die Bremse des Bettes und schob es mit Eile aus dem Zimmer. Panisch griff Saskia nach Damians Hand, die sie erst losließ, als sie an der Tür zum OP- Bereich standen. Weiter durfte sie heute nicht mit …

Nachdem sich die Türen geschlossen hatten, brach sie weinend zusammen. Sie ließ die Tasche aus ihren Händen fallen und wusste, dass jede Minute und jedes Können zählte.

Eine Operation am Gehirn birgt immer Risiken … Dort ist so vieles gespeichert: Erinnerungen, Gefühlsempfindungen, sprechen, gehen … Ich bin schuld, wenn er davon irgendetwas nicht mehr kann …

Saskia fiel in die Embryonallage und wimmerte wie ein Baby. »Ich kann das nicht noch einmal!«, kreischte sie und umklammerte ihre Handtasche wie ein Kuscheltier.

»Frau von Ehr, kommen Sie … Wir bringen Sie in ein Zimmer«, versuchte eine Schwester, sie vom Boden aufzuheben.

»Fassen Sie mich nicht an!«, giftete sie und trat die Schwester mit den Füßen weg.

»Frau von Ehr, Sie wollen doch nicht hier vor all den Leuten liegen!«

»Was wissen Sie schon, was ich will?«

»Kommen Sie!«

»Wissen Sie, was ich will?«, schrie sie und fuhr sich die nassen

Strähnen aus dem Gesicht.

»Sagen Sie es mir …«

»Ich will mein altes Leben zurück! Das, in dem ich keine Sorgen hatte! Ich will meinen Mann zurück! Ich will, dass es Damian gut geht! Das würde es, wenn er mich nie kennengelernt hätte.«

»Dann tun Sie etwas dafür, hm? Vielleicht möchte Ihr Mann Sie auch zurückhaben!«

»Mein Mann ist *tot*, verdammt!«, brüllte sie und spuckte ihr Gegenüber dabei an.

Diese spürte, dass sie so nicht weiterkommen würde, und schaute im Computer nach Kontaktpersonen. Schließlich war Saskia schon einmal ihre Patientin gewesen. Sie wählte die Nummer Pauls, der zwar in einem Hörsaal saß, aber sofort von der Universität zum Klinikum sprintete, um seiner Schwester beizustehen. Er war schon einmal nicht für sie da, als sie das Schlimmste in ihrem Leben durchmachen musste. Das wollte er nun unbedingt ändern!

Zwanzig Minuten später kam er verschwitzt an und versuchte, seine Schwester vom Boden aufzuheben, die zusammengekauert in der Ecke lag und bitterlich weinte.

»Schwesterherz …«, seufzte er. Ihm fehlten die Worte … Jeder hatte ihr gut zu geredet und jetzt waren sie mitverantwortlich, dass sie einen weiteren Verlust erleben musste.

Als wäre einer nicht schon genug gewesen …

»Ich bringe dich nach Hause … Alles wird wieder gut!« Er hob seine Schwester vom Boden auf, legte sie auf seine Arme und wollte den Bereich verlassen. Dabei bemerkte er einen Mann an einer Wand lehnend, der ein Foto von ihr schoss. »Hey. Verdammt! Was machen Sie da?!«

»Ach, du bist der Bruder von meiner Verlobten, oder?«

Paul zog eine Augenbraue nach oben. »Wie bitte?«

»Hey, Damian Hartmann. Freut mich, dich kennenzulernen. Ich bin auch erziehungsberechtigt für Niklas. Also wenn es heute nicht gut klappt mit dem Betreuen, kannst du ihn mir gerne vorbeibringen!«, stellte sich Tom mit seiner neuen Identität vor.

»Ich wüsste nicht, dass wir schon beim Du wären!«, zischte Paul und rauschte ab. *Wer zur Hölle ist das denn? Die Psychiatrie ist direkt gegenüber. Das ist die einzige Möglichkeit, wo dieser herkommen konnte. Sasi hat bestimmt nichts mit dem,* dachte er und drehte sich um. *Hatte sich der Typ gerade Damian Hartmann genannt? So wie Damian?!*

Tom stand im Flur, blickte auf sein Handy und grinste psychopathisch. Dann hörte man den Ton einer verschickten MMS.

Hat der eine Videoaufnahme von Saskia gemacht? Als sie schreiend und kreischend in meinen Armen lag? Wer zur Hölle ist das?!, grübelte Paul.

Als er wieder nach vorne schaute, stieß er mit einem Polizisten zusammen.

»Ach, Sie suche ich! Frau von Ehr?«

Saskia drehte ihren Kopf und strich sich die Haare aus dem verweinten Gesicht.

»Sie kennen Damian?«

Sie nickte.

»Gut, würden Sie mir folgen?«

Paul ließ seine Schwester herunter und folgte dem Polizisten in ein Besprechungszimmer.

»Wie gut kennen Sie ihn?«

»Seit ich hier mit dem praktischen Jahr angefangen hatte. Wir haben zusammen gelernt, gearbeitet und gewohnt ... Ich würde schon sagen sehr gut«, stotterte sie und putzte sich die Nase.

»Hat er Feinde?«

»Das könnte ich mir kaum vorstellen, er war einer der herzlichsten Menschen, die mir begegnet sind.« Doch dann fielen ihr wieder die Drohnachrichten auf seinem Handy ein. »Wobei. Er hat gestern ziemlich seltsame Nachrichten bekommen.«

»Inwiefern?«

»Ihm wurde gedroht. Wenn er mich und die Kinder nicht verlassen würde, müsste er mit dem Leben bezahlen ... Dann verwies der Typ auf meinen Mann.«

»Auf Ihren Mann?«

»Ja … Er ist gestorben.«

»Ermordet?«

»Nein. Er saß in dem Flugzeug, das im September 2010 gegen den Berg prallte …«

»Mein Beileid. Wieso sollte der Drohende darauf verweisen? Das war ein tragisches Unglück!«

»Wenn Sie nur die offizielle Variante betrachten …«, zischte Saskia und erinnerte sich an die Worte ihrer Grundschulfreundin Linda.

»Wie meinen Sie?«

»Ach, kommen Sie schon. Das wurde unter den Tisch gekehrt. Angeblich war es ein Fehler des Piloten.«

»So steht es in der Akte.«

»Vertuschen kann man in diesem verdammten Staat wohl gut.«

»Hm?«

»Tun Sie nicht so. Ich weiß, was passiert ist. Das war ein Anschlag!«

»Nein. Wie kommen Sie denn auf so einen Humbug?!«

»Wie ich darauf komme? Weil meine Freundin eigentlich zu dieser Crew gehörte und die internen Details kennt!«

»Mhm«, brummte der Polizist und wollte schnell das Thema wechseln. »Gut, also Herr Hartmann hat Feinde. Haben Sie einen Verdacht?«

»Wissen Sie, dass damals 180 Menschen ihr Leben verloren haben? Und Sie kehren das jetzt einfach wieder so schnell unter den Teppich?! Finden Sie das den Opfern gegenüber gerecht? Finden Sie das der Familie des Piloten gegenüber gerecht?«

»Mir geht es um Herrn Hartmann. Das sollte es Ihnen in diesem Moment auch.«

»Wow. Applaus. Die Sache ist passiert und man darf nicht einmal mehr darüber reden?«

Paul stieß Saskia an und versuchte, sie davor zu bewahren, sich gleich eine Anzeige wegen Beamtenbeleidigung einzuhandeln.

»Es tut mir sehr leid, dass Sie Ihren Mann verloren haben. Aber wir können das nicht mehr ändern. Herrn Hartmann könnten wir vor einem weiteren Anschlag bewahren! Darauf sollten wir uns konzentrieren!«

»Okay«, murrte sie.

»Moment, gehen Sie von versuchtem Mord aus?«, hakte Paul nach.

»Leider, ja.« Er legte eine Pause ein und kramte eine Akte hervor, in welcher eine Kopie von Saskias erstem Drohbrief herausragte. »Können Sie sich vorstellen, dass die Taten an Ihnen und der Anschlag auf Herrn Hartmann zusammenhängen könnten?«

»Man sagte, er habe sich mehrfach auf der Autobahn überschlagen. Wieso gehen Sie nicht von einem Unfall aus?«

»Weil er uns wenige Minuten zuvor angerufen und um Hilfe gebeten hat. Er meinte, dass ein Irrer hinter ihm rasen würde und ihn sicher töten wolle.«

Sie schluckte.

»Trauen Sie das dem Täter zu, der auch Sie einst bedrohte? Das würde den Fall in ein anderes Licht rücken!«

Saskia überlegte. *Seit dem Vorfall an Heiligabend war mir nichts mehr widerfahren … seit Max weg war. Hatte es jemand auf den neuen Mann an meiner Seite abgesehen? Wollte derjenige mir schaden, in dem er meine Partner umbrachte?* »Also seit Max uns verlassen hat, ist mir nichts mehr passiert.«

»Max?«

Saskia nickte. »Max Leitner, der der meinem Ehemann so ähnlich sah.«

Der Polizist zog eine Augenbraue nach oben und schaute im Polizeicomputer nach. Er tippte den Namen ein und drehte den Laptop nach einer Weile um. »Der? Ich habe Ihren Mann so in Erinnerung«, meinte dieser und hatte die Personenauskunft zwischen Max Leitner und Leonardo von Ehr vergleichend geöffnet.

Saskia runzelte ihre Stirn. »Das. Das ist nicht der Max, mit dem ich das Vergnügen hatte!«

Der Polizist brummte und schob sich seine Hornbrille näher zu den Augen. »Seltsam. Also in meiner Kartei gibt es keinen Max Leitner, der ihrem Mann irgendwie ähnlich sehen könnte … *Gab es ihn tatsächlich?*«

»Was wollen Sie mir gerade unterstellen?!«

»Frau von Ehr, ich möchte Ihnen gar nichts unterstellen. Aber Max Leitner, Ihrer Beschreibung zu Folge, existiert nicht.«

Aufgebracht runzelte sie ihre Stirn und zweifelte an sich selbst. »Aber ich habe doch so viel mit ihm unternommen. Ich. Paul, sag doch auch mal was!«

Er fuhr ihr sanft über den Rücken. »Schwesterherz, von uns hat keiner diesen Max jemals gesehen … Ich habe mein Auslandssemester absolviert und mit Mama hattest du zu der Zeit keinen Kontakt …«

»Frau von Ehr, haben Sie sich das eingebildet? Zumal Sie auch sagten, er sähe Ihrem Mann so ähnlich.«

Störrisch schüttelte Saskia den Kopf und öffnete die Galerie ihres Handys. »Wir waren am Tegernsee und hatten einige Fotos geschossen. Leonie mochte ihn auch sehr gerne!« Sie scrollte herunter bis zum Dezember 2011.

»Und, haben Sie etwas gefunden?«

Saskia ließ das Handy fallen. *Habe ich mir das alles eingebildet? Ich. Das kann nicht sein. Max war so real! Das war kein Traum oder eine Einbildung …!*

»Saskia?«, fragte Paul und wusste selbst nicht, was er glauben sollte. »Hast du ihn wirklich gesehen?«

»Damian kannte ihn. Er hatte ihn behandelt!«, rechtfertigte sie sich und suchte nach weiteren Personen in ihrem Bekanntenkreis, die ihre Realität bestätigen konnten. Doch ihr fiel keiner ein, der ihn gesehen hatte … Die Geschwister erinnerten sich beide nicht mehr an Leos Geburtstag, an dem sie sich kurz über Facetime miteinander unterhalten hatten … Saskia, Paul und Max.

Habe ich ihn mir wirklich nur eingebildet?

»Kommen wir mal zurück zu Herrn Hartmann! Sie kennen sich sehr gut, sagten Sie. Geht es über ein kollegiales Verhältnis hinaus, zumal Sie auch zusammenwohnen?«

»Ja, wir sind zusammen.«

Der Polizist nickte und brummte. »Haben Sie das jemandem erzählt?«

»Klar. Meiner Familie und Tom, da wir ihn zufällig im Olympia-Einkaufszentrum getroffen haben. Die Leute aus dem Krankenhaus wissen es auch alle.«

»Tom wie noch?«

»Müller.«

Der Polizist notierte sich den Namen.

»Denken Sie, er hat damit etwas zu tun oder wieso umkreisen Sie den Namen dick?«

»Unsere Ermittlungen laufen, Frau von Ehr. Wir gehen jedem Hinweis nach. Was wissen Sie denn von Herrn Müller? Fühlen Sie sich in irgendeiner Art und Weise von ihm bedroht?«

Soll ich ehrlich sein? Irgendwie schon. Aber ich würde ihm doch nicht solche abscheulichen Taten zutrauen. Oder? Er ist verrückt und besessen von der Vorstellung, dass wir füreinander bestimmt sind. Aber so krank, um einen Menschen zu töten? Nein!

»Ich habe ihn in der Selbsthilfegruppe für Verwitwete kennengelernt. Ich glaube nicht, dass er zu so etwas in der Lage wäre. Er mag mich und würde sich gerne mehr erhoffen.«

Auf seinem Tablet stieß er auf etwas. »Von welchem Tom Müller reden wir denn? Ich habe in München neun zur Auswahl. Schauen Sie sich die Bilder bitte an!«

Saskia sah sich alle an, aber musste mit Entsetzen feststellen, dass keiner von diesen Tom war. »Ähm … Da ist er nicht dabei.«

Schon wieder … Spielt mir hier jemand einen blöden, gemeinen Streich? Oder träume ich? Wenn ich träume, würde ich gerne jetzt aufwachen!

»Seltsam. Ah, Sie haben mit Damian das gemeinsame Sorgerecht für Ihren Sohn Niklas erhalten.«

Ja … stimmt. Wobei mir eigentlich das alleinige zugestanden hätte, aber die Dame war einfach zu unfähig! Soll ich das so sagen und riskieren, dass er nachbohrt und ich meinen Sohn wieder verliere? Wohl besser nicht.

»Der Mann sieht dem Opfer aber nicht sehr ähnlich, schauen Sie mal!«

Auch dieses Foto betrachtete sie sich und musste feststellen, dass genau das Tom war.

»Mit welchem Damian sind Sie denn nun zusammen?«

Was soll ich jetzt sagen? Würden Sie mir Niklas wieder wegnehmen, wenn ich zu meinem Damian hielt? Saskia dachte kurz nach und packte doch die Wahrheit aus, die sich der Polizist bis ins Detail notierte. Sie versuchte, einen Zusammenhang herzustellen. »Warten Sie. Ich glaube, ich weiß, auf was dieses Gespräch hinauslaufen soll. Sie denken, Tom hat Max all die Zeit erpresst, dass er mich in Ruhe lässt und als Damian ihm nun auch in den Weg gekommen ist, hat er ihn aus der Bahn geräumt und will seine Identität übernehmen?«

Der Polizist nickte. »So könnte man es zumindest in Bezug zu Herrn Hartmann zusammenfassen, ja.«

Saskia lehnte sich auf ihrem Stuhl weit zurück, um diese Hypothese zu verdauen. Sie konnte das nicht glauben. Tom war zwar komisch, aber so etwas traute sie ihm nicht zu. Als sie einen verzweifelten Blick zu ihrem Bruder warf, wählte der Polizist eine Nummer und war im Begriff Tom als Tatverdächtigen durchzugeben.

»Stopp!«, befahl Saskia.

Er drehte sich um und hielt das Handy vom Ohr weg.

»Glauben Sie echt, ich würde das nicht merken, wenn er ein Verbrecher wäre? Wenn Sie ihn jetzt befragen, wird er doch sofort wissen, dass ich ihn angeschwärzt habe und ich werde mein Kind verlieren!«

Der Polizist sah Saskia erstaunt an und schüttelte den Kopf. »Sie stecken schon tief in der Zwickmühle fest, junge Dame!«

Saskia sah auf den Boden und schob den Herzanhänger von

Leos Kette nach links und rechts. *Ich würde doch merken, wenn Tom ein mieses Spiel mit mir führen würde. Er war mir zwar seit dem ersten Aufeinandertreffen suspekt, aber doch nur, weil unsere beiden Charaktere nicht zueinander passten. Aber ihm deswegen einen Mord zuzutrauen, ist weit hergeholt. Zu weit. Was sollte Tom und Leo verbinden?*

Kapitel 37

»Frau von Ehr? Haben Sie mir zugehört?«

Saskias Linse fokussierte den Polizisten wieder scharf, ihr volles Bewusstsein kehrte in diesen Raum zurück.

»Also habe ich Sie richtig verstanden, dass Sie Tom Müller solche Taten *nicht* zutrauen?«, vergewisserte sich der Polizist.

»Nein. Ich würde auch kein Motiv dahinter erkennen. Also halten Sie jegliche Ermittlungen bedeckt!«, forderte Saskia naiv und stand auf. »War es das jetzt? Wenn ich Sie erinnern darf, mein Partner kämpft im OP um sein Leben!«

Saskia verabschiedete sich und sah auf der Intensivstation nach, ob Damian mittlerweile aus dem OP gekommen war. »Du kannst ruhig nach Hause fahren!«, meinte sie zu ihrem besorgten Bruder, der nicht mal ansatzweise ihrer Aufforderung nachkommen würde.

»Muss ich dich daran erinnern, dass du eben weinend in der Ecke gesessen hast und jeden getreten hast, der dir helfen wollte? Ich werde sicher nicht von deiner Seite weichen!«

»Mhm«, brummte sie und konnte sich nicht mehr an ihren mentalen Zusammenbruch erinnern. Sie drückte die Tür der Intensivstation auf und blickte sofort zu dem zweiten Zimmer auf der rechten Seite, vor dem Damians Mutter mit Doktor Neuner sprach.

»Lisbeth!«, rief sie und lenkte die Aufmerksamkeit von Damians Mutter für kurze Zeit auf sich.

»Saskia«, antwortete sie mit verweinten Augen und streckte die Arme nach ihrer Schwiegertochter in spe aus. Sie drückte Saskia fest an sich und löste sie nach einer Weile wieder aus ihren Armen.

»Okay, ähm. Haben Sie noch Fragen?«, fuhr Doktor Neuner fort und kraulte seinen Dreitagebart.

»Wie sicher sind Sie sich?«

Saskia trat vor Lisbeth und befahl ihrem Ausbilder, alles zu wiederholen. Sie wusste überhaupt nicht, wie es um Damian stand.

»Ist das in Ordnung für Sie? Genau genommen ist Frau von Ehr keine Angehörige?«

»Ja. Sie hat mehr Ahnung als ich.«

Doktor Neuner gab Saskia wenig Hoffnung, dass Damian wieder aufwachen würde. Zwar sei er nicht hirntot, aber die Schäden, dir durch die zweite Hirnblutung entstanden waren, zu massiv. Wenn er jemals wieder aufwachen sollte, würde er ein Pflegefall und von den lebenserhaltenden Maschinen abhängig sein.

»Das glaube ich nicht!«, stieß sie aus und schubste Doktor Neuner gegen die Wand. »Er hat mit mir geredet! Er hat mir versprochen, zu kämpfen, und Sie haben es versaut! Diese Nachblutung hätte niemals passieren dürfen!«, schrie sie.

»Hartmann hatte einen schweren Autounfall. Dass er es überhaupt lebend aus dem Wrack geschafft hat, grenzte an ein Wunder. Das Adrenalin hat ihn auf dem OP-Tisch verlassen.«

»Ach ja? Sie haben keinen Fehler gemacht? Sie haben keinen Schritt vergessen wie in unserer letzten gemeinsamen OP?«

Doktor Neuner kniff die Augen zusammen. »Passen Sie auf, was Sie hier sagen!«

Paul zerrte Saskia am Arm. »Danke! Das war es fürs Erste!«, bemerkte Paul und verschaffte dem Oberarzt Zeit, um einer wütenden Saskia zu entfliehen. Er warf seiner Schwester einen mahnenden Blick zu. »Schwesterherz, du hättest dir heute schon zwei Anzeigen einheimsen können!«

Sie zuckte mit ihren Achseln und huschte mit Lisbeth in das Zimmer. Es versetzte sie in eine Schockstarre, als sie Damian zum zweiten Mal so hilflos und schwach erblickte. Wie er da lag. Abhängig von den ganzen Geräten, die um ihn herumstanden. Das Piepen des Herzschlags. Das monotone Geräusch der Beatmungsmaschine. Alles nur wegen ihr.

»O Gott!«, jammerte Lisbeth und fuhr ihrem Sohn mit zittrigen Fingern über die Wange. »Mein ganzer Stolz …«, seufzte sie und vergoss bittere Tränen. Sie führte seine rechte Hand zu ihrem Herzen und bat Gott vielmals um Hilfe.

»Was hast du mit ihm vor?«, fragte Saskia in einer roboterähnlich klingenden Stimme.

»In der nächsten Stadt von uns haben wir eine richtig tolle Klinik für Komapatienten. Ich werde ihn nach Hause holen … Dort, wo er fast sein ganzes Leben verbrachte und immer von träumte, wieder zurückzukommen. Das wird seine Genesung fördern … Das Gefühl zu Hause zu sein …«

»Wie weit ist das entfernt?«

»Ich bin so um die zweieinhalb Stunden hierhergefahren, es war aber viel los. Damian meinte, dass er für die 170 Kilometer circa zwei Stunden bräuchte.«

»Dann werde ich ihn ja kaum sehen können …«, stellte sie fest und war sauer, nicht irgendwelche Rechte zu haben, um das verhindern zu können. *Wie soll eine dahergekommene Klinik im Allgäu besser sein als eine Klinik Münchens, die auf Neurologie spezialisiert ist?*

»Du kannst doch so oft vorbeikommen, wie du möchtest!«

»Ich habe zwei kleine Kinder. Mein Assistenzarztprogramm beginnt am Montag. Ich kann nicht jedes Wochenende mit meinen Kindern vier Stunden im Auto sitzen. Das geht nicht … Leonie hasst es, im Wagen zu sitzen, Niklas weiß sich da schon etwas besser zu beschäftigen … Im Krankenhaus werden sie schnell unruhig …«

»Mach dir doch keinen Kopf. Ich bin für ihn da. Du versuchst es, so gut es geht. Okay? Wir werden das schon hinbekommen und bald ist er wieder der Alte!«

»Frau Hartmann, ohne Ihnen zu nahe zu treten, der Alte wird Ihr Sohn nie wieder werden!«, mischte sich eine Assistenzärztin des vierten Jahres ein.

»Was wissen Sie denn schon?«

»Mehr als Sie. Wenn Ihr Sohn eines Tages, der sehr weit in der

Ferne liegt, wieder aufwachen sollte, wird er nicht mehr in der Lage sein, selbstständig zu atmen, zu reden, sich zu bewegen. Er wird in diesem Bett liegen und sich wünschen, dass Sie seinem Wunsch als Organspender nachgekommen wären. Dass Sie akzeptiert hätten, dass es keine Hoffnung mehr gibt und anerkennen, dass Ihr Sohn gegangen ist!«

»Sie reden, als ob er hirntot und ich ein kleines, naives Kind sei!«

»Frau Hartmann, bei aller Liebe. Wollen Sie eines Tages in die traurigen Augen Ihres Sohnes schauen und sich dafür hassen, ihn jeden Tag aufs Neue so foltern zu lassen? Denken Sie, es würde ihn freuen, täglich abgesaugt, gewaschen und gelagert zu werden? In diesem Bett zu liegen und sich nicht einmal äußern zu können, was er wollen würde?«

»Sie haben *kein* Recht dazu, so über mich zu urteilen!«

»Ich möchte nicht urteilen, sondern nur einen liebgemeinten Rat erteilen. Meine Mutter hat diesen Fehler vor Jahren bei meinem großen Bruder getan. Er war mit seinen Freunden auf dem Motorrad unterwegs und hatte einen schrecklichen Unfall. Meine Mutter wollte nicht loslassen. Nun liegt er seit vier Jahren im Bett, ist abhängig von all diesen Geräten und kann sich nicht mitteilen. Er kann nicht mehr sprechen, geschweige denn sich bewegen. Jeden Tag schaue ich in seine leeren, traurigen und müden Augen und frage mich, wieso ich den Mund damals nicht aufgemacht habe. Glauben Sie mir eines. Wenn er sich bewegen könnte, hätte er schon längst dafür gesorgt, dass eine der lebenserhaltenden Maßnahmen für kurze Zeit aussetzt und er endlich seinem Elend entfliehen kann!«

»Raus!«, befahl Lisbeth wütend und wollte sich von der aus ihrer Sicht erfundenen Geschichte nicht beeinflussen lassen.

Bei Saskia schien sie zu wirken. Sie gab Damian einen Kuss auf die Stirn und verließ mit Paul das Zimmer. Sie wusste, dass er das nicht wollen würde … gefesselt in einem Bett zu liegen … Wenn sie einen Komapatienten behandelten, sagte er ihr immer wieder, dass er so niemals vor sich hinvegetieren wollen würde. Wenn keine Besserung mehr in Sicht wäre und er ein Leben lang von den Maschinen abhängig wäre, würde er wollen, dass man ihn gehen ließ. Selbst wenn sie das jetzt aussprechen würde, würde Lisbeth es nicht hören wollen …

Genauso wenig wie ich es hören wollen würde, wenn ich diese Entscheidung treffen müsste.

Sie zog an ihrer Bluse und dachte zurück an den Tag, der ihr ganzes Leben neu geschrieben hatte. Was hätte sie gemacht, wenn Leo gefunden worden wäre, aber keine Hoffnung mehr bestanden hätte? Er hatte Saskia immer versprochen, zu kämpfen … Aber was, wenn es zu spät dafür gewesen wäre?

Ist es nicht doch besser, dass ich so etwas nicht miterleben musste? Zu entscheiden, wann es keine Hoffnung mehr gibt? Mit einer Unterschrift den Tod des Ehemannes zu besiegeln?

So stark wäre sie zum damaligen genauso wie zum heutigen Zeitpunkt nicht gewesen. Für einen Moment fand sie es gut, dass sie Leo weder sehen noch Entscheidungen treffen musste. Es war eine besiegelte Sache, an der sie nichts mehr ändern konnte.

Bevor Saskia mit ihrem Bruder nach Hause fuhr, ging sie in die Krankenhauskirche und betete für Damian. Sie dachte zurück an das Gespräch mit dem Polizisten und versuchte, zu analysieren, wie es überhaupt so weit kommen konnte.

Hatte sie die Drohung damals auf die zu leichte Schulter genommen? Wer war mit »der andere« gemeint? War das Leo? Wurde auch er bedroht? Galt der Anschlag nur ihm und nicht dem Land? War Max eine Fiktion? Kein realer Mensch? Unmöglich erschien es ihr, dass sie sich all die Monate mit ihm nur eingebildet hatte.

Er musste real sein, wie hätte es sonst funktioniert ins Krankenhaus zu fahren und das praktische Jahr zu machen. Ich hatte mein Kind doch unmöglich acht Stunden alleine zu Hause gelassen … oder?

Nachdem sie eine Weile das flackernde Kerzenlicht beobachtet hatte, redete sie mit Leo. Sie suchte nach Antworten. Sie bat ihn um Hilfe, dass ein Wunder passieren würde und sie Niklas ohne Tom bei sich behalten könnte. Jetzt, wo Damian verhindert war … Die ersten Wochen waren auf Probe … Würde das Jugendamt die Entscheidung zurückziehen, wenn sie wüssten, dass Damian ihr nicht zur Hilfe beiseitestand? Wie könnte sie das Missverständnis aufklären, ohne direkt ins Visier zu gelangen? Tom hatte es lieb gemeint …

Aber ich will nicht mit ihm durch Niklas verbunden sein …

Kapitel 38

Durch die verlaufene Wimperntusche ahnte Hanna sofort, dass etwas vorgefallen sein musste, und setzte die Kinder vor den Fernseher. »Was ist passiert? Hat er dich verlassen?«

Saskia schüttelte schluchzend den Kopf. »Er hatte einen Unfall.«

»O Gott. Schlimm?«

Sie schaute auf den Boden und verdrückte sich ins Badezimmer. Hanna sah panisch zu ihrem Sohn. »Paul, sag mir bitte nicht, dass es das ist, was ich denke!«

Er brummte: »Er ist nicht tot … Aber so gut wie …«

»Was?«, erschrak Hanna und schlug die Hände über dem Kopf zusammen. »Sag, dass das nicht wahr ist!«

»Die inneren Blutungen konnten sie unter Kontrolle bringen, aber die Hirnblutung … Es kam zur Nachblutung.«

»Das darf doch nicht wahr sein … Was haben die Ärzte gesagt?«

Paul rieb sich über die Schläfen. »Sie haben Damians Mutter mit in ein Büro genommen … Das heißt nichts Gutes, oder? Ich habe Saskia einfach nur noch daraus bringen wollen … Sie hat überall gezittert … Mama, ich konnte sie nicht dort lassen … Sie kann nicht noch einen Mann verlieren …«

»Ich rufe gleich bei seiner Mutter an … oder fahre vorbei. O Gott …« Wuselig stapfte Hanna auf und ab. »Ich gehe in die Kirche und bete für ihn. Bleibst du hier?«

Paul bejahte und setzte sich zu den Kindern, während Hanna ihren Mantel anzog und ihre Handtasche suchte.

»Was ist? Wieso guckt ihr so komisch?«, fragte Niklas aufmerksam.

Hanna kniete sich vor ihren Enkel. »Schau mal … Die Mama und der Papa.«

Niklas ließ seiner Oma keine Zeit, den Satz fertig zu sprechen, und hüpfte euphorisch von der Couch. »Mama hat immer gesagt, dass Papa vermisst und gar nicht tot ist! Papa *lebt*?«

Sie schüttelte den Kopf. »Nein, mein Schatz … Leider nicht.«

Er zog eine Schnute und nahm den Anhänger seiner Halskette aus dem Pullover. »Schau mal, das hat Oma mir geschenkt!« Er drehte den Anhänger um, der ein Bild von Niklas und seinem Vater abzeichnete.

Sie fuhr ihrem Enkel durch die niedlichen Locken und grübelte, wie sie es ihm sagen sollte. »Du weißt ja, dass Mama mit Damian wieder glücklich ist … hm?«

»Ja … Damian mag ich auch! Wir verstehen uns voll gut. Er hat seinen Papa auch ganz früh verloren.« Er drehte den Anhänger in seiner Hand umher. »Papa mag Damian auch. In meinem Traum hat er gemeint, wie glücklich er ist, dass Mama so einen tollen Mann wie Damian gefunden hat.«

Hanna seufzte: »Mein Spatz … Damian hatte einen Unfall.«

»Schlimm?«

Hanna rieb sich an den Schläfen und grübelte, was sie ihrem Enkel sagen sollte. Er war so abhängig von seinem Vater gewesen, wenn er jetzt noch den Ersatz für ihn verlieren würde … Saskia hatte ihr erzählt, wie unglücklich er damals gewesen war und kaum noch gesprochen hatte.

»Ist Damian jetzt bei Papa?«, fragte er und kämpfte mit den Tränen.

»Nein … Aber vielleicht geht er zu Papa …«

Niklas zog eine Schnute. »Oh! Weiß Mama das schon?«

Hanna zog überrascht eine Augenbraue nach oben.

»Mama packt das kein zweites Mal!«

Sie nahm ihren Enkel auf den Arm und drückte ihm einen Kuss auf die Stirn. »Du brauchst dir doch um deine Mama keine Sorgen zu machen, mein Spatz. Wir sind alle für euch da … Wenn Damian zu deinem Papa gehen sollte, müsst ihr da nicht alleine durch.«

»Du weißt nicht, wie es Mama ging …«

»Sie hat mir erzählt, wie schlecht es dir ging … Aber jetzt denken wir nicht an das Schlimmste. Damian ist ein Kämpfer! Der packt das!«

»Mama hat nachts oft geschrien und geweint … Am Tag war sie stark für mich, aber in der Nacht …«

»Ach Großer!« Sie schaute auf die Uhr. »Oma muss jetzt kurz in die Stadt. Onkel Paul passt auf euch auf und du machst dir keine Gedanken, okay?«

»Gehst du ins Krankenhaus?«

Hanna nickte.

»Kann ich mitkommen? Ich muss Damian etwas sagen!«

»Wenn du möchtest?«

Er nickte, zog sich seine Jacke an und lief gemeinsam mit seiner Oma zur nächsten U-Bahn-Station.

»Wie war es bei Oma Gundula?«, hakte Hanna nach.

Ihr Enkel machte sofort dicht und wich ihrem Blick aus.

»Hey, Kopf hoch … Das passiert nicht noch einmal!«, gab sie sich optimistisch.

»Damian hat gesagt, dass er sich gar nicht mehr richtig an seinen Papa erinnern kann … Oma, ich habe Angst davor, Papa zu vergessen.«

»Den Papa wirst du nie vergessen, hm?«

Niklas zog eine Schnute und seufzte: »Aber meine Schwester wird sich nie an ihn erinnern … Das hat Papa nicht verdient …«

Seine Oma schaute traurig auf den Boden … Die Tragödie hatte Niklas schon fast zu einem Teenager geformt. Er machte sich um Dinge Gedanken, um die sich Kinder in seinem Alter keine machen sollten. Er sollte mit den Kindern in der Straße herumtollen oder in jede Pfütze reinspringen… Er sollte sich nicht um die schwindenden Erinnerungen an seinen Vater oder den Zustand seiner Mutter sorgen. Er war doch noch ein Kind.

»Ich vermisse Papa so … Warum ist das gerade ihm passiert? Papa war so toll …«, jammerte er und wurde von seiner Oma auf die Arme gepackt. Sie verließ die U-Bahn und lief mit ihm zum

291

Krankenhaus.

Niklas legte seine kleine Hand auf Damians Herzen ab. »Wenn Papa zu dir kommt und dich mitnehmen will, dann darfst du nicht mitgehen. Denn Mama sagt immer, dass ich mit Fremden nicht mitkommen darf. Du kennst Papa nicht, also darfst du nicht auf ihn hören. Mama ist wieder glücklich wegen dir.« Der kleine Lockenkopf griff in seine Jackentasche und holte einen Talisman heraus. »Das ist ein kleiner Elefant. Den hat mir Papa mal geschenkt. Ich borg dir den so lange aus, bis es dir wieder gut geht …«

Hanna streifte ihm über den Rücken. »Wie steht es um ihn?«, flüsterte sie zu Lisbeth, die aufgewühlt seit Stunden an der Wand lehnte.

»Wir haben in unserer Heimatstadt eine schöne Klinik, die ihn pflegen wird. Ich könnte mir das nicht verzeihen, nicht alles versucht zu haben!«

»Also gibst du ihm Zeit?«

»Ja … Saskia kann jederzeit vorbeikommen … Aber ich möchte ihn nach Hause holen …«

»Er wird das schon schaffen!«

Lisbeth nickte verhalten. »Ich habe mit den Ärzten schon gesprochen. Wir werden ihn morgen um zehn in die Klinik fliegen …«

»Morgen?«, wiederholte Hanna überrascht.

»Ja. Ich weiß, dass Saskia nicht begeistert ist … Aber ich kann jetzt keine Rücksicht auf sie nehmen … Es geht hier um mein Kind … Er braucht die bestmögliche Pflege, damit er wieder auf die Beine kommt.«

Hanna kratzte sich am Kopf und verzog die Miene. »Ich möchte dir nicht zu nahetreten und im Grunde kann man die beiden Fälle nicht vergleichen, aber Saskia hat ihren Mann vor zwei Jahren auf tragische Weise verloren. Sie konnte ihm nicht beistehen in den schlimmen Stunden und sich nicht von ihm verabschieden … Ist es wirklich die beste Klinik für ihn?«

»Das hat Damian nie erzählt … Ich dachte, sie hätten sich bloß getrennt …«

»Versprich mir, dass du sie anrufen wirst, wenn sich sein Zustand verändern sollte! Wenn der schlimmste Fall eintritt, rufst du sie an und gibst ihr Zeit, Abschied zu nehmen!«

»Aber das wird nicht passieren! Ich kenne meinen Sohn!«

Am nächsten Morgen

Saskia saß mit Niklas und Leonie am Bett Damians und hielt seine Hand. »Du wirst das schaffen. Wir denken immer fest an dich!«, flüsterte sie und küsste seinen Handrücken.

»Du weißt, was ich dir gesagt habe!«, meinte Niklas und prüfte, ob Damian den Talisman bei sich trug.

Leonie streifte ihm sanft über den Oberkörper und grinste ihre Mutter wieder an. Sie war zu klein, um das alles verstehen zu können …

»Saskia, wir müssten ihn jetzt zum Transport fertigmachen«, merkte Damians beste Freundin an.

Die zweifache Mutter drehte sich um und schaute zu Lisbeth, die sie zu ihr beorderte. Sie half Niklas vom Bett, küsste Damian gefühlvoll auf die Stirn und strich ihm über die Wange. »Bis bald«, hauchte sie und nahm ihre kleine Tochter auf den Arm. Mit schweren Schritten verließ sie das Zimmer und gesellte sich zu Lisbeth auf den Flur.

»Du kannst so oft kommen, wie du willst.«

Saskia nickte, aber wusste, wie wenig sie das realisieren könnte. Ihre Assistenzzeit begann übermorgen. Leonie und Niklas würden in die Krippe des Krankenhauses gehen und wollten danach sicher unbedingt etwas mit ihrer Mutter unternehmen und nicht Zeit in einem Krankenhaus verbringen.

Die Tür des Zimmers öffnete sich und das Bett samt Damian wurde zum Helikopter geschoben. Mit traurigem Blick schaute sie ihm hinterher und hatte das Gefühl, innerlich zu zerbrechen.

Sie wusste, dass er nicht gegangen war … Aber es fühlte sich so an, als hätte sie ihren Partner freigegeben, um von Gott zu sich geholt zu werden …

»Mama, sei nicht traurig«, flüsterte Niklas und wischte seiner Mutter eine Träne weg.

»Ach mein Schatz … Sollen wir heute ins Spaßbad?«

Niklas schüttelte den Kopf. »Mama, lenk nicht ab. Du darfst vor mir weinen.«

Saskia drückte ihren Sohn fest an sich und ließ ihren Tränenfluss zu.

»Alles wird gut, Mama!«, meinte der kleine Lockenschopf und strich seiner Mutter sanft über den Rücken. »Ich habe mit Papa geredet und da er froh ist, dass wir Damian haben, wird er das nicht zulassen!«

»Du hast mit Papa gesprochen?«, seufzte sie und gab ihrem Sohn einen Kuss auf die Stirn.

»Ich rede jeden Tag mit Papa. Manchmal antwortet er mir dann nachts in meinen Träumen«, offenbarte er lächelnd und schob mit den Zeigefingern die Mundwinkel seiner Mutter nach oben. »Du bist nicht alleine, Mami. Wir sind da. Papa ist immer bei uns. Er beschützt uns.«

Kapitel 39

Am Mittwoch, den 18. April, saß Saskia erschöpft auf der Sitzbank in der Umkleide und atmete tief ein und aus. Lisbeth hatte sie während der Arbeitszeit mehrfach versucht zu erreichen. Das konnte nichts Gutes bedeuten … Sie wählte ihre Nummer, doch Lisbeth hob nicht ab.

Damian … bitte mach keinen Mist … Du hast es mir versprochen!

Sie nahm ein Foto der beiden aus der linken Tasche des Arztkittels und drückte es fest an ihre Brust. *Du hast mir gezeigt, dass mein Leben lebenswert ist … Du darfst nicht aufgeben! Was mache ich denn ohne dich?*

Mit dem Zeigefinger strich sie vorsichtig über sein Gesicht und bemerkte, dass Tränen aus ihren Augen kullerten. Sie seufzte und versteckte das Foto wieder in dem Kittel. Der Spind Damians lächelte sie an, weshalb sie aufstand und ihn mithilfe der Zahlenkombination öffnete … Es war ausgerechnet das Datum ihres ersten Arbeitstages. Der Tag, an dem sie sich kennenlernten und sich Damian unsterblich in sie verliebt hatte.

Sie nahm den bräunlichen Pullover und drückte ihn fest an sich. Aus der linken Ecke kramte sie eine Tüte Gummibärchen und klaute sich einige. Erst als sie die Tüte wieder zurückstellte, fiel ihr eine kleine, quadratische Box ins Auge.

Sie sieht aus wie …

Saskia blinzelte mehrmals und konnte sich nicht vorstellen, dass es das war, was sie dachte. Sie legte den Pullover zurück und fischte aus der hintersten Ecke die Box in ihre Finger. Langsam schlich sie zurück zur Sitzbank … Denn das, was sie vermutete, würde ihr den Atem rauben und den Boden unter ihren Füßen wegziehen. Vorsichtig öffnete sie die Schatulle und wurde in ihrer Vermutung bestätigt. Ein silberfarbener Verlobungsring strahlte sie an.

»Damian …«, schluchzte sie und schloss die Box wieder. Sie

stellte sie zurück an ihren Platz und sah aus seinem Arztkittel einen kleinen Zettel herausragen … Instinktiv zog sie ihn heraus und las ihn leise.

Meine liebste Saskia,
ich weiß, dass dich das überfahren wird und ich bin mir nicht sicher, ob ich die Antwort hören will … Aber lass mich dich wissen, dass du mein ganzes Glück bist. Ich erinnere mich so gerne an jenen Tag zurück, als du in die Notaufnahme gelaufen bist und sichtlich zu spät an warst.

Du hast dir dein voluminöses Haar aus dem Gesicht gestrichen und mich hilflos angeschaut. »Wo finde ich die Umkleiden? Gott, ich bin viel zu spät!«, hast du gejammert. Dein Blick glich dem eines Hundes, wenn er nach Essen bettelte. Ich konnte nicht anders, als dich höchstpersönlich bis zu den Umkleiden zu bringen.

Auf dem Ärzteball habe ich die Initiative ergriffen und dich zu einem Tanz mit mir gebeten. Wir haben viel zusammen gelacht und ich hatte zum ersten Mal eine andere Saskia kennengelernt. In der Klinik warst du immer zurückhaltend … Es schien, als ob dich irgendetwas bedrücken würde. Wir haben vielleicht ein paar Gläser zu viel getrunken und ich weiß bis heute nicht, wie wir in diesen Aufzug gelangt und dort eingeschlafen sind …

Ich musste mir eingestehen, dass ich mich direkt am ersten Tag deines PJs in dich verliebt habe. Und mein Vorsatz fürs neue Jahr war nur ein einziger: Ich wollte dich.

Du hast und du wirst immer an deinem Mann hängen… Zwischen euch existierte etwas Magisches. Ihr wart füreinander geschaffen … und doch war das Schicksal so ekelhaft und hat euch auseinandergerissen. Meine Kollegen haben mir von dir abgeraten … Aber mir war es egal, ob du an deinem Mann hängst und zwei Kinder hast.

Ich habe dir anfangs nicht erzählt, dass mein Vater starb, als ich fünf war, und meine Tochter am plötzlichen Kindstod starb. Ich wollte meinen toten Vater und meine kleine Tochter nicht ausnutzen, um einen Zugang zu dir zu bekommen …

Egal, wie du antworten wirst. Du bist mein Glück. Ich habe mein ganzes Leben auf so eine bezaubernde Frau wie dich gewartet ... und egal wie bezaubernd dein Mann gewesen ist, du bist es auch. Das vergisst du, wenn du mit strahlenden Augen von ihm erzählst. Ich sehe, dass du wieder lächeln kannst.

Ich möchte deinen Ehemann niemals ersetzen. Ich möchte auch nicht, dass die Kinder mich irgendwann Papa nennen, wenn das für dich nicht in Ordnung ist. Aber was ich will, ist, dich glücklich zu machen. Ich möchte mit dir verbunden sein. Wenn du dein drittes Kind bekommst, will ich bei dir sein ... Wenn etwas Schlimmes passieren sollte, möchte ich ein Recht haben, bei dir zu sitzen. Ich möchte euch zeigen, dass ich immer für euch da sein werde. Für dich und für deine Kinder. Ihr habt es verdient, glücklich zu sein.

Ich liebe dich. Und ich liebe Niki und Leonie so sehr als wären es meine eigenen Kinder.

Ich fühle mich wohl bei euch ... und ich denke, dass es euch genauso ergeht. Ich gehöre zu euch und ich liebe euch so sehr ... Fühle dich bitte nicht verpflichtet, zu antworten. Sei einfach ehrlich.

Liebe Saskia, möchtest du meine Frau werden?

Mit zittrigen Fingern steckte sie den Antrag Damians in ihre linke Tasche des Arztkittels und hatte das Gefühl, dass ihr jemand den Hals zudrücken würde. Sie glaubte, zu ersticken. Sie atmete ein und aus und versuchte, ruhig zu bleiben. Doch das konnte sie nicht. Damian liebte sie so sehr, dass es ihm sogar egal war, dass Saskia immer noch an Leo hing. Er wollte für sie und die Kinder da sein ... Sie würde sich glücklich schätzen und gerne ja sagen, aber das bedeutete, dass ihr ganzes Leben mit Leo plötzlich weg wäre.

Leo ist doch mein Mann ...

»Wow, schwächelst du schon am dritten Tag? Ist wohl nix für dich!«, merkte eine der anderen Assistenzärzte an und musterte Saskia mit ihrem Blick.

»Hast du keine eigenen Probleme?«, zischte Saskia genervt.

»Ähm, lass mich kurz überlegen. Nein!«

Saskia rollte mit ihren Augen.

»Ganz ehrlich, friss einfach weniger, dann würdest du hier nicht völlig fertig sitzen«, brummte die Assistenzärztin und sprühte sich Deo unter die Arme. Als sie einen weiteren, abwertenden Blick in Saskias Richtung warf, stand diese genervt auf und drückte die kleine Rothaarige gegen die Wand.

»Du hast hier kein Recht über mich zu urteilen. Hast du schon irgendetwas Schlimmes in deinem Leben durchmachen müssen?!«

»Lass mich los! Wie bist du denn drauf?!«

»Wie ich drauf bin? Mein Mann ist vor zwei Jahren mit einem Flugzeug abgestürzt und gestorben. Ich habe zwei kleine Kinder, die ihren Vater vermissen und einen Partner, der am Freitag einen schrecklichen Autounfall hatte und um sein Leben kämpft! Also halt deinen Mund und kümmere dich um dein eigenes, beschissenes, verkorkstes Leben!«, zischte sie, ließ sie los und rauschte ab. Wenn sie jetzt nicht abgedreht wäre, hätte sie dieser blöden Kuh ins Gesicht gespuckt.

Sie lief zur Krankenhauskirche und zündete eine Kerze für Damian und ihren Mann an. Sie brauchte diesen Moment für sich. Um nicht durchzudrehen, weil sich ihr neues Leben auf einmal viel zu schnell für sie bewegte.

»Ich bin so stolz auf dich«, hörte sie plötzlich Leos Stimme.

Kapitel 40

Vor Schreck ließ sie die Streichholzpackung aus den Händen gleiten und drehte sich suchend um. Doch in diesem Raum war keiner außer ihr.

»Hättest du ›Ja‹ gesagt?«, fragte die Stimme Leos.

»Woher weißt du …«, murmelte sie und war sich unsicher, wo diese Stimme herkam.

»Na, sag schon. Hättest du?«

»Ich … Aber ich bin doch *deine* Frau und das will ich für immer bleiben.«

»Engel, ich bin gegangen. Lass es zu. Ich bin dir nicht böse. Damian ist toll. Er behandelt euch gut … Niklas mag ihn sehr und du weißt, dass das praktisch unmöglich ist, weil er ein absolutes Papakind ist.«

Abwegig schüttelte Saskia den Kopf. »Aber dann ist es so, als ob du nie hier gewesen wärst. Die Leute auf der Straße denken schon, dass Damian Niklas´ Vater ist.«

»Ist das so schlimm?«

»*Du* bist doch sein Vater!«

»Ich bin ein Vater, der alles besser machen wollte als seiner und euch trotzdem im Stich gelassen hat … Hey, du hattest recht.«

»Das stimmt nicht! Du bist nicht wie dein Vater!«

»Doch. Es war Elias´ Auftrag … Wenn ich mich ein kleines bisschen mehr um euch als um meine erfolgreiche Karriere geschert hätte, würde ich die Kinder heute vom Kindergarten abholen … Ich bin in nichts besser als mein Vater. Ich habe genauso versagt wie er. Glaub mir, Damian würde das nicht tun. Er kann den Kindern ein besserer Vater sein. Leonie hat mich sowieso nie kennengelernt.«

»Aber Schatz, das stimmt doch nicht. Das hätte sich doch alles geändert, wenn du sicher gelandet wärst …«

»Vielleicht wäre ich trotzdem genauso geworden wie er … Der

Apfel fällt nicht weit vom Stamm.«

Saskia zog ihre Augenbrauen zusammen und konnte nicht glauben, wie sich die Selbstwahrnehmung ihres Mannes geändert hatte. »Schatz, was redest du denn für einen Unsinn? Das ist doch nicht wahr. Ich konnte nie mit dir mithalten! Niklas hat sich sogar gewünscht, dass ich mit dir tausche, weil er dich wiederhaben wollte – obwohl du so oft in den Staaten warst. Er hat dich abgöttisch geliebt und das wird er bis zum letzten Atemzug tun. Du warst der beste Vater, den er sich hätte wünschen können!«

»Aber das hast du doch auch anders gesehen, oder?«

»Nein. Niemals. Denk nicht so. Ich war nicht ich selbst, als ich diesen Wutausbruch hatte. Du bist der Vater, den sich alle Kinder da draußen wünschen.« Sie wischte sich eine Träne weg. »Du bist der Ehemann, von dem alle Frauen träumen. Ich habe es kaputtgemacht, als ich so mies drauf war.«

»Bitte versprich mir, dass du weitermachst … Lass dich nicht hängen … Ich wünschte, ich könnte bei euch sein. Aber das geht nicht …«

»Du hast und wirst es mir nie verzeihen, was ich dir an den Kopf geworfen habe, oder?«, stellte sie fest, weil er nicht darauf einging, was sie dazu zu sagen hatte. So wie damals.

Er brummte: »Ich habe es dir nicht verziehen, da hast du recht. Du hast es aus Zorn zu mir gesagt, obwohl du am meisten unzufrieden mit dir selbst warst. Aber trotzdem hast du dir für einige Sekunden genau das für mich gewünscht. Und hey, es hat funktioniert. Leonie wird mich nie als Vater haben und das gottverdammte Flugzeug ist abgestürzt.«

Saskia fiel auf die Knie und flehte ihn an. »Nein, denke nicht so. Bitte. Ich wollte das niemals! Ich kann nicht verlangen, dass du mir verzeihst. Dafür habe ich dich zu sehr verletzt. Aber du musst wissen, dass ich dir das niemals gewünscht hätte.«

»Ich liebe dich – egal, was du mir an den Kopf geworfen hast.«

»Ich liebe dich auch!«

»Versprich mir bitte eines …«

Saskia nickte.

»Wenn du irgendwann rausfindest, was passiert ist, hass mich bitte nicht. Ich habe das nur für euch getan. Dass ihr ein schönes Leben habt.«

»Von was redest du?«

»Das, was passiert ist, hätte nicht passieren müssen, wäre ich aufmerksamer gewesen. Aber es ist wichtig, dass du mir jetzt genau zuhörst.«

»Was ist damals passiert?«

»Das kann ich dir nicht sagen. Es wäre zu gefährlich.«

»Die Wahrheit, wegen der deine Mutter sterben musste?«

Er seufzte: »Also hör mir jetzt genau zu. Du musst zu Damian fahren und sagen, dass deine Antwort ›ja‹ ist. Engel, das ist deine Zukunft.«

»Du hast so sehr gelitten. Ich kann doch nicht einfach weitermachen, als wäre nichts gewesen. Du bist mit einem Flugzeug vom Himmel gefallen, weil *ich* das ausgesprochen habe. Du … Wir hatten so viel vor in unserem Leben. Ich kann das nicht!«

»Damian ist gut. Er ist perfekt für euch. Er liebt unsere kleinen Mäuse. Du hast meine Erlaubnis. Komapatienten hören viel mehr, als wir wissen. Du musst ihn zurückholen.«

»Woher weißt du das?«

Er brummte wieder, weil sie ihm nicht richtig zuhörte und besessen von der Idee war, irgendein Indiz über sein Leben zu erhalten.

»Woher weißt du, dass Komapatienten mehr hören, als wir vermuten. Liegst du selbst irgendwo im Koma? Schatz, wenn du nicht tot bist, werde ich mich immer für dich entscheiden!«

»Hör auf, dich in etwas zu verrennen … Damian ist dein Schlüssel zum Glücklichsein.«

»Woher willst du das wissen? Das hat doch alles keinen Sinn.«

»Saskia, das Leben hat nicht immer einen Sinn …«

Sie hasste ihn in diesem Augenblick, weil er ihr die Wahrheit nicht sagte. Sie würde den Raum erst verlassen, wenn sie wusste, was Sache war. »Warst du Damians erster Patient?«

»Saskia … Du musst in die Zukunft schauen«, mahnte er.

»Sei ehrlich zu mir! Wieso hast du mich angelogen und gesagt, du würdest immer in der Economy fliegen, dabei bist du jedes Mal in der Businessclass geflogen?«

»Engel, ist das jetzt echt wichtig?«, nörgelte er.

»Ja, verdammt!«

»Nein, ist es nicht. Damian ist der neue Mann an deiner Seite. Ich bin Vergangenheit. Lass mich los.«

»Das kann ich nicht!«

»Doch, das musst du!«

»Leo. Bitte. Tu mir das nicht an.«

»Engel. Ich möchte nur das Beste für dich – und Damian hatte verdammt recht, als er dir sagte, dass es so nicht mehr weitergeht. Du musst leben! Wenn du das nicht für dich willst, dann mach es bitte für mich.«

»Aber ich will *dich!*« Sie drehte ihren Ring am Finger. »Weißt du noch, was du mir im ersten Jahr unserer Beziehung zum Geburtstag geschenkt hast?«

»Ich weiß es, aber komm mir jetzt nicht so …«, murmelte er.

»Aber es ist so … Ohne dich ist alles doof.« Sie erinnerte sich an das weiße Kissen von Sheepworld. Alles war ohne ihn doof: die Sonne, der Baum, der Schmetterling, der Krabbelkäfer. »Das Leben ohne dich ist nicht dasselbe. Es ist doof.«

»Saskia, ich bin nicht mehr Teil deines Lebens. Du musst abschließen, um wieder glücklich zu sein. Dann wird dein Leben nicht mehr doof sein. Ja?«

»Ich will aber nicht.«

»Ich habe euch verlassen. Okay? *Ich* bin gegangen. Versuche es, nicht schöner zu reden, als es ist.«

»Was redest du denn da? Du bist gegangen, weil du keine andere Wahl hattest. Du konntest dem Tod nicht entkommen.«

»Doch«, murmelte er.

»Leo, sei dir gegenüber nicht so unfair! Es gibt fast keine Menschenseele, die einen Flugzeugabsturz überlebt hat.«

»Engel. Wieso bist du *dir* gegenüber unfair?«, stellte er ihr die Gegenfrage.

»Was meinst du?«

»Du verbietest dir, Damian zu heiraten. Du möchtest nicht, dass die Kinder ihn Papa nennen. Wieso legst du dir so große Steine in den Weg?«

»Warum bist du wirklich hier?«

»Saskia, das habe ich doch schon gesagt. Ich bin wegen Damian hier. Er braucht dich. Sonst wird er gehen und das kannst du nicht zulassen!«

»Schatz, bitte … Damian hat Besseres verdient als mich. Ich werde ihn *nie* so lieben wie dich. Dabei ist er so ein guter Mensch.«

»Saskia, er braucht dich. Er braucht deine warme Stimme, dein Kichern, deine Nähe. Er wird das nicht ohne dich schaffen. Ohne dich ist seine Welt meilenweit entfernt.« Er zitierte sie: »Ohne dich ist für ihn alles doof.«

»Woher willst du das wissen?«

»Er braucht deine Stimme, um aufzuwachen.«

»Hättest du meine gebraucht?«

»Saskia. Es geht hier nicht um mich, sondern um deinen Freund Damian. Versteh das doch endlich!«

»Sag mir doch einfach, ob du lebend vom Berg gekommen bist!«

»Was spielt das denn für eine Rolle?«

»Schatz, hätte ich mehr für dich tun müssen? Hast du im Koma auf meine Stimme, mein Kichern und meine Nähe gewartet?«

»Engel … Deine Zukunft ist Damian. Hilf ihm bitte.«

»Weich meiner Frage nicht aus! Warst du das?«

»Saskia … nicht.«

»Leo! Ich verspreche dir, dass ich zu Damian fahre. Aber dann bist du jetzt ehrlich zu mir und sagst, was damals passiert ist!«

»Ich kann es dir nicht sagen.« *Denn das würde deinen Tod bedeuten.*

»Leo! Sei nicht so störrisch! Jetzt sprich endlich!«

»Saskia. Du arbeitest. Wirst du nicht irgendwo gebraucht?«, versuchte er, sie abzuwimmeln.

»Fräulein von Ehr hat seit zwei Jahren nicht mehr mit ihrem geliebten Ehemann gesprochen. Jetzt gib mir verdammt noch mal diese Minuten mit dir!«

»Saskia. Du weißt, dass ich dich nie gerne angelogen und immer versucht habe, ehrlich zu dir zu sein. Aber das geht jetzt nicht. Die Wahrheit ist tödlich, okay? Oder willst du zu mir kommen und zulassen, dass unsere Kinder Waisen werden?«

»Was?«, keuchte sie.

»Bitte folge einfach meinem Rat. Es sind nur drei Dinge, die ich von dir verlange.«

Saskia wischte sich all die Tränen auf ihren Wangen weg und nickte.

»Vertrau mir. Ich rate dir das als dein liebender, fürsorglicher Ehemann und Vater deiner Kinder.«

»Was soll ich tun?«

»Du musst Damian zurück ins Leben holen. Er ist deine Zukunft. Aber vor allem musst du auf das Jugendamt gehen und reklamieren, dass dir die Dame das falsche Formular gegeben hat. Sie ist neu und da kann so etwas schon mal passieren. Aber es ist falsch. Du musst das alleinige Sorgerecht haben. Nicht mit Damian oder mit dem, der sich als Damian ausgegeben hat. Das führt mich zu dem dritten Rat: Halte dich gefälligst fern von Tom. Er ist nicht gut für euch!«

Sie schluckte und sah, dass Doktor Neuner sie schon acht Mal angepiepst hatte. »Ich werde es tun. Aber dafür musst du mir versprechen, mich nicht noch einmal zu verlassen. Ich will mit dir reden. Jeden Tag – so wie heute.«

»Engel. Du musst mich endlich loslassen, um wieder in deinem Leben glücklich zu sein.«

»Aber das kann ich nicht ohne dich!«

»Doch, das kannst du. Und jetzt geh. Du willst doch nicht

schon am dritten Tag deine Karriere in den Wind schießen!«

»Ich würde meine Karriere dafür einbüßen, um dich wieder bei mir zu haben.«

»Engel. Du hast dein Leben wieder im Griff. Du hast zwei wunderbare Kinder und ein drittes kommt hinzu. Du bist jetzt approbierte Ärztin. Genau das hast du dir doch immer gewünscht!«

»Nein … Ich habe mir das *mit dir* gewünscht … Das ist ein großer Unterschied! Ich bin und werde ohne dich nie wieder glücklich sein!« Sie schluchzte.

»Aber wir waren immer *glücklich*?«, hakte er vom Gegenteil überzeugt nach.

Sie kniff ihre Augen zusammen. »Ja.«

»Das stimmt nicht. Wir hatten unsere guten Zeiten, aber auch unsere schlechten.«

»Du spielst schon wieder darauf an, was ich zu dir gesagt habe oder?« Schuldig blickte sie auf den Boden. »Du weißt, dass ich das so nie gemeint habe. Ich würde es so gerne zurücknehmen.«

Es blieb einen Moment still.

»Leo … Es gibt keinen Tag, an dem ich nicht an diese beschissenen Worte denke. Ich habe es ausgesprochen und verdammt noch mal genau das ist passiert. Ich habe dich umgebracht. Okay? Ich habe dich verletzt mit den Worten, aber büße jeden Tag dafür.«

»Du hast es gesagt, weil ich dich nicht mehr glücklich machen konnte.«

»Doch! Wir hatten doch alles geklärt, bevor du los bist!«

Er seufzte: »Hatten wir das wirklich?«

Saskia nickte überzeugt. »Ja, du nicht?«

»Du hast dich immer mit mir verglichen. Je öfter du das getan hast, desto mieser gelaunt warst du. Du hast die Bindung zwischen Niki und mir beneidet, du warst neidisch auf meinen Erfolg mit der Firma. Du warst sauer, wenn ich was mit meinen Freunden gemacht habe. Du hast meine Mutter dafür gehasst, dass sie immer nur das Beste für mich wollte.«

»Ich glaube, du übertreibst jetzt …«, murmelte sie.

»Du weißt, dass ich recht habe. Du warst die von uns beiden, die eine große Karriere wollte. Ich war der Familientyp. Aber es ist genau umgekehrt gekommen. Ich dachte, du wärst glücklich mit deiner Rolle als Mutter. Aber so war es nicht. Du warst unglücklich, auch wenn du das jetzt nicht zugeben willst.« Er seufzte: »Du hast immer an Schicksal geglaubt. Schau, zu was du ohne mich gekommen bist. Du bist approbierte Ärztin, machst deine Facharztausbildung an einer der besten Kliniken Münchens und bist eine tolle Mutter. Ich habe dich ausgebremst und das tut mir unendlich leid. Ich bin nicht dein Traummann.«

»Was ist mit dir passiert? Du warst immer ein Optimist. Du bist mein Traummann. Wenn ich die Karriere wirklich gewollt hätte, hätte ich Niklas abtreiben können. Rede dich nicht schlecht.« Sie griff an ihre Herzkette. »Ich brauche dich.«

»Du brauchst mich nicht mehr.«

»Du wolltest nicht los, aber ich habe dich in die Staaten geschickt. Außer ich hätte auf mein Herz gehört.«

»Hör auf, dir Vorwürfe zu machen … Du hättest den Absturz nicht verhindern können.«

»Doch, wenn ich dich nicht losgeschickt hätte.«

»Dann wäre etwas Anderes passiert.«

»Was?«

»Engelchen … Lass es gut sein. Die Wahrheit ist tödlich, das ist alles, was ich dazu sage.«

»Du sagtest, ich hätte den Absturz nicht verhindern können. Warum sagtest du nur Absturz und nicht deinen Tod? Du bist nicht tot – oder?«

»Schatz. Bitte nicht. Verrenne dich nicht. Okay? Aber um deine Frage von eben zu beantworten … Ich bin nicht in der Business-class geflogen. Ich war ein edler Samariter und habe meinen Platz mit einer jungen Mutter getauscht. Deine Vermutungen waren nie falsch, als du sagtest, dass ich nicht verbrannt bin.«

»Du bist also lebend vom Berg gekommen?«, folgerte sie vorschnell.

»Dein Ausbilder braucht dich. Geh schon.«

»Du bist also nicht verbrannt … Ich hätte dir beistehen müssen. Deswegen hätte ich also den Absturz nicht verhindern können, aber deinen Tod schon? Wolltest du mir das damit sagen?«, analysierte sie seine Worte.

Für eine Weile wurde es still in der Kirche.

»Leo? Bist du jetzt weg? Ohne das vorher anzukündigen? Ich habe dir versprochen, zu Damian zu gehen, wenn du hierbleibst!«, brüllte sie unter Tränen.

»Ich bin immer bei dir.«

»Ich möchte dich sehen …«

»Engel …«

»Ich möchte dich spüren … Ich möchte dein bezauberndes Lächeln sehen. Ich möchte in deine türkisblauen Augen schauen und mich komplett verlieren. Ich möchte dich wieder zurück! Wenn du nicht verbrannt bist, müsste man doch deinen Körper gefunden haben … Aber das war nicht der Fall! Du kannst nicht tot sein! Wo steckst du? Komm zu uns zurück! Wir brauchen dich!«

»Schatz?«

»Ja?«

»Du musst jetzt zurück an die Arbeit … Du fährst heute zu Damian und ich verspreche dir, dass wir heute Abend, wenn du im Bett liegst, weiterreden werden, okay?«

»Du kommst nach Hause? Zu uns?«

»Saskia, drehe mir die Wörter nicht im Mund um. Ich rede mit dir, so wie jetzt. Aber ich komme nicht nach Hause. Ich kann nicht.«

»Wieso kannst du nicht?«

»Saskia … Bitte akzeptiere es einfach …«

»Was denn? Wenn du nicht tot bist, dann lebst du. Das heißt, dass ich die Hoffnung zurecht nie aufgegeben habe.«

»Engel … Ich habe dir heute schon einmal gesagt, dass du dich nicht in etwas verrennen sollst«, bremste er ihre Hoffnung.

»Aber wenn du doch nicht tot bist, wieso bist du nicht bei uns?«

»Saskia, habe ich jemals gesagt, dass ich lebe?«

»Nein.«

»Wieso verrennst du dich? Ich bin hier, weil ich Damian einen Gefallen schuldig bin. Er ist deine Zukunft.«

»Wieso bist du ihm einen Gefallen schuldig? Weil er dich behandelt hat und du nicht gestorben bist?«

»Nein, mein Schatz. Weil er dich wieder glücklich gemacht hat und ich nicht weiß, was mit dir passieren wird, wenn du ihn auch noch verlierst.«

»Aber du bist doch jetzt wieder da!«

»Engel … Bitte. Damian ist real. Ich bin es nicht …«

»Aber könntest du es sein?«

»Schatz … Du fährst heute zu Damian und ich verspreche dir, dass ich immer da bin, wenn du mit mir reden willst, okay?«

»Du versprichst es?«

»Ich verspreche es. Ich liebe dich, mein Engel.«

»Ich liebe dich!«

»Jetzt geh bitte zurück an die Arbeit!«

»Ist ja schon gut …«, murrte sie und stand auf.

Als sie die Kirche verlassen wollte, sprang ihr ein Handy ins Auge, das auf der letzten Bank lag. Sie blinzelte zweimal, doch es musste das von Leo sein! Sie nahm es in die Hand und drückte auf den Home Button, um es zu entsperren. Instinktiv öffnete sie die Galerie. Doch bei dem ersten Vorschaubild verschlug es ihr die Sprache … Zu sehen war ihr stark verwundeter Mann, der offenbar eine letzte Botschaft für sie hinterlassen hatte. Sie setzte sich nieder und öffnete das Video.

»Hey, mein Engel. O Gott. Ich weiß gar nicht, was ich sagen soll. Es tut mit alles so unendlich leid. Ich hätte auf dich hören sollen, als du sagtest, ich solle nicht in den Flieger steigen. Du hattest dieses mulmige Gefühl … Ich wollte noch einmal in die Staaten und meine Firma vorantreiben.« Er unterbrach seine Rede kurz und spuckte Blut.

Dann hörte man die Stimme eines Mädchens. »Leo echt. Man. Halt dich kurz oder willst du, dass sie uns beim Sterben zusieht?«

Er hustete und musste sich wieder sammeln. »Bitte vergiss niemals, wie sehr ich dich liebe. Es tut mir alles so unendlich leid, dass ich dir deine Träume nicht erfüllen konnte und dir so ein schlechter Ehemann war … Ich hätte sehen müssen, dass dir die Mutterrolle nicht genügte. Ich wusste doch seit so langer Zeit, dass du immer Ärztin sein wolltest. Es tut mir alles so unendlich leid. Ich würde die Zeit gerne zurückdrehen und alles besser machen. Falls ich es nicht überleben sollte, vergiss bitte nie, dass du mein ganzes Glück bist und du es immer sein wirst. Ich habe nur auf die eine im Leben gewartet und das warst du.«

Das Video brach ab.

Kapitel 41

Eine Weile saß sie nur da und starrte das blutverschmierte Gesicht Leos an, dessen Augen traurig und kraftlos in die Kamera blickten.

»Schatz, jetzt steh auf und geh wieder arbeiten, sonst verlasse ich dich für immer«, mahnte Leo.

»Das ist Erpressung!«, merkte sie mit einem Schmollmund an und rappelte sich auf. Sein Handy steckte sie in ihre Tasche im Arztkittel – ohne sich Gedanken darüber zu machen wie ein Geist etwas Materielles zurücklassen konnte – und bewegte sich zurück zum Labor von Doktor Neuner. Es fühlte sich so real an. Er gab nicht zu, tot zu sein. Er hatte sogar Angst, dass sie ihn hassen würde, wenn sie die Wahrheit erfahren würde … Jene Wahrheit, die Gundula mit ihrem Leben bezahlen musste. Eine tödliche Wahrheit hatte er sie genannt.

»Haben Sie sich entschieden?«, fragte Doktor Neuner zwinkernd, als sie das Labor betrat, und hielt ihr die zwei möglichen Studien vor die Nase. »Epilepsie- oder Alzheimerforschung?«

Saskia rieb sich die Schläfen. »Mein Mann ist seit fast zwei Jahren tot und ich kann mich einfach an so viele banalen Dinge nicht mehr erinnern. Alzheimer muss um so einiges schlimmer sein.«

»Dann scheint Ihre Entscheidung schon gefallen zu sein?«

»So gut wie. Wieso fragen Sie?«

»Sie wollen sich nicht die Patienten der Forschung ansehen?«

»Wie meinen Sie?«

»Na ja. Die Epilepsieforschung ist schon etwas ausgereifter. Ich dachte, die wäre eher etwas für Sie.«

»Warum glaubt eigentlich jeder, immer zu wissen, was das Beste für mich ist?!«, motzte sie. Vielleicht war das, was Leo ihr riet, nicht mal die richtige Entscheidung.

»Tut mir leid, wenn ich da einen wunden Punkt getroffen habe.

Aber Sie lieben doch Kinder, oder?«

»Wieso?«

»In meiner Studie sind einige Kinder, zwei Väter und acht Mütter. Wenn Sie denen helfen können, die Krankheit besser zu erforschen, dann haben sie gemeinsam ein schöneres Leben.«

»Und Alzheimer ist Ihnen nichts wert?«

»Saskia. Ich weiß nicht, ob Sie das können.«

»Was?«

»Mit den Alzheimer Patienten umgehen. Ohne Ihnen zu nahe treten zu wollen, aber mir fällt es oft schon sehr schwer. Sie müssen emotional stark sein. Die Patienten haben Angehörige, die verletzt sind. In einem Moment erkennen sie ihre Liebsten, im nächsten nicht. Wählen Sie das Leichtere …«

»Wenn ich so schwach wäre, wie Sie meinen, hätte ich mein Leben nach dem Tod meines Mannes sicher beendet. Aber ich bin stark und jetzt geben Sie mir verdammt noch mal das Paper zur Alzheimerstudie!«, fauchte sie.

»Na gut«, gab Doktor Neuner nach und wollte Saskia wieder etwas besänftigen. »Wie geht's denn unserem Hartmann? Bleibt er seinem Namen treu?«

Saskia kniff die Augen zusammen und wusste nicht recht, was ihr Ausbilder meinte.

»Na, Sie wissen schon. Hartmann, harter Mann«, zwinkerte er.

»Der war schlecht, aber das wissen Sie, oder?«

»Ja … Ich wollte Sie doch bloß zum Lachen bringen.«

»Danke. Na ja, es hat sich nichts am Zustand verändert.«

»Verstehen Sie mich nicht falsch. Ich wollte Hartmann nicht abschreiben, aber es ist sehr unwahrscheinlich …«

»Ist okay …«

»Können Sie sich bei der Arbeit überhaupt konzentrieren? Wollen Sie sich nicht freinehmen und zu Hartmann fahren?«

Saskia drehte wieder an ihrem Ehering und dachte an Leos Ratschlag, den sie unmöglich erfüllen konnte. Sie hing zu sehr an ihrem Mann, um sich für Damian zu entscheiden.

Spontan nahm der Ausbilder seine Schülerin in den Arm. »Sie haben mich vom ersten Tag an überzeugt … Die Alzheimer Forschung ist ganz allein Ihre. Sie sind stark und ich habe Sie falsch eingeschätzt. Tut mir leid. Lesen Sie es sich durch und fangen morgen direkt an. Jetzt gehen Sie nach Hause und kümmern sich um Ihre Kinder und Hartmann. Wäre schön, wenn ich mich bei ihm getäuscht hätte.«

Sie sah ungläubig auf die Uhr. »Aber, es ist doch erst.«

»Doktor von Ehr, machen Sie schon, bevor ich es mir anders überlege!«

Sie lächelte, huschte zu den Umkleiden und zog sich ihre Jeans und die weite Bluse an. Danach lief sie zur Krippe und holte ihre Kinder ab. Nachdem sie den Wagen abgestellt hatte, entdeckte sie die Dame vom Jugendamt an der Haustür.

»Ah, Frau Ehr!«, rief diese und winkte freundlich, während Saskia aus dem Auto stieg.

»*Von* Ehr«, murmelte sie genervt und nahm Leonie aus dem Wagen.

»Haben Sie heute früher frei?«

»Ja!«, antwortete Saskia und sperrte die Haustür auf.

»Und Herr Hartmann arbeitet? Ich habe sie bisher nur alleine mit den Kindern gesehen. Das nächste Mal möchte ich sie auch zusammen sehen, sonst könnte man den Verdacht hegen, dass Sie betrügen.«

»Ja.«

Die Dame setzte sich aufs Sofa und beobachtete den Umgang Saskias mit ihren Kindern. Sie notierte sich wieder einiges und stand nach einer Stunde auf. »Ich komme am Freitag wieder. Da will ich Herrn Hartmann sehen!«

Saskia nickte lächelnd und brachte sie zur Tür. Ihre Miene verfinsterte sich. Wie sollte Damian bis Freitag fit sein?

Kurze Zeit später erhielt sie eine Nachricht:

Habe die Dame vom Jugendamt aus deiner Wohnung kommen

sehen. Alles gut? LG Tom

»Tom!«, stieß sie aus und rief ihn gedankenverloren sofort an. »Hey, du sag mal, würdest du mir einen Gefallen tun? Am Freitag kommt eine Dame vom Jugendamt und möchte das Leben von Damian und mir mit den Kindern beurteilen. Du hast dich bei dem Termin auch als Damian ausgegeben. Könntest du das *bitte* noch einmal tun? Die hat angedeutet, ich würde mit dem neuen Partner nur etwas vorspielen!«

»Ja, natürlich helfe ich dir aus!«

Sie bedankte sich, legte auf und schaute in verunsicherte Augen ihres Sohnes.

»Mama, wer war das?«

»Der wird uns helfen … Du musst nur mitspielen!«

Niklas verzog sein Gesicht und verschränkte die Arme. »Mama, du darfst nicht lügen!«

»Schau mal, er hilft uns doch nur dieses eine Mal. Dann ist danach wieder Damian für uns da.«

»Mama. Das ist doof!«, meckerte er und rauschte wütend ab.

Sie legte die kleine Leonie in ihr Bettchen für den Mittagsschlaf und stellte sich in die Küche, um zu kochen.

»Hast du mir nicht zugehört?«, mischte sich wieder Leos Stimme in den Raum.

»Was meinst du?«

»Was habe ich dir zu Tom gesagt?«

»Das war eine Notsituation! Die nehmen mir doch sonst unsere beiden Mäuse weg!«

»Nicht, wenn du von Anfang an ehrlich gewesen wärst«, raunte er.

»So ehrlich, wie du bist, wenn es um das geht, was nach dem Absturz gewesen ist?«

»Verdammt, Saskia! Tom führt ein mieses Spiel. Er ist krank. Er denkt, ihr wärt füreinander bestimmt. Sei nicht so blind und begehe den gleichen Fehler wie ich!«

»Was?«

Er seufzte.

»Schatz, jetzt rede! Was für ein Fehler?!«

»Es war eine verdammt dumme Idee ...«

»Was denn?«

»Mit dir zu reden.«

»Wie bitte?!«

»Saskia, du kannst das alles nicht verstehen. Aber bitte glaube mir und folge meinem Rat. Sag Tom ab. Kläre die Sache auf dem Jugendamt endlich auf. Beschwere dich, dass die Dame dir das falsche Formular gegeben hat!«

Saskia stemmte ihre Hände an die Hüfte. »Wieso willst du gerade Damian für mich? Wieso kommst du nach zwei Jahren zurück und bestimmst plötzlich?«

»Fang bitte keinen Streit an!«

»Wenn du verdammt noch mal endlich ehrlich zu mir wärst!«

»Engel ... Ich kann es nicht. Das würde dein Leben komplett auf den Kopf stellen.«

»Wieso? Du kannst mir doch vertrauen, verdammt!«, fluchte sie und schnitt sich dabei in den Finger.

»Verletze dich doch nicht selbst ...«

»Wo stehst du? Direkt neben mir? Kann ich dich wirklich nicht sehen?«

»Ach Engel ... Du musst loslassen ... Bitte.«

»Ich *will* aber nicht. Hast du mir dein Handy hingelegt?«

Ein Schweigen brach aus, da Niklas in die Küche trottete. »Tut mir leid Mama ... Ich wollte nicht so gemein sein, aber du darfst nicht lügen! Tom ist böse.«

Sie nahm ihn auf die Arme und setzte ihn auf die Kücheninsel. Er stibitzte sich zwei Scheiben der geschälten Karotte und schaute auf den Boden. »Ich werde auch nicht mehr lügen ... Ich war nicht lange bei Oma ...«

»Wie?«

»Oma und Opa sind tot. Weißt du das etwa nicht?«

»Was?« Bisher glaubte Saskia nur, dass sie eventuell aufgrund der Wahrheit sterben musste, aber dass es tatsächlich passiert war, war in ihrer Vorstellung zu suspekt.

»Sie hatten einen Unfall, als ich im Kindergarten war …«

»O Gott. Wo warst du denn dann? Wieso zur Hölle hat mich denn keiner angerufen?!«

»Ich war bei Carlotta …«

»Wer?«

»Die Ex von Felix.«

»Welcher Felix?«

»Na, der beste Freund von Papa.«

»Wie ist die denn an dich gekommen?«

»Mama. Die haben damit zu tun, dass Papa tot ist.«

»Mäuschen, hast du Fieber?« Sie fühlte an seine Stirn und konnte die Worte ihres Sohnes gar nicht verstehen. Oder wollte sie nicht recht verstehen?

»Mama … Du glaubst mir nicht, oder?«

»Ach Hase, keine Ex von Felix hieß mal Carlotta … Da hast du sicher etwas falsch verstanden.«

»Mama, ich habe die erkannt.«

Sie brummte und sah auf die Uhr. »Na komm, geh dich schon mal umziehen. Wir fahren nach dem Essen zu Damian.«

Der Kleine hüpfte sauer von der Kücheninsel und warf seiner Mutter einen komischen Blick zu. Jetzt hatte er sich endlich getraut, ihr etwas zu erzählen, was bei Oma war, aber sie glaubte ihm nicht.

Saskia verteilte den Kartoffelbrei mit Möhrchen und Fleisch auf die drei Teller und brachte sie zu Tisch.

»Hast du deinem Sohn richtig zugehört?«

»Leo, bitte. Du hast leicht reden.«

»Engel. Was hat er gesagt?«

»Dass Felix mit deinem Tod zu tun hätte. Aber das wäre völlig absurd. Ihr wart beste Freunde …«

Er brummte nur und ließ sie mit dem Satz alleine zurück.

Nach dem Essen setzte sie die Kinder in den Wagen und strebte Oberstdorf an. Sie gesellte sich nach der Ankunft zu Damian ins Zimmer und ließ die Kinder spielen, während sie mit ihm sprach. Sanft strich sie ihm über die Gesichtskonturen, doch bemerkte, dass sie nicht ja sagen konnte. Das Gespräch mit Leo in der Kirche hatte alles verändert und sie um Monate zurückgebracht.

Sie starrte Damian an, aber es fühlte sich falsch an. Ihr wurde ganz warm, ihr Herz pochte schneller. Sie brauchte frische Luft. »Mäuse? Mama geht kurz auf die Toilette. Ich bin sofort wieder zurück!«, entschuldigte sie sich und lief zur Dachterrasse.

Aufgebracht lehnte sie sich an die Brüstung und atmete hastig die frische Luft ein. »Leo, ich kann nicht. Ich kann ihm das nicht sagen …« Sie legte ihre rechte Hand an ihr Herz und keuchte. »Ich kann das alles nicht. Du bist doch mein Mann.«

Eine Hand berührte ihre Schulter und drehte sie um. Das Gesicht, in das sie blickte, raubte ihr den Atem. »Tu es bitte.«

Kapitel 42

»Leo. Du bist real!« Sie klammerte sich sofort an ihn.

»Engel … Siehst du, wie die Leute gucken?«

Sie schaute um sich und bemerkte, wie komisch die Menschen sie anstarrten. Er zog sie an der Hand hinter eine Absperrung und seufzte: »Ich bin für dich real, aber nicht für alle anderen Menschen hier. Du redest mit einem Geist.«

»Sag so etwas doch nicht. Ich sehe dich doch … Ich spüre dich und.« Sie legte ihre Hand an seine Brust. »Und ich spüre deinen Herzschlag, der tachykard ist. Du hast mir das Handy hingelegt. Bitte. Du bist nicht tot. Du lebst und jemand bedroht dich wie Max, Damian und mich auch. Aber wir können das schaffen, wenn du es endlich zugibst. Wir sind doch Leo und Saskia. Wir schaffen alles.«

Er zog seinen bordeauxroten Kapuzenpullover hoch und zeigte auf seinen Oberkörper. »Wenn ich tatsächlich real wäre, müssten nicht irgendwelche Narben zu sehen sein? Saskia. Ich sehe genauso aus wie damals, als wir uns am Flughafen verabschiedet haben. Erinnere dich an den Moment zurück. Ich trug diese schwarze Jogginghose, meine weißen Chucks und diesen bordeauxroten Hoodie.« Er zeigte auf eine Stelle am Ärmel. »Hier ist sogar noch die Schokolade, die Niki mit seinem verschmierten Schokomund beim Abschied mit dem Stoff verrieben hat. Das ist die letzte Erinnerung, die du an mich hast. Deswegen wirke ich für dich so real.«

Sie schluchzte und drückte sich fest an ihn. »Ich möchte, dass das real ist. Wieso hast du nur angefangen, mit mir zu reden? Ich kann doch jetzt nicht mehr klar denken. Ich möchte Damian nicht mehr zurück, ich will dich! Nur dich.«

Er seufzte: »Ich wünschte auch, es wäre real. Aber du darfst dich von mir nicht irritieren lassen. Du liebst Damian tief in dir. Bitte hilf ihm, wieder aufzuwachen. Er braucht dich.«

»Aber ich brauche *dich*!«

»Engel ... Es tut mir so leid. Ich wünschte, ich könnte die Zeit zurückdrehen und bei euch bleiben.«

Sie löste sich leicht aus seinen Armen und schaute in seine türkisblauen Augen. »Schatz, muss ich mir Sorgen um mich machen? Bin ich krank? Wenn man kurz vor dem Tod steht, sieht man doch angeblich seine Liebsten«, erschrak sie und trat einen Schritt zurück. »Ich habe dich auch gesehen, als ich unter dem Auto eingeklemmt war. O Gott!«

»Nein, mein Engel. Du stirbst nicht ... außer du hast vor dich von diesem Dach zu stürzen.«

»Habe ich nicht!«

»Dann ist gut!«, schmunzelte er und drückte sie fest an sich. »Versprich mir bitte, dass du Tom aus deinem Leben hältst!«

»Ich versuche es.«

»Nicht versuchen, versprechen!«

Sie nickte. »Na gut, ich verspreche es. Und mit Damian bist du einverstanden?«

Er musste lachen und setzte sich mit ihr auf eine Bank, die an der Hauswand stand. »Sonst hätte ich dich wohl kaum hierhergebracht!«

Sie legte ihren Kopf auf seiner Schulter ab. »Du bist so verdammt real. Das ist echt gemein.«

»Tut mir leid, soll ich wieder verschwinden?«

»Nein! Bitte nicht!«, flehte sie ihn an und bewegte ihre Lippen zu seinen.

Leo erwiderte den Kuss und bemerkte, dass Tränen über ihre Wangen liefen. »Du musst doch nicht weinen, Engel.«

»Doch. Wenn ich wieder reingehe, sehe ich dich nie wieder ...« Sie putzte sich ihre Tränen von den Wangen und sah ihn mit trauriger Miene an. »Ich konnte mich nie von dir verabschieden. Ich konnte nie richtig trauern, weil ich immer Hoffnung hatte, dass du doch noch lebst. Wenn du jetzt hier neben mir sitzt ... Ich kann mir nicht vorstellen, zurück an Damians Bett zu gehen und so zu tun, als ob nichts gewesen wäre. Ich liebe dich und daran wird sich nie etwas ändern können. Es ist nicht fair gegenüber Damian.« Saskia zitterte wegen der Kälte.

Leo fuhr ihr durch ihr kurzes Haar und zog seinen Kapuzenpullover aus. Er trug noch ein T-Shirt darunter, weshalb er seinen Pulli abgab. »Na los, ziehe ihn an, bevor du dir noch eine Lungenentzündung holst!«

»Danke«, gluckste sie und zog sich den Hoodie über. »Könnten die Kinder dich auch sehen, wenn sie um die Ecke kämen?«

Er schüttelte den Kopf. »Ich bin deinetwegen hier. So wie du mich in Erinnerung behalten hast.«

»Schade …«, seufzte sie und fuhr ihm vorsichtig über die Gesichtskonturen. »Wurdest du schwer verletzt? Hätte ich dich noch erkannt, wenn ich dich gesehen hätte?«

Er legte seinen Zeigefinger auf ihre Lippen. »Pscht. Stell dir einfach vor, wir wären gemeinsam hier und der Absturz wäre nie passiert. Alles wäre nie passiert …«

»Schatz«, schluchzte sie und klammerte sich mit ihren Armen fest an ihn. »Du willst mir nicht sagen, was es ist, wo du dich befindest … Aber wenn es eine kleine Chance gibt, zu uns zurückzukommen, bitte tu es. Wir bekommen das hin. Ich würde dich niemals hassen, egal, was du getan hast.«

»Engelchen … Ich kann es dir nicht erklären. Es ist zu kompliziert.«

»Warte … Es gibt also eine *Chance*? Willst du mir durch Damian zeigen, dass du da draußen in irgendeinem anderen Krankenhaus auf uns wartest? Schatz, sag es doch gerade heraus! Ich hasse Rätsel! Sag mir, was ich tun kann und ich werde es tun! Für uns! Für unsere Familie. Für unsere Liebe. Für dich!«

Er schluckte und rieb sich über die Schläfen. »Werde mit Damian glücklich. Das verlange ich von dir. Und halte dich fern von Tom!«

Sie zog ihre Augenbrauen zusammen. »Leonardo von Ehr. Das hier kann doch nur echt sein. Wenn du ein Geist wärst, würde dein Herz nicht schlagen. Ich würde dich nicht spüren. Ich würde deinen Hoodie, der etwas Materielles ist, nicht tragen. Sag jetzt endlich, dass du lebst und was ich dafür tun muss, dass du zu uns zurückkommst! Hast du eine andere? Ist es besser, zu glauben, dass du tot seist? Willst du deswegen, dass ich mit Damian glücklich werde, dass du dich nicht schuldig fühlst?«

»Engel, ich würde mit keiner anderen Frau der Welt als dir zusammen sein.«

»Und du widerlegst schon wieder nicht die Tatsache, dass du am Leben bist. Sprich endlich! Siehst du nicht, dass wir dich brauchen! Was verdammt ist dein Problem?«

»Verrenne dich bitte nicht. Geh jetzt runter zu Damian und werde mit ihm glücklich. Und halte dich gefälligst von Tom fern!«

Saskia zog eine Schnute und küsste ihn noch einmal. »Das fühlt sich echt an! So wie damals!«

Bevor Leo darauf antworten konnte, rief Niklas nach seiner Mutter. Sie stand auf und winkte ihm zu, der mit Tränen in den Augen zu ihr lief.

»Großer, was hast du? Wieso weinst du denn?«

»Mama, Damian ist aufgewacht! Er fragt nach dir! Das ist ein Wunder, oder?«

»Wie schön!«

»Papa durfte kein Wunder erleben ... Ich mag Damian sehr, das weißt du. Aber ich habe mir das für Papa gewünscht ... Das ist nicht fair!«

Ein Schluchzen lenkte Niklas´ Blick von seiner Mutter ab. Er schaute an ihr vorbei.

»Vielleicht hat Papa auch ein Wunder erlebt«, schmunzelte sie und drehte sich um. Doch der Platz auf der Bank war leer. »Schatz? Komm schon, einmal für deinen Sohn!«, forderte sie auf und blickte sich um.

»Mama, was hast du?«, fragte Niklas verwundert.

»Leo! Jetzt zeig dich verdammt!«, schrie sie. Doch es tat sich nichts.

»Was hast du mit Papa?«, zerrte ihr Sohn an ihrer Hand.

Sie nahm ihn auf den Arm und konnte nicht glauben, dass er jetzt wieder weg war. Es fühlte sich so real an und letztlich hatte er doch recht behalten, dass er bloß ein Geist war, den nur sie sehen konnte.

»Mama, nicht weinen. Guck mal, Damian geht's doch gut!«, versuchte der Kleine, sie aufzumuntern.

»Das sind Freudentränen«, log sie und wanderte mit ihrem Sohn auf dem Arm wieder zurück in das Krankenzimmer.

»Hey!«, säuselte sie und ließ ihren Sohn herunter.

»Vergieß doch keine bitteren Tränchen!«, schmunzelte er und bekam einen Kuss von Saskia. »Es tut mir so leid!«, seufzte er.

»Das muss es dir nicht. Ist ja noch einmal gut gegangen!« Sie setzte sich aufs Bett und starrte ihn an.

»Alles okay?«, hakte er nach, da er merkte, dass irgendetwas nicht mit ihr stimmte. Sie hatte wieder diesen traurigen Ausdruck in den Augen. »Soll ich wieder einschlafen?«, scherzte er, doch das lockte aus ihr keine Reaktion. »Mama, kannst du Leonie und Niklas ein Eis kaufen gehen?«

Lisbeth nickte und nahm Saskias Kinder an die Hand.

»Du hast gemerkt, dass du mich nicht liebst, oder?«, analysierte er.

Saskia schüttelte den Kopf. »Ich hatte eine seltsame Begegnung mit meinem Mann. Er hat mir zugesprochen, dass ich mich endlich voll und ganz auf dich einlassen soll. Er hat uns seinen Segen gegeben und …«

Damian zog Saskia zu ihm und küsste sie auf die Stirn. »Wie lieb von ihm. Aber ich hatte auch so eine seltsame Begegnung mit ihm. Weiß auch nicht.«

»Du auch?«.

»Ja. Er meinte, dass ich schleunigst zurückkommen sollte, sonst würde ein großes Unglück passieren. Seltsam, oder?«

Saskia schniefte. »Ich habe das gemeinsame Sorgerecht mit dir. Die Dame vom Jugendamt hat sich für Freitag angekündigt und nach dir verlangt. Ich habe nicht nachgedacht und Tom gefragt, ob er mir aushilft.«

»Tom?«

»Ja, der hat sich als Damian in der Verhandlung vorgestellt.«

Er schluckte. »Wie sieht der aus?«

Saskia verzog ihre Miene. »Was hast du denn jetzt? Ich muss mir doch keine Sorgen machen, weil du wieder auf die Beine kommst!«, kicherte sie und küsste ihn.

Abrupt wich sie zurück. Da waren keine Schmetterlinge, die Achterbahn fuhren, im Bauch … Nicht so wie bei Leo eben.

»Tom, etwa der aus dem Einkaufszentrum? Das könnte das Unglück sein, das dein Mann gemeint hat! O Gott, ich muss dringend hier raus!«

Sanft schob Saskia Damian zurück. »Beruhige dich bitte! Du löst noch eine dritte Blutung im Hirn aus, wenn du dich so aufregst!«

Er ließ seinen Kopf ins Kissen fallen und seufzte: »Ich wollte dich am Freitag eigentlich etwas fragen …«

»Sag bloß ja!«, meinte Leos Stimme, was sie zum Umdrehen brachte.

»Alles okay?«, hakte Damian nach, der nur den verstörenden Blick seiner Freundin sah.

»Hast du das nicht gehört?«, fragte Saskia erschrocken.

»Nein, was denn?«

Sie schlug sich gegen den Kopf. Das war alles Einbildung. Ihr Mann war tot und schlich nicht hier im Krankenhaus herum.

»Was wolltest du mich denn fragen?«, schmunzelte sie und führte seine Hand zu ihrem Bauch. »Spürst du das? Ich glaube, da ist eine kleine Fußballerin drin!«

Er lächelte. »Das ist jetzt nicht der richtige Zeitpunkt … Ich. Nein.«

Saskia lächelte und nahm aus ihrer Handtasche den Zettel und die kleine Box.

»Du kleine Nachschnüfflerin!«, kicherte er.

»Kannst du die Frage bitte stellen?«

»Wirklich? Willst du mich mit der Antwort vielleicht umbringen oder so? Dann überlege ich mir das besser noch mal!«

Sie schüttelte den Kopf und sah ihn erwartungsvoll an.

»Ich fühle mich wohl bei euch … Ich gehöre zu euch und ich liebe euch so sehr. Fühle dich bitte nicht verpflichtet, eine bestimmte Antwort zu sagen. Sei einfach ehrlich. Saskia, möchtest du meine Frau werden?«

Sie lächelte und wollte ja sagen, als ihre Gedanken ihr die kurze Antwort für einen Moment verwehrten. Es fühlte sich an, als ob jemand die Pause Taste in ihrem Leben gedrückt hätte. Sie stand sich selbst gegenüber, wobei ihr Ebenbild heftig auf sie einredete.

»Bist du irre? Saskia, schau dich mal an. Du trägst einen von Leos Kapuzenpullovern. Ist dir nicht aufgefallen, dass seine Wangenpartie leicht verändert aussah, weil er der Mann aus dem Krankenhaus ist? Der, den du geschockt und zurück ins Leben geholt hast. Der ein hoffnungsloser Fall war, bis du ihn mit deiner Stimme, deiner Nähe und deinem Kichern zurückgeholt hast. Der sich dir als Max Leitner angenähert hat und abhaute, als es brenzlig wurde. Dieser Mann oben auf der Dachterrasse muss Leo gewesen sein und nicht bloß eine Geistererscheinung. Wach auf! Vielleicht mag er einen guten Grund haben, sich dir nicht anzunähern … Aber willst du wirklich weitermachen, wenn die Chance größer denn je ist, dass er am Leben ist und sich in eurer Nähe aufhält? Verdammt! Denk jetzt einmal mit dem Herzen und nicht dem Kopf. Geh da hoch und suche ihn auf. Der Geist kann dir kein Handy hinterlassen! Wieso hat er es dir dagelassen? Hm? Sicher nicht wegen des Videos, das du dir angeschaut hast. Sondern um mit dir zu kommunizieren, weil du abgehört wirst. Er wollte immer nur das Beste für dich, also sagt er dir, dass du mit Damian endlich wieder glücklich sein sollst. Irgendetwas bedrückt ihn, dass er denkt, dass du mit ihm nicht mehr glücklich wirst. Aber bitte beweise ihm das Gegenteil! Niklas hat das Schluchzen von ihm gehört! Er hat an dir vorbeigeschaut, weil er seinen Vater gehört hat. Leo war gerührt, die Stimme seines Sohnes wieder zu hören, der von Papa sprach. Mach das jetzt nicht. Sag nicht ja, wenn du es nicht wirklich so meinst!«

»Saskia!«, kreischte Damian gequält und schien wieder den Play Knopf von Saskias Leben zu drücken.

»O Gott!«, stieß sie aus und sah, dass Blut aus seinem Ohr lief. »Ich habe doch gesagt, du sollst dich nicht so aufregen.«

Sie wollte aufspringen und einen Arzt rufen, als Damian sich fest an sie krallte. »Was war deine Antwort, das muss ich wissen, bevor ich ...«

»Du gehst nirgendwo hin!«, mahnte sie und drückte den Notfallknopf.

Bevor ihn die Ärzte für Untersuchungen mitnahmen, wollte sie ihm gerne sagen, dass ihre Antwort »Ja« war. Aber als sie in ansah, überkam sie eine Gänsehaut. Sie konnte es nicht aussprechen. Ihr tiefstes Inneres hatte recht. Die Chance war größer denn je, Leo zurückzubekommen. Mit Damian würde sie sich alles zerstören ...

Kapitel 43

In der Umkleide zog sie schnell ein frisches Oberteil an und musste dann nach Hause, da sich die Frau vom Jugendamt an diesem Freitag für 16 Uhr angekündigt hatte. Was würde heute passieren, wenn sie mit der Wahrheit auspackte? Aber Leo hatte es ihr geraten ... Er musste wissen, was das Beste war. Sie fuhr mit den Kindern nach Hause und öffnete die Haustür, als sie bereits Musik hörte.

»Damian?«, fragte sie, wobei die Frage unnötig war, da er nach der erneuten Blutung im Koma lag.

Sie ließ Leonie auf den Boden und hing ihre Jacke auf.

»Mama, kommt Damian jetzt nie wieder zu sich?«, fragte Niklas traurig.

»Das werden wir sehen, hm ...«

»Ich bin daran schuld oder? Weil ich gesagt habe, dass das im Vergleich zu Papa unfair ist ...«

»Ach nein, mein Großer!«

Sie blickte in die Küche und entdeckte Tom beim Kochen. »Was machst du denn hier?«, fragte sie entsetzt.

»Na, ich habe dir doch versprochen zu helfen!«, lächelte er.

»Ich habe gesagt, dass ich deine Hilfe nicht brauche.«

»Kommst du kurz mit ins Badezimmer?«

Sie folgte ihm dorthin und verschränkte grimmig die Arme. »Wie bist du überhaupt hierein gekommen?« *Er hat keinen Schlüssel!*

Sein freches Grinsen wandelte sich innerhalb einer Sekunde zu einem finsteren Gesichtsausdruck. Er packte sie mit festem Griff an den Haaren und drückte sie gegen die eiskalten Fliesen. »Ich habe gehört, Damian hatte eine erneute Blutung, oder?«

»Was geht dich das an? Lass mich los!«

Er ließ von den Haaren ab, platzierte seine rauen Hände an ihrem Hals und drückte sie fester gegen die Wand. »Wäre doch zu schade, wenn die Schwester noch einmal dem lieben Damian einen Blutverdünner spritzen würde, was sein Hirn zum Explodieren bringt, oder?«

»Du warst das?!«, kreischte sie und versuchte, sich aus dem festen Griff Toms zu lösen.

»Ja. Ich würde es mit Vergnügen wieder tun. Außer du kommst mir entgegen und rettest das Leben deines Freundes …«

»Du mieses Schwein!«, schrie sie.

Er lächelte. »Hättest du selbst verstanden, dass wir zusammengehören, müsste Damian gar nicht so viel leiden.«

»Du hast ihm gedroht? Wer ist der andere? Mein Mann?!«

»Was heißt schon gedroht? Ich wollte ihn nur zur Vernunft bringen«, lächelte er und hielt ihr eine Rasierklinge an den Hals. »Du wirst mich heiraten. Ansonsten stirbt dein Freund. Verstanden?«, drohte er.

Saskia schluckte.

»Ob du mich verstanden hast, habe ich dich gefragt!«, brüllte er, spuckte ihr ins Gesicht und gab ihr eine Ohrfeige.

»Ja«, murmelte sie.

»Das heißt, um das Leben deines Freundes nicht zu gefährden, darfst du ihn nicht mehr sehen. Denn eine Zukunft werdet ihr zwei niemals haben! Du gehörst mir und sonst niemandem, du dummes Miststück!«

»Okay, habe ich verstanden.«

Er ließ sie los, da es an der Haustür klingelte. Meisterlich spielte Tom den fürsorglichen Verlobten, der sich rührend um die Kinder kümmerte. Wobei es Saskia eher zum Brechen zu Mute war. Hätte sie besser Leos Rat gefolgt … Er wusste von Anfang an, dass Tom ein mieses Spiel trieb … Wie sollte sie jetzt noch aus dem Schlamassel rauskommen?

Nachdem sich die Frau vom Jugendamt verabschiedet hatte, wollte Saskia Tom so schnell wie möglich aus der Wohnung schieben.

»Ich fahre morgen zum Standesamt, damit wir so schnell wie möglich heiraten. Denk immer daran, wenn du mich verpfeifst, stirbt dein Freund und du verlierst deine Kinder«, zwinkerte er ihr zu und verließ die Wohnung.

Mit weit aufgerissenen Augen sank Saskia an der Haustür nieder und weinte. Er hatte sie fest in der Hand. Sie konnte nichts dagegen tun, wenn sie Damian nicht auf dem Gewissen haben und ihre Kinder verlieren wollte. Er ließ ihr keine Wahl.

»Schatz, kannst du mir bitte helfen?«, flehte sie Leo um Hilfe an.

Doch sie erhielt keine Antwort. Traurig rappelte sie sich vom Boden auf und strebte das Schlafzimmer an. Frau Mertens sagte einst, dass sie irgendwann wieder glücklich werden würde. Aber spätestens am heutigen Tag hatte sie ihre Hoffnung daran verloren. Sie würde Tom nicht loswerden, er war besessen von der Idee, dass sie zusammengehörten. Den Rest ihres Lebens würde er sie mit ihren Kinder und Damian unter Druck setzen.

Aus Leos Schrankhälfte griff sie sich einen seiner Hoodies, welche noch immer unvergleichlich nach ihrem Mann rochen. Sie sog den Geruch auf und versuchte sich vorzustellen, dass er neben ihr lag. Doch das Einzige, woran sie denken konnte, war das psychopathische Grinsen Toms. Was, wenn er nicht bloß Damian etwas angetan hat, sondern auch Leo? Hielt er ihn gefangen? Erpresste er ihn? *Wie konnte ich nur so blöd sein und auf den reinfallen... Er war mir doch von der allerersten Sekunde an suspekt!*

»Bitte hilf mir!«, jammerte sie, ließ sich auf das Bett fallen und nahm Leos Handy aus der Handtasche. Sie öffnete die Galerie und sah sich weiter um. Nach dem Video hatte er ein Bild mit einem Spruch gespeichert: »**Wahre Liebe findet den Weg immer wieder zueinander zurück.**«

Wenn es bloß so wäre ...

In anderen Ordnern fand sie zahlreichen Familienfotos, Porträts und Videos, bei denen alles in Ordnung war. »Mein Leben ist ein einziger Scheißhaufen«, fluchte sie und starrte an die Decke.

»Engel …«

»Leo!« Sie sprang auf und drehte sich um. »Kann ich dich bitte sehen? Kannst du mich halten? Es tut mir so leid, du hattest recht mit Tom!«

»Wieso hast du nicht auf mich gehört? Ich wollte dich genau davor bewahren …«, maulte er.

»Wieso hast du es nicht direkt angesprochen, dann hätte ich es verdammt noch mal verstanden!«

Es klirrte in der Küche.

Irritiert legte sie sein Handy auf das Bett und tapste verwirrt dorthin. Mit verschränkten Armen lehnte er am Kühlschrank. »Versprich mir bitte, dass du genau das tust, was er von dir verlangt.«

»Ich verspreche es!« Sie lief auf ihn zu und vergrub sich wieder in seinen Armen. »Du hast mir deinen Pulli zurückgelassen. Du hast mir dein Handy gegeben. Schatz, du bist doch real, verdammt!«

»Engel. Bitte verrenne dich in nichts. Ich bin gekommen, um mich zu verabschieden.«

»Was?!«

»Ich muss gehen …«

»Nein!« Sie löste sich aus seinem Arm und schüttelte abwegig den Kopf. »Du hast mir versprochen, immer für mich da zu sein, wenn ich reden möchte!«

Er rieb sich die Schläfen. »Ich muss weiterziehen. Ich bin nur hierher zurückgekommen, weil Damian meine Hilfe angefordert hat.«

»Aber ich brauche jetzt *deine* Hilfe. Ich möchte Tom nicht heiraten … Du musst mich hier rausholen!«

»Ich weiß, mein Schatz …«

»Bitte bleib bei mir. Ich schaffe das sonst nicht.«

»Ich wünschte, ich könnte. Du wirst nie alleine sein. Ich bin immer bei euch. Aber bitte unterschätze Tom nicht. Versprich mir, dass du allem nachkommen wirst, was er verlangt. Er kann ein Monster sein!«

»Hol uns da raus!«

»Mir sind die Hände gebunden, aber ich versuche, meine Fäden von da oben zu ziehen, okay?«

»Nein, bitte bleibe hier! Geh nicht!«

»Ich liebe dich!« Er fuhr sich durch sein Haar und schenkte ihr sein bezauberndes Lächeln.

»Wenn du jetzt gehst, hasse ich dich!«, drohte sie.

»Tust du nicht!«, kicherte er und drückte sie fest an sich. »Du musst da jetzt durch. Aber ich verspreche dir, dass du irgendwann wieder glücklich sein wirst. Das Leben ist ein Berg. Manchmal fällst du, manchmal steigst du. Du kannst dich auf mich verlassen. Bald kannst du wieder deine Wanderschuhe schnüren und aufsteigen.«

Sie schmunzelte: »Hat mein bezaubernder Ehemann etwa eine Metapher verwendet?«

»In der Tat«, grinste er und küsste sie gefühlvoll. »Ich liebe dich, mein Engel. Egal, was dir jemals einer über mich erzählen wird. Glaube mir, dass ich immer für dich kämpfen werde – auf Erden und im Himmel, denn du bist mein Leben.«

Eine Träne lief über Saskias Wange. »Geh bitte nicht. Ich hätte damals hartnäckiger sein müssen, aber jetzt verlange ich es umso mehr. Du musst bei uns bleiben. Bitte.«

Im nächsten Moment klirrte es. Erschrocken drehte sich Saskia um und entdeckte ihren Sohn hinter sich stehen. »Papa?«, säuselte der Kleine und stand mit seinen nackten Füßen in den Scherben seines Sparschweins.

»Nicht bewegen, Baby.« Saskia hob ihren Sohn aus den Scherben und drückte ihn fest an sich.

»Entschuldigung …«

»Das ist nicht schlimm, wir kaufen dir ein neues Sparschwein.« Sie küsste ihn auf die Stirn. Dann zog ein Windhauch an ihr vorbei. Sie schloss ihren Sohn fester in die Arme und wusste, dass Leo sie verlassen hatte. Schon wieder konnte sie nicht Abschied nehmen …

»Ich habe gedacht, ich hätte Papas Stimme gehört. Ich dachte, es wäre ein Wunder geschehen … Aber das wird es wohl nie«, seufzte er und klammerte sich fester an sie.

»Papa ist immer bei uns und beschützt uns.«

Kapitel 44

Tom schien Connections bei den Behörden zu haben. Als Saskia und Leo damals beim Standesamt gewesen waren und einen Termin erfragt hatten, hatten sie sich mehrere Monate gedulden müssen. Tom hingegen erhielt bereits einen zwei Wochen später. Das kam alles so plötzlich für Saskia. Es gab doch nur einen, dessen Antrag sie mit »Ja, ich will« beantworten würde. Aber Tom ließ ihr keine andere Wahl. Sonst hätte sie das Leben eines Menschen auf dem Gewissen.

Ihr würde es schwerfallen, ausgerechnet ihm diese drei Worte auf dem Standesamt zu entgegnen und mit ihm in den Bund der Ehe zu gehen. Die Ehe stand für sie für bedingungslose Liebe und nicht für einen Akt, den sie tun musste, weil sie dazu gezwungen wurde.

Ihrer Familie davon zu berichten, war ihr verdammt schwergefallen. Endlich war ihr Verhältnis wieder annähernd so wie vor dem großen Streit und jetzt hatte sie es mit einer drastischen Lüge belastet. Aus Damian wurde unerwartet Tom. Für ihre Mutter und für Paul war der Entschluss zur Ehe mehr als überhastet, aber Saskia musste lernen zu lügen. Sie packte eine nostalgische Geschichte aus und stellte die Begegnung der beiden in Verbindung mit dem Schicksal. Schließlich hatten sie sich in der Trauergruppe kennengelernt und beide dasselbe durchgestanden. Sie fühlte sich mit ihm mehr verbunden als mit Damian, der sich – zumindest behauptete sie das vor ihrer Mutter – nie damit zufriedengab, dass Leo für immer eine wichtige Rolle in ihrem Leben spielen und sie ihn immer lieben würde.

Während der standesamtlichen Trauung lächelte sie durch, weil sie sich vorstellte, dass Leo neben ihr sitzen würde. Sie war nicht im Mai 2012, sie war im August 2008 bei der Traumhochzeit von Leo und ihr. In ihrer Fantasie saß er in seinem dunkelblauen Smoking mit gleichfarbiger Fliege neben ihr. Er würde sie anlächeln und mit seinen türkisblauen, leuchtenden Augen zum Schmunzeln bringen. Sie würde keinen Moment zögern, um »Ja, ich will« auszusprechen. Ihr Herz würde ihr bis zum Hals klopfen, tausende Schmetterlinge vor Glück im Bauch umherschwirren ... Denn neben ihr saß der Mann ihrer Träume, die Liebe ihres Lebens und der Vater ihrer Kinder.

»Frau von Ehr?!«

Sie nickte und antwortete monoton: »Entschuldigen Sie, das Baby hat mich gerade abgelenkt. Ja, ich will.« *Das war das letzte Mal, dass mich jemand Frau von Ehr genannt hat. Tom erlaubt es mir nicht, Leos Namen weiterhin zu tragen.*

»Na dann erkläre ich Sie hiermit zu Mann und Frau.«

Tom küsste seine Ehefrau und war stolz, endlich das erreicht zu haben, was er seit langer Zeit wollte. Saskia war froh, als alle Formalitäten geklärt waren. Sie wollte bloß nach Hause und alles vergessen. Doch Tom hatte diesen Tag ganz anders geplant. Er gab ihr einen kleinen Gegenstand in die Hand. »Das ist unser Schlüssel zum Glück, mein Engel!«

Am liebsten wollte sie brechen, als er das Wort Engel in den Mund nahm. *Es gibt nur einen Menschen auf dieser Welt, der sie so nennen darf. Das ist sicher nicht Tom Müller beziehungsweise Damian Hartmann – so wie er sich seit dem Termin auf dem Jugendamt nennt.*

Sie lächelte gestellt. »Wie? Wofür ist der?«

Er verband ihr die Augen. *Bringt er mich jetzt zu meinem Grab?* Saskia zog nervös an ihren Fingerkuppen ...

Nach ungefähr zwanzig Minuten hielt der Wagen an. *O Gott. Das war es jetzt ... So habe ich mir mein Ende nicht vorgestellt ...*

»Wir sind da!« Er führte sie behutsam aus dem Wagen und nahm ihr die Augenbinde ab. Saskia stand vor einem schönen Einfamilienhaus. »Willkommen zu Hause!«

Sie war sprachlos wegen des Neubaus und gleichzeitig erleichtert, nicht an einem Verlies zu stehen.

»Sollen wir reingehen?«, fragte er zögernd.

»Ja! Ja klar!«

Tom und Saskia gingen zur Haustür. Sie schloss auf und stand in einem großen Flur. Rechts neben der Tür führte eine breite Treppe nach oben, auf der linken Seite befanden sich mehrstöckige Fenster, die sich bis zum Dach durchzogen. Sie ging weiter geradeaus und öffnete die breite Flügeltür. Rechts war die Küche: in Weiß, relativ groß mit Kücheninsel und Barhockern. Weiter geradeaus war die Terrassenfront mit dem Esstisch und dem Wohnzimmer auf der linken Hälfte des großen Raumes. Es war praktisch genauso wie in ihrer Wohnung. Nur größer. Sie öffnete eine der Schiebetüren und ging in den Garten: ein eingelassener Pool, ein Sandkasten, ein Baumhaus … Genauso sollte ihre Zukunft aussehen … nur eben nicht mit diesem Mann an ihrer Seite.

»Gefällt es dir bis jetzt?«

»Ja, es ist unglaublich schön! Danke!«

Oben gab es sechs Zimmer: vier Kinderzimmer, ein Schlafzimmer und ein großes Badezimmer. Bisher waren nur drei Kinderzimmer eingerichtet: das von Niklas, Leonie und dem kleinen Wesen in ihr.

»Mein Geschenk für dich!«, betonte er lächelnd.

»Wir sagten doch, wir schenken uns nichts«, merkte Saskia an und fühlte sich schlecht. Sie hatte rein gar nichts für ihn.

»Schenk mir ein gemeinsames Baby. Mehr möchte ich nicht!«

»Mehr möchte ich nicht.« Der Satz überschattet seine großzügige Tat wieder … Wie sollte ich ihn jetzt eigentlich nennen? Tom oder Damian? Offiziell bin ich Frau Hartmann … Aber er heißt doch Tom …

Saskia zeigte auf ihren schwangeren Bauch. »Das hier? Reicht das?«, scherzte sie und hörte ihre Familie ins Haus kommen. Niklas lief sofort in den Garten und kletterte auf das Baumhaus.

»Wow!«, bekundete ihre Mutter mit Leonie auf dem Arm.

Während Tom sich mit einigen Kollegen zurückzog, ging Hanna zu ihrer Tochter nach oben. »So glücklich siehst du aber nicht aus, mein Kind!«

Saskia sah auf den Boden. »Mit Damian hätte ich mir das vielleicht vorstellen können … Aber so. Mama ich rede es mir schön, ich tue das nur für meinen Sohn. Wenn es ihm gut geht, geht es mir gut. Schau ihn dir an!« Saskia lenkte den Blick nach draußen zu Niklas, der auf dem Baumhaus herumtollte und Spaß hatte.

»Weißt du, wie oft er mich im Auto gefragt hat, was mit Papa sei? Oder mit Damian? Und ob er Tom jetzt Papa nennen müsste …«

Saskia seufzte: »Natürlich nicht. Leo kann mir gestohlen bleiben. Wenn er einfach nicht zu dieser bescheuerten Dienstreise wäre, wäre das hier alles nicht passiert. Ich müsste mir keine Sorgen machen, wie ich mein Kind bei mir halten könnte. Ich müsste nicht mit einem Mann die Nacht in diesem Bett schlafen, der mich innerlich zum Übergeben bringt. Also lass es gut sein mit Leo. Er hat uns überhaupt erst in diese Lage gebracht.« Ihre Laune fuhr Achterbahn. Nicht zuletzt war sie wegen ihrer Hormone in der Schwangerschaft so garstig zu ihrem Mann gewesen und knallte ihm an den Kopf, dass es ihr scheißegal sei, wenn er abstürzen würde.

Hanna sah ihre Tochter erstaunt an. »Das ist das erste Mal, dass ich aus deinem Mund nicht höre, wie toll dein Mann war.«

Saskia trat wild gegen einen roten Sitzsack im Schlafzimmer. »Ich hasse es, schwanger zu sein. Gott, Mama. Ich war schrecklich zu ihm, bevor er geflogen ist.«

Sie seufzte: »Maus, du musst das ein für alle Mal ruhen lassen. Nimm diese Chance, die das Schicksal dir gegeben hat. Tom hat viel für euch gemacht, dass es euch gut geht. Sieh dir das Haus an.«

»Tom? Er heißt doch Damian Hartmann …«, merkte sie kopfschüttelnd an und wusste nicht, wohin das führen sollte. Hätte sie ihn nach Damians Unfall bloß angeschwärzt.

»Wollt ihr das Missverständnis nicht aufklären?«

»Er hat mittlerweile doch sogar einen Pass, der belegt, dass er Damian Hartmann heißt.«

Die Tür öffnete sich einen Spalt und Tom schaute herein. »Du verpasst ja deine eigene Party, Schatz!«

Ich habe nichts zu feiern ... Und meine Mutter denkt, er wäre ein edler Samariter. Super.

»Wie sollen wir dich denn nennen?«, fragte Hanna und verschränkte ihre Arme.

»Damian natürlich!«

Saskia schüttelte energisch den Kopf, drehte sich um und sah ihrem Sohn beim Spielen zu. *Wieso habe ich das getan? Es gibt sicher eine andere Möglichkeit ... Ich will das hier nicht! Ich will hier bloß raus!*

»Schatz? Hast du das deiner Mutter nicht erklärt?«

»Was?«, hakte Hanna skeptisch nach. Ihr neuer Schwiegersohn tat zwar viel für Saskia, dass es ihr und den Kindern gut ging, aber irgendetwas mochte sie an ihm nicht. Was, wusste sie allerdings nicht.

»Schau mal, Hanna. Ich habe deine Tochter beim Jugendamt unterstützt. Damian konnte nicht auftauchen, also habe ich seine Rolle übernommen und in seinem Namen die ganzen Formulare unterschrieben. Es konnte ja keiner ahnen, dass er nie wieder zurückkehrt.«

Bei diesem Satz kniff Saskia ihre Augen zusammen. *»Ja, weil du verdammter Idiot ihn fast umgebracht hast!«*, wollte sie schreien.

»Mein alter Name Tom Müller ist nicht mein richtiger Name. Mein früheres Leben ist ausgelöscht, also haben mir die Polizisten abgekauft, dass mein Name Damian Hartmann ist. Also wäre es toll, wenn ihr mich Damian nennen würdet!«

»Also hast du früher wirklich Damian geheißen?«

»Vielleicht!« Er ging nach unten, weil seine Freunde nach ihm forderten.

Mutter und Tochter blieben oben zurück. »Also Damian sollen wir ihn nennen ...«

»Werde ich ganz sicher nicht tun«, meckerte Saskia und schüttelte den Kopf. »Mama, lass mich bitte aus einem bösen Traum aufwachen. Bitte!«

Hanna seufzte: »Kind. Wieso hast du es denn getan, wenn du es nicht willst? Man geht nicht leichtfertig und unüberlegt in eine Ehe. Das haben dir Paul und ich eigentlich deutlich gemacht, als ihr mit dieser Idee angekommen seid.«

Ja, Mama. Ihr hattet recht, aber das kann ich euch nicht einfach so sagen, weil ich sonst Damian töten würde. Okay? Das konnte sie nicht aussprechen, weshalb sie mit ihrem Finger auf Niklas zeigte. »Deswegen tue ich es, Mama. Weil ich mich um mein Kind kümmern möchte! Ich will nicht, dass er woanders aufwächst!«

»Als ihr zweimal bei uns wart, hat er sich doch ganz gut verhalten. Er war zuvorkommend, ging mit den Kindern liebevoll um. Vielleicht muss man dich für dein zweites Glück zwingen!«, gab sich ihre Mutter etwas optimistischer, auch wenn sie die Entscheidung ihrer Tochter hinterfragte.

Saskia brummte: »Schon, aber.«

»Darf ich dich etwas fragen?«

Sie nickte.

»Für dich ist es ein Problem, dass er Damians Namen angenommen hat, oder? Weil Damian dir vielleicht sogar mehr bedeutet hat, als es Leo damals tat.«

Saskia schüttelte energisch den Kopf. »Nein Mama, wie kannst du so etwas nur sagen?«

Sie zuckte mit den Achseln. »Vielleicht kam es die letzten Monate so herüber …«

»Was?!«

»Maus. Niklas hat mich darauf angesprochen. So wenig wie ich dich gesehen habe, konnte ich darauf nicht kommen.«

»Niklas?«

Hanna nickte, klatschte in die Hände und zeigte nach unten. »Na komm, es wird Zeit. Vielleicht wird das die schönste Zeit deines Lebens! Jetzt öffne dich dem Ganzen! Tom wird schon kein Schwerverbrecher sein! Ihr habt das gleiche Schicksal. Los geht's!«

»Aber er hat …«

»Was?«

»Egal …«, lenkte Saskia wieder ein und wusste, dass Damian sterben würde, wenn sie ihrer Mutter die ganze Geschichte anvertrauen würde.

»Mäuschen? Na sag schon …«

»Ich bin ein Todesengel … Zuerst mein Mann und dann Damian«, log sie, obwohl sie wusste, dass er in der Rehaklinik in Oberstdorf im Koma lag.

»Ach Quatsch! Das waren zwei böse Unfälle … Das war keine Absicht, hm? Auch wenn du Tom jetzt gezwungenermaßen heiraten musstest wegen des Sorgerechts. Vielleicht ist das ja ein Zeichen Leos, hm?«

Nein, der hat mir befohlen mich von ihm fernzuhalten … Wie naiv ich doch war … Nicht mal auf den Rat eines Toten konnte ich hören. Ich hasse mich. Ich wäre besser gestorben anstatt Leo. Ich mache doch immer nur alles falsch. Niklas wäre ihm nie abgeholt worden … Ich bin einfach unfähig.

»Na komm, lass uns nach unten gehen.«

Saskia folgte der Anweisung ihrer Mutter und versuchte, sich unten zu amüsieren. Sie nahm sich einen alkoholfreien Cocktail, lehnte sich an einen der Holzbalken, die die Überdachung der Terrasse stabilisierten, und beobachtete ihren neuen Ehemann.

Tom war eigentlich ein recht attraktiver Mann und ähnelte äußerlich sehr dem australischen Schauspieler Chris Hemsworth. Er trug eine klassische Surferboy-Frisur und war sehr eitel. Aber Chris Hemsworth gehörte überhaupt nicht zu Saskias Beuteschema. Sie stand eher auf solche Typen wie Bradley Cooper: braune Haare, blaue oder braune Augen, mit Bart. Blond stieß sie schon immer ab.

Leo passte da einfach perfekt rein. Aber eigentlich würde er mir jetzt den Hals umdrehen, weil ich Tom nur aufgrund seines Äußeren beschreibe. Na ja? Er ist äußerlich vielleicht nicht mein Typ, aber sein Inneres machte es definitiv nicht besser.

Sie blickte hinab zu seinem Bein.

Aber eigentlich hat auch er viel durchgemacht. Vielleicht ist er nur verbittert und war auch mal ein ganz umgänglicher Mensch? Wie viele Launen musste Damian schon mit mir ertragen?

Irgendwie hatte sie Mitleid mit ihm. Vom einen auf den anderen Tag wurde er Witwer und verlor seinen Unterschenkel – ohne sich noch ansatzweise an das Leben zuvor zu erinnern.

Kapitel 45

Die ersten Wochen nach der standesamtlichen Trauung verliefen anders als erwartet. Tom bemühte sich, ein guter Ehemann zu sein, und unterstützte Saskia, wo er konnte. Sie ging wie gewöhnlich zur Arbeit, verbrachte Zeit mit ihren Kindern und erfüllte – wie Leo es ihr nahegelegt hatte – jeden Wunsch Toms. Außerdem unternahmen sie viel gemeinsam als Familie.

Tom spielte oft mit Niklas Fußball, meldete ihn in einem Fußballverein an und fuhr mit Leonie zur musikalischen Früherziehung. Wenn Saskia die Drohung Toms ausblendete, war er doch ein sehr umgänglicher Mensch. Zusätzlich suchte er für Niklas die beste Privatschule Münchens und versprach, für die Kosten geradezustehen.

Im Juli fuhren sie gemeinsam an die Nordsee. Während die Kinder im Sand Burgen und Wassergräben bauten und mit Tom gemeinsam Muscheln suchten, saß Saskia entspannt im Strandkorb und las ein Buch. Vergessen konnte sie die vergangenen Wochen und Monate aber nicht.

Sie hatte sich eine Zukunft mit Damian erträumt, der in einem Bett lag und vor sich hinvegetierte. Es tat ihr in der Seele und dem Herzen weh, nicht zu wissen, wie es um ihn stand. Ob es Hoffnung gab ... oder er auf ewig im Koma liegen würde. Dieser Mann hatte ihr das Lächeln zurückgebracht. Hatte die erste Drohnachricht nicht doch auf Saskias komplettes Leben gepasst?

Eine Fehlentscheidung wird langsam aber sicher dein ganzes Leben zerstören.

Über diesen Satz grübelte sie oft im Strandkorb. Was konnte man genau als Fehlentscheidung sehen? Dass sie Leo damals im Juli gehen ließ, obwohl sie ein mulmiges Gefühl hatte? Dass sie nicht jeden Fleck nach ihm abgesucht hat? Dass sie sich auf Max einließ?

Beim Thema Max wurde ihr unwohl. Nach ihrer Begegnung mit Leo hatte sie im Internet geforscht, ob es normal sei, wenn die Verstorbenen plötzlich leibhaftig vor einem stehen. Sie war auf einigen Foren unterwegs und tatsächlich gab es Menschen, die das erlebten. Eine Psychologin hatte sich im Forum gemeldet und es als Trauerverarbeitung erklärt. Hatte der Polizist recht, dass Max niemals real war, sondern stattdessen bloß eine Fiktion? Um Abschied zu nehmen? Um zu trauern? Sie war sich damals so verdammt sicher, dass er real war. Doch die Bilder auf ihrem Handy sprachen dagegen. Es existierten eben keine mit ihm, obwohl es die ihrer Erinnerung zufolge geben müsste. Lebte sie mehrere Monate in einer Scheinwelt? Es blieb für sie ein Rätsel, das sie nicht lösen konnte.

War es in Bezug zu Damian eine Fehlentscheidung? Wenn sie sich ihm nie geöffnet hätte, würde er am Leben sein … Er war nicht tot, aber konnte man es noch als Leben bezeichnen, wenn Maschinen ihn ernährten und für ihn atmeten?

Sie wusste nicht genau, was in ihrem Leben diese verdammte Fehlentscheidung war, aber die Drohung hatte recht. Sie zerstörte ihr ganzes Leben … Nichts war mehr so, wie sie es sich einst erträumt hatte … Zwar war das Leben mit Tom nicht schlecht, aber Leo hatte sie gewarnt … Sie wartete bloß auf den Tag, an dem Toms Schauspiel aufhören würde. Er war gut zu ihr und den Kindern, aber er spielte mit den Leben dreier Menschen. Das machte ihn zu keinem guten Menschen, sondern einem, der unberechenbar war.

Außerdem hatte sie keine Ahnung, wie es Damian ging, denn sie hatte Lisbeth auf jeden Fall verärgert. Das wurde ihr aber erst klar, als Damians Mutter ihr am letzten Arbeitstag vor dem Mutterschutz im August eine Nachricht schickte. Saskia räumte Damians und ihren Spind aus und verstaute die Sachen in einer

Box. Als sie sich setzte, weil sie diese leichte Tätigkeit zum Schwitzen brachte, hörte sie zweimal ihren Nachrichtenton. Sie nahm das Handy aus der Handtasche und öffnete diese sofort.

Ich dachte, dir würde etwas an meinem Sohn liegen. So wie er von dir geschwärmt hatte. Ich dachte, es sei etwas für die Ewigkeit. Deine Mutter hatte mir damals erzählt, dass du deinen Mann verloren hast. Ich habe mir die letzten Wochen eingeredet, dass du deswegen nicht so oft hier sein kannst. Ich weiß, wie eingespannt Damian in seinem Beruf war. Als Assistenzarzt hast du keine humanen Arbeitsbedingungen. Aber müsstest du als Schwangere nicht sogar einen Bonus haben? Nur acht Stunden täglich arbeiten und nur leichte Dienste? Ich habe geforscht, meine Liebe. Dabei bin ich auf einen Zeitungsartikel gestoßen, bei dem ich dich und einen anderen Mann gefunden habe. »Wir haben geheiratet« - Damian und Saskia Hartmann. Was hast du bitte für ein ekelhaftes Spiel mit meinem Sohn getrieben? Der Mann hat seine Identität übernommen. Schäm dich und fahr zur Hölle! Dein »Ich denke jeden Tag an ihn« kannst du dir in deinen werten Hintern schieben. Und glaube mir eins, wenn Damian jemals wieder aufwachen wird, wirst du es niemals erfahren!

Saskia wischte sich die Tränen weg und spürte Hass auf sich selbst. Im Grunde genommen hatte Lisbeth recht, aber wenn sie ihr doch bloß die Wahrheit erzählen könnte. Sie scrollte herunter und öffnete die Bilddatei. Damian lag im Bett und war an zahlreiche lebenserhaltende Maschinen angeschlossen. Mittlerweile war er schon etwas abgemagert. Kein Wunder, wenn man seit drei Monaten im Koma lag.

Und alles war meine Schuld …

Saskia tippte wild auf dem Display.

Es tut mir alles so unendlich leid. Irgendwann wirst du verstehen können, wieso ich das tun musste. Es geht um das Leben deines Sohnes, über das ich wie Gott entscheiden musste.

Wenn Tom das lesen würde … Verdammt.

Sie löschte den Text wieder und schrieb nur, wie sehr es ihr leidtäte und dass sie hoffe, dass Damian auf die Beine komme.

Traurig packte sie eine Weile später die Box unter ihre Arme und watschelte wie ein Pinguin aus dem Krankenhaus. »Ich hätte auf dich hören müssen. Ich bin schuld, wenn Damian stirbt. Er wird mich hassen, wenn er erfährt, dass ich ihn im Stich gelassen habe«, seufzte sie und schaute hoch zum Himmel.

»Du hattest keine Wahl, mein Engel. Damian sollte das verstehen können. Wenn du nicht auf Toms Forderungen eingegangen wärst, hätte ihn das sein Leben gekostet!«, antwortete ihr die warme Stimme Leos.

»Du bist wieder da!«, schmunzelte sie und stellte die Box in den Kofferraum.

»Engel, alles wird wieder gut werden. Okay?«

»Woher weißt du das?«

»Ich habe dir doch versprochen, dass ich von hier oben die Fäden ziehen werde«, schmunzelte er.

»Also wird Damian wieder gesund und ich kann Tom irgendwann verlassen?«

»Ich gebe mein Bestes!«

»Geht's dir gut? Da, wo du jetzt bist?«

»Stell dir einfach vor, ich säße in Venice Beach am Strand und wir würden miteinander telefonieren. Ja? Und bald käme ich nach Hause. Du müsstest dich nur noch ein wenig gedulden.«

»Du kommst nach Hause?«

»Engel. Ich habe gesagt, dass du dir das vorstellen sollst. Damit es nicht so komisch ist und du dir ständig Gedanken darüber machst, wie es auf der anderen Seite ist.«

»Ich mache mir eben Sorgen um dich!«

»Ich weiß, aber du musst dir keine machen.«

»Ich vermisse dich. Mir hat das so sehr gefehlt, mit dir zu reden«, seufzte sie und fuhr sich über den Bauch.

»Ich weiß …«

Sie setzte sich auf den Fahrersitz und atmete tief ein und aus.

»Wenn du jetzt wieder hier bist, bin ich immer noch nicht fertig mit der Trauer oder? Ich habe darüber gelesen. Oder bin ich jetzt krank?«

»Engel … Du machst dir Vorwürfe, dass du Damian im Stich gelassen hast. Innerlich verzweifelst du. Ich will dir diese Vorwürfe einfach nur nehmen. Okay? Wenn er irgendwann aufwachen sollte und es hören möchte, wieso du ihn verlassen hast, wird er es sicher verstehen!«

»Woher willst du das wissen?«

»Gegenfrage, Engel. Nehmen wir an, ich hätte dich verlassen, damit du nicht stirbst. Wärst du mir böse?«

»O Gott. Musstest du das tun? Schatz! Wieso hast du das Opfer auf dich genommen?«

»Engel. Es war doch nur ein Gegenbeispiel für Damians Situation. Sag mir, ob du auf mich böse wärst, wenn ich das gleiche für dich getan hätte.«

»Nein, natürlich nicht! Aber ich würde mich so unglaublich schlecht fühlen, dass du dich Anweisungen von irgendeinem Irren unterordnen musstest und dein Leben als zweitrangig angesehen hast!«

»Mach dir keinen Kopf. Wenn es Damian schafft, wird er das verstehen. Okay?«

Sie seufzte: »Meinst du?«

»Du würdest mir doch verzeihen. Wieso sollte er das nicht tun?«

Kapitel 46

Saskia wurde mitten in der Nacht wach, weil sie von Schmerzen überhäuft wurde. Ausgerechnet in dieser Woche war sie mit den Kindern alleine zu Hause, weil Tom geschäftlich verreisen musste. »Niklas!«, schrie sie mehrmals, der kurz darauf panisch im Schlafanzug zu ihr hechtete.

»Mama. Mama, was ist?!«

»Das Baby kommt! Kannst du bitte den Notarzt rufen oder mir das Telefon bringen?«

Er nickte und lief nach unten zur Küche und wieder zu seiner Mutter. Sie nahm das Telefon entgegen und wollte den Notruf wählen, als sie das Display des Telefons näher betrachtete.

Keine Telefonverbindung.

»Verflixt!«, fluchte sie und versuchte, aufzustehen. »Zieh dir was an, mein Großer, wir fahren selbst dahin. Leonie holst du bitte einfach so aus dem Bett!«

»Aber Mama, du bist voll mit Blut!«

Sie wedelte mit dem Finger. »Das ist nicht schlimm, na los, mach schnell!«

Sie ging mit der Kliniktasche langsam die Treppe herunter und wartete draußen auf ihren Sohn. Es war vier Uhr morgens, Nachbarn wach zu klingeln war keine Option.

»Mama, ich bin so weit«, sagte Niklas mit Leonie auf dem Arm und zog die Tür hinter sich zu.

Saskia lächelte, griff in ihre Jackentasche und fand ausschließlich ihren Labello. In aller Hektik hatte sie den Schlüssel drinnen vergessen. Sie hatten sich ausgesperrt.

»Verdammt!«, fluchte sie und merkte, dass es ihr von Minute zu Minute schlechter ging. »Okay mein Schatz, wir fahren mit der Bahn ins Krankenhaus!«

»Mama, was ist mit deinem Handy?«

Sie atmete tief durch. Man könnte meinen, es wäre ihre erste Schwangerschaft. Auch dieses lag im Haus, auf der Nachttischkommode am Bett.

Schweren Schrittes bewegten sich Saskia und ihre Kinder zur nächsten U-Bahn-Station. Minütlich wurde sie stärker von Schmerzen geplagt. Die Umgebung hörte sich weiter entfernt an, die beleuchteten Straßen wurden immer dunkler, bis sie nichts mehr erkennen konnte und zusammenbrach.

»Mama!«, schrie Niklas panisch und setzte sich zu ihr. »Mama, du darfst nicht sterben. Ich habe sonst keinen mehr«, jammerte der Kleine und weinte.

Überfordert sah er seine Mutter an und wusste nicht, was er tun sollte. Leonie quengelte, Niklas weinte und Saskia lag bewusstlos am Boden.

»Alles wird gut mit deiner Mama«, flüsterte plötzlich ein Mann und strich ihm sanft über den Rücken. »Ich rufe einen Krankenwagen und deiner Mama ist gleich geholfen«, sagte der Jogger. Er legte Saskia in die stabile Seitenlage und versuchte, beide Kinder zu beruhigen.

Niklas kniete neben seiner Mutter und strich ihr über die Wange. Er murmelte vor sich hin und sah immer wieder zum Himmel. »Papa, lass Mama bitte nicht sterben.«

Durch blauflackerndes Licht in der Ferne konnte man erkennen, dass sich der Krankenwagen näherte. Die Sanitäter beförderten Saskia sofort auf die Trage und brachten sie in das nächstgelegene Krankenhaus. Da der Krankenwagen durch den Sanitäter und den Notarzt überfüllt war, erklärte sich der Ersthelfer bereit, die Kinder nachzubringen. Er rief ein Taxi und brachte sie in den Wartesaal.

»Kann ich jemanden für euch anrufen?«, hakte er bei Saskias Sohn nach.

»Omi!«, antwortete Niklas und sagte die Nummer auf.

Der Helfer wählte sie und lächelte ihm zu. Der Kleine

belauschte den Mann und hoffte, dass seine Oma kommen würde. Dieser zeigte ihm den Daumen nach oben, legte auf und setzte sich wieder zu dem Jungen und seiner Schwester.

»Deine Oma meinte, es dauere etwas, bis sie hier sei. So lange kann ich bei euch bleiben, wenn ihr das möchtet.«

»Ich will hier nicht alleine mit Leonie sein.«

»Dann bleibe ich, alles ist gut. Ja?«

»Hast du auch Kinder?«, fragte er neugierig.

Der Mann nickte. »Ja, zwei. Einen Jungen und ein Mädchen.«

»Hast du die lieb?«

»Natürlich. Wieso fragst du denn so etwas?«

Niklas seufzte: »Meine Mama hat einen Neuen. Den habe ich nicht lieb und der mich auch nicht. Aber sie macht das nur für mich … und Damian … Ich will das nicht!«

»Das Leben ist nicht immer einfach, Niklas. Manchmal läuft es super und manchmal nicht …«

»Hast du ein Bild von deinen Kindern?«

Der Mann nickte. »Na klar, deine Mama hat bestimmt auch viele Bilder von euch. Aber die sind nicht mehr so aktuell. Die Kinder wohnen bei meiner Ex-Frau. Ich sehe sie nicht oft.«

Niklas streifte dem Mann über den Arm. »Oh, das ist schade! Aber deine Kinder haben dich lieb!«

»Meine Kleine kann sich bestimmt gar nicht an mich erinnern und mein Großer müsste mittlerweile in die Schule gehen.«

»Wie erinnern? Ich dachte, du siehst sie nicht oft, aber schon?«

Der Mann wuschelte sich durch sein blond gefärbtes Haar. »Weißt du, sie hat das Sorgerecht bekommen, weil ich nicht in der Lage war, auf meine Kinder aufzupassen.«

»Das ist gemein. Du bist bestimmt ein toller Papa.«

»Das können nur meine Kinder beantworten.«

»Mein Papa war ein ganz toller Papa … Aber Leni wird ihn nie kennenlernen …«

»Leni?«

»Ja, die, die auf dir sitzt.«

»Hast du eben nicht gesagt, dass sie Leonie heißt?«

»Du passt aber gut auf, hihi. Ich habe sie Leni getauft. Das kann sie auch schon sagen. Und ich bin Niki.«

»Süß.«

»Wie heißen deine Kinder?«

»So ähnlich wie ihr. Nick und Lena.«

»Hihi«, kicherte Niklas und klammerte sich an den Arm von ihm. »Ich vermisse meinen Papa so doll …«

»Er vermisst dich sicher auch, hm?«

Niklas schaute auf und lächelte. »Du hast auch so tolle Augen wie ich. Die habe ich von Papa. Hast du die auch deinen Kindern vererbt?«

Der Mann schluckte.

»Weißt du, das war Papas Markenzeichen. Und ich habe sie auch.« Er beugte sich nach vorne und schaute sich die Augen seiner Schwester an. »Guck, Leni hat sie auch. Nur nicht so doll wie ich.«

»Das ist wirklich eine sehr schöne Augenfarbe.«

»Hast du Angst, dass deine Kinder dich irgendwann vergessen?«

»Ach Quatsch.«

»Ich habe Angst, dass ich Papa vergesse …«

»Das wirst du sicher nicht, hm?«

Er schluckte. »Ich habe das Gefühl gar nicht mehr zu wissen, wie er geredet hat …« Niklas sah auf zu dem Retter seiner Mutter und zeigte auf seinen Schoß. »Darf ich auch?«

»Natürlich.« Dieser nahm Leonie auf seinen rechten Arm und machte Niklas auf dem linken Bein Platz.

»Kannst du mal sagen: ›Niki, Papa hat dich ganz doll lieb‹?«

»Wieso das denn?«

»Weil ich glaube, dass Papa so eine ähnliche Stimme hatte wie du!«

»Wieso soll ich es denn dann sagen?«, fragte dieser verwundert.

»Dann kann ich das aufnehmen und mir immer wieder abspielen ...«

»Aber schau mal, du willst das doch von deinem Papa hören und nicht von mir.«

»Du hast ja recht ...«

Der Mann konnte den traurigen, verzweifelten Blick Niklas´ nicht ertragen und starrte das Plakat an der Wand an.

Der kleine Lockenkopf schielte in das weite Sportshirt, weshalb er vom Kragen hinab auf den Oberkörper des Retters schauen konnte. »Du hast ja viele Narben ... Und, hä? Das habe ich ja auch.« Niklas tippte ein Herzmuttermal auf der rechten Brust an.

Der Unbekannte zog sein Shirt wieder näher an sich. »Du bist ganz schön neugierig, was?«

»Ja ... Mir ist eben langweilig ...«

»Und dann schaut man einfach mal in das Oberteil von Fremden?«

»Mhm ... Du darfst Mama aber nicht sagen, dass ich mit dir geredet habe. Ich darf nämlich nicht mit Fremden reden.«

»Versprochen!«

»Aber du bist mir gar nicht so fremd!«, merkte der kleine Lockenkopf an.

Der Mann antwortete nicht auf seinen Satz und sah einen Arzt auf ihn zu kommen. »Herr Hartmann? Sie können zu Ihrer Frau!«

»Äh, ich.«

»Komm Papa!«, flunkerte Niklas vor dem Arzt und zog ihn von dem Stuhl hoch, was die Gesichtsfarbe von ›Herrn Hartmann‹ rasch blass werden ließ.

»Es gab einige Komplikationen bei der Geburt. Sie hat viel Blut verloren und ist sehr schwach. Am besten päppeln Sie sie etwas auf. Ihre Tochter wird gerade noch untersucht und dann bringen wir die Kleine gleich ins Zimmer. Ihre Frau liegt vorerst auf der Intensiv, da es kritisch war«, erzählte der Arzt und brachte ihn und die Kinder zu Saskia. »Besuch für Sie. Ich komme später wieder vorbei!«

Mit Leonie auf dem Arm, die sich total verschlafen an den

Fremden kettete, näherte er sich dem Bett an. Saskia lag völlig fertig in dem Bett und erkannte kaum etwas. Sie war zu schwach.

»Seid ihr das? Niki?«

»Ja, Mama!«

»Ist Papa da?«, fragte sie benommen und blinzelte mehrfach.

»Mama, Papa ist doch.« Der Fremde legte Niklas den Zeigefinger auf die Lippen.

»Wir sollen deine Mama nicht aufregen. Okay?« Er hob Niklas auf das Bett, der seiner Mutter einen Kuss gab und sie euphorisch anstarrte. »Wo ist meine Schwester?«

»Der Arzt hat doch gesagt, dass sie gleich gebracht wird.«

Saskia blinzelte mehrfach, doch sie würde diese Stimme unter Millionen erkennen. »Leo?« Sie kicherte. »Du hast dein Versprechen eingehalten, dass du hier auf mich wartest!«, säuselte sie und streckte ihre rechte Hand nach ihm aus.

Der Fremde nahm ihre Hand entgegen und strich mit dem Daumen sanft über die Innenflächen.

»Was machst du denn, meine Kleine?«, betrat Hanna meckernd das Zimmer und sah den Ersthelfer an Saskias Bett stehen, der ihre Enkelin im Arm hielt.

»Ich weiß ja auch nicht. Das ging so schnell«, schniefte Saskia und räkelte sich ein wenig. Langsam wurde wieder alles scharf vor ihren Augen.

»Hauptsache, euch beiden geht es gut!« Hanna blickte zu dem Mann. »Haben Sie mich angerufen?«

»Genau, dann werde ich mal wieder!« Er übergab Hanna Leonie und verließ ruckartig das Zimmer.

»Wo ist Leo denn jetzt hin?«

Hanna sah ihre Tochter mit merkwürdigem Blick an. »Saskia?«

»Was denn?«

»Leo?«, fragte ihre Mutter mit perplexem Blick und wurde unterbrochen, da der Arzt ihr drittes Enkelkind in das Zimmer brachte und es Saskia in die Arme legte.

»Hallo, meine Süße!«, lächelte sie und fuhr ihr sanft über die roten Wangen. »Mama, wieso ist Leo denn jetzt weggegangen?«

»Leo?«, wiederholte sie mit hochgezogener Augenbraue.

Saskia nickte verständnislos und schickte ihre Mutter nach draußen, um ihn zurückzuholen.

Am Ende des Ganges entdeckte Hanna den Ersthelfer – oder doch Leo? Sie lief ihm hinterher und hielt ihn an der Schulter fest. »Entschuldigen Sie.«

»Bitte?«, fragte er und drehte sich um.

Hanna sah ihm genau ins Gesicht und versuchte, den Exmann ihrer Tochter zu erkennen.

»Gibt es etwas?«, hakte er nach.

Hanna lächelte. »Die beiden sind wohlauf. Ich wollte mich recht herzlich bei Ihnen bedanken!«

»Das brauchen Sie doch nicht. Es war bloß Zufall!«

»Na ja. Zufall? Gehen Sie immer mitten in der Nacht joggen?«

»Ich liebe es, zu sehen, wie die Stadt zum Leben erwacht. Das ist alles, Frau Lindberg!«

Woher kennt er meinen Nachnamen? Die Kinder kennen doch nur den Vornamen. Seine Stimme hört sich schon an wie die von Leo … und diese Augen …

»Ist noch etwas oder kann ich gehen? Ich müsste so langsam zum Dienst.«

Leo hatte immer relativ kurze Haare, nicht so eine Surferboy Frisur. Vor allem waren sie nicht blond, aber irgendwie muss ich meiner Tochter recht geben.

»Frau Lindberg?«, wiederholte er, da Hanna nicht reagierte.

»Ähm, entschuldigen Sie. Was sagten Sie?«

»Dass ich zum Dienst müsste.«

»Ich würde mich gerne bei Ihnen bedanken. Gehen Sie doch kurz zurück und ich komme sofort wieder mit einer kleinen Aufmerksamkeit!«

»Um Gottes willen, das müssen sie doch nicht tun! Ich habe wirklich sehr gerne geholfen.«

»Wie heißen Sie eigentlich?«, fragte Hanna prüfend.

Er schluckte und wich für zwei Sekunden ihrem Blick aus. »Mats«

»Und wie noch?«, bohrte sie nach.

»Mayr«

»Aha«, gab sich Hanna wenig zufrieden. »Die Haare sind aber nur gefärbt oder?«

»Dürfte ich Sie kurz fragen, was Sie von mir wollen? Ich habe Ihrer Tochter bloß geholfen.«

»Oma! Wo bleibst du denn? Mama ist zu müde für unsere Schwester. Kannst du ihr helfen?«, plärrte Niklas über den ganzen Flur. Ehe sich Hanna für ein Nachbohren bei dem Retter oder ihre Tochter entscheiden konnte, huschte dieser in den Aufzug und entfernte sich vom Geschehen.

Nachdenklich trottete sie zurück in das Zimmer und log Saskia an. »Ich habe Leo erreicht, er müsste bald da sein. Er freut sich. Aber die Hauptsache sei, dass es dir gut ginge, hat er gemeint!« Sie konnte ihrer Tochter unmöglich von dem Erlebnis erzählen, oder? Saskia würde sich unnötig Hoffnung machen und sich komplett in etwas verrennen. Davor musste sie ihre Tochter schützen. Es war sicher der heutige Tag, der uns allen zusetzte.

Sie redete mit ihrer Tochter über einen Urlaub, den sie mit Saskias Vater geplant hatte und versuchte, das Thema weit weg von Leo zu schieben. Sie wusste nicht, wann Saskia die Erinnerung einholte.

»Mama, wie lange braucht Leo denn noch? Er war doch eben schon da.«

Hanna seufzte: »Maus. Die Kleine kam doch zwei Wochen zu früh. Er richtet alles zu Hause ein, hm? Er kommt heute Nachmittag wieder.«

Niklas sah seine Großmutter ungläubig an und flüsterte: »Oma, was redest du da? Ist Papa zurück?«

»Ich vertrete mir mal kurz die Beine auf dem Flur. Versuche, etwas zu schlafen, hm?«, lächelte sie zu ihrer Tochter und verschwand mit Niklas und dem Säugling aus dem Zimmer.

Hanna ging auf dem Flur auf und ab. »Du hast doch eben mit dem Mats geredet, oder?«, fragte sie Niklas.

»Mit wem?«

»Mats … Der, der euch auf der Straße geholfen hat.«

»Nein, habe ich nicht. Ich darf mit Fremden doch nicht reden«, log er.

»Aber du hast ihm doch gesagt, dass er mich anrufen soll, oder?«

»Du sagst das aber nicht Mama, okay? Ich darf mit Fremden doch nicht reden!«

»Klar, das bleibt unser Geheimnis!«

»Wieso fragst du?«

»Hat er dich an Papa erinnert?«

»Seine Augen sahen so aus wie die von Papa und die Stimme hörte sich so an. Aber Papa hatte niemals so komische Haare.«

»Okay …«

»Oma?«

»Deine Mama hat Leo zu ihm gesagt, als sie noch nicht recht bei sich war … Aber mir sind die Augen und die Stimme auch sofort aufgefallen …«

»Oma, denkst du, dass Papa das war?«

»Ich weiß nicht … Wäre zu schön, um wahr zu sein … Ich möchte euch jetzt nicht unnötig Hoffnung machen. Ach, ich weiß ja auch nicht. Vielleicht ist es der heutige Tag …«

»Wieso? Was ist heute für ein Tag?«

Hanna kniete sich zu ihrem Enkel auf den Boden. »Papas Todestag ist heute genau zwei Jahre her …«

»Und was hat das damit zu tun, dass der Mats Papa gewesen sein könnte?«

»Wir versuchen, mit der Trauer umzugehen, und da spielt uns unser Gehirn gerne mal Streiche. Wir haben das Gefühl, die Stimme des Toten zu hören oder sogar seinen Körper zu sehen. Vielleicht hat uns unser Gehirn einen Streich gespielt.«

Kapitel 47

Auch wenn die Geburt von Saskias drittem Kind turbulent gewesen war, beschäftigte sie die Gestalt von Mats mehr. Saskia war sich sicher, Leo in ihm erkannt zu haben. Auch wenn sie ihn nicht gesehen hatte, würde sie seine Stimme unter Millionen erkennen. Hanna hatte zwar auch Vermutungen, dass er es gewesen sein könnte, aber klammerte sich eher an das, was sie mit Saskia im Internet recherchiert hatte. Es war alles zu viel, was an diesem einen Tag passiert war. Zwei Jahre zuvor hatte sie die Liebe ihres Lebens verloren, zwei Jahre später ihr drittes Kind geboren. Sie war am Ende ihrer Kräfte als sie Mats als Leo wahrgenommen hatte. Sie hatte von ihm geträumt und plötzlich sollte er vor ihr gestanden haben? Für Hanna war es logisch nicht erklärbar und sie wies ihre Tochter inständig daraufhin, sich mehr um die Kinder zu kümmern. Sie durfte sich nicht ein zweites Mal verlieren, Paul hatte ihr Andeutungen gemacht, dass sich Saskia schon einmal Leo in Form einer für sie realen Person eingebildet hatte. Mit Max traf sie bei ihrer Tochter einen schmerzlichen Punkt, sodass auch sie wieder zur Vernunft kam. Sie widmete sich ihren zwei Großen und dem Neugeborenen, das ganz anders aussah als seine Geschwister: Die kleine Lina kam mit blonden Haaren zur Welt.

Tom gefiel es allerdings so gar nicht, dass Hanna in ihrem neuen Heim ein und ausging, und schob einen Riegel davor. Sie durfte höchstens einmal pro Woche kommen, besser sogar nur alle zwei Wochen. Das bedeutete aber nicht, dass Tom Saskia eine Hilfe war. Anstatt sie zu unterstützen und für einige Wochen Elternzeit zu nehmen, ging Tom seinem klassischen Arbeitsalltag nach und war von acht bis siebzehn Uhr im Büro. Saskia traute sich aber trotzdem nicht, ihre Mutter in dieser Zeit zu sich zu bitten. Sie wollte seine Bedingungen nicht brechen. *Wer weiß, zu was er sonst in der Lage ist?*

Zwischen halb sechs und sechs kam er am Abend nach Hause und bekam von all dem Stress nichts mit. Lina musste sie sich den ganzen Tag auf den Bauch spannen, sonst kreischte sie nur. Leonie war der größte Gefahrenpunkt von allen: Wenn man hinter ihr nicht her war, wurde es gefährlich. Niklas ließ hingegen immer mehr heraushängen, wie blöd er die Sache mit Tom fand, und pöbelte. Nicht nur gegen sie, sondern vor allem gegen Tom. Saskia betete dafür, dass das nicht ein böses Ende nehmen würde. Ohnehin wurde Toms Laune in den letzten Tagen immer schlechter.

Zeigte er langsam sein wahres Gesicht? Das, vor dem sie Leo eindringlich gewarnt hatte? Das Monster in ihm?

Am Morgen des siebenundzwanzigsten Oktobers passierte etwas, was zuvor nie geschehen war. Saskia verweigerte es, mit Tom vor dem Aufstehen zu schlafen, woraufhin er ihr gegenüber gewalttätig wurde. »Du dummes Miststück musst das tun, was ich von dir verlange!«, meckerte er und schlug ihr ins Gesicht.

Verängstigt rückte Saskia weiter weg und fuhr sich an die Nase, aus der Blut tropfte.

»Wenn ich etwas von dir verlange, hast du das zu tun!«, mahnte er und näherte sich ihr an.

»Okay, tun wir es«, murmelte sie mit zittriger Stimme.

»Ach, meine Süße. Du denkst, ich würde vergessen, dass du es nicht wolltest?« Er packte sie am Hals und würgte sie. »Du musst schon für deine Fehler bezahlen.«

Sie versuchte, ihn mit den Füßen von sich wegzubekommen, und ruderte wild mit den Armen. Doch sie bekam ihn nicht dazu, seine Finger vom Hals zu nehmen. »Bitte lass mich«, flehte sie unter Tränen und kämpfte gegen das Gefühl zu ersticken.

»Ich brauche dich ja noch.« Er löste seinen festen Griff, woraufhin Saskia laut keuchte und hustete. Sie krabbelte vom

Bett und wollte das Zimmer verlassen. Da packte er sie an den Füßen, schleifte sie über den Boden und prügelte so lange auf sie ein, bis sie das Bewusstsein verloren hatte.

»Bevor du doch noch schwach wirst und es irgendeinem erzählst, musst du eben fühlen«, sagte er gehässig und verließ das Schlafzimmer, welches er absperrte.

Erst nach dem Frühstück ließ er sie aus dem Zimmer treten. »Ich denke, du hast begriffen, dass du besser das tun solltest, was ich von dir verlange, oder?«

Sie nickte und schlurfte ins Bad, um das getrocknete Blut aus ihrem Gesicht zu waschen. Bis Tom zu seiner üblichen Laufrunde am Morgen aufbrach, verschanzte sie sich im Bad. Erst als sie sicher war, ihm nicht mehr zu begegnen, trat sie aus dem Zimmer und trommelte ihre Kinder zusammen. Sie musste fliehen. Auch wenn es ihr in der Seele leidtat, mit einer Flucht Damians Todesurteil zu unterschreiben, musste sie egoistisch sein und verschwinden. Leo warnte sie vor diesem Monster. Wenn Tom es einmal getan hatte, würde er es noch öfter tun.

Sie packte hastig die wichtigsten Sachen zusammen, räumte sie in den Kombi und setzte die Kinder in den Wagen.

»Mama, was ist mit dir passiert?«, fragte Niklas entsetzt. Die geschwollenen Wangen und das blaue Auge verrieten ihm, dass seine Mutter geschlagen wurde.

»Ich bin in der Dusche eben ganz blöd ausgerutscht«, log sie und lächelte. »Wir lassen München hinter uns. Egal, wohin uns diese Reise verschlägt, es kann nur besser werden.«

Als alle angeschnallt waren und sie sich auf den Fahrersitz setzte, poppte auf ihrem Handy eine Erinnerung auf: **Geburtstag Damian Hartmann.**

Wie sagte der Polizist? »Sie stecken schon ziemlich tief in der Zwickmühle, junge Dame.« Hätte ich wohl besser auf den gehört und Tom durchleuchten lassen ... Dann wäre mir all das erspart geblieben. Schon wieder eine Fehlentscheidung ... Gott, wie viele habe ich davon eigentlich getroffen?

»Du musst mir helfen«, flehte sie Leo an und startete den

Motor. Bevor sie die Garage öffnete, drehte sie sich noch einmal zu ihren Kindern um. »Egal, was passieren wird. Mama liebt euch. Sie versucht, nur das Richtige zu tun. Das ist nicht immer einfach, zu entscheiden. Vor allem, wenn man dazu geboren wurde, wohl immer die falsche Variante zu wählen. Aber das, was ich nun tue, fühlt sich richtig an.«

»Mama, was ist los? Rede!«, forderte Niklas.

»Irgendwann, mein Schatz. Aber nicht heute.« Sie richtete ihren Blick nach vorne, betätigte den Knopf, um das Garagentor zu öffnen, und wartete auf den Moment, für immer von hier zu verschwinden. Sie legte den Rückwärtsgang ein und fuhr aus der Einfahrt. »Auf in unser neues Leben!«, lächelte sie und wollte die Kupplung kommen lassen, um loszufahren.

Doch mitten auf der Straße stand Tom und grinste sie breit an. Sie wohnten in einer Sackgasse. Wenn sie wirklich von hier verschwinden wollte, müsste sie ihn über den Haufen fahren. Wenn sie alleine im Auto säße, wäre das tatsächlich eine Option, an die sie denken würde.

»Wo willst du denn hin, Liebling?«

»Einkaufen«, log sie.

Er nickte abgeklärt. »Deswegen sehe ich im Kofferraum sämtliche Taschen, wenn du einkaufen gehst. Du, ich mag es gar nicht, wenn man mich anlügt oder seinen Pflichten nicht nachgeht.«

»Geh verdammt noch mal zur Seite!«, brüllte sie und ließ das Auto einen Satz machen.

»Willst du mich umfahren? Vorsätzlicher Mord bedeutet lebenslänglich. Denkst du, deine Kinder würden dich besuchen kommen? Nein, sie würden sich irgendwann dafür schämen, eine Mörderin als Mutter zu haben.«

»Hau ab!«, brüllte sie.

»Du wirst hier nicht vorbeikommen, ohne mich überfahren zu müssen. Tu dir selbst den Gefallen und fahr zurück in die Garage. Die Uhr tickt. Wenn ich mich nicht in zwei Minuten bei der Schwester melde, bekommt Damian das Heparin verabreicht. Willst du das wirklich?«

Wütend schlug Saskia auf das Lenkrad ein und befolgte seinen Rat. Sie brachte die Mädchen brav zurück ins Haus und forderte Niklas auf, reinzugehen. Doch er widersetzte sich ihrer Anweisung. »Mama, ich bleibe bei dir. Was stellt er sonst mit dir an?«

Sie schüttelte den Kopf. »Alles gut, Baby. Ich räume bloß den Kofferraum aus, mir passiert nichts.«

»Lüg mich nicht an! Das war er, oder?« Er zeigte auf die Verletzungen in ihrem Gesicht.

»Schatz, geh jetzt bitte rein.«

»Nein! Ich lass dich nicht alleine!«

»Baby, tu es für Papa. Geh zu deinen Schwestern.«

Niklas kaute auf seiner Lippe. »Nein, das mit Papa zieht jetzt nicht, weil er hier bei dir bleiben würde!«

»Bitte Niki!«, flehte sie ihn unter Tränen an. Doch es war zu spät. Tom schlug ihm auf den Hinterkopf, weshalb er bewusstlos zusammenbrach.

»Wie edel von dir, dass du versucht hast, deinen Sohn rauszuhalten.«

Weinend fiel Saskia auf die Knie und zog ihren Sohn auf den Schoß. »Was hast du mit ihm gemacht?«

»Er wird eine Weile süß träumen und morgen ganz üble Kopfschmerzen haben. Das ist deine Schuld, Liebling.« Er riss sie von ihm weg und versuchte ihr, noch einmal klar zu machen, was passieren würde, wenn sie seine Bedingungen nicht befolgte. »Wenn du mit jemandem darüber redest, ist Niklas tot. Wenn du zur Polizei gehst, ist Niklas tot. Wenn du versuchst, abzuhauen, ist Niklas tot. Wenn du mir irgendetwas antun willst, sind deine beiden Schätze tot. *Du* hast die Wahl. Damian scheint gut zu ziehen, aber offensichtlich muss ich etwas radikaler werden, damit Madame versteht, dass sie zu mir gehört!«

Saskia versprach, nichts zu unternehmen, und hoffte, dass die Aktion am Morgen alles war. Doch sie hatte sich getäuscht. Tom fasste sie an den Haaren an und knallte ihren Kopf mehrfach gegen den Kotflügel ihres Wagens. Als sie wimmernd zu Boden fiel, trat er wild in ihre Magengrube und lachte gehässig. »Ich denke, du solltest es jetzt verstanden haben! Oder brauchst du noch eine weitere Belehrung?«

Saskia blieb erschöpft auf dem kalten Garagenboden liegen. Sie spuckte das Blut, das sich in ihrem Rachenraum ansammelte, vor sich und schleppte sich zu ihrem Sohn. »Es tut mir alles so leid. Bei deinem Vater wäre dir so etwas nie passiert.« Sie schmiegte sich an ihn und hielt in einfach nur fest.

Vermutlich hatten sie morgen noch zusätzlich eine Blasenentzündung wegen des kalten Garagenbodens. Aber Saskia war zu schwach, sich von dem Boden aufzurappeln und ihren Sohn ins Haus zu tragen. Leo wollte die Fäden von oben ziehen … Konnte er so etwas denn nicht verhindern?

Eine Weile später fröstelte sie auf dem Boden, weshalb sie die Fahrertür öffnete und sich mühsam mit ihrem Sohn in den warmen Innenraum des Autos zog. Dabei stieß sie auf das Handy Leos, das damals in der Krankenhauskirche lag. Es war das Einzige, was sie noch von ihm hatte. Den Pulli hatte Tom aus Versehen an Flüchtlinge gespendet … Leo hatte eine Nachricht erhalten. Gequält fummelte sie das Handy aus dem Ablagefach und öffnete sie.

Sei stark, Engel. Erfülle ihm bitte jeden seiner Wünsche, sonst wird er das öfter tun. Ich tu alles, damit du da, so schnell es geht, rauskommst. Ich liebe dich!

Kapitel 48

Saskia agierte seit dem siebenundzwanzigsten Oktober wie eine Maschine, kümmerte sich den ganzen Tag um den Haushalt, die Kinder und am Abend um den Ehemann. Je öfter Tom ihr einredete, dass es ihre Pflicht war, sich bei ihm für seine große Tat zu bedanken, desto eher glaubte sie daran. Sie las ihm jeden Wunsch von den Augen ab, versuchte, alles in seinem Sinne zu tun und wie eine Maschine zu arbeiten, die fehlerfrei war. Denn wenn sie einen Fehler machte, musste sie dafür teuer bezahlen.

An jenem Tag saß Saskia mit ihren Kindern auf dem großen Teppich zwischen Wohnzimmer und Esszimmer. Niklas baute einen Turm, der größer werden sollte als er, und Lina lag auf ihrem Kuscheltuch und gluckste vor sich hin. Leonie saß schweigsam neben ihrem Bruder und schaute ihm zu. Sie war zwar erst eineinhalb Jahre alt, aber brabbelte immer, wenn sie nicht das ganze Haus auf den Kopf stellte. Es war nicht der erste Tag, an dem ihrer Mutter diese Wesensveränderung auffiel. Seit dem 27. Oktober schien nichts mehr so zu sein, als es einmal war. »Alles gut, Baby?«

Leonie nickte bloß und schaute ihrem großen Bruder weiter beim Bauen zu.

»Komm mal zu Mama, hm?«, forderte Saskia mit einem breiten Lächeln und ausgestreckten Armen. Die Kleine zögerte einen Moment, weshalb Niklas seinen Kopf schief hielt und mit dem Gedanken spielte, Leonie zuvorzukommen. Aber im letzten Moment tapste sie doch zu ihrer Mutter und schmiegte sich an sie. Linas Blick verfinsterte sich und kündigte Saskia an, dass sie gleich wieder weinte.

Habe ich Leonie zu kurz kommen lassen? Fühlte sie sich wie das dritte Rad am Wagen? Ist sie krank? Sofort fuhr Saskia ihrer Tochter an die Stirn. Fieber hatte sie keins, sie aß gewöhnlich.

Beim Blick auf die Uhr wurde ihr klar, dass sie eigentlich seit

zehn Minuten in der Küche stehen und sich um das Essen kümmern müsste. Mit der Hilfe ihrer Kinder schaffte sie es, die Mahl-
zeit rechtzeitig fertigzustellen. Ansonsten hätte sie sich eine weitere Runde Prügel von Tom geholt. Das Garagentor öffnete sich
pünktlich um halb sechs … Jetzt musste sie wieder Angst haben,
in den nächsten Stunden etwas falsch zu machen, was ihn zur
völligen Explosion bringen würde. Während Niklas den Tisch
deckte, zupfte Leonie ängstlich an ihrer Strickweste.

»Schatz, schau mal, ich kann dich jetzt nicht auf den Arm
nehmen«, vertröstete sie ihre Tochter und brachte die vorberei-
teten Schüsseln mit dem Abendessen auf den Tisch. Als Tom aus
der Garage in den Wohnraum kam, zog Leonie fester.

»Was hast du denn?«, fragte Saskia skeptisch und brachte die
Salatschüssel zum Tisch.

Tom ging zuerst zu Niklas und gab ihm einen Kuss auf den
Kopf.

»Hallo, Damian …«, flüsterte der Kleine, um die Stille zu füllen.

»Irgendwann schaffst du es, ›Papa‹ zu sagen, stimmt's?«

Saskia warf Tom einen bösen Blick zu.

»Spaß, Großer! Wie war die Schule? Alles gut verstanden?«

»Ja, ich habe heute mein erstes Diktat geschrieben. Mit null
Fehlern!«, antwortete Niklas stolz und wartete auf eine Reaktion
Toms.

»Das hast du aber nicht von deinem Vater. In Deutsch war der
ja nicht die hellste Kerze auf der Torte!«, rutschte Tom über die
Lippen. Saskia hatte ihm gar nicht zugehört, weshalb sein ver-
unsicherter Blick zu ihr überflüssig war.

Nun nahm sie die Kleine doch auf den Arm und fuhr ihr über
die weichen, roten Bäckchen. »Hat dich jemand in der Kita
geärgert?«

Sie schüttelte den Kopf und drückte sich fester an ihre Mutter,
als Tom auf die beiden zukam.

»Hallo, kleine Prinzessin!«, flüsterte er zu Leonie und berührte
ihren Rücken, wobei sie zusammenzuckte. Dann streifte er Saskia

über den Po, fuhr ihr zwischen die Beine und küsste sie am Nacken. »Hey, Engelchen!«, flüsterte er. »Mein Arbeitstag war schlimm, hast du Lust gleich …?«

Saskia verdrehte die Augen und hatte wirklich überhaupt keine Lust dazu. »Du, ich bin so müde. Den ganzen Tag die Kinder und …«, probierte sie ihre Grenzen aus.

»Liebst du mich *überhaupt*?!«

»Ja natürlich!«, log sie und rieb sich über die Schläfen. »Wir können aber gerne mal tauschen. Dann hast du die Kinder von morgens bis abends an der Backe. Nicht zu vergessen die Nächte, in denen Lina alle zwei Minuten aufwacht!«, fauchte sie.

Er stöhnte: »Es heißt: ›Ich liebe dich auch, mein Schatz.‹ Aber ich will mal nicht so sein, ist okay«, und setzte sich an den gedeckten Tisch. »Bringst du mir noch ein Glas gekühltes Wasser aus unserem neuen Kühlschrank?«, bat er sie, auch wenn es in Saskias Ohren nicht als Bitte klang. Es war mehr ein: *»Bringe mir jetzt ein Glas Wasser oder ich schlitze deinem Sohn die Kehle auf!«*

Nach dem Essen legte Saskia Lina unten in das Kinderbett. Sie entschuldigte sich, weil sie duschen gehen wollte und Tom daher kurz alleine ließ – was eigentlich keine Entschuldigung wert sein sollte.

Er muss ohnehin gleich mit Niki los, weil er ihn donnerstags immer ins Fußballtraining bringt. Lina schläft tief und fest, also hat er nun wirklich überhaupt keine Arbeit.

Sie nahm das Babyfon mit, falls die Kleine doch aufwachen sollte … was allerdings sehr untypisch wäre.

Leonie lief ihr sofort mit ängstlichem Blick hinterher.

»Möchtest du auch duschen gehen?«, fragte Saskia und spielte mit dem Gedanken mit ihrer Tochter in die Wanne zu gehen. Es wäre zwar keine Auszeit vom Vollzeitjob Mama, aber eine Entspannung.

Leonie schüttelte den Kopf und klammerte sich an ihr Bein. Sie wollte partout nicht alleine mit Männern sein oder lag es nur an Tom? Sie gab Leonie etwas zum Malen und schloss sich mit ihr im Bad ein. Zuerst saß sie nur da und beobachtete ihre Tochter für eine Weile.

»Bin wieder zurück!«, rief Tom, der Saskia signalisierte, dass sie schon seit mehr als einer halben Stunde nur dasaß und ihre Tochter anstarrte. Sie ging immer duschen, wenn Tom Niklas ins Training brachte … Jetzt musste sie sich beeilen.

»Liegt es an Tom?«, hakte sie nach.

Leonie schwieg. Sie wollte nicht reden.

»Was bedrückt dich denn? Mama kann dir doch nur helfen, wenn du ihr sagst, was du hast!«

Sie schwieg weiter und kritzelte mit dem Stift auf dem Blatt Papier.

»Ich bin unter der Dusche, wenn du etwas brauchst!« Saskia wollte wenigstens für zehn Minuten abschalten, als sie urplötzlich schreckliche Fantasien heimsuchten. *Tom hat sich doch nicht an ihr vergriffen oder? Ist das der Grund, wieso ich es ihm nur alle zwei Tage besorgen muss? Weil er sich an den anderen Tagen …*

Sie schluckte und wollte den Gedanken nicht weiterführen. Sie schaute aus der Dusche hervor und blickte zu Leonie, die zusammengekauert in einer Ecke saß und sich unter einem Handtuch versteckte. *Hat er wirklich meinem Baby etwas getan?*

»Saskia? Hey, was machst du denn so lange darin?!«, hämmerte Tom an die Tür.

Vor Schreck fiel ihr das Shampoo aus den Händen. Sie antwortete ihm, dass sie gleich fertig sei. *Ist es so schlimm, für kurze Zeit im Bad zu sein? Es ist mucksmäuschenstill, also konnte er mit meinen Kindern nicht überfordert sein. Zumal es nur eine ist, die unten friedlich im Bettchen liegt … Ich liebe meine Kinder, aber manchmal will ich doch nur diese wenigen Minuten, in denen ich Zeit für mich habe. Ohne Mann, ohne Kinder. Nur ich. Alleine!*

Doch genau das gab es nicht einmal, wenn die Kinder im Bett lagen, denn dann kam Tom. Dessen Wünsche mussten befriedigt werden, sonst erpresste er sie wieder mit Niklas´ und Leonies

Leben. Es war doch unfassbar naiv von ihr gewesen, ihn damals nicht bei der Polizei anzuschwärzen …

Zwei Minuten später kam sie aus der Dusche, hüllte sich in ein Handtuch und kämmte ihre Haare. Sie föhnte sie kurz an und flocht sie zu einem Zopf zusammen. Leonie lächelte.

»Magst du auch Zöpfe haben?«

Sie nickte.

Saskia blickte zur Tür, vor der Tom noch immer stehen musste. »Ich bade die Kleine noch eben, dann muss ich mir nachher nur noch Niklas vornehmen und wir können sie früher ins Bett bringen!«

»Du meinst also früher …?«

»Genau!« Auch wenn sie dazu überhaupt keine Lust hatte und eben auf einem guten Weg war, das heute nicht tun zu müssen. Aber wenn sie ihm das nicht so unter die Nase gerieben hätte, hätte sie keine Zeit für die Kleine gehabt, die offensichtlich irgendetwas bedrückte.

Saskia setzte sich zu ihr auf den Boden und begann die Haare zu flechten. Sie genoss es und umarmte die kleine Prinzessin. Auch sie hatte Leos unverkennbare türkisblaue Augen geerbt. Ihr Haar war allerdings nicht so dunkel wie das von Leo. Es war ein Mix zwischen ihrer goldbraunen und Leos dunkelbrauner Haarfarbe.

»Bei mir schlafen?«, fragte die Kleine mit verängstigter Stimme.

»Natürlich«, antwortete Saskia. *Wieso hat sie Angst, alleine zu schlafen? Bin ich paranoid zu glauben, Tom könnte seine Bedürfnisse an meinen Kindern gestillt haben?*

Ihr wurde schlecht und sie unterdrückte die Gedanken sofort. Das konnte sie ihm doch nicht zutrauen. Sonst hätte sie sich immens getäuscht und sie hat sich noch *nie* in einem Menschen getäuscht. *»Finde den Fehler!«*, schrie ihr Innerstes laut auf.

Vor einigen Monaten konnte sie Tom den Mordverdacht an Damian nicht zutrauen, ein halbes Jahr später schon. Ihre Menschenkenntnis war doch nicht die beste.

Als beide im Bad fertig waren, gingen sie nach unten. Leonie wollte allerdings auf Saskias Arm bleiben.

»Oh, Zöpfe stehen der kleinen Prinzessin aber gut!«, sagte Tom und wollte sie zu sich nehmen.

Doch Leonie drehte ihren Kopf weg und klammerte sich fester an ihre Mutter.

»Okay, gut, dann nicht. Ich geh eine Runde joggen. Bis später«, meinte er enttäuscht und gab seiner Frau einen Kuss.

Saskia ließ das Gefühl nicht mehr los, dass Leonie panische Angst vor Tom hatte. Während sie die Küche und den Esstisch säuberte, die Spülmaschine einräumte und sich einen Latte macchiato machte, setzte sich Leonie neben ihre Schwester und beobachtete sie beim Schlafen. Als der Kaffee fertig war, gesellte sie sich zu ihrer Tochter und nahm ein Spiel aus dem Regal. Leonie gluckste. Saskia breitete die Memorykarten vor ihnen aus und legte ihrer Tochter eine Katze vor die Nase. »Was ist das?«

»Katze!«, posaunte sie stolz und suchte gierig nach der passenden Karte. Danach legte sie ihrer Mutter den Hund vor und fragte niedlich: »Mama, was das?«

Saskia runzelte ihre Stirn und spielte ihrer Tochter vor zu überlegen.

»Mama, Hund!«, erklärte die Kleine selbstsicher und suchte für ihre Mutter blitzschnell den Partner.

Für eine Weile waren die beiden beschäftigt. *Soll ich Tom darauf ansprechen? Aber wie? Würde er das wirklich tun?*

Saskia strich der Kleinen über die Wange und zeigte auf die Uhr. »Wir müssen Niki abholen, aber morgen spielen wir weiter, okay? Dann darfst du auch zu Hause bleiben! Morgen keine Kita!«

Leonie schmunzelte und war zufrieden.

Oder ist es doch etwas in der Kita und ich drehe gerade völlig am Rad, um Tom so etwas Abscheuliches zuzutrauen?

Bis beide Mädchen im Auto saßen, verstrich wieder Zeit, in der sie schon am Platz stehen müsste. Wenigstens brachte Tom

Niklas jeden Donnerstag ins Training. Aber abholen war ihm zu viel, er wollte am Tag schließlich zur Ruhe kommen, hatte er gesagt. *Und wann komme ich zur Ruhe? Gar nicht …*

Zehn Minuten später parkte sie den Wagen am Clubheim, stieg aus und spazierte zum Platz, auf dem ihr Sohn als Einziger kickte. »Hallo mein Großer!«

»Wo warst du denn?«

»Wir hatten Leonies Jacke nicht gefunden, tut mir leid, mein Spatz!«

Er lief zu ihr und umarmte sie.

»Alles gut?«, hakte sie nach, weil auch er traurig aussah.

»Ja …«, antwortete er kurz und setzte sich vorne in den Kindersitz. Er legte seine Sporttasche auf den Boden und sah aus dem Fenster.

»Erzählst du mir heute nicht, wie es war?«, fragte Saskia. *Tom war eben auch mit Niklas alleine … Nein. Nein. Hör auf, so etwas zu denken!*

»Hast du eben nicht gehört, was Damian zu meinem Diktat gesagt hat?«

Saskia schüttelte den Kopf und rangierte aus der Parklücke. Niklas schwieg.

»Was hat er denn gesagt, Schatz?«

»Ach egal … Interessiert dich ja sowieso nicht …«

Saskia zog eine Augenbraue nach oben. »Niklas! Mama interessiert es immer, was du zu sagen hast!«

»Aber nicht, wenn es etwas über Papa ist!«, zischte er.

»Wie kannst du denn so etwas sagen, Spatz?!«

Er zuckte mit den Achseln.

»Jetzt erzähl mir, was Tom über Papa gesagt hat!«

»Er heißt Damian, Mama. Vergiss das nicht, sonst schlägt er zu.«

Saskia schaltete den Motor ab, da sie am Laden angekommen waren. »Hat er *dich* etwa noch mal geschlagen?!«

Niklas schnallte sich ab und stieg aus dem Wagen. Saskia lief zur anderen Seite und kniete sich zu ihrem Sohn. »Schatz, hat Tom dich geschlagen?«

Wieder zuckte er bloß mit den Schultern. Das Schreien Linas gab ihr keine weitere Minute, um sich in aller Ruhe mit ihrem Sohn zu beschäftigen. Während Niklas einen Einkaufswagen organisierte, schnallte sie sich Lina in der Babytrage auf den Bauch und nahm Leonie an die Hand.

Hatte er die Kinder schon öfter geschlagen? Verdammt! Ich ... Was soll ich tun?!

Nachdem sie alles erledigt hatten, schlurften sie in die Süßwaren-abteilung. »Mein Großer darf sich heute etwas aussuchen.«

»Echt?«

»Ja! Für ein fehlerfreies Diktat gibt's eine Belohnung!«

In diesem Moment spuckte Lina ihre Mama an.

»Ach Mensch. Ich habe das eben doch erst frisch angezogen«, jammerte sie.

»Willst du jetzt wissen, was er gesagt hat?«, fragte Niklas ungeduldig. Er war es gewöhnt, die volle Aufmerksamkeit von seinen Eltern zu bekommen. Seit er wieder zu Hause war, hatte sich das schlagartig verändert. Mittlerweile hatte er sogar zwei Schwestern und manchmal fühlte er sich nur noch wie das fünfte Rad am Wagen. Besonders seit Tom da war, hatte er das Gefühl, dass sich seine Mutter kaum noch für ihn oder seinen Vater interessierte. Sie verhielt sich so anders.

»Ja!«, stöhnte Saskia, die ihrem Baby den Mund abwischte.

»Papa wäre nicht die hellste Kerze in Deutsch gewesen!«

Am Regal nebenan stand ein Mann mit schwarzer Hose, schwarzem Kapuzenpullover und Sonnenbrille, der sie beobach-tete und schmunzeln musste, als sich Saskia über die Babykotze aufregte. Während sie diese versuchte abzuwischen, packte Niklas den Wagen voll und sah ebenfalls den Mann an.

»Okay, ich bekomme es nicht weg. Hast du etwas ausgesucht,

Niki?«, fragte sie leicht gereizt und wollte nur noch nach Hause ins Bett. Manchmal wurde ihr alles zu viel. Leo hätte sie unterstützt, bei Tom war sie sich mit ihrer Rasselbande selbst überlassen.

Er nickte und zeigte in den Wagen, driftete mit seinem Blick aber nochmals zu dem Mann ab. Seine Mutter war einverstanden. »Na komm! Du musst noch duschen gehen, sonst wird es wieder zu spät mit dem Schlafen und du nörgelst morgen früh nur rum!«

»Hast du mir zugehört, Mama?!«, meckerte dieser, um auf den Satz Toms zurückzukommen.

»Natürlich habe ich das! Es ist aber zehn vor sieben. Besonders du musst heute auch mal wieder rechtzeitig ins Bett!« Sie setzte durch kleines Anschieben ihren Sohn in Bewegung, der sich aber wehrte.

»Mama! Was habe ich denn gesagt? Siehst du, es interessiert dich null, wenn es um Papa geht!«

»Spatz, ich habe es dir eben schon im Auto erklärt. Es interessiert mich wohl, aber wir müssen jetzt nach Hause. Wir reden später darüber!«

»Später, also nie ... Wirst du sonst geschlagen, wenn wir um Punkt sieben nicht zu Hause sind?«

»Nein, natürlich nicht. Na komm!«

Störrisch verschränkte Niklas seine Arme. »Ich geh nicht weiter, bis du endlich die Wahrheit sagst!«

Die Wahrheit – ein Wort mit großer Bedeutung für uns, mein Spatz ... Sie seufzte: »Ich habe dir nicht zugehört, weil ich mit Lina beschäftigt war. Tut mir leid, mein Spatz! Was hat er denn zu Papa gesagt?«

»Ja, das bist du in letzter Zeit ziemlich oft. Wenn es nicht Lina ist, ist es Leonie. Merkst du überhaupt, dass ich auch noch hier bin?!«

»Niklas!«

»Was denn? Ist doch so.«

Sie seufzte und kniete sich auf den Boden zu ihrem Jungen, um auf Augenhöhe zu sein. »Baby. Mama hat es gerade nicht einfach. Es tut mir leid, wenn du das so empfindest. Ich weiß es jetzt und werde versuchen, mehr für dich zu machen. Sollen wir am Wochenende wieder ins Spaßbad fahren? Nur du und ich?«

Niklas sah auf den Boden. »Willst du noch wissen, was Damian gesagt hat?«

»Auf jeden Fall will Mama das wissen!«

»Papa sei nicht die hellste Kerze auf der Torte in Deutsch gewesen …«

Saskia zog ihre Augenbrauen zusammen. *Woher sollte er so etwas wissen? Er kannte Leo überhaupt nicht!* »Ach, du weißt doch, dass er manchmal dummes Zeug redet, um sich wichtig zu machen.«

Als Saskia sich in Richtung Kasse bewegte, stieß Niklas den Mann aus Versehen an, weshalb ihm das Handy aus der Hand purzelte. Er wurde gut von Saskia erzogen, weshalb er es prompt aufhob und dem Mann entgegenstreckte. In diesem Moment leuchtete das Display auf, weshalb man auf dem Sperrbildschirm einen Mann mit einem kleinen Jungen erkannte, der vor ihm saß und von ihm gefüttert wurde.

»Thank you!«, bedankte sich dieser und nahm sich eine Gummibärentüte aus dem Regal und schien zu überlegen, sich noch etwas anderes zu nehmen.

»Niklas, jetzt komm!«, befahl seine Mutter, die die Waren auf das Kassenband legte.

Nachdenklich stellte er sich zu seiner Mutter, aber musste sich wieder umdrehen. *Hing das Bild in unserer Wohnung nicht immer am Kühlschrank? Waren das nicht Papa und ich?*, grübelte Niklas.

Der ominöse Mann stand noch immer am Süßwarenregal und tippte etwas auf seinem Handy … Keine fünf Meter entfernt von ihnen. Niklas ließ den Einkaufswagen los und tapste mit kleinen Schrittchen in Richtung des Mannes. Für einen kurzen Moment hielten sie Augenkontakt. »Papa«, murmelte der Kleine und bewegte sich auf den Mann mit Sonnenbrille zu, der seine Kapuze tief ins Gesicht gezogen hatte.

»Niklas!«, rief seine Mutter empört, die mit seinen Schwestern bereits die Kasse passiert hatte. In dem Moment des Umdrehens Niklas´ huschte der Mann weg, weshalb der Kleine beim Blick geradeaus nur noch das Regal sah. Er schaute den Gang entlang, doch entdeckte niemanden mehr, der dem Mann ähnelte … Traurig trottete er zu seiner Mutter und half ihr das Auto zu beladen.

Als sie im Wagen saßen, musste er es doch aussprechen, welch seltsame Begegnung er hatte. »Mami?«

»Ja?«

»Ist Papa eigentlich sicher tot?«

»Schatz, darüber haben wir doch schon so oft geredet … Papa ist bei dem Absturz ums Leben gekommen …«

»Aber … Aber.«

Saskia legte ihrem Sohn den Zeigefinger auf die Lippen und seufzte: »Spatz … Es gibt keine Hoffnung, hm?«

Niklas zog seine Augenbrauen zusammen. »Das sagst du erst, seitdem der blöde Tom da ist … Vorher hast du immer gesagt, dass Papa vielleicht lebt! Was hat der mit dir gemacht?«

Saskia strich ihrem Sohn über die Wange. »Er hat mich in die Realität zurückgebracht … Schau mal, wenn Papa überlebt hätte, wäre er sicher zu uns zurückgekommen. Du weißt doch, wie sehr er uns beide geliebt hat!« Sie startete den Motor und wollte aus der Parklücke fahren, doch Niklas schrie laut: »Stopp!«

»Was hast du denn?«

»Der Mann eben ganz in Schwarz. Am Süßwarenregal … Der, der uns beobachtet hat. Genauso habe ich Papa in Erinnerung! Und irgendwie hat es gekribbelt.«

Saskia schluckte. Sie hatte den Mann zwar gesehen, aber ihn nur eines kurzen Blickes gewürdigt. »Aber das kann ja gar nicht sein, mein Spatz!«, versuchte sie, es ihm auszureden, und ließ die Kupplung kommen.

Doch Niklas packte sie fest am Arm. »Nein? Bist du dir sicher, Mama?«

Saskia grübelte. *Was, wenn er seinen Vater gesehen hätte? Das würde ich mir nie verzeihen, wenn ich dem nicht nachgehen würde!* »Ich bin gleich wieder zurück.«

Sie musste sich drei Meter entfernt vom Auto übergeben.

Lebt Leo etwa doch?

Sie rieb sich den Mund mit dem durch Lina versauten T-Shirt ab, zog die Jacke zu und lief zurück in den Laden. Mit schnellen Schritten hechtete sie zu der Süßwarenabteilung. Aber außer zwei jungen Mädchen war dort niemand zu sehen. Sie lief weitere Gänge ab, aber der besagte Mann blieb unauffindbar. Sie lief an der Kasse vorbei und schaute sich im großen Durchgangsbereich um, in dem einige Menschen an den Verkaufstheken der Bäckerei und Fleischerei anstanden.

»Amy …«, rief jemand.

So nannte er mich anfangs! Leo, wo bist du? Sie drehte sich in der Menge um, schaute nach Menschen, die in Schwarz gekleidet waren und nach dunkelbraunem Haar, aber blieb glücklos. Es war plötzlich so voll, dass sie kaum etwas sah. »Leo?!«, schrie sie laut aus sich heraus. Vielleicht würde er sich umdrehen, wenn er ihre Stimme hören würde. Doch es tat sich nichts. Erst jetzt bemerkte sie, dass ein Vater seine Tochter gerufen hatte. Sie seufzte. *Bin ich paranoid zu glauben, meinen Mann beim Einkaufen zu treffen? Als wäre nichts gewesen? Vermutlich.*

Tom hatte doch irgendwie recht. Sie musste Leo endlich loslassen. Enttäuscht und kopfschüttelnd schwankte sie Richtung Parkdeck. *Wir hatten ihn beide gesehen, weil wir immer noch um ihn trauern. Genau wie auf der Dachterrasse in der Klinik in Oberstdorf … Er war nicht real … Wie naiv und dumm bin ich eigentlich …*

Als sie zwei Meter vom Ausgang entfernt war, hörte sie allerdings eine bekannte Stimme. »Ja, ich habe es verstanden! Ist ja nichts passiert, halte den Ball flach!«

Sie drehte sich um. »Leo?!«, schrie sie mehrmals. *Was, wenn er doch leben würde? Was dann?* Sie stand inmitten des Getümmels. So viele Menschen ähnelten der Beschreibung Niklas´. Saskia drehte sich im Kreis und versuchte, aus der Menschenmasse ihren totge-glaubten Mann ausfindig zu machen.

Aber was, wenn sie sich das beide nur einbildeten? Zur Trauer-verarbeitung?

Zwei Jahre waren vergangen.

Sie musste es endlich akzeptieren. Sie hatte sich mit Max in etwas verrannt, wobei dieser vermutlich eher eine Projektion ihrer Selbst war ... Vielleicht würden erst dann alle in Frieden leben können ... Sie und die Kinder hier auf Erden und Leo dort, wo er jetzt zu sein schien.

Kapitel 49

Dezember 2012

Saskia beschloss, mit den Kindern weihnachtliche Deko zu basteln und später Plätzchen zu backen. Leonie saß euphorisch am Tisch und durchstöberte die Vorlagen, bevor ihre Mutter überhaupt etwas erzählen konnte. Niklas saß auf der Couch und wirkte wenig begeistert.

»Niki, na komm!«, forderte ihn seine Mutter auf.

Er stöhnte und verkroch sich unter die Decke. Sie sah zu ihrem Mädchen. »Na gut, dann basteln wir eben alleine!«

Saskia hatte am Vorabend die Papierkartons schon ausgeschnitten, sodass die Kinder diese nur verzieren mussten. Für diesen Moment des Bastelns konnte sie Leonie kurz alleine lassen, sie war ebenso begabt wie ihr großer Bruder.

Sie setzte sich zu ihrem Sohn. »Großer, was ist los?«

Er zeigte auf seine Geschwister. »Papa ist dir mittlerweile einfach so egal. Ich habe gesagt, ich habe Papa gesehen oder gespürt und es hat dich einfach gar nicht interessiert. Genauso wenig wie ich.«

»Niki, das stimmt nicht. Hör auf, so etwas zu sagen. Papa ist mir wichtig. Aber er ist tot. Wir müssen das irgendwann akzeptieren, hm? Er wird nicht wiederkommen. Egal, wie sehr du dir das wünschst … Und du bist mir wichtig!«

Er drückte seine Mutter von sich weg und rückte in die linke Ecke des Sofas. »Soll ich dir etwas sagen?«

Saskia nickte.

»Der Mann hatte ein Bild geöffnet, als das Display aufleuchtete. Es war genau das, was bei uns am Kühlschrank hing. Bevor Tom dich zerstört hat!«

Saskia verschränkte ihre Arme und wiederholte seine Worte: »Bevor Tom mich zerstört hat?«

»Wir machen gar nichts mehr! Wir waren so oft im Spaßbad und haben sonst etwas gemacht. Du warst anfangs immer bei meinen Spielen! Aber seit Tom so komisch ist, gar nicht mehr! Alle Eltern schauen ihren Kindern zu. Und Papa hätte das ganz sicher auch getan!«

Sie rieb sich die Schläfen … Wie sollte sie ihm das jetzt erklären, dass es für Lina zu kalt war, ihm zuzusehen? Es klang nach einer billigen Ausrede.

»Tom passt heute auf Lina auf und dann komme ich mit, ist das okay?«

Niklas stand auf und lief an ihr vorbei. »Lass es. Papa wäre echt enttäuscht von dir!«

Sie musste schlucken. Der Vergleich zwischen Leo und ihr hörte nach seinem Tod nicht auf …

Niklas setzte sich an den Tisch und griff nach dem Handy seiner Mutter. Er öffnete die Galerie und suchte nach dem Foto, das er auf dem Display des Mannes gesehen hatte. Saskia rappelte sich auf und gesellte sich an den Tisch. Sie schnitt Grimassen, kitzelte Lina in dem Bettchen und schaute Leonie über die Schulter. »Wie klappt's?«

»Fertig!«, posaunte sie stolz und bekam von ihrer Mutter das zweite Teil.

»Was machst du denn da?«, hakte sie bei Niklas nach, der ihr im selben Moment das Handy entgegen schob. Geöffnet war ein Bild von Leo und ihm. Sie saßen gemeinsam am Tisch, da Leo versuchte, seinen Sohn zu füttern.

»Wieso zeigst du mir das?«, fragte Saskia wenig begeistert.

»Das war das Foto, das der Mann auf dem Display hatte!«

Ungläubig runzelte Saskia die Stirn. »Jeder Vater füttert sein Kind einmal. Da hast du dich bestimmt versehen!«

Sauer schlug Niklas auf den Tisch. »Du willst es gar nicht, dass Papa lebt, oder?«

Saskia stemmte ihre Hände in die Hüfte. »Spatz, diese Wahrscheinlichkeit liegt bei null Prozent!«

Niklas spitzte seine Lippen. »Ach ja? Warum hast du an der Beerdigung gesagt, dass Papa vermisst ist ... Also nicht tot, obwohl er das für Oma und Opa war?«

Saskia seufzte und merkte, wie die Gefühle der Trauer wieder langsam in ihr aufstiegen. »Niki, weil ich die Wahrheit nicht glauben wollte ... so wie du jetzt!«

In diesem Moment öffnete sich die Flügeltür des Wohnbereiches und Tom trat herein. »Na, seid ihr überrascht? Ich konnte heute schon früher Schluss machen!« Doch er bemerkte sofort, dass eine negative Stimmung im Raum stand. »Was ist los?«

»Du hast Mama zerstört!«, zischte Niklas.

»Ich?«

Saskias Sohn nickte demonstrativ.

»Der Einzige, der deine Mutter zerstört hat, ist dein Vater!«

Niklas´ Augen rissen bei diesem Satz weit auf, er griff instinktiv nach einem Glas Wasser auf dem Tisch und schüttete es Tom eiskalt ins Gesicht.

»Sag mal, was denkst du denn, wer du bist?!«, schrie Tom und gab ihm eine Ohrfeige.

Saskia zog ihren Sohn hinter sich und sah Tom kopfschüttelnd an. »Du kannst doch nicht einfach mein Kind schlagen!«

»Wenn er so rotzfrech ist, schon!«

Saskia fiel die Kinnlade herunter. Doch da hatte Tom schon das nächste Problem gefunden.

»Was ist das?!«, brüllte er und nahm das Handy mit dem geöffneten Bild von Leo und Niklas in die Hand. »Du hast mir versichert, alle Erinnerung an ihn gelöscht zu haben!«, schrie er sie an und spuckte ihr dabei ins Gesicht.

Mit zitternden Lippen murmelte sie: »Das muss ich wohl übersehen haben ...«

»Das hoffe ich für dich!« Er drückte auf den Papierkorb am oberen rechten Rand und bestätigte den Löschvorgang. »Ich werde jetzt joggen gehen und wenn ich nach Hause komme, ist besser gekocht!«, befahl er.

Als er das Haus verlassen hatte, lief Niklas weinend in sein Kinderzimmer. Saskia wusch sich die Spucke aus dem Gesicht und ging ihrem Ältesten hinterher. »Großer, das tut mir leid, was Tom da gerade getan hat!«

Er saß zusammengekauert auf seinem Hochbett und kuschelte mit Emil.

»Tom hat das nicht so gemeint, hm?« Schon wieder nahm sie ihn in Schutz, obwohl er ihr so viel Schlechtes antat. Als sie mit ihren Händen nach Niklas greifen wollte, um ihn zu umarmen, trat er sie mit seinen Füßen von sich weg. »Hau ab! Lass mich! Wenn Papa sehen würde, wie du dich hier aufführst, hätte er sich schon längst von dir getrennt und uns mitgenommen!«

Verletzt trat Saskia vom Bett weg und schlich nach unten in die Küche. Schließlich musste sie kochen, um ihren Mann nicht wütender zu machen, als er ohnehin schon war.

Nachdem alle beim Mittagessen geschwiegen hatten, fuhr Saskia ihren Sohn zu seinem Spiel. »Niklas, was du da eben zu mir gesagt hast, hat mich verletzt. Ich dachte, ich hätte dir etwas beigebracht, was das Klären von Streitigkeiten angeht.«

Er verschränkte bockig seine Arme und schaute aus dem Fenster.

»Niki …«

»Hab nur die Wahrheit gesagt, dass Papa das so nicht toll finden würde.«

»Baby, ich habe keine andere Wahl. Aber trotzdem darfst du nicht so gemein zu mir sein!«

Er wich ihrem Blick aus.

»Großer. Ich kann dir nicht sagen, wieso ich das tue. Aber irgendwann wirst du es verstehen.«

»Ich bin keine drei mehr.«

»Aber auch keine sechzehn. Du bist mein kleiner Junge.«

»Du kannst mir aber sagen, wieso du das mit Tom machst. Ich verstehe das nicht und finde den nämlich ziemlich blöd. Leni sicher auch!«

»Niki, irgendwann, aber nicht jetzt.«

»Und wieso? Weil ich noch zu klein bin?«

Sie brummte und wünschte sich, wieder selbst ein Kind zu sein. Das Leben war damals so unbeschwert. »Du musst dir darüber keine Gedanken machen. Du bist noch ein Kind, Baby. Das ist toll. Erwachsensein ist ätzend!«

»Ah ja.«

»Niklas, ich habe das Gefühl, dich gar nicht richtig zu kennen. Was ist denn los mit dir? Seit Wochen bist du schlecht drauf und zu alles und jedem gemein!«

»Ich? Und was ist mit dir?«

Das Gesicht ihres Sohnes wandelte sich in das ihres Mannes, dem sie vor seiner Reise vorwarf, sich komplett verändert zu haben. Dabei war sie es, die sich geändert hatte. Heute wie damals.

Er seufzte: »Ich dachte, du freust dich, wenn ich nach Hause komme. Aber ich bin dir egal.«

Saskia fiel die Kinnlade runter. »Baby, was zur Hölle redest du für einen Unsinn?«

Er verschränkte die Arme. »Unsinn? Das ist die Wahrheit.« Er sah zum Rückspiegel, an dem ein Anhänger mit einem Bild seines Vaters und ihm hing. »Willst du wissen, wieso ich Papa mehr mag?«

Ihre Lippen zitterten, weil sie es gar nicht hören wollte. Sie wusste, dass Leo in vielem besser war. Aber sie hatte Angst, noch mehr aufgezeigt zu bekommen, was ihr entgangen war.

»Weil Papa mich so gemocht hat, wie ich war.«

»Baby, ich liebe dich auch so, wie du bist. Wer hat dir denn solche Gedanken in den Kopf gesetzt?!«

Er zuckte mit den Achseln.

»Baby!«

»Ich habe dir deine ›Kalere‹ versaut.«

›Kalere‹? Was meint er damit? ›Kalere‹ – O Gott! Er meint Karriere!

376

Abwegig schüttelte sie den Kopf. »Nein, Niki. Das stimmt nicht! Du hast mir die Karriere nicht versaut!«

Er sah auf den Boden und wiederholte das Wort mehrmals, um es das nächste Mal richtig auszusprechen.

»Baby, hast du mir zugehört? Das hast du ganz sicher nicht! Ja?«

»Das hast du aber im Januar zu Papa gesagt.«

Sie kaute auf ihrer Lippe herum. *Er hat nie geschlafen, als wir gestritten haben, oder? Wir waren doch extra jedes Mal nach ihm sehen. Er schien friedlich zu schlafen. Hat er jeden einzelnen Streit gehört? Alles, was ich seinem Vater an den Kopf geworfen hatte?*

»Ja, Mama. Ich weiß auch, was du ihm gewünscht hast«, ging er auf ihre Gedanken ein, als ob er auch von diesen wusste.

»Baby. Es tut mir leid, dass du das gehört hast. Ich habe das aber niemals so gemeint, wie ich es gesagt habe! Das musst du mir wirklich glauben!«

Sie wollte das Thema ganz schnell von ihrem verkorksten Satz lenken, weil sie sich selbst dafür schon oft genug verflucht hatte. »Niki, Schatz. Du bist das Beste, was uns jemals passiert ist.«

»Und was sind Leni und Lina dann?«

»Ich liebe euch alle gleich viel. Aber durch dich sind Papa und ich eine Familie geworden. Durch dich wurde ich zum ersten Mal Mutter. Du bist etwas Besonderes, mein Schatz.«

Er antwortete nichts darauf, sondern blickte wieder in die Ferne.

»Niklas, glaube mir bitte, dass du mir die Karriere nicht versaut hast und dass ich das Papa niemals wirklich gewünscht hätte! Manchmal sagt man Dinge aus der Wut heraus, die man nie so meinen würde.«

»Wenn ich dir das glauben soll, musst du mir sagen, wieso du das mit Tom machst!«

»Niki, das kann ich nicht.«

»Wieso? Denkst du, ich würde direkt zu ihm petzen gehen?«

»Nein, aber du …«

Niklas unterbrach sie: »Weißt du, was mich traurig macht? Ich bin aus Amerika nach Hause gekommen und du hast dir nicht einmal die Zeit genommen, mit mir darüber zu reden.«

»Schatz, weil du nicht wolltest? Du hast sofort dichtgemacht.«

»Aber als ich bereit war, hast du nicht mehr gefragt.«

»Ich dachte, dass du zu mir kommst, wenn du so weit bist.«

»Siehst du, das ist der größte Unterschied zu Papa. Er hätte sich jeden Abend mit mir ins Bett gelegt, mir seine coolen Gute-Nacht-Geschichten präsentiert und sich Sorgen gemacht, wieso ich nichts erzählen will. Er hätte mich dazu gebracht, alles zu sagen.«

»Bist du dann jetzt fertig mit deinem ›Papa-ist-viel-besser-Vortrag‹?«

Er brummte, weil er wohl genau mit dieser Reaktion seiner Mutter gerechnet hatte. »Wenigstens jetzt hättest du nachfragen können.«

Sie schluckte. »Weißt du was, dann rede doch mit deinem Vater drüber. Der wird dir sicher eine Antwort geben!«, giftete sie.

»Papa weiß es schon lange.«

Saskia beruhigte ihr erhitztes Gemüt und atmete tief durch. »Ich weiß, dass du Papa sehr vermisst und wütend darauf bist, dass er nicht mehr hier ist. Aber lass das bitte nicht immer an mir oder den anderen Kindern in der Schule aus.«

»Und hör du auf, alles Schlechte auf Papas Tod zu schieben. Da bist du schuld … mit deinen Fehlentscheidungen!«

Saskia riss ihre Augen weit auf. Sie hatte schon lange nicht mehr das Gefühl, mit einem Erstklässler zu reden. Im Grunde genommen war ihr Sohn auch kein normaler Erstklässler. Seine Lehrer überlegten, ihn im Sommer eine Klasse überspringen zu lassen, weil er den anderen weit voraus war. Der Klassenlehrer überlegte sogar, ihn direkt in die Vierte zu schicken, wobei ihr das persönlich wieder zu übereilt vorkam.

Er war hochbegabt, las jeden Tag in einem seiner Bücher und war sehr wissbegierig. Aber war es normal, was sich in diesem

Wagen gerade abspielte? Der Tod seines Vaters hat ihm die unbeschwerte Kindheit und den Spaß genommen. Er kam mit den anderen Kindern in der Schule nicht klar, weil sie ihm zu verrückt wären.

Aber Saskia wurde das Gefühl nicht mehr los, dass sie verantwortlich war. Gundula wollte ihn unbedingt zum Kinderpsychologen schicken, als er sein Lächeln verloren und sich abgeschottet hatte. Spätestens jetzt wurde auch Saskia klar, dass sie das hätte tun müssen.

Der Satz mit den Fehlentscheidungen gab ihr allerdings zu denken, weshalb sie ihn bat, ihn zu wiederholen – in der Hoffnung, dass sie irgendetwas missverstanden hatte.

»Ich bin wütend, weil Papa tot ist. Aber uns könnte es besser gehen, wenn du dich nicht dauernd falsch entschieden hättest.«

»Baby, mir wurde mit Fehlentscheidungen gedroht. Wieso nimmst du das auch in den Mund?«

»Jetzt willst du mir zuhören? Bisschen zu spät, oder?«

Auch wenn es paranoid war, hatte Saskia plötzlich eine komplett andere Theorie aufgestellt. Was allerdings Tom mit dem Ganzen zu tun hatte, wusste sie in ihrem Plan nicht. »Du weißt, was ich zu Papa gesagt habe. Rächt er sich an mir für die Worte?«

Niklas kniff die Augen zusammen. »Hä?«

»Du weißt ganz genau, was ich meine. Papa war verletzt, weil ich ihm so etwas an den Kopf geknallt habe. Er hat mir die Entscheidung übergeben. Ich habe mich für das Fliegen entschieden und ihn quasi in den Tod geschickt. Eine Fehlentscheidung. Die Erste, die ich getan hatte. Jene, die unser gesamtes Leben verändert hat. Nach dem Unfall hat er mir dich weggenommen. Er wollte mir zeigen, dass du mir viel mehr als meine Karriere bedeutest und ich zu Unrecht sagte, dass du mir sie zerstört hast. Er ließ mich drei Jahre dafür büßen, ihm einen Absturz gewünscht zu haben?«

»Hä?«

»Baby, das macht doch Sinn, oder?«

»Nein, überhaupt nicht. Sowas hätte Papa nie gemacht!«

»Aber Baby, das würde erklären, wieso ich ihn ab und zu gesehen habe und er mit mir geredet hat. Er wollte mich komplett irre machen.«

»Tom hat dich zerstört. Sowas würde Papa nie tun.«

Niklas nahm seine Sporttasche und verließ kopfschüttelnd den Wagen.

Saskia lief ihm hinterher. »Niki, rede! Was weißt du? Meine Idee war falsch, okay. Aber du scheinst die Wahrheit zu kennen.«

»Nicht die ganze.«

»Spatz, sag es mir bitte. Ich verspreche, nicht mehr falsch zu handeln!«

Niklas schluckte und blickte zur dicken Linde, die am Spielfeldrand stand. »Ich kann es nicht.«

»Wieso nicht? Du wolltest doch, dass ich es aus dir herauskitzele.«

»Jetzt ist es zu spät!«

»Wie?«

Bevor Niklas ihr noch eine Antwort geben konnte, wurde er von seinem Trainer gerufen. Das Spiel fing in wenigen Minuten an.

Was hat das alles zu bedeuten? Was meint er bloß? Was weiß er? Wieso ist es jetzt zu spät?

Ihr Sohn lief auf den Platz und schaute lächelnd zu der großen Linde. Saskia blickte nachdenklich dorthin, aber entdeckte niemanden. Erst eben hatte er zu dem Baum gesehen. Als das Spiel fünf Minuten lang angepfiffen war, bekam sie schon die erste Nachricht von Tom.

Hey, wo bleibst du? Lina und Leonie schlafen! Zeit, deinen Pflichten nachzugehen!

Sie steckte das Handy zurück in die Tasche und trottete zum Wagen, während Tränen über ihre Wangen liefen. *Ich bin doch selbst daran schuld …*

Als sie in den Wagen stieg, hörte sie ihren Sohn rufen: »War das gut?« Dabei schaute er wieder zur Linde.

»Papa würde im Gegensatz zu dir am Spielfeldrand stehen« hatte er im Wagen gesagt … Sieht er seinen Vater dort stehen? Einen Geist? Oder doch Leo? Ist es das, was er mir verschweigt?

Sie machte die Tür sanft zu und näherte sich der Linde an. Als sie an der rechten Seite des alten Baumes ankam, klingelte ihr Handy.

Tom.

»Hallo Schatz!«, begrüßte sie ihn.

»Sag mal, hast du meine Nachricht nicht gelesen?«

»Doch, ich stehe im Stau. Bin fast da!«, log sie.

»Das will ich auch hoffen! Wäre doch zu schade, wenn das Kissen noch länger auf Leonies Kopf liegen würde. Ob sie wohl noch genug Luft bekommt … Tick, tack.«

Sie legte auf. »Du mieses Arschloch!«, fluchte sie.

In ihrer Eile, um den Tod ihres Mädchens zu verhindern, entging ihr, dass auf der linken Seite der Linde tatsächlich jemand stand.

Saskia kehrte brav nach Hause. Leonie empfing sie schon weinend an der Haustür. »Du bist so ekelhaft und erbärmlich!«, rutschte ihr über die Lippen, als Tom mit einem Kissen um die Ecke kam.

»Wir haben doch nur gespielt …«, kicherte er seltsam und legte das Kissen zurück auf die Couch

Sie versuchte, ihr Mädchen zu beruhigen, die lauthals schrie und panische Angst davor hatte, wenn Tom sich beiden annäherte.

»Was soll ich denn noch tun, dass du wenigstens meine Kinder da raus lässt?«

Mit langsamen Schritten näherte er sich ihr an, ließ seine Finger zu ihrem Schambereich gleiten und streichelte zart darüber. »Hast du gestern nicht etwas vergessen?«

»Tut mir leid ... Sollen wir?«

Er lächelte breit, riss ihr Leonie aus den Händen und setzte sie auf dem Boden ab. Dann zog er Saskia ins Schlafzimmer und schubste sie wenig gefühlvoll auf das Bett. »Ich habe uns etwas Neues besorgt ... für unser Vergnügen.«

Saskia schluckte und konnte sich nicht annähernd vorstellen, was er ihr für Schmerzen bereiten würde. Aus einer pinkfarbenen Kiste zog er Handschellen.

»Ich habe auch so genug Spaß mit dir«, log sie und leckte ihm über den freien Oberkörper.

»Das geht noch besser.« Er griff nach ihren Händen und fesselte sie an den Metallstäben am oberen Ende des Bettes. »Gefällt es dir?«

»Sehr«, murmelte sie und fühlte sich ihm maßlos ausgeliefert. So wie damals ... Als sie ihre Wohnung betrat, ihr ein Tuch vor die Nase gehalten und sie ohnmächtig wurde.

»Wusst ich es doch«, schmunzelte er und sperrte die Tür ab. Langsam schlurfte er zum Schrank, öffnete seine Hälfte und nahm einen schmalen Gegenstand heraus.

Saskia hob ihren Kopf leicht an. Dann musste sie schlucken.

Tom präsentierte ihr schadenfroh eine Peitsche. »Du Dummerchen dachtest, ich würde dich ungestraft davon kommen lassen, wenn du deinem Sohn zuschaust.«

»Es tut mir leid! Bitte nicht! Ich verspreche, dass ich das nie wieder tun werde!«, bettelte sie mit Tränen in den Augen.

»Und dann hast du meine Forderung einfach ignoriert ... Na, na, na. Saskia, so kenne ich dich ja gar nicht.« Aus seiner Hosentasche zog er ihr Handy und zeigte ihr weitere Fotos von Leo und ihr. »Sieht so etwa gelöscht aus?«

Sie schüttelte den Kopf. »Tut mir leid ... Du weißt doch, wie viel er mir bedeutet. Ich konnte sie nicht einfach löschen. Die Bilder sind alles, was ich noch von ihm habe.«

»Aber Engel, wir hatten doch eine Abmachung, oder?«

Sie nickte. »Verzeih mir bitte.«

Er setzte sich neben sie und schaute sich jedes Foto einzeln mit ihr an, bis sie beim letzten Foto ankamen. »Wie entzückend. Man sieht eure tiefgründige Liebe bloß beim Anblick dieser bezaubernden Fotos.« Er pausierte kurz. »Du hast doch mitgezählt, wie viele Bilder waren es gleich?«

»Achtunddreißig«, flüsterte sie.

»Achtunddreißig«, wiederholte er mit sanfter Stimme und lächelte sie breit an. Dann stand er auf, schloss das Smartphone an den großen Fernseher gegenüber des Bettes und öffnete das erste Foto. »Schau sie dir ganz genau an, vielleicht helfen sie dir, den Schmerz zu unterdrücken.« Er rieb sich über seine Bartstoppeln, band sein schulterlanges Haar in einem Dutt zusammen und schlug mit der Peitsche auf das Bettende. »Seine türkisblauen Augen ließen mich jeden Schmerz vergessen … Hattest du so etwas nicht einmal gesagt?«

Sie schluckte.

»Du wünschst dir sicherlich in jenem Moment, du hättest die Bilder, wie abgemacht, gelöscht, oder?«

Saskia nickte.

»Wer nicht hören will, muss fühlen. Nicht wahr? Hast du das nicht erst gestern zu Niklas gesagt, als er an die heiße Herdplatte fasste?«

Tom drehte die Musik laut auf, startete eine Diashow und peinigte Saskia auf grausame Weise. Für jedes der achtunddreißig Fotos musste sie Schläge der Peitsche über sich ergehen lassen.

Kapitel 50

Als Tom für zwei Tage dienstlich verreisen musste, begann Saskia zu schnüffeln. Sie brauchte irgendetwas, was sie gegen ihn verwenden könnte. Damit er lange ins Gefängnis kam und sie nie wieder bedrohen könnte. Es war kein Leben mehr, was sie führte. Sie durfte mit den Kindern kaum das Haus verlassen. Hinzu kamen die tätlichen Angriffe, die sie täglich hinnehmen musste. Ihm rutschte oft die Hand aus oder er schlug ihren Kopf gegen die harte Bettkante, wenn er mit dem Sex nicht zufrieden war. Sobald er Leos Namen hörte, zerrte er sie ins Schlafzimmer, fesselte sie an das Bett und verletzte sie mit der Peitsche.

Bei ihrem ersten Gespräch erwähnte sie, wie cool es sei, eine neue Identität zu haben. Er könnte einen Mord begangen haben und keiner würde es je erfahren. Mittlerweile war Saskia paranoid genug zu glauben, er sei in der Lage für einen Mord. Schließlich drohte er ihr seit mehreren Monaten mit den Leben dreier Menschen ... Aber wäre er so eiskalt, um das durchzuziehen?

Plötzlich klingelte es an ihrer Haustür. Mit ihrem blauvioletten Auge schaute sie sich in seinem Büro um und war der festen Überzeugung, dass er sie die ganze Zeit beobachtet hatte und jetzt zuschlug. Heftiger als sonst. Sie schlich in die Küche und schnappte sich ein Messer aus dem Block, das sie in ihrer rechten Hand versteckte. Sie ging zur Tür und öffnete diese. Gott sei Dank war es bloß ihre Mutter Hanna. »Mama, was machst du denn hier?«

»Saskia, wie siehst du denn aus?«, fragte sie entsetzt und schloss erstmal die Haustür. »Du hast dich einen Monat lang nicht gemeldet. Wir haben uns seit Niklas´ Geburtstag, der wohlgemerkt am achten Januar war, nicht mehr gesehen. Heute haben wir schon den siebenundzwanzigsten Februar. Leonie wird morgen zwei Jahre alt. Ich wollte nach euch sehen und nach einem Geschenk fragen.«

Saskia nickte bloß zur Kenntnisnahme und versuchte, das Messer in ihrer Hand vor ihrer Mutter zu verstecken.

»Maus, ist alles gut bei dir?«

Nochmals nickte sie bloß und schob sich mit dem Rücken zur Wand bis zur Küche vor, doch ihre Mutter entdeckte das Messer in den Händen. »Wieso hast du ein Messer in der Hand?!«

»Ich. Ich habe Karotten geschält für einen Brei!«, erklärte sie sich und steckte das Messer zurück in den Block.

»Und deswegen sehe ich kein Gemüse hier liegen und es ist unbenutzt?«

»Mama, bitte!«

Sie stellte ihre Tasche ab und näherte sich ihrer Tochter an. »Schlägt er dich?«

Saskia schüttelte den Kopf und zeigte auf die Küchenschränke. »Da habe ich mich gestoßen.«

Hanna nickte wenig beeindruckt. »Wo sind die Kinder?«

»Niklas ist in der Schule und Leonie und Lina schlafen.«

Hanna schaute sich um. »Und wo ist Tom?«

»Dienstlich verreist.«

»Aha … Schatz, du weißt, dass du mit mir über alles reden kannst?«

Saskia bejahte und zeigte nach oben. »Ich glaube, Lina hat gerade geschrien. Sie hat bestimmt Hunger.«

»Maus, ich habe nichts gehört. Er schlägt dich … die Kinder auch?«

Was würde sie tun, wenn ich die Wahrheit sage? Die Polizei anrufen? Dann würden Damian, Niklas und Leonie sterben … Das kann ich nicht zulassen!

»Nein, Mama! Du weißt doch, wie tollpatschig ich schon eh und je war!«

»Deswegen hattest du auch mit Leo nie diese Flecken an dir«, merkte sie ironisch an und zeigte auf ihre Oberarme. »Da bist du

wahrscheinlich ungünstig gegen die Tür gelaufen oder was?«
Hanna erahnte, dass ihre Tochter den Schal nicht wegen Hals-
schmerzen, sondern Würgemalen trug … Allerdings konnte sie
sich nicht vorstellen, wie ihr Bauch oder der Rücken aussah.

Zögerlich rieb sich Saskia die Schläfen. »Mama, ich kann mit dir
darüber nicht reden … Eigentlich ist es auch meine Schuld.«

»Es ist *deine* Schuld, wenn *ihm* die Hand ausrutscht?!«

»Kannst du auf die Kinder aufpassen und Niklas um 12:35 Uhr
an der Grundschule abholen? Ich muss etwas Wichtiges erledigen!«

Hanna stimmte zu und sah ihrer Tochter hinterher, die völlig
neben sich stand.

Saskia fuhr zu einem Detektiv in der Münchner Innenstadt. Er
nahm sich ihrer sofort an und versicherte ihr, Beweise zu suchen,
um sie dort rauszuholen. Allerdings musste sie sich gedulden. Da
es Saskia fast nicht schnell genug gehen konnte, beschloss sie,
selbst aktiv zu werden. Sie wusste zwar nicht wie, aber sie musste
etwas von seiner Vergangenheit erfahren. Da führte kein Weg
dran vorbei.

Als er früher als geplant am selben Tag nach Hause kehrte,
schien er sich nicht gut zu fühlen. Er verschwand sofort ins
Schlafzimmer und ließ Saskia und die Kinder in Frieden. In der
gleichen Nacht wachte sie ausnahmsweise nicht von Babygeschrei
auf, sondern von Hilferufen ihres Bettpartners.

»Wir stürzen ab! Wir stürzen ab!«, schrie er immer wieder.

Absturz? Hat ihn die Sache mit Leo jetzt doch mitgenommen?

Sie schüttelte den Kopf und versuchte, ihn zu wecken.

»Was. Was. Hu«, murmelte er völlig fertig.

»Du hast schlecht geträumt, alles wieder okay? Irgendwie hast
du etwas mit Abstürzen gefaselt …«

Tom sah sie mit großen Augen an. »Ach. Das mit Leo beschäftigt mich jetzt auch schon, ich dachte, wir könnten mal in Urlaub
fliegen, aber das ist keine gute Idee. Ich habe gestern nach ein
paar Sachen geschaut. Das hat mich jetzt echt im Schlaf beschäf-

tigt. Allein schon wegen der Kinder …«, erzählte er. Es war das erste Versöhnliche, was sie seit Wochen hörte.

Fürs Erste hatte er die Geschichte gut verkauft, zumindest hatte Saskia ihm diese – leichtgläubig wie sie war – abgekauft. Vielleicht war sie zu blauäugig geworden …

Als sich dieses Geschrei in den folgenden drei Wochen häufte, stellte Saskia alles infrage. Was wäre, wenn er ein Insasse dieser Maschine war? Wusste er sogar, wie es um Leo stand? War das die tödliche Wahrheit?

Kapitel 51

Am ersten Wochenende des Monats musste Tom wieder dienstlich verreisen. Wobei Saskia den Reisen keinen Glauben schenkte. Sie hatte eher das Gefühl, dass er Abstand von ihr brauchte. Weil er spürte, dass sie in seiner Vergangenheit herumschnüffelte? Was es letztlich war, schien ihr egal zu sein. Es war schon das vierte Wochenende ohne Tom. Eine Wohltat. Gleichzeitig war es aber auch die beste Zeit, um sich noch einmal mit dem Detektiv zu treffen! Bevor dieser etwas vom bisherigen Kenntnisstand erzählen konnte, hatte Saskia ein ganz anderes Anliegen. Sie wollte nicht mehr ausschließlich etwas über die Identität Toms in Erfahrung bringen. Nein, sie hatte sich endlich dazu durchgerungen, nach ihrem totgeglaubten Ex-Mann suchen zu lassen.

Der Detektiv nickte zufrieden, da er sie schon beim letzten Termin hatte dazu bringen wollen, nach ihrem Ex-Mann zu suchen. Er notierte sich kurz prägnante Eigenschaften seines Charakters und Aussehens und zeigte ihr dann einen Zeitungsartikel aus den Staaten.

»O je, die Armen!«, seufzte Saskia laut auf und überflog den englischsprachigen Artikel kurz. Ein älteres Ehepaar musste vor einem Jahr tödlich verunglückt sein, als der Wagen ungebremst in eine Kurve gefahren und den Abhang hinabgestürzt war. Beide waren sofort tot. »Wieso zeigen Sie mir das? Ist das der Unfall von Tom?« Ehe Herr Lenz eine Antwort geben konnte, stellte sie selbst fest, dass die Frage dämlich war. Es ging um ein älteres Ehepaar.

»Können Sie sich an die Worte Ihres Sohnes erinnern?«

»Er erzählt viel, welche genau?«, musste Saskia schmunzeln.

»Die über seine Großeltern …«

Saskia schluckte und starrte den Zeitungsartikel wieder an. »Sie meinen, das ist Gundula und Hans zugestoßen?«

»Mein Beileid. Die Bremsen haben versagt …«

Er gab Saskia einige Minuten, um diese Schocknachricht zu verdauen, ehe er zum eigentlichen Thema kam. Doch an dieser Stelle war Saskia bereits klar, dass alles, was ihr in den letzten Jahren passiert war, kein Zufall mehr gewesen sein konnte. Es war ein Neuwagen gewesen, den ihre Schwiegereltern gefahren hatten. Wieso hätten die Bremsen versagen sollen? Es musste manipuliert worden sein.

Sie legte ihre Gedanken beiseite und lauschte vollends den Worten des Detektivs.

»Also, ich habe einiges herausgefunden, alleine schon aufgrund der DNA, die sie mir von Tom besorgt haben. Erinnern Sie sich an den Tag des Absturzes?«

Saskia rollte mit den Augen. »Ich glaube, kein *einziger* Tag meines Lebens ist mir so präsent wie dieser, der alles zerstörte.«

Der Detektiv nickte. »Haben Sie sich einmal Gedanken darüber gemacht, was mit dem Mann passiert ist, der fälschlicherweise als Ihrer galt?«

Saskia grübelte. »Nicht direkt. Ich musste nur beim Anblick der Prothese von Tom an ihn denken. Ich hatte mich damals geirrt, dass ein Leben mit einer Prothese kein wertes Leben mehr wäre. Zumindest kann Tom wirklich viel trotz dessen tun. Er hat sogar extra eine Prothese, mit der er gut joggen kann.«

Der Detektiv faltete die Hände zusammen. »Was sagen Sie zu dieser Parallelität? Zumal Sie mir eben erzählten, er würde in letzter Zeit häufig davon träumen, in einem *abstürzenden* Flugzeug zu sitzen?«

Erschrocken schlug Saskia die Hände vors Gesicht. *Tom ist der Mann aus dem Krankenhaus? Der Mann, den ich in solch einem schrecklichen Zustand im Stich gelassen hatte?*

»Ich denke, dass Sie den richtigen Schluss ziehen, aber es nicht aussprechen wollen oder können. Tom Müller oder Damian Hartmann, wie auch immer er sich nennen mag, ist der Mann aus dem Krankenhaus. Jetzt die Jokerfrage an Sie: Wieso sollte er den Personalausweis Ihres Ex-Mannes bei sich tragen?«

»Ich, ich weiß nicht. Ich kann das alles gerade nicht glauben!«

Der Detektiv nickte. »Sie kennen Ihren derzeitigen Ehemann besser, als sie erwartet hätten.«

Nun wurde es Saskia zu viel. *Was hat das denn jetzt zu bedeuten? Ich würde ihn besser kennen. Nein. Ich hatte den Mann im Krankenhaus nie zuvor gesehen!*

Er schlug seine Akte auf und legte ihr ein Bild vor. »Kennen Sie diesen Mann?«

Saskia bejahte mit weitaufgerissenen Augen.

»Wer ist das?«

»Felix Bronkhorst ... Der beste Freund meines Mannes, also Ex-Mannes.«

»Der *beste* Freund?«

Sie nickte. »Er ist bei dem Absturz ums Leben gekommen!«

»Genauso wie es Ihr Ex-Mann ist?«

Saskia runzelte dir Stirn. »Was meinen Sie damit?«

»Ihr neuer Ehemann ist der beste Freund Ihres Ex-Mannes. Felix Bronkhorst. Ergebnis aus der DNA-Analyse!«

»Das kann doch gar nicht sein!«

»Gut, ich muss schon zugeben, dass Herr Bronkhorst unter dem Flugzeugabsturz optisch gelitten hat. Aber er ist es.«

Saskia nahm das Foto von Felix in ihre Hände und versuchte verzweifelt, Tom darin zu sehen. »Aber er ...« Mehr bekam sie nicht über die Lippen. Je länger sie sich das Foto anschaute, desto mehr Ähnlichkeiten stellte sie zwischen den beiden Männern fest. Sogar seiner Surferboy Frisur, auf die er ganz stolz war, behielt er. Die tiefbraunen Augen.

»Ich hätte ihn erkennen müssen. O Gott, was bin ich für ein Mensch!«, stieß sie aus und weinte.

»Frau Hartmann, ich bitte Sie. Die Frisur und die Augen sind wirklich das Einzige, was an ihm noch annähernd gleich ist ...«

»Ich hätte ihn erkennen müssen ... Ich kenne diesen Mann seit der ersten Klasse und er muss mir nur eine Geschichte auftischen und ich glaube ihm einfach so? Wie viele *gottverdammte* Fehlentscheidungen habe ich getroffen?!«

»Ich weiß, das ist jetzt schwer zu begreifen. Aber lassen Sie uns auf Felix Bronkhorst zurückkommen. Was hat er in der Firma Ihres Ex-Mannes beruflich gemacht?«

»Er war der IT-Beauftragte und Mitgründer der Firma.«

Er nickte.

»Aber wieso sollte er so etwas tun? Die Frau des besten Freundes ist doch tabu!«, lenkte sie ein und gab nicht sich die komplette Schuld für die Misere.

Der Detektiv schmunzelte und bemerkte, dass Saskia den wahren Kern der Geschichte gar nicht erkannt hatte. »Frau Hartmann, ich frage Sie noch mal. Wieso war der Personalausweis in der Jackentasche von Herrn Bronkhorst?«

Sie zuckte mit den Achseln.

»Sie sagen, er ist *IT-Beauftragter* der Firma gewesen?«

Saskia nickte und wusste nicht, was das alles zu bedeuten hatte.

»Wie ist das Flugzeug überhaupt zum Absturz gekommen?«

»Ich fühle mich wie in der Therapie. Wieso soll ich ständig über den Absturz reden?!«

»Wie ist es zum Absturz gekommen? Was hat Ihnen Linda damals für interne Fakten gegeben?«

»Jemand hat sich in das System des Towers und des Flugzeugs gehackt. Er hatte den Sinkflug eingeleitet, obwohl sich das Flugzeug noch in den Alpen und nicht in Nähe der Landebahn befand.«

»Jemand hat sich in das System gehackt«, wiederholte er.

Saskia nickte.

»Jemand hat sich in das System *gehackt!*«, wiederholte er lauter.

Plötzlich riss Saskia ihre Augen weit auf und schien zu begreifen, auf was der Detektiv hinauswollte. »Sie meinen, Felix hat sich in das System gehackt?!«

Er nickte. »Ich frage Sie also noch einmal, wieso war der Personalausweis in seiner Jackentasche?«

»Keine Ahnung, sie haben sie nach der Kontrolle vertauscht?!«

Ein Stöhnen folgte auf Saskias Antwort.

»Nein!«, schrie sie laut auf. »Felix würde das nie tun!«

Der Detektiv seufzte: »Doch, Frau Hartmann. Felix´ einziges Ziel war, das Flugzeug zum Abstürzen zu bringen, um Ihren Mann zu töten und dessen Identität zu übernehmen, falls er es überleben würde. Es hätte ja fast geklappt, wenn er nicht vergessen hätte, braune Augen zu haben.«

»Nein, das kann nicht sein … Felix ist der Patenonkel von Niklas! Er ist mit Leo aufgewachsen, die beiden waren wie Brüder!« Sie schlug die Hände über dem Kopf zusammen. *Wenn ich Niklas geglaubt hätte, dann wüsste ich es … Dann wüsste ich, dass Felix irgendein mieses Spiel trieb … Carlotta … Die Ex-Freundin Felix´. O Gott … Ich hatte auf so vielen Ebenen versagt … Eine Fehlentscheidung nach der nächsten getroffen …*

»Frau Hartmann. Wissen Sie, was auf seinem Rechner in der Firma war?«

Sie schüttelte den Kopf.

»Er hat sich über den sichersten und den schlechtesten Platz im Flugzeug erkundigt. Wissen Sie, welches laut einer Studie der schlechteste war? Oder soll ich Sie besser fragen, auf welchem Platz Herr von Ehr saß?«

»Platz 7A?«

»Ja, der Schlechteste. Der, bei dem der Sitz sogar aus dem Flugzeug geschleudert wurde. Tom hatte sich jedoch einen Platz in der vorletzten Reihe am Gang gebucht.« Herr Lenz öffnete die zweite Seite der Akte und legte ihr einen Sitzplan vor. Er markierte Plätze von den Überlebenden in Grün. Neben dem Platz von Felix war ein weiterer eingekreist. »Was hätte Ihr Ex-Mann gemacht, wenn auf diesem Platz eine Mutter mit einem kleinen Säugling gesessen hätte?«

Sie musste nicht lange überlegen. »Er hätte sofort seinen Platz ausgetauscht, wenn dieser besser gewesen wäre. Da es ein bequemer Sessel in der Businessclass war, hat er es angeboten.«

Er nickte.

»Also hat Leo gar nicht vorne gesessen und ist verbrannt?«, folgerte sie voreilig. *Genau das hat mir doch Leos Geist schon erklärt … Oder war es kein Geist? War es doch Leo? Weil er überlebt hat?*

»Frau Hartmann, nicht so ungeduldig! Neben Felix saß eine Mutter mit ihrer vierzehnjährigen Tochter. Die Tochter saß am Gang, die Mutter nebenan. Sie ist am Unglücksort verstorben.«

»Also ist der Platz auch unsicher? Nur am Gang hatte man eine Chance?«

Er seufzte: »Ich habe mit der Tochter gesprochen. Sie hat mir bestätigt, dass Ihr Ex-Mann den Platz tauschte. Was Felix nicht wirklich amüsiert hat. Die beiden hatten gestritten, woraufhin Felix irgendwann lautstark gerufen hätte: ›Verrecke doch an deiner Gutmütigkeit!‹ Danach sei er aufgestanden und hätte sich auf einen anderen Platz gesetzt, Leo sei zur Gangseite gerückt und hätte sich mit dem Mädchen unterhalten, weil sie Liebeskummer hatte. Sie konnte sich noch gut an ihn erinnern. Unter anderem, weil sie ihn, ich zitiere: ›sehr heiß fand‹, und weil sie die Geschichten über Ihren Sohn so goldig fand. Sie liebt es zu schreiben und hat zwei Jahre nach dem Unglück einen Roman über die letzten Stunden ihres ersten Lebens geschrieben. Schauen Sie rein, da findet sich viel über ihren Retter Leonardo.«

»Retter?«, schluchzte Saskia und nahm das Buch in die Hand. »Achtzehn Stunden Angst«, murmelte sie und bekam Gänsehaut beim Anblick des tristen Covers … Mitten in den Bergen lag ein großes Trümmerteil des Flugzeugwracks, versehen mit Blutspritzern und einer Hand, die Richtung Himmel griff. Sie hatte das Buch erst vor kurzem in der Buchhandlung in die Hände genommen, aber Tom hatte es zurückgelegt. »So einen Mist liest du mir nicht.«

Sie drehte das Buch und las den Klappentext.

Hast du gelebt? Bist du zufrieden mit dem, was dir bisher in deinem Leben widerfahren ist? Könntest du jetzt einfach den Löffel abgeben, ohne verwehrten Chancen traurig hinterherzublicken? Wann ist eigentlich der richtige Zeitpunkt zum Sterben? Ich habe mir niemals Gedanken darüber gemacht ... Ich dachte, der Tod ist meilenweit entfernt. Ich war doch erst ein Teenager. Doch glaube mir, dein Leben kann schneller vorbei sein, als du denkst. Ich hätte nie gedacht, dass mein erstes Leben am 10. September 2010 um 11:50 sein Ende nehmen würde.

Saskia legte das Buch zurück auf den Tisch und traute sich nicht, es aufzuschlagen ... Der Detektiv Lenz schlug eine Seite des Romans auf und las ihr aus dem Leben Melissas vor. Sie tauchte ein in die Welt voller Angst und Schmerz.

***

Als ich wieder aufwachte, sah ich ein vertrautes Gesicht, was mir eigentlich gar nicht vertraut gewesen sein konnte. Ich blickte in die leuchtenden Augen, die einem Ozean gleich waren. Leonardo von Ehr hieß er. Wie sein Nachname schon andeutete, war – oder ist – er ein Ehrenmann. Eigentlich würde ich ihn nicht kennen, aber bei der Planung einer jungen Mutter und ihrem Säugling schien irgendetwas schiefgelaufen zu sein. Die Crew sah keine Alternative und befahl ihr, auf dem Sitz Platz zu nehmen. Eingepfercht zwischen Lehne und Sitz des Vordermanns saß sie dort mit ihrem kleinen Jungen und jammerte. Der Kleine plärrte lautstark, was ihren Nebenmann schon nach wenigen Minuten zur Weißglut trieb. »Können Sie dem Baby wenigstens den Schnuller in den Mund stecken oder soll das die nächsten neun Stunden so weitergehen?«, meckerte der große Surferboy. Aber was sollte die junge Mutter tun? Wie ein kleines Kind hielt sich der Mann gequält die Ohren zu.

Als wir unsere Reisehöhe erreicht hatten und die Anschnallzeichen erloschen waren, kam ein junger, durchtrainierter, dunkelhaariger Mann den Gang entlang geschritten. Er streifte sich mit einer unermüdlichen Lässigkeit durch sein Haar und lächelte mich freundlich an. Dann sah er zum unfreundlichen Surferboy. »Du sag mal, hast du eben zufällig meinen Ausweis eingesteckt? Wir waren so spät dran, ich find den nirgends!« Bevor ihm der Surferboy, der Felix hieß, Antwort gab, blickte er hinüber zur Frau und nahm ihr das Baby in letzter Sekunde ab, bevor sie auf es gebrochen hätte. Er wiegte ihn zwei, dreimal in seinen Armen umher und das Schreien war vorbei. Er vergewisserte sich, ob sie nicht seinen Platz wahrnehmen wollte. Es wäre doch eine Zumutung mit einem kleinen Kind so zu sitzen. Nachdem die Frau mehrfach abgelehnt hatte, um dem Mann keine Unannehmlichkeiten zu machen, nahm er ihr die Entscheidung ab und schob die beiden zur Businessclass.

Danach kam er auf sein ursprüngliches Problem zurück, doch der gereizte Typ konnte ihm nicht weiterhelfen, und schien nicht beglückt, dass Leo einen anderen Platz einnahm. Ich hörte nicht recht hin, aber alles, was mir präsent blieb, war »Verrecke doch an deiner Gutmütigkeit« und ein Abrauschen des Unfreundlichen. Leo entschuldigte sich für seinen Freund und rückte zum Gang, als er sah, dass mir Tränen über die Wangen liefen. Ich hatte schrecklichen Liebeskummer, aber er lenkte mich den ganzen Flug so ab, dass ich nicht einmal an meinen Ex Mark denken musste. Zuerst brachte er mich mit seinem Humor zum Lachen, als er gute Witze erzählte. Irgendwann schienen ihm die auszugehen und er machte mir Hoffnung, dass ich den Richtigen noch finden würde. Denn schließlich hatte er seine bezaubernde, bildhübsche Frau auch gefunden. Saskia hieß sie und war seit der Grundschule in seiner Parallelklasse gewesen.

Nachdem ich mich bestens über seine Ehe ausgekannt hatte, erzählte er von seinem Sohn Niklas. Ich weiß nicht, ob er seinem Vater oder seiner Mutter ähnelt, aber er muss ein bezaubernder Junge werden. Irgendwann fielen uns müde die Augen zu und wir bemerkten nicht, dass wir auf ein großes Unglück zusteuerten.

Als ich wach wurde, saß nicht mehr Leo, sondern der Surferboy neben mir. »Willst du deiner Familie noch zum Schluss etwas sagen?«, hörte ich ihn sagen, während er die Kamera auf Leo hielt, der verschlafen aussah und ihn nicht zu verstehen schien. Er verneinte und meinte, er würde sie doch gleich sehen.

Das dachten wir jedenfalls.

Felix stand auf und kam nie wieder zurück. Ich weiß nicht, ob er für all das verantwortlich war, aber seine letzten Worte zu Leo waren schon bekennend. »Zum Schluss« hörte sich doch an wie ein Abschied? Als ob er wissen würde, dass wir zwei Minuten später gegen einen Berg knallten und das Flugzeug in tausend Teile zerbröselte.

Ich dachte, im Himmel zu sein, als ich meine Augen wieder aufschlug. Aber ich sah in eben jene türkisblauen Augen, die immer noch leuchteten. Obwohl irgendetwas Schweres auf uns lag, wir dem Tod geweiht waren. Doch er blieb optimistisch. – *Leo, wenn du das hier irgendwann lesen solltest, will ich mich von tiefstem Herzen bei dir bedanken, dass du mich immer weiter amüsiert hast, obwohl es uns so dreckig ging. Wir haben zusammen gekämpft, aber ohne dich würde ich dieses Buch heute nicht schreiben!* – Er redete pausenlos auf mich ein und sagte, wir müssten stark sein. Er konnte Saskia und Niklas unmöglich alleine zurücklassen. Sie hatten noch viel vor.

Und ich fragte mich, was ich eigentlich noch so vorhatte mit meinem Leben.

Das war kein Gedanke, der sich bei mir auftürmte. Ich ging zur Schule und war damit allzeit beschäftigt. Ich wusste nicht, was ich noch alles wollte. Und vielleicht weiß ich es bis heute nicht, aber ich weiß, was mein Retter alles wollte. Er wollte nahezu in jede Stadt der Welt reisen, in der Karibik und auf den Malediven Urlaub machen, die Polarlichter sehen … Mein Buch würde nicht enden, wenn ich alles aufzählen würde. Aber seine wichtigsten Wünsche waren, seine Frau für immer glücklich zu machen und ein guter Vater zu sein – ein besserer als es seiner jemals für ihn gewesen ist.

Vielleicht schreibe ich hier mehr über eine der wichtigsten Personen, die ich in meinen jungen Leben kennenlernen durfte, aber es ist mein Drang, von diesem Menschen zu erzählen. Er hat mich durch diese Nacht getrieben, hat meine Hand gehalten und meine Tränen weggewischt. Er ist mein Lebensretter … und ich weiß nicht, was aus ihm wurde.

In der Nacht erklärte er mir alle möglichen Sternbilder, die man an dem klaren Himmel erblicken konnte. Als die Sonne langsam aufging, hörten wir die Rufe der Retter. Leo hämmerte mit einem Stein gegen das Wrackteil auf uns und schrie um sein Leben – oder war es viel mehr um meines? Wenige Minuten später hatten die Retter uns endlich erreicht. Wie bei der Titanic flüsterte einer der Sanitäter: »Frauen und Kinder zuerst.« Leo spuckte in diesem Moment Blut. Ich flehte sie an, ihn als Erster aus den Trümmern zu befreien, doch das taten sie nicht. Sie tuschelten zwar miteinander, aber ich konnte dennoch hören, was sie redeten.

»Er ist Vater eines wunderbaren Sohnes und Ehemann! Mich wird keiner vermissen!«, schrie ich, um ihn von den Qualen zu befreien.

Doch der Sanitäter flüsterte zu seinem Nebenmann: »Für den können wir nichts mehr tun. Wir müssen das Mädchen retten.«

Als sie mich rausbekamen, wollte ich Leos Hand nicht loslassen, was in einem Kampf endete. Er kämpfte nicht bloß um sein Leben, sondern um unsere beiden Leben und sie ließen das Wrack auf ihn wie einen nassen Sack fallen, um sich um mich kümmern zu können.

Das war doch nicht in Ordnung? Sowas durfte man nicht einfach tun.

Ich hatte beinahe das Gefühl, dass der eine Sanitäter, der wie David Beckham aussah, Leo eins reinwürgen wollte. Kannten die sich? Zumindest der andere blickte immer wieder zu Leo und wollte ihm einfach nur helfen … im Gegensatz zu dem Großkotz, der wohl mehr zu sagen hatte.

Ich weiß, dass Leo schwerwiegender verletzt war als ich. Aber er lebte doch! Ich musste verhindern, dass sie ihn erst tot aus dem Wrack zogen … Ich weigerte mich, behandelt zu werden, und biss das Beckham Double, um ihm die Dringlichkeit klarzumachen.

Sie hoben das Wrack an, was, wie er vermutete, dazu führte, dass Blut aus ihm herausspritzte. »Ich werde Saskia und Niki suchen und ihnen sagen, wie lieb du sie hast! Aber du musst kämpfen!«, rief ich ihm zu.

Bis heute weiß ich nicht, was daraus wurde. Wenige Sekunden später verlor ich mein Bewusstsein … Doch bis heute ist mir eines klar: Ich muss herausfinden, was aus meinem Retter geworden ist.

***

Schluchzend saß Saskia auf dem Stuhl. Jeglicher Worte beraubt und von jedem Einzelnen des Mädchens tief berührt.

»Wir haben genug Material, um Felix in den Knast zu bringen.«

»Dann machen Sie das!«, forderte Saskia schluchzend.

»Es gibt nur ein Problem … Erinnern Sie sich an Fabian Bronkhorst, Felix´ Zwillingsbruder?«

Sie nickte und zitterte überall.

»Er ist ein hohes Tier bei der Münchner Polizei, der seinem Bruder zur neuen Identität verholfen hat. Wenn wir Felix ans Messer liefern würden, würde Fabian ihn aus der Affäre ziehen. Das würde bedeuten, dass wir das Todesurteil für drei Menschen unterzeichnet hätten …«

Kapitel 52

Sonntagabends kehrte Tom von seiner Dienstreise heim. Doch Saskia hätte ihm am liebsten sofort das Messer in die Brust gerammt.

»Was habt ihr gemacht?«

»Nicht viel. Wie war es?«

»Ganz okay!« Er zeigte auf seinen Koffer und signalisierte Saskia, dass er ihn wegbringen würde.

Felix war immer so lieb zu uns ... Ich verstehe das nicht. Wie konnte er so einen Hass auf Leo entwickeln, dass er ihn töten wollte?

Sie ging zum Kühlschrank und füllte sich ihr Glas mit kaltem Wasser. Grübelnd lehnte sie sich an die Kücheninsel und nahm instinktiv ein Messer aus dem Messerblock. *Es wäre Notwehr ... Er hätte mich wieder geschlagen ... all die Rippenverletzungen, die er mir zufügte. Man müsste es verstehen, oder?*

Doch bevor sie weiter über diesen Schritt nachdenken konnte, war Tom schneller zurück als erwartet. »Engel, was machst du mit dem Messer?«

»Nichts!«, sagte sie frech grinsend und steckte es zurück. »Die Kinder schlafen schon, sollen wir?«, bot sie es dieses Mal an.

Er zog eine Augenbraue nach oben und wunderte sich scheinbar über ihre Lust. »Sollte ich öfter wegfahren und ein paar Tage später wiederkommen?«

Sie biss sich auf ihre Lippe und klapste sich auf den Po.

Ich könnte ihn im Schlaf ersticken!

Saskia ließ ihre Kleidungsstücke fallen und schaute ihn wartend an. »Los!«, forderte sie ihn frech auf und schlug ihm mit dem Gürtel auf den Rücken.

»So dreckig kenne ich dich ja gar nicht!«, sagte er sichtlich angetörnt und ließ seine Hose fallen.

Als Tom endlich so weit war, schluchzte Saskia. Sie wimmerte, wie sehr sie das Schicksal des Mannes mitnehmen würde, der ursprünglich als ihrer galt. Es funktionierte und Tom war seit den ersten vier Wochen, in denen er sie wie eine Prinzessin behandelt hatte, umgänglich und fürsorglich. Er bereitete ihr eine heiße Schokolade zu, zog sie behutsam wieder an und ließ ihr ein Bad ein. Sie redeten lange über diesen Patienten … Bis Saskia einen Satz über die Lippen brachte, den sie sich lange zurechtgelegt hatte. »Gestern, als ich in der Kirche eine Kerze für ihn anzündete, wie jeden Samstag, dachte ich zum ersten Mal, dass du es sein könntest. Dass du der Mann von damals bist und das Schicksal uns zueinander geführt hat. Wäre das nicht unglaublich? Dann würde das Schicksal Sinn ergeben, wieso mir Leo genommen worden, aber du mir gegeben wurdest … Du, der uns so Vieles bietet.«

Innerlich zerriss es sie beim Aussprechen des nächsten Satzes. »Ohne diesen schrecklichen Absturz, so traurig er auch für die Opfer ist, hätte ich dich niemals gefunden. Ich wäre mein ganzes Leben unglücklich mit Leo gewesen!«

Toms Augen leuchteten, sein Lächeln war breit und er küsste sanft Saskias Hände. »Ich wusste immer, dass wir zusammengehören. Leo hat doch gar nicht zu dir gepasst!«

Da ist es.

Das, was Saskia aus ihm heraus provozieren wollte. Dass er sich verplapperte und genau so etwas sagte, dass er Leo schon länger kannte. Ungläubig, als ob sie von nichts wüsste, zog sie eine Augenbraue nach oben. »Hm? Du kennst Leo doch gar nicht!«

Er schluckte und bemerkte seinen Fehler. »Ähm, ich meine natürlich aus deinen Erzählungen heraus. Wie oft ist der Scheißkerl herumgereist und hat euch im Stich gelassen!«

Wer ist hier der Scheißkerl, du mieser Verräter, hm?!

»Mhm … Ja. Ich würde gerne wissen, wie es Felix jetzt ergangen wäre. Ob er auch noch eine Frau gefunden hätte. Er wünschte sich doch immer so sehr eine Familie. Weißt du, das war der beste Freund Leos.« Sie zwinkerte ihm zu. »Eigentlich wollte ich immer ihn, aber dann haben mich meine Freunde auf Leo gescheucht und dann war es sowieso schon vorbei. Die beiden waren wie Brüder. Da geht die Ex ja auf keinen Fall!«

Tom nahm ihre Hände und führte sie zu seinem Herzen. »So etwas Schönes hast du noch nie gesagt! Soll ich dir etwas beichten?«

Ja verdammt, sag endlich, dass du Felix, der miese Verräter, bist!

Er strich sich sein Haar verlegen hinters Ohr. »Du hast es geschafft!«

Saskia schaute erstaunt und runzelte die Stirn. »Was meinst du?«

»Ich bin es. Felix!«

Sie schüttelte ungläubig den Kopf. »Ach Quatsch! Felix ist tot!«

»Nein, ich bin es Saskia! Ich wusste schon immer, dass wir zueinander gehören. Leo hatte dich doch gar nicht verdient! Das Schwein hat dich betrogen. Wie kann man so etwas tun?!«

»Was hat er gemacht?!«, schrie Saskia auf und verlor ihre Rolle.

»Ja, mit deiner ehemaligen besten Freundin. Ich weiß gerade gar nicht mehr, wie sie hieß. Die, die ihm immer die Brüste unter die Nase gerieben hat!«

Saskia stand auf und gestikulierte wild. »Das hat er nicht gemacht! Hör auf, mich zu verarschen!«

Er nickte überzeugt und packte sein gehässiges Lachen aus.

»Leo hätte mich nie betrogen!«

»Doch klar. Wieso denkst du denn, hat sie sonst so hart an seinem Grab geflennt? Ihre älteste Tochter ist Leos Kind. O Gott, Saskia. Verstehe endlich, dass ich dir einen Gefallen getan habe!«

Saskia riss ihre Augen weit auf. *Er war auf Leos Beerdigung? Dieser Scheißkerl?!* »Was?«

»Ich habe mich nur um dich gesorgt, Liebling.«

»Sag so etwas nicht.«

»Luna ist Leos Tochter. Soll ich dir ein Bild zeigen?«

Saskia rückte näher und bemerkte nicht, dass Tom verstanden

hatte, dass sie aus ihm die Wahrheit herauskitzeln wollte. Als sie neben ihm saß, schmiss er das Handy weg und hämmerte ihren Schädel so oft gegen die Bettkante, bis sie ihr Bewusstsein verloren hatte.

»Du Miststück! Fast hätte es funktioniert. Aber wehe man fängt mit deinem heiligen Leo an! Dann verlierst du dein geschauspielertes Gesicht!«, zischte er und würgte an ihrem Hals.

»Hör auf!«, rief Niklas plötzlich und versuchte, Tom von seiner Mutter runterzuholen.

»Kleiner!«, erschrak er sich und ließ von ihr ab. »Mama und Papa haben nur gespielt!«

Niklas rollte mit den Augen. »Komisches Spiel! Kannst du mir etwas vorlesen? Ich kann nicht schlafen …«, log er und zog Tom von seiner Mutter ab.

Am nächsten Morgen trug Saskia bei warmen sechzehn Grad am ersten April einen Rollkragenpullover. Sie brachte Niklas zur Schule und sah ihrem Sohn beim Herumtollen auf dem Schulhof zu. Mittlerweile schien er Freunde zu finden … Sie saß oft bei der Lehrerin, weil er verhaltensauffällig war. Saskia erklärte es offiziell mit dem Tod seines Vaters … Aber insgeheim dachte sie, dass er seine Wut, die er den ganzen Tag zu Hause gegen Tom verspürte, in der Schule rausließ.

»Mama, alles gut?«, fragte er sie.

»Natürlich. Sind das deine Freunde?«

Niklas sah auf den Boden. »Ich bin nicht so wie die anderen … Also nein, es sind nicht meine Freunde …«

Saskia seufzte, setzte sich auf die Mauer und nahm ihren Sohn in den Arm.

»Ich will bei dir zu Hause sein …«

»Ach Hase, du musst aber in die Schule gehen.«

»Mama, Tom hätte dich gestern umgebracht, wenn ich nicht gekommen wäre!«

Sie schüttelte lächelnd den Kopf. »Wir haben doch nur gespielt.

Erwachsensein ist manchmal langweilig!«

Niklas zog eine Augenbraue nach oben und klappte den Rollkragen nach unten. »Und was ist das?«

»Niki … Ich kann dir das nicht erklären, hm? Du bist noch zu klein …«

»Mama! Rede doch mit mir!«

Sie drückte ihren Sohn an sich und schluchzte. »Ich vermisse deinen Papa so …«

»Ich auch … Aber du musst doch keinen anderen Mann haben, Mama.«

»Doch, mein Schatz.«

»Nein!«

Saskia nahm ihren Sohn auf den Arm, nahm die Schultasche und legte sie in den Kofferraum. »Wir machen heute einen Mama-Niki-Tag, okay? Ich melde dich krank.«

»Ja!«, freute er sich und klatschte in die Hände.

Sie startete den Motor und wollte mit ihrem Sohn in der Stadt frühstücken gehen und danach im Englischen Garten kicken oder Spaß auf dem Spielplatz haben.

Am Polizeipräsidium fand sie einen Parkplatz und stieg aus.

»Mama, wenn ich etwas gegen ihn sage, sind wir ihn los, oder?«, fragte Niklas und zeigte auf das Präsidium.

»So einfach ist das nicht, mein Spatz!«

»Wieso denn nicht? Dann sag es mir doch endlich!«

»Später, okay? Versprochen!« Sie nahm ihn auf den Arm und löste ein Ticket am Parkscheinautomaten.

Sie legte den Parkschein in den Wagen … Vielleicht würde die Verhaftung Toms diskret ablaufen … Ohne, dass sein Bruder im ersten Moment etwas erfährt. Ich könnte Lisbeth Bescheid geben, dass sie Damian verlegt, und ich könnte mich mit den Kindern absetzen.

Aber was, wenn es schiefgehen würde?

Als sie wieder von der Tür wegtrat, begegnete ihr eine Frau. »Schon schwer den eigenen Mann ans Messer zu liefern, oder?

Ich probiere es schon seit sechs Wochen und schaffe es nicht …
Mit was bedroht er Sie?«

»Sieht man uns das an?«

»Machen Sie Witze? Rollkragenpullover bei sechzehn Grad und diese Beulen am Kopf.«

»Mit dem Leben meiner Kinder.«

»Oh!«

Die Frau zischte wieder ab und Saskia blieb alleine im Hof des Präsidiums stehen. Als ein Polizist in Uniform auf sie zu kam, forderte Niklas mit seinem Blick regelrecht seine Mutter dazu auf, etwas zu sagen.

»Ich kann nicht«, flüsterte sie.

»Herr Polizist?«, rief Niklas und zog seine Aufmerksamkeit auf ihn.

»Ja, Kleiner?«

Saskia warf ihm einen strengen Blick zu.

»Meine Mama möchte dir etwas sagen.«

»Ach ja?«, fragte dieser und lächelte Saskia wartend an.

»Mein Sohn will später unbedingt auch zur Polizei. Dürfte er einmal die Mütze aufziehen?«, log sie.

»Na klar, wenn du willst, nehme ich dich auch mit in den Streifenwagen?«

»Au ja!«, klatschte Niklas und lief an der Hand des Polizisten mit.

Nervös drehte sich Saskia um, während Niklas mit dem Polizisten den Streifenwagen austestete. Sie hatte das Gefühl, beobachtet zu werden und wollte schnell weg. »Niki, na komm. Wir haben keine Zeit!«, rief sie.

Der Polizist kam mit dem Jungen auf dem Arm zurück und übergab ihn ihr. Er drückte ihr eine Visitenkarte in die Hand und kratzte sich sinnbildlich am Hals. »Melden Sie sich, wenn Sie reden wollen. Sie müssen das zu Hause nicht ertragen, wir können Ihnen helfen.«

»Danke«, stotterte sie und verließ mit Niklas den Hof des

Reviers. »Spatz, hast du ihm irgendetwas erzählt?«

Niklas kicherte. »Der hat nur gefragt, ob du vergeben bist.«

»Was hast du da gesagt?«

»Ja, aber nicht glücklich.«

»Niki … Du bringst uns in Teufelsküche!«

»Mama, dann rede endlich mit mir! Bitte!«

Mit langsamen Schritten schlurfte sie zum Wagen zurück und bemerkte, dass es komisch aussah, wenn sie vor dem Polizeipräsidium parkte. *Wenn Tom das sehen würde …* Sie stellte ihre Handtasche auf den Beifahrersitz und wollte Niklas anschnallen, als es in seiner Hosentasche vibrierte. »Schatz, was war das?«

Niklas rieb sich an der Nase. »Nix.«

»Niki, du darfst nicht lügen!«

»Du auch nicht!«, motzte er und musste zusehen, wie seine Mutter die Hose abtastete. Sie zog den Gegenstand heraus und zeigte fragend darauf. »Was machst du mit Papas Handy? Das habe ich schon überall gesucht!«

»Jeder in der Schule hat ein Handy. Nur ich nicht … Mich mag sowieso schon keiner.«

Saskia seufzte: »Spatz, du bist sechs. Du brauchst kein Handy!« Sie drückte auf den Home Button und sah, dass Niklas oder sie eine Nachricht erhalten hatten.

Bitte unternimm nichts Falsches … Tom ist gemeingefährlich! Ich hole euch da raus! Vertrau mir bitte, Engel! Denk an seine Drohungen … Du willst doch nicht, dass einem von den Dreien etwas zustößt!

Sie drehte sich um… Die Nachricht konnte nur von Leo sein. *Er* beobachtete sie auf dem Präsidium.

Schatz, ich habe das Buch von Melissa gelesen. Es ist wahr, dass du lebst, oder? Sei bitte endlich ehrlich! Wir vermissen dich doch so sehr!

Sie wartete eine Weile ab, doch sie bekam keine Nachricht zurück. »Ich bin sofort wieder da!«, meinte sie und stieg aus dem Wagen.

»Schatz? Bitte! Zeig dich!«, rief sie und lief die Straße auf und ab. Doch da war nichts.

Aber wenn er tot wäre … Dann könnte er mir nicht schreiben. Oder?

»Frau von Ehr?«

Sie reagierte auf diesen Namen immer noch mehr als auf Frau Hartmann und drehte sich um. Ihr Detektiv Lenz.

»Also, die Suchmeldung ist draußen, gehen Sie jeden Mittwoch in den Drogeriemarkt um die Ecke ihres Hauses. Dort soll er sich an den Windeln positionieren, wenn er sich wiedererkennt. Ich weiß, ist sehr einfältig, aber es lief so anonym ab, wie es nur ging. Offiziell sind Sie seine Schwester, die Stimme habe ich verändert und die Information mit dem Treffpunkt kann man nur erfahren, wenn man sich bei mir meldet. Okay? Und jetzt steigen Sie unauffällig in den Wagen!«

»Warten Sie! Es könnte sein, dass er mich schon gefunden hat. Ich habe mehrfach mit ihm geredet und er schreibt uns Nachrichten über sein Handy.« Sie nahm das Handy aus der Tasche und öffnete den Nachrichtenverlauf. Doch dort stand nichts mehr. Jegliche Nachrichten gelöscht – als wären sie nie da gewesen.

»Frau von Ehr … Bitte machen Sie sich nicht zu große Hoffnungen. Okay? Wir geben unser Bestes, aber ich kann nichts versprechen.«

Saskia nickte traurig und stieg zurück in den Kombi.

»Wer war das?«, fragte Niklas neugierig.

»Gleich, okay?« Sie fuhr los und parkte ihren Wagen dort, wo sie viele Jahre gemeinsam mit Leo gelebt hatte. Mittlerweile hatte die Wohnung neue Besitzer gefunden. Sie ließ ihr Handy im Auto. Sie traute Tom nicht. Vielleicht hörte er sie ab. Aus dem Kofferraum holte sie eine Picknickdecke und suchte mit ihrem Sohn ein ruhiges Plätzchen an der Isar.

»Sagst du mir jetzt endlich, was los ist?«

Saskia zog ihren Sohn an sich und küsste ihn auf den Kopf. »Baby, du musst mir versprechen, dass das unter uns bleiben wird. Du darfst dir vor Tom nichts anmerken lassen, okay?«

Er nickte und sah seine Mutter mit erwartungsvollen Augen an.

»Du weißt, wie gerne ich den Damian hatte, oder?«

Er nickte. »Ich mochte ihn auch … Geht's ihm gut?«

Sie seufzte: »Das weiß ich leider nicht … Kannst du dich noch an den Tag im Jugendamt erinnern? Da kam Damian nicht, weißt du noch?«

»Ja, da kam Tom.«

»Genau … Er hat die Formulare vertauscht und ist ebenso erziehungsberechtigt wie ich. Das würde kein Problem machen, wenn Damian an diesem Tag nichts passiert wäre. Aber es ging ihm sehr schlecht. Ich habe voreilig gehandelt und Tom um Hilfe gebeten, was du hart verurteilt hast … Ich hätte auf dich und Papa hören müssen. Ihr wusstet, dass mit ihm etwas nicht stimmt. Und vor allem hätte ich dir richtig zuhören müssen, als du sagtest, Oma und Opa seien gestorben und die Ex von Felix hätte sich um dich gekümmert. Ich hatte es gehört, aber ich wollte es nicht. Vor allem wusste ich nicht, was das zu bedeuten hatte. Seit zwei Tagen weiß ich es… Du hattest recht, dass Onkel Felix mit dem Tod Papas zu tun hat.«

Niklas nahm seine Mutter in den Arm. »Tut mir leid. Ich hätte mir auch nicht geglaubt … Kennst du jetzt die ganze Wahrheit?«

Sie nickte. »Doch ich hätte dir glauben müssen … Tom hat mich mit dem Leben Damians und dem Leben von deiner Schwester und dir bedroht.«

Niklas´ Kinn fiel nach unten. »Was?«

»Ich sagte doch, dass ich keine Wahl hatte …«

Er zog eine Schnute. »Tut mir leid, Mami. Was machen wir denn jetzt?«

»Abwarten. Ich kann nichts gegen ihn unternehmen. Ich würde euch mit einer Fehlentscheidung alle töten …«

Kapitel 53

Zu Hause versuchte sich Saskia, so wenig wie möglich anmerken zu lassen, aber jeden Mittwoch musste sie so unauffällig, wie es ging, das Haus verlassen und in den Drogeriemarkt fahren. Niklas hielt sein Wort und behandelte Tom sogar freundlicher als sonst. Vielleicht hätte sie ihn viel früher mit ins Boot nehmen sollen. Er konnte doch recht gut schauspielern – besser als sie. Aber vor allem hielt er ein weiteres Versprechen. Seine Mutter forderte von ihm, sich endlich in der Schule wie die anderen Kinder zu verhalten und nicht ständig zu pöbeln.

Es hatte nur zwei Wochen gedauert, bis das erste Schulkind mit nach Hause kam. Maja hieß sie und ging in seine Parallelklasse. Die beiden verstanden sich den gestrigen Tag so gut, dass Saskia hoffte, dass ihr Sohn in seinem eigenen Leben endlich wieder weiterkam ... Und am Ende des Tages das tat, was normalweise Kinder in seinem Alter machten, anstatt sich wie ein Erwachsener zu verhalten. Für den morgigen Tag hatten sie sich schon wieder verabredet...

Doch heute war zuerst einmal Mittwoch. Es war der dritte Versuch, Leo im DM anzutreffen. Am ersten Mittwoch war sie so unglücklich, als er nicht vorbeikam. Sie verbrachte vier Stunden in diesem Markt. Beim zweiten Mittwoch war es schon nicht mehr allzu überraschend ... Sie hoffte, dass er vorbeikommen würde. Aber irgendwie blieb es doch nur eine Illusion. Vielleicht bildete sie sich die ganzen Zeichen von ihm bloß ein. Es war ihre Art, mit der Trauer umzugehen. Wenn sie die Nachrichten auf seinem Handy jemandem zeigen wollte, existierten sie nie. Saskia war die Einzige, die sie las. Warum sollte sie nicht denken, dass sie es sich im Endeffekt alles nur einbildete.

Außerdem hatte sie verdammt große Angst, von Tom erwischt

zu werden. Jeden Mittwoch war es ein Spiel mit dem Feuer. An den ersten beiden Mittwochen im April musste Tom arbeiten, doch an dem heutigen blieb er zu Hause. Er fühlte sich angeblich nicht gut, wobei Saskia nur darauf wartete, von ihm mit einem Messer an der Kehle gegen die Wand gepresst zu werden. Sie packte leise ihre Tasche und wollte mit Niklas das Haus verlassen, als Tom sie zurückhielt. »Suchst du nach Leo?!«, fragte er vorwurfsvoll mit ernster Stimme.

Sie schüttelte perplex den Kopf. »Wieso sollte ich? Er ist tot, also bitte.«

Tom zog eine Augenbraue nach oben.

»Wie kommst du darauf?«, hakte sie nach.

»Eben kam auf RTL ein Spot. Ich wüsste nämlich nicht, dass er eine Schwester hatte. Seine Eltern sind ja bereits gestorben.«

Saskia spielte die entsetzte Ehefrau. »Seine Eltern sind tot? Gundula und Hans?!«

»Ja. Hast du das nicht mitbekommen?«

Und so lenkte sie brav vom Thema ab.

»Niki? Kommst du? Mama bringt dich zur Schule! Wir sind spät dran!«, rief sie ihren Sohn.

Tom blieb zu Hause, weshalb Saskia Leonie und Lina nicht mitnehmen musste. »Ich schreibe dir gleich eine Entschuldigung. Du kommst heute leider erst zur zweiten Stunde in die Schule«, meinte seine Mutter und zog die Aufmerksamkeit auf sich.

»Wieso? Maja wollte mir vor der ersten unbedingt etwas zeigen!«

Saskia grübelte, ob sie es ihm sagen sollte, entschied sich dann aber doch dazu. »Mein Schatz, versprich mir, dass du es für dich behältst. Ich habe einen Detektiv beauftragt, der nach Papa suchen soll. Und wenn er sich irgendwie an uns erinnern sollte, soll er in den DM kommen. Jeden Mittwoch an das Windelregal zwischen acht und neun Uhr.«

Niklas war erstaunt und dachte sofort an den Mann im Supermarkt. »Du hast Papa doch nicht vergessen!«

»Das habe ich dir doch gesagt, hm?« Sie nahm ihren Jungen an die Hand und schlenderte durch den Drogeriemarkt. Direkt neben dem Windelregal waren einige Stangen voll mit Kinder- und Babymode. Damit es nicht zu auffällig war, zeigte sie ihrem Sohn mehrere Bodys und fragte nach seiner Meinung.

»Mama … Habe ich ihn vielleicht doch im Supermarkt gesehen?«

»Vielleicht, mein Spatz! Genau das wollen wir jetzt herausfinden! Wäre doch schade, wenn Papa hier die ganze Zeit herumirrt und nicht weiß, wer er ist, und wir könnten ihm weiterhelfen, aber sitzen nur zu Hause herum.«

Er nickte und klatschte euphorisch in die Hände. »Papa kommt wieder zu uns.«

Saskia nahm ihren Sohn in den Arm. »Vielleicht. Okay? Aber wenn er sich nicht melden sollte, müssen wir ihn loslassen. Bitte mache dir nicht zu viele Gedanken. Vor allem halte unsere beiden Versprechen ein. Okay?«

Während die beiden über eine halbe Stunde im Drogeriemarkt in der Windelabteilung standen, erzählte er, wie sehr er seinen Papa vermissen würde.

»Amy.«

Saskia schaute um sich. Amy. Jemand hatte Amy gesagt! Doch ehe sie alles nach ihm absuchen konnte, kam Tom um die Ecke. Niklas konnte sie gegenwärtig zur Seite schieben, damit nur sie den Ärger bekam. Ein wenig fühlte es sich an, als wäre sie noch mal fünfzehn und ihr Bruder zwölf, als sie nur dumme Sachen machten, ständig Angst hatten, von den Eltern erwischt zu werden, und sich danach eine große Predigt anhören mussten, wieso das falsch und verboten war.

»Was um alles in der Welt machst du hier?!«, schrie er. »Du hattest doch einen Arzttermin wegen deinen Kopfschmerzen!«

Sie schluckte. *Ja, es fühlt sich genauso an wie damals*, dachte sie. *Aber danke, dass er mich wieder daran erinnert, mir endlich einen Termin beim Arzt zu nehmen. Den heutigen hatte ich einfach nur in den Kalender geschrieben, um ein Alibi in der gefragten Zeit zu haben.*

»Der ist ausgefallen … Ein Arzt ist hin und wieder auch mal krank«, heuchelte sie vor.

»Lügen kannst du nicht gut. Ich hoffe, das weißt du!«, meckerte er und gab ihr eine Ohrfeige. Daraufhin drückte er sie ans Regal und knallte ihren Kopf dagegen.

»Hör auf!«, flehte sie ihn an.

Doch er machte weiter. »Du suchst ihn. Gib es zu, du dummes Miststück!« Er ließ sie los und stieß sie auf den Spieltisch zu. Saskia verlor das Gleichgewicht und schlug sich den Hinterkopf auf. Tom zerrte Niklas von seiner Mutter weg und verließ den Drogerieladen, als wäre nichts geschehen. Er dachte, sie würde gleich wieder aufstehen. So wie sonst auch …

Aber das konnte sie nicht mehr. Sie lag da. Regungslos. Blut strömte aus ihrer Nase und ihrem Ohr.

»Verdammt!«, fluchte ein Mann in schwarzer Jogginghose, schwarzem Kapuzenpullover und Sonnenbrille, hob sie auf und lief ins Krankenhaus eine Straße weiter. »Ich brauche Hilfe!«, rief er und zog die Ärzte zu sich.

Behutsam legte er Saskia auf eine Liege, strich ihr durch ihr Haar und flüsterte ihr etwas ins Ohr.

»Würden Sie das Formular bitte für Ihre Frau ausfüllen?«, fragte die Dame am Empfang freundlich nach.

»Ähm … Das ist nicht meine Frau. Ich. Ich habe sie zufällig auf der Straße gefunden.«

Sie schaute den Mann mit zusammengezogenen Augenbrauen an. »Und deswegen fahren Sie der Frau durch ihr Haar, flüstern ihr etwas ins Ohr und geben ihr einen Kuss auf die Stirn, weil Sie die Frau nicht kennen?«

»Na gut, gewonnen. Geben Sie schon her!«

Die Dame nickte und wartete auf den ausgefüllten Bogen, den sie im Anschluss durchlas. »Hören Sie mal, dafür dass Sie die Dame nicht kannten, sind die Felder aber alle ausgefüllt. Sogar die Blutgruppe und Allergien. Wer sind Sie denn? Sie haben Ihren

Namen vergessen!« Als sie sich umdrehte, war Saskias Retter schon verschwunden.

Wenig später stellte sich heraus, dass sich bei Saskia aufgrund Toms zahlreichen Misshandlungen ein Aneurysma im Kopf gebildet hatte, das bei dem Aufschlag auf dem Tisch rupturiert war. Saskia hatte Glück, dass sie sofort ins Krankenhaus gebracht und von einem der besten Chirurgen direkt notoperiert wurde, ansonsten hätte sie keine Chance mehr gehabt. Sie überstand die erste Nacht, doch wollte so schnell nicht mehr aufwachen. Sie fiel ins Koma.

Zuhause lief hingegen ohne sie alles aus dem Ruder. Niklas durchbohrte Tom immer weiter und stellte ihm unangenehme Fragen, die ihn in die Bredouille brachten. Als Tom Niklas eine Woche später an einem Mittwoch im Drogeriemarkt antraf, schrillten seine Alarmglocken. Er drohte aufzufliegen und brauchte dringend einen neuen Plan!

Kapitel 54

Mai 2013

Seit drei Wochen vegetierte Saskia vor sich hin. Tom kam sie kein einziges Mal besuchen und ließ die Kinder von einem Kindermädchen betreuen. Alleine war es ihm zu viel Arbeit. Ohnehin überlegte er, einfach abzutauchen. Die Ärzte hatten alles getan, aber sie schlossen die Möglichkeit nicht aus, dass Saskia nicht mehr wollte. Dass sie zum Kämpfen nicht mehr bereit war. Alles, was sie wollte, war aus ihrem Leben zu entfliehen.

Tom hielt die Kinder von ihr fern. Er dachte, Saskia wäre die Einzige, die ihn noch ans Messer liefern könnte. Wenn sie ihre Kinder hören würde, hätte sie eventuell den Mut, zu kämpfen. Aber wollte er das auch? Er hatte seinen Plan bestens durchdacht. Jedoch konnte er Saskias Gefühle nicht berechnen und die würden sich nie für ihn entscheiden.

Was er allerdings nicht wusste, war, dass Niklas in der Nachmittagsbetreuung vom Schulhof zur Klinik sprintete, um für seine Mutter da zu sein. Tom kam immer erst um 17 Uhr von der Arbeit nach Hause. Dummerweise glaubte er Niklas, dass seine Mutter ihn in der Nachmittagsbetreuung angemeldet hatte.

Ihr Sohn schlich sich immer im Schichtwechsel zu seiner Mutter. Er hatte schon geahnt, dass Tom die Schwestern bezahlte, um von allen Besuchern zu erfahren. Er hatte sich die Abläufe lang genug angesehen, um zu wissen, wann er seine Mutter gewiss besuchen konnte, ohne erwischt zu werden.

»Mama, es tut mir so leid. Ich war nicht ehrlich zu dir.«

Niklas´ Unterlippe begann zu zittern. »Ich glaube, Papa schaut mir bei den Spielen zu.«

Der Kleine nahm das Handy seines Vaters aus der Jackentasche. »Er steht immer neben der alten Linde. Jeden Samstag. Wenn ich nach dem Spiel zu ihm gehen möchte, bevor du

413

kommst, ist er aber weg…« Er entsperrte das Handy und zeigte seiner Mutter das Bild. »Hier! Guck!«

Sie regte sich nicht. Niklas zog eine Schnute und kletterte nun auf das Bett. »Mama, wir müssen Papa zusammen finden. Du musst wieder aufwachen!«

Er legte seiner Mutter die Herzkette, die sie einst von Leo geschenkt bekommen hatte, in die Hände. »Mama, Papa und ich warten auf dich. Du darfst nicht einfach aufgeben. Mein Trainer sagt immer, das machen nur Verlierer. Aber wir sind keine Verlierer.«

Sanft gab er ihr einen Kuss auf die Stirn, zog seinen Rucksack wieder an und schlich leise aus dem Krankenhaus.

Am nächsten Morgen bekam Saskia zwischen neun und halb zehn, in der Pause der Schwester, die einen Deal mit Tom hatte, Besuch. Dieser setzte sich an ihr Bett und griff nach ihrer Hand. »Dein Sohn braucht dich. Amy. Komm schon. Wach auf«, flüsterte jemand in Saskias Ohr.

Doch alles war schwarz, sie wusste nicht, wie sie aus diesem Zustand fliehen sollte. Sie spürte, dass jemand ihre Hand hielt. Sie hörte die männliche Stimme, die in ihr Ohr flüsterte. Aber sie konnte nicht raus. Sie konnte nicht aus dem Ort fliehen. Es war, als ob sie feststecken würde.

»Amy! Los! Ich weiß, dass du noch hier bist!«, forderte jene Stimme. »Bitte! Komm zurück! Tom ist heute früh abgehauen, weil ihm alles zu viel wurde. Du kannst nach Hause zu den Kindern. Alles wird gut – wie ich es dir gesagt habe.«

Was? Er ist endlich weg?!

»Verdammt, Amy! Streng dich an. Ich weiß, dass du hier bist!«

Plötzlich berührte jemand ihre Lippen. Sie wurde geküsst.

Die Stimme muss real sein! Leo? Leo! Warte! Ich schaffe das! Küsse mich noch einmal!

Dann wurde alles hell. Sie blinzelte leicht gequält. Es war alles verschwommen, aber die Umrisse, die sie erkannte, passten nur zu einem. Türkisblaue Augen. Unverkennbares Lächeln. Dreitagebart. Dunkle, verwuschelte Haare, die aus einer Kapuze herausschauten. »Leo«, säuselte sie erschöpft.

Er strich ihr sanft über die Wange und lächelte. »Es tut mir alles so unendlich leid. Ich hoffe, dass es bald ein Ende nimmt.«

Bevor Saskia in der Lage war, darauf zu antworten, betrat eine Schwester das Zimmer. »Entschuldigung? Herr Hartmann hat Besuch ausschließlich verboten!«

»Bin schon weg!«, sagte er und verschwand.

Die Schwester hatte ihn gesehen. Es war keine Einbildung! Leo lebt!

Alles, was in den nächsten Stunden passierte, bekam sie nicht mit. Ein Arzt betrat mit Mundschutz und OP-Kappe das Zimmer, schlenderte auf ihr Bett zu und verabreichte ihr etwas.

»Ich will das nicht!«, wollte sie lauthals brüllen, aber war viel zu schwach.

Als der vermeintliche Arzt die Nadel aus dem Arm zog, starrte ihn Saskia benommen an. Danach wurde alles schwarz.

In ihren Träumen fühlte sie sich ihrem totgeglaubten Ehemann so nahe wie schon lange nicht mehr. Als sie gegen sechs Uhr aus ihrem Tiefschlaf erwachte, war der Traum vorbei. Alles, was sie jetzt noch empfand, war Einsamkeit. Benommen schaute sie sich um. Wurde sie tatsächlich aus dem Krankenhaus entlassen? Sie war doch erst aus dem Koma erwacht. Langsam erhob sie sich aus dem Bett. Irgendwie kam ihr hier alles so bekannt vor … Wo war sie denn bloß? Sie schlüpfte in die Pantoffeln, die vor der Bettkante standen, und tapste aus dem Schlafzimmer.

Es sieht so aus, als ob …

Saskia lief die Treppen hinunter und stand vor der großen Fotowand ihrer Schwiegereltern. Es war das Haus von Gundula und Hans. Das Haus, das nach ihrem abrupten Verlassen Rosenheims zu Verkauf stand.

»Hallo?«, fragte sie und merkte, wie ihr das Herz bis zum Hals klopfte. Hielt sie jemand hier gefangen? In der Küche hatte irgendwer Frühstück für sie gemacht. Generell sah das Haus bewohnt aus. War es Leo, der hier hauste? Aber Linda wohnte doch bloß zwei Häuser weiter. Sie hätte ihn doch erkannt. Oder sah er so anders aus?

Sie schaufelte sich Rührei auf den Teller und fand auf der Kommode einige Tablettenschachteln. Egal, wer hier wohnte. Derjenige musste schwer krank sein oder eine Horde von OPs hinter sich haben. *Oder einen Flugzeugabsturz überlebt haben?* Sie schnüffelte weiter in der Wohnung, doch sie fand kein Indiz, das den Eigentümer entlarven würde. Wie kam sie überhaupt hier her?

Nach einem ausgiebigen Frühstück watschelte sie zu dem Schnurtelefon im Flur, setzte sich auf die Schuhkommode und wählte die Nummer ihrer Mutter. Dieses alte Teil hörte Tom sicher nicht ab. Sie konnte ihnen endlich die Wahrheit sagen, was sie längst hätte tun müssen! Doch Hanna hob nicht ab. Saskia kratzte sich am Kopf. Tom war abgehauen. Hatte er die Kinder mitgenommen oder alleine zu Hause gelassen?

Nervös schlüpfte sie in die Chucks, die an der Tür standen, zog sich einen Mantel über und verließ das Haus. Sie lief zur nächsten Bushaltestelle, nahm den Bus zum Bahnhof in Rosenheim und fuhr mit dem Zug nach München zurück.

11:30. Haus von Tom und ihr.

Saskia drehte den Schlüssel im Schloss um. Ihr Herz pochte bis zum Hals. »Hallo?«, rief sie.

Doch es tat sich nichts.

»Tom?«, rief sie etwas lauter.

Sie ging in die Küche und musste sich an der Kücheninsel festkrallen. Ihr wurde schummerig vor den Augen. Die OP sollte man definitiv nicht unterschätzen. Als sie plötzlich von hinten berührt wurde, zuckte sie zusammen. Es war Leonie.

»Hey kleine Maus, na? Du siehst ja ganz verschlafen aus!« Sie nahm die Kleine auf den Arm.

»Tom … weg.«

Saskia staunte. »Wie? Wart ihr die ganze Zeit alleine?«

Mit zittrigen Beinen wanderte sie mit Leonie auf dem Arm zu den anderen Kinderzimmern. Lina lag quengelnd auf Leonies Spielteppich.

Aber wo war Niklas? Hatte Tom es tatsächlich getan? Hatte er sich an ihrem Kind gerächt? Panisch sah sie ihre älteste Tochter an. »Wo ist dein großer Bruder, Leni?«

Sie zuckte mit den Achseln. »Weg.«

»Mit Tom?!«

Leonie antwortete nicht, sie wusste es nicht. Tom hatte den Mädchen ein Schlafmittel verabreicht, sodass sie zumindest die Nacht durchschliefen. Oder hatte er es einfach nur falsch dosiert und wollte sie stattdessen töten?

Saskia machte die beiden Mädchen frisch und versuchte eindringlich, ihre Mutter zu erreichen. Sie brauchte dringend ihre Hilfe. Sie musste herausfinden, was mit Niklas geschehen war. Aber Hanna war nicht zu erreichen. Da die kleinen Mäuse großen Hunger hatten, kochte Saskia ihnen etwas. Danach setzte sie ihre Töchter in den Buggy und verließ das Haus. Wenn Tom die Mädchen zurückgelassen hatte, hatte er Niklas sicher auch nichts getan.

Saskia schob den Buggy in den Englischen Garten. Gab es einen Platz, an dem sie oft gemeinsam mit Leo gewesen waren? Vielleicht würde sie Niklas dort finden. Sie nahm Leos Handy aus der Handtasche, die sie an den Buggy gehängt hatte, und durchforstete seine Galerie.

Die Liane an der Isar!

Saskia wendete den Buggy und schlug eine andere Richtung ein. Dort vergnügten sich ihre Männer oft im Sommer. Wer weiß, was Tom den Kindern erzählt hatte. Sie versuchte, so schnell wie möglich dorthin zu marschieren, aber sie war so kraftlos. Das Aneurysma hatte sie regelrecht ein Stück weit aus dem Leben gehoben.

»Niklas?«, rief sie, als sie sich der schönen Stelle an der Isar näherte. Doch da war niemand. Erschöpft betätigte sie die Bremse des Buggys und legte sich müde auf das Gras. Es pochte stark in ihrem Kopf. Was, wenn Niklas weggelaufen ist? Weil er dachte, dass seine Mutter ihn im Stich gelassen hat? Dass sie nie wieder aufwachen wird und er bei Tom bleiben müsste. Oder Waise wird?

Sie schloss für einen Moment ihre Augen, um ruhig durchzuatmen. Vorsichtig rieb sie sich die Schläfen. In ihren Entspannungsübungen wurde sie von patschendem Wasser abgelenkt. Es hörte sich an, als ob jemand in die Isar gesprungen wäre. Langsam räkelte sie sich und ließ die Umgebung vor ihren Augen wieder scharf werden. Sie tapste näher zum Wasser und drehte sich mehrfach um. Aber es war nichts zu sehen. An einem Baumstamm musste sie kurz anhalten und sich festkrallen. Ihr wurde ganz schwarz vor Augen … Kein Wunder, die meisten Patienten mussten nach einem Aneurysma in eine Rehaklinik. Sie war Mutter. Sie konnte sich das nicht erlauben.

Man sieht ja, was dabei rauskommt, wenn sie nicht da ist.

Sie löste ihren Griff vom Baum, atmete tief ein und aus und tapste weiter zur Isar. Sie musste sich das kalte Wasser ins Gesicht schütten. Als sie sich niederkniete und ihre Hände in den Fluss streckte, hörte sie ein lautes Schreien.

»Mama!«, rief plötzlich ein Kind.

Es war nicht ein Kind, es war ihr Kind!

Saskia riss ihre Augen weit auf und entdeckte ihren Sohn in der Isar. »O Gott! Großer!«, rief sie und sprang, ohne nachzudenken, in den Fluss, der aufgrund des starken Regens und des Sturms in den letzten Tagen mitreißender war als erwartet. Sie packte ihren Sohn und versuchte, zurück zum Ufer zu schwimmen.

»Alles wird gut, mein Schatz!«, beruhigte sie ihn. Aber sie merkte, dass sie fast keine Kraft aufbringen konnte, um sich mit ihrem Sohn wieder ans Ufer zu retten. Sie rief um Hilfe. Mit jeder weiteren Sekunde wurde sie panischer und dachte, sie könnte nur einen von ihnen retten.

Saskia versuchte, sich und Niklas über Wasser zu halten. Doch umso weiter die Isar sie mitriss, desto schwieriger wurde es. Die Wellen sprangen ihr immer wieder ins Gesicht, ihr Kopf sank mehrfach unter Wasser. Es plätscherte dauernd in ihre Augen, sie erkannte kaum etwas. Mit einer Hand hielt sie Niklas nach oben, der wild ruderte. Mit der anderen versuchte sie, irgendetwas zu greifen.

Eine Wurzel, einen Stock, einen Stein.

Doch sie fand nichts.

»Mama, ich habe Angst«, jammerte Niklas und weinte.

»Ich liebe dich, Großer.«

Im nächsten Moment prallten sie gegen einen wuchtigen Stamm eines Baumes, den der Fluss mitgerissen haben musste. Er hatte sich am Ufer verheddert und bot den beiden die Möglichkeit, aus dem Wasser zu steigen. Saskia hob Niklas auf die dickste Wurzel. Sie befahl ihm, auf den Stamm zu klettern, sodass er zurück zum Ufer kam.

»Mama, was ist mit dir?«, fragte Niklas besorgniserregend.

Saskia klammerte sich fest an eine Wurzel. »Ich komme sofort nach, wenn du am Ufer bist. Geh schon!«

Zögerlich tapste Niklas vorsichtig zum Ufer. »Jetzt du, Mami!«

»Weißt du noch die Liane, an der du immer mit Papa in die Isar gesprungen bist?«

Er lächelte. »Das war cool!«

»Da stehen deine Schwestern im Buggy. Mein Handy ist in der Handtasche. Der Pin ist der Geburtstag deines Vaters. Oma wird sich um alles kümmern.«

»Mama, was meinst du?!«

Saskia schickte ihm einen Luftkuss, dann wurde sie von der Strömung mitgerissen. Sie kämpfte gegen die Wassermassen, aber sie wurde schwächer. Ihr Kopf geriet immer häufiger unter Wasser. Sie könnte kämpfen, aber was, wenn sie jetzt aufgeben würde und sich dem Wasser geschlagen gibt. Tom war zwar abgehauen, aber wenn er wüsste, dass es ihr besser ginge, würde er sicher wieder zurückkommen. Ansonsten müsste er damit rechnen, auf der Fahndungsliste von Europol zu landen. Sein Leben wäre beendet. Er müsste endlich für alles geradestehen, was er angerichtet hatte.

Sie hörte auf, mit den Händen zu rudern. Es war nicht der echte Leo, der sie aus dem Koma geholt hatte. Es war sicher eine Fiktion so wie er es auf der Dachterrasse und in der Wohnung gewesen war. Sie bildete es sich alles ein, weil sie mit der Trauer nicht fertig wurde. Tom hatte ihr Leben zerstört. Es war ruiniert. Es war besser, dem Ganzen ein Ende zu setzen. Ohne Damian hätte sie das ohnehin schon längst getan.

Sie sank kampflos unter Wasser und trieb im Einklang mit der Strömung. Langsam schloss sie ihre Augen. Wie war es auf der anderen Seite – mit Leo?

Aber das sollte sie noch nicht herausfinden. Ihre Mutter hatte sich mit Paul sofort auf den Weg gemacht, nachdem sie ihr die vielen verzweifelten Nachrichten auf der Mailbox hinterlassen hatte. Als sie keinen zuhause antrafen, orteten sie ihr GPS-Signal. Niklas brachte sie sofort zu dem Punkt, an dem er seine Mutter im Wasser verloren hatte. Ihr Bruder brachte seine ganze Kraft auf und rettete Saskia aus der tobenden Isar.

Kapitel 55

Saskia war ihrer Mutter und ihrem Bruder überaus dankbar. Aber war es nicht Leo, der sie aus dem Koma erweckt hatte? Nachdem Hanna die Kinder aus dem Haus gebracht hatte, setzte sie sich entspannt mit Saskia auf das Sofa und starrte sie grübelnd an.

»Wieso hast du es uns denn nicht gesagt, was du durchmachen musstest? Wir hätten dich doch da rausgeholt.«

»So einfach war das nicht, Mama.«

Hanna seufzte: »Und was ist jetzt? Willst du zur Polizei?«

Sie zuckte bloß mit den Schultern. »Das bringt nichts. Fabian ist ein hohes Tier bei der Polizei. Er wird das so drehen, dass ich vermutlich an allem schuld bin.« Sie schnäuzte ihre Nase. »Er ist bloß abgehauen, weil er dachte, dass ich sterbe. Wenn er weiß, dass ich lebe …

Es führt kein Weg daran vorbei, dass er zurückkommt. Ich könnte ihn für all das büßen lassen, was er getan hat. Sein Leben wäre zerstört, stattdessen musste er das mit meinem tun, um mich unter Kontrolle zu haben.«

»Maus. Dann müssen wir diese Melissa ausfindig machen. Die kann ihn doch als Täter entlarven bei einer Gegenüberstellung.«

»Mama, ich glaube, die hat, weiß Gott, genug durchgemacht. Und wie soll sie ihn erkennen, wenn nicht mal ich das konnte? Ich kenne ihn seit der ersten Klasse.«

»Aber willst du das so hinnehmen und dich weiter von ihm quälen lassen?«

Sie wich dem Blick ihrer Mutter aus und starrte den Sperrbildschirm von Leos Handy an. »Er hat mir versprochen, mich da rauszuholen.«

»Leo?«

Saskia nickte und kuschelte sich in die Wolldecke ein.

»Maus, willst du ihn nicht langsam loslassen? Damit du hier weitermachen kannst?«

»Was, wenn er doch lebt, Mum? Das würde ich mir nie verzeihen! Ich war nicht gründlich genug.«

Hanna rappelte sich auf. »Ich weiß, dass seine Leiche nie gefunden wurde. Aber das hat doch logische Gründe.«

»Du hast doch auch das Buch von Melissa gelesen!«

»Saskia. Du weißt nicht, ob das wahr ist. Vielleicht wollte sie bloß die Verkäufe maximieren. Erinnerst du dich an die Titanic?«

»Ja.«

»Die Liebesgeschichte haben die nur dazugedichtet, dass die Leute den Film eher schauen. Jack und Rose haben nie wirklich existiert. Mag sein, dass Leo mit ihr geredet hat. Aber du weißt nicht, ob er sie tatsächlich achtzehn Stunden wachgehalten hat.«

Saskias Lippen zitterten. »Aber, er redet manchmal mit mir. Diese schwarze Gestalt. Er hat mir sein Handy da gelassen.«

»Saskia. Hast du schon mal daran gedacht, dass Tom das war? Vielleicht wollte er dich irreführen, dich in ein psychisches Wrack verwandeln. Ich würde ihm mittlerweile alles zutrauen.«

Ihr fiel die Kinnlade herunter. Daran hatte sie nie gedacht.

»Wir kennen Leo beide sehr gut. Wenn er das überlebt hätte, hätte er dich das mit Sicherheit wissen lassen. Alles andere passt nicht zu dem Menschen, den wir alle geschätzt und geliebt haben.«

Hanna drückte ihrer Tochter eine Jacke in die Hand. »Lass uns zum Friedhof gehen. Wann warst du denn zuletzt an seinem Grab, hm?«

»Denkst du wirklich, dass Felix alles inszeniert hat?«

»Maus. Stimmen kann er sicher ganz leicht fälschen.«

»Aber ich habe ihn doch gesehen, auf der Dachterrasse in Oberstdorf und in meiner Wohnung.«

Sie drückte ihre Tochter fest an sich. »Saskia, ich glaube, da hat dir dein Gehirn einen blöden Streich gespielt.«

»Aber.«

Sie legte ihren Zeigefinger auf Saskias Lippen. »Pscht. Wenn es tatsächlich so gewesen wäre, wie diese Melissa in ihrem Buch geschrieben hat, dann wäre dein Mann gefunden worden. Du wärst seit Jahren an seiner Seite.«

»Nicht, wenn Felix ihn in Schacht gehalten und ihn bedroht hat.«

Hanna runzelte ihre Stirn. »Wir wissen beide, wie sehr Leo dich und Niklas liebte. Er hätte schon einen Weg gefunden, euch trotzdem die Trauer zu nehmen. Denkst du, er hätte dich so leiden lassen, wie du es die letzten Jahre getan hast? Der Leo, den ich kenne, hätte Felix getötet, nur damit er dich nicht noch ein einziges Mal anfasst. Denkst du, Leo hätte das echt zugelassen? Dass Felix dich jeden Tag prügelt und vergewaltigt? Seinen Sohn im Glauben lässt, dass der geliebte Vater tot ist und seine Tochter nie kennenlernt?«

Saskia wusste nicht mehr, was sie noch glauben sollte. Ihre Mutter hatte recht. Leo hätte das nie zugelassen.

»Außer er war eben doch nicht der Traummann schlechthin?«

»Mama!«, protestierte Saskia.

»Schatz, ich meine ja nur. Das, was Felix getan hat, ist unverzeihlich. Aber er kannte Leo am besten. Was, wenn er doch recht hatte? Dass er dich nur vor etwas bewahrt hat. Weißt du sicher, was er auf seinen Dienstreisen in den Staaten gemacht hat? Es gab sicher auch zig andere Länder, die sein Unternehmen interessant fanden. Aber wieso ausgerechnet die Staaten? Immer New York?«

»Mama, was meinst du?!«

»Schatz. Du hast mir in den letzten beiden Tagen alles erzählt, was Felix dir angetan hat. Aber auch, was er dir versucht hat, über Leo klarzumachen. Was, wenn die Story mit Marie stimmt und Luna seine Tochter ist? Vielleicht hat er eine zweite Familie in den Staaten gehabt.«

»So jemand war Leo nicht, verdammt!«, motzte Saskia. Aber sie erinnerte sich zurück, dass sie diese Theorie mehr als einmal hatte. Dann schlug es wie ein Blitz am Boden bei ihr ein.

Die Frau am Tag vor seiner Abreise.

Sie hatte ihn ausnahmsweise früher angerufen als sonst. Dann hob diese Frau ab. Er sagte, es wäre die Sekretärin der Partnerfirma gewesen. Aber um diese Uhrzeit?

»Ich wollte dich jetzt nicht verunsichern, Maus. Vergiss einfach, was ich sagte.«

»Vermutlich hast du recht«, schluchzte Saskia. »Ich trauere um ihn und das Arschloch hatte tausend andere da draußen?!«

»Beruhige dich. Denk bitte an deinen Kopf.«

Aufgebracht kramte Saskia Leos Handy aus der Sofaritze und donnerte es so hart auf den Boden, dass der Bildschirm sprang. »Ich hasse dich!«

Sie trat mit ihren Hausschuhen wild auf dem Handy herum und schrie.

»Maus, lass das.«

»Danke, dass du mich zur Vernunft gebracht hast!«

Hanna schüttelte abwegig den Kopf, stand auf und drückte ihre Tochter fest an sich. »Beruhige dich, Schatz. Ich habe vergessen, wie schnell man dich beeinflussen kann. Das war schon immer eine deiner größten Schwächen. Es war bloß ein Gedanke von mir. Aber vielleicht war es genau das, was Felix wollte. Dass wir Leo in schlechter Erinnerung behalten. Vergiss das alles. Es war unsagbar dumm von mir. Er hätte dich nie betrogen.«

Saskia kniff ihre Augen zusammen. »Mama, lass gut sein. Du hast recht.«

»Es ist nicht fair ihm gegenüber. Er kann sich nicht rechtfertigen, wenn wir ihm so etwas unterstellen. Er wollte nie so sein, wie sein Vater. Das schließt ein, dass er nie eine andere Frau als dich angefasst hätte.«

»Mami, ich.« Ihre Lippen zitterten, es riss ihr den Boden unter den Füßen weg.

»Verzeih mir bitte. Wie konnte ich bloß für wenige Minuten Leo in so eine Schublade stecken«, flüsterte Hanna und wusste selbst nicht, wie sie zu so einem harten Schluss über ihren liebsten Schwiegersohn gekommen war.

Nachdem sich Saskia wieder etwas gefangen und versucht hatte, das Handy als letztes Erinnerungsstück zu retten, spazierten die beiden zum Grab.

Leonardo von Ehr. 15.12.1983 – 10.09. 2010. Du hast die Welt zu früh verlassen, doch nie wirst du vergessen sein. In unseren Herzen lebst du ewig.

Hanna zündete eine Kerze an und entfernte sich wieder vom Geschehen. Sie wollte Saskia alleine trauern lassen. Diese stellte die mitgebrachten Blumen in die Vase und kniete sich flehend vor das Grab. »Es tut mir so leid. Ich weiß nicht, was in mich gefahren ist. Du hättest mich nie betrogen, oder? Es waren ganz normale Treffen in den Staaten?«

Was erwartete sie? Dass der Grabstein ihr antwortete?

Sie seufzte: »Ich wusste nicht, dass Felix dich so abgrundtief hasste, dass er das alles tun musste …«

Das Klingeln ihres Handys weckte sie aus den Gedanken. Anonymer Anruf.

»Hallo?«, murmelte sie leise.

»Amy. Geh nach Hause! Es ist viel zu kalt, du holst dir noch den Tod.«

Amy.

Saskia sprang auf und drehte sich um. »Wo bist du? Zeig dich!«, schrie sie. Es gab doch nur eine einzige Person, die sie Amy nannte … »Leo!!!«, kreischte sie. Aufgebracht lief sie den Friedhof auf und ab. Er musste hier irgendwo sein.

Da vorne!

Ein Typ, Leos Statur, schwarze Hose, schwarzer Kapuzenpullover und Sonnenbrille. Es war nicht das erste Mal, dass sie diese Gestalt in Schwarz in ihrer Umgebung entdeckte.

»Hey, bleib stehen!«, rief sie und lief immer schneller.

Als sie keine drei Meter mehr von dem Unbekannten entfernt war, stolperte sie über einen abgerissenen Ast und fiel zu Boden.

»Verdammt!«, fluchte sie und verlor die Spur.

Er war weg.

Kapitel 56

Hanna stand auf dem Friedhof dicht hinter ihr. Sie hörte weder Leos Stimme noch sah sie eine Person ganz in Schwarz, so wie ihre Tochter ihn ihr beschrieben hatte. Vielleicht musste Saskia den Unglücksort sehen, um endlich mit allem abschließen zu können. Sie strebte es zwar immer mit Elias an, eines Tages dorthin zu gehen, doch sie hatten es bis heute nicht gemeinsam geschafft.

Saskia war leicht zu beeinflussen, also redete sie ihrer Tochter ein, dass sie unbedingt auf diesen Berg steigen musste, um abzuschließen. Dass er ihr immer wieder begegnete, erklärte Hanna nicht nur mit Saskias Trauer, sondern auch mit seiner Seele, die endlich in Frieden ruhen wollte. Ihre Tochter wollte dort aber vorerst nicht hin, in der körperlichen Verfassung wäre sie sowieso nicht gewesen. Hanna wollte sie eigentlich nur auf die Idee bringen, das in absehbarer Zeit zu tun. Gemeinsam mit Elias, der immer noch schwer an seinen Schuldgefühlen nagte. Sie mussten beide das Vergangene endlich ruhen lassen.

Schon wenige Tage später beschloss Saskia, auf den Berg zu steigen, gegen den das Flugzeug geprallt war. Dass der Sinneswandel so schnell kommen würde, dachte Hanna nicht und war dementsprechend wenig begeistert. Saskia war nach ihrer OP noch nicht richtig auf den Beinen, aber wenn sie sich etwas in den Kopf gesetzt hatte, dann musste es so schnell wie möglich erledigt werden. Hanna hatte sie dazu gebracht, also konnte sie es ihr nicht wieder aus gesundheitlichen Gründen ausreden. Saskia war Ärztin, weshalb Hanna davon ausging, dass sie auf halbem Weg wieder umkehren und anerkennen würde, dass es zu früh war, eine solche Tour zu machen.

Saskia hingegen hatte sich endlich mit dem Gedanken auseinandergesetzt, ihn loszulassen. Gegen sechs Uhr machte sie sich auf den Weg, da man schon bis zum Berg eine Stunde fahren musste. Gegen zwanzig vor acht war sie soweit, um die Wanderung zu starten. Es ging vorerst über Wiesen und Täler, bis der Pfad rasant anstieg. Ihre Ausdauer war tatsächlich nie die beste, somit zog sich der Weg immens.

»Grüß Gott!«, sagten Wanderer, die sie überholten.

»Grüß Gott.«

Einer drehte sich um. »Gehen Sie auch zu dem … na, Sie wissen schon.«

Saskia nickte. »Mein Mann wurde nie gefunden. Ich habe es all die Jahre nie da hoch geschafft, aber ich muss da jetzt endlich hin, um abschließen zu können.«

Sie nickten. »Unsere Töchter haben da oben ihre Leben gelassen. Wir gehen zweimal jährlich hin. Sofie wäre heute 25 geworden.«

Zwei Stunden später standen sie vor dem Bergmassiv und den sichtbaren Schäden. Man sah förmlich, an welcher Stelle das Flugzeug in den Berg geprallt war.

»Haben die nicht alle Trümmer entfernt?«

Sie zuckten mit den Achseln. »Es ist wie ein Fass ohne Boden, ich weiß nicht, woher die Sachen immer wieder kommen, aber mal liegt weniger da, mal mehr.«

Saskia setzte sich nieder und versuchte, Leo näher zu kommen. Für einen Moment glaubte sie sogar, sie könnte ihn spüren … Durch das Buch der jungen Melissa konnte sie sich vorstellen, wie es ihnen ergangen war. Wie sie gelitten hatten und welch erlösendes Gefühl es gewesen sein musste, als sie die Stimmen der Retter gehört hatten.

»Das glaube ich nicht!«, schrie sie auf und entdeckte Leos Lieblingshoodie. Ein wenig zerfetzt und dreckig. Er roch furchtbar nach Kerosin, aber in diesem Moment war es ihr egal. Sie zog sich den Hoodie direkt über. »Den trug er, als er losgeflogen ist«, sagte sie und schwelgte in Erinnerung.

Es ergab für sie augenblicklich Sinn: Als er auf der Dachterrasse gegenüber von ihr stand, trug er eben jenen Pullover, den sie sich jetzt übergezogen hatte. Er hatte nur diesen einen. Das wusste sie genau, denn es war ein persönliches Geschenk von ihr.

Drei Jahre war es mittlerweile her, als sie mit Niklas in der Flughafenhalle stand und ihrem Mann hinterher winkte. Das letzte Mal Abschiednehmen sollte es sein, danach würde ihre Familienplanung im Vordergrund stehen…

In der Tasche vorne fand sie ein zusammengefaltetes Stück Papier. Sie nahm es heraus und lächelte.

»Schauen Sie mal. Leo, Niklas und ich. Da war alles perfekt.« Sie drückte es an ihr Herz, drehte sich um und schrie aus sich heraus. Sie ließ für einen Moment all die Anspannungen los. Die Eltern der beiden Mädchen setzten sich auf einen Stein und beteten. Saskia drehte sich um und lächelte. »Es war eine gute Idee herzukommen. Ich fühle mich jetzt freier. Vielleicht habe ich das gebraucht, um das Kapitel abschließen zu können!«

Sie schaute hinunter in die Bucht, in der es passiert sein musste. Irgendwo da unten musste er unter einem Wrackteil eingeklemmt worden sein. Zusammen mit Melissa, die ihrem Retter bis auf ewig dankbar war. Da unten hatte er gelegen und ihre Hand gehalten, ihr die Sternbilder erklärt und darum gekämpft, wieder bei Saskia und ihrem Sohn zu sein.

Was tue ich bloß? Wieso bin ich ihm böse? Er hat gekämpft … Er hat alles getan, um uns nicht alleine zurückzulassen. Tom hat mir seinen Hass ein Stück weit injiziert … wie ein Gift. Ich hasste meinen Lieblingsmenschen, weil Tom mir Sachen erzählte, die gar nicht wahr sein konnten. Aber er hatte mich so gut im Griff, dass ich ihm jede noch so absurde Erzählung glaubte. Was hat der mit mir gemacht?

Saskia drückte das Bild an ihre Brust und schickte einen Luftkuss zum Himmel. »Verzeih mir, wenn du meine Gedanken hören konntest, als Tom mich fest im Griff hatte. Ich kann dir nicht sagen, wie unendlich leid es mir tut!«, flüsterte sie.

Nach einer Weile richtete sie sich wieder auf und wollte

gemächlich zu den anderen zurückgehen. Sie hatte abgeschlossen. Sie würde ihn immer lieben, aber es war wichtig, diesen furchtbaren Ort mit eigenen Augen zu sehen, um zu verstehen, dass er gestorben war. Sie packte den Rucksack wieder auf den Rücken und marschierte los, als sie ins Wanken geriet. Ihr wurde schwarz vor Augen. Das Vogelgezwitscher war weit entfernt, Saskia versuchte vorsichtig, etwas zu ertasten, um sich wieder auf den Boden zu setzen.

Links ist der Abgrund, also setze ich mich wohl besser nach rechts.

Vorsichtig streckte Saskia ihren rechten Arm Richtung Boden. Doch sie kippte nach hinten weg und rutschte ab.

Mit aller Gewalt versuchte sie, sich irgendwo festzuhalten. Doch das Gras war nass und hinter ihr würde sie über zweitausend Meter in die Tiefe stürzen. Sie schrie fürchterlich.

»Leo! Hilf mir bitte!«, kreischte sie und blinzelte mehrmals.

Vor ihren Augen war alles dunkel getrübt, aber sie wusste, das es aussichtslos wäre, würde sie über die Kante rutschen. Wenn sie jetzt ohnmächtig werden würde, würde sie wenigstens vom Aufprall nichts mitbekommen. Sie betete. Ihre Finger rutschten über die steinige Kante. Sie hatte nichts gefunden, wo sie sich festkrallen konnte.

Das war's.

Ihr Blick sank nach unten. Sie wusste, wieso sie nie Bungee-Jumping machen wollte, aber jetzt wäre sie verdammt froh, an einem Seil zu hängen. Mit jeder Sekunde wurde sie schneller, ihr Bauch zog sich zusammen.

»Ich will nicht sterben!«, kreischte sie, als es plötzlich krachte. Sie bewegte sich nicht mehr zum Boden hin, sie stand in der Luft. Ihre Füße baumelten. Sie schaute sich vorsichtig um.

Ihr Rucksack war an einem Ast hängen geblieben.

»Hilfe! Hört mich jemand? Hilfe!«, rief sie mehrfach.

Die Wolken zogen vorbei, Vögel zwitscherten. Es war ein Ort der Idylle, zu schön, um zu sterben. Sie war zu jung, um zu sterben.

Was ist mit dem alten Ehepaar? Wieso hören sie mich nicht? Habe ich mir die auch schon wieder eingebildet? O Gott, wie soll ich hier bloß lebend wieder nach oben kommen!

Mit der rechten Hand versuchte sie, an die Seitentasche des Rucksacks zu kommen. Dort hatte sie ihr Handy verstaut, doch der Ast knackte.

Ich sollte mich besser so wenig wie möglich bewegen.

Ein Seil flog plötzlich neben sie.

»Kannst du es greifen?«, rief eine männliche Person.

Saskia blinzelte mehrmals. Bildete sie sich das ein oder war es die Stimme Leos? Saskia versuchte, diesen Gedanken auszublenden. *Es ist mir scheißegal, wer das ist. Hauptsache, ich komme nach Hause zu meinen Kindern!*

Mit zittrigen Fingern probierte sie, das Seil zu greifen, als es noch einmal knackte.

»Beweg dich bloß nicht, ich bin gleich bei dir!«

Es dauerte einen Moment, bis sich der Fremde zu ihr abseilte. Schwarze kurze Hose, Wanderschuhe, weißes Shirt. Als der Mann fast auf ihrer Höhe war, krachte es nochmals und Saskia merkte, dass es der Ast gewesen sein musste, weil sie sich loslöste.

Sie bereitete sich auf den unsanften Aufprall auf dem Boden vor und schloss die Augen. Doch kein Wind zog an ihr vorbei, sie war in den Armen eines Mannes gelandet. Sie öffnete ihre Augen und sah die Umrisse des Gesichts ihres Mannes, der damit beschäftigt war, die beiden am Seil nach oben zu bringen.

»Geschafft!«, sagte er und ließ Saskia los. Er löste das Seil aus seinem Karabinerhaken und schmunzelte: »Sag mal, wolltest du einfach mal abhängen, um den Kopf freizubekommen, oder was?«

Saskia bekam kein Wort heraus. Sie saß im Gras und starrte ihr Gegenüber an. Dort stand ihr fulminanter Retter lässig, der im Glanz der Sonne wie ein Engel strahlte. Aus seinem Rucksack nahm er eine Wasserflasche und schüttete sie sich über sein Haupt. Durch das eng anliegende weiße T-Shirt erkannte man die

Konturen eines durchtrainierten Oberkörpers. Zweimal fuhr er sich durch sein dunkelbraunes Haar und verstrubbelte es ein wenig. Er steckte die Wasserflasche zurück in den Rucksack und warf Saskia durch seine türkisblauen Augen einen Blick zu, der sie tief im Herzen berührte. Dann kratzte er sich am Dreitagebart und lächelte. »Saskia? Kannst du mich hören?«

Sie blickte sich um, doch es war keiner hier oben außer ihr und ihrem Retter. Das grüne Plateau des Gipfels glich jetzt einer dicken, bauschigen Wolke, auf der sich beide befanden.

»Ich bin im Himmel, oder? Ich. Ich bin tot. Oder? Eben saßen dort doch noch Helmut und Gerlinde! Ich. Leo! Du darfst mich nicht zu dir holen! Die Kinder brauchen mich!«, flehte sie den Mann ihrer Träume an, sie loszulassen.

Fortsetzung folgt …

Danksagung

Ohne die Menschen, die mich bei meinem Buchprojekt begleitet haben, hätte ich diesen Traum nie verwirklichen können. Dazu danke ich recht herzlich meiner Familie, die es mir ermöglicht hat, so viel Zeit, wie nötig, in die Gestaltung und Fertigstellung meines Romans zu stecken.

Auch muss ich dem Leben danken, weil es – wie so oft – nie nach Plan verläuft. Nach meinem Abitur studierte ich für zwei Semester Lehramt, weil ich immer sehr gerne in die Schule gegangen bin. Mir machte es Spaß, mit Kindern zu arbeiten und ihnen etwas beizubringen. Aber irgendwie sollte das nicht so sein, ich hatte Bedenken während des Studiums. Wollte ich das wirklich? Das Nein in mir wurde immer lauter. Ich habe mich in der Praxis geübt und relativ schnell festgestellt, dass ich mit dem Beruf nicht so harmoniere wie gedacht … oder besser gesagt, meine Illusion nicht der Wirklichkeit glich.

Ich wurde nachdenklich, denn irgendwie lief nichts so, wie ich es mir während der Schulzeit für mein Leben geplant hatte. Ich berief mich auf etwas zurück, was ich immer gerne tat und womit ich meine Probleme ausblenden konnte.

Innerhalb eines Monats hatte ich die Grundidee meines Romans niedergeschrieben und das Buch war fertig, um in die Schublade zu seinen sechs Vorgängern zu ziehen. Und was, wenn ich es professioneller angehen würde und nicht bloß für meine Schublade oder die Festplatte schreibe? Der Gedanke beschäftigte mich eine Weile und je häufiger ich darüber nachdachte, desto begeisternder fand ich die Idee. Wobei ich niemals gedacht hätte, es tatsächlich durchzuziehen. Doch das habe ich und selbst wenn die Zweifel groß sind, muss ich einmal über meinen Schatten springen und den Zweifeln keine Chance lassen.

Einer, der die Zweifel wohl mit am meisten abbekommen hat, ist mein Freund, dem die »Nah wie fern« – Reihe mittlerweile

435

sicher schon aus den Ohren kommt. Wie oft musste er sich die Geschichte anhören, meinem verzweifelten Ich eine Antwort liefern, welche Szene die bessere Wahl ist oder mich davor bewahren, nicht doch alles in die Tonne zu treten. »Ich finde das super, wenn du deine Träume verwirklichst, und stehe vollkommen hinter dir. Ich glaube daran, dass du das schaffen kannst«, sagte er mir immer wieder und darüber bin ich sehr froh.

Ein großer Dank geht auch an Eva, die sofort begeistert war, als ich ihr von meinem Buch erzählte. Sie war die erste Leserin meines Werkes, auch wenn es im Januar noch in den Kinderschuhen steckte. Sie hatte den Ausschnitt, den ich ihr geschickt hatte, noch am selben Abend verschlungen und machte mir Mut, nicht damit aufzuhören, weil es ihr gut gefallen hat.

Ich danke meiner Freundin Nina, der ich immer schreiben konnte, wenn ich den Rat einer Germanistikstudentin gebraucht habe.

Ich danke Katarina, die mich aus jedem kleinen Tief geholt und mir stets die nötige Motivation gegeben hat, nicht aufzugeben.

Außerdem danke ich meinen Testlesern Celine, Mara, Leonie und Maria, durch die mein Buch auf jeden Fall besser geworden ist. Ich war begeistert von eurem tollen und ehrlichen Feedback.

Auch wenn du es nie lesen wirst, Opa. Ich hoffe, du bist stolz auf das, was ich auf die Beine gestellt habe. Ich bin mir sicher, dass du mich von einer deiner Wolken unterstützt hast. Dein Sonnenschein.